suhrkamp taschenbuch 3532

Nenn es Schlaf ist die Geschichte von David Schearl, der 1907 als kleiner Junge mit seiner Mutter aus Galizien nach Amerika kommt. Hier, an der Lower East Side New Yorks, lebt der Vater, ein jähzorniger Mann, der häufig seinen Arbeitgeber wechselt, schon länger. Das Verhältnis zu seiner Frau Genya ist gespannt, dem Sohn gegenüber zeigt er sich unnachsichtig und brutal, so daß sich David verängstigt an die Mutter klammert. Genya, die nur Jiddisch spricht, fühlt sich fremd in einer ihr unverständlichen Umgebung und lebt allein für ihr Kind. Durch Davids Augen sieht man den ewigen Streit der Eltern, die ihn hänselnden, besser angepaßten Nachbarskinder, das furchteinflößende dunkle Haus. Mehr und mehr flieht das sensible Kind in Phantasien und Träume, steigert sich in Schuldgefühle hinein. Schließlich treibt es ihn zu einer Wahnsinnstat, die ihn aus einem Zustand der Angst und des Argwohns, in dem es die Gnade des Schlafs nicht mehr gab, herausführt.

Henry Roth (1906-1995) kam als Zweijähriger mit seinen Eltern von Galizien nach New York. *Nenn es Schlaf*, sein Debütroman, ging leider nach seinem Erscheinen 1934 in der Weltwirtschaftskrise unter. In den Sechzigern wurde das Buch in den USA wiederaufgelegt, erreichte Millionenauflagen und ist heute ein Klassiker der Weltliteratur.

Henry Roth
Nenn es Schlaf

Roman

Deutsch von
Eike Schönfeld

Suhrkamp

Titel der Originalausgabe: *Call it Sleep*

Umschlagfoto: Bildarchiv Engelmeier, München

suhrkamp taschenbuch 3532
Erste Auflage 2003

Lizenzausgabe mit freundlicher Genehmigung des
Verlags Kiepenheuer & Witsch, Köln
Suhrkamp Taschenbuch Verlag

Druck: Nomos Verlagsgesellschaft, Baden-Baden
Printed in Germany
Umschlag nach Entwürfen von
Willy Fleckhaus und Rolf Staudt
ISBN 3-518-45532-X

1 2 3 4 5 6 – 08 07 06 05 04 03

für
Eda Lou Walton

Inhalt

Prolog

(Ich bitt' dich, keine Fragen
dies ist das Gold'ne Land)

Der kleine weiße Dampfer *Peter Stuyvesant*, der die Einwanderer aus dem Gestank und dem Gedröhne des Zwischendecks in den Gestank und das Gedröhne der New Yorker Mietskasernen brachte, schlingerte leicht im Wasser an dem steinernen Kai im Lee der verwitterten Schuppen und neuen Backsteingebäude von Ellis Island. Der Kapitän wartete, bis die letzten Beamten, Arbeiter und Wachleute an Bord gegangen waren, bevor er Richtung Manhattan ablegte. Da es ein Samstagnachmittag und dies die letzte Fahrt war, die er am Wochenende machen würde, müßten die Zurückgelassenen bis Montag dort ausharren. Die Sirene heulte ihre heisere Warnung hinaus. Ein paar Gestalten im Overall schlenderten von den hohen Toren der Einwandererquartiere das graue Pflaster hinab, das zum Pier führte.

Es war der Mai des Jahres 1907, des Jahres, das die größte Anzahl Einwanderer an die Gestade der Vereinigten Staaten bringen sollte. Den ganzen Tag hindurch, so wie an allen Tagen seit Beginn des Frühjahrs, hatten sich auf den Decks des Dampfers Aberhunderte Ausländer gedrängt, Menschen aus nahezu jedem Land der Welt, der kantige, kurzhaarige Teutone, der vollbärtige Russe, der zottelbärtige Jude, dazwischen slowakische Bauern mit sanftmütigem Gesicht, glattwangige und dunkelhäutige Armenier, picklige Griechen, Dänen mit runzligen Lidern. Den ganzen Tag hindurch waren die Decks ein Farbenmeer gewesen, eine Matrix der bunten Trachten anderer Länder, die grün-gelb getüpfelten Schürzen, das geblümte Kopftuch, das bestickte Selbstgesponnene, die silberbetreßte Schaffellweste, die lustigen Halstücher, gelben Stiefel, Pelzmützen, Kaftans, düsteren

Gabardine. Den ganzen Tag hindurch waren die gutturalen, die hohen Stimmen, die erstaunten Ausrufe, die verwunderten Ächzer, die wiederholten Glücksbekundungen in einer schillernden Geräuschwoge von den Decks aufgestiegen. Nun aber waren die Decks leer, ruhig, dehnten sich unter dem Licht der Sonne, fast als entspannten sich die warmen Planken von der Beanspruchung und dem Druck von unzähligen Füßen. Von den Schiffen, die an dem Tag festgemacht hatten, waren alle Zwischendeckpassagiere mit erteilter Einreiseerlaubnis schon eingereist – bis auf zwei, eine Frau und ein kleines Kind, das sie auf dem Arm trug. Sie waren, in Begleitung eines Mannes, soeben noch an Bord gekommen.

Die äußere Erscheinung dieser Nachzügler wies sehr wenig Ungewöhnliches auf. Der Mann hatte offenkundig schon einige Zeit in Amerika gelebt und brachte nun seine Frau und sein Kind von der anderen Seite herüber. Man hätte meinen können, daß er die meiste Zeit im unteren New York gelebt hatte, denn er schenkte der Freiheitsstatue wie auch der Stadt, die sich aus dem Wasser erhob, oder den Brücken, die den East River überspannten, nur die knappste Aufmerksamkeit – vielleicht war er aber auch nur zu aufgewühlt, um Zeit an diese Wunder zu verschwenden. Seine Kleidung war die gewöhnliche Kleidung, die der gewöhnliche New Yorker zu jener Zeit trug – nüchtern und gedeckt. Ein schwarzer Derby betonte die Strenge und tiefsitzende Blässe seines Gesichts; ein Jackett, das seine hochgewachsene, hagere Gestalt lose umschloß und eng am Hals zu einem V hochgeknöpft war; und über dem V saß in der Furche eines gestärkten Stehkragens eine fest geknotete schwarze Krawatte. Was seine Frau betraf, so hielt man sie für eine Europäerin weniger wegen ihrer Kleidung als vielmehr wegen des scheuen, staunenden Blicks in ihren Augen, wenn dieser von ihrem Mann auf den Hafen schweifte. Ihre Kleidung nämlich war amerikanisch – schwarzer Rock, weiße Hemdbluse und schwarzes Jackett. Offenkundig hatte ihr Mann sie ihr vorsichtshalber geschickt, als sie noch in Europa war, oder mit nach Ellis Island gebracht, wo sie sie dann übergezogen hatte.

Nur das kleine Kind auf ihren Armen trug eine eindeutig ausländische Tracht, ein Eindruck, den man vor allem von dem eigentümlichen, fremdartigen blauen Strohhut mit den gepunkteten Bändern derselben Farbe auf seinem Kopf gewann, die über beide Schultern herabhingen.

Bis auf diesen Hut hätte wahrscheinlich niemand, wären die drei Neuankömmlinge in einer Menschenmenge gewesen, die Frau und das Kind als neu eingetroffene Einwanderer ausmachen können. Sie trugen keine zu riesigen Bündeln zusammengeknüpften Laken, keine sperrigen Weidenkörbe, keine kostbaren Federbetten, keine Kisten mit Delikatessen, Würsten, Jungfernöl der Olive, seltenen Käsen; der große schwarze Ranzen neben ihnen war ihr einziges Gepäck. Und dennoch, trotz ihrer noch weniger als alltäglichen Erscheinung, beäugten die beiden Männer im Overall, die Zigaretten rauchend im Heck hingefläzt lagen, sie neugierig. Und die alte Hökerin, die da mit einem Korb voll Orangen auf den Knien saß, blinzelte mit ihren schwachen Augen unablässig in ihre Richtung.

In Wahrheit nämlich lag in ihrem Verhalten etwas gänzlich Untypisches. Die alte Hökerin auf der Bank und die Männer im Overall am Heck hatten genügend Männer gesehen, die Frau und Kinder nach langer Abwesenheit abholten, um zu wissen, wie solche Leute sich eigentlich verhielten. Die impulsivsten Rassen wie die Italiener führten oft wahre Freudentänze auf, wirbelten einander herum, vollführten ekstatische Pirouetten; die Schweden blickten einander zuweilen nur an, atmeten durch den aufgesperrten Mund wie hechelnde Hunde; die Juden weinten, schnatterten, stachen einander mit der Unbeherrschtheit ihrer zuckenden Handbewegungen fast die Augen aus; die Polen brüllten und packten einander auf Armeslänge, als wollten sie eine Handvoll Fleisch herausreißen; und bei den Engländern mochte man sehen, wie es sie nach einem flüchtigen Kuß zu einer Umarmung hinzog, welche sie jedoch nie vollendeten. Diese beiden dagegen standen schweigend da, getrennt; der Mann stierte mit unnahbarem, beleidigtem Blick grimmig ins Wasser hinab – und, wenn er das Gesicht denn überhaupt der

Frau zuwandte, so nur, um in schroffer Verachtung und voller Haß den blauen Strohhut anzustarren, den das Kind auf ihrem Arm trug, worauf sein feindseliger Blick dann übers Deck schweifte, um zu sehen, ob jemand anderes sie beobachtete. Und die Frau neben ihm betrachtete ihn beklommen, flehend. Und das Kind, das sich an ihre Brust preßte, schaute mit wachsamen, angstvollen Augen vom einen zum andern. Im ganzen war es eine sehr eigentümliche Begegnung.

Auf diese seltsame und schweigende Weise hatten sie nun schon etliche Minuten dagestanden, als die Frau, wie getrieben von der Anspannung, zu lächeln versuchte, ihren Mann am Arm faßte und zaghaft sagte: »Und das ist also das Goldene Land.« Sie sprach Jiddisch.

Der Mann knurrte, gab aber keine Antwort.

Wie um Mut zu fassen, holte sie tief Luft und zitternd: »Es tut mir leid, Albert, daß ich so dumm war.« Sie hielt inne, wartete auf ein Zeichen des Einlenkens, ein Wort, das aber nicht kam. »Aber du siehst so schmal aus, Albert, so hager. Und dein Schnurrbart – du hast ihn abrasiert.«

Sein brüsker Blick stach zu und zog sich gleich wieder zurück. »Trotzdem.«

»Du mußt in diesem Land gelitten haben«, fuhr sie ungeachtet seines Vorwurfs sanft fort. »Du hast mir gar nicht geschrieben. Du bist so dünn. Ach! Dann herrscht hier in dem neuen Land also die gleiche Armut. Du hast noch gar nichts gegessen. Das sehe ich doch. Du hast dich verändert.«

»Das bleibt sich doch ganz gleich«, schnauzte er, ohne ihre Anteilnahme zu beachten. »Das ist keine Entschuldigung dafür, daß du mich nicht erkannt hast. Wer sollte dich denn sonst abholen? Kennst du etwa noch jemanden in diesem Land?«

»Nein«, beschwichtigend. »Aber ich hatte solche Angst, Albert. So hör doch. Ich war so verwirrt, und dann das lange Warten da in dem riesigen Saal seit dem Morgen. Ach, das grauenvolle Warten! Alle habe ich sie gehen sehen, einen nach dem andern. Den Schuhmacher und seine Frau. Den Kupferschmied und seine Kinder aus Strij. Alle von der Kaiserin Viktoria. Nur ich – ich war übrig. Morgen ist Sonntag.

Sie haben mir gesagt, daß niemand mich abholen könnte. Wenn sie mich nun zurückgeschickt hätten? Ich war verzweifelt!«

»Ist das etwa meine Schuld?« Seine Stimme klang gefährlich.

»Nein! Nein! Natürlich nicht, Albert! Ich hab's doch bloß erklärt.«

»Dann erklär' ich dir jetzt mal was«, sagte er barsch. »Ich hab' getan, was ich konnte. Ich hab' mir für den Tag freigenommen. Viermal hab' ich bei dieser verfluchten Hamburg-Amerika-Linie angerufen. Und jedesmal haben sie mir gesagt, du seist nicht an Bord.«

»Es gab keine Plätze mehr in der Dritten Klasse, also mußte ich ins Zwischendeck –«

»Ja, jetzt weiß ich's auch. Ist ja auch in Ordnung. Es ging eben nicht anders. Ich bin trotzdem hergekommen. Mit dem letzten Boot. Und was machst du? Du weigerst dich, mich zu erkennen. Du kennst mich nicht.« Er ließ die Ellbogen auf die Reling fallen, wandte das verärgerte Gesicht ab. »So werde ich begrüßt.«

»Es tut mir leid, Albert.« Demütig streichelte sie ihm den Arm. »Es tut mir leid.«

»Und als machten sich diese blauberockten Hunde da drin nicht schon genug über mich lustig, sagst du denen auch noch das richtige Alter des Görs. Habe ich dir nicht geschrieben, du sollst siebzehn Monate sagen, weil man dann den halben Fahrpreis spart? Hast du drinnen denn nicht gehört, als ich's denen gesagt habe?«

»Wie denn, Albert?« protestierte sie. »Wie denn? Du warst doch auf der anderen Seite von diesem – diesem Käfig.«

»Und wenn schon, warum hast du nicht auch so siebzehn Monate gesagt? Da!« Er zeigte auf mehrere blauberockte Beamte, die aus einer Tür der Einwandererquartiere geeilt kamen. »Da sind sie.« Ein unheilvoller Stolz zerrte an seiner Stimme. »Wenn der dabei ist, der eine, der mich so ausgefragt hat, mit dem hätte ich noch ein Wörtchen zu reden, wenn der hierher käme.«

»Ach, laß doch, Albert«, rief sie beklommen. »Bitte, Albert! Was hast du denn gegen ihn? Der konnte doch nicht anders. Das ist doch seine Arbeit.«

»Ach, ja?« Sein Blick folgte mit unbeirrbarem Bedacht den Blauröcken auf ihrem Weg zum Schiff. »Na, er hätte sie ja nicht so gut zu machen brauchen.«

»Und außerdem habe ich ihn auch angelogen, Albert«, sagte sie hastig in dem Versuch, ihn abzulenken.

»Das hast du nicht, und das ist die Wahrheit«, schnauzte er. Seine Wut kehrte sich gegen sie. »Du hast deine erste Lüge verraten, indem du hinterher die Wahrheit gesagt hast. Und mich zum Gespött gemacht!«

»Ich wußte nicht, was ich tun sollte.« Verzweifelnd zupfte sie an dem Drahtgitter unter der Reling. »In Hamburg hat der Arzt mich ausgelacht, als ich siebzehn Monate sagte. Er ist ja so groß. Er war schon bei der Geburt so groß.« Sie lächelte, und der besorgte Blick schwand vorübergehend aus ihrem Gesicht, als sie ihrem Sohn die Wange streichelte. »Möchtest du nicht etwas zu deinem Vater sagen, David, mein Liebster?«

Das Kind versteckte aber nur den Kopf hinter seiner Mutter.

Sein Vater starrte es an und wandte den Blick ab, um finster auf die Beamten hinabzusehen. Dann runzelte er abwesend die Stirn, als wäre er plötzlich über etwas verblüfft. »Wie alt, sagte er, sei er?«

»Der Arzt? Über zwei Jahre – und er hat, wie gesagt, gelacht.«

»Aber was hat er denn eingetragen?«

»Siebzehn Monate – wie ich's dir gesagt habe.«

»Warum hast du ihnen denn dann nicht siebzehn gesagt –« Er unterbrach sich, zuckte heftig die Achseln. »Pah! In diesem Land mußt du stärker sein.« Er hielt inne, blickte sie durchdringend an und runzelte dann unvermittelt die Stirn. »Hast du seine Geburtsurkunde dabei?«

»Hm –« Sie wirkte durcheinander. »Vielleicht ist sie im Koffer – da auf dem Schiff. Ich weiß nicht. Vielleicht habe ich sie auch dort gelassen.« Ihre Hand wanderte unsicher zu ihren Lippen. »Ich weiß es nicht. Ist das so wichtig? Daran hab' ich gar nicht gedacht. Aber bestimmt könnte Vater sie schicken. Wir brauchen ihm ja bloß zu schreiben.«

»Hmm! Na, gut, setz ihn ab.« Brüsk fuhr sein Kopf zu dem Kind hin. »Du brauchst ihn nicht den ganzen Weg zu tragen. Er ist groß genug, um auf eigenen Füßen zu stehen.«

Sie zögerte und stellte das Kind dann widerstrebend auf das Deck. Furchtsam, unsicher rückte der Kleine auf die seinem Vater abgewandte Seite und klammerte sich, von seiner Mutter verborgen, an deren Rock.

»Na, jetzt ist ja alles überstanden.« Sie mühte sich, heiter zu sein. »Jetzt liegt alles hinter uns, nicht, Albert? Was ich für Fehler gemacht habe, ist doch nicht mehr so wichtig. Oder?«

»Schöner Vorgeschmack auf das, was mir bevorsteht!« Er drehte ihr den Rücken zu und lehnte sich mürrisch gegen die Reling. »Ein schöner Vorgeschmack!«

Sie schwiegen. Auf dem Kai unter ihnen waren die braunen Trossen über die Poller geschlungen worden, und die Männer auf dem unteren Deck holten die vom Wasser tropfenden Taue ein. Glocken läuteten. Das Schiff vibrierte. Aufgeschreckt vom heiseren Dröhnen der Sirene stiegen die Möwen, die vor dem Bug kreisten, mit leisen, krächzenden Schreien von dem grünen Wasser auf und strichen, als das Schiff von dem steinernen Kai wegstampfte, auf trägen Krummsäbelschwingen dicht über seiner Bahn dahin. Hinter dem Schiff wurde das weiße Kielwasser, das sich bis Ellis Island erstreckte, länger und löste sich in ein fahles Melonengrün auf. Zur einen Seite zog sich die niedrige, triste Küste Jerseys hin, die Spieren und Masten am Ufer wie Fransen vor dem Himmel; zur anderen Seite Brooklyn, flach, mit Wassertürmen – die Hörner des Hafens. Und auf ihrem hohen Sockel ragte vor ihnen aus dem geschuppten, flirrenden Glitzern sonnenbestrahlten Wassers im Westen die Freiheitsstatue auf. Die wirbelnde Scheibe der spätnachmittäglichen Sonne neigte sich hinter ihr, und für diejenigen an Bord, die hinschauten, waren ihre Züge schattenverkohlt, ihrer Tiefe entleert, war ihre Massigkeit zu einer einzigen Fläche geglättet. Vor dem gleißenden Himmel waren die Spitzen ihres Strahlenkranzes finstere Zacken, ein Spornrad in der Luft; Schatten ebneten die Fackel in ihrer Hand zu einem schwarzen Kreuz vor makellosem Licht – zum geschwärzten

Heft eines zerbrochenen Schwerts. Die Freiheitsstatue. Das Kind und seine Mutter starrten erneut voller Staunen auf die massige Figur.

Das Schiff schwang in einem weiten Bogen auf Manhattan zu; sein Bug glitt vorbei an Brooklyn und den Brücken, deren Kabel und Pfeiler, in der Entfernung übereinanderliegend, den East River in durchscheinenden, erstarrten Wellen überspannten. Der Westwind, der den Hafen zu schimmernden Schollen harkte, wehte frisch und sauber – es roch nach Salz, wenn die Böen einmal nachließen. Er peitschte die gepunkteten Bänder am Hut des Kindes steif nach hinten. Der Blick seines Vaters fiel darauf.

»Wo hast du denn den Deckel her?«

Von seiner unvermittelten Frage verschreckt, blickte seine Frau zu Boden. »Den? Das war Marias Abschiedsgeschenk. Die alte Amme. Sie hat ihn selber gekauft und dann die Bänder drangenäht. Findest du ihn nicht hübsch?«

»Hübsch? Das fragst du noch?« Seine schmalen Kinnbacken bewegten sich kaum, als er sprach. »Siehst du denn nicht, daß die Idioten, die dahinten liegen, uns schon beobachten? Die machen sich über uns lustig! Was wird das bloß im Zug geben? Der sieht damit aus wie ein Clown. Und überhaupt ist er schuld an dem ganzen Ärger!«

Die barsche Stimme, der zornige Blick, die Hand, die sich gegen ihn erhob, verängstigten den Jungen. Ohne die Ursache zu kennen, wußte er, daß die Wut des Fremden gegen ihn gerichtet war. Er brach in Tränen aus und drückte sich noch fester an seine Mutter.

»Still!« bellte die Stimme über ihm.

Das Kind duckte sich nieder und weinte um so lauter.

»Pscht, mein Schatz!« Die schützenden Hände seiner Mutter legten sich um seine Schultern.

»Und ausgerechnet jetzt, wo wir gleich an Land gehen!« sagte ihr Mann wütend. »Da fängt er damit an! Mit diesem Geheule! Und das kriegen wir nun wohl auf dem ganzen Nachhauseweg zu hören! Still! Wirst du wohl?«

»Aber du machst ihm doch angst, Albert!« protestierte sie.

»So? Na, dann sag ihm, er soll still sein. Und nimm ihm das Strohding da vom Kopf.«

»Aber Albert, es ist frisch hier.«

»Wirst du das wohl abnehmen, wenn ich –« Alles weitere wurde von einem Knurren erstickt. Unter dem entgeisterten Blick seiner Frau rissen seine langen Finger den Hut vom Kopf des Kindes. Im nächsten Moment segelte er über die Seite des Schiffs auf das grüne Wasser hinab. Die Männer im Overall am Heck grinsten einander an. Die alte Orangenhökerin schüttelte den Kopf und gluckste.

»Albert!« Seine Frau hielt den Atem an. »Wie konntest du nur!«

»Allerdings!« schrie er los. »Du hättest ihn dalassen sollen!« Seine Zähne klackten, und er blickte finster übers Deck.

Sie hob das schluchzende Kind an die Brust, drückte es an sich. Leer und fassungslos schweifte ihr Blick von der schwelenden Düsternis im Gesicht ihres Mannes zum Heck des Schiffs. In dem silbrig-grünen Kielwasser, das sich trompetengleich dahinzog, hüpfte und schlingerte noch der Hut, die Bänder lang auf den Wellen ausgestreckt. Tränen schossen ihr in die Augen. Rasch wischte sie sie weg, schüttelte den Kopf, als schüttelte sie die Erinnerung ab, und schaute zum Bug. Vor ihr türmten sich die rußigen Kuppeln und ragenden kantigen Mauern der Stadt. Oberhalb der gezackten Dächer wehte, von der sich neigenden Sonne gebleicht und durchtränkt, der weiße Rauch in die Kerben und Keile des Himmels. Sie preßte die Stirn an die des Kindes, beruhigte es flüsternd. Das also war das weite, unglaubliche Land, das Land der Freiheit, der ungeheuren Möglichkeiten, das Goldene Land. Erneut versuchte sie zu lächeln.

»Albert«, sagte sie zaghaft, »Albert.«

»Hm?«

»Gejn mir wojnen do? In New York?«

»Nejn. Bronzeville. Ich hob dir schojn geschribn.«

Sie nickte unsicher, seufzte …

Mit mahlenden Schrauben, Wasser verdrängend, näherte sich die *Peter Stuyvesant* ihrem Pier – langsam treibend und mit zurückgenommener Fahrt, fast widerstrebend.

Erstes Buch

Der Keller

1

Er stand vor dem Ausguß in der Küche und betrachtete die blinkenden Messinghähne, die so weit entfernt schimmerten, jeder mit einem Wassertropfen an der Nase, der langsam anschwoll, dann fiel, und wieder einmal wurde David bewußt, daß diese Welt ohne Rücksicht auf ihn erschaffen worden war. Er hatte Durst, doch die eiserne Hüfte des Ausgusses ruhte auf Beinen, die fast so hoch wie sein Körper waren, und sosehr er auch den Arm recken, sosehr er springen mochte, er konnte den fernen Hahn nicht erreichen. Woher kam das Wasser, das so geheimnisvoll in dem gekrümmten Messing lauerte? Wohin ging es, wenn es im Abfluß gurgelte? Was für eine fremde Welt hinter den Wänden eines Hauses verborgen sein mußte! Doch er hatte Durst.

»Mama!« rief er, und seine Stimme übertönte das zischende Kehrgeräusch in der Wohnstube. »Mama, ich will was trinken.«

Der unsichtbare Besen hielt inne, um zu horchen. »Ich komme gleich«, antwortete seine Mutter. Ein Sessel ächzte auf seinen Laufrollen; ein Fenster keckerte herab; die nahenden Schritte seiner Mutter.

In der Tür auf der oberen Stufe stehend (zwei Stufen führten in die Wohnstube), blickte seine Mutter ihn lächelnd an. Sie wirkte groß wie ein Turm. Das alte graue Kleid, das sie trug, erhob sich von kräftigen bloßen Knöcheln gerade bis zur Taille, wölbte sich um den tiefen Busen und über die breiten Schultern und setzte ihren vollen Hals in einen Rahmen aus abgewetzter Spitze. Ihr glattes, herabgeneigtes Gesicht war nun gerötet von der Arbeit, aber nur schwach, diffus, von der Farbe einer Hand unter Wachs. Sie hatte sanfte, volle Lippen, braune Haare. Ein vages, flüchtiges Dunkel verwischte die Höhlen über den Wangenknochen und verlieh ihrem Gesicht und den großen braunen Augen, die in ihren weißen Ovalen lagen, etwas Zurückhaltendes, fast Kummervolles.

»Ich will was trinken, Mama«, wiederholte er.

»Ja«, antwortete sie, während sie die Stufen herabkam, »ich hab's gehört.« Und mit einem raschen Seitenblick auf ihn ging sie zum Ausguß und drehte den Hahn auf. Das Wasser sprudelte geräuschvoll herab. Einen Augenblick lang stand sie versonnen lächelnd da, den ungestümen Strahl mit einem Finger teilend, darauf wartend, daß er kühler werde. Dann füllte sie ein Glas und reichte es ihm hinunter.

»Wann bin ich denn groß genug?« fragte er ärgerlich, während er das Glas in beide Hände nahm.

»Einmal kommt die Zeit«, antwortete sie lächelnd. Sie lächelte selten breit; viel eher vertiefte sich die dünne Furche entlang ihrer Oberlippe. »Nur keine Angst.«

Die Augen noch immer auf seine Mutter gerichtet, trank er das Wasser mit atemlosen, unregelmäßigen Schlucken und gab ihr dann das Glas zurück, verblüfft darüber, daß der Inhalt kaum weniger geworden war.

»Warum kann ich nicht reden, wenn mein Mund im Wasser ist?«

»Dann würde dich niemand hören. Hast du genug?«

Er nickte und murmelte befriedigt.

»Und das war alles?« fragte sie. Ihre Stimme barg eine feine Herausforderung.

»Ja«, sagte er zögernd, während er ihr Gesicht nach einem Hinweis absuchte.

»Das habe ich mir gedacht.« Sie zog den Kopf in komischer Enttäuschung zurück.

»Was?«

»Es ist Sommer«, – sie zeigte zum Fenster – »das Wetter wird warm. Wen willst du denn mit den Eislippen erfrischen, die das Wasser dir gemacht hat?«

»Oh!« Er hob das lächelnde Gesicht.

»Du merkst dir auch gar nichts«, tadelte sie ihn und nahm ihn, kehlig kichernd, auf den Arm.

David vergrub die Finger in ihrem Haar und küßte sie auf die Stirn. Die schwache, vertraute Wärme, der Duft ihrer Haut und Haare.

»Aha!« lachte sie und rieb die Nase an seiner Wange. »Aber du hast zu lange gewartet; die frische Kühle ist lau geworden.

Für mich müssen Lippen«, erinnerte sie ihn, »immer so kalt wie das Wasser sein, das sie befeuchtet hat.« Sie setzte ihn ab.

»Einmal esse ich ein Eis«, sagte er warnend, »das gefällt dir dann.«

Sie lachte. Und dann nüchtern: »Willst du denn gar nicht raus auf die Straße? Der Vormittag ist schon fast vorbei.«

»Ooh!«

»Geh mal lieber. Muß ja nicht lang sein. Ich will hier nämlich fegen.«

»Aber erst meinen Kalender«, schmollte er und führte dies Vorrecht ins Feld, um Zeit zu schinden.

»Na, meinetwegen. Aber danach mußt du runter.«

Er zog einen Stuhl unter den Kalender an der Wand, kletterte hinauf, zupfte das abgegriffene Blatt ab und ging die verbliebenen durch, um zu sehen, wie viele es noch bis zum nächsten roten Tag waren. Rote Tage waren Sonntage, die Tage, an denen sein Vater zu Hause war. Sie näher rücken zu sehen, versetzte David immer einen kleinen Schrecken.

»Nun hast du dein Blatt«, erinnerte ihn seine Mutter.

»Komm.« Sie streckte die Arme aus.

Er zögerte. »Zeig mir, wo mein Geburtstag ist.«

»O je!« rief sie mit einem ungeduldigen Kichern aus. »Seit Wochen zeige ich ihn dir nun Tag für Tag.«

»Zeig ihn mir noch einmal.«

Sie ließ den Block unter dem Daumen zurückschnellen, hob dann einen dünnen Packen Blätter hoch. »Juli« – murmelte sie, »12. Juli ... Da!« Sie fand ihn. »12. Juli 1911. Dann wirst du sechs.«

David betrachtete ernst die fremdartigen Ziffern. »Noch viele Seiten«, teilte er ihr mit.

»Ja.«

»Und dazu noch ein schwarzer Tag.«

»Auf dem Kalender«, lachte sie, »nur auf dem Kalender. Nun komm aber runter!«

Er ergriff ihren Arm und sprang vom Stuhl. »Das muß ich jetzt verstecken«, erklärte er.

»Wahrscheinlich. Ich sehe schon, ich kriege meine Arbeit heute nie getan.«

Zu vertieft in seine Angelegenheiten, um den ihren viel Beachtung zu schenken, ging er zur Anrichte unter dem Geschirrbord, öffnete die Tür und zog einen Schuhkarton hervor, seine Schatzkiste.

»Siehst du, wie viele ich schon habe?« Stolz zeigte er auf das dicke Bündel zerknitterter Blätter in dem Karton.

»Großartig!« Mit routinierter Bewunderung blickte sie auf den Karton. »Du schälst das Jahr fast wie einen Kohlkopf. Bist du abmarschfertig?«

»Ja.« Nicht sehr bereitwillig verstaute er den Karton.

»Wo ist denn deine Matrosenbluse?« murmelte sie umherblickend. »Die mit den weißen Streifen? Was habe ich denn –?« Sie fand sie. »Es ist immer noch ein bißchen windig.«

David hielt die Arme hoch, damit sie ihm die Bluse über den Kopf ziehen konnte.

»Also, mein Herz«, sagte sie und gab dem wiederauftauchenden Gesicht einen Kuß. »Jetzt geh und spiel schön.« Sie führte ihn zur Tür und öffnete sie. »Aber nicht zu weit. Und denk daran, wenn ich dich nicht rufe, dann bleibst du, bis es tutet.«

Er trat hinaus in den Gang. Die leise hinter ihm sich schließende Tür sperrte gleich einem zugehenden Augenlid das Licht aus. Er tastete sich zur Treppe vor, die unter ihm ins Dunkel fiel, und ging, einen um den andern schlanken Pfosten des Geländers packend, hinab. David fühlte sich auf dieser Treppe nie allein, aber er wünschte, es wäre kein Läufer darauf gewesen. Wie konnte man im Finstern das Geräusch der eigenen Füße hören, wenn der Läufer jeden Schritt, den man tat, erstickte? Und wenn man das Geräusch der eigenen Füße nicht hören und auch nichts sehen konnte, wie konnte man dann sicher sein, daß man tatsächlich da war und nicht träumte? Ein paar Schritte vor dem unteren Absatz blieb er stehen und blickte starr auf die Kellertür. Sie wölbte sich vor Finsternis. Würde sie halten? ... Sie hielt! Er sprang die letzten Stufen hinab und rannte durch den schmalen Gang zum Licht der Straße. Durch die Tür zu sausen war, als durchstieße man eine Welle. Ein blendender Brecher Sonnenlicht barst über seinem Kopf, umspülte ihn mit einem wirbelnden, verschwommenen Gleißen und wich wieder zurück ... Eine Reihe Holzhäuser, zur Hälfte in dünnem Schatten, eine löcherige Gosse, ein gähnender Aschkasten, Treibgut am Ufer, seine Straße.

Blinzelnd und beinahe erschüttert verharrte er einen Augenblick auf der flachen Stufe, bis sich sein schwirrender Blick festigte. Erst dann bemerkte er überhaupt, daß auf dem Bordstein vor seinem Haus ein Junge saß, den er im nächsten Moment erkannte. Es war Yussie, der gerade in Davids Haus eingezogen war und einen Stock über ihm wohnte. Yussie hatte ein sehr rotes, dickes Gesicht. Seine große Schwester hinkte und hatte komische Eisenstäbe an einem Bein. Was machte er da, fragte sich David, was hatte er da in den Händen? Er trat von der Stufe herab, ging zu ihm hin und stellte sich, völlig unbeachtet, neben ihn.

Yussie hatte von einem Wecker das Gehäuse abmontiert. Entblößt, wie sie waren, tickten die geometrischen Messingteile, wenn angestoßen, surrten und bimmelten sie stockend.

»Läuf trotzdem noch«, klärte Yussie ihn ernst auf. David setzte sich. Fasziniert starrte er auf die schimmernden Zahnrädchen, die sich drehten, ohne daß ihre Lichtzentren sich mitdrehten. »Un was mach das?« fragte er. Auf der Straße redete David englisch.

»Siehsn das nich? Weil das halt a Maschin is.«

»Ah!«

»Der weck mein Vadder morngs uff.«

»Der weck auch mein Vadder uff.«

»Der sag dir, wennd essn muß und wennd schlafn gehn muß. Das sag er dir, aber ich habn ausnannergenomm.«

»Ich hab an Kalenda obn«, teilte David ihm mit.

»Pah! Wer hat kein Kalenda?«

»Ich heb mein uff. Ich hab schon a dicks Buch von, mit Zahln druff.«

»Wer kann n das nich?«

»Aber den hat mein Vadder gemach«, spielte David seinen einzigen Trumpf aus.

»Was isn dein Vadder?«

»Mein Vadder is Drucker.«

»Mein Vadder schaff in am Schmuckladen. In Brooklyn. Has schon ma in Brooklyn gewohn?«

»Nein.« David schüttelte den Kopf.

»Aber wir – gleich nebn dem Schmuckladn von meim Vadder in der Rainey Avenju. Wo schaffn dein Vadder?«

David dachte nach. »Ich weiß nich«, gestand er schließlich und hoffte, daß Yussie das Thema nicht weiter verfolgen würde.

Was er nicht tat. Statt dessen sagte er: »Ich mag Brownsville nich. Brooklyn is mir lieber.«

David war erleichtert.

»Da hammer immer Zigarettn inner Goss gefunn«, fuhr Yussie fort. »Und die hammer dann den Fraun nachgeschmissn, und dann sin mer weg. Was magsn lieba, Fraun oder Männer?«

»Fraun.«

»Ich mag mein Vadder lieba«, sagte Yussie. »Mein Mudder schrei mich immer an.« Er klemmte einen Nagel zwischen zwei Zahnrädchen. Ein leuchtend gelbes Teil brach plötzlich ab und fiel in die Gosse vor seinen Füßen. Er nahm es auf, pustete den Staub ab und erhob sich. »Wills es?«

»Ja.« David griff danach.

Yussie wollte es ihm schon in die ausgestreckte Hand fallen lassen, überlegte es sich aber anders und zog es zurück. »Nein. Is so klein wien Penny. Vielleich kann ichs in n Automat steckn und krieg n Kaugummi. Da, kanns das da ham.« Er angelte ein größeres Rad aus der Hosentasche und gab es David. »Das is wie an Quarter. Komms mit?«

David zögerte. »Ich muß hier wartn, bis s tutet.«

»Was tutet?«

»Inner Fabrik. Alle auf einmal.«

»Un?«

»Un dann kann ich widder ruff.«

»Un warum?«

»Weils um zwölf losgeh un dann noch ma um fünf. Dann kann ich ruff.«

Yussie musterte ihn neugierig. »Ich hol mirn Kaugummi«, sagte er und schüttelte seine Verblüffung ab. »Vom Automat.« Und er bummelte in Richtung des Süßwarenladens an der Ecke davon.

Das kleine Rädchen in der Hand, fragte David sich wieder einmal, wie es kam, daß jeder Junge auf der Straße wußte, wo sein Vater arbeitete, nur er nicht. Sein Vater hatte so viele Arbeitsstellen. Kaum hatte man erfahren, wo er arbeitete, da arbeitete er auch schon wieder woanders. Und warum sagte er immerzu: »Die sehen mich immer so schief an, mit Spott im Blick! Wie lange hält das denn einer aus? Soll Gottes Feuer sie verzehren!« Ein grauenvolles Bild erhob sich vor Davids innerem Auge – die Erinnerung daran, wie seine Mutter einmal beim Abendessen zu sagen gewagt hatte, daß die Männer ihn vielleicht gar nicht schief ansähen, daß er sich das vielleicht nur einbilde. Da hatte sein Vater geknurrt. Und mit einem plötzlichen Schwung des Arms Speisen und Geschirr krachend vom Tisch gefegt. Und dem folgten weitere Bilder, Bilder, wie die Tür aufgetreten wurde und sein Vater hereinkam, bleich und wild, und wie er sich setzte, wie es alte Männer tun, und mit einer zitternden Hand hinter sich nach dem Stuhl tastete. Er sagte nichts. Seine Kiefer und sogar die Gelenke schienen wie von einer sengenden Wut zusammengeschweißt. David träumte oft von den Schritten seines Vaters, wie sie auf der Treppe dröhnten, von dem glänzenden Türknauf, wie er sich drehte, und von sich selbst, wie er nach Messern griff und sie nicht vom Tisch hochbekam.

Während er so vor sich hin brütete, vertieft in seine Gedanken, vertieft in die rhythmischen, akkuraten Zähnchen des gelben Rads in seiner Hand, in die dünnen hellen Ringe, die, ohne sich zu bewegen, ruhelos herumwirbelten, merkte David gar nicht, daß sich ein Stück weiter eine kleine Gruppe Mädchen in der Gosse versammelt hatte. Als sie jedoch zu singen anfingen, schreckte er hoch und blickte hin. Ihre Gesichter waren ernst, sie hielten einander an den Händen gefaßt; langsam sich im Kreis drehend, sangen sie in einem klagenden, näselnden Chor:

»Walta, Walta, Wildeblum,
Bist so aufgeschossen;
Sind wir alles junge Frau'n,
Zum Sterben fest entschlossen.«

Immer aufs neue wiederholten sie den Refrain. Ihre Worte, zunächst undeutlich, wurden schließlich klar, füllten sich mit Bedeutung. Das Lied verstörte David auf eigenartige Weise. Walter Wildblum war ein kleiner Junge. David kannte ihn. Er lebte in Europa, weit weg, wo auch er, wie seine Mutter ihm erzählt hatte, geboren war. Er hatte ihn auf einem Berg stehen sehen, weit weg. Von einer warmen, wehmütigen Traurigkeit erfüllt, schloß er die Augen. Vergessene Flüsse trieben bruchstückhaft unter den Lidern, staubige Straßen, unermeßlicher Bogen aus Bäumen, ein Ast in einem Fenster unter makellosem Licht. Eine Welt irgendwo, irgendwo anders.

»Walta, Walta, Wildeblum,
Bis so aufgeschossen;«

Sein Körper entspannte sich, gab sich dem Rhythmus des Liedes und der goldenen Junisonne hin. Ihm war, als höbe und senkte er sich irgendwo auf Wellen weit weg von ihm. In ihm sprach eine Stimme nicht mit Worten, sondern mit dem Zucken einer langsamen Flamme ...

»Sind wir alles junge Frau'n,
Zum Sterben fest entschlossen.«

Aus den schlaffen, sich öffnenden Fingern rollte das Zahnrad wie eine Münze klingend auf die Erde, fiel auf die Seite. Das plötzliche Geräusch brachte ihn wieder in die Wirklichkeit zurück, verankerte ihn an der stillen Vorstadtstraße, am Bordstein. Die verschwommene Flamme, die in ihm gelodert hatte, flackerte und erlosch. Er seufzte, bückte sich und hob das Rädchen auf.

Wann tutet es denn endlich, fragte er sich. Es dauerte lange heute ...

2

So weit seine Erinnerung reichte, war dies das erste Mal, daß er mit seinem Vater allein irgendwohin gegangen war, und schon war er niedergeschlagen, von düsteren Vorahnungen aufgewühlt, voller verzweifelter Sehnsucht nach seiner Mutter. Sein Vater war so stumm und so fern, daß er das Gefühl hatte, als wäre er, selbst an seiner Seite, allein. Was, wenn sein Vater ihn nun verlassen, ihn in einer einsamen Straße zurücklassen würde. Bei dem Gedanken überliefen ihn Schauder des Grauens. Nein! Nein! Das konnte er nicht tun!

Endlich erreichten sie die Gleise der Elektrischen. Der Anblick von Menschen heiterte ihn wieder auf, vertrieb für eine Weile seine Furcht. Sie bestiegen eine Bahn, fuhren, wie ihm vorkam, eine lange Strecke und stiegen dann in einer belebten Straße unter einer Hochbahn aus. Sein Vater packte David nervös am Arm und steuerte ihn über die Straße. Vor dem ausgezogenen Eisengitter eines geschlossenen Lichtspielhauses blieben sie stehen. Zu beiden Seiten kolorierte Plakate, dahinter der Geruch abgestandenen Parfüms. Hastende Menschen, donnernde Züge. Furchtsam blickte David um sich. Zur Rechten des Lichtspielhauses, im Fenster einer Eisdiele, tanzte und trieb, von einem Ventilator angeblasen, knallig buntes Popcorn. Ängstlich schaute er zu seinem Vater hoch. Der war bleich, finster. Die feinen Adern in seiner Nase stachen wie ein rosarotes Spinnennetz hervor.

»Siehst du die Tür da?« Er rüttelte seine Aufmerksamkeit wach. »In dem grauen Haus da. Siehst du? Da, wo gerade der Mann rausgekommen ist.«

»Ja, Papa.«

»Da gehst du jetzt rein und die Treppe hoch, und dort siehst du noch eine Tür. Da gehst du rein. Und zu dem ersten Mann, den du da drin siehst, sagst du: Ich bin der Sohn von Albert Schearl. Er hat gesagt, Sie sollen mir die Sachen aus seinem Spind holen und auch das Geld, das ihm noch zusteht. Hast du verstanden? Wenn sie es dir gegeben haben, dann bringst du's hier runter. Ich warte auf dich. Also, was sagst du?« fragte er abrupt.

David fing an, seine Anweisungen auf jiddisch zu wiederholen.

»Sag's auf englisch, du Trottel!«

Er gab sie auf englisch wieder. Und als er seinen Vater insoweit zufriedengestellt hatte, daß er alles behalten hatte, wurde er hineingeschickt.

»Und sag' ihnen ja nicht, daß ich hier bin«, folgte die Mahnung, als er losging. »Denk dran, du bist allein gekommen!«

Voller banger Befürchtungen, entmutigt von der quälenden Aussicht, allein Fremden gegenüberzutreten, Fremden, vor denen selbst sein Vater sich zu fürchten schien, betrat er den Eingang, erklomm die Treppe. Im ersten Stock stieß er die Tür auf und betrat einen kleinen Raum, ein Büro. Von irgendwoher hinter diesem Büro schepperten und rasselten Maschinen. Ein kahlköpfiger Mann mit einer Zigarre im Mund blickte bei seinem Eintreten auf.

»Na, mein Junge«, sagte er lächelnd, »was möchtest du denn?«

Einen Augenblick lang waren David alle Anweisungen aus dem Kopf gewichen. »Mein – Vadder hat mich geschick.« Er stockte.

»Dein Vater? Wer ist das?«

»Ich – Ich bin der Sohn von Albert Schearl«, platzte er heraus. »Der hat mich geschick, damit ich seine Sachn ausm Spind holn soll un das Geld, so Se ihm schuln.«

»Ach, du bist also der Sohn von Albert Schearl«, sagte der Mann, und seine Miene veränderte sich. »Und der will nun sein Geld, wie?« Er nickte mit der kurzen, vibrierenden Bewegung einer Glocke. »Da hast du vielleicht 'nen Vater, mein Junge. Das kannste ihm von mir sagen. Der hat mir keine Wahl gelassen. Der ist ja verrückt. Jeder, der – Was macht er denn zu Haus?«

David schüttelte schuldbewußt den Kopf. »Nix.«

»Nichts?« kicherte er. »Nichts, was? Na –« Er unterbrach sich und ging nach hinten zu einem kleinen Bogenfenster. »Joe!« rief er. »Ach, Joe. Komm doch mal kurz her, ja?«

Ein paar Sekunden später kam ein grauhaariger Mann im Overall herein.

»Sie ham mich gerufen, Mr. Lobe?«

»Ja, hol mir doch mal Schearls Sachen aus seinem Spind, und pack sie für mich ein. Sein Junge ist da.«

Das Gesicht des anderen dehnte sich zu einem breiten, braunzahnigen Grinsen. »Is das sein Junge?« Wie um ein Lachen zu unterdrücken, zerrte seine Zunge an dem Tabakpriem in der Wange.

»Ja.«

»Der sieht mir aber nich verrückt aus.« Er lachte unvermittelt laut auf.

»Nein.« Mr. Lobe brachte ihn mit einer Handbewegung zum Schweigen. »Das ist ein netter Junge.«

»Dein Alter hat mir mit m Hammer fastn Schädel eingeschlagen«, sagte der Mann zu David. »Weiß nich, was los war, keiner hat was gesagt.« Er grinste. »So einer ist mir noch nich untergekommen, Mr. Lobe. Heiliger Strohsack, der hat ausgesehn, als würd er kochen vor Wut. Ham Sie gesehen, wie der die Stange mitn Händen verbogen hat? Vielleicht geb ich ihm die als Andenken mit.«

Mr. Lobe grinste. »Laß den Jungen in Ruh«, sagte er ruhig. »Hol seinen Kram.«

»Schon gut.« Noch immer kichernd, ging der grauhaarige Mann hinaus.

»Setz dich, mein Junge«, sagte Mr. Lobe und zeigte auf einen Stuhl. »Die Sachen von deinem Vater haben wir gleich hier.«

David setzte sich. Nach ein paar Minuten kam eine junge Frau mit einem Papier in der Hand ins Büro.

»Ach, Marge«, sagte Mr. Lobe, »such doch mal raus, was der Schearl noch kriegt, ja?«

»Ja, Mr. Lobe.« Sie musterte David. »Wer ist das, sein Junge?«

»Mhm.«

»Sieht ihm ähnlich, was?«

»Kann sein.«

»Den würd' ich einsperren lassen«, sagte die Frau, während sie ein großes Hauptbuch aufschlug.

»Was würde das schon nützen?«

»Weiß nicht, würd' ihn vielleicht zur Vernunft bringen.«

Mr. Lobe zuckte die Achseln. »Ich bin bloß froh, daß er keinen umgebracht hat.«

»Der gehört in die Gummizelle«, sagte die Frau, während sie etwas auf ein Blatt Papier schrieb.

Mr. Lobe gab keine Antwort.

»Er kriegt sechs zweiundsechzig.« Sie legte den Bleistift hin. »Soll ich's holen?«

»Mhm.«

Die Frau ging zu einem großen schwarzen Tresor in einer Ecke, zog einen Kasten hervor, zählte etwas Geld heraus, steckte es dann in einen kleinen Umschlag und gab ihn Mr. Lobe.

»Komm her«, sagte er zu David. »Wie heißt du denn?«

»David.«

»David und Goliath.« Er lächelte. »Also, David, hast du denn eine schöne tiefe Tasche? Laß mal sehen.« Er hob die Schöße von Davids Jacke. »Da, die ist gut.« Und fingerte an der kleinen Uhrentasche an der Hüfte. »Da tun wir's rein.« Er faltete den Umschlag und stopfte ihn hinein. »Und nimm ihn ja nicht raus. Sag keinem, daß du das hast, bis du zu Hause bist, verstanden? Also, wirklich, einen Jungen in dem Alter so was machen zu lassen.«

David, der einfach unter Mr. Lobes Arm hindurch geradeaus starrte, gewahrte zwei Gesichter, die durch das kleine Fenster an der hinteren Wand hereinspähten. Beider Augen waren auf ihn geheftet und betrachteten ihn mit jenem neugierigen und belustigten Blick, mit dem man zum ersten Mal einer wunderlichen Laune der Natur ansichtig wird. Beide grinsten, als die junge Frau sich zufällig in ihre Richtung wandte und sie sah; einer der Männer zwinkerte und tippte sich mit einem Finger an die Schläfe. Als Mr. Lobe sich umdrehte, verschwanden beide. Gleich darauf erschien der grauhaarige Mann mit einem in Papier eingewickelten Bündel.

»Mehr hab ich nich gefunden, Mr. Lobe. Sein Handtuch und sein Hemd und ne Jacke.«

»Ist gut, Joe.« Mr. Lobe nahm ihm das Paket ab und wandte sich wieder David zu. »Hier, mein Junge. Klemm dir das untern Arm und verlier's nicht.« Er schob es David unter den Arm. »Nicht schwer, oder? Nein? Schön.« Er öffnete die Tür, um David hinauszulassen. »Wiedersehen.« Ein trockenes Lächeln huschte über seine Züge. »Ganz schön hart für dich.«

Das Bündel fest unter den Arm gedrückt, ging David langsam die Treppe hinab. So hörte sein Vater also mit einer Arbeit auf! Er hatte einen Hammer in der Hand, hätte fast jemanden umgebracht. David sah ihn geradezu vor sich, den Hammer über dem Kopf erhoben, das Gesicht in entsetzlichem Zorn verzerrt, die anderen, die sich wegduckten. Er erschauerte vor dem Bild in seinem Kopf, blieb reglos auf der Treppe stehen, gelähmt vor Entsetzen, sich der Wirklichkeit stellen zu müssen. Doch er mußte hinuntergehen; er mußte zu ihm; es würde schlimmer für ihn sein, wenn er noch länger auf der Treppe blieb. Er wollte nicht weiter, aber es mußte sein. Wäre die Treppe nur doppelt so hoch gewesen.

Er hastete hinab, trat hinaus auf die Straße. Sein Vater, den Rücken fest an das Gitter gedrückt, wartete auf ihn und bedeutete ihm, als er ihn herauskommen sah, sich zu beeilen, setzte sich dabei aber schon in Bewegung. David rannte hinter ihm her und holte ihn schließlich ein. Sein Vater nahm ihm, ohne seine Schritte zu verlangsamen, das Bündel ab.

»Die haben ja ziemlich gebraucht«, sagte er und warf einen boshaften Blick über die Schulter. Es war ihm am Gesicht anzusehen, daß er sich während der Zeit, als David oben war, in Wut hineingesteigert hatte. »Haben sie dir das Geld gegeben?«

»Ja, Papa.«

»Wieviel?«

»Sechs – sechs Dollar, das Mädchen –«

»Haben sie was zu dir gesagt?« Seine Zähne waren grimmig zusammengebissen. »Über mich?«

»Nein, Papa«, antwortete er hastig. »Nichts, Papa. Die haben mir bloß das – das Geld gegeben, und dann bin ich gegangen.«

»Wo ist es?«

»Da drin.« Er zeigte auf die Tasche.

»Na, dann gib's mir!«

Unter Schwierigkeiten zerrte David den Umschlag aus der Tasche. Sein Vater riß ihn ihm weg und zählte das Geld.

»Und gesagt haben sie nichts, hm?« Offenbar verlangte er eine letzte Bestätigung. »Keiner von den Männern hat mit dir gesprochen, ja? Bloß das glatzköpfige Schwein mit der Brille?« Er beobachtete ihn mit zusammengekniffenen Augen.

»Nein, Papa. Bloß der Mann. Der hat mir einfach das Geld gegeben.« Er wußte, daß er, solange der Blick seines Vaters auf ihm lag, offen dreinschauen, große, unschuldige Augen machen mußte.

»Na, schön!« Für einen kurzen Augenblick spannten sich seine Lippen in flüchtiger Befriedigung. »Gut!«

Sie blieben an der Ecke stehen und warteten auf die Trambahn …

David sagte keinem etwas von dem, was er herausgefunden hatte, nicht einmal seiner Mutter – es war alles zu furchterregend, zu unwirklich, um es mit jemand anderem zu teilen. Er grübelte darüber, bis es in seinen Schlaf kroch, bis er nicht mehr genau wußte, wo sein Vater Fleisch war und wo Traum. Wer würde ihm glauben, wenn er sagte: Ich habe gesehen, wie mein Vater einen Hammer schwang; er stand auf einem hohen Dach der Finsternis, und unter ihm waren hochgereckte Gesichter, so viele, daß sie sich wie weiße Pflastersteine bis ans Ende der Welt erstreckten; wer würde ihm das glauben? Er wagte es nicht.

3

Der Tisch war mit dem besten Geschirr gedeckt worden. In der Röhre garte ein Huhn. Seine Mutter goß gerade den Rest des schimmernden Rotweins vom Passah aus der strohumhüllten Flasche in den dicken Glaskrug. Bis jetzt hatte sie geschwiegen, doch als sie den Krug in die Mitte des Tisches stellte, wandte sie sich zu David, der sie beobachtete. »Ich spüre etwas, ich weiß nicht recht, was«, sagte sie. »Eine Unruhe.« Sie blickte kurz zu Boden, starrte traurig ins Leere; dann hob sie die Hände, als fragte sie sich, »warum«, und ließ sie seufzend wieder sinken, als hätte sie keine Antwort erhalten. »Vielleicht, weil ich glaube, daß meine Mühen vergeblich sind.«

David überlegte kurz, warum sie das gesagt hatte, und dann fiel es ihm wieder ein. Dieser Mann kam, der Mann, dessen Namen sein Vater die ganze letzte Woche im Munde geführt hatte – seit er seine neue Stelle hatte. Dieser Mann war Werkmeister. Sein Vater hatte gesagt, sie kämen aus derselben Gegend im fernen Österreich. Wie seltsam es sei, daß sie von so weit hergekommen seien und einander in derselben Werkstatt begegneten und feststellten, daß sie im selben Viertel in Brownsville wohnten. Sein Vater hatte gesagt, er habe nun einen wahren Freund gefunden, seine Mutter hingegen hatte geseufzt. Und nun seufzte sie erneut und sagte, daß ihre Mühen vergeblich sein würden. David hoffte, daß sie unrecht hatte. Er wollte wie die anderen Jungen in der Straße sein. Er wollte sagen können, wo sein Vater arbeitete.

Bald hörte er die Stimme seines Vaters auf der Treppe. Seine Mutter erhob sich, blickte hastig um sich, um zu sehen, ob auch alles vorbereitet war, ging dann zur Tür und öffnete sie. Die beiden Männer kamen herein, sein Vater zuerst, der andere Mann hinterdrein.

»So, da wären wir«, sagte sein Vater mit nervöser Herzlichkeit. »Das ist meine Frau. Das ist Joe Luter, mein Landsmann. Und der da drüben«, er zeigte auf David, »das ist der Kaddischel. Fühl dich wie zu Hause.«

»Ein prächtiges Zuhause hast du da«, sagte der andere und lächelte Davids Mutter an. »Ganz, ganz prächtig«, strahlte er.

»Es ist erträglich«, antwortete Davids Mutter.

»Und auch einen prächtigen Jungen.« Beifällig musterte er David.

»Na!« sagte sein Vater unvermittelt. »Dann laß uns mal gleich etwas essen, hm?«

Während sein Vater Luter drängte, Wein zu trinken, betrachtete David den Fremden. Er war nicht viel größer als sein Vater, aber viel breiter, fleischiger, und hatte, anders als sein Vater, einen ordentlichen Wanst. Es war irgendwie schwierig, sich an sein Gesicht zu gewöhnen. Nicht, weil es besonders häßlich oder weil es narbig war, sondern weil man spürte, wie die eigenen Züge versuchten, es nachzuahmen, während man es ansah. Der Mund war so klein und der Lippenbogen so dick und gewölbt, daß David merkte, wie er richtiggehend darauf wartete, daß er sich entspannte. Und wie seine Nasenlöcher anschwollen und sich blähten, das ermüdete einen geradezu, und man hoffte, daß die tiefen Grübchen in seinen Wangen sich bald füllten. Er redete sehr langsam und gleichmäßig, sein ganzes Verhalten war tolerant und aufmerksam, und deswegen wie auch wegen seiner sich beständig zu einem Lächeln verzerrenden Züge vermittelte er den Eindruck großer Umgänglichkeit und Gutmütigkeit. Und wie sich auch bald erwies, war er nicht nur umgänglich, sondern auch sehr verständnisvoll und sehr höflich und lobte in sehr warmen Tönen den Wein und den Kuchen, der dazu gereicht wurde, die Sauberkeit des Hauses, verglichen mit dem seiner Wirtin, und schließlich beglückwünschte er Davids Vater zu einer so hervorragenden Frau.

Als das Abendessen aufgetragen wurde, wollte er nicht eher zu essen beginnen, bis Davids Mutter sich gesetzt hatte – was sie in Verlegenheit stürzte, da sie immer zuerst den anderen vorlegte –, und beim Essen dann war er allen gegenüber sehr aufmerksam, reichte Fleisch und Brot und Salz, bevor er darum gebeten wurde. Wenn er sprach, schloß er alle in die Unterhaltung mit ein, sei es, indem er Fragen stellte, sei es, indem er einen anschaute. All das brachte David nicht wenig außer Fassung. Nahezu schweigsame Mahlzeiten gewohnt, daran, entweder ignoriert oder für gegeben genommen zu werden, verärgerte es ihn, daß ihm derart ein Bewußtsein seiner selbst aufgezwungen wurde, daß Fragen sich gleich einer falschen Webart in Stoff und Muster seines Denkens hineindrängten. Vor allem aber fiel ihm auf, wie Luters Augen ihn verärgerten. Sie wirkten wie unabhängig von dem, was er sagte, eilten ihm sogar weit voraus; denn statt einen kurz anzublicken, fixierten sie einen und blieben haften, bis die Stimme gleichzog. Es wurde für

David zu einem unbehaglichen Spiel, einer Art geheimen Haschens, Luters Blick auszuweichen, bevor er ihn erwischte, auf das Tischtuch oder genau in dem Moment zu seiner Mutter hinzusehen, da er spürte, wie diese Augen auf ihn schwenkten.

Die Unterhaltung berührte viele Themen, schweifte von den Schwierigkeiten des Druckergewerbes und der Möglichkeit einer Gewerkschaft der Drucker zu den Schwierigkeiten und Möglichkeiten (und Segnungen, wie Luter lächelnd sagte) der Ehe. Und dann von dem hiesigen Land zu dem alten und wieder zurück. Und ob Davids Mutter ein koscheres Haus führe – woraufhin sie lächelte – und ob Davids Vater noch Zeit habe, morgens die Tefillin anzulegen, und in welche Synagoge er gehe – woraufhin sein Vater belustigt schnaubte. Das meiste, was geredet wurde, interessierte David nur wenig. Was ihn dagegen faszinierte, war die eigenartige Wirkung, die Luter auf seinen Vater hatte. Ausnahmsweise einmal taute sein barsches, kaltes Wesen ein wenig auf. Eine leise, wenn auch zurückhaltende Achtung milderte das Unwiderrufliche etwas, in das seine Stimme stets die Worte einband. Am Ende einer Feststellung, die er soeben getroffen hatte, fragte er nun: »Findest du nicht?« Zuweilen begann er mit den Worten: »Mir scheint«. Es war eigenartig. Es verwirrte David. Er wußte nicht, ob er Luter dankbar dafür sein sollte, daß er die harsche, unbeugsame Schärfe im Wesen seines Vaters gemildert hatte, oder beklommen. Irgendwie hatte es etwas Unwirkliches, wie sein Vater sich derart entfaltete, wie er gleich einer gespannten Feder, die langsam losgelassen wurde, bedachtsam nachgab. Und ihn, angespornt allein von einem teilnehmenden Blick Luters, von seiner Jugend erzählen zu hören, ihn, der so wortkarg und schmallippig war, von dem David sich nie hatte vorstellen können, daß er überhaupt eine Jugend hatte, von seiner Jugend erzählen zu hören, von den schwarzweißen Bullen, die er für seinen Vater gehütet hatte (und zu versuchen, bei dem Wort Vater ein Stirnrunzeln zu verbergen, er, der Mißfallen nie verbarg), wie sie sie mit Schlempe aus dem Gärhaus seines Vaters gefüttert hatten, wie er für sie aus der Hand Franz Josephs, des

Kaisers, einen Preis erhalten hatte. Warum brauchte Luter nur so zu schauen, um seinen Vater zum Reden zu bringen? Warum brauchte Luter nur zu sagen: »Ich mag die Erde nicht. Das ist was für Bauern«, um seinen Vater lachen zu lassen, um seinen Vater antworten zu lassen: »Ich *glaube*, ich wohl. Ich *glaube*, wenn du aus dem Haus kommst und auf die nackte Erde zwischen den Feldern trittst, dann bist du derselbe, der du schon im Haus warst. Wenn du dagegen auf Pflaster trittst, dann bist du jemand anderes. Dann spürst du, wie dein Gesicht sich ändert. *Ist dir das nicht auch schon so gegangen?*« Und dann brauchte Luter nur zu sagen: »Ja. Hast recht, Albert«, worauf sein Vater befriedigt einen tiefen Atemzug tat. Es war eigenartig. Warum hatte das noch niemand anderes geschafft? Warum nicht seine Mutter? Warum nicht er selbst? Keiner außer Luter.

Seine Fragen blieben unbeantwortet. Er wußte nur, als das Abendessen zu Ende war, daß er Luter sehr gern mögen wollte. Er wollte jeden mögen, der seine Mutter rühmte und seinen Vater auf neue, unberührte Pfade der Liebenswürdigkeit führte. Er wollte ihn mögen, aber er konnte es nicht. Doch das würde vorbeigehen, beruhigte er sich. Sobald Luter wiederkäme, würde er ihn mögen. Ja, gleich beim nächsten Mal. Dessen war er sicher. Er wollte es. Sobald er sich an seine Augen gewöhnt hatte. Ja.

Schon bald nach dem Abendessen erhob Luter sich zum Gehen. Sein Vater protestierte, er sei doch eben erst gekommen, er solle doch wenigstens noch eine Stunde bleiben.

»Auch ich muß morgen arbeiten«, erinnerte Luter ihn. »Sonst würde ich bleiben. Verglichen mit dem Haus meiner Wirtin ist das hier der Himmel.« Und dann wandte er sich Davids Mutter zu und hielt ihr in seiner langsamen Art lächelnd die Hand hin. »Ich möchte Ihnen tausend Dank sagen, Mrs. Schearl, ein so gutes Essen und auch so viel zu essen habe ich nicht mehr bekommen, seit mein letzter Onkel geheiratet hat.«

Sie errötete, als sie ihm die Hand schüttelte, und lachte. »Sie haben ja alles gelobt bis auf das Wasser, das Sie getrunken haben.«

»Ja.« Er lachte ebenfalls. »Und das Salz. Aber ich hatte Angst, sie würden mir nicht glauben, wenn ich sagte, deren Geschmack übertreffe alles andere.«

Und nachdem allseits »Gute Nacht« gewünscht worden war und er David den Kopf getätschelt hatte (was David auch nicht recht versöhnlich stimmte), ging er.

»Ha!« rief sein Vater überschwenglich aus, nachdem er weg war. »Ich hab's dir ja gesagt, daß dieses verfluchte Wandern von Stelle zu Stelle ein Ende haben würde. Ich arbeite nun auf Dauer in der Druckerei Dolman. Jetzt könnte die Zeit etwas bringen – wer weiß. Da sind noch zwei weitere Werkmeister. Ich bin auch nicht schlechter als die anderen Drucker. Ich kenne mich mit diesem eisernen Jongleur besser aus als die. Wer weiß? Wer weiß? Ein bißchen Geld. Irgendwann könnte ich ihm sogar vorschlagen, daß wir – Hm! Kommt Zeit, kommt Rat!«

»Er scheint ein sehr anständiger Mensch zu sein«, sagte seine Mutter.

»Wart's ab, bis du ihn richtig kennst!«

Und David konnte sich nicht erinnern, in Gegenwart seines Vaters eine so heitere Stunde wie die von Luters Abschied bis zu seiner Schlafenszeit verbracht zu haben ...

4

»Kein einziges?« fragte Luter mit einiger Überraschung. »Auch im alten Land nicht?«

Das alte Land. Davids Gedanken kehrten sich nach außen. Etwas über das alte Land war immer hörenswert.

»Nicht eines«, antwortete seine Mutter. »In meinen Weiler kam nie etwas, nur der Schnee und der Regen. Nicht, daß es mir etwas ausgemacht hätte. Bis auf einmal – ja. Ein Mann mit einem Grammophon – einem, bei dem man mit Hörmuscheln hörte. Einmal Hören kostete einen Penny, und nicht einmal den war es wert. Nie habe ich etwas gehört, was sich so gequält, was so gequäkt hat. Aber die Bauern waren ganz eingeschüchtert. Sie schworen, in dem Kasten hockte ein Teufel.«

Luter lachte. »Und sonst hatten Sie nichts gesehen, bevor Sie in dieses Tohuwabohu hier kamen?«

»Von *dem* habe ich wenig genug gesehen! Ich weiß, ich wohne in Boddeh Stritt einhundertundsechsundzwanzig –«

»Bahdey Street!« verbesserte ihr Mann sie. »Das hab' ich dir schon tausendmal gesagt.«

»Boddeh Stritt«, fuhr sie entschuldigend fort. Er zuckte die Achseln. »So ein eigenartiger Name – auf deutsch Badstraße. Aber nun ja. Ich weiß, in einer Straße irgendwo links von mir ist eine Kirche, der Gemüsemarkt ist rechts von mir, hinter mir sind die Gleise und die Chausseesteine, und vor mir, ein paar Straßen weiter, ist ein Schaufenster mit so einer Art Tünche darauf – und in der Tünche Gesichter, wie Kinder sie malen. Innerhalb dieses Gebiets liegt mein Amerika, und wenn ich mich darüber hinauswagte, wäre ich verloren. Ja«, lachte sie, »und wenn sie dann auch noch das Fenster putzten, würde ich wohl nicht mehr nach Hause finden.«

Sein Vater machte eine ungeduldige Handbewegung. »Wo wir von jiddischen Stücken reden«, sagte er. »Eines hab' ich gesehen. Das war, als ich mit meinem Vater während des großen Jahrmarkts in Lemberg war. Es hieß ›Die Rache des Simson‹. Ich sehe ihn noch immer vor mir, blind, aber wieder struppig, wie er bei den Heiden auf den richtigen Moment wartet. Das hat mich tief bewegt.«

»Was mich betrifft«, sagte Luter, »so gehe ich ins Theater, um zu lachen. Soll ich mich da etwa peinigen lassen, wo das Leben selbst schon eine Geißel ist? Nein, dann doch lieber ein verrückter Spaßmacher oder die Possen eines fixen Frauenzimmers.«

»Dafür habe ich nichts übrig.« Sein Vater war knapp.

»Nun, ich bin auch nicht so versessen darauf, weißt du, ich wollte nur sagen, manchmal, wenn man trübsinnig ist, dann tut es dem Herzen wohl. Finden Sie nicht, Mrs. Schearl, daß ein herzliches Lachen die Seele heilt?«

»Ich glaube schon.«

»Na sehen Sie! Aber wissen Sie was, ich habe da eine Idee. Wissen Sie, das People's Theatre läßt bei Dolman immer seine Plakate drucken. Nun, das ist eine Bühne, wo immer Tränen fließen. Wenigstens ein gutes Todesröcheln ist da jeden Abend zu hören. Und wenn Sie diese Art von Theater mögen, also, dann könnte ich mit dem Agenten reden, oder wie der sich nennt, und ihm ein Freibillett für einen ganzen Monat abluchsen. Die wechseln nämlich wöchentlich.«

»Ich weiß nicht, ob ich das will.« Sein Vater runzelte zweifelnd die Stirn.

»Aber, gewiß doch! Das macht überhaupt keine Mühe. Und dich kostet es keinen Cent. Ich besorge ein Freibillett für zwei, paß nur auf. Wenn ich das doch nur schon früher gewußt hätte.«

»Machen Sie sich wegen mir keine Mühe«, sagte seine Mutter. »Vielen Dank, aber ich könnte unmöglich weggehen und David hier allein lassen.«

»Ach, da gäb's schon Abhilfe!« versicherte er ihr. »Das soll Ihre geringste Sorge sein. Aber erst besorge ich das Freibillett.« An dem Abend ging Luter frühzeitig, bevor David zu Bett gebracht wurde. Und als er weg war, wandte sein Vater sich zu seiner Mutter und sagte: »Na, habe ich diesen Mann zu Unrecht meinen Freund genannt? Na? Das ist einer, der weiß, wie man Freundlichkeit bekundet, hier ebenso wie in der Werkstatt. Sag, erkenne ich einen anständigen Menschen, wenn ich ihn sehe?«

»Ja«, lautete die sanfte Antwort.

»Und du mit deiner Angst, Fremde ins Haus zu bringen!« fuhr er abschätzig fort. »Könntest du je einen besseren Kostgänger haben als ihn?«

»Das ist es nicht. Ich trage ihm gern regelmäßig das Abendessen auf. Aber ich weiß auch, daß es für Freunde meist besser ist, ein wenig Abstand zu halten, als immer zusammenzusein.«

»Unsinn!« entgegnete er. »Das ist dein alberner Stolz.«

5

Zierwerk, geborgen im Mörtel des Verlangens, das Vergnügen daran die Kelle, die Laune der Baumeister. Eine Wand, ein Turm, stark, sicher, unglaublich, den Geist ummauernd gegen einen Hagel Pfeile, das Denken, die Erfahrung, den Strom der Zeit durchpflügend, wie ein Fels das Wasser pflügt. Die Minuten zogen vorbei, unerkannt.

Seine Mutter und sein Vater waren ins Theater gegangen, und er war allein mit Luter. Erst am Morgen würde er seine Mutter wiedersehen, und der Morgen, nun da seine Mutter weg war, war fern und ungewiß geworden. Tränen waren ihm in die Augen getreten, als sie ging, und Luter hatte gesagt: »Komm, Kind, mißgönnst du deiner Mutter das kleine Vergnügen, das sie heute abend vielleicht erlebt?« David hatte verdrossen zu Boden gestarrt; er spürte, wie eine große Abneigung gegen Luter in ihm wuchs. Hatte nicht Luter es betrieben, daß seine Mutter ging? Und nun wagte er, ihn dafür zu tadeln, daß er weinte, weil sie weg war! Wie konnte er wissen, wie es war, allein gelassen zu sein? *Seine* Mutter war es ja nicht.

»Jetzt siehst du genauso aus wie dein Vater«, hatte Luter gelacht. »Der hat die gleichen Lippen, wenn er so finster dreinschaut.«

In seiner Stimme hatte eine eigentümliche Schärfe gelegen. Verletzt hatte David sich abgewandt und seinen Karton aus der Anrichte geholt, in dem er die Kalenderblätter aufbewahrte, die er sammelte, und alles mögliche andere, was er auf der Straße fand. Seine Mutter nannte sie seine Kostbarkeiten und fragte ihn häufig, warum er Dinge mochte, die abgenutzt und alt waren. Es wäre ihm schwergefallen, ihr das zu sagen. Doch in der Art, wie das Glied einer Kette oder das Gewinde einer Schraube oder eines Laufrads abgenutzt war, lag etwas, was ihm ein vages Gefühl von Schmerz vermittelte, wenn er mit den Fingern darüberstrich. Sie waren wie abgelaufene Schuhsohlen oder sehr dünne Zehncentstücke. Nie sah man, wie sie abgenutzt wurden, man wußte nur, daß sie es waren und undeutlich schmerzten.

Er betastete eine seiner neuen Errungenschaften. Es war einer jener perforierten Metallkorken, mit denen der Friseur einem immer parfümiertes Wasser auf den Kopf sprengte. Man konnte hindurchblasen, hindurchspähen, er konnte aufgefädelt werden. Er ließ ihn wieder in den Karton fallen und nahm statt dessen die kleine gedehnte Spiralfeder eines Fensterrouleaus heraus. Wenn man statt Schuhen solche Federn an den Füßen hätte, dann könnte man springen statt gehen. Bis zum Dach hoch; mit einem Schritt weit weg. Wie der gestiefelte Kater. Aber wenn sich die Maus im Kater wieder in einen Menschenfresser verwandelte – kurz bevor er starb – Ich bin eine Maus – ein Menschenfresser! – Dann würde der arme Kater anschwellen und anschwellen und –

Luter seufzte. David fuhr zusammen und blickte auf. Ich bin eine Maus – ich bin ein Menschenfresser! Der Gedanke setzte sich fest. Verstohlen beäugte er Luter. Ohne zu merken, daß er beobachtet wurde, hatte Luter seine Zeitung niedergelegt und starrte vor sich hin. Etwas Seltsames war mit seiner Miene geschehen. Seine gewöhnlich aufwärts gerichteten, umgänglichen Gesichtszüge bogen sich nun entweder in die andere Richtung, abwärts, oder waren, wo nicht gebogen, scharf, an Augen und Mund keilförmig. Und die Augen selbst, die stets so rund und weich waren, hatten sich nun verengt, waren ganz schmal, die Augäpfel kohlschwarz, fern. Seine oberen Zähne kauten die Haut der Lippen, und auf seinem Gesicht bildeten sich gedankenschwere Falten. David war besorgt. Ein leiser Schauder der Unruhe durchlief ihn. Er empfand plötzlich das dringende Verlangen, noch jemand anderes möge im Haus sein. Es mußte nicht seine Mutter sein. Jeder wäre recht gewesen – Yussie von oben. Sogar sein Vater.

Luter erhob sich. David senkte hastig den Blick. Bedächtige, braun umhüllte Beine näherten sich (was?), schritten an ihm vorbei (er entspannte sich), blieben vor der Wand stehen (spähten über die Schulter), vor dem Kalender. Luter ging die Blätter durch (schwarz, schwarz, schwarz, rot, schwarz, schwarz), hielt einen dünnen Stapel hoch und blickte mit gespitzten Lippen auf das Datum, als wäre dort etwas viel Kniffligeres und Fesselnderes als die bloßen Ziffern abgebildet. Dann ließ er die hochgehaltenen Blätter langsam, vorsichtig sinken (Warum? Warum so vorsichtig? Sie konnten doch nur an eine Stelle fallen) und rieb sich die Hände.

Auf seinem Rückweg zum Stuhl warf er einen Blick auf den leeren Schuhkarton zwischen Davids Knien, der bis auf die Kalenderblätter ausgeleert war.

»Nanu!« Seine Stimme klang belustigt, aber doch nicht ganz, so als durchzöge sie eine leichte Überraschung. »Was ist denn das? Hast du die von dort?«

»Ja.« David blickte beklommen auf. »Ich hebe sie auf.«

»Die Tage von gestern? Was willst du denn damit? Darauf kritzeln?«

»Nein. Bloß aufheben.«

»Chm!« David empfand sein schnaubendes Lachen als unangenehm. »Wenn ich so wenige Tage wie du hätte, dann würde ich mich damit nicht abgeben. Und wenn du mal so alt bist wie ich« – er hielt inne, gab sich einem kurzen Keckern hin, das wie ein winziger Hammer pickte –, »dann weißt du, daß das einzig Wichtige die Tage vor einem sind.«

David versuchte, kein ärgerliches Gesicht zu machen, aus Angst, Luter würde ihm wieder vorwerfen, wie sein Vater auszusehen. Er wünschte, er würde gehen. Doch statt dessen nickte Luter und warf lächelnd einen Blick zur Uhr.

»Es wird Zeit, daß du ins Bett kommst. Es ist schon weit nach acht.«

Er schüttete die diversen Pretiosen in den Karton zurück, ging damit zur Anrichte und verstaute sie in der Ecke.

»Kannst du dich allein ausziehen?«

»Ja.«

»Dann geh mal lieber vorher noch ›pinkeln‹«, riet er lächelnd. »Wie sagt deine Mutter dazu?«

»Sie sagt Numma eins.«

Luter kicherte. »Dann hat sie ja ein bißchen Englisch gelernt.«

Nachdem er auf der Toilette gewesen war, ging David in die Schlafstube, zog sich aus und schlüpfte in sein Nachthemd.

Luter schaute herein. »Alles in Ordnung?« fragte er.

»Ja«, antwortete er und stieg ins Bett.

Luter schloß die Tür.

Die Dunkelheit war anders, wenn seine Mutter nicht da war. Auch die Menschen waren anders.

6

Aus der Schlafstube, wohin sie gegangen war, um das Tischtuch wegzuräumen, hörte David die Schrankschublade leise zuruckeln. Und dann:

»Ach!« erklang die Stimme seiner Mutter. »Er hat's vergessen.« Sie erschien wieder, ein Päckchen in der ausgestreckten Hand. »Das Geschenk, das er ihnen geben sollte. Jetzt geht er mit leeren Händen hin.« Sie legte es auf einen Stuhl. »Ich darf nicht vergessen, es ihm morgen zu geben, vielleicht fällt es ihm ja auch ein, und er kommt zurück.«

Daß Luter zurückkommen könnte, verstörte David; er schob den Gedanken von sich. Er hatte sich auf diesen Abend gefreut, an dem er sie bis zum Schlafengehen für sich haben würde. Es war der zweite Theaterabend. Sein Vater war allein gegangen.

Sie hob den Wasserkessel vom Herd, ging damit zum Ausguß und schüttete das dampfende Wasser ins Becken.

Sie wandte sich zu ihm um. »Wie du mich ansiehst«, sagte sie lachend, »da komme ich mir vor, als triebe ich Schwarze Kunst. Dabei mache ich doch bloß den Abwasch.« Und nach einer Pause: »Hättest du denn gern noch ein Brüderchen?« fragte sie verschmitzt, »oder eine kleine Schwester.«

»Nein«, antwortete er nüchtern.

»Das wäre aber besser für dich«, neckte sie ihn. »Dann hättest noch etwas anderes zum Ansehen, nicht nur deine Mutter.«

»Ich will aber nichts anderes ansehen.«

»Deine Mutter hatte acht Brüder und Schwestern«, erinnerte sie ihn. »Eins von denen kommt vielleicht eines Tages her, eine meiner Schwestern, deine Tante Bertha – würde dir das gefallen?«

»Ich weiß nicht.«

»Sie würde dir gefallen«, versicherte sie ihm. »Sie ist sehr lustig. Sie hat rote Haare und eine spitze Zunge. Und es gibt keinen, den sie nicht nachmachen kann. Sie ist eigentlich nicht besonders dick, aber im Sommer läuft ihr der Schweiß nur so in Strömen herunter. Ich weiß nicht, woher das kommt. Männer habe ich schon so schwitzen sehen, aber nicht Frauen.«

»Im Sommer werde ich da unten ganz naß.« Er zeigte auf seine Achselhöhlen.

»Ja«, sagte seine Mutter mit eigentümlicher Betonung, »sie auch. Einmal haben sie zu ihr gesagt – aber einen Bären hast du ja nie gesehen.«

»In einem Buch. Da waren drei Bären.«

»Ja, davon hast du mir erzählt. Also, die Zigeuner in Europa – Zigeuner sind Männer und Frauen, dunkle Menschen. Die ziehen durch die ganze Welt.«

»Warum?«

»Es gefällt ihnen.«

»Du hast mich nach einem Bären gefragt.«

»Ja. Manchmal nehmen diese Zigeuner überallhin einen Bären mit.«

»Essen die Porridge?« Das letzte Wort hatte er auf englisch gesagt.

»Was ist Porridge?«

»Mein Lehrer hat gesagt, das ist Hafergrütze und Mehl, was du mir morgens immer gibst.«

»Ja, ja. Das hast du mir erzählt. Aber ich weiß nicht genau. Ich weiß, sie mögen Äpfel. Aber wenn dein Lehrer ...«

»Und was hat der Bär gemacht?«

»Der Bär hat getanzt. Die Zigeuner haben gesungen und das Tambourin geschlagen, und der Bär hat getanzt.«

David preßte sich vor Vergnügen die Arme um den Bauch. »Und wer hat ihm das gezeigt?«

»Die Zigeuner. Die haben so ihr Geld verdient. Wenn der Bär müde war, dann haben die Leute ihnen Pfennige in ihr Tambourin geworfen – Aber halt! Ich wollte dir doch von deiner Tante erzählen. Jemand hatte ihr gesagt, wenn sie von hinten an den Bären herankröche und die Hände an seinem Pelz riebe, dann würde sie nicht mehr unter den Armen schwitzen. Und eines Tages dann, als der Bär tanzte –«

Sie unterbrach sich. David hatte es ebenfalls gehört: ein Schritt vor der Tür. Einen Moment später klopfte es. Eine Stimme.

»Ich bin's nur – Luter.«

Mit einem Ausruf der Überraschung öffnete sie die Tür. Luter kam herein.

»Wo habe ich nur meinen Kopf«, sagte er entschuldigend. »Ich habe mein Geschenk vergessen.«

»Wie schade, daß Sie sich die ganze Mühe noch einmal machen mußten«, sagte sie mitfühlend. »Sie haben es in der Schlafstube liegenlassen.« Sie nahm das Päckchen vom Stuhl.

»Ja, ich weiß«, antwortete er und legte es auf den Tisch. Er schaute auf die Uhr. »Leider ist es jetzt zu spät, um noch hinzugehen. Vor neun wäre ich nicht dort, und wie lange ist man dann da, eine Stunde.«

David ärgerte sich insgeheim darüber, daß er sich setzte. Luter öffnete seinen Mantel und betrachtete mit einer Miene besorgter Unentschlossenheit Davids Mutter. Seine Augen waren leuchtender und ruheloser als gewöhnlich. Wieder fielen David die eigenartigen Furchen im Gesicht des Mannes auf.

»Legen Sie doch den Mantel ab«, forderte sie ihn auf. »Es ist warm hier.«

»Wenn es Ihnen nichts ausmacht.« Er ließ ihn von den Schultern gleiten. »Jetzt, wo ich nirgendwo hinkann.«

»Ist man denn nicht enttäuscht, wenn man merkt, daß Sie nicht kommen?«

»Nein, man wird wissen, daß die schwarze Stunde mich nicht ereilt hat.« Er lachte. »Bitte machen Sie doch mit Ihrer Arbeit weiter, lassen Sie sich nicht durch mich stören.«

»Ich habe eben nur den Abwasch gemacht«, sagte sie. »Bis auf die Töpfe da bin ich fertig.« Sie nahm die rotweiße Pulverdose aus der Ecke des kleinen Regals über dem Ausguß, schüttelte etwas davon in einen Topf und scheuerte die Innenseite kräftig mit einem Wischtuch, sich vor Anstrengung darüber beugend.

David, der sich über eine Seite seines Stuhls lehnte, konnte Luter und seine Mutter gleichzeitig sehen. In die Beobachtung seiner Mutter vertieft, hätte er Luter wenig Aufmerksamkeit geschenkt, doch weil Luter plötzlich den Blick verstohlen auf ihn richtete, schaute auch er zu ihm hin. Luter starrte mit von einem anhaltenden Gähnen schmalen Augen auf seine Mutter, auf ihre Hüften. Zum ersten Mal wurde David bewußt, wie ihr Fleisch, von dem Rock umspannt, sich in einzelnen Konturen darin abzeichnete. Plötzlich war er ganz verwirrt, rang innerlich mit etwas, was kein Gedanke werden wollte.

»Ihr Frauen«, sagte Luter mitfühlend, »besonders, wenn ihr heiratet, ihr müßt arbeiten wie Sklaven.«

»So schlimm ist das gar nicht. Trotz des alten Sprichworts.«

»Nein«, sagte Luter sinnierend, »es läßt sich alles leben. Aber ohne Dank zu schuften, das ist bitter.«

»Das stimmt. Und selbst mit Dank zu schuften, was kommt dabei heraus?«

»Nun ja.« Er stellte die Beine gerade. »Aus nichts wird nichts, nicht einmal Millionäre, aber Würdigung gibt dem Trompeter Luft – Würdigung und natürlich Geschenke.«

»Dann habe ich ja meine Würdigung«, lachte sie, richtete sich auf und wandte sich um, während Luter einen noch entschlosseneren Mund machte. »Ich habe eine wachsende Würdigung.« Sie sah mit einem belustigten Lächeln zu David hin.

»Ja«, sagte Luter seufzend, »aber diese Art von Würdigung kann jeder haben. Trotzdem, es ist gut, Kinder zu haben.« Und dann ernsthaft: »Wissen Sie, ich habe noch nie ein Kind gesehen, das sich so an seine Mutter klammert.«

David fand diesen Kommentar Luters unangebracht.

»Ja, da haben Sie sicher recht«, pflichtete sie ihm bei.

»Ich glaube auch«, sagte er warm. »Nun, die Kinder meiner Cousine – eben die Verwandte, die ich heute abend besuchen wollte –, die sind nur zum Schlafen und Essen zu Hause. Nach dem Abendessen sind sie immer irgendwo bei Nachbarn«, er hob die Hand, um das Gesagte zu unterstreichen, »und spielen den ganzen Abend mit anderen Kindern.«

»Hier sind auch andere Kinder im Haus«, antwortete seine Mutter. »Aber anscheinend will er sich mit keinem anfreunden. Erst ein- oder zweimal«, sie wandte sich David zu, »warst du bei Yussie oder er hier, nicht?«

David nickte beklommen.

»Ein seltsames Kind!« sagte Luter mit Nachdruck.

Seine Mutter lachte verzeihend.

»Aber sehr intelligent«, versicherte er ihr.

Eine Pause entstand, als sie die Spülschüssel ins Becken ausleerte; das graue Wasser murmelte den Abfluß hinunter.

»Er sieht Ihnen sehr ähnlich«, sagte Luter mit der Zurückhaltung vorsichtigen Lobes. »Er hat die gleichen braunen Augen wie Sie, sehr schöne Augen, und die gleiche weiße Haut. Wo hast du nur diese weiße deutsche Haut her?« fragte er David launig.

»Ich weiß nicht.« Die Vertraulichkeit des Mannes machte ihn verlegen. Er wünschte, Luter würde gehen.

»Und beide haben Sie sehr kleine Hände. Hat er nicht kleine Hände für ein Kind seines Alters? Wie ein Prinz. Vielleicht wird er eines Tages einmal Arzt.«

»Wenn er mehr als Hände hat.«

»Ja«, pflichtete Luter bei, »wobei ich dennoch nicht glaube, daß er sich für sein Brot schinden muß wie sein Vater oder selbst wie ich.«

»Das hoffe ich nicht, aber das weiß nur Gott.«

»Ist es nicht seltsam«, sagte er unvermittelt, »wie Albert sich auf das Theater gestürzt hat? Wie ein Säufer auf seinen Schnaps. Wer hätte das gedacht.«

»Es bedeutet ihm sehr viel. Ich konnte hören, wie er neben mir bei einer bestimmten Figur mit den Zähnen knirschte.«

Luter lachte. »Albert ist ein guter Mann, auch wenn die anderen Arbeiter ihn komisch finden. Ich bin nämlich derjenige, der den Frieden bewahrt.« Er lachte wieder.

»Ja, das weiß ich wohl, und dafür bin ich Ihnen auch dankbar.«

»Ach, das ist nicht der Rede wert. Hier ein Wort, da ein Wort, das glättet alles. Im übrigen hätte ich ihn wohl gar nicht so bereitwillig geschützt, wenn ich Sie nicht kennengelernt hätte, das heißt, wenn ich nicht hierhergekommen und einer der Ihren geworden wäre. Jetzt aber setze ich mich für ihn ein, als wäre er mein eigener Bruder. Das ist bei so einem seltsamen Menschen nicht immer leicht.«

»Sie sind sehr freundlich.«

»Aber nicht doch«, sagte Luter. »Sie haben es mir vergolten. Sie beide.«

Sie nahm einige trockene Gefäße und ging damit durch die Küche zur Anrichte. Dort öffnete sie die Tür, bückte sich und hängte sie an die Nägel darin. Luters Kopf neigte sich, sein Blick huschte zu ihrem Busen. Er räusperte sich mit einem pickenden Geräusch.

»Aber Sie können sagen, was Sie wollen, Albert ist – wie soll ich sagen, ein nervöser Mensch – bis man ihn kennt, natürlich. Dennoch verstehe ich gut, warum Sie nie mit ihm irgendwohin gegangen sind«, schloß er teilnahmsvoll. »Sie sind eine stolze Frau mit sehr viel Gefühl, nicht?«

»Nicht mehr als jede andere auch. Was hat das damit zu tun?«

»Das will ich Ihnen sagen. Sehen Sie, Albert, nun ja –«, er lächelte und kratzte sich verlegen am Hals. »Sogar auf der Straße verhält er sich ganz seltsam. Das wissen Sie ja besser als ich. Es ist, als suche er in den Gesichtern von Passanten nach einem höhnischen Ausdruck. Und wenn man mit ihm geht – ich gehe jeden Abend mit ihm –, dann ist es, als bereite es ihm eine Art Vergnügen, hinter einem Krüppel oder Säufer oder einem anderen absonderlichen Menschen herzulaufen – ich weiß auch nicht! Man möchte meinen, er fühle sich dabei sicherer. Er will, daß die Leute auf der Straße jemand anderen ansehen. Jeden anderen, nur nicht ihn selber. Sogar bei einem Wasserwagen oder Straßenspieler hat er diese seltsame Befriedigung. Aber warum rede ich so, wo ich ihn doch so gern mag.« Er hielt inne und lachte still.

Davids Mutter blickte auf das Wischtuch, ohne zu antworten.

»Ja«, kicherte er eilig. »Besonders mag ich es, wie er nie von Tysmenicz erzählt, ohne das Vieh zu erwähnen, das er einmal gehütet hat.«

»Tja, viel gab's nicht im alten Land, das er mehr geliebt hat.«

»Aber Vieh so zu lieben«, lächelte Luter. »Das einzige, was mir einfiel, wenn ich eine Kuh sah, war, daß sie Milch gibt. Wenn ich hingegen an Europa denke und an meinen Weiler, dann ist das erste, was mir dabei einfällt, so wie ihm sogleich eine Kuh oder ein Preisbulle einfallen, also dann fallen mir als erstes die Bauersfrauen ein. Verstehen Sie?«

»Natürlich, jeder hat so seine Erinnerungen.« Nachdem sie die letzten Teller in die Anrichte gestellt hatte, zog sie sich neben David einen Stuhl heraus und setzte sich. Auf der einen Seite des Tisches saß Luter, auf der anderen waren David und seine Mutter.

»Genau«, sagte Luter. »Jeder erinnert sich an das, was ihm gefallen hat, und ich erinnere mich an die Bauernmädchen. Was waren das nur für hinreißende Dinger in ihren engen karierten Hemdchen und ihrem Dutzend Unterröcke.« Bekümmert schüttelte er den Kopf. »Dergleichen sieht man hier nicht. Nach dem, was man hier in Brooklyn sieht, ist's ein karger Boden, und seine Frauen sind dürr. In Sorwik aber, da wuchsen sie wie die Eichen. Sie hatten blonde Haare, und ihre Augen funkelten. Und wenn sie mit ihren weißen Zähnen und blauen Augen lächelten, wer konnte ihnen da widerstehen? Das genügte, um einem das Blut in Wallung zu bringen. Haben die Männer Sie denn nie verwirrt?« fragte er nach einer Pause.

»Nein, ich habe sie nie weiter beachtet.«

»Nun, natürlich nicht – Sie waren ja eine gute jüdische Tochter. Zudem waren die Männer ein nichtswürdiges Pack, hohlköpfige Tölpel mit riesigen Schultern und einer Nase im Gesicht wie eine halbe Erbse. Deren Frauen waren viel zu schade für die. Wissen Sie«, und seine Stimme war sehr ernst, »die einzige Frau, die ich kenne und die mich an diese Mädchen erinnert, das sind Sie.«

Sie errötete, warf den Kopf zurück und lachte. »Ich? Ich bin doch nur eine gute jüdische Tochter.«

»Etwas anderes unterstelle ich Ihnen auch gar nicht, aber seit ich in Amerika bin, habe ich noch keine Frau gesehen, die mich so an sie erinnert. Ihre Lippen waren so voll, so reif, als müßten sie geküßt werden.«

Sie lächelte eigenartig mit einer Wange. »Weiß Gott, selbst in diesem Land hier muß es genügend österreichische Bauersfrauen geben. Wenn sie die Juden hereingelassen haben, dann wird wohl auch keiner die Slowaken ausschließen wollen.«

Luter blickte hinab auf den Ring, den er an seinem Finger drehte. »Ja, wahrscheinlich. Ein paar habe ich gesehen, aber keine, an der mir viel gelegen hätte.«

»Dann müssen Sie sich mal ein bißchen mehr umsehen.«

Luters Gesicht wurde eigenartig nüchtern, die Linien um seine Nasenlöcher vertieften sich. Ohne den Kopf zu heben, verdrehte er die Augen nach oben zu Davids Mutter. »Vielleicht muß ich mich ja gar nicht mehr umsehen.«

Sie lachte laut los. »Seien Sie nicht albern, Mr. Luter!«

»Mr. Luter!« Einen Augenblick lang wirkte er verärgert, zuckte dann die Achseln und lächelte. »Sie kennen mich doch jetzt so gut, warum dann noch so förmlich?«

»Anscheinend kenne ich Sie doch nicht so gut.«

»Es braucht ein wenig Zeit«, räumte er ein. Sein Blick schweifte durchs Zimmer und verweilte bei David. »Vielleicht möchten Sie eine kleine Erfrischung?«

»Nein, aber wenn Sie mögen, kann ich Tee machen.«

»Nein, danke«, sagte er beflissen, »machen Sie sich keine Umstände. Aber ich weiß, was Sie gern hätten – ein wenig Eiskrem.«

»Bitte, keine Umstände.«

»Aber das ist doch keine Mühe. Der Junge hier wird für uns runtergehen.« Er zog eine Münze heraus. »Da, du weißt doch, wo der Bonbonladen ist. Hol uns doch etwas Tuttifrutti und Schokolade. Das magst du doch, oder?«

Mit besorgtem Blick sah David zunächst auf Luter, dann auf die Münze. Unterm Tisch drückte ihm eine Hand sanft den Schenkel. Seine Mutter! Was wollte sie?

»Das mag ich nicht«, stammelte er. »Ich mag kein Eis.«

Die Finger derselben Hand tippten ihm ganz leicht auf die Knie. Er hatte das Richtige gesagt.

»Nein? Kein Tuttifrutti-Eis? Aber Süßigkeiten, das magst du doch?«

»Nein.«

»Ich glaube, für beides ist es jetzt ein bißchen spät«, sagte seine Mutter.

»Na, dann werden wir jetzt wohl nichts kaufen, zumal er ja auch bald zu Bett geht.« Luter schaute auf die Uhr. »Genau um diese Zeit habe ich ihn das letzte Mal ins Bett gebracht, stimmt's, mein David?«

»Ja«, zögerte er, ängstlich, etwas Falsches zu sagen.

»Ich glaube, er ist jetzt müde«, meinte Luter aufmunternd.

»Er sieht gar nicht müde aus«, sagte seine Mutter und strich ihm die Haare aus der Stirn. »Seine Augen sind groß und hell.«

»Ich bin nicht müde.« Das stimmte immerhin. Noch nie war er so eigenartig erregt gewesen, nie hatte er sich einem Abgrund so nahe gefühlt.

»Dann darfst du noch ein bißchen aufbleiben.«

Ein kurzes Schweigen trat ein. Luter runzelte die Stirn, stieß ein leises schmatzendes Geräusch durch den Mundwinkel aus. »Offenbar haben Sie nicht die üblichen weiblichen Instinkte.«

»Nicht? Mir scheint, ich halte mich ziemlich eng an die ausgetretenen Pfade.«

»Neugier, beispielsweise.«

»Die war mir sogar schon vor meiner Heirat abhanden gekommen.«

»Das bilden Sie sich nur ein. Aber verstehen Sie mich nicht falsch, ich habe lediglich Neugier bezüglich des Päckchens gemeint, das ich vergessen hatte. Es ist Ihnen doch wohl klar, daß ich den Inhalt nicht um meiner Verwandten willen besorgt habe.«

»Nun, dann geben Sie es ihnen am besten gleich.«

»Nicht so schnell.« Und als sie darauf nicht antwortete, zuckte er die Achseln, erhob sich von seinem Stuhl und zog seinen Mantel an. »Kreiden Sie's mir an, wenn ich's noch einmal sage, aber Sie sind eine schmucke Frau. Diesmal vergesse ich mein Päckchen aber nicht.« Er griff nach dem Türknopf und drehte ihn. »Darf ich denn morgen noch zum Abendessen kommen?«

Sie lachte. »Wenn Sie meine Kochkünste noch nicht leid sind.«

»Keineswegs.« Und kicherte. »Gute Nacht. Gute Nacht, Kleiner. Es muß eine Freude sein, so einen Sohn zu haben.« Er trat hinaus.

Mit einem schiefen Lächeln auf den Lippen horchte sie auf das Geräusch seiner sich entfernenden Schritte. Dann runzelte sie verächtlich die Stirn. »So sind die Männer!« Sie setzte sich einen Augenblick und schaute mit besorgter Miene vor sich hin. Schließlich hellte ihr Gesicht sich wieder auf; sie neigte den Kopf und blickte David in die Augen. »Beunruhigt dich etwas? Du guckst so ernst.«

»Ich mag ihn nicht«, gestand er.

»Na, jetzt ist er weg«, sagte sie beruhigend. »Vergessen wir ihn einfach. Wir sagen es auch nicht deinem Vater, daß er da war, ja?«

»Nein.«

»Dann laß uns jetzt zu Bett gehen, es wird spät.«

7

Wieder war eine Woche vorüber. Die beiden Männer waren gerade zusammen weggegangen. Mit einem etwas verärgerten Lachen ging seine Mutter zur Tür, wo sie am Schließhaken hantierte. Nach einer Weile hob sie ihn an. Der verborgene Zapfen schnappte in die Nut.

»Ach, so ein Unsinn!« Sie entriegelte das Schloß wieder, blickte zum Licht hoch und dann zu den Fenstern.

David merkte, wie er beklommen wurde. Warum mußte es immer wieder so schnell Donnerstag werden? Allmählich haßte er ihn ebenso wie den Sonntag.

»Warum müssen sie erst alles auf die Probe stellen, bevor sie zufrieden sind?« Sie kräuselte die Lippen und entspannte sie wieder. »Tja, da bleibt uns jetzt nichts übrig als zu gehen. Den Abwasch mache ich später.« Sie öffnete die Tür und löschte das Licht.

Verwirrt folgte David ihr in den kalten, gasbeleuchteten Flur.

»Wir gehen hoch zu Mrs. Mink.« Sie warf einen raschen Blick übers Geländer. »Da kannst du mit deinem Freund Yussie spielen.«

David fragte sich, warum sie das aufbringen mußte. Er hatte nichts davon gesagt, daß er mit Yussie spielen wollte.

Er hatte nicht einmal Lust dazu. Warum sagte sie nicht einfach, daß sie davonlief, statt daß sie ihm Schuldgefühle machte. Er wußte, nach wem sie Ausschau hielt, als sie über das Geländer blickte.

Seine Mutter klopfte an die Tür. Sie wurde geöffnet. Mrs. Mink stand auf der Schwelle. Beim Anblick seiner Mutter strahlte sie vor Freude.

»Hollo, Mrs. Schearl! Hollo! Hollo! Kommen rein!« Aufgeregt kratzte sie sich in ihren glanzlosen schwarzen Haaren.

»Ich hoffe, ich komme nicht ungelegen«, lächelte seine Mutter entschuldigend.

»Nein, bei meinem Leben!« Mrs. Mink verfiel ins Jiddische. »Sie sind gänzlich willkommen! Ein Gast – und auch noch ein ganz seltener!« Sie zog einen Stuhl heran. »Setzen Sie sich doch.«

Mrs. Mink war eine flachbrüstige Frau mit fahler Haut und spitzen Zügen. Sie hatte schmale Schultern und magere Arme, und David fragte sich immer, wenn er sie sah, wie die dünne Haut an ihrem Hals es schaffte, die dicken, hervorstehenden Adern zurückzuhalten.

»Ich habe schon geglaubt, ich hätte nie das Vergnügen, Sie in meinem Haus zu begrüßen«, fuhr sie fort. »Erst neulich sag ich zu unsrer Hauswirtin – Sehn Sie, Mrs. Schearl und ich sind Nachbarn, aber wir wissen nichts voneinander. Ich wage es nicht, sie in mein zu Haus zu bitten. Ich fürchte mich davor. Sie sieht so stolz aus.«

»Ich, stolz?«

»Ja, nicht stolz, edel! Sie gehen immer mit so erhobenem Haupt – so! Und sogar wenn Sie auf den Markt gehen, kleiden Sie sich wie eine Dame. Ich habe Ihnen oft vom Fenster aus nachgeschaut, und dann hab ich zu meinem Mann gesagt – Komm schnell! Da, das ist sie! Siehst du, wie groß sie ist! Er ist jetzt nicht zu Hause, mein Göttergatte, er macht Überstunden im Schmuckgeschäft. Ich weiß, er wird's bedauern, daß er Sie verpaßt.«

David fand Mrs. Minks reißenden Wortschwall schnell ermüdend, und sich umblickend sah er, daß Annie ihn beobachtete. Yussie war nirgendwo zu sehen. Er zog seine

Mutter an der Hand, und als sie sich herabbeugte, fragte er sie nach ihm.

»Yussie?« unterbrach Mrs. Mink sich lange genug, um zu sagen: »Der schläft.«

»Wecken Sie ihn nur nicht«, sagte seine Mutter.

»Schon gut. Ich muß ihn ohnehin bald zum Brotholen zum Delikatessen schicken. Yussele!« rief sie.

Als Antwort gähnte er nur verdrießlich.

»Er kommt gleich«, sagte sie beruhigend.

Ein paar Minuten später kam Yussie heraus. Einer seiner Strümpfe war herabgerutscht, und verschlafen schlurfend trat er darauf. Er blinzelte, betrachtete Davids Mutter einen Moment lang argwöhnisch und drückte sich dann zu David hin. »Was machn dein Mudder hier?«

»Is grad gekomm.«

»Un warum?«

»Weiß nicht.«

Da kam Annie hergehumpelt. »Zieh dirn Strumpf hoch, du Bauer!«

Gehorsam streifte Yussie den Strumpf hoch. David fiel unwillkürlich auf, wie steif und bloß der weiße Strumpf hinter dem Stützapparat an Annies Bein herabhing.

»Dann bleibs also bei uns?« fragte Yussie begierig.

»Ja.«

»Hurraa! Komm, wir gehn in de Wohnstub.« Er packte David am Arm. »Ich muß –«

Doch David war stehengeblieben. »Ich geh in de Wohnstub, Mama.«

Davids Mutter wandte sich kurz von der schnatternden Mrs. Mink ab, lächelte ihm leicht gequält zu und nickte.

»Gleich zeig ich dir, was wir ham.« Yussie zerrte ihn in die Wohnstube.

Während Yussie aufgeregt weiterplapperte, schaute David sich um. Er war noch nie bei Yussie in der Wohnstube gewesen; Annie hatte ihm immer den Zutritt verwehrt, als wäre es heiliger Boden. Nun sah er ein Zimmer, das von einer Gaslampe an der Decke erhellt und mit dunklen, massigen Möbeln vollgestellt war. Mittendrin stand ein runder Tisch mit Glasplatte und darum herum genauso dunkel gebeizte Stühle. An eine Wand drängte sich ein Porzellanschrank, an eine andere ein Sekretär, an die dritte eine Frisierkommode, und die Ecken waren mit Vitrinen vollgestellt. Alles war mächtig, alles ruhte auf den gleichen geschnörkelten und gezierten Klauen. An der Wandfläche über den Möbeln hingen zwei Paar vergilbte Portraits, zwei Brustbilder runzliger Frauen mit unnatürlicher schwarzer Haarpracht, sowie zwei Brustbilder alter Männer mit Haarlocken unterm Käppchen und bärtigem Kinn. Mit einer Miene düsterer Feindseligkeit in den stumpfen Gesichtern blickten sie auf David herab. Den Weg zum Fenster versperrte ein gedrungener, schwellender purpurner Plüschsessel, der mit aufgeregten Papageien unterschiedlicher Tönung verziert war. Auf der Glasplatte einer Vitrine saß eine große, ausdruckslose Puppe mit Goldlöckchen und einem violetten Kleid. Im Vergleich zu seiner eigenen geräumigen Wohnstube mit den wenigen Möbelstücken fühlte David sich nicht nur verwirrt, sondern auch seltsam warm.

»'s is im Schrank inner Schlafstub von mein Mudder«, fuhr Yussie fort. »Wart, ich zeigs dir gleich.«

Er verschwand im Dunkel der angrenzenden Schlafstube. David hörte, wie er eine Tür öffnete, ungefähr eine Minute herumwühlte. Als er zurückkam, hatte er einen eigenartigen Stahlkäfig in der Hand.

»Weiß, für was das is?« Er hielt ihn David vor die Augen.

David untersuchte ihn genauer. »Nein. Was machsn damit?«

»Damit kanns Ratzn fang, das machs damit. Siehs die kleine Tür da? Da lauf der Ratz rein.« Er öffnete ein dünnes Metalltürchen an der Vorderseite des Käfigs. »Ers tus was dahin uff den klein Hakn da. Un dann lauf der Ratz rein. Da war nämich n großer fetter Ratz im Haus, den has nachs hörn könn, un dann hat mein Vadder das kauf, un mein Mudder hat Schmalz vom Fleisch reintan, un dann komm der Ratz rein, un dann morngs guck ich da unner de Waschbütt, un da war der Ratz und is so rumgerenn.« Yussie schwenkte den Käfig aufgeregt herum. »Un dann ruf ich mein Vadder, un der komm ausm Bett und läß de Waschbütt vollaufn un iih! geh der Ratz ganz da rein, ganz tief ins Wasser rein. Un dann wird er still. Un dann holn mein Vaddern raus und tutn inne Tüt un schmeißn raus ausm Fenster. Boff!, flieg er inne Goß. Oah, wa das n Ratz. Mein Mudder is rum und rumgerenn, und dann hat mein Vadder innen Ausguß gespuck und gespuck. Ktscha!«

David schreckte angewidert zurück.

»Sies, ich hab dir gesag, ich hab was zum Zeign. Sies, so geh das zu.« Er ließ das Metalltürchen zuschnappen. »Das ham wir nich gehör, weil alle geschlafn ham. Ratze komm bloß im Dunkln, wenn se nich sehn kanns, und weiß, wo die herkomm, die komm ausm Kella. Da lem die, im Kella – alle Ratze.«

Der Keller! Das war die Erklärung. Der Augenblick der Angst, wenn er um den unteren Treppenabsatz bog, bevor er auf die Straße hinausging. Jetzt würde sein Entsetzen doppelt groß sein.

»Was machn ihr da?« Sie blickten zu der störenden Stimme hin. Annie war hereingekommen. Ihr Gesicht war vor Ekel ganz verzerrt.

»Iih! Du blöder Hornochs. Tu das weg. Das sag ich mein Mamma!«

»Ach, hau doch ab.«

»Tus du das weg?« jammerte sie.

»Ah, alte Pisse«, brummelte Yussie trotzig. »Nix kamman machn.« Gleichwohl trug er den Käfig wieder in die Schlafstube.

»Warum läßn dir sowas von dem zeign?« fragte sie David wütend. »So ein Blödel!«

»Hab doch gar nich gewuß, was es is«, stotterte er.

»Du has nich gewuß, was das is? Du bis auchn Hornochs!«

»Zieh endlich Leine.« Yussie kam aus der Schlafstube zurück. »Laß uns in Ruh.«

»Nein«, blaffte sie. »Das is mein Wohnstub.«

»Der will nich mit dir spieln. Ders mein Freund!«

»Wer will den schon!«

»Dann hal dich raus.«

»Pah!« Sie ließ sich auf einen Stuhl fallen. Die Stahlschiene klackte unangenehm gegen das Holz.

David wünschte, sie könnte lange Hosen wie ein Mann tragen.

»Komma rüber zum Fenster.« Yussie führte ihn durch einen Hohlweg zwischen den Möbeln. »Wir sin jetz Feuerwehrmänner. Wir könns Feuer im Haus löschn.« Er zeigte auf die Kommode. »Wills?«

»Na gut.«

»Un wir könn das Rohr runnerrutschn, un wir könn auch an Feuerspritz ham, un dann bin ich der Fahrer. Wills?«

»Ja.«

»Dann machn wir uns Feuerwehrhelme. Wart, ich hol inner Küch Papier.« Er rannte davon.

Annie rutschte vom Stuhl herunter und kam zu ihm. »In was für ner Klasse bisn du?«

»1A.«

»Ich bin inner 4A«, sagte sie hochnäsig. »Ich hab schon eine übersprung. Un jetz bin ich die Schlaust in meiner Klasse.«

David war beeindruckt.

»Mein Lehrerin heiß Miß McCardy. Die is de beste Lehrerin inner ganzn Schul. Hat mir A.A.A. gegem.«

Inzwischen war Yussie mit mehreren Zeitungsseiten zurückgekommen.

»Was wolltn ihr machn?« fragte sie.

»Was gehn dich das an«, erwiderte er trotzig. »Wir sin Feuerwehrmänner.«

»Das geh nich!«

»So?« erkundigte Yussie sich wütend. »Un warum nich?«

»Darum nich! Weil ihr de ganzn Möbl verkratz.«

»Wir verkratzn ganix!« brauste Yussie auf und fuchtelte verbittert mit dem Zeitungspapier herum. »Wir spieln.«

»Das geh nich!«

»Wir spieln!«

»Ich geb euch gleich was.« Drohend trat sie vor.

»Aa! Was solln wir denn spieln?«

»Ihr könnt Lotto spieln.«

»Ich will aber nich Lotto spieln«, greinte er.

»Dann spiel halt Schul.«

»Ich will nich Schul spieln.«

»Dann spiel halt nix!« sagte sie nachdrücklich.

Eine große Speichelblase schwoll zwischen Yussies Lippen an, als sein Gesicht sich zum Heulen verzerrte. »Das sag ich Mama!«

»Dann sags ihr doch! Die gib dir eins an die Back!« Sie wirbelte drohend zu David herum. »Was willsn *du* spieln?«

»Ich weiß nich.« Er wich zurück.

»Kennsn du keine Spiel?« fauchte sie.

»Ich – ich kenn Fangen un, ich kenn, ich kenn Versteckn.«

Yussie wurde wieder munter. »Dann spieln wir Versteckn.«

»Nein!«

»Du auch!« krächzte er verzweifelt. »Komm, du auch!«

Annie besann sich.

»Los, ich bin dran!« Und sogleich legte er den Kopf an den Rand der Kommode und begann zu zählen. »Weg, versteck euch!« Er hielt inne.

»Halt!« schrie Annie, während sie davonhumpelte. »Zähl bis zwanzig!«

David huschte hinter den Sessel.

Er wurde als letzter gefunden und war folglich als nächster »dran«. Schon binnen kurzem wurde das Spiel sehr aufregend. Da David mit der Anlage der Wohnung nicht recht vertraut war, traf es sich, daß er sich mehrmals zusammen mit Yussie versteckte, wenn Annie dran war, und mit Annie, wenn Yussie dran war. Sie hatten zusammen in vollgestellten Ecken und hinter der Schlafstubentür gehockt.

Als das Spiel jedoch gerade seinen Höhepunkt erreichte, erscholl plötzlich Mrs. Minks Stimme aus der Küche.

»Yussele! Yussele, mein Schatz, komm her!«

»Aa!« Von irgendwoher erscholl Yussies erzürntes Blöken.

David, der gerade »dran« war, hörte auf zu zählen und drehte sich um.

»Yussie!« schrie Mrs. Mink, nun schon schriller.

»Nix kamman machn«, maulte Yussie und kroch unter der Kommode hervor. »Was isn?« brüllte er.

»Komm her. Du sollst mal schnell runter.«

Annie, der offenbar klar war, daß das Spiel fürs erste vorüber war, kam aus der Schlafstube nebenan. »Der muß runter?«

»Ja«, zaghaft. »Brot holn.«

»Dann könn wir ja gar nich spieln.«

»Nein. Ich geh wieder zu mein Mudder.«

»Bleib«, befahl sie. »Wir spieln. Wart, bis Yussie wiederkomm.«

Die Stimmen in der Küche zeigten an, daß Yussie überredet worden war. Er erschien wieder, in Mantel und Mütze. »Ich geh runner«, verkündete er und ging wieder hinaus. Eine unbehagliche Stille trat ein.

»Wir könn ers widder spieln, wenner da is.«

»Nein.«

»Was?«

»Was de wills.«

»Ich weiß nix.«

»Doch.«

»Was?«

»Weiß schon«, sagte sie geheimnisvoll.

Das also war das Spiel. David beglückwünschte sich, die Regeln so schnell begriffen zu haben.

»Ja, ich weiß«, antwortete er in demselben geheimnisvollen Ton.

»Ja?« Sie starrte ihn begierig an.

»Ja!« Er starrte sie ebenso an.

»Wills?«

»Ja!«

»Wills also?«

»Ja, ich will.« Es war das leichteste Spiel, das er je gespielt hatte. Annie war eigentlich doch nicht so furchterregend.

»Wo?«

»Wo?« wiederholte er.

»Inner Schlafstub«, wisperte sie.

Und da ging sie tatsächlich hin!

»Komm«, drängte sie kichernd.

Er folgte. Das war seltsam.

Sie schloß die Tür: verwirrt stand er in der Düsternis.

»Komm.« Sie faßte ihn an der Hand. »Ich zeig's dir.«

Er hörte, wie sie in der Dunkelheit herumtastete. Das Geräusch einer unsichtbaren, sich öffnenden Tür. Die Schranktür.

»Hier rein«, wisperte sie.

Was hatte sie vor? Sein Herz begann zu rasen.

Sie zerrte ihn hinein, schloß die Tür. Finsternis, riesig und schal, durchzogen vom Geruch von Mottenkugeln.

Ihr Atem war in dem engen Raum laut wie ein Windstoß, stieß immerzu auf ihn herab. Das Herz hämmerte ihm in den Ohren. Sie bewegte sich auf ihn zu, stupste ihn sanft mit der Eisenschiene ihres Gehapparats an. Er hatte Angst. Vor dem Druck ihres Körpers wich er leicht zurück. Etwas unter seinen Füßen rollte weg. Was? Er wußte es sofort und schreckte vor Ekel zurück – die Falle!

»Pscht!« warnte sie. »Du muß mich umarm.« Sie tastete nach seinen Händen.

Er legte die Arme um sie.

»Jetz küssn.«

Seine Lippen berührten die ihren, ein glitschiger Ort in tiefer Finsternis.

»Wie spiels du bös?«

»Bös? Ich weiß nich.« Er bebte.

»Soll ich dir zeign, wie ich das spiel?«

Er war stumm, entsetzt.

»Du muß mich fragn«, sagte sie. »Los, frag mich.«

»Was?«

»Du muß sagn: Wills bös spieln? Sags!«

Er zitterte. »Wills bös spieln?«

»Jetz *has* dus gesag«, wisperte sie. »Vergeß nich, du hasses gesag.«

So wie sie ihre Worte betonte, wußte David, daß er eine schreckliche Schwelle überschritten hatte.

»Verrätses?«

»Nein«, antwortete er matt. Die Schuld lag bei ihm.

»Schwörs?«

»Ich schwörs.«

»Weiß, wo de Babies herkomm?«

»N-nein.«

»Aus de Knisch.«

– *Knisch?*

»Zwischn de Bein. Reintun tuts der Papa. Der Papa hat den Petzel. Du bis der Papa.« Sie giggelte verstohlen und ergriff seine Hand. Er spürte, wie sie sie unter ihr Kleid führte, dann durch eine taschenartige Stoffklappe hindurch. Ihre Haut unter seiner Hand. Angewidert zog er sie zurück.

»Du muß!« beharrte sie und zerrte an seiner Hand. »Du has mich gefrag!«

»Nein!«

»Steck dein Hand in mein Knisch«, lockte sie. »Bloß einma.«

»Nein!«

»Ich halt auch dein Petzel.« Sie langte hinab.

»Nein!« Er bekam eine Gänsehaut.

»Dann umarm mich nochma.«

»Nein! Nein! Laß mich raus!« Er stieß sie beiseite.

»Wart! Yussie denkt, wir versteckn uns.«

»Nein! Ich will nich!« Er hatte die Stimme zu einem Schreien erhoben.

»Dann geh!« Sie versetzte ihm einen wütenden Stoß.

Doch David hatte schon die Tür geöffnet und war draußen. Sie packte ihn, als er durch die Schlafstube ging. »Wenn du was sags!« wisperte sie giftig. »Wo gehs hin?«

»Ich geh zu mein Mama!«

»Bleib da! Ich bring dich um, wenn du da reingehs.« Sie schüttelte ihn.

Er wollte weinen.

»Un wein nich«, warnte sie ihn grimmig und mühte sich dann verzweifelt, ihn abzulenken. »Bleib da, dann erzähl ich dir auch ne Geschichte. Du darfs auch Feuerwehrmann spieln. Du kannsn Helm ham. Un auf die Möbel klettern. Bleib da!«

Er blieb stehen, betrachtete sie starr, halb hypnotisiert von ihren glühenden, angstvollen Augen. Die Wohnungstür ging auf. Yussies Stimme in der Küche.

Einen Augenblick später kam er herein und zog atemlos seinen Mantel aus.

»Ich habn Penny«, krähte er.

»Du kanns Feuerwehrmann spieln, wennde wills«, sagte sie streng.

»Kein Schmu? Ja? Hurraa! Komm, Davy!«

Doch David sträubte sich. »Ich will nich spieln.«

»Komm.« Yussie packte eine Zeitungsseite und drückte sie ihm in die Hände. »Wir müssn Helm machn.«

»Los, machn Helm«, befahl Annie.

Verschüchtert und fast schon schniefend machte David sich daran, aus dem Papier einen Helm zu falten.

Er spielte teilnahmslos, ein Auge immer auf Annie, die jede seiner Bewegungen überwachte. Yussie war empört über ihn.

»David!« Die Stimme seiner Mutter rief ihn.

Endlich erlöst! Mit einem Ausruf der Erleichterung riß er sich den Feuerwehrhelm herunter, rannte die Stufen von der Wohnstube in die Küche hinab. Seine Mutter stand schon; offenbar wollte sie gehen. Er drückte sich eng an sie.

»Wir müssen jetzt gehen«, sagte sie und lächelte zu ihm hinab. »Sag gute Nacht zu deinen Freunden.«

»Gute Nacht«, murmelte er.

»Bitte, gehen Sie doch nicht so schnell«, sagte Mrs. Mink. »Es freut mich so, daß Sie gekommen sind.«

»Ich muß jetzt wirklich aufbrechen. Er müßte ja schon längst im Bett sein.«

David hatte sich schon in die Vorhut gestohlen und zog seine Mutter zur Tür.

»Diese Stunde war der Himmel für mich«, sagte Mrs. Mink. »Sie müssen oft kommen! Ich habe nie viel zu tun.«

»Vielen Dank.«

Sie eilten die zugige Treppe hinab.

»Ich habe euch in der Stube spielen hören«, sagte sie. »Der Besuch hat dir bestimmt gefallen.«

Sie schloß die Tür auf, entzündete die Gaslampe.

»Lieber Gott! Ist das hier kalt geworden.« Und sie ergriff den Schürhaken, kauerte sich vor den Ofen und rüttelte die matte Glut hinter dem Gitter herunter. »Ich bin froh, daß es dir Spaß gemacht hat. Dann hat wenigstens einer von uns an diesem Abend ein bißchen Freude gehabt! So eine

Torheit! Und diese Mrs. Mink. Wenn ich gewußt hätte, daß die so viel redet, keine zehn Pferde hätten mich da hoch gebracht!« Sie hob den Kohleneimer, rüttete heftig Kohlen in den Ofen. »Ihre Zunge hat gewirbelt wie eine Rolle auf der Nähmaschine – und genäht hat sie gar nichts. Unglaublich! Ich habe schon Fussel vor den Augen gesehen.« Ungeduldig schüttelte sie den Kopf und setzte den Kohleneimer ab. »Mein Sohn, weißt du, daß deine Mutter eine Närrin ist? Aber jetzt bist du müde, nicht? Komm, ich bring dich ins Bett.«

Sie kniete sich vor ihn und machte sich daran, ihm die Schuhe aufzuknöpfen. Als sie ihm die Strümpfe abstreifte, hob sie seine Beine, betrachtete sie kurz und küßte dann jedes. »Gelobt sei Gott, dein Körper ist gesund! Wie ich das arme Kind da oben bedaure!«

Doch sie wußte nicht, wie er es wußte, daß die ganze Welt in tausend kleine Stücke zerbersten konnte, und alle summten, alle heulten, und niemand hörte sie und niemand sah sie, nur er allein.

8

Als David am nächsten Morgen erwachte, war ihm, als hätte er lange Zeit mit offenen Augen im Bett gelegen, ohne dabei zu wissen, wer oder wo er war. Noch nie war die Erinnerung mit solcher Verzögerung zurückgekehrt. Fast spürte er, wie sein Gehirn sich füllte wie eine Flasche unter einem langsamen Hahn. Widerstrebende Fühler tasteten sich schwach in die Vergangenheit. Wo? Was? Eines nach dem andern regten sich die Schiffchen, erwachten, verknüpften Morgen mit Nacht, Nacht mit Abend. Annie! Ach! Verzweifelt schüttelte er den Kopf, konnte die Erinnerung jedoch nicht herausschütteln.

Das Fenster ... Schnee fiel noch durch das trübe Licht der Gasse, häufte sich weiß auf dem Sims, zog sich über die Scheibe. David starrte eine Weile auf die herabsinkenden Muster der Flocken. Sie fielen, wenn man sie fixierte, mit langsamer Schlichtheit, rasch und taumelnd, wenn man über sie hinausblickte. Ihr monotones Fallen gab ihm das eigentümliche Gefühl, immer höher gehoben zu werden; er trieb dahin, bis ihm schwindlig war. Er schloß die Augen.

Von irgendwoher auf der Straße drang das frostige Scharren einer Schaufel, die über den steinernen Gehsteig kratzte, ein fernes, einschläferndes Geräusch.

Dies ganze Getöse, während die Welt wohl doch versuchte zu schlafen, machte ihn traurig. Warum mußte da jemand den Schnee wegräumen; warum störte ihn da jemand? Er hätte es lieber gehabt, der Schnee wäre das ganze Jahr hindurch liegengeblieben. Das dünne Geräusch der Schaufel weckte einen trägen Groll in ihm. Er zog die Beine an und bog den Kopf zu den Knien. Warmes Bettzeug, der Duft des Schlafs.

Er wäre wieder eingedöst, doch die Tür ging auf. Seine Mutter kam herein und setzte sich auf die Bettkante.

»Du schläfst?« fragte sie, beugte sich dann herab und küßte ihn. »Zeit zum Aufstehn, du mußt zur Schule.« Und seufzend schlug sie die Bettdecke zurück und richtete ihn auf dem Bett zum Sitzen auf. Er wimmerte verschlafen, erhob sich dann, erschauerte, als die Füße den kalten Boden berührten, und folgte ihr. In der Küche war es warm. Sie zog ihm das Nachthemd über den Kopf und half ihm beim Anziehen. Als er gewaschen und gekämmt war, setzte er sich zum Frühstück hin. Er aß lustlos und ohne Appetit.

»Du hast wohl keinen Hunger«, erkundigte sie sich. »Hast den Haferschleim ja kaum angerührt. Möchtest du noch mehr Milch?«

»Nein. Ich hab' keinen Hunger.«

»Ein Ei?«

Er schüttelte den Kopf.

»Ich hätte dich nicht so lange auf lassen sollen. Du siehst müde aus. Erinnerst du dich noch an den seltsamen Traum, den du in der Nacht hattest?«

»Ja.«

»Wie konntest du nur so etwas Seltsames träumen?« sinnierte sie. »Eine Frau mit einem Kind, das garstig wurde, eine

Menschenmenge, die einer Amsel folgte. Ich verstehe das nicht. Mein Gott, wie du geschrien hast!«

Warum mußte sie ihn wieder daran erinnern. Das anschließende Wachliegen und das Warten auf den Schlaf. Annie!

»Warum hast du so gegen den Tisch getreten?«

»Ich weiß nicht.«

»Ist das ein wachsender Schmerz?« lachte sie. »Aber es heißt, so etwas kommt nur im Schlaf. Bist du denn wach?« Sie sah auf die Uhr. »Noch ein kleines bißchen Milch?«

»Nein.«

»Dann mußt du eben mehr beim Mittagessen trinken«, mahnte sie. »Aber jetzt wird es Zeit, daß du gehst.« Sie holte seine Gamaschen und knöpfte sie ihm kniend zu. »Soll ich mitgehen?«

»Ich kann allein gehen.«

»Vielleicht wartest du lieber auf Yussie oder seine Schwester.«

Allein der Gedanke daran ließ ihn innerlich erschaudern. Er wußte, er würde vor ihr weglaufen, wenn er sie sähe. Er schüttelte den Kopf.

»Und gehst du auch direkt zur Schule und bleibst nicht zu lang im Schnee?«

»Ja.« Er klappte die pelzigen Ohrklappen seiner Mütze herab, während er sie aufsetzte. Seine Bücher lagen auf der Waschbütte.

»Dann also Wiedersehn.« Sie beugte sich nieder, um ihn zu küssen. »So ein gleichgültiger Kuß! Ich glaube, du liebst mich gar nicht heute morgen.«

Doch noch einen wollte David ihr nicht geben. Er machte einen Schritt durch die Tür, fuhr vor Angst zusammen, als die Erinnerung wiederkam. Er drehte sich um. »Mama, läßt du die Tür auf, bis – bis ich weg bin – bis du mich unten hörst?«

»Kind! Was hast du denn? Schön, ich warte. Spukt dir der Traum noch im Kopf herum?«

»Ja.« Er war erleichtert, daß sie ihm eine Ausrede geliefert hatte.

»Jetzt geh aber. Ich warte in der Tür.«

Voller Scham und auch kein bißchen dadurch beruhigt, daß sie in der Tür stand, eilte David hinaus. Die Kellertür unten an der Treppe war noch geschlossen. Voller Entsetzen blickte er hin; sein Herz schlug schneller in der Brust.

»Mama?« rief er.

»Ja.«

Er sprang die Stufen hinab, drei auf einmal nehmend, mehr, als er jemals probiert hatte, strauchelte auf die Knie, wobei ihm sein Bücherbündel herabfiel, war aber sogleich wieder auf den Beinen und schoß wie gehetzt zum fahlen Licht der Haustür.

Die lautlose weiße Straße erwartete ihn, Schneewehen, wo der Bordstein war. Die Schritte lautlos. Der Gehsteig vor den Häusern frisch gefegt, schwarz, schon wieder grau werdend. Flocken kalt auf Wange, belebend. Schmaläugig spähte er nach oben. Schwarz über ihm die Flocken, schwarz, bis sie unterhalb der Dächer herabgesunken waren. Dann plötzlich weiß. Warum? Eine Flocke ließ sich auf einer Wimper nieder; er blinzelte, die Augen tränten von der nassen Kälte, er senkte den Kopf. Schnee, von schreitenden Füßen zu groben, glitschigen Platten getreten. Die Geländer vor Souterrains glitten neben ihm vorbei, weiße Schneeröhren darauf. Er schob eine im Vorbeigehen mit. Eisig, das Blut zum Kribbeln reizend, häufte sie sich vor dem Pflug seiner Hand auf. Er preßte sie zu einem Ball, warf diesen von einer Hand in die andere, bis er herabfiel.

Er bog um die erste Ecke am Ende der Straße, dann um die zweite. Ob es wieder da war? Er beschleunigte die Schritte. Da hing es noch immer neben der Tür. Es war nun der dritte Tag, daß er es sah, und jedesmal hatte er vergessen zu fragen, was es bedeutete. Was mochte es bedeuten? Die grünen Blätter waren halb von Schnee verborgen; sogar das violette Band war zugedeckt. Die jämmerlichen weißen Blumen wirkten erfroren. Gedankenverloren betrachtete er sie und ging weiter.

Er ging um die letzte Ecke. Kinderstimmen. Schule, noch ein Stückchen weg, auf der anderen Straßenseite.

Wenn er da Annie sah, was würde er tun? Wegsehen. Vorbeigehen –

Muß hinüber. An der Ecke vor ihm überquerten Kinder einen Trampelpfad im Schnee. Neben ihm das ungetretene Weiß der Gosse. Er blieb stehen. Hier konnte er hinüber. Keine einzige Fußspur, nur eine Wagenfurche. Lieber nicht. Der Schneewall neben ihm war fast so hoch wie er selbst. Und keiner war vor ihm da durchgegangen. Es wäre seiner, nur sein Pfad. Ja. Er nahm Anlauf, sprang, schaffte es nur zum Teil über den ersten Wall, landete im Schnee, fast knietief. Hinter ihm erhoben sich mehrere Stimmen, johlten, doch er stürzte vorwärts, stürzte vorwärts auf die tiefere Ebene. Hätte es nicht tun sollen! Er würde nun über und über damit bedeckt sein, naß. Doch wie wundersam sauber er war, alles an ihm, weißer als alles, das er kannte, weißer als alles, weißer. Der zweite Schneewall war fester gedrückt als der erste; er kletterte hoch, sank fast ein, sprang auf die andere Seite in Sicherheit, klopfte sich hastig ab. Gehsteigschnee, mit Salz durchmischt, niedergetrampelt von Kinderfüßen, aschegerötet, schmutziger werdend, je näher die Schule kam.

Beim Geräusch von Gelächter blickte er auf. Vor ihm zwei Jungen, breitbeinig, im Wettstreit miteinander, jeder Urin verspritzend, so weit er konnte. Das Wasser versank in einem schartigen Kanal, dampfte im Schnee, der sich am Rand gelb färbte.

Gehwegschnee blieb nie weiß. Die Schultür. Er trat ein.

Vorbeigehen, wenn er sie sah, schnell vorbei ...

9

Endlich läutete die Drei-Uhr-Glocke. Entlassen, rannte er durch die mahlende Menge lärmender Kinder. Er hatte weder Yussie noch Annie gesehen, und nun sauste er genau wie zur Mittagszeit den andern Kindern voraus, aus Angst, von einem der beiden eingeholt zu werden.

Es hatte aufgehört zu schneien, und obwohl die Wolken noch immer das Licht dämpften, war die Luft wärmer als am

Morgen. Neben dem Bordstein hockten Schneeforts, halb erbaut während der Mittagspause, in Erwartung ihrer Fertigstellung. Eine lange Rutschbahn dehnte sich wie ein schwarzes Band in der Gosse. Wo der Schnee von den Gehsteigen an die Seite gefegt war, hielten sich hartnäckig tückische graue Eisflächen.

Er ging, so rasch er konnte, suchte sich einen Weg. Von Zeit zu Zeit warf er einen hastigen Blick über die Schulter. Nein, sie waren nicht da. Er hatte sie abgehängt. Er ging um eine Ecke, blieb unvermittelt stehen, starrte auf den seltsamen Anblick vor sich; vorsichtig trat er näher.

Da stand eine Reihe schwarzer, vom schneegesäumten Bordstein weggeneigter Kutschen. Solche Kutschen hatte er schon gesehen. Aber was war das da vor dem Haus für eine, die komische, klobig und schwarz, mit Fenstern an den Seiten? Auf den Pferden schwarze Federbüsche. Warum die kleinen Menschengruppen neben der Tür, die da so still flüsterten und die Hälse reckten, um in den Flur hineinzuspähen? Über der Straße, in allen nahegelegenen Häusern, waren die Fenster geöffnet, aus denen sich Männer und Frauen herauslehnten. In einem Fenster gestikulierte eine Frau jemandem hinter ihr zur. Ein Mann trat hinzu, verstohlen grinsend, tätschelte ihr die vorstehenden Hüften und klemmte sich in die Lücke neben ihr. Worauf starrten die alle? Was kam da aus dem Haus? Plötzlich fiel es ihm wieder ein. Da waren die Blumen gewesen! Ja, die Tür kannte er. Weiße, abgeflachte Säulen. Blumen! Was? Er sah sich nach jemandem um, den er fragen konnte, doch er konnte niemanden in seinem Alter sehen. Bei einer der Kutschen stand eine kleine Gruppe Männer, allesamt in langem schwarzem Rock und Zylinder. Die Kutscher. Sie allein wirkten ungerührt, doch selbst sie sprachen gedämpft. Vielleicht konnte er hören, was sie sagten. Er schlich sich an sie heran und horchte angestrengt.

»Un was glaubs wohl hatter die Stirn mir zu sagen?« Ein Mann mit grobem, wettergegerbtem Gesicht redete, Rauch von seiner Zigarette umringelte seine Worte. »Sag der, was hälsn an? Würds du da nich die Krätze kriegn?«

Er starrte die andern Bestätigung heischend an. Sie nickten zustimmend mit den Augen.

Bestätigt fuhr der Mann fort, nun aber langsamer und mit größerem Nachdruck. »Dem seine Deichsel knallt mir in die Karre, und der quakt, was hälsn an? Dem hätt ich in die Fresse spuckn könn, dem Affn!«

»Das war jetz das zweite Mal, oder?« fragte ein anderer.

»Das zweite, von wegn«, entgegnete der erste voll zorniger Verachtung. »Das dritte. Hatter nich ers Jeff geramm und beim zweitn Mal noch Toiner? Un gestern mich!«

»He!« Ein anderer Mann stupste seinen Nachbarn unvermittelt an. »Der Zuch geht ab!«

Hastig die Zigaretten wegwerfend, zerstreuten sie sich, und jeder schwang sich auf den Bock seiner Kutsche.

Noch verwirrter als zuvor, drückte David sich zur Haustür hin. Gerade war ein Mann mit schwarzem Zylinder herausgekommen und stand nun auf der Schwelle, bekümmert in den Flur starrend. Stille überfiel die Menge; wie zum Schutz drängten sie sich enger aneinander, als würde aus dem Flur das Grauen sickern. Auf ein Zeichen von dem Mann mit dem Zylinder wurden die Türen hinten an der seltsamen Kutsche aufgerissen. Drinnen schimmerte düster das Innenmetall, Vorhänge mit Troddeln schlossen das Licht aus. Plötzlich drang aus dem Flur ein scharrendes Geräusch und das langsame Schlurfen von Füßen. Ein leises Stöhnen erhob sich aus der Menge.

»Er kommt!« flüsterte jemand und reckte den Hals.

Eine Stimmung von Trostlosigkeit. Furcht.

Zwei Männer kamen unter dem vorderen Ende einer riesigen schwarzen Kiste ächzend heraus, dann zwei weitere am anderen Ende. Mit roten Gesichtern traten sie vorsichtig die Stufen hinab, schritten auf die Kutsche zu, legten ein Ende der Kiste auf dem Kutschboden ab.

»Sachte«, mahnte der Mann mit dem schwarzen Hut.

Sie schoben die Kiste hinein, sprangen hinterher. Leise quietschend glitt sie mühelos wie auf Bahnen oder Rädern hinein. Der Mann, der die Türen geöffnet hatte, steckte einen großen, versilberten Bolzen in ein Loch hinter der Kiste und schloß dann mit einer geübten Bewegung die Türen. Auf ein Nicken von dem Mann mit dem schwarzen Hut hin rollte die Kutsche ein kleines Stück weiter und hielt wieder an. Eine weitere Kutsche fuhr vor dem Haus vor.

Zu beiden Seiten von je einem Mann gestützt, trat eine Frau in Schwarz, tief gebeugt und verschleiert, schluchzend aus dem Haus. Die Menge murmelte, eine Frau wimmerte. David hatte noch nie ein Taschentuch mit einem schwarzen Saum gesehen. Ihres wirkte weiß wie Schnee.

Kinderstimmen. Er schaute sich um.

Da waren Annie und Yussie, starrten auf die Frau, die in die Kutsche stieg. Er erschauerte, machte sich klein, verkroch sich hinter der Menge und rannte los.

Am Eingang seines Hauses blieb er stehen, spähte hinein, trat zurück. Was sollte er nun tun? Als er sich zur Mittagszeit dem Haus genähert hatte, hatte er Mrs. Nerrick, die Hauswirtin, die Treppe hochgehen sehen. Da war er wie toll gerannt, hatte sie eingeholt, war am Keller vorbeigerast, bevor sie ihre Tür schloß. Jetzt aber war niemand zu sehen. Jeden Moment konnten Annie und Yussie um die Ecke biegen. Er mußte – bevor sie ihn sahen – doch das Dunkel, die Tür, das Dunkel. Der Mann in der Kiste in der Kutsche. Allein. Er mußte.

Ein Geräusch machen. Geräusch ... Er ging weiter. Was? Geräusch. Irgendeines.

»Aaaaah! Oooooh!« stammelte er zittrig. »Mein Land das is von diaa!« Er begann zu rennen. Die Kellertür. Lauter. »Du süßes Land der Freiheit«, gellte er und wirbelte auf die Treppe zu. »Von dir ich sing.« Seine Stimme stieg zu einem Kreischen an. Seine Füße hämmerten auf die Stufen. Im Rücken die grauenvolle Horde Furcht. »Land wo unsre Vädder starben!« Der Treppenabsatz; er machte einen Satz zur Tür – warf sich dagegen, riß sie auf und stand vor Entsetzen keuchend da.

Da stand seine Mutter und starrte ihn mit weitaufgerissenen Augen an. »Warst du das?«

Den Tränen nahe, senkte er den Kopf.

»Was ist denn los?«

»Ich weiß nicht«, wimmerte er.

Sie lachte verzweifelt und setzte sich. »Komm mal her, du seltsames Kind. Komm her. Du bist ja ganz weiß!«

David ging hin und sank an ihre Brust.

»Du zitterst ja.« Sie strich ihm übers Haar.

»Ich hab' Angst«, murmelte er an ihrem Hals.

»Immer noch Angst?« sagte sie beruhigend. »Geht dir der Traum immer noch nach?«

»Ja.« Ein trockenes Schluchzen erschütterte ihn. »Und noch was anderes.«

»Was anderes?« Ihn mit einem Arm umschlingend, preßte sie ihn an sich. Mit der andern Hand ergriff sie seine Hände. »Was?« murmelte sie. Der sanfte Druck ihrer Lippen auf seine Schläfen schien in ihn hineinzusinken, hinab, eine Ruhe und Milde zu verströmen, die nur sein Körper wahrnehmen konnte. »Was noch?«

»Ich hab einen – einen Mann gesehn, der war in einer Kiste. Du hast mir mal davon erzählt.«

»Was? Ach!« Ihr verwirrtes Gesicht hellte sich auf. »Ein Begräbnis. Gott schenke uns Leben. Wo war das?«

»Um die Ecke.«

»Und das hat dir angst gemacht?«

»Ja. Und das Treppenhaus war so dunkel.«

»Ich verstehe.«

»Wartest du im Treppenhaus, wenn ich dich das nächste Mal rufe?«

»Ja. Ich warte, sooft du willst.«

David stieß einen zitternden Seufzer der Erleichterung aus und küßte ihr voll Dankbarkeit die Wange.

»Wenn ich das nicht täte«, lachte sie, »dann würde Mrs. Nerrick, die Hauswirtin, uns vor die Tür setzen. Solch donnernde Füße habe ich noch nie gehört!« Nachdem sie ihm die Gamaschen aufgeknöpft hatte, richtete sie sich auf und setzte ihn auf einen Stuhl. »Setz dich dahin, mein Schatz. Heute ist Freitag, da habe ich ganz viel zu tun.«

Eine Weile saß David still da und beobachtete sie, wobei er merkte, daß sein Herz sich wieder beruhigte, dann wandte er sich zum Fenster und sah hinaus. Feiner Regen hatte eingesetzt und überzog die Scheiben mit dichten, ziellosen

Linien. Im Hof wurde der weiße Schnee unter dem Regen schon langsam grau. Blauer Rauch wogte herab, stieg auf, verwehte. Ab und an knarrte das alte Haus, wenn der Wind sich durch die Gasse drückte. Durch Nebel und Regen von einem fernen Fluß herbeigetragen, dröhnte eine Schiffssirene, erzeugte einen seltsamen Widerhall in seinem Herzen …

Freitag. Regen. Schule aus. Er konnte nun zu Hause bleiben, zu Hause bleiben und nichts tun, den ganzen Nachmittag bei seiner Mutter bleiben. Er wandte sich vom Fenster ab und betrachtete sie. Sie saß am Tisch und schälte Rote Bete. Der erste Schnitt in eine Knolle war, als höbe sie einen Deckel von einem winzigen Ofen. Plötzliches Dunkelrot unter der Schale; ihre Hände waren davon befleckt. Über ihrer blauweiß karierten Schürze war ihr Gesicht herabgebeugt, auf ihre Arbeit konzentriert, die Lippen ernst zusammengepreßt. Er liebte sie. Er war wieder glücklich.

Sein Blick schweifte durch die Küche: das Durcheinander des Freitagnachmittags. Töpfe auf dem Herd, Schalen im Ausguß, Mehl auf der Teigrolle, der Tischplatte. Die Luft war warm, durchsetzt von vielen Düften. Seine Mutter stand auf, wusch die Rote Bete, ließ sie abtropfen, legte sie beiseite.

»Da!« sagte sie. »Jetzt kann ich wieder von vorn anfangen zu putzen.«

Sie räumte den Tisch ab, spülte das schmutzig gewordene Geschirr, leerte die Schalen, die sich im Ausguß häuften, in den Mülleimer. Dann ließ sie sich auf alle viere nieder und begann, den Fußboden zu wischen. Mit angezogenen Knien sah David ihr zu, wie sie das Linoleum unter seinem Stuhl wischte. Der Schatten zwischen ihren Brüsten, so tief! Wie weit das – Nein! Nein! Luter! Als er hinsah! An dem Abend! Darf nicht! Darf nicht! Schau weg! Schnell! Schau auf – schau auf das Linoleum da, wie es unter dem dünnen Wasserfilm schimmert.

»Jetzt mußt du da sitzen bleiben, bis es trocken ist«, mahnte sie ihn, während sie sich aufrichtete und die wenigen Strähnen, die ihr über die Wangen gefallen waren, zurückstrich. »Dauert nur ein paar Minuten.« Sie bückte sich wieder, ging rückwärts zu den Stufen, wobei sie den Scheuerlappen über ihren Fußspuren nachzog, und ging dann in die Wohnstube.

Allein gelassen, wurde er wieder niedergeschlagen. Seine Gedanken kehrten zu Luter zurück. Heute abend würde er wieder kommen. Warum? Warum blieb er nicht weg? Würden sie denn jeden Donnerstag weglaufen müssen? Zu Yussie hoch? Würde er wieder mit Annie spielen müssen? Er wollte es nicht. Er wollte sie nie mehr sehen. Aber er müßte es. So wie heute nachmittag bei den Kutschen. Der schwarzen Kutsche mit dem Fenster. Angst. Die lange Kiste. Angst. Der Keller. Nein! Nein!

»Mama!« rief er.

»Was ist, mein Sohn?«

»Schläfst du – schläfst du jetzt gleich da?«

»Aber nein. Natürlich nicht! Ich mache mir nur ein wenig die Haare.«

»Kommst du gleich wieder her?«

»Aber ja. Möchtest du denn etwas?«

»Ja.«

»Bin gleich da.«

Er wartete ungeduldig, daß sie kam. Nach einer kurzen Weile kam sie heraus. Sie hatte sich umgezogen und die Haare gekämmt. Sie breitete ein durchgewetztes, sauberes Handtuch über die Stufen zur Wohnstube und setzte sich darauf.

»Ich kann nur herkommen, wenn es unbedingt sein muß«, lächelte sie. »Du bist nämlich auf einer Insel. Was möchtest du?«

»Hab's vergessen«, sagte er lahm.

»Ach, du bist mir ein Gänschen!«

»Es muß trocknen«, erklärte er. »Und ich muß darauf aufpassen.«

»Und ich auch, meinst du das? Du liebe Zeit, du wirst vielleicht einmal ein Tyrann, wenn du verheiratet bist!«

David war es völlig gleich, was sie von ihm hielt, solange sie nur dasaß. Überdies hatte er wirklich eine Frage an sie, nur konnte er sich nicht dazu entschließen, damit herauszurücken. Sie könnte zu unangenehm sein. Dennoch, egal, wie ihre Antwort lauten, egal, was er dabei herausfinden würde, bei ihr war er immer sicher.

»Mama, hast du schon mal einen Toten gesehen?«

»Du bist ja fröhlich heute!«

»Dann sag's mir.« Nachdem er sich nun schon auf dieses gefahrvolle Terrain vorgewagt hatte, war er auch entschlossen, es zu durchqueren. »Sag's mir«, beharrte er.

»Tja«, sagte sie nachdenklich. »Die Zwillinge, die starben, als ich ein kleines Mädchen war, an die erinnere ich mich nicht mehr. Aber meine Großmutter, die war die erste, die ich richtig gesehen habe und an die ich mich erinnere. Da war ich sechzehn.«

»Warum ist sie gestorben?«

»Ich weiß nicht. Das wußte keiner so genau.«

»Und warum ist sie dann gestorben?«

»Du bist vielleicht ein hartnäckiger Frager! Bestimmt hatte sie einen Grund. Aber möchtest du wissen, was ich glaube?«

»Ja!« sagte er begierig.

Seine Mutter holte tief Luft, hob einen Finger, um seine schon glühende Aufmerksamkeit auf sich zu lenken. »Sie war sehr klein, meine Großmutter, sehr zerbrechlich und zart. Das Licht ging durch ihre Hände wie das Licht durch einen Fächer. Was das damit zu tun hat? Nichts. Aber während mein Großvater sehr fromm war, tat sie nur so – genauso, wie ich nur so tue, Gott vergebe uns beiden. Vor nun schon langer Zeit hatte sie einmal ein Gärtchen vor dem Haus. Im Sommer war es voller hübscher Blumen, und sie kümmerte sich ganz allein darum. Mein Großvater, ein würdevoller Jude, verstand nie, warum sie im Frühjahr den ganzen Vormittag damit verbrachte, die Blumen zu gießen und die verwelkten Blätter abzuzupfen und da zu schnipsen und dort festzudrücken, wo sie doch so viele Bedienstete hatte, die es für sie hätten tun können. Du glaubst nicht, wie billig Bedienstete damals waren – mein Großvater hatte fünf. Ja, er regte sich immer auf, wenn er sie im Garten arbeiten sah, und sagte, es sei geradezu pietätlos für eine Jüdin ihres Standes – sie war damals ja reich –, die Wälder waren nicht geschlagen –«

»Was für Wälder?«

»Von denen hab' ich dir schon erzählt – von den großen Wäldern und den Holzfällerlagern. Solange die Wälder noch da waren, waren wir reich. Doch nachdem sie geschlagen waren und die Holzfällerlager weiterzogen, wurden wir arm. Verstehst du? Und deshalb regte mein Großvater sich auf, wenn er sah, wie sie sich die Hände mit der Erde schmutzig machte wie eine Bäuerin. Aber meine Goßmutter lächelte ihn dann nur an – ich sehe sie noch vor mir, wie sie gebückt dastand und zu ihm hochlächelte – und sagte, da sie ja nicht so einen schönen Bart zu streichen habe wie er, was könne es da schaden, wenn sie ein wenig Schmutz an die Hände bekäme. Mein Großvater hatte einen Bart, der früh weiß geworden war; auf den war er sehr stolz. Und einmal sagte sie zu ihm, daß der liebe Gott bestimmt nicht böse auf sie wäre, wenn sie ein bißchen von Esaus Erbe stehlen würde – die Erde und die Felder sind Esaus Erbe –, da ja Esau selber, so sagte sie, Isaak bei jeder Gelegenheit bestehle – sie meinte all die neuen Geschäfte, die von den anderen Nichtjuden in unserer Stadt aufgemacht wurden. Was konnte mein Großvater da tun? Er lachte und nannte sie eine Schlange. Aber warte! Jetzt kommt's.« Sie lächelte über seine Ungeduld.

»Als sie älter wurde, wurde sie sehr wunderlich. Soll ich dir erzählen, was sie immer gemacht hat? Wenn der Herbst kam und alles abgestorben war –«

»Abgestorben? Alles?« unterbrach David sie.

»Nicht alles, kleines Gänschen. Die Blumen. Wenn die abstarben, dann wollte sie nicht aus dem Haus. War das nicht wunderlich? Tagelang blieb sie in ihrem großen Salon sitzen – es gab da Kristallkronleuchter. Du glaubst nicht, wie still sie da saß – die Dienerschaft nicht sah, kaum hörte, was gesprochen wurde – und die Hände im Schoß gefaltet hatte – einfach so. Und auch mein Großvater, der sie bat, doch herauszukommen, brachte sie nicht dazu. Er ging sogar zu einem großen Rabbi, um ihn um Rat zu fragen – ohne Erfolg. Erst wenn der erste Schnee fiel, war sie wieder bereit, das Haus zu verlassen.«

»Warum?«

»Hier kommt die Antwort. Schau mal, ob du sie findest. Als ich sie einmal im Spätherbst besuchte, saß sie ganz still wie gewöhnlich in ihrem großen Sessel. Aber als ich gerade den Mantel ausziehen wollte, sagte sie, behalt ihn an, Genya, mein Liebes, auf dem Stuhl da in der Ecke, da liegt der meine. Bist du so gut und holst ihn mir, Kind?

Nun, ich stand da und starrte sie verblüfft an. Ihren Mantel? dachte ich. Wollte sie wirklich von sich aus hinausgehen, im Herbst? Und dann fiel mir erst auf, daß sie ihre schönsten Sabbatsachen anhatte – dunkler, schimmernder Satin – sehr teuer. Ich sehe sie noch vor mir. Und auf dem Kopf – nie hatte sie sich die Haare schneiden lassen – hatte sie einen breiten runden Kamm mit Perlenreihen darin – das erste Geschenk, das sie von meinem Großvater bekommen hatte. Der Kamm war wie eine matte Krone. Und so holte ich ihr den Mantel und half ihr hinein. Wo gehst du denn hin, Großmutter? fragte ich. Ich war ganz verwirrt. In den Garten, sagte sie, in den Garten. Nun, einer alten Frau muß man ihren Willen lassen, und so gingen wir in den Garten. Der Tag war ganz grau, und ein Wind ging, es wirbelte, ein starker Wind, der die Bäume niederdrücken konnte wie eine Hand. Sogar wir wurden beinahe umgeweht, und es war kalt. Und ich sagte zu ihr: Großmutter, ist es denn nicht zu kalt hier draußen? Ist der Wind nicht zu stark? Nein, ihr Mantel sei warm, sagte sie. Und dann sagte sie etwas ganz Seltsames. Erinnerst du dich an Petrusch Kolonow? Ich wußte nicht recht. Ein Goj, sagte sie, ein Tölpel. Der hat viele Jahre für deinen Großvater gearbeitet. Der hat einmal einen Hals wie ein Baumstamm gehabt, aber dann ist er alt und krumm geworden. Und als er so alt geworden war, konnte er kein Reisigbündel mehr heben, der hat dann auf einem Stein gesessen und auf die Berge geschaut. Das hat meine Großmutter erzählt, verstehst du?«

David konnte diesen Fäden innerhalb der Fäden nicht ganz folgen, aber er nickte. »Warum hat er da gesessen?« fragte er aus Angst, sie könnte aufhören zu erzählen.

Sie lachte leise. »Diese Frage haben drei Generationen gestellt. Du. Ich. Meine Großmutter. Er war ein gutes Arbeitstier gewesen, dieser Petrusch, ein guter Ochse. Und wie meine Großmutter ihn fragte, Petrusch, warum sitzt du da wie ein Klotz und schaust auf die Berge, war seine einzige Antwort: Mir sind die Zähne alle ausgefallen. Und das ist die Geschichte, die mir meine Großmutter auf unserem Spaziergang erzählt hat. Du siehst verwirrt aus«, lachte sie wieder.

Das war er auch, doch sie erklärte nichts.

»Und so gingen wir dahin, und die Blätter wehten umher. Schuh-h-h! Wie sie aufwirbelten, und eines wehte an ihren Mantel, und während der Wind es da festhielt, wie ein Finger, weißt du, nahm sie es ab und zerkrümelte es. Und dann sagte sie plötzlich: Komm, kehren wir um. Und gerade als wir hineingehen wollten, seufzte sie so, daß sie erzitterte – tief – so wie man kurz vor dem Einschlafen seufzt –, und sie ließ die Blattkrümel fallen, die sie gehalten hatte, und sie sagte: So wie ich bin, ist es nicht richtig. Sogar ein Blatt wird im ganzen matt und alt! Im ganzen! Verstehst du? Oh, sie war weise! Und dann gingen wir hinein.«

Seine Mutter hielt inne, befühlte den Boden, um zu sehen, ob er trocken war. Dann stand sie auf und ging zum Herd, um die siedende Rote-Bete-Suppe von der Hitze der Kohlen, wo sie gestanden hatte, ans kühlere Ende des Herds zu schieben.

»Und jetzt ist der Fußboden trocken«, lächelte sie. »Ich bin frei.«

Doch David kam sich betrogen vor, war sogar ärgerlich. »Du – du hast mir gar nicht alles erzählt!« protestierte er. »Du hast mir nicht mal erzählt, was dann passiert ist!«

»Nicht?« Sie lachte. »Da gibt's fast nichts mehr zu erzählen. Im gleichen Winter ist sie gestorben, noch vor dem ersten Schnee.« Sie starrte auf den Regen, der gegen das Fenster trommelte. Ihr Gesicht wurde ruhig. Das letzte Blinzeln ihrer Lider, bevor sie sprach, war das langsamste. »Sie sah im Tod so zerbrechlich aus, in ihrem Totenhemd – wie soll ich dir das beschreiben, mein Sohn? Wie der erste Winterschnee. Und schon da habe ich gedacht, ich möchte tief in ihr Gesicht hineinsehen, denn bestimmt schmilzt sie mir vor den Augen weg.« Sie lächelte wieder. »Habe ich dir jetzt genug erzählt?«

Er nickte. Ohne zu wissen, warum, hatten ihre letzten Worte ihn berührt. Was er als Gedanken nicht zu erfassen vermocht hatte, das drückte ihre letzte Geste aus, die letzte sanfte Rauheit ihrer Stimme. Saß diese traumartige, flüchtige Traurigkeit in seinem Herzen, oder tränkte sie die fedrige Luft der Küche? Er vermochte es nicht zu sagen. Aber wenn die Luft nur immer so wäre und er immer hier allein mit seiner Mutter. Jetzt war er ihr nahe. Er war ein Teil von ihr. Der Regen vor dem Fenster besiegelte immer wieder aufs neue ihre Isolation, ihre Intimität, ihre Identität. Hob sie eine Herdplatte, dann wärmte der rosige Schein, der ihre breite Stirn tönte, auch seinen Körper. Er war ihr nahe. Er war ein Teil von ihr. Oh, es war gut, hier zu sein. Begierig verfolgte er jede ihrer Bewegungen.

Sie breitete ein frisches weißes Tischtuch über den Tisch. Es schwebte wie eine Wolke in der Luft und ließ sich langsam nieder. Dann nahm sie aus dem Regal drei Messingkerzenhalter und stellte sie mitten auf das Weiß, steckte dann in jeden Messingkelch eine Kerze.

»Mama.«

»Ja?«

»Was macht man, wenn man stirbt?«

»Was?« wiederholte sie. »Dann ist man kalt; dann ist man still. Man schließt die Augen und schläft ewige Jahre.«

Ewige Jahre. Die Worte hallten in seinem Kopf. Verzückt drehte und wendete er sie, als hätten sie einen ganz eigenen Glanz, eine eigene Gestalt. *Ewige Jahre.*

Seine Mutter deckte den Tisch. Messer klirrten schwach, Gabeln, Löffel, nebeneinander. Der Salzstreuer, das geheimnisvolle kleine Gefäß aus mattem Silber, die Pfefferdose, graubraunes Auge in dem flachen Glas, die emaillierte Zuckerdose, kopflose Schultern der Silberzange ragten über den Rand.

»Mama, was sind ewige Jahre?«

Seine Mutter seufzte ein wenig verzweifelt auf, hob kurz den Blick und senkte ihn dann auf den Tisch, wo er gedankenverloren über Geschirr und Silberzeug wanderte. Dann hellte ihr Blick sich auf. Sie griff nach der Zuckerdose und nahm die Zange in die Hand, pickte vorsichtig einen Zuckerwürfel heraus und hielt ihn ihm vor die Augen.

»So weit geht mein Gehirn«, sagte sie scherzend. »Siehst du? Weiter nicht. Würdest du mich bitten, mit diesem schmalen Ding ein gefrorenes Meer hochzuheben? Nicht einmal der Eismann könnte das.« Sie legte die Zange wieder in die Dose: »Das Meer bei diesem –«

»Aber –«, fiel David entsetzt und verwirrt ein. »Aber wenn sie dann doch aufwachen, Mama?«

Sie warf die Hände in einer Geste der Leere auf. »Da gibt es nichts mehr, was erwachen kann.«

»Aber irgendwann, Mama«, drängte er.

Sie schüttelte den Kopf.

»Aber irgendwann.«

»Wenn irgendwo, dann jedenfalls nicht hier. Es heißt, es gibt einen Himmel, und im Himmel wachen sie wieder auf. Aber ich glaube das nicht. Gott vergebe mir, daß ich dir das sage. Aber etwas anderes weiß ich nicht. Ich weiß nur, daß sie im Dunkel der Erde begraben werden und daß ihr Name noch ein paar Lebzeiten auf ihrem Grabstein überdauert.«

Das Dunkel. Das Dunkel der Erde. Ewige Jahre. Es war eine furchtbare Offenbarung. Sein Blick lag starr auf ihr. Sie nahm ein Tuch von der Waschbütte, ging damit zum Herd, klappte die Tür auf und zog eine Form heraus. Wärme und Duft frischen Brots drangen wie durch ein festes Nebelgespinst in ihn ein. Neben den Kerzenhaltern breitete sie eine Serviette aus, hob das Brot aus der Form und legte es auf das Leinenviereck.

»Jetzt nur noch die Kerzen anzünden«, murmelte sie, während sie sich setzte, »dann bin ich fertig mit der Arbeit. Ich weiß nicht, warum sie den Freitag zu so einem schwierigen Tag für Frauen gemacht haben.«

– Das Dunkel. Im Grab. Ewige Jahre …

Regen prasselte in kurzen Böen ans Fenster … Die Uhr tickte zu lebhaft. Nein, niemals. Nicht irgendwann … Im Dunkeln.

Langsam faserte das letzte verspätete Licht in Dämmerung aus. Über den kurzen Raum der Küche hinweg zitterte das

Gesicht seiner Mutter wie unter Wasser, verschwamm. Teilchen, verschlungen wie Schaum, wirbelten in dem mahlenden Dunkel –

– Wie Popcorn, das in dem großen Schaufenster des großen Süßwarenladens tanzte. Tanzte und sich setzte. An jenem Tag. Vor langer Zeit.

Sein Blick folgte dem ziellosen Lichtfluß, der in dem Zimmer kreiste und flackerte und die Konturen von Tür und Tisch trübte.

– Schnee war das, grauer Schnee. Winzige Papierfetzchen, die vom Fenster wegtrieben an jenem Tag. Konfetti, wie ein Junge sagte. Konfetti, hatte er gesagt. Sie warfen es auf die beiden herab, die da heiraten wollten. Den Mann mit dem hohen, schwarzen, glänzenden Hut, der es eilig hatte. Die Frau in Weiß, die lachte, sich an ihn lehnte, dem Konfetti auswich, es sich aus den Augen blinzelte. Wartende Kutschen. Konfetti auf dem Trittbrett, auf den Pferden. Komisch. Dann stiegen sie hinein, beide lachend. Konfetti. Kutschen.

– Kutschen!

– Dieselben!

– Heute nachmittag! Als die Kiste herauskam! Kutschen.

– Selben!

– Kutschen –!

»Großer Gott«, rief seine Mutter aus. »Du hast mich aber erschreckt! Warum bist du denn so auf deinem Stuhl hochgesprungen? Das ist heute schon das zweite Mal.«

»Es waren dieselben«, sagte er mit ehrfürchtiger Stimme. Jetzt war es gelöst. Er sah es deutlich. Alles gehörte demselben Dunkel an. Konfetti und Särge.

»Was war dieselben?«

»Die Kutschen!«

»Ach, Kind«, sagte sie mit belustigter Verzweiflung. »Gott allein weiß, was du da wieder träumst!« Sie erhob sich von ihrem Stuhl und ging zu der Wand, wo die Streichholzschachtel hing. »Ich zünde mal lieber die Kerzen an, bevor du noch einen Engel siehst.«

Das Streichholz ratschte über das Sandpapier, flammte auf, machte David bewußt, wie dunkel es geworden war.

Eine nach der anderen entzündete sie die Kerzen. Beschwipst kroch die Flamme den Docht hoch, wurde ruhig, wärmte das standhafte Messing darunter, glomm auf jedem Knoten des krossen goldenen Brotzopfs auf der Serviette. Das Zwielicht verschwand, die Küche schimmerte. Der Tag, der mit Mühen und Bangigkeit begonnen hatte, erblühte nun in Kerzenschein und Sabbat.

Mit einem kleinen mißbilligenden Lachen stand seine Mutter vor den Kerzen, und den Kopf vor ihnen neigend, murmelte sie durch die Hände, die sie vor dem Gesicht gespreizt hatte, das alte Gebet zum Sabbat ...

Die stille Stunde, die Stunde lohgelber Glückseligkeit ...

10

Seine Mutter erhob sich, zündete die Gaslampe an. Plötzliches blaues Blicht verdichtete die Kerzenflammen zu belanglosen gelben Kernen. Traurig betrachtete er sie, wünschte, sie hätte die Lampe nicht angemacht.

»Bald kommen sie«, sagte sie.

Sie! Erschrocken fuhr er zusammen. Sie kommen! Luter. Sein Vater. Sie! Oh! Die Friedensstille war vorüber. Er spürte, wie Angst in ihm hochstieg wie eine Wolke – als wären die Worte seiner Mutter ein Stein gewesen, den sie auf staubigen Boden geworfen hatte. Ruhe und Freude wichen von ihm. Warum mußte Luter kommen? David würde ihn voller Scham ansehen, ihn gar nicht ansehen können. Allein bei dem Gedanken an Luter war ihm zumute, wie ihm an jenem Tag in der Schule zumute gewesen war, als der Junge auf dem Platz neben ihm in der Nase bohrte und den Popel zwischen den Fingern rollte, sich dann mit leerem Grinsen umschaute und ihn unterm Sitz abstreifte. Vor Ekel hatten sich seine Zehen verkrampft. Er hätte ihn nicht sehen, es nicht wissen sollen.

»Kommt Mr. Luter auch?«

»Natürlich.« Sie blickte ihn an. »Warum fragst du?«

»Ich weiß nicht. Ich hab' bloß gedacht – ich – ich hab' gedacht, vielleicht mag er es nicht, wie du kochst.«

»Wie ich –? Oh! Richtig!« Sie errötete schwach. »Ich wußte nicht, daß du so ein gutes Gedächtnis hast.« Sie sah sich um, als hätte sie etwas vergessen, und ging dann die Stufen hoch in die Wohnstube.

Er starrte aus dem Fenster in die Finsternis. Es regnete noch immer in Strömen. Bestimmt rannten sie jetzt in dem Regen auf ihn zu, rannten, weil es regnete. Könnte er nur weg, bevor sie kämen, sich verstecken, bis Luter weg wäre, erst wiederkommen, wenn Luter auf immer weg wäre. Wie konnte er weg? Er hielt den Atem an. Wenn er jetzt wegrannte, bevor seine Mutter zurückkam – sich lautlos zur Tür hinausstahl. Einfach so! Die Tür öffnete, die Treppe hinunterschlich. Der Keller! Daran vorbei und wegrennen, oben eine leere Küche zurücklassen. Sie würde nach ihm sehen, unterm Tisch, im Flur; sie würde rufen – David! David! Wo bist du? David! Er wäre weg –

In der Wohnstube das Geräusch eines sich öffnenden, wieder schließenden Fensters. Seine Mutter kam herein, einen grauen, zugedeckten Topf zwischen den Händen. Regentropfen an der Seite, Wasser in der Höhlung des Deckels.

»Ein fürchterlicher Abend.« Sie leerte den überlaufenden Deckel in den Ausguß. »Der Fisch ist gefroren.«

Zu spät.

Jetzt mußte er bleiben, bis zum Ende, bis Luter gekommen und wieder gegangen war. Aber vielleicht hatte seine Mutter unrecht, und Luter kam vielleicht gar nicht, wenn er nur nie wieder käme. Warum sollte er auch wieder herkommen? Er war gestern da, und da war niemand zu Hause. Komm nicht her, wisperte es immer wieder in seinem Kopf. Bitte, Mr. Luter, komm nicht her! Komm nie wieder her.

Die Minuten vergingen, und gerade als es David war, als hätte er Luter vergessen, scharrten die vertrauten Schritte unten durchs Treppenhaus. Stimmen auf der Treppe! Luter war gekommen. Mit einem Auge auf dem angespannten, aufmerksamen Gesicht seiner Mutter, drückte er sich zur Wohnstube hin, glitt die Stufen hoch ins Dunkel. Er stand am Fenster, horchte auf die Geräusche hinter ihm. Die Tür ging auf. Er hörte ihre Begrüßung, Luters Stimme, sein langsames

Sprechen. Jetzt müßten sie die Mäntel abnehmen. Wenn sie ihn nur vergessen würden. Wenn das nur ginge. Doch –

»Wo ist der Kaddischel?« hörte er seinen Vater fragen.

Eine Pause, dann die Stimme seiner Mutter: »Ich glaube, er ist in der Stube. David!«

»Ja, Mama.« Eine Welle der Wut und Enttäuschung durchflutete ihn.

»Er ist da.«

Zufrieden, daß er da war, schienen sie ihn eine Weile vergessen zu haben, doch dann wieder sein Vater, und nun mit dem gefährlichen Unterton der Verärgerung.

»Und warum kommt er dann nicht rein? David!«

Jetzt gab es keinen Verzug mehr. Er mußte hinein. Die Augen auf den Boden vor den Füßen geheftet, kam er aus der Wohnstube, schlurfte zu seinem Platz und setzte sich, die ganze Zeit über gewahr, daß die andern ihn neugierig musterten.

»Was hat er denn?« fragte sein Vater scharf.

»Ich weiß nicht recht. Vielleicht der Magen. Er hat heute sehr wenig gegessen.«

»Dann ißt er eben jetzt«, sagte sein Vater warnend. »Du gibst ihm zu viel Süßkram.«

»Ein heikler Magen ist eine traurige Geschichte«, sagte Luter nachsichtig, und David haßte ihn ob seines Mitgefühls.

»Ach«, rief sein Vater aus, »das ist nicht der Magen, Joe, das ist der Gaumen – von Leckereien abgestumpft.«

Seine Mutter stellte die Suppe vor ihn hin. »Die wird dir schmecken«, sagte sie lockend.

Er wagte nicht abzulehnen, obwohl ihm allein beim Gedanken an Essen übel wurde. Sich gegen den ersten Mundvoll wappnend, tauchte er den Löffel in die schimmernde rote Flüssigkeit, führte ihn an die Lippen. Statt jedoch zum Mund zu gelangen, traf der Löffel nur das Kinn, stieß in die Höhlung unterhalb der Unterlippe, versengte sie, fiel aus kraftlosen Fingern in den Teller. Eine rote Fontäne spritzte in alle Richtungen, befleckte sein Hemd, befleckte das weiße Tischtuch. Mit blankem Entsetzen sah David zu, wie die dunkelroten Kleckse auf dem Tuch größer wurden, bis sie einander trafen.

Sein Vater ließ wütend den Löffel in den Teller sinken. »Lahm wie ein Türk!« schnauzte er und hieb mit den Knöcheln auf den Tisch. »Wirst du wohl den Kopf heben, oder soll der auch im Teller sein?«

Er hob angstvoll die Augen. Luter blickte ihn von der Seite an und sog in bedächtiger Mißbilligung die Luft durch die Zähne.

»Ist doch nicht schlimm!« rief seine Mutter beruhigend aus. »Dafür sind Tischtücher ja da.«

»Daß man sie mit Suppe vollspritzt, wie?« entgegnete ihr Mann sarkastisch. »Und Hemden sind wohl auch dafür da! Na, großartig. Warum nicht gleich der ganze Teller, wo er schon dabei ist.«

Luter gluckste.

Ohne zu antworten, strich seine Mutter ihm mit der flachen Hand über die Stirn. »Nun iß, Kind.«

»Was machst du denn da«, wollte sein Vater wissen, »fühlst du ihm die Stirn, ob er Fieber hat? Kind! Mit dem Lümmel ist rein gar nichts, außer daß du ihn verwöhnst!« Düster drohte er David mit dem Finger. »Jetzt ißt du deine Suppe auf wie ein Mann, sonst teile ich dir was ganz anderes aus.«

David wimmerte, blickte mit eingeschüchterter Widerspenstigkeit auf seinen Teller.

»Paß nur auf!«

»Vielleicht sollte er lieber nichts essen«, warf seine Mutter ein.

»Halt du dich da raus.« Und zu David: »Wirst du jetzt essen?«

Zitternd, auf der Schwelle zur Übelkeit, nahm David den Löffel und zwang sich zu essen. Der ekelerregende Krampf löste sich.

Ungeduldig wandte sein Vater sich Luter zu. »Was wolltest du sagen, Joe?«

»Ich wollte sagen«, sagte Luter mit seiner langsamen Stimme, »daß du absperren müßtest, wenn du hinausgegangen bist – aber nur die eine Tür. Den Rest schließe ich ab, bevor ich gehe.« Er griff in die Rocktasche, zog einen Schlüsselbund hervor und nahm einen Schlüssel ab. »Mit dem sperrst du ab. Und ich sage dir«, er reichte Davids Vater den Schlüssel, »ich setze vier Stunden dafür an. Für das Ganze brauchst du nicht mehr als zwei – höchstens drei.«

»Verstehe.«

»Aber diese Woche bekommst du die Zulage noch nicht. Der Buchhalter –«

»Dann eben nächste Woche.«

Luter räusperte sich. »Morgen abend werden Sie einen Esser weniger haben«, sagte er zu Davids Mutter.

»Ja?« fragte sie gezwungen überrascht und zu Davids Vater gewandt: »Kommst du so spät, Albert?«

»Ich nicht.«

»Nein, Albert nicht«, gluckste Luter. »Ich.«

»Dann werde ich morgen abend also kein Essen für Sie vorbereiten?«

»Nein, morgen abend habe ich etwas zu erledigen«, sagte er vage. »Vielleicht Sonntag. Nein. Ich sage Ihnen etwas. Wenn ich am Sonntag nicht bis sieben Uhr da bin, dann warten Sie mit dem Essen nicht auf mich.«

»In Ordnung.«

»Ich bezahle die Woche aber trotzdem ganz.«

»Aber wenn Sie nicht kommen –«, wandte sie ein.

»Ach, das ändert nichts«, sagte Luter, »das ist so abgemacht.« Er nickte und ergriff wieder seinen Löffel.

Bis zum Ende der Mahlzeit aß David bedachtsam, blickte immer wieder verstohlen auf, um zu sehen, ob etwas, was er tat, das Mißfallen seines Vaters erregte. Zu Luter hin wagte er nicht einen Blick, aus Angst, allein der Anblick dieses Mannes könne ihn derart verwirren, daß er noch weitere Tolpatschigkeiten beging. Als seine Mutter schließlich den Nachtisch vor ihn stellte, sah er sich schon nach einer Rückzugsmöglichkeit um, nach einem Ort, wo er sich verstecken und dennoch anwesend wirken konnte oder wenigstens erreichbar war. Er könnte Schläfrigkeit vorschützen, dann würde seine Mutter ihn zu Bett bringen, doch das ging jetzt nicht. Es war zu früh. Was würde er bis dahin tun? Wohin konnte er ein Weilchen entwischen? Alle Zimmer glitten vor seinem inneren Auge vorbei. Die Wohnstube? Dann würde sein Vater sagen: »Was macht er da im Dunkeln?« Die

Schlafstube? Nein. Da würde sein Vater dasselbe sagen. Wo? Die Badestube! Ja! Er würde sich auf den Toilettensitz setzen. Dort bleiben, bis er jemanden rufen hörte, und dann wieder herauskommen.

Er hatte die letzte Backpflaume gegessen und wollte gerade von seinem Stuhl rutschen, als er aus dem Augenwinkel sah, wie Luters Hand zur Westentasche ging und die Uhr hervorzog.

»Ich muß gehen!« Er schmatzte mit den Lippen. Er ging! David hätte vor Freude tanzen können. Es war zu schön, um wahr zu sein.

»So früh?« fragte seine Mutter.

Zu Davids Überraschung lachte sein Vater, und gleich darauf lachte Luter mit, wie über einen Witz, den nur sie verstanden.

»Ich bin schon spät dran.« Luter stieß seinen Stuhl zurück und erhob sich. »Aber vorher muß ich Sie bezahlen.«

David starrte auf seinen Teller und horchte. Er konnte nur an eines denken – Luter ging, würde gleich weg sein. Er blickte auf. Sein Vater war gerade in die Schlafstube gegangen, und während seiner kurzen Abwesenheit warf Luter seiner Mutter rasche Blicke zu. David erzitterte vor Abscheu und schlug hastig die Augen nieder. Luter nahm den Mantel, den Davids Vater nun hergebracht hatte, schlüpfte hinein, und David versuchte mit aller Willensanstrengung, jene Füße zu beschleunigen, die sich zur Tür hin bewegten.

»Also«, sagte Luter endlich, »Ihnen allen eine schöne Woche. Und daß der Kaddischel«, sein Hut zeigte auf David, »bald wieder gesund wird.«

»Danke«, sagte seine Mutter. »Eine schöne Woche.«

Mit einem stummen Seufzer der Erleichterung löste David sich aus der angespannten inneren Kauerstellung, die sein Körper eingenommen zu haben schien, und als er um sich blickte, sah er, wie sein Vater auf die Tür schaute. Sein Gesicht hatte sich zu einem leeren Grinsen entspannt.

»Der ist auf Ärger aus«, sagte er trocken.

»Wie meinst du das?«

Sein Vater gab ein amüsiertes Prusten von sich. »Hast du nicht bemerkt, wie komisch der sich heute abend benommen hat?«

»Doch –« Sie zögerte und beobachtete ihn fragend. »– immerhin – Warum?«

Er blickte sie an; ihre Augen schweiften zurück zu den Schüsseln.

»Ist dir nicht aufgefallen, wie verlegen er war?«

»Nein. Na ja. Vielleicht.«

»Dann fällt dir ja nicht viel auf«, kicherte er kurz. »Der ist unterwegs zu einem Ehevermittler.«

»Ach!« Ihr Gesicht hellte sich auf.

»Ja. Ist 'n Geheimnis. Verstehst du? Du weißt nichts davon.«

»Ich verstehe.« Sie lächelte schwach.

»Der ist frei wie ein Vogel und sucht sich einen Stein um den Hals.«

»Vielleicht braucht er ja eine Frau«, erinnerte sie ihn. »Also, ich habe ihn oft sagen hören, er will ein Heim und Kinder.«

»Ach, Kinder! Neuer Kummer! Der ist nicht auf Kinder aus, sondern auf ein bißchen Geld. Er will eine eigene Werkstatt aufmachen. Das sagt er jedenfalls.«

»Aber hast du nicht gesagt, er ist auf Ärger aus?« Sie lachte.

»Allerdings! Er will alles zu schnell haben. Wenn er noch ein paar Jahre warten würde, dann hätte er selber genügend Geld, um eine Werkstatt aufzumachen – ohne eine Frau. Warte damit! sag' ich zu ihm. Warte! Nein, sagt er. Ich brauche tausend. Ich will was Großes, vier oder fünf Pressen. Aber der merkt schon noch, was ein jiddischer Tausender ist. Wenn der am Morgen, nachdem er unter den Baldachin getreten ist, auf nicht weniger als fünfhundert zusammengeschmolzen ist, dann soll ihn niemand bedauern.« Er rülpste leise, wobei sein Adamsapfel auf und ab hüpfte, und schaute sich dann stirnrunzelnd um, als suche er etwas.

»Ich habe gehört, wie er dich gebeten hat, die Werkstatt abzuschließen«, erkundigte sie sich.

»Ja, er gibt mir ein paar Überstunden. Ich bin dann erst um vier oder fünf zu Hause – vielleicht später. Pah!« brach es ungeduldig aus ihm heraus. »Der Mann macht achtzehn Dollar die Woche – sechs mehr als ich –, und er will sich unbedingt einer Frau verpfänden.« Er hielt inne, schaute sich wieder um – »Wo ist ›Das Tageblatt‹?«

Seine Frau blickte erschrocken auf. »›Das Tageblatt‹«, wiederholte sie bestürzt, »ach, wo habe ich nur meine fünf Sinne, ich habe vergessen, es zu kaufen. Der Regen! Ich wollte es später holen.«

Er blickte finster drein.

Geräuschvoll stellte sie das Geschirr in den Ausguß und wischte sich die Hände an einem Tuch ab. »Bin gleich wieder da.«

»Wo gehst du hin?«

»Mein Schal.«

»Und was ist mit dem, hat der keine Füße?«

»Aber bei mir geht's doch viel schneller.«

»Das ist genau das Schlimme mit dir«, sagte er knapp. »Du machst alles für ihn. Soll er doch gehen.«

»Aber es ist naß draußen, Albert.«

Sein Gesicht verdüsterte sich. »Er soll gehen«, wiederholte er. »Kein Wunder, daß er nichts ißt! Den ganzen Tag bummelt er zu Hause herum! Zieh deinen Mantel an!« Sein Kopf schoß abrupt herum. »Mach voran, wenn ich mit dir rede.«

David sprang von seinem Stuhl, den Blick ängstlich auf seine Mutter gerichtet.

»Ach«, protestierte sie, »was glaubst du, wer –«

»Sei still! Na?«

»Schon gut«, sagte sie, verärgert, aber resigniert, »ich hole ihm seinen Mantel.«

Sie brachte seinen Mantel aus der Schlafstube und half ihm hinein, während sein Vater über ihnen stand und wie immer grummelte, er sei groß genug für Besorgungen und auch, um sich seine Sachen selber zu holen und anzuziehen. Beklommen versuchte er, ihr seine Gummistiefel wegzunehmen, doch sie bestand darauf, ihm dabei zu helfen.

»Es kostet zwei Cent.« Sie gab ihm einen Dime. »Da sind zehn. Sag, du willst ›Das Tageblatt‹, und warte, bis sie dir das Wechselgeld geben.«

»Acht Cent Wechselgeld«, ermahnte ihn sein Vater. »Und vergiß mir ›Das Tageblatt‹ nicht.«

Als David hinausging, folgte ihm seine Mutter ins Treppenhaus.

»Gehst du etwa mit ihm mit?« fragte sein Vater.

Ohne jedoch zu antworten, beugte sie sich zu David hinab und flüsterte: »Lauf schnell runter! Ich warte so lange!« Und laut, als gäbe sie ihm letzte Anweisungen: »Zum Süßwarenladen an der Ecke.«

David ging hinab, so schnell er konnte. Die Kellertür war im Gaslicht braun. Die frostige Nachtluft schlug ihm am Ende des Eingangs entgegen. Er trat hinaus. Der Regen, sichtbar nur, wo er die fernen Lampen verschwimmen ließ, fiel noch immer, griff mit eisigen Fingern nach seinem Gesicht und Nacken. Das Schaufenster des Süßwarenladens schimmerte an der Ecke. Sein Atem war eine vergängliche Feder, als er darauf zurannte, in unsichtbare Pfützen platschte, die Zehen gegen die aufsteigende Kälte krümmte. Die Straßen machten ihm angst, wie er sie in seiner Einsamkeit sah, regengepeitscht, finster und verlassen.

Er mochte seinen Vater nicht. Er würde ihn nie mögen. Er haßte ihn.

Endlich, der Süßwarenladen. Er öffnete die Tür, hörte über sich das vertraute blecherne Bimmeln der Glocke. An einem zerrupften Hühnerknochen nagend, kam der halbwüchsige Sohn des Ladenbesitzers von hinten hervor.

»Was willsn?«

»De Tageblatt.«

Der Junge nahm eine Zeitung von dem kleinen Stapel auf dem Ladentisch, reichte sie David, der sich, als er sie hatte, zum Gehen wandte.

»Wo hasn dein Geld?« fragte der Junge ungeduldig.

»Ach, hier.« David langte hoch und übergab ihm den Dime, den er die ganze Zeit in der Hand gehalten hatte.

Den Knochen zwischen die Zähne geklemmt, zog der Junge den Betrag ab und gab ihm den Rest zurück; Fettfinger machten die Münzen fettig.

Er ging hinaus, eilte dem Haus entgegen. Gehen war zu langsam; seine Mutter würde warten. Er fing an zu rennen. Er hatte nur wenige Sätze gemacht, als sein Fuß plötzlich auf etwas landete, was kein Pflaster war. Das Geräusch hohlen Eisens warnte ihn zu spät – die Abdeckung einer Kohlenrutsche. Er glitt aus. Keuchend taumelte er durch die Luft, kämpfte, klammerte sich einen Augenblick an die Leere, stürzte dann vornüber und fiel der Länge nach in den eisigen Matsch. Geld und Zeitung flogen ihm aus den Händen und lagen nun verstreut in der Finsternis. Angstvoll, Knie und Strümpfe durchnäßt, rappelte er sich wieder auf und begann, wild nach dem Verlorenen Ausschau zu halten.

Er fand die Zeitung – durchweicht. Dann einen Cent. Mehr, da waren noch mehr. Hektisch spähte er in das Dunkel. Noch ein Cent. Zwei jetzt. Aber vorher hatte er acht gehabt. Er stieß hier, dort mit der Hand in den betäubenden Schnee, fuhr über das rauhe Pflaster, wieder zurück, tastete. Weiter vorn! Zurück! Nichts. Vielleicht am Bordstein! Nichts. Er würde es nie finden. Nie! Er brach in Tränen aus, rannte in Richtung des Hauses, ohne noch darauf zu achten, ob er stürzte oder nicht. Es wäre für ihn besser, wenn er jetzt hinfiele, sich verletzte. Schluchzend trat er ins Treppenhaus. Er hörte oben eine Tür aufgehen und die Stimme seiner Mutter am Treppenabsatz. »Kind. Hier bin ich.«

Er stieg hoch.

»Was ist denn? Was ist? Aber du bist ja ganz durchnäßt!«

Sie führte ihn hinein.

»Ich hab' das Geld verloren.« Er heulte. »Ich hab' bloß noch zwei – zwei Cent.«

Sein Vater starrte ihn wütend an. »Verloren hast du's, was? Das hab' ich mir doch gleich gedacht. Hast dich selber für deinen Gang entlohnt, was?«

»Ich bin in den Schnee gefallen«, schluchzte er.

»Ist ja gut«, sagte seine Mutter sanft und nahm ihm Zeitung und Geld ab. »Ist ja gut.«

»Gut? Ist denn immer alles gut, was er macht? Wie lange willst du ihm das noch sagen?« Sein Vater riß ihr die Zeitung weg. »Die ist ja tropfnaß. Ein nützlicher junger Mann, mein Herr Sohn!«

Seine Mutter zog ihm den Mantel aus. »Komm, setz dich an den Herd.«

»Verzärtle ihn nur!« brummte ihr Mann zornig und warf sich auf einen Stuhl. »Sieh dir die Zeitung an!« Heftig schlug er sie auf dem Tisch auf. »Wenn's nach mir ginge, würde er ordentlich ein paar hinter die Löffel kriegen.«

»Er kann doch nichts dafür«, warf sie besänftigend ein. »Es ist sehr rutschig, und er ist hingefallen.«

»Pah! Er kann nichts dafür! Was anderes höre ich nie von dir! Er hat ein ausgesprochenes Talent, in jede schwarze Stunde des Jahres zu stolpern. Nachts reißt er einen mit seinem Gezeter aus dem Schlaf, weil er träumt. Gerade hat er noch seinen Löffel in die Suppe geworfen. Und jetzt – sechs Cent weggeschmissen.« Er klatschte mit der Hand auf die Zeitung. »Zwei Cent dahin. Wer soll das denn lesen! Paß nur auf!« Er drohte David, der sich an seine Mutter drängte, mit einem Finger. »Auf dich wartet eine ordentliche Tracht Prügel! Ich warne dich! Das häuft sich schon seit Jahren an.«

»Albert«, sagte seine Frau errötend, »du bist ein Mann ohne Herz.«

»Ich?« Sein Vater lehnte sich zurück, seine Nasenlöcher blähten sich vor Wut. »Die Pest soll euch beide holen – ich und kein Herz? Und hast du überhaupt eine Ahnung, weißt du, wie man ein Kind aufzieht?« Er stieß das Kinn vor.

Ein Augenblick war Schweigen, dann: »Es tut mir leid«, sagte sie, »ich hab's nicht so gemeint. Ich habe bloß gemeint – so etwas passiert eben manchmal – Es tut mir leid!«

»So, es tut dir leid«, sagte er bitter. »Ich habe kein Herz! Weh mir, der ich mich abrackere, damit ihr beiden etwas zu essen und ein Dach über dem Kopf habt. Rackere mich ab und mache Überstunden! Für nichts! Ich habe kein Herz! Als würde ich meinen Lohn selber verprassen, als würde ich ihn versaufen, durch die Straßen torkeln. Hat es dir jemals an etwas gefehlt? Sag's mir!«

»Nein! Nein!«

»Na?«

»Ich habe doch nur gemeint, daß du das Kind nicht wie ich den ganzen Tag siehst – natürlich weißt du dann nicht, wenn etwas mit ihm nicht ganz in Ordnung ist.«

»Ich sehe genug, wenn ich ihn sehe. Und ich weiß besser als du, was für eine Medizin der am dringendsten braucht.«

Seine Mutter schwieg.

»Als nächstes sagst du, daß er einen Arzt braucht.«

»Vielleicht –«

Doch da klopfte es an der Tür. Sie unterbrach sich, ging hin und öffnete – Yussie kam herein; er hatte einen hölzernen Kleiderbügel in der Hand.

»Meine Mutter möchte, daß Sie hochkommen«, sagte er auf jiddisch.

Davids Mutter schüttelte ungeduldig den Kopf.

»Treibst du dich jetzt schon herum?« fragte ihr Mann angewidert. »Noch vor ein paar Tagen hast du gar keine Nachbarn gehabt.«

»Ich war erst einmal da«, sagte sie entschuldigend. Und zu Yussie: »Sag deiner Mutter, daß ich jetzt gerade nicht kommen kann.«

»Sie wartet aber auf Sie«, sagte er, ohne sich zu rühren. »Sie hat ein neues Kleid, das sie Ihnen zeigen will.«

»Jetzt nicht.«

»Ich geh aber nich rauf.« Yussie wechselte ins Englische, um jede weitere Diskussion zu vermeiden. »Ich bleib hier.« Und anscheinend zufrieden, daß er seinen Auftrag ausgeführt hatte, ging er zu dem beklommenen David, der noch immer neben dem Herd saß. »Guck ma, was ich da hab – Pfeil un Bogn.« Er schwang den Kleiderbügel.

»Ich geh' vielleicht doch schnell mal hoch«, sagte seine Mutter zögernd. »Das Kind – sie wird sich fragen –«

»Geh doch! Geh!« sagte ihr Mann verdrossen. »Halt ich dich etwa zurück?« Er nahm die Zeitung auf, zog ein Streichholz aus der Schachtel, stapfte dann in die Wohnstube und knallte die Tür hinter sich zu. David hörte, wie er sich auf das Sofa warf.

»Ich bin gleich wieder da«, sagte seine Mutter matt und ging, ihrem Mann noch einen hoffnungslosen Blick nachwerfend, hinaus.

»Willsn nich spieln?« fragte Yussie nach einer Pause.

»Ich will nich«, antwortete er mürrisch.

»Warum dn nich?«

»Weil ich nich will.« Angewidert betrachtete er den Kleiderbügel. Er war oben in einem Schrank gewesen; er war beschmutzt.

»Ach, komm!« Und als David sich nicht überreden lassen wollte: »Dann schieß ich dich tot!« drohte er. »Wills sehn?« Er hob den Kleiderbügel, zog an einer eingebildeten Schnur. »Ping! Ich bin n Inniana. Wenn de kein Pfeil un Bogn has, kann ich dich totschießn. Peng!« Ein weiterer Pfeil flog. »Mittn ins Aug. Warum willsn nich spieln?«

»Ich will nich.«

»Warum holsn dir kein Pfeil un Bogn?«

»Laß mich in Ruh!«

»Dann schieß ich dich nochma.« Er ließ sich auf den Boden fallen. »Ping! Der hat gesessn. Du bis tot!«

»Geh weg!«

»Ich will aber nich.« Er war böse geworden. »Ich schieß dich, wann ich will. Bisn Feichling.«

David schwieg. Er begann zu zittern.

»Ich kann dich auch mit meim Beil haun«, fuhr Yussie fort. »Bisn Feichling.« Trotzig stand er auf. »Soll ich dich mitm Beil haun?« Er hatte den Kleiderbügel an einem Ende gepackt. »Sag Feichling!«

»Hau ab!« zischte David außer sich. »Geh endlich wider zu dir nach Haus!«

»Ich will aber nich«, sagte Yussie trotzig. »Ich kann dich schlagn. Wills sehn?« Er holte aus: »Ping!« Die Spitze des Kleiderbügels traf David am Knie, Schmerz durchzuckte sein ganzes Bein. Er heulte auf. Im nächsten Moment hatte er Yussie mit aller Kraft ins Gesicht getreten.

Yussie fiel nach vorn auf die Hände. Er riß den Mund auf, doch kein Ton kam heraus. Statt dessen traten ihm die Augen aus den Höhlen, als würde er gewürgt, und zu Davids Entsetzen sickerte Blut aus seinen schmalen weißen Nasenlöchern. Für Momente, die ihm wie Jahre der Qual erschienen, teilte sich das Blut langsam über Yussies Lippe in zwei Rinnsale. Starr und wie in Trance verharrte er. Plötzlich sog er die Luft ein, ein flaches, plötzliches Geräusch wie von einem Stein, der ins Wasser fällt. Angsterfüllt nahm er vorsichtig die Hand hoch, um den dunkelroten Tropfen zu berühren, der an seinen Lippen hing, und als er die rote Schmiere auf seinen Fingerspitzen erblickte, zog sich sein Gesicht vor Furcht zusammen, er warf den Kopf zurück und stieß den durchdringendsten Schrei aus, den David je gehört hatte. So durchdringend, daß David spürte, wie sich seine eigene Kehle zusammenzog, als entführe der Schrei seinem Körper und als versuchte er, ihn zu unterdrücken. Da ihm mit Schrecken bewußt wurde, daß sein Vater nebenan war, sprang er auf.

»Komm, Yussie«, rief er außer sich, während er versuchte, ihm den Kleiderbügel in die Hand zu drücken. »Komm, schlag mich, Yussie. Los, schlag mich, Yussie!« Und indem er sich selbst einen heftigen Schlag auf die Stirn versetzte: »Da, Yussie, du has mir weh getan. Au!«

Doch vergeblich. Erneut schrie Yussie auf. Und da wußte David, daß er verloren war.

»Mama!« jammerte er voll Entsetzen. »Mama!« Und wandte sich zur Tür der Wohnstube, als erwartete ihn der Untergang.

Die Tür ging auf. Sein Vater starrte sie in zorniger Verblüffung an. Dann strafften sich seine Züge, als sein Blick auf Yussie fiel. Seine Nasenlöcher wurden breit und weiß.

»Was hast du da gemacht!« Seine Stimme war nüchtern und ungläubig.

»Ich – ich –«, stotterte David, vor Angst ganz zusammengeschrumpft.

»Der hat mich mittn auf die Nas getretn!« heulte Yussie.

Ohne den lodernden Blick von David zu wenden, kam er die Stufen herab. »Was?« grollte er, während er sich über ihm aufbaute. »Sprich!« Langsam schwang sein Arm zu dem schluchzenden Yussie hin, wie ein Zeiger, der seinen wachsenden Zorn angab. »Sag's mir, hast du das getan?« Mit jedem Wort, das er ausstieß, wurden seine Lippen schmaler und härter. Sein Gesicht, so schien es David, wich langsam zurück, jedoch ohne kleiner, sondern mit der Entfernung nur noch wilder zu werden, eine weiße, körperlose Flamme. In den geschmolzenen Zügen stach nur die Ader auf der Stirn klar hervor, pulsierte gleich einem dunklen Blitz.

Wer konnte die weiße Hitze dieser Züge aushalten? Entsetzen lähmte ihm die Kehle. Er war wie geknebelt. Sein Kopf wartete darauf, daß er die Augen senkte, die Augen warteten auf seinen Kopf. Er erbebte und riß sich bebend von dem furchtbaren Blick los.

»Antworte mir!«

Antworte mir, ertönten seine Worte. Antworte mir, doch sie bedeuteten: Verzweiflung! Wer konnte seinem Vater antworten? In dieser furchtbaren Aufforderung war das Urteil ja schon besiegelt. Derart in die Enge getrieben, schrumpfte er innerlich, betäubte seinen Geist, weil der Körper sich nicht betäuben ließ, und wartete. Nichts existierte mehr, nur die rechte Hand seines Vaters – die Hand, die in den Spannungskreis seines Gesichtsfeldes herabhing. Unheimliche Klarheit wurde ihm gewährt. Unheimliche Muße. Erstarrt, zeitlos, betrachtete er die sich krümmenden Finger, die krampfartig zuckten, betrachtete die Druckerschwärze, welche die Fingerspitzen verfärbt hatte, blickte grübelnd, als wäre es das einzige auf der Welt, auf den Nagel des kleinen Fingers, der, von einer Presse abgeklemmt, als gezackte kleine Treppe zum Nagelbett aufstieg. Unheimliche Versunkenheit.

Der Hammer in der Hand, als er so dastand! Der Hammer!

Plötzlich krümmte er sich. Seine Lider schlossen das Licht aus wie eine Klappe. Die offene Hand traf ihn voll auf Wange und Schläfe, zerhieb das Gehirn in Lichtsplitter. Quecksilberkugeln spritzten, verdichteten sich, dröhnten. Er fiel zu Boden. Im nächsten Augenblick hatte sein Vater den Kleiderbügel gepackt, und in der schrecklichen Pause, bevor der Bügel auf seine Schultern niedersauste, sah er mit der beschleunigten Sicht der Seelenqual, wie stumm und mit offenem Mund Yussie dastand, mit welch nutzlosem Schweigen.

»Du willst nicht antworten!« Die Stimme, die da knurrte, war die Stimme des Kleiderbügels, der wie Feuer in sein Fleisch biß. »Verflucht sei dein bösartiges Herz! Wildes Tier! Da! Und da! Da! Jetzt zähme ich dich! Jetzt habe ich freie Hand! Ich habe dich gewarnt! Ich habe dich gewarnt! Du wolltest nicht hören!«

Die hackenden Hiebe des Kleiderbügels marterten seine Handgelenke, seine Hände, seinen Rücken, seine Brust.

Immer wieder fand der Bügel eine Stelle, wo er landen konnte, gleich, wie David sich duckte oder krümmte oder kauerte. Er schrie, schrie, und dennoch fielen die Schläge auf ihn nieder.

»Bitte Papa! Bitte! Nicht mehr! Nicht mehr! Liebster Papa! Liebster Papa!« Er wußte, gleich würde er mit dem Kopf unter dem Regen der Schläge hervorstoßen. Schmerz! Schmerz! Er mußte fliehen!

»Brüll nur!« wütete die Stimme. »Schrei nur! Aber ich hab' dich angefleht! Dich angefleht wie den Tod! Du warst störrisch, jawohl! Stumm warst du! Heimlich –«

Die Tür wurde aufgerissen. Mit einem wilden Schrei kam seine Mutter hereingestürzt, warf sich zwischen sie.

»Mama!« kreischte er, klammerte sich an ihr Kleid. »Mama!«

»O Gott!« schrie sie entsetzt auf und schlang die Arme um ihn. »Hör auf! Hör auf! Albert! Was machst du mit ihm!«

»Laß ihn los!« knurrte er. »Laß ihn los, sag ich!«

»Mama!« Wie von Sinnen klammerte David sich an sie. »Laß ihn nicht! Laß ihn nicht!«

»Damit!« kreischte sie heiser und versuchte, ihm den Kleiderbügel zu entwinden. »Damit ein Kind schlagen! Weh dir! Ein Herz aus Stein! Wie konntest du nur!«

»Ich habe ihn bisher nie geschlagen!« Die Stimme erstickte. »Was ich getan habe, hat er verdient! Du hast ihn lange genug vor mir in Schutz genommen! Das hat er schon lange verdient!«

»Dein einziger Sohn!« wimmerte sie und preßte David krampfhaft an sich. »Dein einziger Sohn!«

»Hör auf damit! Ich will es nicht hören! Das ist nicht mein Sohn! Läg er mir nur tot zu Füßen!«

»O David, David, mein Liebster!« In ihrer Verzweiflung über ihr Kind schien sie alle anderen zu vergessen, sogar ihren Mann. »Was hat er nur mit dir gemacht! Pscht, pscht!« Ungestüm wischte sie ihm mit der Hand die Tränen weg, setzte sich und wiegte ihn hin und her. »Sch, mein Liebster! Mein Schöner! Ach, sieh dir nur seine Hand an!«

»Ich habe ein Ungeheuer im Haus!« wütete die unversöhnliche Stimme. »Einen Schlächter! Und du beschützt ihn auch noch! Eines Tages werden seine Hände auch mich schlagen! Das weiß ich! Mein Blut warnt mich vor diesem Sohn! Diesem Sohn! Sieh dir dies Kind an! Sieh nur, was er gemacht hat! Der wird Menschenblut wie Wasser vergießen!«

»Du bist ja völlig verrückt!« Zornig wandte sie sich ihm zu. »Der Schlächter bist du! Das sage ich dir ins Gesicht! Wo er in Gefahr ist, da weiche ich nicht, verstehst du? Bei allem anderen mach, was du willst, aber nicht bei ihm!«

»Hrrn! Du hast deine Gründe! Aber ich schlage ihn, solange ich kann.«

»Du rührst ihn nicht an!«

»Nicht? Das werden wir ja sehen.«

»Du rührst ihn nicht an, hörst du?« Ihre Stimme war leise geworden und bedrohlich wie der Abzug einer Pistole, der, gesichert und ruhend, von unglaublichem Willen, unglaublicher Leidenschaft gerade noch gehalten wird. »Niemals!«

»Das sagst du mir?« Seine Stimme wirkte überrascht. »Weißt du, mit wem du redest?«

»Das ist mir egal! Und jetzt geh!«

»Ich?« Wieder diese ungeheure Verblüffung. Als hätte man gewagt, eine vulkanische und unberechenbare Kraft in Frage zu stellen, und indem man sie in Frage stellte, bewirkt, daß sie selbst sich in Frage stellte. »Mit mir? Du redest mit mir?«

»Mit dir. Allerdings. Geh. Oder ich gehe.«

»Du?«

»Ja, wir beide.«

Mit angsterfüllten, tränenverschleierten Augen sah David, wie der Körper seines Vaters bebte, als tobte in ihm ein gewaltiger Zwist, sah, wie sein Kopf vorschoß, sein Mund sich öffnete, einmal, ein weiteres Mal, wie er dann erbleichte und zuckte und schließlich ohne ein Wort kehrtmachte und die Stufen zur Wohnstube hochtaumelte.

Seine Mutter saß einen Augenblick reglos da, erzitterte dann und brach in Tränen aus, wischte sie aber gleich wieder weg.

Yussie stand noch immer da, stumm und verängstigt, das Blut am Kinn verschmiert.

»Setz dich da mal hin.« Sie erhob sich und setzte David auf einen Stuhl. »Komm her, du armes Kind«, sagte sie zu Yussie.

»Der hat mich mittn auf die Nas getretn!«

»Pscht!« Sie führte Yussie zum Ausguß und wischte ihm das Gesicht mit dem Zipfel eines feuchten Handtuchs ab. »Da, jetzt geht's dir schon besser.« Dann befeuchtete sie das Handtuch nochmals, ging zu David hin und setzte ihn sich auf den Schoß.

»Der hat mich zuers gehaun.«

»Still! Davon wollen wir jetzt gar nicht mehr reden.« Sie tupfte das zerschundene Handgelenk mit dem kalten Tuch ab. »Ach, mein Kind«, stöhnte sie und biß sich auf die Lippe.

»Ich will rauf«, heulte Yussie. »Das sag ich mein Mudder.« Er hob seinen Kleiderbügel vom Fußboden auf. »Wart bloß, bis ich das mein Mudder sag, dann kriegs was!« Er riß die Tür auf und rannte plärrend hinaus.

Seine Mutter schloß, schmerzhaft aufseufzend, die Tür hinter ihm und begann, David das Hemd auszuziehen. Auf Brust und Schultern waren tiefrote Flecken. Sie berührte sie. Er wimmerte vor Schmerz auf.

»Pscht!« murmelte sie immer wieder. »Ich weiß. Ich weiß, mein Liebster.«

Sie zog ihn aus, holte sein Nachthemd und zog es ihm über. Durch die kalte Luft auf seinen Schrammen waren Schultern und Hände steif geworden. Steif bewegte er sich, wimmerte dabei.

»Das tut richtig weh, hm?« fragte sie.

»Ja.« Er merkte, daß er losheulen wollte.

»Mein armer Schatz, komm, ich bring' dich ins Bett.« Sie stellte ihn auf die Beine.

»Ich muß mal. Numma eins.«

»Ja.«

Sie führte ihn ins Badezimmer, hob den Toilettensitz. Das Urinieren war schmerzhaft, gewährte ihm nur Erleichterung, wie ein klagender Seufzer Erleichterung gewährt. Sein ganzer Körper erschauerte, als seine Blase sich entspannte. Ein neues Gefühl von Verschämtheit durchdrang ihn; verstohlen schob er sich herum, um ihr den Rücken zuzuwenden, krümmte sich zusammen, als sie die Kette über seinem Kopf zog. Dann ging er wieder hinaus in die helle Küche, in die dunkle Schlafstube und ins Bett. In der ersten Kühle des Bettzeugs lag eine schleichende, müde Traurigkeit.

»Und nun schlaf«, drängte sie ihn, beugte sich hinab und küßte ihn. »Morgen ist ein besserer Tag.«

»Bleib hier.«

»Ja. Natürlich.« Sie setzte sich und gab ihm ihre Hand.

Er legte die Finger um ihren Daumen und lag da, starrte zu ihr hoch; seine Augen sogen ihre Züge aus tiefem Dunkel. Immer wieder schüttelte ihn ein plötzlicher Seufzer, als hätten die Wellen von Kummer und Schmerz ihn der Länge nach durchlaufen und kehrten nun von einer fernen Küste zurück.

11

Dezembersonnenlicht, porös und wolkentrüb, auf oberen Fensterscheiben geschmolzen. Obwohl es noch früher Nachmittag war, stand der Pegel kalter Schatten an Holzhäusern und Backstein schon hoch. Graue Schneeklumpen hielten sich noch im Schutz des abgetretenen Bordsteins. Die Luft war kalt, aber windstill. Winter. Links von der Haustür dampfte es aus einem Abwasserkanal.

Von rechts Geräusche. Er spähte hinaus. Vor der Schneiderei an der Ecke hatte sich ein Grüppchen Jungen versammelt. Sollte er es wagen hinzugehen? Wenn nun Yussie dabei wäre? Er hielt nach ihm Ausschau. Nein, er war nicht dabei. Dann konnte er ja ein Weilchen hin. Bevor Yussie käme, würde er wieder zurück sein. Ja.

Vorsichtig näherte er sich. Sidney war da, und Yonk. Die kannte er. Die anderen? Die wohnten vielleicht um die Ecke.

Sidney war an der Spitze, der Rest folgte ihm. David stand da und sah ihnen zu.

»Wills mitspieln?« fragte Sidney.

»Ja.«

»Dann geh nach hintn. Immer dem Anführer nach. Bumm! Bumm! Bumm!« Er gab das Tempo an.

David schloß sich dem letzten Jungen im Gleichschritt an. Im Gänsemarsch überquerten sie die Straße und hielten vor einem hohen Hydranten an.

»Rauf auf Johnny Pump!« kommandierte Sidney und machte einen Satz auf die beiden Stummelarme des Hydranten. »Eins zwei drei! Jie!« Er sprang wieder herab.

Reihum sprangen die anderen hinauf und rannten dann schreiend hinter ihm her. Sidney lief im Zickzack über die Straße, torkelte gegen Aschenkästen, sprang Stufen hinauf und wieder hinab, lief nur auf Linien im Trottoir und gab jeder zufälligen Laune nach, die ihm in den Sinn kam. David gefiel das Spiel.

Als er die Friseurstange erreicht hatte, wartete Sidney, bis seine atemlosen Kohorten nachgerückt waren.

»Immer der blauen nach«, befahl er und umkreiste, am unteren Ende der blauen Spirale beginnend, die Stange, bis er auf Zehenspitzen stand und der Streifen, den er nachfuhr, unerreichbar wurde. Als die andern diese Aufgabe bewerkstelligt hatten, ging er in die Hocke, kroch unter der Konsole des Schaufensters des Frisiersalons entlang, steckte, als er deren Ende erreicht hatte, den Kopf in die Tür und skandierte mit krächzender Stimme: »De Schutzmann komm, mit Fassong. De Aff is im Frisiersalong!« Und rannte weg.

Die übrigen krähten seine Worte nach, jedoch mit gesteigerter Eile und verminderter Inbrunst, und rasten ihm hinterher. Als die Reihe schließlich an David war, stand der Friseur schon kochend vor Zorn auf der Schwelle. David stahl sich stumm am Eingang vorbei und sauste davon.

»Er hats nich gesag!« johlten sie.

»Du Angshas, warum hasses nich gesag?« Sidney stellte ihn zur Rede.

»Ging nich«, grinste er entschuldigend. »Der hat da schon gestann.«

»Näxs mal folgs dem Anführer aber!« warnte Sidney ihn.

Verdrossen nahm er sich vor, es besser zu machen, und folgte darauf getreulich allen Streichen seines Anführers und scheute sich nicht einmal, die Holztreppe, die in den Keller des Eishändlers führte, hinab und wieder hinauf zu rennen.

Das Spiel hatte einen hohen Grad der Erregung erreicht. Der Junge unmittelbar vor David hatte sich gerade über die untere von zwei Geländerstangen vor der Schneiderwerkstatt gerollt, und nun war David an der Reihe. Er packte die Stange, lehnte sich dagegen, wie es die anderen auch getan hatten, und setzte zu einer langsamen und vorsichtigen Rolle an. In dem eigenartigen Augenblick des Chaos, als Hausdach und Himmel verkehrt herum hingen und die anderen auf dem Kopf in der Luft zu stehen schienen, ging das umgedrehte Gesicht eines Mannes vorbei und rotierte zusammen mit dem rotierenden Raum. Ein kurzer Blick auf schwarze Höhlen, Nasenlöcher, fette Wangen unter dem Rand seiner Melone, und das alles bewegte sich unter Beinen. »Komisch«, dachte er, als seine Fußsohlen wieder auf dem Trottoir landeten. »So auf dem Kopf. Komisch.«

Beiläufig schaute er der kleiner werdenden Gestalt nach.

Jetzt mit der richtigen Seite oben wie alle anderen auch. Aber – breite Schultern, grauer Mantel. Diese Melone. Das war doch – er wehrte sich gegen das unausweichliche Erkennen. Nein! Nein! Nicht er! Doch er ging wie ... Die Hände in den Taschen. Das war! Das war! –

»He, nu mach schon!« rief Sidney ungeduldig.

Doch David rührte sich nicht von der Stelle und starrte nur geradeaus. Jetzt wandte sich der Mann zur Fahrbahn, um sie zu überqueren, das Gesicht im Profil.

Es war! Es war Luter! Er war auf dem Weg zu seinem Haus.

»Was glotzn so?« Sidney war aufgebracht. »Wills nich spieln?«

David riß sich aus seiner Trance. »Doch! Doch! Klar will ich spieln.«

Er rannte an seinen Platz in der Reihe, vergaß jedoch gleich wieder, wo er war, und starrte voller Entsetzen auf sein Haus. Luter hatte soeben die Tür erreicht, ging nun hinein, war weg.

Jetzt das Spiel. Oh! Jetzt dieses Spiel! Nein! Nein! Folg dem Anführer! Spiel!

»Beeil dich!« sagte Sidney. »Du bis dran.«

David schaute ihn verständnislos an. »Was has de gemach? Ich habs nich gesehn.«

»Aaa!« Empört. »Spring die zwei Stufen da runner!«

David stieg sie hoch, sprang hinab, landete mit einem stauchenden Plumpser und folgte ihnen.

Er wußte es! Er wußte es! Deshalb war er gekommen. Wegen dieses Spiels! Jetzt würde er sie zum Spielen bringen. Wie Annie. Im Schrank! ...

»He, du spiels nich mehr mit, aus!«

David blickte schuldbewußt auf und sah, daß die anderen auf ihn warteten.

»Laßn nich mitspieln, Sid.« Sie wandten sich gegen ihn.

»Der folg ja nich ma.«

»Du Riesnrind, du kanns ja gaanix.«

»Hau bloß ab.«

Ein unvermittelter Schrei und darauf das Getrappel rennender Füße lenkten sie ab. Sie blickten sich um, um zu sehen, wer das war.

»He, ich will mitspieln!«

Es war Yussie, der da auf sie zugelaufen kam. Bei seinem Anblick wollte David sich verdrücken, doch Yussie hatte ihn schon entdeckt.

»Jiieh!« krähte er vergnügt. »Dolle Haue has gekrich!«

»Wer?« fragte Sidney.

»Der da!« Er zeigte auf David. »He, Sidney, hätts sehn solln! Ting! hat sein Vadder gemach. Peng! Un der leg sich hin, und dann Auuuh!«

Die anderen lachten.

»Auu!« Yussie alberte zu ihrem Vergnügen weiter. »Bitte, Papa, laß mich! Ach, laß mich doch! Peng! Un dann nochn Schlag. Mittn aufn Aasch!«

»Warum hatta dich geschlagn?« Sie bildeten einen Kreis um ihn.

»Der hat ihn geschlagn, weil er mich mittn auf de Nas getretn hat«, krähte Yussie. »Genau hia, das hat geblut.«

»Un das has dir gefalln lassn?«

»Das krieg der jetz zurück«, grollte Yussie und wartete auf weitere Ermutigungen.

»Gibs ihm, Yussie!« Begieriges Geschrei erhob sich.

»Los, Yussie, hau ihm eine!«

»Rein inne Fress!«

Als er sah, daß David zurückwich, ballte Yussie die Fäuste und verzerrte kampfeslüstern das Gesicht. »Na komm, ich geb's dir.«

»Los, du großer Feichling!« höhnten sie.

»Ich will aber nich prügeln«, wimmerte er und sah sich nach einem Fluchtweg um. Es gab keinen. Sie hatten ihn vollständig eingekreist.

»Laßn nich weg, Yussie! Verpaß ihm zwei, vier, sechs, neun!«

Solchermaßen aufgehetzt, begann Yussie, ihn auf die Schultern zu boxen. »Zwei, vier, sechs, neun, ich hau dir die Fresse ein!«

Seine Fäuste trafen genau die einzelnen Schrammen vom Tag davor. Die Stellen, wo der Kleiderbügel gelandet war, versprühten Schmerzen. Tränen schossen ihm in die Augen. Er duckte sich zusammen.

»Er heul!« johlten sie.

»Da, wie er heul.«

»Waaa!«

»Heulsuse, Heulsuse, hängs der Mudder anner Bluse!« fing einer an. »Heulsuse, Heulsuse, hängs der Mudder anner Bluse!« Die übrigen fielen in den Kehrreim ein.

Tränen rannen David übers Gesicht, während er sich blind einen Weg hinaus bahnte. Sie öffneten einen Spalt, um ihn durchzulassen, und folgten ihm, noch immer skandierend.

»Heulsuse, Heulsuse, hängs der Mudder anner Bluse!«

Er fing an zu rennen. Unter lautem Freudengeheul verfolgten sie ihn. Schnell hatte ihn einer am Jackengürtel gepackt und brachte ihn ruckartig zum Stehen. Das Rudel scharte sich um ihn. »Brr, Ferdchn!« heulten sie und schritten um ihn herum. »Brrr!«

Und plötzlich erschütterte ihn eine blinde, rasende Wut. Warum jagten sie ihn? Warum? Wo er doch nirgendwohin konnte – nicht einmal hoch zu seiner Mutter. Das würde er nicht zulassen! Er haßte sie alle! Er bleckte die Zähne und kreischte auf, riß sich von dem Jungen los, der ihn am Gürtel hielt, und schoß auf ihn los. Jede bebende Zelle legte sich in diesen Stoß. Der andere wich vor seiner ungestümen Wucht zurück, stolperte über die eigenen Füße und stürzte in weitem Bogen zu Boden. Als erstes schlug der Kopf auf, ein gedämpfter, ferner Schlag wie eine Sprengung tief unter der Erde. Die Arme fielen kraftlos neben ihn, die Augen klappten zu, reglos lag er da. Mit einem entsetzten Ächzen starrten die übrigen auf ihn hinab, die Gesichter leer, die Augen hervortretend. Von Grauen gepackt floh David in Richtung seines Hauses.

An der Haustür warf er einen letzten gequälten Blick über die Schulter. Angelockt von dem Geschrei der Kinder, kam der Schneider aus seiner Werkstatt gerannt und beugte sich nun über den Jungen. Die anderen tanzten auf und nieder und gellten:

»Da isser! In dem Haus! Der wars!«

Der Schneider schüttelte drohend die Faust. »Du Lump!« schrie er. »Ich zeig's dir! Wart! Den Schutzmann hol' ich!«

David flüchtete ins Treppenhaus. Den Schutzmann! Ihm wurde flau vor Entsetzen. Was hatte er getan! Nun kam der Schutzmann. Verstecken! Verstecken! Oben. Nein! Nein! Da war ja er. Das Spiel. Er würde ihn verraten. Wo? Irgendwo. Er tauchte hinter das Geländer, unter die Treppe. Nein! Da würden sie ihn suchen. Er schoß hinaus. Wohin? Hoch. Nein! In der Falle, wahnsinnig vor Angst, blickte er wild um sich ... Die Tür ... Nein! Nein! Da nicht! Nein! ... Muß ... Nein! Nein! ... Schutzmann ... Renn raus ... Da kriegen sie ihn ... Nachdenken, Furcht und Flucht, Auflehnung und Ergebung wechselten in seinem Kopf in heftigen, fiebrigen Pulsschlägen. Muß! Muß! Muß! Sein Innerstes schrie Widerstand nieder, und er sprang zur Kellertür und riß sie auf – Finsternis gleich einem Katarakt, unerschöpflich, monströs.

»Mama!« stöhnte er, als er hinabspähte. »Mama!«

Er tauchte den Fuß in die Nacht, tastete nach der Stufe, fand sie, zog die Tür hinter sich zu. Noch eine Stufe. Er drückte sich gegen die Wand. Eine dritte. Die unsichtbaren Fäden einer Spinnwebe spannten sich über seine Lippe. Angewidert schreckte er zurück, spie den welken Geschmack aus. Nein!

Nicht weiter. So sehr zitterte er, daß er kaum stehen konnte. Noch ein Schritt, und er würde fallen. Kraftlos setzte er sich.

Finsternis umgab ihn nun, völlige, bodenlose Nacht. Kein einziger Strahl durchzog sie, kein Fünkchen Licht trieb hindurch. Aus den unergründlichen Tiefen unter ihm entfaltete sich der muffige, sumpfige Gestank versteckter Fäulnis vor seiner Nase. Still war es nicht hier, denn wenn er hinzuhören wagte, dann konnte er ein Tappen und Knarren hören, ein Trippeln und Wispern, alles verstohlen, alles böse. Gräßlich war sie, die Finsternis. Hier hausten die Ratten, die Alptraumhorden, die wabbeligen Gesichter, die kriechenden und entstellten Wesen.

12

Vor Anspannung knirschte er mit den Zähnen. Minuten waren vergangen, während er in einer starren, hämmernden Trance erzwingen wollte – erzwingen, daß Luter herunterkam, erzwingen, daß Luter von seiner Mutter wegging. Doch auf der Treppe vor der Kellertür war alles still wie zuvor. Keine Stimme, keinen Schritt konnte er dem Schweigen entlocken. Erschöpft sank er gegen die Kante der Stufen. Doch seine Ohren waren nun geschärft. Er konnte Geräusche hören, die er vorher nicht hatte hören können. Aber nicht über ihm – unter ihm. Gegen seinen Willen erforschte er die dunkle Tiefe. Sie bewegte sich – bewegte sich überall, auf tausend Füßen. Die verstohlene gräßliche Finsternis kam die Kellertreppe herauf, auf ihn zu. Er spürte, wie ihre grauenvolle Ausdünstung sich mit zottigen Tentakeln um ihn schlang. Näher. Die faulige Wärme ihres Atems. Näher. Die aufgedunsenen grausigen Gesichter. Seine Zähne fingen an zu klappern. Ein eisiger Schauder fuhr ihm das Rückgrat hinauf und hinunter wie ein Finger, der über einen Kamm kratzt. Sein Fleisch bebte vor Grauen.

– Lauf! Lauf!

Er krabbelte die rauhen Stufen hoch, tastete schreiend nach dem Türknopf. Er fand ihn, stürzte mit einem Schluchzer der

Erlösung hinaus und warf sich dem Licht des Eingangs entgegen.

– Hinaus! Hinaus! Bevor es – bevor jemand kommt.

Die Vortreppe hinab und weg.

– Nein! Dahin, Schule! Das Haus! Andere Richtung!

An der Ecke bog er nach rechts ab zu weniger vertrauten Straßen.

– Licht! Licht auf den Straßen! Konnte jetzt sehen. Konnte schauen ... Da, ein Mann ... Kein Schutzmann ... Keiner jagte ihn ... Konnte jetzt gehen.

Die scharfe, kälteerfüllte Luft belebte ihn, drang durch seinen Mantel, belebte das Fleisch darunter. Das flüchtige und grelle Licht an Ecken und von oberen Stockwerken tröstete ihn. Alles war nun wieder fest und einfach. Jeder schnelle Atemzug sprengte einen Ring des Grauens von seiner Brust. Er hörte auf zu rennen, fiel in einen keuchenden Gang.

– Könnte jetzt hierbleiben ... Keiner jagt mich ... Könnte bleiben, könnte gehen ... Die nächste Straße, was?

Er bog um die Ecke und gelangte in eine Straße, die weitgehend der seinen glich – Häuser aus Backstein oder Holz – aber keine Läden.

– Lieber eine andere ... Könnte die nächste ...

An der nächsten Ecke blieb er mit einem Ausruf der Freude stehen und blickte um sich. Telegraphenmasten! Warum war er nicht schon früher hierhergekommen? Zu beiden Straßenseiten erstreckten sie sich, schwangen die Drähte an ihren Kreuzen himmelwärts. Die Straße war breit, geteilt von einer zerfurchten und gefrorenen Schlammrinne. Am einen Ende wurden die Häuser spärlicher, wichen zögernd freiem Feld. Die verwitterten Pfähle drängten sich in der Ferne einen Hügel hoch, hinein in schimmernde, zerfranste Wolken. Er lachte, füllte die Augen mit gesprenkelter Ferne, die Lungen mit berauschender Weite.

– Die gehen weiter, immer weiter ... Weiter, weiter, weiter ... Könnte mit.

Er tätschelte die kräftige Holzsäule neben ihm, prüfte die Knoten, dunkler als das Grau, stieß gegen die geduldige Masse und lachte wieder.

– Der nächste ... Ein Wettrennen mit ihm! ... Hallo, Mr. Hochholz ... Wiedersehn, Mr. Hochholz. Ich bin schneller ... Hallo, Zweiter Mr. Hochholz ... Wiedersehn, Zweiter Mr. Hochholz ... Kann dich schlagen ...

Sie fielen hinter ihm zurück. Drei ... Vier ... Fünf ... Sechs ... kamen näher, trieben stumm, hohen Schiffsmasten gleich, an ihm vorbei. Sieben ... Acht ... Neun ... Zehn ... Er hörte auf, sie zu zählen. Und mit ihnen schwand alles, was er fürchtete, alles, was er haßte und wovor er floh, in die Vergangenheit: Luter, Annie, der Keller, der Junge am Boden. Er erinnerte sich noch an alle, ja, doch sie waren nun ganz winzig, kleine Bilder in seinem Kopf, die sich nicht mehr in seine Gedanken wühlten und ihn stachen, sondern fern und harmlos dastanden – etwas, was man über einen anderen gehört hatte. Er spürte, daß sie ganz aus seinem Kopf verschwinden würden, wenn er nur erst den Gipfel jenes Hügels erreichen könnte, dem all die Masten zustrebten. Er eilte weiter, hüpfte zuweilen aus purer Erlösung, winkte dann auch einem säumigen Pfahl zu, gluckste vor sich hin, kicherte in sich hinein, unsinnig müde.

Und nun blieben die Häuser zurück, wichen langen Abschnitten leerer Grundstücke. Zu beiden Seiten der Straße pflasterten noch Flecken graupeligen Schnees die verwilderten Felder. Auf Graten der Felsen krallten sich die schwarzen Klauen gekrümmter Bäume in die glitschige Erde. An der Tür eines Hühnerstalls hinter einem verwitterten, altersschwachen Haus gackerte und glotzte ein Hahn und stolzierte hinein. Die ebenen Gehsteige hatten schon lange aufgehört; die grauen Platten auf dem Boden waren gesprungen und holperig, und selbst sie verloren sich langsam. Ein schneidender Wind erhob sich über den leeren Grundstücken, wirbelte Staubschleier auf, golden in der schrägstehenden Sonne. Es wurde kälter und einsamer, die winterliche Düsternis der Stunde vor Sonnenuntergang, die Erde zog sich zusammen, erwartete Nacht –

– Zeit zurückzublicken.

– Nein.

– Zeit zurückzublicken.

– Nur bis zum Ende des Hügels da. Da, wo die Wolken niedergingen.

– Zeit zurückzublicken.

Er blickte über die Schulter und blieb plötzlich überrascht stehen. Hinter wie vor ihm klommen die hohen Spieren in den Himmel.

– Komisch. In beide Richtungen.

Er drehte sich um, blickte mal nach hinten, mal nach vorn.

– Als wär's eine Schaukel. Wußte es nicht.

Seine Stimmung sank.

– Egal. Wußte es nicht.

Seine Beine wurden müde.

– Ist weit auf der anderen Seite.

Zwischen Manteltasche und Ärmel war ein Handgelenk kalt, das andere pochte.

– Und ist weit auf der anderen Seite.

Die Schmerzknoten unter der Haut seiner Schultern tasteten sich nun in sein Bewußtsein.

– Und es ist doch einfach egal.

Langsam lenkte er seine Schritte zurück.

– Kann zurück.

Trotz wachsender Müdigkeit lief er schneller.

Alle waren sie nun weg, Luter war weg; sie hatten das Spiel beendet. Er und seine Mutter. Konnte jetzt zurück. Und der Schutzmann war weg, würde ihn nicht finden. Er konnte zurück. Und seine Mutter würde dasein, ja, und auf ihn warten. Haßte sie jetzt nicht. Wo warst du? würde sie fragen. Nirgendwo. Du hast mir angst gemacht; ich konnte dich nicht finden. Würd's nicht sagen. Warum sagst du mir nicht, wo du warst? Darum. Warum? Darum – Mußte aber zurück sein, bevor sein Vater kam. Lieber beeilen.

Häuser rückten nun wieder zusammen.

Und ich habe aus dem Fenster gesehen und David, David gerufen, und ich konnte dich nicht finden. Würd's ihr nicht sagen. Vielleicht ist sie sogar hinunter auf die Straße gegangen. Aber wenn der Schutzmann es ihr gesagt hat. Sie würde es seinem Vater nicht erzählen. Nein. Wenn er in seine Straße käme, würde er sie rufen. Sie würde aus dem Fenster sehen.

Was? Warte im Treppenhaus, ich komme hoch. Sie würde warten, und er würde am Keller vorbeirennen. Gräßlich da. Gäbe es doch nur Häuser ohne Keller.

Der Himmel wurde schmaler; die Häuser standen nun dicht an dicht. Oben zupfte eine kleine Schar Sperlinge, wie Perlen auf den Drähten zwischen zwei Telegraphenstangen sitzend, die einzige trockene Saite ihrer Stimmen. Eine graue Katze auf dem Geländer einer Veranda hörte auf, sich die Pfoten zu lecken, und betrachtete ernst die Sperlinge, beäugte dann David, als er vorüberging.

Zum Abendessen, wenn er hochkam, vielleicht Milch. Sauerrahm, lecker! Brotstückchen hineinbrocken. Sauerrahm mit Bauernkäse. Mmm! Sauerrahm mit Eiern. Sauerrahm mit was noch? Borscht ... Erdbeeren ... Rettichen ... Bananen ... Borscht, Erdbeeren, Rettiche, Bananen. Borscht, Erdbeeren, Äpfel und Strudel. Nein. Aßen es nicht mit Sauerrahm. Sauerrahm. Sauer. Rahm. Sauer. Rahm. Mag ich, mag ich, mag ich. Ich – mag – das. Ich mag Kuchen, aber ich mag keinen Hering. Ich mag Kuchen, aber ich mag keinen was? Ich mag Kuchen, aber ich mag keinen, keinen, keinen Hering. Ich mag keinen keinen – Wie weit war es noch?

Die Gehsteige waren wieder eben.

Luter mochte Hering, mag Luter nicht. Luter mag Hering, mag Luter nicht. Luter mag – ob er heute abend da ist? Er sagte vielleicht. Vielleicht kam er doch nicht. Wenn er doch nie käme. Nie käme, nie käme. Wenner, wenner, nie käme, nie käme, alles an einem Montagmorgen – Wie weit war es noch?

Erwartungsvoll glitt sein Blick über die Straßen vor ihm. Welche war es. Welche? Welche war – Lange Straße. Lange Straße, viele Holzhäuser. Auf dieser Seite. Ja. Geh bis ans andere Ende. Die andere Ecke ... Gleich, gleich. Bin gleich zu Hause ... Die da? ... Sah nicht so aus ... Bestimmt die nächste ... Hopp, hopp, hopp ... Ein kleines Haus ... zwei kleine Haus ... drei kleine Haus ... Da die Ecke, da die Ecke – Hier?

– Hier? Das da? Ja. Sah anders aus. Nein. Das gleiche. Holzhäuser. Ja.

Er bog um die Ecke, rannte zur gegenüberliegenden.

– Die gleiche. Sah aber ein klitzekleines bißchen anders aus. Trotzdem die gleiche.

Doch am Ende der Straße ließ sich die Unsicherheit nicht mehr zerstreuen. Obwohl er jedes Haus zu beiden Seiten der Kreuzung musterte, spornte keine einzige Eigentümlichkeit seine Erinnerung an. Alle waren sie gleich – Holzhäuser und schmale Gehsteige zur Rechten und Linken. Ein Schauer der Bestürzung durchlief ihn.

– Dachte, die –? Nein. Vielleicht zwei weiter. Da, als er rannte. Nicht geguckt und zwei weitergegangen. Die nächste. Das müßte sie sein. Jetzt finde ich sie aber. Mama wartet. Die nächste. Schnell. Und dann abbiegen. Genau. Er würde sie sehen. Mußte sie sein.

Er fiel in einen müden Trab.

– Ja, die nächste. Das große gelbe Haus da an der Ecke. Das hatte er gesehen. Das hatte er gesehen. Ja! Wie er schreien würde, wenn er es sähe. Da ist es! Da ist meine Straße! Aber wenn – wenn sie es nicht war. Mußte aber! Mußte aber!

Er rannte schneller, spürte neben sich den sanften Tritt leichtfüßiger Furcht. Die nächste Ecke würde Zuflucht oder Not bedeuten, und als er sich ihr näherte, verfiel er in das angstvolle Hasten eines erlahmenden verfolgten Wilds –

– Wo! Wo war sie?

Seine Augen, die in alle Richtungen schweiften, beschworen die störrische Straße, eine Antwort zu geben, die sie nicht gewährte. Und plötzlich stieß das Entsetzen zu.

»Mama!« Verzweifeltes Jammern brach aus ihm hervor. »Mama!« Die unnahbaren Häuser wiesen seinen Kummer ab. »Mama!« Seine Stimme verklang angstvoll und verlassen. Als hätten sie auf ein Signal gewartet, begannen die Straßen vor seinen tränenverhangenen Augen sachte zu kreisen. Er spürte, wie die Straßen sich unter seinen Füßen drehten, obwohl kein Haus den Ort wechselte – von hinten nach vorn, von einer Seite auf die andere –, ein hinterhältiges, unerbittliches Karussell.

»Mama! Mama!« wimmerte er, während er blind durch eine Straße rannte, die nun düster und unermeßlich wie ein Alptraum war.

Ein Mann bog vor ihm um die Ecke und ging auf klackenden Absätzen rasch davon. Einen angespannten, wahnwitzigen Augenblick lang schien er niemand anderes als sein Vater zu sein, war er doch ebenso groß. Doch dann brach der Film. Es war jemand anderes. Sein Mantel war grauer, er schwang die Arme und ging aufrecht. Sein Vater ging immer vorgebeugt, die Arme an die Seite gedrückt.

Doch mit seinen letzten schwindenden Kräften rannte er hinter ihm her. Vielleicht wußte er es. Vielleicht konnte er es ihm sagen.

»Mister!« Er rang nach Atem. »Mister!«

Der Mann verlangsamte seine Schritte und sah über die Schulter. Beim Anblick des ihn verfolgenden David blieb er stehen und drehte sich verblüfft und fragend um. Unter einer langen, schweren Nase trug er einen spitzen Schnurrbart, wie gewachstes helles Horn.

»Was ist denn, Kleiner?« fragte er mit Leutseligkeit laut. »Was willst du denn?«

»Ich hab mich verlauft«, schluchzte David.

»Oh!« Er kicherte teilnahmsvoll. »Verlauft, wie? Und wo wohnst du?«

»Boddeh Stritt hunnerun'sechsn'zwanzig«, antwortete er zitternd.

»Wo?« Verdutzt neigte der Mann das Ohr. »Welche Straße?«

»Boddeh Stritt.«

»Bodder Street?« Er zwirbelte eine Schnurrbartspitze noch fester und sah David mit einem schiefen, kritischen Blick an. »Bodder Street. Wüßte nicht, daß ich je davon – Oh! Hi! Hi!« Wieder prustete er gut gelaunt. »Du meinst Potter Street. Hi! Hi! Bodder Street!«

»Boddeh Stritt«, wiederholte David matt.

»Ja!« sagte der Mann entschieden. »Nun paß mal auf.« Er faßte ihn an der Schulter. »Siehst du die Straße da?« Er deutete dahin, wo David hergekommen war. »Die da. Und siehst du die Straße hinter der – ein Stückchen weiter? Das macht zwei. Du gehst also eine Straße, zwei Straßen, aber –« und er drohte mit dem Finger – »da bleibst du nicht stehen. Geh noch eine weiter. Ja? Noch eine.«

David nickte zweifelnd.

»Ja!« sagte der Mann beruhigend. »Und sobald du da bist, fragst du irgendwen, wo eins sechsundzwanzig ist. Das sagt man dir dann. In Ordnung?« fragte er herzlich und versetzte David einen leichten Stups in die gewünschte Richtung.

Nicht allzu beruhigt, doch gestärkt von ein wenig mehr Hoffnung als zuvor, machte David sich auf den Weg, zwang rebellische Beine zu einem Zockeltrab. Das war ein großer Mann, der Mann, der mußte es wissen. Vielleicht stimmte ja Poddeh Street, wie er gesagt hatte. Klang nicht ganz gleich, aber vielleicht war sie es ja. Und jeder sprach es ohnehin anders aus. Seine Mutter sagte Boddeh Stritt, genau so. Aber die konnte auch kein Englisch. Also hatte sein Vater ihr Boddeh Street gesagt, genau so. Und jetzt sagte der Mann Poddeh Street. Po. Po. Poddeh. Bo. Bo. Boddeh. Da kommt die Ecke ... Eine Ecke. Da kommt die Gosse ... Eine Gosse.

Die nächste und dann die nächste, hatte er gesagt. Ooh, wenn er nur das gelbe Haus an der Ecke sehen könnte! Ooh, wie er da laufen würde! Dort hatten sie einen Hund mit langen weißen Haaren, der rannte hinter einem Gummiball her. Komm, Jack! Komm, Jack! Grrrr! Im Maul. Jeder kannte ihn. Jeder kannte die Boddeh Stritt. Da war ein Lebensmittelladen und auch ein Süßwarenladen und ein Friseursalon. Der Friseur hatte einen großen Schnauzbart wie der Mann, nur schwarz. Und eine große Markise am Laden. Er war kein Jude. Im Fenster hatte er noch einen Friseur, aber der war nicht echt und der hatte eine Flasche in der Hand, und die anderen Finger waren so – rund. Und er sah einen mit der Flasche in der Hand an, wohin man auch ging. Man ging dahin, dorthin, er sah einem nach – Da, schon die Ecke. Schon die Gosse.

Die nächste, dann fragen. Die nächste, dann fragen. Ooh, wenn er sie sah. Ooh!

»Ooh, Mama!« betete er laut. »Ich trau' mich nicht hinzusehn, oo Mama, mach, daß es die nächste ist!«

Doch er sah hin. Kaum daß er sie erreicht hatte – in beide Richtungen, soweit sein Auge sehen konnte: wieder eine Straße, die so fremd wie all die anderen war, an denen er vorbeigekommen war, mit gedrungenen, monotonen Flanken, die sich in Leere verloren, gruselig vom aufgestiegenen Schatten. David schrie nicht; er schluchzte nicht. Einen Augenblick noch starrte er hin. Alle Hoffnung brach in ihm zusammen, fiel, zerschellte in seinem Herzen. Mit steifem Körper tastete er sich blind, wie in Trance, hin zu den vagen Konturen eines Geländers vor einem Souterrain, und die Stirn gegen das kalte Eisen gedrückt, weinte er vor unerträglichem Schmerz. Nur das scharfe Stoßen seines Atems zerschnitt die Stille.

Minuten vergingen. Er merkte, daß er die eisernen Streben bald nicht mehr würde halten können. Schließlich hörte er hinter sich langsame Schritte, die, als sie näher kamen, sogleich schlurfend stehenblieben. Welchen Sinn hatte es aufzublicken? Welchen Sinn hatte überhaupt etwas? Er war eingeschlossen in einem Alptraum, und niemand würde ihn je wieder daraus wecken.

»He! He!« Über ihm erklang die frische, fast pikierte Stimme einer Frau, die ihm gleich darauf geziert auf die Schulter tippte. »Junger Mann!«

David beachtete sie nicht.

»Hörst du mich!« Die Stimme wurde strenger. »Was ist denn?« Und nun zerrte die Hand ihn vom Geländer weg.

Er drehte sich um; sein Kopf wankte jammervoll.

»Du meine Güte!« Sie hob abwehrend die Hand. »Was in aller Welt ist denn passiert?«

Bebend blickte er sie an, unfähig zu antworten. Sie war alt, zwergenhaft, aber eigentümlich kompakt. Sie trug Grün. Ein dunkelgrüner Hut ritt hoch oben auf einer Welle weißen Haars. An ihrer Hand hing eine kleine schwarze Einkaufstasche, die nur leicht ausgebeult war.

»Meine Güte!« wiederholte sie so bestürzt, daß es wie Schelten klang. »Willst du nicht antworten?«

»Ich – ich hab mich verlauft«, schluchzte er, nachdem er endlich wieder zu Atem gekommen war. »Aaa! Ich hab mich verlauft.«

»Na, na, na! Du Ärmster!« Vogelflink zog sie einen Kneifer heran, der an einer kleinen Haspel unter ihrem Mantel hing, und fixierte ihn nun mit vergrößerten grauen Augen. »Ts! Ts! Ts! Weißt du denn nicht, wo du wohnst?«

»Doch«, weinte er.

»Na, dann sag's mir mal.«

»Boddeh Stritt Hunner'sechsn'zwanzig.«

»Potter Street? Aber, du dummes Kind, das ist doch die Potter Street. Nun hör mal auf zu weinen!« Ein kleiner grauer Finger reckte sich.

»Gaa nich!« stöhnte er.

»Was ist gar nicht?« Die Augen hinter den Gläsern zogen sich gebieterisch zusammen.

»Das is nich Boddeh Stritt!« Er heulte hartnäckig weiter.

»Bitte reib dir nicht so die Augen! Du meinst, das ist nicht die Potter Street?«

»Das is nich Boddeh Stritt!«

»Bodder! Bodder! Bist du sicher?«

»Jaa!« Seine Stimme verebbte.

»Bodder, Bother, Botter, denk mal nach!«

»Is Boddeh Stritt!«

»Und das ist sie nicht?« fragte sie hoffnungsvoll.

»Neeeee!«

»O je, o je! Was machen wir denn da?«

»Waa!« heulte er. »Wo is mein Mama! Ich will zu mein Mama!«

»Nun mußt du aber aufhören zu weinen«, schalt sie ihn erneut. »Wirklich. Wo hast du dein Taschentuch?«

»Waaaa!«

»O je! Du bist mir vielleicht anstrengend!« rief sie aus und dann, als sei ihr ein neuer Gedanke gekommen: »Warte!« Ihr Gesicht hellte sich auf, und hastig kramte sie in ihrer kleinen schwarzen Tasche. »Ich hab' etwas für dich!« Sie zog eine große gelbe Banane hervor. »Da!« Und als er ablehnte: »Nun nimm schon!« Sie steckte sie ihm zwischen die Finger. »Du magst doch Bananen, oder?«

»Aaa! Ich will zu meiner Mama!«

»Ich werde dich zur –« sie hielt inne. »Ich bring' dich zu deiner Mutter.«

»Nein«, heulte er. »Nein, das tun Sie nich!«

»Doch«, sagte sie und nickte bekräftigend. »Auf der Stelle.«
Er starrte sie ungläubig an.
»Wir gehen jetzt. Halt deine Banane fest!«

13

»Dann wohnste also hier lang und da lang und gradeaus vonner Schul?« Der Schutzmann fuhr ihn nachahmend mit der Hand umher.

Die alte Frau hatte geschwindelt. Sie hatte ihn zur Polizeiwache gebracht und dort zurückgelassen. Er hatte versucht wegzulaufen, doch sie hatten ihn eingefangen. Und nun stand er weinend vor einem glatzköpfigen Schutzmann mit einem goldenen Abzeichen. Ein behelmter Schutzmann stand hinter ihm.

»Und sie heißt Boddeh Street, und du kannst sie nicht buchstabieren?«

»N-nein!«

»Hm! Boddeh? Body Street, wie? Schaun wir doch mal auf die Karte.« Er stieß sich vom Geländer ab. »Kennst du die?« erkundigte er sich bei dem mit dem Helm. »Body Street – klingt nach Leichenschauhaus.«

»Bei der Schul am Winston Place? Boddeh? Potter? Du, ich weiß, wo der wohnt! Barhdee Street! 'türlich, Barhdee! Das ist bei der Parker und der Oriol – Alex' Revier. Isses nich das?«

»J-ja.« Leise Hoffnung regte sich. Die anderen Namen klangen vertraut. »Boddeh Stritt.«

»Barhdee Street!« blaffte der mit dem Helm gutmütig. »Herrgott, der schafft's noch, daß ich red wie ein Jud. Türlich!«

»Na!« seufzte der Glatzköpfige. »Has unsn Bären aufgebunn, wie? Aber wir sind ja nich blöd. Wir ham deine Mama ruck zuck da.« Er nickte dem mit dem Helm zu. »Guck ma, ob der Nummer eins oder sonst was machn muß. Die Sauerei, die uns der – letzte da – gemacht hat –« Seine Stimme verebbte, als er zum Telefon ging.

»Jau!« Der mit dem Helm tätschelte David auf die Schulter. »'ne Hausmutter könntn wir gut gebrauchn.« Und herzlich: »Komm, mein Junge, das wird schon wieder.« Und führte ihn unter einem niedrigen Türbogen hindurch, an einer Treppe vorbei, in einen düsteren, kahlen Raum mit hoher Decke. Stühle säumten die Wände, Gitterstäbe zerteilten die hohen Fenster. Vor einer weißen Tür blieben sie stehen, traten in eine Toilette mit gefliestem Fußboden, in der es stechend nach Sauberkeit stank. Neben den türlosen Kabinen erstreckte sich eine triste graue Platte, über die sich ein dunkles Wasserrinnsal wand und dann von dort in den darunterliegenden Trog spritzte.

»Stell dich da nah ran und mach dein Geschäft, mein Kleiner.« Er drängte den widerstrebenden David zu dem Pissoir hin. »Nu mach schon. Has ja frei. Hab ja selber nen Jungen in der Schule.« Er drehte den Hahn am Waschbecken auf. »Und du machs es mit Handschuhn! Das sind mir ja Sachen! Ja, so isses recht! Laß mal orntlich was raus. Was deine Mama wohl sagen würd, wenn sie merkt, daß du dir in die Hosen gemacht hast? Das is ja vielleichn Sauladen, würd sie sagen. Was seid ihr denn bloß für Cops? Und wie!« Er drehte den Hahn zu. »Aber nich mehr wie dreimal schütteln, ja?«

Und David wurde wieder in den düsteren Raum hinausgeführt.

»Setz dich hin, wo de wills, mein Jung – da am Fenster – ja-a-woll. Bisn ganz Stiller. Und wir rufn dich, sobald deine Mutter kommt. Soo!« Er drehte sich um und ging.

Verzagt blickte David sich um. Die Einsamkeit in dem riesigen Raum, noch verzehnfacht von den kahlen, steilen Wänden, den langen Reihen leerer Stühle, die im Schatten versunken waren, den Gitterfenstern, welche die Leere einsperrten, erfüllte ihn mit einer Verzweiflung, die so tief, so endgültig war, daß sie ihn wie eine Droge oder Dösigkeit betäubte. Sein teilnahmsloser Blick schweifte zum Fenster, wanderte hinaus. Hinterhöfe ... graue Eisplatten ... auf dem toten Gras ... endeten an einer Mauer niedriger Holzhäuser, die allesamt mit Schindeln erbaut, allesamt schlammbraun gestrichen waren, allesamt mit den Reißzahnscharten ihrer Giebeldächer den

Himmel zersägten. Jalousien waren halb heruntergelassen. Allen Schornsteinen entwand sich Rauch ins wintrige Blau.

Zeit war Verzweiflung, Verzweiflung jenseits von Tränen ... Jetzt begriff er es, begriff alles, unwiderruflich, unauslöschlich. Das Elend war zu einem Prüfstein geworden, einem kristallinen, bitteren, kratzigen Reagens, das niemals schwächer, sich niemals auflösen würde. Vertraue nichts. Vertraue nichts. Vertraue nichts. Wo du auch hinsiehst, glaube niemals. Was wer auch war oder tat oder sagte, es war nur Verstellung. Glaube niemals. Wenn du Verstecken spielst, dann ist es nicht Verstecken, dann ist es etwas anderes, etwas Finsteres. Wenn du Folge dem Anführer spielst, dann kehrt die Welt sich auf den Kopf, und ein böses Gesicht geht hindurch. Spiele nicht; glaube niemals. Der Mann, der ihm den Weg gesagt hatte; die alte Frau, die ihn hier zurückgelassen hatte; der Schutzmann, alle hatten ihm etwas vorgemacht. Die würden seine Mutter nie rufen, nie. Das wußte er. Die würden ihn hierbehalten. Der Rattenkeller da unten. Der Rattenkeller! Der Junge, den er geschubst hatte, war ruhig. Sargkistenruhig. Und die wußten das mit Annie. Sie machten ihm vor, sie wüßten es nicht, aber sie wußten es. Niemals glauben. Niemals spielen. Gar nichts. Alles verschob sich. Alles änderte sich. Sogar Worte. Worte, sagtest du. Ich will, sagtest du. Ich will. Ja. Ich will. Was? Du weißt, was. Die waren etwas anderes, etwas Gräßliches! Vertraue nichts. Nicht einmal Gehsteigen, nicht einmal Straßen, Häusern, du hast sie angesehen. Du hast gewußt, wo du warst, und sie wandten sich ab. Du hast sie angesehen, und sie wandten sich ab. Weg. Langsam, schlau. Vertraue nicht –

Draußen kamen schwere Schritte die Treppe herabgetrampelt, begleitet von einem rhythmischen Klacken, als würde hohles Metall gegen die Stangen unter dem Handlauf geschlagen –

»Komm schon, Steve!« Eine laute Stimme verhallte in dem dahinterliegenden Raum. »Tu du zur Abwechslung auch mal was dazu!«

Und eine verschwommene Antwort traf auf verschwommene Entgegnungen und Gelächter. Dann näherte sich das unbeirrbare Stampfen dicker Absätze. Der mit dem Helm schaltete das Licht an, und ein weiterer stand nun neben ihm, ein Mann in Zivil, untersetzt, dünnlippig und teilnahmslos, der in einer Hand einen großen blechernen Eßkübel schwang. Der Neue wandte sich fragend an den mit dem Helm.

»Das hat der getan?«

»Ja.«

»Na!« unheilverkündend.

»So eine große Banane! Und wenn ich die Augen nich schneller wie der Blitz zugekniffn hätt, dann hätter se mir reingestoßen wien Löffel in Eintopp!«

»N Copschlächter, hm?«

»N ganz schlimmer, kann ich dir sagen! Meine Glotzer tränen immer noch! Und er will mir das Leder gerbn, bis ich blau bin wie mein Rock!«

»Hmm! Vielleich gem wir ihm lieber doch kein Schokladnkuchn.«

»Hm, na ja!« Der mit dem Helm lüftete seinen Helm und kratzte sich die rauchroten Haare. »Was meinste? Seither war er ja n braver Junge.«

»Ach ja?«

»Mhm! Mucksmäuschenstill!«

»Na, das ändert die Sache. Mags Schokladnkuchn? Wie heiß er noch gleich?«

»David. David – äh – David selbst.«

»Ob de Schokladnkuchn mags, frag ich dich?«

»N-nein.« Ängstlich.

»W-a-a-s?« knurrte er, und seine Augen verengten sich ungläubig zu Schlitzen. »Du – mags – kein – Schokladnkuchn? Ouououo! Dann müssen wir dich ja hierbehalten! Das is ne ganz klare Sache!« Er stieß eine Reihe furchterregender Zischlaute aus, indem er die luftgeblähten Nasenlöcher zukniff.

David zuckte zurück.

»Der mag kein Schok–«

Psst!« Der mit dem Helm trat dem andern in die Hacken. »Türlich mag er welchen! Er is halt bloß n bißchen schichtern, und darum traut er sich nich –«

»Ich will mein Mama!« David hatte angefangen zu wimmern. »Ich will mein Mama! Mama!«

»Arrh!« Der mit dem Helm explodierte. »Nun sieh dir an, wasde angericht has, du plattfüßiger Teufel! Quälst ihn da für nix und wieder nix. Jags ihm sone Angs ein, daß er nich mal seine eigne Mutter erkennt, wenner se sieht!«

»Wer, ich?« Leicht belustigt blähten sich seine Lippen. »Hab ihn doch fast gar nich schief angesehn. Was redsn da!«

»Das kommt bloß von deine häßliche Visasch! Komm, geh schon! Hör auf mit dem Käse!« Er stieß den andern aus dem Zimmer. »Acht nich auf den, mein Jung! Das is bloß n harmloser Polyp, der brüllt, weil er sich gern brülln hört! Der Allmächtige mach ihn besser! Wir besorgen dir deine Mutter und den Schokladenkuchen dazu! Hab keine Angst! Und nu sei n braver Junge und sei still!« Er grinste und folgte dem andern hinaus.

»Mama!« stöhnte er. »Mama! Mama!«

Es stimmte! Alle seine Befürchtungen stimmten. Sie würden ihn dabehalten – ihn auf immer dabehalten! Die würden seine Mutter nie rufen! Und nun, da er das wußte, war es zu spät. Er hatte zu spät gelernt, nie zu vertrauen. Er ließ den Kopf sinken und schluchzte.

W-a-a-a-a-a-a!

Von irgendwoher erscholl eine Sirene – ein ferner, dünner Ton, der unvermittelt in ein überfallartiges Heulen ausbrach und ebenso unvermittelt wieder erstarb.

Sirenen? Er hob den Kopf. Fabriksirenen! Die anderen? Keine! Zu weit! So weit weg war sie. So weit weg! – Doch sie hörte sie – sie hörte die andern Sirenen, die er nicht hören konnte. Die Sirenen, die er im Sommer hörte. Die hörte sie jetzt. Vielleicht sah sie aus dem Fenster – jetzt in diesem Augenblick! Sah hinab auf die Straße, die Straße hinauf und hinunter in beide Richtungen, suchte, rief. Da war er – draußen – am Bordstein. Sei zwei Davids, sei zwei! Einer hier, einer draußen am Bordstein. Nun paß auf! Warte, bis sie herausschaut! Nun paß auf! Siehst du? Da ist sie, hinter dem Vorhang. Ja, dem dicken Spitzenvorhang – der hing da nur im Winter. Jetzt schiebt sie ihn auseinander – so, mit zwei Händen – beugt sich vor. Siehst du? Ihr Gesicht dicht an der Scheibe. Kalt. Und, brrr! Hoch! Bestimmt hat sie einen Schal um. David! David! Komm rauf! Warum wartest du? Darum! Warum? Sie würde es vergessen haben. Die – die Tür, Mama. Oh, sie würde lachen. Du Dummerchen! Komm hoch! Ich warte! Und dann würde er auf der Treppe stehen. Eins-zwei-drei. Bis sie durch die Wohnstube gegangen war. Eins. Zwei. Drei und durch die Küche. Und dann hineingehen. Mama? Ja, hier bin ich, würde sie herabrufen. Ja, komm! Renn an der Tür vorbei. Ping! Nein. Nicht rennen, wenn sie da ist. Wäre zu schnell da. Ein Schritt und ein Schritt. Zwei Schritte und zwei Schritte. Drei Schritte und –

»Hrrmrrm!«

Glucksend platzte der mit dem Helm durch den Traumnebel. »Bis jetz mit dem Bein hoch n Berittner?«

David starrte ihn, ohne zu antworten, an. Um ihn herum fiel eine Vision in Chaos zusammen.

»Oder n Greifer aufm Rad?« fuhr er fort, einen eingebildeten Lenker bewegend. »Hinner was war'sn her? Hinner som neun Studebaker? Aber sieh ma, was ich hier für dich hab.« Er öffnete fleischig-rote Pranken – in der einen ein Stück braunen Schokoladenkuchen und in der anderen einen roten Apfel. »Was hälsn davon?«

Er fing wieder an zu weinen.

»He –! Oh, du bis mir vielleichn Kauz! Da hab ich dirn Schokladnkuchn gehol – ausgerechnet in ner verdammten Bierschänke – und hab die Äpfel gebrach, und du heuls mir die ganze Wache leer! Was isn los?«

»Pf-f-feifn!« jammerte er. »Pf-feifn!«

»Pfeifen?«

»Jaaa-aa!«

»Du wills ne Pfeife?« Seine Hand zuckte zur Hosentasche.

»N-n-ein! Tutet!«

»Ich?«

»N-n-ein! Mein – mein Mama! Au!«

»Ooch! Laß ma. Da has a schoines Stück Kuchn. Komm schon! Nimms! Und den Apfel. So isses recht! Erst iß das eine und dann das annere! Hmhm! Und dann geb ich dir noch n Schluck Wasser un dann hasses gemüt – Nein!« brüllte er.

David hatte Kuchen und Apfel fallen lassen. Eine Stimme! Eine Stimme, die zu hören er nicht mehr gehofft hatte. Eine Stimme! Starr vor Hoffnung blickte er zur Tür.

»Nun sieh dir bloß an, was du –« Der Polizist unterbrach sich, drehte sich um.

Leichte Schritte eilten auf sie zu. In dem langsamen Gewirr von Myriaden bedeutungsloser Gesichter verdichtete sich eines allein zu Bedeutung.

»David! David!«

»Mama!« Mit einem Schrei stürzte er auf sie zu. »Mama! Mama! Mama!«

Sie schloß ihn in die Arme, stöhnte auf, drückte seine Wange an ihre kalte. »David, mein Liebster! David!«

»Mama! Mama!« Ihren Namen zu schreien war an sich schon schiere, blanke Ekstase, doch als er ihren Hals umklammerte, war alle Seligkeit ausgelotet.

»Na, so wies aussieht, bis jetzt wohl in Sicherheit«, ertönte die Stimme hinter seinem Rücken.

Ihn noch immer an sich drückend, trug sie ihn hinaus in den vorderen Raum, wo der Glatzköpfige an der Absperrung lehnte und sie beobachtete.

»Mmmh, der kennt seine Mama, das seh ich.«

»S-sanks so – so viel!« stammelte sie.

»Ach, das ist schon in Ordnung, gute Frau. Schön, daß man hier ab und zu mal Besuch krieg. Is recht still hier.«

»Und, gute Frau –« Der mit dem Helm trat heran. »Ich glaub, am bestn steckn Se ihm n Schildchen an, weil mit seinem Pother un Body un Powther hat er uns ganz schön in de Bedrullje gebracht! Das buchstabier sich also be – ai –«

»D-danke so viel«, wiederholte sie.

»Ach!« Er lächelte schief, nickte. »Das sin Se ja gewöhn.«

Der andere legte einen Fingernagel an den grinsenden Mundwinkel.

»Un jetz sag ich Ihn was Komisches, Lieutenant«, sagte der mit dem Helm. »Der plagt mich wegen ’ner Pfeife. Das is ja was Komisches, kann ich Sie sagen – da komm man schon ins Grübeln. Er hat zu mir gesag, hat gesag, ich hör da meine Mutter feifn. Is das denn zu glaubn? Und die is noch ganz weit weg!«

»Wirklich?« Der glatzköpfige Mann schnaufte belustigt. »Die einzige Pfeife, die ich gehört hab, war die Vier-zehn am Chandler-Übergang, und das war ungefähr ...«

»Ähm –«, begann seine Mutter zaghaft. »Herr – Mister. Wi – äh – wi go?«

»Oh, aber gewiß, gute Frau! Gehn Se einfach, wann se wolln.« Er breitete die Arme in einer fließenden Bewegung aus. »Er gehört Ihn ganz alleine.«

»S-sanks«, sagte sie dankbar und wandte sich zum Gehen.

»He, ein Moment noch!« Der mit dem Helm lief ihnen nach. »Wills denn ohne dein Kuchn gehn?« Er drückte ihn David in die Hand. »Und dein Apfel? Nein? Zu viel? Na ja, dann heb ich n dir auf, bis de mal wieder vorbeikomms. Wiedersehn! Und lauf mir kein Telegraphenmastn hinnerher!«

14

Zur Tür hinaus! Freiheit! Die kalte Luft der Straße. Der Himmel, der sich zur Dämmerung raffte. Und sie, sie trug ihn, ihr Gesicht ganz dicht an seinem! Dinge, die wiederzusehen er nicht mehr gehofft, eine Seligkeit, die zu spüren er nicht erhofft hatte! Erlösung, zu gewaltig, um sie zu begreifen!

»Wie bist du denn –?« Sie unterbrach sich. »Möchtest du, daß ich dich trage, Schatz?«

»Nein, ich kann alleine gehen, Mama! Ich kann gehen, Mama! Mama! Mama!« Der Zauber in diesem Wort schien unerschöpflich, gab ihm neue Kraft. Er lachte aus schierer Freude über den Klang.

Sie setzte ihn ab. Und Hand in Hand gingen sie so schnell, wie er nur konnte.

»Wir haben es nicht sehr weit«, erklärte sie ihm, »allerdings weit genug für ein müdes Kind. Nun sag mir aber, wie hat es dich nur dahin verschlagen? Wie bist du dahin geraten?«

»Jemand hat mich gejagt, Mama, und ich bin gerannt und gerannt und gerannt.« Plötzlich streiften ihn wieder die Klauen der Angst. »Ist er ruhig?«

»Ruhig? Wer? Wer hat dich gejagt?«

»Yussie. Und – die anderen Jungen. Die haben Heulsuse zu mir gesagt, weil – Papa – mich – geschlagen hat. Yussie – der hat's gesagt.«

»Mir hat er das nicht gesagt.«

»Ist er – ist er ruhig, Mama?«

»Was meinst du damit?«

»Ich hab – ich hab' ihn bloß geschubst, weil er hinter mir hergerannt ist. Mama, ich hab' ihn nicht ruhig machen wollen.«

»Ach! Dieser Junge? Dem fehlt nichts.«

»Nichts?« Elektrisiert vor Erleichterung vollführte er Luftsprünge vor ihr. »Nichts?« Ich habe nichts gemacht? Mam-a-a!«

»Hast du gedacht, du hast ihm weh getan, du Dummerchen?«

»Ich hab' nichts gemacht! Nichts! Nichts!« jubelte er. »Oh, ich hab' gar nichts getan!«

»Nein, nur mich zu Tode erschreckt! Aber warum bist du denn nicht nach oben gerannt, als sie dich gejagt haben? Hymie hat gesagt, du bist reingerannt. Wo bist du denn hin?«

»Wohnen wir da?« Sie waren um eine Ecke gebogen, und er suchte die dunkel werdende Straße ab. »Sieht nicht aus wie –«

»Nein. Noch ein paar Straßen weiter. Bist du müde?«

»Nein, Mama!«

»Dann komm, wir müssen uns beeilen, sonst ist Albert vor uns da. Er weiß dann nicht, was mit uns passiert ist, wenn er in ein leeres Haus kommt.«

»Wer hat's dir gesagt?«

»Was?«

»Wo ich war.«

»Ein Schutzmann.«

»Hattest du Angst?«

»Ich war wie von Sinnen!«

»Wegen des Schutzmanns?«

»Nein, wegen dir, du Dummerchen! Ich war gerade weinend auf die Straße gestürzt, als er kam.«

»Ein richtiger Schutzmann? Wegen mir? Hat er dir gesagt, wie du – wie du gehen sollst?«

»Er hat es mir aufgeschrieben. Und Leute auf der Straße haben mir den Weg gezeigt. Der hat es aufgeschrieben, der Herr da drin.«

»Ach.«

»Ja! Jetzt erzähl aber mal! Erst, wo bist du hin? Hast du dich irgendwo versteckt und bist dann wieder rausgerannt? Weswegen bist du denn nicht hochgekommen?«

»Ich – ich bin – runter – ich bin in den Keller runter.« Sein ganzer Schwung versickerte. Seine Stimme verklang matt.

»In den Keller?« Sie blieb unvermittelt stehen, um zu ihm hinunterzublicken. »Ausgerechnet dahin! Warum denn das?«

»Ich weiß nicht – ich weiß nicht. Ich wollte mich – wollte mich vor dem – dem Schutzmann verstecken. Mama!« Plötzlich heulte er auf vor Entsetzen. »Mama!«

»Was? Was ist denn, mein Süßer?« Sie faßte ihn bei der Hand. »Bist du krank?«

»N-nein.« Er rang schwach mit sich. »N-nein.«

»Wieder Angst? Vor dem Keller? Ich verstehe gar nicht, warum du da hinunter wolltest – Ach, warten wir doch ein bißchen! Später, Schatz, ja? Dann sagst du's mir?« Eine Weile gingen sie schnell nebeneinander her. »Ist dir warm?«

»Ja.«

»Was hast du da gemacht? Auf der – auf der – Ach! Ich kann es gar nicht sagen! Bei der Polizei?«

»Ich hab' mich hinsetzen müssen. Und als erstes – als erstes sind sie mit mir zur Toilette gegangen. Und dann hat mir der große Schutzmann den Apfel gegeben. Und dann den Kuchen.«

»Das ist aber ein schöner Kuchen!« Sie lächelte zu ihm hinunter. »Ein amerikanischer. So einen könnte ich nicht backen. Weißt du, wo du jetzt bist?«

Er blickte sich auf der dämmrigen Straße um. »Wir sind viele Straßen weit gegangen«, sagte er zögernd.

»Ja. Aber die Straße dort, die nächste?«

Er schüttelte den Kopf. In der zunehmenden Dunkelheit wirkte die Straße vor ihm ebenso fremd auf ihn wie alle, an denen er vorübergekommen war.

»Das ist die Boddeh Street«, erklärte sie ihm. »Deine Schule liegt in der Richtung da, noch ein Stück weiter. Aber jetzt ist es zu dunkel, man sieht gar nichts. Und nun zwei-drei Straßen da lang –« Sie zeigte nach links –, »da wohnen wir.«

»Dort, Mama?« Ungläubig starrte er sie an. »Dort!« Er zeigte nach rechts. »Dort ist meine Schule!«

»Deshalb hast du dich auch verlaufen! Die ist in der anderen Richtung.«

»O-o-oh!« Vor Verwunderung blieb er erneut stehen. »Es – es dreht sich, Mama! Es dreht sich herum – zurück!«

»Was?« Sie klang belustigt. »Die Straße?«

»Ja! Sie haben angehalten! Eben jetzt! Die Schule – Die Schule ist jetzt da drüben!«

»So ist es. Die Straßen drehen sich, aber du – du nicht! Mein kleiner Gott!« Kichernd beugte sie sich herab, küßte ihn. »Jetzt müssen wir uns aber beeilen! Ich habe keine Nachricht hinterlassen, und es ist dunkel. Wenn er vor uns nach Hause kommt, dann –« Nervös brach sie ab. »Komm!«

Sie überquerten die Straße, kehrten dem Dämmerlicht den Rücken und eilten in die Finsternis. Lampen waren schon erleuchtet, Straßenlampen, Fenster. Auf dem ganzen Weg waren sie fast niemandem begegnet, und in der winterlichen Leere lauschte David nun voll ungeheurer Dankbarkeit dem Klacken der Absätze seiner Mutter, das dem schnelleren schlurfenden Getrappel seiner eigenen Schritte das Tempo vorgab. Wenn er nun allein wäre? Nur die eigenen leichten, dem Griff der Stille abgerungenen Schritte hörte? Wenn nun sein Vater –? Nein! Er zitterte, ergriff auch noch außer den beiden Fingern, die er schon festhielt, den Mittelfinger seiner Mutter.

Sie näherten sich dem offenen Gelände. Jetzt wußte er, wo er war, war sich jeden Schritts gewiß. Über die Fläche aus Steinen und totem Gras strich ein Wind, der sie packen würde, wenn sie daran vorbeikamen. Und so geschah es. Er blinzelte hinein. Hinter dem Land der Steine und des toten Grases stand eine helle Mondschale nur knapp über den Dächern. Er betrachtete sie, bis das nächste Haus sie verdeckte, und blickte dann weg. Vage Beklommenheit überkam ihn. Noch vor einer Stunde wäre er, hätte denn ein Wunder ihn an diesen Ort verpflanzt, unter Freudenschreien nach

Hause gestürmt. Nun aber war jedes vertraute Haus, an dem er vorüberkam – da war das mit dem schiefen Lattenzaun; dieses hier hatte am Tage gelbe Bretter und eine Veranda mit einem Geländer drumherum, jenes war aus Backstein und hatte einen seltsam geäderten Querbalken über der Tür –, war jedes Gebäude näher an zu Hause. Und zu Hause – Seine Angst bäumte sich wieder auf. Und plötzlich wünschte er sich – aber zusammen mit seiner Mutter – zweimal so weit weg, wie sie es gewesen waren, als sie aus der Polizeiwache traten.

»Nach der nächsten Straße, Mama?« Er wußte ganz genau, wie weit sein Haus noch weg war.

»Ja.« Sie blickte angestrengt nach vorn.

»Du weißt, wo die nächste Straße ist, Mama?« Er zeigte auf eine Seite. »Da lang?«

»Ja.«

»Ich hab' die – die Kisten und die Kutschen gesehen.«

»So?«

»Ja. Ziehen die – ziehen die jetzt aus – Was meinst du?«

»Ich weiß nicht, mein Schatz. Vielleicht gehört ihnen das Haus. Warum fragst du?«

Er schwieg eine Weile und dann: »Ist Papa zu Hause?«

»Hoffentlich nicht.«

»Wirst – wirst du's ihm – sagen?«

»Was? Wo du gewesen bist? Aber natürlich!«

»Aaaaa!« Verärgert senkte er den Kopf.

»Was ist denn los?« Sanft zog sie ihn am Arm. »Soll ich denn nicht?«

»Ich – ich hab' gedacht, du sagst es ihm nicht, wenn – wenn wir als erste da wären – kurz vorher.«

»Aber nein, ich habe mir nur wegen Albert Sorgen gemacht, weiter nichts. Hast du Angst davor, daß er es erfährt?«

»Ich – ich war halt auf einer – Pollezeiwache – deshalb.«

»Na, und wenn schon? Du hast doch nichts gemacht. Ach, du dummes Kind! Sich verlaufen haben, das ist doch kein Verbrechen. Wobei ich allerdings, wenn ich wollte, anderen die Schuld dafür geben könnte.«

Ihre Stimme klang gepreßt vor unterdrücktem Ärger, der aber, das wußte David, nicht gegen ihn gerichtet war.

»Aber du läßt nicht zu, daß er mich h-haut, ja?«

»Ts! Ich lasse nie mehr zu, daß er dich schlägt, mein Schatz – weder er noch sonst jemand, wenn ich's verhindern kann. So, bist du nun zufrieden? Und nun hab keine Angst mehr!«

David ging eine Weile schweigend neben ihr her, in Gedanken beruhigt, im Herzen noch nicht frei von Zweifeln.

»Mr. Luter – Mr. Luter kommt aber nicht?«

»Heute abend? Nein.« Ihre Schritte wurden etwas langsamer. »Wie kommst du denn darauf?«

»Kommt er denn noch, Mama? Kommt er überhaupt noch?«

»Warum – nun – Ich weiß nicht –« Vor Verwirrung wurde ihre Stimme plötzlich abgehackt. »Warum fragst du?«

»Ich – ich mag ihn nicht. Darum.«

»Ach, wirklich?« Sie schwieg eine Weile. Und obwohl sie nun in ihrer Straße angelangt waren, ging sie nicht schneller, sondern nur noch langsamer. Als sie wieder redete, klang ihre Stimme seltsam vorsichtig. »Hat – hat dir noch jemand anderes angst gemacht, mein Liebster? Jemand anderes außer diesen bösen Jungen?«

»N-nein.« Er spürte, wie seine Sinne sich schärften, wachsam wurden. »Nein. Sonst niemand.«

»Bestimmt nicht? Du – du hast niemanden gesehen? Nichts, was dir angst gemacht hätte?«

»Ich – ich hab' nur die Jungen gesehen. Und Yussie hat's ihnen gesagt, und dann haben sie mich alle – gejagt.«

»Natürlich. Ich bin froh, daß da nichts anderes war. Das hat auch weiß Gott gereicht.«

Sie ging nun wieder schneller. Ohne Begeisterung erkannte David unter all den dunklen Häusern seines. Es kam ihm merkwürdig vor, daß er erst jetzt und noch dazu bei Nacht bemerkte, daß sein Haus ein flaches und kein Giebeldach hatte. Sie wohnten also unter dem Dach, Yussie und Annie. Wenn Annie nun aus dem Fenster gesehen hatte, als er seine Mutter auf der Polizeiwache hatte hinausschauen lassen. Wenn sie ihn nun beobachtete! Er erschauerte, wandte den Blick ab.

»Die ersten Läden in unserer Straße, Mama – die ersten Läden fangen an.«

»Ja … Und sag mir, muß ich noch immer im Treppenhaus stehen, wenn du hinuntergehst? Oder hast du nun gesehen, wie wenig es in Kellern zu fürchten gibt?«

»Nein!« Angst bäumte sich ihn ihm auf. »Nein, Mama! Du mußt warten – immer!«

»Wie verzweifelt du klingst!«

»Und ich spiele mit – mit keinem mehr! Nie mehr.«

»Nicht?«

»Nein! Nie mehr!«

Er spürte, wie er unwillkürlich einen Schmollmund zog, wie sich die Lippen wölbten, als wollten sie die Tränen lösen. Noch einen Augenblick, und er hätte geweint, doch die Tür zum Treppenhaus war nun vor ihm, und seine Mutter drückte sie auf. Beherrschendes Entsetzen verscheuchte die Tränen. Er trat ein – ein Wärmeschwall aus dem gasbeleuchteten Treppenhaus, stehende Luft, von der staubigen, dumpfen Ausdünstung von Teppichen durchdrungen. Die Kellertür war braun – wieder geschlossen. Einen Moment lang überlegte er, ob er oder jemand anderes sie geschlossen hatte, konnte sich aber nicht erinnern. Angst preßte ihm die kalten, metallischen Vierecke eines Drahtnetzes auf Rücken und Brust. Er drängte sich an seine Mutter, klammerte sich an sie, bis sie die teppichbedeckten Stufen hochstiegen. Sie schien nichts bemerkt zu haben.

»Wenn er schon da ist«, murmelte sie laut, »wird er außer sich sein! Nach allem, was ich gestern abend zu ihm gesagt habe! Schnell! Er wird denken, daß ich – Aber warum auch nicht?« Plötzlich schien es ihr wieder einzufallen. »Warum willst du nicht mehr spielen?«

»Ich –« Er stockte düster, ausweichend. »Ich will nicht.« Es war nicht mehr wichtig.

Sie eilte die Treppe hoch, verweilte kurz auf dem Absatz, bis er sie eingeholt hatte, und drückte dann gegen die Tür. Sie war unverschlossen und gab nach – führte ins Dunkel. Bestürzt spannten sich ihre Züge. Sie trat ein.

»Albert!«

Keine Antwort … Nur das leise Sacken von Glut im Herd. Einen unheimlichen, wirbelnden Augenblick lang stellte

David sich vor, wie er da auf der Schwelle stand, daß sein Vater weg war, auf wunderbare Weise, auf immer weg.

»Albert!« Sie tastete sich zu der Wand hin, wo der Streichholzbehälter hing. »Albert!«

»Hrn!« Sein aufgeschrecktes Stöhnen kam aus dem Schlafzimmer. »Du? Genya!« Ausnahmsweise war seine Stimme ohne jede Barschheit, ohne jeden Hochmut, nichts als ein Ausruf, wie er auch von David hätte kommen können, allein im Dunkeln, verzweifelnd. »Genya!«

»Ach! Gott sei Dank, daß du da bist!«

»Ja ...« Und die Barschheit kehrte zurück und auch der unbeugsame Hochmut, und die Stimme war wieder die seines Vaters, auf der Hut, grämlich. »Hm! Wo soll ich denn sonst sein!«

Sie hatte ein Streichholz angerissen und steckte nun den Glühstrumpf an.

»Ich habe mich so bemüht, vor dir zurück zu sein! Hast du dir Sorgen gemacht?«

»Ich?« Wieder bedächtig, bitter. »Nein ... Dann hast du also beschlossen zurückzukommen, wie? Selbst das feste Wort gerät ins Wanken, hm? In der Kälte? Nachts, in den leeren Stra–«

»Zurückzukommen? Albert, was sagst du denn da! Ich war ja gar nicht weg!« Sie eilte die Stufen zur Wohnstube hoch. »Mach die Tür zu, David, Liebling. Zieh den Mantel aus! Setz dich!« Sie ging hinein. »Ich hatte Angst, du würdest denken –!« Und ihre Stimme war plötzlich leise geworden.

David legte seinen Mantel ab, setzte sich auf einen Stuhl und lauschte verdrossen den Tönen aus dem Schlafzimmer. An gelegentlich nachdrücklichen Worten, an Satzfetzen, Ausrufen, die sich Wellenkämmen gleich über ihre leisen Stimmen erhoben, erkannte er, daß ihr Gespräch sich nicht nur um ihn drehte, sondern auch um den vorherigen Abend. Seine Mutter erklärte, vermutete er, wo sie gewesen war, warum sie gegangen war. Luter hörte er nicht erwähnt. Er ahnte, daß dies auch nicht geschehen würde. Schließlich rief sein Vater mit ungeduldiger Stimme aus:

»Gut, du hast genug gesagt! Ich verlasse mich auf das, was

du sagst! Deinen Sohn muß man anscheinend Tag und Nacht im Auge behalten!«

»Aber es war doch nicht sein Fehler, Albert!«

»Etwa meiner? Meinst du etwa das? Willst du damit sagen, daß das meine Schuld ist?«

»Nein! Nein! Nein! Es ist niemandes Schuld! Du hast ja recht, es gibt nichts mehr dazu zu sagen. Hast du Hunger?«

»Natürlich.«

»Ich hab' das Kalbfleisch so gemacht, wie du es gern magst. Und die geschnibbelten Karotten. Möchtest du das heute abend?«

»Hmm.«

David hörte, wie sie in die Wohnstube ging, das Fenster öffnete. Wenige Sekunden später erschien sie, zwei zugedeckte Töpfe im Arm.

»Heute abend früh zu Bett.« Mit einem besorgten Lächeln kam sie herab. »Um früh zu vergessen.«

Stumm, nur Strümpfe an den Füßen, tauchte sein Vater drohend an der Türschwelle auf. Die Weste aufgeknöpft, der Hemdkragen über der Höhlung seines kräftigen, sehnigen Halses offen. Den Pfosten mit schlaffen, mit Druckerschwärze befleckten Fingern umfassend, blinzelte er ins Licht und musterte dann düster David.

»Du hast also nun mit der Polizei Bekanntschaft gemacht.«

David senkte den Blick. Seit dem vorigen Abend, als er geprügelt worden war, hatte er seinen Vater nicht mehr gesehen. Das Gesicht war noch immer das eines Feindes.

»Ja!« lachte seine Mutter, die sich vom Herd umblickte. »Aber nur freundschaftlich! Warte nur, bis ich dir den Kuchen zeige, den sie ihm geschenkt haben. Er ist in meiner Handtasche.«

»Einen Kuchen haben sie ihm geschenkt, hm?«

Für David lag in der Art, wie sein Vater die Worte sagte, etwas eigentümlich Bedeutsames.

»Ja«, fuhr sie heiter fort. »Und wie sie über mein Englisch gelacht haben müssen!«

»Wie konntest du ihn nur so weit weglassen? Du läßt ihn doch sonst nie aus den Augen.«

»Ich weiß nicht. Er war schon weg, als ich daran dachte, nach ihm zu sehen.«

»Hmm!« Er warf David einen Blick zu, griff nach der Zeitung auf dem Tisch und versenkte sich darin.

Seine Mutter nahm einen Bund Karotten aus der Tasche, legte sie in eine Schüssel und sah, während sie sie putzte, liebevoll zu David hin.

Er schwieg, erwiderte kurz ihren Blick und zog dann gedankenverloren das Tischtuch über der Kante straff.

– Glaube nicht. Glaube nicht. Glaube nicht. Niemals!

15

Am Sonntag blieb David den ganzen Vormittag im Bett und verbrachte dann, angezogen, den Rest des Tages in der Wohnung. Mehrmals in der Nacht und auch am Morgen hatte er geniest, und was seinen schmerzenden Rücken anging – der, dessen war sich David sicher, aus anderen Gründen schmerzte –, so behauptete seine Mutter, daß er sich möglicherweise bei seinem Streifzug durch die Straßen eine Erkältung zugezogen habe. Sein Vater machte dazu eine verächtliche Bemerkung, mischte sich aber nicht weiter ein. Wenngleich es bedeutete, den ganzen Tag seinen Vater um sich haben zu müssen, war David dankbar, daß er nicht Yussie oder Annie oder den Jungen, den er geschubst hatte, oder sonst jemanden sehen mußte. Er klammerte sich an seine Mutter oder zog sich in sein Zimmer zurück, mied das Zimmer, in dem sein Vater war, und verhielt sich überhaupt so unauffällig wie möglich. Gegen Abend jedoch zwang ihn die Dunkelheit in die Küche zu seinem Vater. So zog er nun die Kiste mit seinen Sachen hervor, suchte sich eine Ecke, in der er am wenigsten im Weg war, hockte sich dort auf den Linoleumboden und begann, aus den Siebensachen, die die Kiste füllten, einen zickzackförmigen, wackligen Turm zu bauen, den die Schritte seines Vaters oder seiner Mutter beständig zum Einsturz brachten.

Den Spätnachmittag hindurch und gar bis zur Abendessenszeit hatte sein Vater mehrmals seine feste Überzeugung kundgetan, Luter werde zur Besinnung kommen, die Torheit, einer Ehefrau nachzujagen, aufgeben und schließlich rechtzeitig zum Essen am Tisch erscheinen ... Obwohl sie jedoch nahezu eine ganze Stunde über die übliche Zeit hinaus warteten, kam er nicht. Erst als Davids Mutter sich milde zu beschweren begann, die eine Hälfte ihres Essens sei nun verkocht und die andere kalt, gab er das Warten auf, zuckte in brüsker Gereiztheit die Schultern und gestattete ihr aufzutragen.

»In Tysmenicz«, grummelte er mürrisch, während er sich auf einem Stuhl niederließ, »sagte der Bauer, der mein –« (Vor diesem Wort stockte sein Redefluß immer) »das Vieh meines Vaters hütete, daß einer schon als Narr geboren sein muß, um einer zu sein. Mein Freund Luter dürfte seine zweite Kindheit frühzeitig erleben – Gott hat ihm eine neue Seele gegeben.« Er zog den Teller mit jäher Ungeduld zu sich heran. »Ich will nur hoffen, daß er dann mein Eheglück nicht für seine Heirat verantwortlich macht!« Die Worte »seine Heirat« sagte er mit einem eigentümlich herausfordernden Unterton.

David, der seine Mutter dabei beobachtete, wie sie neben ihrem Mann stand und ihm vorlegte, sah, daß sich ihr Busen, als reagiere sie auf winzige Steigerungen von Schmerz, langsam hob, wie sie dann ohne eine Erwiderung den angehaltenen Atem gepreßt ausstieß und ausdruckslos und resigniert wegsah. David selbst wußte nur eines – daß die Erleichterung, die Luters Abwesenheit ihm gewährte, so heftig und glühend war wie ein Gebet und daß jeder stumme Nerv danach flehte, diesen Mann niemals wiederzusehen.

Zur Schlafenszeit schien er innerlich seltsam ruhig, gelassen, ohne gelöst zu sein, matt nach langer Zwietracht. Unter dem Film der Apathie durchbrachen die Ereignisse des gestrigen Tages die Oberfläche nur selten, wie gelegentliche, vereinzelte Wrackteile eines längst gesunkenen Schiffs. Nie würden diese Fragen, warum seine Mutter Luter zugestanden hatte, was Annie hatte tun wollen, beantwortet werden;

warum sie beim zweiten Mal nicht wie beim ersten weggelaufen war; warum sie seinem Vater nichts gesagt hatte; oder doch; oder war es ihm gleich? Auch würde es nie wieder ein Gleichgewicht darin geben, daß er wußte, was sie getan hatte, und ihr nicht bewußt war, daß er es wußte; ihr nicht bewußt war, was er mit Annie getan hatte, warum er weggerannt war; daß seinem Vater all das nicht bewußt war. Nie würde das alles gelöst, nie beantwortet werden. Keiner würde etwas sagen, keiner wagte es, keiner konnte es. Einfach nicht glauben, nur nicht glauben, niemals. Doch wann würde jenes eigenartige Gewicht, jenes seltsame Etwas, das da in seiner Brust wohnte, das so stachelig, so verästelt, so mahnend war, wann würde das verschwinden? Vielleicht morgen? Morgen vielleicht.

Morgen kam. Montag. Die Kälte des Tages davor war entweder eingebildet gewesen oder abgeschüttelt. David wurde zur Schule geschickt. Einmal aus dem Haus, ging er vorsichtig, ging sogar einen neuen Weg, um nicht Annie oder Yussie zu treffen. Morgens hatte er damit Erfolg und auch mittags, als die Schule dann aber für den Tag zu Ende war, kam es, gerade als er auf die Kreuzung hinaustrat, doch zu einer Begegnung. David wich zurück, als sie ihm zuwinkten, sie hingegen schienen alle Feindseligkeiten vergessen zu haben. Statt dessen waren sie nur neugierig.

»Was ham sen mit dir gemach auf de Pollezeiwach?« Yussie faßte ihn am Arm, um seinen Schritt der langsam hinkenden Annie anzupassen.

»Nix!« Verdrossen schüttelte er ihn ab. »Laß los!«

»He, bis sauer?« Yussie sah überrascht aus.

»Ja, ich bin sauer! Ich werd nie mehr froh!«

»Ers sauer, Annie!«

»Nischt gefiddelt!« sagte sie gehässig. »Pah! Wer willn dich!«

»Heulsuse!« sagte Yussie verächtlich.

Doch da rannte David schon davon.

Zu Hause konnte er nicht umhin, im Verhalten seiner Mutter eine verborgene Nervosität zu beobachten, eine Unentschlossenheit wie bei angespanntem Warten. Während sie sich für gewöhnlich gewandt, planvoll in der Küche bewegte, verhielt sie sich nun fahrig, unsicher. Mitten in einer Verrichtung oder einem Satz gab sie plötzlich einen eigenartigen, unterdrückten Ausruf gleich einem unvermittelten Stöhnen der Bestürzung von sich oder hob in einer dunklen und hoffnungslosen Geste die Hand oder riß die Augen auf, als starre sie auf ein Wirrwarr, und fuhr sich durch die Haare. Alles, was sie tat, wirkte ungewiß und unfertig. Sie ging vom Ausguß zum Fenster und ließ das Wasser laufen, um sich dann mit merkwürdiger Hast daran zu erinnern, drehte sich um, griff neben das Taschentuch, das sie auf die Wäscheleine klammern wollte, und ließ es in den Hof fallen. Minuten später, als sie Eigelb von Eiweiß trennen wollte, um die dicken gelben Pfannkuchen zu backen, die es zur Suppe geben sollte, zerschnitt sie die Haut des Eigelbs mit der Schale, so daß es ins Eiweiß lief. Sie stampfte mit dem Fuß auf, gickste verärgert und fuhr sich durch die Haare.

»Ich bin wie mein Vater«, rief sie unvermittelt aus. »Bei Ärger juckt mir die Kopfhaut! Heute kannst du lernen, was für eine Frau du einmal nicht heiraten sollst.«

Während des Nachmittags war David mehrmals kurz davor gewesen, sie zu fragen, ob Luter wieder zum Abendessen komme. Doch stets hielt ihn etwas davon ab, und er stellte die Frage nicht.

Um dem merkwürdigen Gefühl zu entrinnen, das das Verhalten seiner Mutter in ihm weckte, wäre er wieder nach unten gegangen, selbst auf die Gefahr hin, Annie oder Yussie zu begegnen, doch wiederum ahnte er, wie ungeduldig sie sein würde, wenn er sie bäte, im Treppenhaus zu warten. Sie hatte unwirsch gewirkt, als er nach seiner Begegnung mit ihnen um drei wie außer sich nach ihr gerufen hatte. Da sie keine Einwände erhob, blieb er drinnen und beschäftigte sich auf mancherlei Weise – so jagte er sich selbst Angst ein, indem er im Wandspiegel Fratzen schnitt, dann wieder sah er aus dem Fenster, dann fuhr mit dem Finger durch den Atemhauch darauf, kroch unter Betten oder malte. Eine Stunde verbrachte er damit, sich mit einem Stück Wäscheleine an den Bettpfosten zu fesseln und zu versuchen, sich zu befreien, eine andere damit, mit seinen Sachen sonderbare Gebilde zu basteln. Mit beiden Händen und einem Stuhlbein versuchte er sich an dem vierhändigen Spiel, bei dem mit einer doppelten Schnur Muster gebildet werden mußten. Das war schwierig, die alten Muster verrutschten, bevor sie geknüpft waren, verhedderten sich. Auch innerlich war er durcheinander, verzagt, angespannt.

Unterdessen hatte er bemerkt, daß die Nervosität seiner Mutter zunahm. Weder schien sie in der Lage, sich abzulenken, noch eine Arbeit zu erledigen, die nicht absolut notwendig war. Sie hatte angefangen, das neue Leinen zu nähen, das sie gekauft hatte, um Kopfkissenbezüge daraus zu machen, und dann mit einem gequälten Aufschrei schließlich den Faden herausgerissen und den Stoff zurück in die Schublade geworfen. »Weiß Gott, warum ich diese Stiche nicht kürzer machen kann! Kaum sechs auf einen Meter! Selbst bei einem Leichentuch wären die gerissen!« Und gab später auch den Versuch auf, einen Becher voll großer roter Perlen aufzufädeln; sie ließ sie wieder in den Becher fallen und schloß die Augen. Die Zeitung wurde nur mit einem kurzen besorgten Blick bedacht, wieder zusammengefaltet und in den Schoß gelegt. Danach saß sie einfach nur lange da und starrte ihn an, so daß Davids Unbehagen unerträglich wurde. Seine Blicke flirrten gehetzt im Zimmer umher auf der Suche nach etwas, was die Starrheit dieses Blicks auf sich lenken könnte. Streiften den Kohlensack neben dem Herd, die Fugen an der Decke, die Passahschüsseln auf dem Geschirrschrank, die Beine des Ausgusses, den Abfalleimer, Türangeln, Armleuchter, landeten auf dem Glühstrumpf, der mit seiner sanften bläulichen Flamme brannte.

»Mama!« Er unternahm nicht den Versuch, die Angst in seiner Stimme zu verbergen.

Ihre Lider flatterten. Sie, die im Geiste stets bei ihm war, schien ihn nun kaum zu bemerken. »Was?«

»Warum bleibt das Licht – das Licht da im Glühstrumpf drinnen? Im Glühstrumpf?«

Sie blickte auf, schabte einen Augenblick lang mit den Zähnen über die Oberlippe. »Weil es kluge Köpfe auf der Welt gibt.«

»Aber er geht ganz aus.« Er nötigte sie zu größerer Aufmerksamkeit. »Ganz aus, wenn man – wenn man bloß draufbläst.«

»Ja.«

»Dann brennt er nicht einmal, wenn man ihn anzündet?«

»Nein.« Der dumpfe, ferne Ton wich nicht aus ihrer Stimme – als wäre Sprechen etwas Mechanisches, Erzwungenes.

»Warum?« fragte er verzweifelt. »Warum nicht?«

»Warum was nicht? Ich weiß es nicht.« Sie stand auf, erschauerte unvermittelt. »Als ginge es mir durch Mark und Bein! Ist es kalt hier? Oder wo ich sitze? Frostig?« Und starrte zum Herd hin, folgte dann nach einer langen Pause ihrem Blick, als wäre ihr Denken selbst verzögert, und nahm den Schürhaken auf.

»Ich finde es nicht kalt«, erinnerte David sie mißmutig.

Doch sie hatte ihn nicht gehört. Vielmehr war ihr Blick von seinem Gesicht zur Wand geschweift, und sie stand da, als lauschte sie über ihn hinweg, als hätte sie draußen im Treppenhaus ein Geräusch gehört. Niemand. Sie schüttelte den Kopf. Und hob, den Schürhaken noch in der einen Hand, die andere, um den Gashahn unter dem Glühstrumpflicht einzustellen –

»Ach!« Verzweifelt ließ sie die Hand fallen. »Wo habe ich nur meine Sinne? Was mache ich nur?« Sie kauerte sich vor den Herd, grub den Schürhaken mit einem erregten Stoß in die Asche. »Hast du deine Mutter schon einmal so verwirrt gesehen? So verloren? Gott sei mir gnädig, in mir dreht sich alles! Ach! Ich gehe hierhin und bin dort. Ich gehe dorthin und bin hier. Und auf einmal bin ich nirgendwo.« Sie hob den Herddeckel, warf eine Schaufel Kohlen in die rote Höhle. »David, mein Liebster, was hast du –?« Ihre Stimme war bekümmert, zerknirscht geworden. Sie lächelte. »Du hast was gesagt? Licht? Warum was?«

Von ihrem neuen Interesse ermutigt, begann er erneut eifrig. »Wodurch brennt es?«

»Das Gas? Natürlich durch Gas!«

»Warum?«

»Man zündet es an – mit einem Streichholz. Und dann – Ähm. Und dann –« So abrupt, wie ihre Stimmung gerade umgeschlagen war, verwandelte sie sich nun erneut. Jener seltsam angestrengte Blick verengte ihre Augenwinkel, und ihre Miene wurde so gehetzt und wachsam wie zuvor. »Und dann dreht man – den – den –« Sie brach ab. »Einen kleinen Augenblick, mein Schatz! Ich gehe nur mal in die Stube.«

Das war das Ende! Er würde nicht mehr mit ihr reden! Er würde sie nichts mehr fragen. Nein, selbst wenn sie nun mit ihm reden würde, würde er ihr nicht antworten. Verdrossen sackte er auf seinem Stuhl zusammen, verdrossen sah er ihr nach, wie sie die Stufen in die Finsternis hocheilte ... hörte, wie das Fenster aufglitt, leise, vorsichtig ... dann wieder zuging ... Sie kam herunter.

»Nicht einmal die kalte Luft muntert mich auf.« Ihre Finger trommelten nervös auf eine Stuhllehne. »Nichts hilft. Mein Kopf ist – Ach, entschuldige, David, mein Liebster! Es tut mir so leid! Ich wollte nicht mitten in meiner Antwort weglaufen.« Sie kam zu ihm, beugte sich nieder und küßte ihn. »Verzeihst du mir?«

Unbesänftigt sah er sie unverwandt schweigend an.

»Beleidigt? Es soll nie wieder vorkommen! Versprochen!« Wo die breiten wächsernen Flächen ihrer Wangen sich zum Kinn hinabbogen, bildeten sich kleine Reuegrübchen – ein Lächeln konnte kaum weiter entfernt von den verstörten braunen Augen, der gerunzelten Stirn sein. »Ähm ... Brennt, hast du gesagt. Alles brennt! Ja! Oder fast alles. Kerosin, Kohle, Holz, Kerzen, Papier, fast alles. Ebenso Gas – glaube ich wenigstens. Ähm ... Ebenso Gas, weißt du? Es wird nämlich in großen Fässern gelagert. Manche sind hoch – wie die Aschetonnen draußen auf der Straße, andere wiederum niedrig wie Trommeln, nur größer. Ich verstehe das auch nicht.«

»Aber Mama!« Er wollte ihr keine Pause gestatten; dann würde sie wieder in ihre alte Stimmung versinken. »Mama! Aber Wasser brennt nicht, wenn man ein Streichholz in eine Pfütze wirft.«

»Fize?« wiederholte sie. »Was ist Fize? Dein Jiddisch ist ja schon halbes Englisch. Da komme ich ja gar nicht mehr mit.«

»Pfütze. Das ist Wasser – auf der Straße – manchmal, wenn es regnet.«

»Ah! Wasser. Nein, manchmal Tränen – Nein! Du hast recht. Wasser brennt nicht.«

»Ist da immer ein – brennt da immer was – wenn Licht ist – so wie da!«

»Ja, ich glaube schon. Als ich ein Mädchen war, bauten die Gojim bei einer Stadt in einiger Entfernung von Veljish einen *Altar*, weil zwei Bauern zwischen den Bäumen ein Licht sahen – aber da hat nichts gebrannt.«

»Was ist ein – was hast du gesagt? Altar?« Jetzt stand er vor einem Rätsel. »Heißt das alter Mann?«

»Nein!« Sie lachte kurz auf. »Ein Altar ist ein breiter Stein – etwa so hoch.« Ihre nach unten gedrehten Hände schwebten etwa auf Höhe ihres Busens ungeduldig in der Luft. »Der ist oben flach. So. Und weil der Boden heilig war, haben sie ihn eingezäunt.«

»Und warum? Die haben ein Licht gesehen und – und nichts hat gebrannt? Und dann war es heilig?

»Ja. So haben sie es eben genannt. Ich glaube, das kam daher, weil auch Moses einen Baum gesehen hat, der in Flammen stand, aber nicht brannte. Und da war der Boden auch heilig.«

»Ah.«

»Ja. Und wenn du erst in den Chejder gehst, dann weißt du mehr über solche Sachen als ich.« Sie hörte auf, hin und her zu laufen, und trat abrupt an den Geschirrschrank. »Ich glaube, ich decke den Tisch – irgendwas muß ich tun.«

»War das heilig?« Er ließ nicht locker.

»Was? Das Licht, das die Bauern sahen? Ach, Unsinn! Mein Vater sagte, in Wahrheit sei da nur eine alte Jüdin auf der Straße durch die Wälder gelaufen. Wo die hergekommen ist, das weiß ich nicht –«

Wieder hielt sie inne. Drei Teller hatte sie aus dem Geschirrschrank genommen und auf den Tisch gestellt. Der vierte, noch in ihrer Hand, wanderte hin und her, als wäre es ihr unmöglich zu entscheiden, ob sie ihn auf den Tisch stellen oder wieder auf den Stapel, von dem sie ihn genommen hatte, legen sollte. Schließlich stellte sie ihn mit einem kehligen Ausruf auf den Tisch – vor den Stuhl, auf dem gewöhnlich Luter saß.

»Ja! Also! Oh!« Ihr Kopf fuhr zurück, als wäre der zurückkehrende Gedanke dagegengeprallt. »Ja. Auf dem Nachhauseweg. Zweifellos. Und unterwegs holte die Dämmerung sie ein. Ja. Es war ein Freitag. Und zufällig hatte sie Kerzen dabei – das hat jedenfalls mein Vater gesagt, wenn er auch nie gesagt hat, warum. Vielleicht hat sie vorausgesehen, daß sie sich verspäten würde. Man weiß nie, was Frauen machen, wenn sie fromm sind.« Ihre Lippen preßten sich zusammen, und sie errötete ganz leicht, als sie das klappernde Silberbesteck neben Luters Teller legte. »Sie hat es vorausgesehen. Sagen wir, sie hat es vorausgesehen. Und als es dann Nacht wurde, ging sie an den Straßenrand und zündete die Kerzen an und betete vor ihnen, wie du mich schon hast beten sehen. Und nachdem sie gebetet hatte, ging sie weiter und ließ sie brennend stehen – ein Jude darf die Kerzen nicht anrühren, wenn sie einmal brennen und das Gebet gesprochen ist. Dann kamen diese Bauern nachts vorbei. Und genauso fromm wie sie oder sogar noch mehr –« Mit einem leisen, schmatzenden Geräusch vom Mundwinkel her sog sie eine Wange ein; sie stellte oberhalb von Luters Teller eine Tasse und Untertasse hin. »Und vielleicht betrunken oder sicherlich schwachköpfig, wie sie waren, sahen sie das Licht im Wald – das erzählte mein Vater – und rannten zurück und weckten das Dorf auf. Sie sahen es und sahen es verschwinden, und als sie hingingen, fanden sie nichts und hörten nichts, nur das Geräusch des Waldes. Was wollten sie mehr? Priester kamen und Hohepriester und weihten die Stelle.« Ihr eben noch sinnender Blick flackerte wieder auf, glitt zur Tür. Wieder horchte sie.

»Haben die Kerzen nicht eine andere Kerze zurückgelassen?« David mühte sich, ihre Aufmerksamkeit zurückzugewinnen. »Wie unsere Kerzen? Wasser und Kerzen.«

Unwirsch zuckte sie die Achseln. »Wer hat da schon hingesehen? Der Boden war heilig; bald erinnerten sich die Leute, Engel gesehen zu haben; und damit hatte es sich. Warum auch nach heruntergetropftem Kerzenwachs suchen. Der Altar brachte dem Dorf ungeheuren Nutzen.«

»Wie?«

»Leute, ganz unbedarfte, die kamen aus ganz Österreich. Brachten ihre Kranken, ihre Krüppel mit. Sie baten um Hilfe, beteten für die Toten und für ein besseres Geschick. Und das tun sie noch heute. Und –« Sie hielt inne, verlor fast den Faden, nahm ihn aber mit einem Ruck wieder auf. »Während sie dort waren, mußten sie essen, mußten sich Sachen kaufen, mußten irgendwo schlafen. Keine Angst, die kleinen Kerzen da bescherten auch den Ladenbesitzern von Lagronow helle Tage. Verstehst du?«

»Ja, Mama.«

»So groß war der Segen für Lagronow, daß Juden, Kaufleute, auch in anderen Dörfern hier und da Kerzen stehen ließen. Aber es gelang nie wieder.«

»Aber das war ja kein richtiges«, erinnerte er sie, »das war ja kein richtiges Licht. Und – und es hat ja nicht gebrannt. Aber Moses, der –«

»Pscht!« Abrupt und scharf ihre Mahnung.

David horchte: das kurze Knarren vom Hauseingang her. Die langsamen und schweren Schritte, vom Teppich gedämpft. Das war der Gang seines Vaters, zunächst voller Ungeduld, dann bedächtig.

Seine Mutter war ganz bleich geworden; sie hatte die Tür einen Spalt geöffnet und stand da, ein Ohr daran gepreßt. Kein Stimmengeräusch wehte herauf, keine Schritte eines anderen woben sich hinein. Den Blick starr, wich sie zurück, schloß behutsam die Tür, seufzte, doch ob aus Erleichterung oder Furcht, war nicht zu ergründen, stand dann aufmerksam da und wartete, daß er hereinkam.

Wenige Sekunden später trat er ein, und David erkannte schon an der Art, wie die Tür aufgeschwungen wurde, daß sein Vater gereizt war. Er kam herein – allein. Die Muskeln unter der dunklen Kinnlade waren knotig, deutlich ausgeprägt, verdrehten, prallen Seilen gleich. Seine unbeweglichen Augen blickten finster.

»Albert.« Sie lächelte.

Er gab keine Antwort, sondern zog, stoßweise schnaufend, den Mantel aus – die Jacke darunter wurde stets zusammen damit abgestreift –, nahm den Hut ab und reichte ihn ihr.

»Ich hoffe, du hast nicht zu viel Abendessen gekocht«, begann er brüsk, während er sich Krawatte und Kragen vom Hals riß. »Er wollte nicht mitkommen. Hörst du?« Sie war in Davids Schlafstube gegangen, um den Mantel aufzuhängen.

»Ja.« Ihre Stimme kam ihr zuvor. »Das, was übrigbleibt, kann ich verwenden. Es geht nichts verloren – zumal im Winter – da verdirbt nichts.«

»Hm!« Er drehte ihr den Rücken zu, krempelte die Ärmel hoch und beugte sich über den Ausguß. »Und mach auch morgen nichts extra für ihn. Da kommt er nämlich auch nicht.« Die gepreßte Seife glitschte klackend in die Spüle. Seine Zähne knirschten, als er sie wieder nahm.

»Nicht?« Ihre Augen, die auf seinem gebeugten Rücken ruhten, öffneten sich, besorgt flackernd; ihr Gesicht verfiel. Doch im nächsten Moment klang ihre Stimme gerade so wenig überrascht, wie eine Stimme es wagen durfte, die unbeteiligt sein wollte. »Was ist denn los?«

»Hätt' ich doch nur so wenig über ihn gewußt, wie ich über seine Gründe weiß!« Ärgerlich klatschte er sich die tropfenden Handflächen auf den schmalen Hals. »Nichts hat er gesagt! Nicht einmal nach Hause ist er mitgefahren – mußte irgendwo hin – irgendeine lahme Entschuldigung! Und diese Geschichte mit dem Heiratsvermittler! Kein Wort! Als hätte es das nie gegeben! Als hätte er nie davon gesprochen! Morgens hat er die Schlüssel von mir übernommen, hat meine Überstunden geprüft, und das war alles!« Mit einem zornigen Ruck stellte er das Wasser ab, packte das Handtuch. »Weiß Gott, was er gefunden oder getan oder erreicht hat! Ich begreif' das nicht! Aber sag mir bloß, warum?« Das Handtuch hielt in seinem Geflatter inne. »Glaubst du denn, daß er, wenn er eine Frau gefunden hat – sie, meine ich –, glaubst du, daß ihm das den Kopf hätte verdrehen können?«

Ein schwaches, sorgenvolles Ächzen kündigte ihre Antwort an. »Ich weiß es nicht, Albert.«

»Sei ehrlich!« Unvermittelt knüllte er das Handtuch zusammen, starrte sie durchdringend an und schob die Lippen vor. »Antworte mir geradeheraus!«

»Was ist denn, Albert?« Sie hob verschreckt und abwehrend die Hände. »Was ist denn?«

Angesichts der Bestürzung seiner Mutter duckte David sich auf seinem Stuhl und beobachtete die beiden furchtsam unter den Rändern der gesenkten Augen hervor.

»Ich –« Sein Vater unterbrach sich, biß sich auf die Lippe. »Habe ich denn irgend etwas – gesagt? Hatte es den Anschein, als machte ich mich – wann war es nur? – Freitag abend – darüber lustig? Als ich dir sagte, daß er zu einem Heiratsvermittler geht?«

»Aber nein, Albert!« Ihr Körper schien zu erschlaffen. »Nein! Überhaupt nicht! Du hast nichts Beleidigendes gesagt! Ich hatte geglaubt, er sei amüsiert!«

»Bestimmt? Ist er bestimmt nicht so früh gegangen, weil ich – wegen eines Scherzes, den ich gemacht habe?«

»Nein. Du hast nichts Ungebührliches gesagt.«

»Ahm! Das hab' ich mir doch gedacht! Aber welcher Dämon sitzt ihm denn dann im Nacken? Es war, als hegte er einen geheimen Groll. Er wollte nicht mit mir reden! Er wollte mir nicht gerade ins Gesicht sehen. Und ich kenne ihn nun seit Monaten! Abend für Abend war er hier!« Er zog sich einen Stuhl heran, ließ sich darauf fallen. »Heute mittag hat er mit diesem Paul Zeemann gegessen. Er weiß, daß ich den Kerl verabscheue. Das hat er getan, um mich zu verletzen. Das weiß ich!«

»Aber ereifere dich doch nicht – doch nicht – deswegen so, Albert. Laß dich doch davon nicht so kränken! Das ist – nun ja –« – sie lachte nervös – »Auf die Idee würde doch viel eher ein Schulmädchen kommen – darauf – daß er mit einem anderen ißt.«

»So?« fragte er sarkastisch. »Du weißt ja genau Bescheid. Du hast ihn nicht den ganzen Tag gesehen. Aber nicht nur das! Da waren auch noch andere Dinge! Haß, aus irgendeinem verrückten Grund! Rache, die auf den rechten Augenblick wartet! Weißt du?« Plötzlich zuckte er zurück, blickte mit schmalen, argwöhnischen Augen zu ihr hoch. »Du bist ja gar nicht bestürzt – scheinst mir nicht niedergeschlagen genug!«

»Aber Albert!« Sie wich vor seinem strengen Blick zurück. »Ich *bin* aber bestürzt! Ich *bin* niedergeschlagen. Aber was kann ich denn tun? Meine einzige Hoffnung ist, daß diese

– diese Feindseligkeit – oder wie man es nennen will – nur – nur vorübergehend ist! Was mag es sein? Vielleicht nur eine gewisse Zeit! Etwas, worüber er nicht sprechen will, macht ihm Sorgen! Aber vielleicht ist morgen ja alles schon wieder vorbei!«

»Ja. Wahrhaftig vielleicht! Vielleicht! Ich aber glaube, daß mich keiner über Nacht wie einen Fremden behandelt, wenn er nicht dächte, ich hätte ihm unrecht getan. Ist das nicht so? Und er – er ist schlimmer als ein Fremder – er ist ein Feind! Geht mir aus dem Weg, als ob ihm der Anblick meines Gesichts einen Stich versetzte! Sieht finster an mir vorbei! Ha! Das ist mehr als etwas Vorübergehendes! Das ist – was hast du denn?«

Sie war bleich. Den Glaskrug in der einen Hand, mühte sie sich vergeblich mit der anderen, den Hahn aufzumachen. »Ich kriege ihn nicht auf, Albert! Du mußt ihn zu fest zugedreht haben, als du dich gewaschen hast. Ich brauche Wasser für den Tisch.«

»Bist du plötzlich so schwach?« Er erhob sich, schritt mürrisch zum Ausguß, drehte den Hahn auf – »Und was den da angeht« – Drohend starrte er in das herausströmende Wasser. »Wenn der sich nicht ändert, dann soll er sich nur mal vorsehen! Dann merkt er nämlich, daß ich mich noch mehr ändern kann!«

Eine Pause entstand, die Anspannung wuchs. Stumm stellte seine Mutter den Krug auf den Tisch, ging zum Herd und begann, die dampfende gelbe Erbsensuppe in die Schalen zu schöpfen. Vereinzelte Tropfen, die von den braunen Pfannkuchen fielen, während sie diese vom Topf auf die Teller legte, zischten auf den Herdplatten. Es roch einladend. David aber, der einen raschen Blick auf das düstere Gesicht seines Vaters warf, beschloß, achtsamer zu essen, als er es in seinem ganzen Leben getan hatte. Bis dahin hatten diese finsteren Augen kaum auf ihm geruht; nun spürte er, wie er sich in sich selbst verkriechen wollte, um sich aus ihrem Blickfeld zu stehlen. Da dies mißlang, konzentrierte er sich auf die perlige Feuchtigkeit auf dem Glaskrug und wie jeder Tropfen seine Fülle abwartete, bevor er hinabglitt.

Sein Vater langte nach dem Brot – das schien die Anspannung zu lösen. Erleichtert blickte David auf. Seine Mutter kam herbei, das Gesicht seltsam sorgenvoll und brütend, irgendwie unstimmig, ohne jeden Bezug zu ihrer Aufgabe, eine Suppenterrine herzutragen. Sie stellte sie vor seinen Vater und faßte ihn, während sie sich aufrichtete, zaghaft an der Schulter.

»Albert!«

»Hm?« Er hörte auf zu kauen, wirbelte den Löffel herum, den er gerade in die Hand genommen hatte.

»Vielleicht sollte ich dich das eher nach dem Essen fragen, wenn du ein bißchen ruhiger geworden bist, aber –«

»Was?«

»Du – du machst doch nichts Unüberlegtes? Bitte! Ich flehe dich an!«

»Ich weiß, was zu tun ist, wenn es soweit ist«, antwortete er dunkel. »Mach dir da mal keine Sorgen.«

Unwillkürlich fuhr David zusammen. Plötzlich hatte er vor einer Wand aus Finsternis ein dunkles Dach gesehen, einen Hammer, der über fahlen und stierenden Pflastersteinen geschwungen wurde.

»Pah!« schnaubte sein Vater und ließ den Löffel sinken. »Salz? Nimmst du das jetzt nicht mehr?«

»Nicht gesalzen? Entschuldige, Albert! Alles, was ich heute gemacht habe, ist schiefgegangen – sogar die Suppe!« Sie lachte verzweifelt auf. »Ich bin ja eine schöne Köchin!«

»Was könnte *dich* denn so durcheinanderbringen?« Sein scharfer Blick ruhte auf David. »Hat er sich etwa wieder verlaufen oder was anderes Verrücktes angestellt?«

»Nein! Nein! Überhaupt nicht –! Fang an zu essen, Kind! Überhaupt nicht! Ich weiß auch nicht! Bei nichts, was ich heute getan habe, hatte ich meinen Kopf beisammen. Jede Stunde hat mich etwas anderes aus dem Lot gebracht. Es war einer jener verhängnisvollen Tage, an denen Leute abergläubisch werden. Jetzt eben liegt drunten im Hof ein Taschentuch. Wer weiß, was mich dazu gebracht hat, es fallenzulassen!«

Sein Vater zuckte die Achseln. »Wenigstens warst du allein, und keiner hat dich beobachtet! Keiner hat dich mit Blicken dazu getrieben, Fehler zu machen.«

»Du meinst – wieder ihn?«

»Ja! Ihn. Zweimal habe ich den Bogen nicht richtig in die Presse eingelegt. Zerknittert, zerknüllt! Der untere Block war voller Schwärze! Zehn Minuten habe ich jeweils gebraucht, um ihn wieder zu reinigen! Und wie der geguckt hat, kann ich dir sagen! Ich habe ihn gesehen!« Er hörte auf zu essen, hämmerte mit dem Löffel auf den Tisch. »In dem brodelt das Böse! Der wartet, wartet auf etwas! Den ganzen Tag habe ich seine Augen im Rücken gespürt, aber nie waren sie da, wenn ich mich nach ihm umgedreht habe! Das hat mich völlig von der Arbeit abgelenkt! Ich habe die Maschine beschickt wie ein Lahmer! An meinem ersten Arbeitstag hätte es nicht schlimmer sein können! Mal zu früh! Mal zu spät! Mal genau daneben! Und dann hat sich auch noch das zerknitterte Papier in der Walze verfangen – in der klebrigen Schwärze. Das ganze Ding mußte ich auseinandernehmen! Und jede Minute das Gefühl, daß er mich beobachtete. Ha!« Er atmete rauh. Seine Lippen verzerrten sich, und die Worte trommelten gegen das Gitter seiner Zähne. »Das ist mehr, als ich aushalten kann! Mehr, als ich ertrage! Wenn er auf etwas wartet, dann kriegt er es!«

»Albert!« Auch sie hatte nun aufgehört zu essen und blickte voller Panik zu ihm hin. »Nicht –!« Ihre Finger legten sich fahrig auf ihre Lippen.

»Das sag ich dir, der wird von mir hören! Ich bin doch kein Lamm!«

»Wenn – wenn es so schlimm ist, Albert. Wenn es nicht anders wird und er – er so ist – dann g-gehst du eben! Es gibt auch noch andere Stellen!«

»Gehen?« wiederholte er drohend. »Gehen! Aha. Aber der erste Mann, dem ich in diesem verfluchten Land vertraut habe, behandelt mich wie einen Feind. Das Allerschlimmste! Gehen!« Verbittert stierte er auf seinen Teller, schüttelte den Kopf. »Du bist mir aber auch komisch. Jedesmal, wenn ich eine neue Stelle hatte, hast du gezittert – darum gezittert, daß ich sie behalte. Ich hab's dir am Gesicht angesehen – du hast mich bedrängt, Geduld zu haben. Und nun drängst du mich zu gehen. Nun ja, wir werden sehen! Wir werden sehen! Aber wenn ich gehe, dann wird er's schon erfahren, keine Angst! Und tu mir einen Gefallen. Nimm die Teller da weg.« Er nickte zu Luters Platz hin. »Das ist, als wäre einer gestorben.«

16

Am Dienstag nachmittag konnte er das abgespannte, besorgte Gesicht seiner Mutter nicht mehr aushalten. Ohne sie zu bitten, im Treppenhaus zu warten, war er auf die Straße geflüchtet, und ohne sie zu rufen wieder hochgekommen, allein. Weder Annie, die nie vorbeihumpelte, ohne ihm ihre pfriemgleiche Zunge herauszustrecken, noch Yussies wiederholtes »Heulsuse«, noch die Kellertür am Ende des leeren Flurs waren auch nur halb so schwer zu ertragen wie die zähe Qual auf dem Gesicht seiner Mutter oder die stundenlange dumpfe Stille des Wartens auf seinen Vater. Immer wieder hätte er sich fast wünschen mögen, daß durch irgendein Wunder Luter wiederkäme, neben seinem Vater stünde, wenn die Tür geöffnet würde. Doch seine Mutter deckte den Tisch nur für drei. Es gab also kein Wunder. Sie wußte es. Luter würde nie wiederkommen!

Und als sein Vater nach Hause kam, kam er wieder allein herein. Sein Anblick an jenem Abend war grauenvoll. Nie, nicht einmal an dem Abend, als er David geschlagen hatte, hatte er eine so fürchterliche, so elektrische Wut ausgestrahlt. Es war, als schwelte sein ganzer Körper, als verströmte er eine schiere pulsierende, gerinnende Ausdünstung, einen dunklen, zerstörerischen Nebel, der desto furchterregender war, als David spürte, wie dünn diese Aura des schrecklichen Vulkans war, der in ihm grollte. Sein Vater weigerte sich zu sprechen. Er rührte kaum sein Essen an. Seine Lider, gewöhnlich schmal, hatten sich über jedes menschliche Maß hinaus zurückgezogen, gaben die gesamte Augenkugel frei, in der die schwarzen Pupillen fast das ganze Braun verschlangen. Er blickte niemanden an. Sein wilder, glitzernder Blick wanderte unablässig über ihren Köpfen hinweg an der Wand entlang, als wollte er die Linien des Stucks unter der

Decke nachziehen. Seine zuckenden Lippen warfen einen beständig flackernden Schatten auf die Höhlung zwischen Mund und Kinn. Oberhalb der steifen, sichelförmigen Nasenlöcher war eine Stelle, die wie eingedellt wirkte – so zusammengekniffen und weiß waren sie. Nur einmal, und dann auch nur kurz, brach er sein Schweigen mit einer Stimme, die so rauh und gepreßt war wie ein Krächzen.

»Mehl? Warum? Zwei Sack Mehl? Zwei? Unterm Regal? Unterm Passahgeschirr?«

Stumm starrte sie ihn an, zu verwirrt, zu panisch, um zu antworten.

»Hm? Wollen sie dich einmauern? Oder schleicht schon das lange magere Jahr heran?«

Ihr ganzer Körper erschauerte, bevor sie antwortete, als schüttelte er ganze Schichten eines hemmenden, erstickenden Stoffes ab.

»Mehl!« Ihre Stimme war unter der Anspannung schrill und hysterisch. »Ein Ausverkauf beim Krämer. Nev-Neven's Street! Da auf dem Markt!« Sie zitterte erneut, schluckte, versuchte verzweifelt, sich zu beruhigen. »Ich habe gedacht, wo wir doch so viel brauchen, wäre es klug – oh!« In blankem Entsetzen sprang sie auf. »Du meinst, warum ich sie unters Passahgeschirr gestellt hab'! Ich tu' sie weg! Sogleich!«

»Nein! Nein! Laß sie! Laß sie! Laß sie!« (David glaubte, das wilde Crescendo seiner Stimme würde niemals enden.) »Setz dich. Die Mäuse werden schon nicht daran gehen.«

Benommen setzte sie sich. »Ich mache das später«, sagte sie dumpf. »Ich hätte sie da nicht stehenlassen sollen. Ich kann nicht mehr denken.« Und holte tief Luft. »Man gerät heutzutage in Versuchung, mehr zu kaufen, als man braucht, es ist alles so billig. Soll ich dir denn etwas Bestimmtes besorgen? Räucherlachs? Sauerrahm, der ist fast so dick wie Butter. Anscheinend mischen sie Mehl darunter! Schwarze Oliven?«

»Mir platzt der Kopf.« Wieder wanderten seine Augen die Wand entlang. »Sag nur das unbedingt Nötige.«

»Kann ich denn nichts für dich tun? Eine kalte Kompresse?«

»Nein.«

Sie schloß die Augen, wiegte sich leicht und verstummte.

David hätte am liebsten gewimmert, wagte es aber nicht. Die unerträglichen Minuten rollten von einer endlosen Alptraumspule ab …

Am Mittwoch nachmittag hatte sich ein weiterer und noch verstörenderer Wandel bei seiner Mutter vollzogen. Am Nachmittag und den ganzen Tag davor war sie ungeduldig mit ihm gewesen, hatte auf seine Fragen nicht reagiert, hatte zerstreut, zusammenhanglos geantwortet. Nun hörte sie ihm mit einer Intensität zu, die ihn zunehmend beklommen machte. Wo er in der Küche auch umherging, wo er auch stand oder saß, ihre Augen folgten ihm, und in ihnen lag etwas so Glühendes, so Konzentriertes, daß er nicht wagte, ihrem Blick zu begegnen. Heute schalt sie ihn nicht, daß er mit seinem Butterbrot, das er nach der Schule essen sollte, trödelte oder den Zeitpunkt, da er nach unten gehen sollte, hinausschob. Im Gegenteil – alles war umgekehrt. An diesem Nachmittag aß er voller Eile, um schon früher hinuntergehen zu können, und seine Mutter suchte ihn nun aufzuhalten. »Und was noch?« fragte sie, kaum daß er die Schilderung eines Ereignisses in der Schule beendet hatte. »Und was ist noch passiert? Was hast du dann gesehen?« Und immerzu hatte ihre Stimme denselben angespannten, treibenden Klang gehabt, und an jedem seiner Worte hing sie mit einem solch fiebrigen, verlangenden Blick, daß ihn mehrmals ein eigentümlicher Schauder überfiel, als hätte sich der Boden unter ihm einen Moment lang aufgetan und er stürzte in Leere hinab.

»Aber auf dem Nachhauseweg«, drängte sie. »Das hast du mir noch nicht erzählt. Gab es da nichts Neues?«

»N-nein.« Er zögerte, während seine Augen durch die Küche schweiften, um dem allzu leuchtenden, klammernden Blick auszuweichen. Wann würde sie sich wohl endlich zufriedengeben, fragte er sich, wann ihn gehen lassen? Unbehaglich durchstöberte er seine Erinnerung, fand das einzige, wovon er wußte, daß er es ihr noch nicht erzählt hatte. »Gestern war da ein Mann«, begann er. »Auf der Straße an der anderen Seite der Schule.« Er machte eine Pause, wider alle Hoffnung hoffend, daß ihr Interesse erlahmt war.

»Ja! Ja!« Ihre Stimme wirkte wie ein Knuff. »Ja!«

»Und der Mann, der hat einen Gehsteig gemacht. So.« Mit der Hand strich er über das grüne Wachstuch auf dem Tisch. »Mit einem Eisen mit einem Griff. Einen neuen Gehsteig.«

»Sie bauen Brownsville auf!« Sie lächelte ihn mit furchterregender Aufmerksamkeit an. »Und? Du Unwilliger, Stiller, Lieber! Und?«

»Und als der Mann nicht hingeguckt hat ... und der Gehsteig war grün – der ist grün, wenn er neu ist.«

»Das habe ich auch schon gesehen.«

»Und ein Junge ist gekommen, und der Mann hat nicht hingeguckt – der hat hier das Eisending geschoben. Und der Junge ist draufgetreten – so.« Er rutschte vom Stuhl hinab und berührte das Linoleum mit dem Zeh. Die straffen fahlen Flächen ihrer Wangen schienen sich von der Kinnlade gelöst, sie überlappt zu haben. Unter den gehobenen Brauen waren die angespannten braunen Augen in eine so weite Ferne gerichtet, daß diese auf sie zurückfiel. Bestürzt hörte David auf zu erzählen und betrachtete sie bestürzt blinzelnd.

»Ich habe dich gehört! Ich habe dich gehört!« Atemlos schüttelte sie den Kopf. »Ja! Ja! Ich habe dich gehört!« Durch lange Korridore des Grübelns glitt ihr Blick wieder zu ihm hin. »Ja!«

»Warum hast du denn s-so geguckt?« Er schwankte zwischen Besorgnis und Neugier.

»Nichts! Gar nichts! Das habe ich auch gemacht, als ich ein Mädchen war, auf eine Straße treten, eine frische Straße. Aber meine war schwarz! Nichts! Gar nichts! Und was dann? Was hat der Mann dann gemacht!«

»Der Mann«, fuhr er bänglich fort, »der Mann hat das nicht gesehen. Und gestern hat er's gemacht ... Als ich gestern nach dem Mittagessen in die Schule gegangen bin. Und jetzt sind keine Bretter mehr drauf. Und er ist hart wie andere Gehsteige auch. Fast weiß haben sie ihn bestreut. Und – und man kann darauf springen. So. Und man kann gar nichts mehr machen. Aber der hat ein Loch gemacht. Und jetzt ist da ein Loch. Man kann sogar das kleine rote Eisen an seinem Schuh sehen – vorne. Das hat auch ein Loch gemacht! Und da ist schon ein Stück von einer Zigarette drin.«

»Natürlich!«

»Warum wird das so, daß man jetzt kein Loch mehr machen kann – nicht einmal mit einem Schirm. Ich hab' einen kaputten gesehen. Bloß Funken, wenn man darauf schlägt.« Er duckte sich unter den hungrigen, runden Augen. »Jetzt mußt du reden.«

»Nein, du.«

»Aaaaa!«

»Willst du nicht?« versuchte sie ihn zu überreden.

»Ich bin jetzt ganz fertig – mit meinem Brot«, erinnerte er sie verstimmt.

»Möchtest du noch mehr? Etwas Milch?« Die ungeduldige Heftigkeit, mit der ihre Worte aufeinanderfolgten, schien Buchstaben aus Silben zu pressen.

Er schüttelte den Kopf, beäugte sie schief.

»Du kannst eine Weile bei mir bleiben, mein Liebster.« Sie breitete die Arme aus, damit er zu ihr kam. »Du mußt nicht hinuntergehen.«

Er ließ den Kopf hängen, zog eine Schnute, schlich schließlich doch zu ihr hin und setzte sich auf ihr Knie. Die ganze Zeit hatte er unbedingt nach unten gehen, entfliehen wollen, doch immer wieder hatte er in ihrer Stimme einen flehentlichen Ton, etwas Erwartungsvolles wahrgenommen.

»Ich – ich bleib' hier.«

»Oh, aber du willst sicher hinunter!« Sie ließ die Arme sinken. »Doch! Ich habe dich aufgehalten. Komm! Ich hol' dir deinen Mantel.«

»Nein! Nein! Ich will nicht! Nein, Mama. Ich – ich wollte bloß aus dem Fenster schauen. Ja, aus dem Fenster.«

»Weiter nichts? Bestimmt?«

»Nein. Bloß aufmachen. Es muß offen sein.« Eine Bedingung war nötig, um sein Zögern zu rechtfertigen. »Machst du es auf?«

»Natürlich!« Unvermittelt preßte sie ihn heftig an sich, wiegte ihn an ihrer Brust. »Was würde ich in bitteren Zeiten nur ohne meinen Sohn tun? Meinen Sohn! Aber, Schatz, das

Fenster mit der Feuerleiter davor. Nicht das andere. Gut? Mein kleiner Süßer! Ich hole ein Kissen, da kannst du dich dann draufstützen. Möchtest du jetzt gehen?«

»Ja.« Er entwand sich ihr.

»Aber erst deinen Pullover. Es ist kalt draußen.«

Sie holte ihn. Und nachdem er ihn angezogen hatte, gingen beide in die Wohnstube, wo sie das Fenster vor der kleinen Feuerleiter öffnete, den schweren weißen Vorhang beiseite schob, das Fensterbrett von Töpfen und Milchflaschen freiräumte und ein Kissen drauflegte.

»Und darauf kannst du dann knien.« Sie zog einen Stuhl heran. »Dem macht das nichts, und du kannst viel besser hinaussehen. Deine Handschuhe?«

»Nein. Mir ist nicht kalt.«

Sie beugte sich über seine Schulter, sog die Luft ein. »Das bläst die Nase durch. Siehst du, wie blau es da drüben geworden ist, über den braunen Häusern da. Wie früh! Im Sommer wäre das spät, und Albert würde bald –« Sie hielt inne. Die Finger auf seinen Schultern zuckten. »Ach! Ich habe mir einen Stein aufs Herz geladen!« Mit einer schlaffen und plötzlich ziellosen Hand strich sie ihm über Ohren und Genick. »Man kann sich vor seiner Furcht nicht lange verbergen.« Sie stöhnte leise und begann, auf die Fensterscheibe zu trommeln, so wie sie auch gestern und vorgestern auf den Tisch getrommelt hatte. »Webst du mir denn noch einen Traum, wenn ich später hochkomme? Nein?« Sie tätschelte ihm den Kopf und ging langsam aus der Wohnstube.

Mißmutig lehnte er sich weiter hinaus, um auf die Straße hinunterzublicken.

Zur Rechten waren Kinder bei den Läden am Ende des Blocks, Mädchen, die Seil sprangen. Annie drehte sich um. Er konnte den Stützapparat sehen. Wenn er die Augen zusammenkniff, dann glaubte er, Yussie neben dem Jungen auf dem Dreirad erkennen zu können, war sich aber nicht ganz sicher, ob es tatsächlich Yussie war. Dann hätte er nämlich hinuntergehen und nahe beim Haus bleiben können, ohne belästigt zu werden. Das wäre besser gewesen, als bloß halb auf der Straße und halb drin zu sein. Er fragte sich, warum es wohl so war, daß man halb auf der Straße und halb drin sein konnte und sich doch nie die Straße und das Innere des Hauses gleichzeitig vorstellen konnte. Er konnte sich die Straße vorstellen und die gelbe Wand seines Hauses, aber nicht das Innere. Einmal hatte er gesehen, wie Männer die Wand eines alten Holzhauses niederrissen. Da konnte man von der Straße aus das Innere sehen – die Tapete und den Armleuchter, die schwarze Schicht zwischen den Stockwerken, Fenster, offene Türen. Es war seltsam. Alles sah geschrumpft aus. Alles sah ängstlich aus.

Von der Straße ertönte ein Schrei. Der Junge auf dem Dreirad hatte angefangen, in die Pedale zu treten, gefolgt von dem anderen, der abwechselnd anschob und auf der Achse zwischen den Hinterrädern stand. Es war tatsächlich Yussie. Sie schwenkten herum, polterten vom Bordstein in die Gosse, fuhren krängend im Kreis, rasten wie beschwipst im Zickzack hin und her und holperten wieder den Bordstein hoch. Mit einem Gefühl der Eifersucht spitzte er die Ohren, um zu erhaschen, was Yussie zwischen kreischendem Gelächter schrie. Er würde Yussie nicht mitfahren lassen, wenn er ein Rad hätte. Niemals. Er würde nicht einmal in dieser Straße bleiben. Nein, er würde weit wegfahren. Wohin, wie weit? Er würde sich wieder verirren. Bei dem Gedanken erschauerte er. Nein, diesmal nicht. Seine Mutter würde ihm die Adresse aufschreiben, und die würde er immer dabeihaben, in der Tasche. Die würden ihn nicht mehr hereinlegen. Er würde wegfahren. Vielleicht war hinter den Telegraphenmasten, wenn man ihnen immer weiter folgte, ein Ort wie auf einem Bild im Süßwarenladen. Die Frau, die da auf einer großen Zigarettenschachtel stand und ein Tuch unterhalb der Augen und eine komische weite Hose ohne Kleid trug und ein rundes Schwert in der Hand hielt. Wie da, wo die Häuser waren, in denen sie wohnte, die oben alle scharfe Spitzen hatten. Einmal hatte er einen Mann mit einem ähnlichen Hut gesehen, mit einer scharfen Spitze. Er hatte einen Schnurrbart und war in der jüdischen Zeitung, die seine Mutter kaufte. Das »Tageblatt«! Als er in jener Nacht losging und – Nein! Das Geld verlor – Nein! Nein! Und – und! Nein! ... Häuser, sagte er. Spitzen. Spitzen hatten sie oben drauf, ja, nicht Ecken wie die auf der anderen Straßenseite. Gelbe und alte Holzecken. Braune und grüne Ecken. Und das graue Haus mit dem kleinen Fenster darin, das aussah, als würde aus dem Dach ein Stern werden – der runterging und dann doch nicht so runter. Warum?

Er wußte keine Antwort und sah dann wieder den beiden auf dem Dreirad nach. Yussie war abgestiegen, und der Besitzer hatte die Beine von den wirbelnden Pedalen gehoben und ließ sich von dem anderen schieben, so schnell der konnte. Die Schirme ihrer Mützen waren nach hinten gedreht. Atemlos tutend kamen sie schnell über die löchrige Gosse auf Davids Haus zugesaust. Sie machten ein Rennen. Das sah er an ihren Mützen. Und als sie näher kamen, ließ das schrille, antreibende »Wir siegn! Wir siegn! Schnell!« ihm das Blut in den Adern kribbeln. Sie waren jetzt beinahe vor seinem Haus. Gleich würden sie unter seinem Fenster vorbeirasen – als Yussie plötzlich mit einem scharfen Scharren schleifender Schuhe die wirbelnden Räder zum Stillstand brachte und dem anderen über die Schulter starrte. Verwundert drehte David den Kopf nach links, um seinem Blick zu folgen.

Nur wenige Meter entfernt näherte sich ein großer, schlanker Fremder. Er ging leicht gebeugt und trug, eng an den dunklen Mantel gedrückt, ein weißes Paket, hoch, als wollte er es den beiden Jungen vor ihm anbieten. David starrte kurz hin, und plötzlich sah er im Zeitraum eines Schritts weder Fremden noch Paket, sondern seinen eigenen Vater, und die rechte Hand vor dem Mantel hing in einer Schlinge und war mit einem Verband umwickelt. Er brüllte.

»Papa! Papa!«

Der langsame Kopf hob sich, grimmige Kinnbacken, Hakennase und unbeweglich stierende Augäpfel. Die beiden Jungen auf und neben dem Rad wichen vor ihm beiseite. David stürzte vom Fenster weg und floh schreiend in die Küche. Seine Mutter war schon voller Angst auf den Stufen –

»David! Was ist!«

»Papa kommt! Seine Hand! Seine Hand! Die ist ganz in –« Er fuhr mit der einen Hand um die andere. »Ganz in Weiß! Er kommt!«

»Großer Gott! Verletzt! Ist er verletzt?« Sie schüttelte ihn. Die aufgerissenen braunen Augen schienen die Blässe ihrer Haut zu beleben, die ins Haar gekrallten Hände dessen bronzene Farbe zu vertiefen. »Albert!« Sie rannte zur Tür. »Albert!« Ihre Stimme im Treppenhaus war rauh. »Albert! Albert!«

David, der sich an die Stufen zur Wohnstube kauerte, erreichten die barschen, gepreßten Worte seines Vaters durch die offene Tür.

»Still! Still, sag ich! Schluß mit dem Gejammer! Geh rein!«

»Blut! Blut!«

Stöhnend die Finger in die Wangen gekrallt, kam seine Mutter herein – rückwärts, von seinem Vater auf Armeslänge gehalten. Dessen Gesicht war grau, so grau, daß die bläulichen Stoppeln auf seinen harten, hervorstehenden Kinnbacken als einzelne Pünktchen abstanden. Auf dem dicken weißen Verband um seine Hand drohte an der Stelle, wo der Daumen war, ein roter Fleck.

»Ja! Blut!« stieß er hervor, die Tür zuschlagend. »Hast du noch nie welches gesehen? Erst blökt dieser Idiot da vom Fenster aus zu mir runter! Und jetzt du! Jammer! Jammer! Hol doch gleich deine Nachbarinnen zum Gackern her!«

»Oh, Albert, Albert!« Sie wankte vor und zurück. »Was ist denn? Was ist denn passiert?« Tränen flochten sich auf ihren Wangenknochen.

»Du warst schon immer närrisch!« grollte er. »Siehst doch, daß ich noch lebe! Wirst du endlich aufhören!«

»Sag doch! Sag doch!« Ihre Stimme wurde vor Angst dünn. »Sag doch –! Was hast du denn – getan? Ich – ach Gott! bevor ich –«

»Getan? Ich?«

»Was! Sag doch!« Sie atmete schwer. »Schnell!«

»Da hast du gar nicht so unrecht!« knurrte er. »Fast hast du's erraten! Ja! Ich hätt's getan, doch die verfluchte Presse hat mich vorher gepackt! Arnh! Die Presse war seine Rettung! Er weiß es nur nicht! Ich hätte – Was!«

Mit einem leisen Aufstöhnen sank ihr Kopf herab. Sie taumelte zu einem Stuhl, ließ sich darauf fallen, die schlaffen

Arme herabhängend. Beim Anblick ihrer schrecklichen Blässe brach David in Tränen aus.

»Pah!« schnob sein Vater ärgerlich. »In Gottes Namen, ich dachte, du seist klüger.« Er ging zum Ausguß, füllte ein Glas mit Wasser, zwängte es ihr zwischen die Lippen. Das Wasser rann ihr übers Kinn hinab, spritzte auf ihr Kleid. »Und ohnmächtig wirst dann du!« knurrte er bitter.

»Ist schon wieder gut«, sagte sie schwach und hob den Kopf. »Ist schon gut, Albert. Aber – aber du hast ihn nicht geschlagen!«

»Nein!« Wütend. »Hab' ich dir doch gesagt! Er ist mir entwischt. Machst dir wohl mehr Sorgen um ihn als um mich! Ja?«

»Nein! Nein!«

»Was fällst du denn dann in Ohnmacht? Ist doch bloß der Daumen. Der Tiegel der Presse! Ich war nicht schnell genug! Ist eingeklemmt worden, weiter nichts. So hast du dich doch nicht angestellt, als ich mir damals den Fingernagel gequetscht habe, oder?«

Sie fuhr zusammen, sog die Luft ein.

»Er ist ja noch dran – mein Daumen –, wenn dich das beunruhigt. Wenn du mir nicht so die Ohren vollgeschrien hättest, dann hätte ich's dir auch früher sagen können! Und nun hilf mir aus dem Mantel – oder bist du noch zu schwach?«

Unsicher erhob sie sich, faßte den Mantel am Kragen.

»Verflucht soll er sein!« murmelte er, während er sich langsam aus dem Mantel wand. »Dieser hinterhältige Hund! Möge Gottes Flamme ihn zur Kerze machen! Du hast nicht mehr Vorrechte als jeder andere auch! Das hat er zu mir gesagt, bevor dieses – aah!« Er ächzte mit zusammengebissenen Zähnen, als der Ärmel über seine verletzte Hand rutschte. »Ich hätte die Jacke – nicht – drüber lassen sollen.«

»Ist es so schlimm, Albert!« Sie streckte die Hand aus. »Ich wollte dir nicht –«

»Hör bloß mit deinem Getue auf, ja! Ich brauche keine Hilfe!«

Er starrte auf den Verband, der Davids tränenverschwommenen Augen nun, da der Mantel weg war, zur doppelten Größe angeschwollen schien.

»Die Finger hätte er nicht auch noch zuzubinden brauchen, der Idiot!« Er ließ sich auf einen Stuhl fallen, bedeckte die Augen mit seiner knochigen Hand. Sie war voller Druckerschwärze, ungewaschen. »Ärzte! Die nehmen lieber die ganze Binde, als sie abzuschneiden. Und warum auch nicht? Die müssen sie ja nicht mit sich herumtragen.« Sein Kopf sank nach hinten.

»Kann ich dir denn etwas bringen? Einen Kaffee? Es ist auch noch Wein da.«

»Nein.« Matt. »Ich werde auch ohne Wein bald müde. Ich werde gut schlafen.« Er hakte den Absatz seines glanzlosen schwarzen Schuhs auf die untere Strebe des Stuhls, stöhnte, als er sich bückte.

»Laß mich doch!« Sie stürzte vor.

Er winkte ab. »Eine Hand genügt!« Und löste die Knöpfe. »Der Schicksalsengel schlägt immer auf der Seite zu, die man nicht bewacht. Ich dachte, bevor dieser Hund mich los ist, verpasse ich ihm noch einen ordentlichen Denkzettel. Und das hätte ich auch getan!« Seine Zähne knirschten. »In mir war genügend Gift, um ein Dutzend Luters zu erledigen. Aber dann haben sie mich wie ein Schaf hinausgeführt.« Er schleuderte seinen Schuh weg, sah trübsinnig zu, wie er auf die Seite fiel. »Aber man kann nicht viel denken, während man die Presse bedient. Man kann nicht allzusehr an den denken, den man haßt. Dies ist das Vorrecht des Werkmeisters. Der hat die Hände frei!« Er schüttelte den anderen Schuh vom Fuß. »Aah! Aber bleich war er, als sie mich ins Büro des Chefs geführt haben. Er muß gesehen haben, was in meinem Blick lag. Er muß gewußt haben, wer schuld daran war. Und ich hatte noch eine heile Hand. Vielleicht konnte er auch nicht das Blut sehen. Das haben sie nun auf ihrem Teppich.«

Sie hatte ihn starr beobachtet. Und als er aufhörte zu sprechen, durchlief sie ein Zittern. »Hat – hat der Arzt etwas gesagt? Wird die Hand schnell heilen?«

Er zuckte die Schultern. »Sonst hat sie ja nichts zu tun. Ich kann sie jetzt wochenlang nicht benutzen – das hat er jedenfalls gesagt. Ist ganz schön zermatscht.«

Sie stöhnte auf.

»Die haben davon gesprochen, daß sie mir für die Zeit, die ich nicht da bin, was zahlen wollen. Haben mir das von sich aus angeboten. Ich weiß nicht, warum. Werden mir wohl viel geben. Morgen gehe ich wieder hin und auch zum Ar– morgen!« Er hielt laut die Luft an. »Morgen ist Donnerstag!«

Seine Lippen wölbten sich vor Haß, seine Augen brannten wild. David und seine Mutter starrten ihn von Entsetzen gebannt an.

»Verflucht sei er mitsamt seinen Geschenken!« knurrte er plötzlich. »Soll er mit ihnen schmoren! Gott zerstampfe ihn!«

Sein rechter Ellbogen senkte sich, doch die Schlinge hielt die Hand zurück. Mit verzerrten Lippen griff er mit der linken Hand hinter sich, stöberte in der rechten Gesäßtasche und zog seinen schwarzen Ledergeldbeutel heraus.

»Verflucht soll er sein!«

Er holte einen kleinen weißen Zettel heraus, das Theaterbillett, zerknüllte es zwischen mahlenden Fingern zu einem knisternden Kügelchen und warf es auf den Tisch.

»Nichts gelingt mir! Alles ist zum Scheitern verurteilt! Aber wie kam er dazu, mir das zu geben? Und was hat ihn dann verändert? Wenn ich das nur wüßte! Wenn ich das nur wüßte!« Seine linke Hand trommelte auf dem Tisch.

Lähmendes Schweigen herrschte, während sie beide auf das Papierkügelchen auf dem Tisch starrten. Dann zog sein Vater die verbundene Hand aus der Schlinge und begann, sie vor und zurück zu bewegen, um den verkrampften, knackenden Ellbogen zu beugen. Auf seinem Gesicht lag ein Ausdruck grimmiger Unnahbarkeit, als wäre es nicht seine Hand, mit der er da experimentierte, sondern die eines anderen. Seiner Mutter standen Entsetzen und Mitleid ins Gesicht geschrieben. David blickte vom einen zur anderen, bis seine Augen schließlich, wie die seiner Mutter, auf der Hand ruhten, die sich gerade sanft auf dem Tisch niedergelassen hatte, wie eine schimmernde Halbinsel auf dem grünen Wachstuch. Die Minuten zogen vorüber in düsterer, bedrückender Leere, in der kein Wort gesagt wurde. David blickte auf. Das Gesicht seiner Mutter war unverändert, als wäre der gequälte Blick in Stein gemeißelt. Das Gesicht seines Vaters dagegen hatte sich gerötet, entspannt; der tiefe Atem zischte leise durch seine Nasenlöcher. Die Augenlider blieben immer länger geschlossen, öffneten sich nicht in einer, sondern in zwei Phasen. Er sprach. Schwache Häkchen wehrten Schläfrigkeit und Erschöpfung ab, klickten und verfingen sich in seiner Stimme, machten sie rauh. Und wie zu sich selbst –

»Dahin gehe ich nie mehr arbeiten. Ich will überhaupt nicht mehr Drucker sein. Damit bin ich fertig. Egal, was für eine Arbeit ich danach mache, es wird im Freien sein – allein, wenn's geht. Aber immer im Freien ... Ich lasse mich nicht mehr von Druckerschwärze und Eisen einsperren. Ich will keinen Werkmeister mehr zum Freund. Ich will überhaupt niemanden. Ich – ich habe kein Glück mit Menschen.«

Er seufzte hart, stand auf, und sein Gähnen klang wie ein Stöhnen. Die verbundene Hand reckte sich zur Decke, und als er sie wieder in die Schlinge steckte, ein Auge vor Schmerz geschlossen –

»Als wäre sie hohl.« Er wandte sich zur Wohnstube, warf David einen kurzen Blick zu und ging hoch.

»Ich hole dir eine Decke«, rief sie hinter ihm her.

Er gab keine Antwort, und beide stiegen sie die Stufen zur Wohnstube hinauf.

In betäubtem Schweigen am Fenster sitzend, starrte David ihnen nach, sah, wie sie verschwanden, horchte. Das Bett knarrte. Gleich darauf hörte er die schnellen Schritte seiner Mutter und dann, wie etwas gleitend von der Couch gezogen wurde – die Decke. Und dann wurde das Schlafzimmer geschlossen, und er hörte nur noch das Ticken der Uhr. Das eigentümliche Angstgefühl, das ihn durchzuckt hatte, als die Augen seines Vaters auf ihm geruht hatten, hielt noch an. Er hatte ihn schon zuvor gesehen – jenen Blick, jenes Flackern verhüllten Argwohns, das David mit mehr Angst erfüllte als der Zorn –, hatte ihn fast immer an den Tagen gesehen, wenn sein Vater eine Arbeit aufgegeben hatte. Warum? Was hatte er denn getan? Er wußte es nicht. Er wollte es auch gar nicht wissen. Es machte ihm zu sehr angst. Alles, was er wußte, machte ihm angst. Warum mußte er auch dasein, als sein

Vater nach Hause kam? Warum hatte seine Mutter ihn oben behalten? Warum mußte er es wissen? Man mußte alles wissen, und plötzlich wurde aus dem, was man wußte, etwas anderes. Man vergaß, warum, und dennoch war es etwas anderes. Jagte einem Furcht ein –

Vom Treppenhaus her kam ein Geräusch – die Tür unten. Eilige Füße stapften die Treppe hoch, erklommen sie; doch als sie an seiner Etage vorbei waren, hielten sie an, kamen wieder zurück, näherten sich zögernd seiner Tür. Er glitt vom Stuhl, horchte, öffnete die Tür einen Spaltbreit. Es war Yussie. Seine Mütze, noch immer nach hinten gedreht, verlieh seinem geröteten Gesicht einen noch plumperen Ausdruck.

»He, Davy!« flüsterte er zögernd und spähte durch die teilweise geöffnete Tür.

»Was willsn?« Irgendwie war er Yussie jetzt weniger gram, war sogar erleichtert, ihn zu sehen. Plötzlich fiel ihm auf, daß es weniger Yussie, sondern vielmehr seine Schwester war, die er so gar nicht leiden konnte. Dennoch wollte er nicht freundlich erscheinen. »Was willsn hier?« erkundigte er sich mürrisch.

»Bis noch sauer auf mich, Davy?« Er blickte ihn mit unschuldiger Ergebenheit an.

»Ich weiß nich«, brummelte er unentschlossen. »Ja.«

»Dann nehm ich die Heulsuse zurück«, bot er besänftigend an. »Ich sags nie wieder zu dir, solang ich leb! S war alles bloß wegen Ennie – wegen der hab ichs gesag.«

»Mags du se nich?« Mißtrauisch.

»Nein! Ich bin bös auf die! Dies ne dumme Kuh!«

»Dann komm rein.«

Yussie schlüpfte eilfertig herein, sah sich um. »Ah!« Sein Mund verzog sich enttäuscht. »Ers nich da! Isser schon widder weg?«

»Wills etwa mein Vadder sehn?« Plötzlich durchschaute er Yussies Lust. »Deshalb bis also gekomm? Sei ganz leis! Er schläf!«

»Oh!« Und dann neugierig: »Was der fürn großen Verbann dran hatt. Ich habn gesehn. Warum hat ern den dran?«

»Hat sich anner Druckerpress verletz. Deshalb. Am Finger. Dann ham sem den dran getan.«

»Ja? Ich hab gedach, vielleich – ich kenn ein, wo er sich am Vittn Juli de Han verletz hat – mitm Knallfrosch. Der hatn im Haus gehab und dann angezünd. Dann hat ern ausm Fenster rausschmeißn wolln. Abers Fenster war zu. Dann hatter nich gewuß, wo ern hinschmeißn soll. Und dann peng –!«

»Pss!«

Sie drehten sich um. Sie war so leise auf Zehenspitzen aus dem Schlafzimmer seines Vaters gekommen, daß beide sie nicht gehört hatten. Während sie sie stumm ansahen, schloß sie die Wohnstubentür und kam unsicheren Schrittes langsam die Stufen herab.

»Sei mir nicht böse, Yussie.« In ihrem leeren unbewegten Gesicht kräuselte ein knappes mechanisches Lächeln ihre Lippen. »Komm. Sprich nur weiter, wenn du magst.«

»Ja.« Ungeduldig faßte Yussie seine Erzählung zusammen, ohne sich die Mühe zu machen, seine Sprache zu ändern. »Ich hab ihm grad von nem Knallfrosch erzähl, won Junge gehaltn hat un wo dann losgegang is. Wie er dann losgegang is, hatter ihm de Hand verletz, und dann ham sem de Hand verbunn wie Mister Schoil.«

Der Name schien sie vorübergehend aufzurütteln. Müde schüttelte sie den Kopf.

»Un dann hat sein Ohr so Kling! Kling! Kling! gemach. Einfach so! Kling! Kling! Kling! Weil der Knallfrosch an dem sein Ohrn losgegang is. Dann hatter gesag, ich soll an sein Ohrn hörn, aber ich hab nix hörn könn. Aber der hat gesag, da is was! Also hab ich –« Er hielt inne, sah sie verdutzt an und sagte dann beklommen zu David: »Will se nich, daß ich auf Engklisch mit ihr red?«

»Ich weiß nich«, antwortete der mißmutig. Der starre, nichts wahrnehmende Blick seiner Mutter, ihre bebenden Lippen, bebend, als spräche sie innerlich, war schon Qual genug für ihn, auch ohne die zusätzliche Erniedrigung, daß Yussie alles mitbekam. »Gehs?« drängte er.

»Ja, nach obn! Komms mit?«

»Nein!« Unbeugsam.

»Aber ich hol bloß mein neun Pfeil und Bogn«, beharrte er. »Dann komm ich widder runner. Mein Mudder hat ihr

Kosett weggeschmissn, und da sin große lange weiße Eisenstang drin. Also bin ich hergang und hab se rausgezogn. Und die bind ich alle zusamm. Un das wird vielleich stark! Richtich stark! Warts auf mich, bis ich widder runner komm? Ich ruf dich.«

Er zögerte, sah zu seiner Mutter hoch. Ihre Brust hob sich langsam, schwer, ein leises stöhnendes Krächzen entrang sich ihrer Kehle. Ihre Augen, starr, rund und flüssig, schwammen im Glanz unvergossener Tränen. Einen erschütternden Augenblick lang brandete ein ganzer Schwall von Regungen, vielfältig, heftig, aufwühlend, gegen das Innerste seines Seins. Er wollte davonschrumpfen, rennen, sich verstecken, irgendwo, unterm Tisch, in einer Ecke, in seinem Zimmer, in Tränen ausbrechen, sie anschreien. So viele Regungen, daß sie ihn lähmten. Zitternd stand er da, starrte seine Mutter an, wartete darauf, daß sie weinte. Dann fiel es ihm plötzlich wieder ein! Yussie blickte sie ja an! Der würde es dann wissen! Der würde es sehen! Das durfte er nicht! Er wirbelte zu ihm herum. »Du gehs jetz hoch, Yussie! Los! Mach schon! Ich wart auf dich bei mir hier. Dann komms runner, un dann geh ich! Mach schon!«

»Soll ich dich dann rufn?« Yussie warf verwirrt einen Blick über die Schulter auf Davids Mutter.

»Ja! Ja! Nun geh!« Die Scham, daß der andere es wußte, war quälend. »Los!« Er öffnete die Tür.

Seine Mutter schniefte heftig. »Schickst du ihn denn weg, Kind?« Durch das tränenvolle Näseln klang ihre Stimme belegt. »Das darfst du nicht!«

»Nein! Nein!« Verzweifelt schaltete David auf jiddisch um. »Der geht schon von allein! Ich dränge ihn nicht!«

»Ja! Ich geh' schon!« half Yussie ihm hastig. »Ich ruf' dich!« Er ging hinaus.

»Warum habt ihr euch denn so plötzlich getrennt?« Sie schniefte erneut, preßte die Lider zu, fuhr mit Daumen und Zeigefinger über die dunklen Ränder und betrachtete ihre feuchten Fingerspitzen.

David ließ den Kopf hängen, wagte nicht, sie anzusehen, weil er Angst hatte, daß sie weinte. »Er kommt dann runter und ruft mich. Und dann gehen wir beide auf die Straße runter.«

»Ach, seid ihr wieder Freunde?« Sie erhob matte, tränennasse Augen zum Fenster. »Es wird schon dunkel. Du bleibst aber nicht zu lange, ja? Und gehst auch nicht zu weit weg.«

»Nein.« Der Kloß in der Kehle machte es ihm schwer zu sprechen. »Ich hole meinen Mantel.«

Schnell verzog er sich in sein Zimmer. In der kurzen Einsamkeit, als er nach seinem Mantel suchte, begann er am ganzen Leib zu zittern. Doch er spannte den Körper an, preßte die Lippen zusammen, um sie ruhig zu halten. Der Anfall ging vorüber. Er raffte Mütze und Mantel vom Bett und ging wieder hinaus.

»Ich muß das Gas anzünden«, sagte sie, ohne sich zu bewegen. »Willst du dich nicht neben mich setzen?«

»Nein! Ich – ich muß meinen Mantel anziehen.« Er mühte sich hinein. Er durfte, durfte sich ihr nicht nähern.

Sie zuckte die Achseln, nicht über ihn, sondern über sich selbst. „So ist der Lauf der Jahre, mein Sohn. Jedes neue zeigt dir beide Hände, so –« Sie hielt die geschlossenen Hände vor sich hin. »Hier, wähle!« Und öffnete sie. »Und beide sind sie leer. Wir tun, was wir können. Das Bittere aber ist, daß man sich abmüht – und niemanden rettet, nur sich selbst.« Sie stand auf, ging zum Herd, hob die Platte und spähte hinab in die Glut, die ihre breite Stirn, die flachen Wangen färbte. »Aber essen müssen wir schon.«

»Ich gehe jetzt, Mama.« Er hatte oben die Tür schlagen hören.

»Du kommst aber nicht zu spät zum Abendessen, mein Liebster?« Sie legte, halb zu ihm gewandt, die verfinsternde Platte wieder zurück: »Ja?«

»Nein, Mama.« Er ging hinaus. Sein ganzes Sein wirkte zerschmettert, erschöpft, geschlagen.

Yussie kam von oben aus dem Dunkeln herabgehüpft und rasselte, als er ihn sah, mit den matten, dünnen Korsettstangen.

»He, siehs, was fürn Pfeil un Bogn ich hab? Inner Tasch hab ich auch Schnur, damit bind ichs zusamm.« Auf dem

Absatz angekommen, nahm er David am Arm. »Los! Gleich zeig ich dir, wie ichs da un da in der Mitte zusammenbind. Dann bind ichs da dran.«

Sie gingen die Treppe hinunter und näherten sich nun der Kellertür, bei deren Anblick David weniger eine Welle der Furcht, als vielmehr des Ärgers durchlief – als trotzte er ihr, als hätte er in sich die Tür zugeschlagen und abgesperrt.

»Und vielleicht gehn wir zum Frisörladn, weil beim Frisörladn is jetz Licht. Der mach immer als erster Licht. Dann könn wir sehn, wie wirs machen. Komms?«

»Ja.«

Sie traten hinaus in das frostige Blau der frühen Abenddämmerung, wandten sich den Läden zu, von denen einige erleuchtet waren; vor der Schneiderei und dem Friseur standen einige Kinder. Sie stapften zu ihnen hin, wobei Yussie das Korsettstangenbündel bog.

»Has dein Mudder schon wegn den Nickl für die Xmasfeier inner Schul gefrag?«

»Nein. Hab ich vergessn.«

»Mein Lehrer sag Xmas dazu, aber die Kinner sagn Weihnachn. Is sowieso n gojisches Fest. Eima hab ich in Brooklyn n Strumpf aufgehäng. Aber mein Vadder hat Eierschaln mit Klopapier unn Stück vonner altn Kerz reingetan. Dann isser gegang, wie er mich gesehn hat. S gibt kein Niklaus, has das gewußt?«

»Ja.«

»We siehtn ne Druckmaschin aus, wie eine dein Vadder verletz hat?«

»Is wie ne große Maschin.«

»Hat die Peng gemacht?«

»Nein. Die macht Sachen wie den Kalender, den ich aufheb.«

»Ach ...«

Sie näherten sich der Gruppe. Annie war noch dabei. David war das jetzt gleich.

»He!« Yussie packte ihn heftig am Arm. »Da s Jujjy, der wo hingefalln is, wie du ihn geschubs has. Soll ichs zwischen euch widder gut machn?«

»Ja.«

»Dann erzähl ihm vonner Pollezeiwach. Dann freut er sich! Erzähls mirs auch, ja?«

»Ja.«

»He, Jujjy!« rief Yussie ihm zu. »Da is David. Er will sich wieder mit dir vertragn. Der erzähl dir vonner Pollezeiwach! Stimmts, Davy?«

»Ja.«

Zweites Buch

Das Bild

1

Im Februar fand Davids Vater die Arbeit, die er wollte – er würde Milchmann werden. Und damit er näher bei den Ställen sein konnte, zogen sie wenige Tage später in die 9th Street, Höhe Avenue D, an der unteren East Side. Für David war das eine neue und tosende Welt, so verschieden von Brownsville wie Stille von Tumult. Hier in der 9th Street wurde man nicht von der Sonne überflutet, wenn man vor die Tür trat, sondern von Geräuschen – von einer Geräuschlawine. Es gab zahllose Kinder, es gab zahllose Kinderwagen, es gab zahllose Mütter. Und zu deren Gebrüll, Geschimpfe und Gezänk gesellte sich eine scheinbar endlose Reihe von Straßenhändlern mit ihren gellenden Rufen. In der Avenue D klapperten und rumpelten Pferdefuhrwerke. In der Avenue D drängten sich Bierkarren, Müllfahrzeuge und Kohlenwagen. Es gab viele Automobile, manche plump und ausladend, manche mit einem hohen Strohheck, und alle tröteten. Hinter der Avenue D, am Ende eines heruntergekommenen, verfallenen Blocks, der mit Schuppen und Schmieden und Seltersfüllanlagen begann und in einem Schrotthaufen endete, war der East River, auf dem viele Schiffssirenen ertönten. Die 100th Street entlang rumpelte die 8th Street-Crosstown-Tram zur Weiche hin.

Auch sein Zuhause war anders. Sie wohnten jetzt im vierten Stock, dem obersten Stock des Hauses. Eine Kellertür gab es nicht, wenngleich eine Tür in den Hof hinausführte. Die Stufen waren aus Stein, und man konnte sich selber beim Hochsteigen hören. Die Toiletten waren im Treppenhaus. Manchmal raschelten die Leute darin mit der Zeitung, manchmal summten, manchmal stöhnten sie. Das war erheiternd.

Er gewann sein Stockwerk sehr lieb. Über dem Treppenhaus zum Dach hin war ein Oberlicht aus Milchglas, das morgens einen trübgelben Schimmer verbreitete und nachmittags einen sanften grauen Dunst. Wenn man vom Tumult der

Straße hochgestiegen war, die unteren, dunkleren Stufen erklommen hatte, ein wenig angespannt, auf die Toiletten horchend, und in dieses Licht eintrat, dann war es, als käme man in eine Freistätte. Dort herrschte eine milde, entspannende Stille, ein lichtes Schweigen, immer gleich und bewahrend. Er hätte es gern erkundet oder wenigstens nachgesehen, ob die Dachtür verschlossen war, doch der Gedanke an die Höhe, die geheimnisvolle Leere und Abgeschiedenheit dort brachte ihn davon ab. Zudem war da noch etwas anderes. Die Stufen, die hinaufführten, waren nicht wie die Stufen, die hinabführten, obwohl sie auch aus Stein waren. Normale Stufen waren zur Kante hin abgeschrägt, von den Tritten vieler Füße zu einer schmerzvollen Senke ausgehöhlt, vom eingedrungenen Schmutz der Straßen geschwärzt und nicht mehr zu reinigen. Jene Stufen dagegen, die zum Dach hinaufführten, hatten in ihrem Grau noch etwas Perlmuttenes. Jede Platte war noch kantig und sauber. Dort hatten keine gleitenden Handflächen die runzlige Farbe des Geländers poliert. Dort hatten keine Hände es stoßzahnglatt und grün wie einen Axtstiel geölt. Unverletzbar war sie, diese Treppe, wie sie über das Licht und die Stille wachte.

Die Wohnung, in der sie lebten, hatte vier Zimmer. Es gab acht Fenster. Einige blickten zur 9th Street hinab, einige zur Avenue D und eines in die schwindelerregende Tiefe eines Luftschachts. Eine Badewanne gab es nicht. Die Trennwand zwischen den beiden nebeneinanderstehenden Waschzubern war herausgerissen worden, und darin badeten sie. Der Boden fühlte sich an wie Sandpapier. Man mußte darauf achten, nicht zu viel Wasser einzulassen, sonst schwamm man darin.

Der Alltag zu Hause hatte sich verändert. Sein Vater ging nicht mehr frühmorgens zur Arbeit, um dann nachts wiederzukommen. Vielmehr ging er nun nachts, in den unglaublichen Tiefen der Nacht, und kehrte frühmorgens zurück. Während der ersten Nächte war auch er wach geworden, wenn sein Vater aufstand, und dann hatte er mucksmäuschenstill dagelegen, hatte den langsamen, schweren Schritten in der Küche gelauscht, denen bald die abwechselnden

Geräusche eines bloßen Fußes und eines beschuhten folgten, und dann laufendes Wasser und Stühlerücken; so hatte er dagelegen und gelauscht, bis sein Vater gegangen war, und war ihm dann mit schlaftrunkenem Sinnen die Steintreppe hinabgefolgt, hatte sich in seiner warmen Geborgenheit die allmählich zunehmende Kälte vorgestellt, den Nachtwind auf der Schwelle, die Stille, und war wieder durch düstere Trostlosigkeit in den Schlaf gesunken.

Brownsville schwand aus seinen Gedanken, wurde bald zu einem unruhigen Nebelland, fremd und fern. Er war froh, daß sie fortgezogen waren ...

2

Anfang April hörte David dann immer mehr Gerüchte von einer Tante, Bertha, einer jüngeren Schwester seiner Mutter, die ebenfalls in dieses Land kommen werde. Als seine Mutter anfangs gemeint hatte, Bertha solle doch eine Weile bei ihnen wohnen dürfen, hatte sein Vater nichts davon hören wollen. Hatte er sich aber nicht selbst seiner Frau zu Füßen geworfen und darum gebettelt, daß Luter bei ihnen wohnen dürfe? Soll nun das Feuer Luter verzehren, aber war es nicht so gewesen? Damals hatte sie dies abgelehnt; nun würde er es ihr zurückzahlen. Bertha würde das Haus verschlossen sein.

Doch Davids Mutter blieb hartnäckig. »Wo soll denn das arme Ding allein in einem fremden Land hin?«

»Armes Ding!« hatte sein Vater gehöhnt. Was ihn betraf, so konnte sie sich ihr Zuhause unter der Erde suchen. Er wollte nichts mit ihr zu tun haben. Sie denke wohl, er habe sie vergessen, dieses rohe, ungestalte Frauenzimmer mit den roten Haaren und den grünen Zähnen. Und der Himmel bewahre ihn – ihr Mundwerk!

Doch damals war sie nur ein Mädchen gewesen, vorlaut und flatterhaft. Sie würde sich jetzt verändert haben.

»Zum Schlimmeren!« hatte er geantwortet. »Aber ich weiß, wofür du sie hierhaben willst. Du willst sie hierhaben, damit du den ganzen Tag damit verbringen kannst, ein endloses Er-sagte-und-ich-sagte daherzuschwatzen.«

Nein, das gäbe es nur ganz wenig. Bertha sei geschickt mit der Nadel. Sie hätte bald eine Arbeit und wäre dann überhaupt nicht zu Hause. Und sei nicht er selbst allein und als Fremder in dieses Land gekommen? Habe er denn kein Mitleid mit einem anderen in derselben Not? Und dazu noch eine Frau! Könne er denn so unmenschlich sein zu erwarten, daß sie jemanden von ihrem eigen Blut in dieser Wildnis abwiese?

Endlich war er überredet und knurrte schließlich seine Zustimmung. »Reden hilft mir nichts«, sagte er verbittert. »Aber gib mir nicht die Schuld, wenn etwas schiefgeht. Denk dran!«

Irgendwann im Mai traf Tante Bertha dann ein, und das erste, was David dachte, als er sie sah, war, daß die sarkastische Beschreibung seines Vaters nicht übertrieben gewesen war. Tante Bertha war erschreckend häßlich. Sie hatte einen Wust rebellischen struppigen roten Haares, das dunkler als eine Karotte und heller als eine Violine war. Und die Farbe ihrer Zähne, wenn man sich denn festlegen mußte, war tatsächlich grün. Sie nahm Salz, wie sie sagte – wenn sie daran dachte. Als erstes kaufte seine Mutter ihr eine Zahnbürste.

Sie hatte keine Figur und war ohne Eitelkeit, wenn es um ihre Erscheinung ging. »Ach ja«, sagte sie. »Ich sehe aus wie ein Butterfäßchen auf einem anderen.«

Eine einzige Falte trennte fetten Unterarm von pummeliger Hand. Ihre Beine landeten ohne die Gunst von Fesseln in ihren Schuhen. Gleich, was sie trug, gleich, wie neu oder sauber es war, immer schaffte sie es, ungepflegt auszusehen. »Perlen und goldenes Tuch würden auf mir stinken«, gestand sie.

Ihre rötliche Haut wirkte immer, als würde sie sich gleich von einem Sonnenbrand schälen. Sie schwitzte mehr als jede Frau, die David gesehen hatte. Verglichen mit seiner Mutter, deren blasse Haut stets ein schimmerndes Aussehen hatte, das offenbar keine Hitze zu röten vermochte, glich das rote Gesicht seiner Tante einem dampfenden Kessel. Als es wärmer wurde, begann sie, nur die größten Männertaschentücher zu benutzen, und zu Hause band sie sich stets eine Serviette um den kurzen Hals. »Der Schweiß kitzelt mich in der Beuge«, erklärte sie.

Bei den seltenen Malen, wenn seine Mutter sich ein Kleid kaufte, blieb sie manchmal viel lieber stehen, als sich zu setzen und es zu zerknittern. Seine Tante hingegen ließ das ihre so schnell wie einen schlaffen Lumpen aussehen, daß sie ihr Sonntagnachmittagsschläfchen im neuen Kleid hielt, um das Gefühl zu überwinden, sich darum sorgen zu müssen.

Abgesehen davon, daß beider Erscheinung so gänzlich verschieden war, beobachtete David auch schnell, daß auch zwischen dem Temperament seiner Mutter und seiner Tante Welten lagen. Seine Mutter war ernst, aufmerksam, sanft, wenn sie sprach; seine Tante war lustig, bissig und vorlaut. Seine Mutter war unendlich geduldig, sorgfältig in allem, was sie tat; seine Tante war rebellisch und schusselig.

»Schwester«, neckte sie sie, »erinnerst du dich an das Salzmeer, von dem Großvater immer erzählt hat – bei Juda oder beim Jordan oder wo das war – nie ein Sturm, und daß es alles trug? Genauso bist du auch. Du brauchst all dein Salz für Tränen. Eine kluge Frau aber gebraucht etwas davon für Aufgewecktheit.« Tante Bertha gebrauchte alles dafür.

3

An einem klaren Sonntag nachmittag im Juli machten sich David und seine Tante zusammen auf den Weg zur Hochbahn in der Third Avenue. Sie gingen ins Metropolitan Museum. Schweiß rann seiner Tante über die Wangen, hing ihr vom Kinn herab, fiel gelegentlich herunter und befleckte den Busen ihres grünen Kleides. Mit ihrem Taschentuch schlug sie wie wild nach den Tropfen, als wären es Fliegen, und verfluchte die Hitze. Als sie die Hochbahn erreichten, mußte David unzählige Leute fragen, welches die richtige Bahn war, und während der ganzen Fahrt schickte sie ihn vor, um dem Schaffner das Leben schwerzumachen.

An der 86th Street stiegen sie aus und gingen, nachdem sie sich erneut erkundigt hatten, Richtung Westen zur Fifth Avenue. Je weiter sie sich von der Third Avenue entfernten, desto mehr Distanz wahrten die Häuser, desto stiller wurden die Straßen. David begann, sich wegen der lauten Stimme und des Jiddischs seiner Tante unbehaglich zu fühlen; beides wirkte hier fehl am Platz.

»Hmm!« staunte sie in dröhnendem Tonfall. »Kein einziges Kind auf der Straße. Wie ich sehe, sind Kinder in diesem Teil Amerikas nicht in Mode.« Und nachdem sie herumgegafft hatte: »Pah! Ist ja still wie im Wald hier. Wer will nur in diesen Häusern wohnen? Siehst du das Haus da?« Sie zeigte auf ein rotes Backsteingebäude. »Genauso ein Haus hatte Baron Kobelien, mit genau solchen Jalousien. Das war vielleicht ein altes Ungeheuer, dieser Baron, soll er vermodern! Seine Augen waren wäßrig, und seine Lippen mampften, als würde er einen Priem kauen. Er hatte einen Rücken, der war krumm wie seine Seele.« Und in der Rolle des Barons wackelte sie auf die Fifth Avenue.

Vor ihnen stand ein stattlicher Bau aus weißem Stein, mitten in einem grünen Park.

»Das muß es sein«, sagte sie. »So haben sie's mir im Laden beschrieben.«

Doch bevor sie die Straße überquerten, beschloß sie, sich zu orientieren, und mahnte David, sich ein bestimmtes rotes Sandsteinhaus mit Giebeldach und einem Eisengeländer davor einzuprägen. Solchermaßen eines sicheren Rückwegs gewiß, eilten sie über den Boulevard und hielten erst wieder am Fuß einer breiten Treppe an, die zu einer Tür hinaufführte, durch die einige Leute gingen.

»Wen sollen wir fragen, um sicherzugehen, daß wir hier richtig sind?«

In kurzer Entfernung von dem Gebäude stand ein Erdnußverkäufer mit seinem Karren und Pfeifkasten. Sie gingen zu dem Mann. Es war ein schmaler, dunkler Bursche mit einem schwarzen Schnäuzer und leuchtenden Augen.

»Frag ihn!« befahl sie.

»Is dasn Museum?«

»Das isa da Musee.« Er wippte ihr mit den Augenbrauen zu, während er sprach. »Du gehsta da auferechte rein« – er reckte Brust und Hüften vor – »una kommst ganz miede wieda raus.«

David fühlte sich am Arm gepackt; seine Tante zerrte ihn weg.

»Leck mich am Arsch«, schrie sie ihm über die Schulter auf jiddisch zu; »was hat dieser schwarze Wurm gesagt?«

»Er hat gesagt, daß das ein Museum ist.«

»Dann gehn wir mal rein. Das Schlimmste, was uns passieren kann, ist ein Tritt in den Hintern.«

Die Dreistigkeit seiner Tante machte ihm ziemlich angst, doch blieb ihm nichts anderes übrig, als ihr die Treppe hoch zu folgen. Vor ihnen standen ein Mann und eine Frau, die gerade hineingehen wollten. Seine Tante drückte ihn am Arm und flüsterte hastig:

»Die beiden da! Die scheinen Bescheid zu wissen. Wir folgen ihnen, bis sie wieder herauskommen, sonst verlaufen wir uns bestimmt in diesem phantastischen Schloß!«

Das Paar vor ihnen ging durch ein Drehkreuz. David und seine Tante taten es ihnen gleich. Die anderen wandten sich nach rechts und betraten einen Raum voller grotesker Granitfiguren, die kerzengerade auf Granitthronen saßen. Sie folgten den beiden auf dem Fuß.

»Wir dürfen uns die Sachen nur mit einem Auge ansehen«, gebot sie ihm, »das andere müssen wir immer auf sie gerichtet halten.«

Und nach diesem Plan trotteten seine Tante und er ihren beiden ahnungslosen Führern, wohin die auch schlenderten, hinterdrein. Hin und wieder aber, wenn seine Tante von einer Skulptur besonders beeindruckt war, ließen sie ihre Führer so weit vorausgehen, daß sie sie beinahe verloren. Das geschah einmal, als sie ein besonders ungewöhnliches Ausstellungsstück begaffte, eine Steinwölfin, die zwei Junge säugte.

»Du liebe Güte!« Ihr Ton war laut genug, um den Wärter zu veranlassen, mißbilligend die Stirn zu runzeln. »Wer hätte das gedacht – ein Hund mit kleinen Kindern! Nein! Ist das denn die Möglichkeit!«

David mußte sie mehrmals am Kleid zupfen und darauf aufmerksam machen, daß ihre Begleiter verschwunden waren, bevor sie sich losreißen konnte.

Dann, als sie vor einer gewaltigen Marmorfigur angekommen waren, die auf einem ebenfalls riesigen Pferd saß, war seine Tante so überwältigt, daß sie ehrfürchtig die Zunge heraushängen ließ. »So sahen sie in der alten Zeit aus«, hauchte sie ehrfürchtig. »Gigantisch waren die, Moses und Abraham und Jakob und die andern in der Jugendzeit der Erde. Ai!« Ihre Augen traten aus den Höhlen.

»Sie gehen, Tante Bertha«, warnte er. »Schnell, sie gehen weg!«

»Wer? Ach, sollen sie doch platzen! Bleiben die denn keinen Augenblick stehen! Aber komm! Wir müssen an ihnen kleben bleiben wie Schlamm am Schwein!«

Auf diese Weise schienen Stunden zu vergehen. David wurde allmählich müde. Ihre Jagdbeute hatte sie an Meilen und Abermeilen von Rüstungen, Wandteppichen, Münzen, Mobiliar und Mumien hinter Glas vorbeigeführt, und noch immer zeigte sie keine Anzeichen von Ermüdung. Das Interesse seiner Tante an der vorbeiziehenden Pracht war schon lange erlahmt, und sie begann, ihre Führer von Herzen zu verfluchen.

»Der Teufel soll euch holen!« brummelte sie jedesmal, wenn die Vorauslaufenden stehenblieben, um in einen Schaukasten zu blicken. »Habt ihr euch die Augen noch immer nicht vollgestopft! Genug!« Sie wedelte mit ihrem triefenden Taschentuch. »Eure Herzen sollen so brennen wie meine Füße!«

Endlich blieb der Mann vor ihnen stehen, um einem der uniformierten Wächter etwas zu sagen. Tante Bertha blieb abrupt stehen. »Hurra! Er beschwert sich darüber, daß wir ihm folgen! Gelobt sei Gott! Jetzt sollen sie uns rausschmeißen! Mehr will ich gar nicht!«

Doch leider war dem nicht so; die Wächter schenkten ihnen keinerlei Aufmerksamkeit, sondern gaben vielmehr den anderen irgendwelche Hinweise.

»Jetzt gehen sie«, sagte sie mit einem tiefen Seufzer der Erleichterung. »Bestimmt erklärt er ihnen, wie sie hinauskommen. Was war ich doch für eine Närrin, daß ich dich ihn nicht habe direkt fragen lassen. Aber wer konnte das schon wissen! Komm, wir folgen ihnen einfach wieder hinaus, nachdem wir ihnen ja schon hereingefolgt sind.«

Doch statt hinauszugehen, trennten sich der Mann und die Frau, nachdem sie ein kurzes Stück zusammen gegangen waren, er ging durch eine Tür, sie durch eine andere.

»Pah!« Ihr Zorn kannte keine Grenzen. »Also, die gehen ja bloß pinkeln. Ach! Ich folge denen nicht weiter. Frag den Dummkopf da in Uniform, wie man diesem Dschungel aus Stein und Stoff entkommt.«

Der Wärter wies ihm den Weg, doch seine Anweisungen waren so verwickelt, daß sie sich nach kurzer Zeit schon wieder verlaufen hatten. Sie mußten noch einen Wärter fragen und dann noch einen. Erst nach einer langen Reihe von Erkundigungen schafften sie es hinauszugelangen.

»Puh!« Sie spuckte beim Hinabgehen auf die Stufen. »Soll euch doch der Blitz erschlagen! Sollte ich je noch einmal diese Treppe hochgehen, dann will ich Zwillinge aus Zinn gebären!« Und sie zerrte David zu ihrem Orientierungspunkt.

Seine Mutter und sein Vater waren zu Hause, als sie eintraten. Seine Tante fläzte sich unter erschöpftem Ächzen auf einen Stuhl.

»Ihr seht ja aus, als wärt ihr in jeden Winkel der Welt gestolpert!« Seine Mutter setzte ihn sich auf die Knie. »Wo hast du das arme Kind nur hingeführt, Bertha?«

»Geführt?« stöhnte sie. »Wohin wurde ich geführt, meinst du wohl. Wir waren an einen Teufel und eine Teufelin mit einer bösen Macht in den Beinen gebunden. Und die schleppten uns durch eine Wildnis von Menschenwerk. Eine Wildnis, sage ich dir! Und nun bin ich so müde, als hätte ich kein Herz mehr in der Brust!«

»Warum seid ihr denn nicht gegangen, als ihr genug gesehen hattet?«

Sie lachte matt. »Der Bau war nicht zum Gehen gemacht. Ach, grüner Hintern, der ich bin, noch immer den Dreck Österreichs unter den Zehennägeln, und stürze mich in Museen.«

Sie steckte die Nase in die Achselhöhle. »Bäh, wie ich stinke!«

Wie immer, wenn sie sich eine grobe Wendung oder Geste erlaubte, verzog sein Vater das Gesicht und tappte mit dem Fuß.

»Das geschieht dir ganz recht«, sagte er abrupt.

»Pah!« Sie warf den Kopf sarkastisch zurück.

»Ja!«

»Und warum?« Gereiztheit und Müdigkeit überwältigten sie.

»Ein rohes Weibsstück wie du sollte ein bißchen mehr lernen, bevor es in Amerika einfällt.«

»Mein kultiviertes Amerika!« näselte sie und zog die Unterlippe an den Seiten herunter, den grimmigen Zug im Gesicht ihres Schwagers nachahmend. »Wie lange ist es her, seit du auf dem Ozean geschissen hast?«

»Ein solches Maul«, grollte er warnend, »verdient abzufallen.«

»Das sag' ich auch, aber nicht meins.«

Die bedrohliche dunkelrote Ader an seiner Schläfe begann zu pochen. »Mir gegenüber kannst du nicht so reden«, sagte er mit schweren Lidern. »Spar dir deine Fischweibfrechheiten für deinen Vater, den alten Vielfraß, auf!«

»Und du, was hast du denn –«

»Bertha!« unterbrach seine Mutter sie warnend. »Nicht!«

Tante Berthas Lippen zitterten einen Augenblick rebellisch, und sie errötete, als hätte sie den machtvollen Drang, mit etwas herauszuplatzen, unterdrückt.

»Kommt, ihr seid ja ganz erledigt«, fuhr seine Mutter sanft fort. »Legt euch doch erst ein wenig hin, während ich euch etwas zum Abendbrot mache.«

»Na gut«, antwortete sie und stürzte unmutig aus dem Zimmer.

4

»Da haben wir einen Mann«, sagte Tante Bertha hitzig zu ihrer Schwester, »der einen Milchwagen fährt und sich mit Hausierern und Lastkutschern abgibt, der den ganzen Vormittag am Schwanz eines Pferdes sitzt, aber wenn ich sage

– was! Wenn ich nichts sage! Rein gar nichts! – dann fängt er an, mit dem Fuß zu tappen oder mit der Zeitung zu rascheln, als hätte er Schüttelfrost! Hat man so etwas schon gehört? Der ist zimperlich wie eine frischgebackene Nonne. Nicht mal furzen darf man in seiner Gegenwart!«

»Du nützst es jetzt schön aus, daß Albert nicht da ist, wie?« fragte seine Mutter.

»Warum auch nicht? Viel Gelegenheit zu sagen, was ich denke, habe ich ja nicht, wenn er da ist. Und außerdem finde ich, daß es deinem Sohn nicht schadet, wenn er erfährt, was ich von allen Vätern halte. Seinen Vater kennt er. Ein saurer Gesell. Düster. Die Welt hat ihn auf beide Kinne geschlagen, und deshalb müssen alle, denen er begegnet, leiden. Aber auch mein Vater, der gute Reb Benjamin Krollmann, war so einer.« Und sie begann zu zittern und hastig zu murmeln und verstohlen um sich zu blicken und einen eingebildeten Gebetsschal enger um sich herumzuziehen. »Sein Beten war eine Ausrede für seine Faulheit. Solange er betete, mußte er nichts anderes tun. Sollten doch Genya oder seine Frau sich um den Laden kümmern, er mußte sich um Gott kümmern. Ein frommer Jude mit einem Bart – wer wagte es da schon, mehr von ihm zu erbitten? Arbeit? Gott verschone ihn! Der hat Lotterie gespielt!«

»Warum sagst du das?« wandte seine Mutter ein. »Niemand kann Vater vorwerfen, daß er fromm war. Nun ja, er hatte keinen Geschäftssinn, aber er hat sein Bestes versucht.«

»Versucht? Verteidige ihn nicht. Ich bin eben erst von ihm weg, ich weiß es. Wenn ich an Großvater denke, der hat gearbeitet, bis der Krebs ihn niederstreckte – nachdem Großmutter gestorben war. Und da war er siebzig. Aber Vater – Gott erspare ihm den Krebs –, der war mit vierzig schon alt – Ai!« Mit der für sie typischen Abruptheit verlegte sie sich nun aufs Nachäffen. »Ai! Unglücklich! Ai! Mein Rücken, meine Knochen! Splitter des Todes haben sich in mir eingenistet! Ai! Ich sehe Punkte vor den Augen! Bist du das, Bertha? Ich kann gar nichts sehen. Ai! Ist im Haus herumgeächzt, als hätt' er schon nach Erde gestunken – Gott behüte! Und kein graues Haar auf dem Kopf. Aber wenn ihm nur einer von uns in die

Quere kam – Ho! Ho! Da war er plötzlich flink wie ein junger Dachs! Ob er Hiebe hageln lassen konnte? Unermüdlich! Wie ein Kapellmeister hat er seinen Stock geschwungen.«

Seine Mutter seufzte und gestand dann lachend ihre Niederlage ein.

»Das war auch Mutters Fehler«, setzte Tante Bertha warnend hinzu, als erteilte sie ihr Anschauungsunterricht. »Eine Frau hätte einen solchen Mann antreiben sollen, nicht ihn hätscheln, nicht ihn in den Ruin verzärteln. Sanft und lahm, so war sie.« Tante Bertha wurde sanft und lahm. »Sie ließ ihn auf sich herumtrampeln. Neun Kinder hat sie ihm geboren, und dazu noch die Zwillinge, die zwischen deiner Geburt und meiner gestorben sind. Jetzt ist sie grau. Du würdest weinen, wenn du sie sähst. Blutleer wie ein Stoffetzen im Unwetter. Würdest sie nicht wiedererkennen. Und noch immer rennt sie hinter ihm her. Noch immer hebt sie ihm die besten Stücke auf – Brust und Innereien vom Huhn, das Mittelstück vom Hering, die knusprigsten Semmeln! Weiß du noch, wie er sich immer über den Tisch gereckt und jede Semmel angetatscht hat, sie in seiner gefräßigen Hast gedrückt hat, um zu fühlen, wie weich sie war? Und dann den frisch gebackenen Kuchen vor uns anderen versteckt hat? Der hatte die Nase in jedem Topf. Aber immer wenn man ihn sah –« – sie unterbrach sich, breitete die Arme in einer Gebärde verletzter Unschuld aus – »Was habe ich heute gegessen? Was? Einen uralten Brotkanten, ein Glas Kaffee. Ich zittere vor Hunger. Pah!«

»Manchmal glaube ich, er konnte nicht anders. Es gab so viele Münder zu füttern. Das hat ihm sicher angst gemacht.«

»Aber wer war denn schuld daran? Mutter jedenfalls nicht. Na, sogar wenn sie unpäßlich war, hat er –« Und an dieser Stelle tat sie, was sie oft beim Reden tat – sie beendete den Satz auf polnisch, eine Sprache, die David zunehmend haßte, weil er sie nicht verstand.

»Sag, würdest du nach Österreich zurückgehen, wenn du das Geld hättest?«

»Niemals!«

»Nein?«

»Geld würde ich ihnen schicken«, beteuerte Tante Bertha kategorisch. »Aber nach Hause – niemals! Ich bin froh, daß ich von dort weg bin. Und warum soll ich denn nach Hause? Um zu streiten?«

»Nicht einmal, um Mutter zu sehen?«

»Gott erbarme sich ihrer mehr als aller anderen. Aber was würde es ihr nützen, wenn ich sie sähe? Oder mir? Es würde mir nur Kummer bereiten. Nein! Weder ihr noch Vater, noch Jetta, noch Adolf, noch Hermann und nicht einmal Saul, dem Kleinen, obwohl ich ihn weiß Gott gemocht habe. Du siehst, ich bin eine, die sich nicht nach der Heimat sehnt.«

»Du bist noch nicht lange genug hier«, sagte seine Mutter. »Man klammert sich zunächst fester an dieses Land, als es das wert ist.«

»Fester, als es das wert ist? Warum? Gut, ich arbeite wie ein Pferd, und ich stinke wie eines von meinem Schweiß. Aber hier ist Leben, oder? Hier ist immer was los. Hör doch! Die Straße! Die Autos! Lautes Gelächter! Ha, gut! Veljish war still wie ein Furz in Gesellschaft. Wer konnte das denn aushalten? Bäume! Felder! Wieder Bäume! Wer kann schon mit Bäumen reden? Hier finde ich wenigstens andere Kurzweil als den, einen Dachgiebel runterzurutschen!«

»Wahrscheinlich hast du recht«, lachte seine Mutter über ihre Hitzigkeit. »Mir scheint, du reifst in diesem Land um Jahre früher von Grün zu Gelb als ich. Ja, hier gibt es andere Kurzweil als –« Sie brach ab, erschauerte, obwohl sie lachte. »Der Holzsplitter in deinem Fleisch! Großer Gott, tollkühn warst du!«

»Das war doch nichts! Gar nichts!« Tante Bertha kicherte leise. »Den hat mein Hintern schon lange vergessen! Aber das soll dir beweisen, daß es mir hier bessergeht, als es mir dort ging. Jedem! Diese Stille war doch genug, um einem das Hirn zu sprengen!«

Seine Mutter schüttelte zurückhaltend den Kopf.

»Was? Nein?« Tante Bertha verstand ihre Geste falsch. »Kannst du da nein sagen?« Sie zählte an den Fingern ab. »W-wär A-Adolf als Junge hierhergekommen, hätte er dann in die Holzfällerlager davonlaufen müssen und sich so einen schlimmen Bruch gehoben? He? U-Und Jetta-a. Die hätte einen besseren Mann gefunden als diesen blöden Schneider, mit dem sie jetzt verheiratet ist. Der findet Diamanten auf der Straße, das sag' ich dir, und verliert sie, noch bevor er heimkommt. Der sieht Kinder in den zugefrorenen Fluß fallen, und kein Kind im Dorf fehlt! Schrecklich! Schrecklich! Und Hermann und dieses Bauernmädel! Und der Bauer mit der Axt hinter ihm her! So etwas siehst du in diesem Land nicht! Zum Glück ist er wenigstens rechtzeitig nach Strij geflohen, und zum Glück lag das auch nicht in Rußland. Da hätte es ja ein Pogrom geben können! Da gab es nichts zu tun, und deshalb sind sie verrückt geworden, und weil sie verrückt waren, taten sie gerade das, was ihnen in den Sinn kam. So war ich, und wenn du's genau wissen willst, meine liebe, schweigsame Schwester, so still und sanft, wie du auch warst«, ihr Ton wurde verschlagen – »da war immer noch ein Gerücht, na ja, gewissermaßen ein Gerücht. Jemand, etwas – äh – gemacht. Aber nur ein Gerücht!« setzte sich hastig hinzu. »Natürlich eine Lüge!«

Seine Mutter wandte sich abrupt zum Fenster, und ihre belanglosen Worte unterbanden die ihrer Schwester, noch bevor diese ausgeredet hatte – »Sieh mal, Bertha! Das neue Automobil da. So ein hübsches Blau! Wärst du gern so reich, um so eines zu besitzen?«

Tante Bertha schnitt ein Gesicht, ging aber hin und blickte hinunter. »Die Kurbel, die der da vorne dran hat. Wie eine Drehorgel, was? Weißt du noch, wie wir unser erstes Automobil auf der neuen Straße in Veljish gesehen haben – das schwarze?« Ein winziger Anflug von Verstimmung schlich sich in ihre Stimme. »Du ewig Schweigsame, wann lüftest du nur dieses Geheimnis?«

Etwas an Ton und Ausdruck beider, ihre seltsame Zurückhaltung, erregte Davids Neugier. Doch da ihr Gespräch in diesem Punkt nicht weiterging, konnte er nur vage und flüchtig mutmaßen, was seine Mutter wohl getan haben mochte, und hoffen, daß die Bedeutung dessen bei anderer Gelegenheit enthüllt würde.

5

Die Feindseligkeiten zwischen Tante Bertha und Davids Vater strebten rasch einem Ausbruch entgegen. David war sich sicher, daß bald etwas passieren würde, wenn Tante Bertha ihre allzu schnelle Zunge nicht im Zaum hielt. Er staunte über ihre Unbesonnenheit.

An jenem Samstagabend war Tante Bertha mit einem großen Pappkarton auf dem Arm nach Hause gekommen. Sie war später als gewöhnlich eingetroffen und hatte die Abendessenszeit fast um eine Stunde verzögert. Das Fasten hatte nicht dazu beigetragen, Davids Vater in einen freundlichen Gemütszustand zu versetzen. Er hatte schon gemurrt, als sie noch nicht da war, und nun, obwohl sie sich Gesicht und Hände mit größtmöglicher Eile wusch, konnte er sich eines gereizten »Nun mach schon. Den Gestank kriegst du sowieso nicht weg!« nicht enthalten.

Woraufhin Tante Bertha keine andere Entgegnung wußte, als ihr üppiges Hinterteil in seine Richtung zu wippen. Wütend auf ihr Gesäß starrend, sagte er jedoch nichts, sondern spielte ungehalten mit dem Tafelmesser in seiner Hand.

Endlich richtete Tante Bertha sich auf und begann, den Zorn, den sie bei ihm ausgelöst hatte, scheinbar übersehend, sich abzutrocknen.

»Du warst wohl einkaufen«, sagte ihre Schwester freundlich, während sie das Essen auf den Tisch stellte.

»Allerdings.« Sie setzte sich. »Ich werde jetzt richtig vornehm.«

»Was hast du denn gekauft?«

»Natürlich Sonderangebote!« fuhr sein Vater verächtlich dazwischen. Er schien auf so eine Gelegenheit geradezu gewartet zu haben. »Der Ladenbesitzer, der ihr nicht den Kopf von den Schultern heben könnte, ohne daß sie es merkt, könnte ebenso gut seinen Laden dichtmachen!«

»Ach ja?« erwiderte sie sarkastisch. »Das meinst auch nur du! Ich verbringe mein Leben nicht mit der Jagd nach rostigen Hufeisen. Das Grammophon, das du letzten Sommer gekauft hast – Ha! Ha! Stumm und reglos wie der Tag vor der Schöpfung.«

»Halt den Mund!«

»Die Käsenudeln werden kalt«, sagte Davids Mutter. »Bei euch beiden!«

Eine Pause entstand, während alle aßen. Immer wieder warf Tante Bertha freudige Blicke auf den Pappkarton, der auf dem Stuhl stand.

»Kleidung?« fragte seine Mutter diskret.

»Was sonst? Die Waren des halben Landes!«

Seine Mutter lächelte über die Leidenschaft seiner Tante.

»Gesegnet sei dies goldene Land«, ließ sie sich von ihrer Begeisterung mitreißen. »So schöne Sachen zum Anziehen!«

»Wirklich gut für dich«, sagte sein Vater über einer Gabel voll Nudeln.

»Albert!« protestierte seine Mutter.

Tante Bertha hörte abrupt auf zu essen. »Wer hat denn mit dir geredet? Zerbrich du dir deinen eigenen Kopf! Dir brauche ich jedenfalls nicht zu gefallen.«

»Um mir zu gefallen, müßte der Herr dir eine neue Seele schenken.«

»Nur um dir eins auszuwischen, würde ich so bleiben, wie ich bin!« Verächtlich warf sie den Kopf zurück. »Lieber würde ich mich von einem Schwein bewundern lassen.«

»Das würde es auch bestimmt tun.«

»Erzähl doch, liebe Bertha«, sagte ihre Schwester verzweifelt, »was hast du denn gekauft?«

»Ach, einen Haufen Lumpen! Was kann ich mir schon kaufen, bei dem, was ich verdiene?« Dann hellte sich ihre Miene auf. »Ich zeig' sie dir.«

Mit einem hastigen Blick auf ihren Mann hob Davids Mutter abwehrend die Hand, aber zu spät. Tante Bertha hatte schon ein Tafelmesser ergriffen und schnitt nun die Schnur des Kartons damit durch.

»Essen wir jetzt, oder gehen wir auf den Jahrmarkt?« fragte er.

»Vielleicht ein wenig später –«, meinte seine Mutter.

»Ich denke nicht daran«, sagte Tante Bertha mit gehässiger Fröhlichkeit. »Soll er sich doch vollfressen, wenn er will. Mein Appetit kann warten.« Und sie riß den Karton auf.

Sie zog ein Stück Damenbekleidung heraus, dann ein weiteres – eine Korsetthülle, einen Unterrock, Strümpfe –, gab zu jedem ungeniert ihre Kommentare ab und nannte den Preis. Schließlich brachte sie auch noch einen großen weißen Schlüpfer zum Vorschein und drehte und wendete ihn bewundernd. Davids Vater schob brüsk seinen Stuhl herum, um die Sachen aus dem Blick zu haben.

»Ist der nicht schön?« plapperte sie weiter. »Sieh nur die Spitze da unten. Und so preiswert. Nur zwanzig Cent. In dem Geschäft hab' ich auch ganz kleine gesehen. Manche arme Frauen haben ja überhaupt kein Hinterteil!« Dann gackerte sie: »Wenn ich den verkehrt herum vor mich halte, dann sieht er aus wie Berggipfel in Österreich.«

»Ja, ja«, sagte seine Mutter besorgt.

»Ha! Ha!« fuhr seine Tante fort, gänzlich verzaubert von den Reizen ihres Kaufs. »Aber was bleibt mir übrig? Ich bin nun einmal dick unten rum. Aber ist das nicht ein Wunder? Zwanzig Cent, und ich kann etwas tragen, was in Österreich nur eine Baronin tragen könnte. Und so praktisch und so sauber geschnitten – die Knöpfe da. Sieh nur, wie es da fällt! Der neueste Stil, hat er gesagt. Weißt du noch, die Schlüpfer, die wir in Österreich getragen haben – in die Strümpfe gesteckt? Winters wie sommers haben meine Beine wie ein Zigeunerakkordeon ausgesehen.«

Doch Davids Vater konnte sich nun nicht mehr beherrschen. »Leg das weg!« donnerte er los.

Tante Bertha wich verblüfft zurück. Dann kniff sie die Augen zusammen und warf störrisch die Lippen auf. »Brüll mich nicht an!«

»Leg das weg!« Er hieb die Faust auf den Tisch, daß die Teller tanzten und die gelben Nudeln die langen Hälse über die Tellerränder reckten.

»Bitte, Bertha«, beschwor seine Mutter sie. »Du weißt doch, wie –«

»Hältst du jetzt auch zu ihm?« fiel sie ihr ins Wort. »Ich leg' das weg, wenn's mir paßt! Ich bin doch nicht seine Sklavin!«

»Tust du jetzt, was ich dir sage?«

Tante Bertha klatschte sich mit der Hand auf die Hüfte. »Wenn's mir paßt! Wird allmählich Zeit, daß du weißt, was Frauen auf dem Hintern tragen.«

»Ich bitte dich nur noch einmal, du falsche Schlampe.« Er schob den Stuhl zurück und erhob sich in langsam aufsteigendem Zorn.

David fing an zu weinen.

»Laß mich!« Tante Bertha stieß ihre Schwester weg, die dazwischengetreten war. »Ist der so fromm, daß er den Anblick eines Schlüpfers nicht ertragen kann? Pißt er Wasser wie gewöhnliche Sterbliche oder nur reinstes Pflanzenöl?«

Sein Vater ging auf sie zu. »Ich flehe dich an wie den Tod!« Das sagte er immer in Augenblicken höchster Wut. Seine Stimme hatte jene dünne, furchtbare Härte angenommen, die bedeutete, daß er gleich zuschlagen würde. »Legst du das jetzt weg?«

»Leg du's doch weg!« kreischte sie und schwenkte den Schlüpfer aufreizend vor seinen Augen.

Bevor sie zurückweichen konnte, war sein langer Arm vorgeschossen, und mit einem Zornesschrei zerrte er ihr den Schlüpfer aus der Hand, um ihn sogleich in zwei Stücke zu reißen. »Da, du Schlampe!« brüllte er. »Da hast du deine Gipfel!« Und warf sie ihr ins Gesicht.

Rasend vor Wut warf Tante Bertha sich mit krallenden Fingern auf ihn. Der Stoß seiner flachen Hand gegen ihren Busen ließ sie gegen die Wand taumeln. Er drehte sich auf dem Absatz um, die Augäpfel traten ihm in dämonischem Zorn aus den Höhlen, dann riß er Hut und Mantel von einem Haken bei der Tür und schritt hinaus.

Tante Bertha ließ sich auf einen Stuhl fallen und begann, laut und hysterisch zu weinen. Ihre Schwester, deren Augen sich ebenfalls mit Tränen füllten, versuchte sie zu trösten.

»Wahnsinniger! Wahnsinn!« preßte seine Tante hervor. »Wildes Tier!« Sie hob den Schlüpfer vom Boden auf und rang ihn, rasend vor Schmerz. »Mein neuer Schlüpfer! Was hatte er nur gegen ihn! Sein Kopf soll zerrissen sein wie er! Oh!« Die Tränen strömten ihr die Wangen hinab. Vereinzelte Strähnen ihres roten Haares hingen über ihrer feuchten Stirn und Nase.

Davids Mutter streichelte ihr beruhigend die Schulter. »Ist ja gut, liebe Schwester! Wein doch nicht so, Kind! Dir bricht ja das Herz!«

Tante Bertha lamentierte nur noch mehr: »Warum habe ich nur einen Fuß in dieses stinkende Land gesetzt? Warum bin ich nur hergekommen? Zehn Stunden am Tag in einer stickigen Werkstatt – Papierblumen! Stoffblumen! Zehn lange Stunden, immer die Angst, zu oft zu pinkeln, weil der Werkführer denken könnte, daß man sich drückt! Und wenn ich mir dann vom Schweiße meiner Stirn etwas kaufe, was mein Herz begehrt, reißt dieser Schlächter es entzwei! Ai!«

»Ich habe versucht, dich zu retten, Schwester. Du mußt doch allmählich wissen, wie er ist. Hör zu, ich habe etwas Geld. Ich kaufe dir einen neuen.«

»Ach! Weh mir!«

»Und sogar den da könnte man flicken.«

»Das Herz soll ihm brechen, meins ist es schon, den kann man nicht mehr flicken.«

»Sieh doch, er ist genau an der Naht gerissen.«

»Was?« Tante Bertha schlug bekümmerte Augen auf. Sie starrte kurz auf den Schlüpfer und sprang dann wie rasend von ihrem Stuhl. »Und er hat mich auch noch damit beworfen, ihn mir ins Gesicht geschleudert! Er hat mich gegen die Wand gestoßen! Keine Minute bleibe ich mehr hier! Keine weitere Minute ertrage ich das! Ich packe meine Sachen! Ich gehe!« Sie stapfte zur Tür.

Davids Mutter eilte ihr nach. »Warte«, bat sie, »wo willst du denn jetzt mitten in der Nacht hin? Bitte, ich flehe dich an!«

»Ich gehe, egal wohin! Ich habe Europa doch bloß verlassen, um einem tyrannischen Vater zu entkommen! Und wo bin ich gelandet – bei einem Wahnsinnigen! Soll ihm eine Tram die Knochen brechen! Würge ihn, Allmächtiger!« Und laut weinend rannte sie in ihr Schlafzimmer.

Davids Mutter folgte ihr traurig …

Zwar zog Tante Bertha am Tag darauf und auch am folgenden nicht aus, wie sie gedroht hatte, doch sprachen sie und Davids Vater kein Wort miteinander. Das Abendessen wurde schweigend eingenommen, und wenn einer etwas vom anderen wollte, mußten David oder seine Mutter die Rolle des Mittlers übernehmen. Nach mehreren Abenden mit dieser lästigen Beschränkung wurden Tante Bertha die selbst auferlegten Fesseln zu viel. Ganz unvermittelt sprengte sie sie eines Abends.

»Gib mir den Heringstopf rüber«, murmelte sie – diesmal direkt an ihren Schwager gerichtet.

Sein Gesicht verdüsterte sich, als sie das sagte, und wenn auch mürrisch, schob er ihr doch den Heringstopf hin.

Somit war ein Waffenstillstand unterzeichnet, und die Beziehungen waren, wenn auch nicht herzlich, so doch wenigstens wiederhergestellt. Und von da an hielt Tante Bertha, im Rahmen ihrer Möglichkeiten, Frieden.

»Er ist ein verrückter Hund«, sagte sie zu ihrer Schwester. »Er braucht Auslauf. Und dabei kann man ihm halt nur aus dem Weg gehen.«

Und das tat sie viele Monate lang.

6

»Ein Herz voller Mitleid!« sagte Tante Bertha spöttisch. »Ja! O ja! Wenn er einen Zahn zieht, verlangt er nur fünfzig Cent. Verstehst du, was das heißt? Was mir am meisten weh tut, kostet nur fünfzig Cent. Wenn meine Zähne weg sind und ich wie meine eigene Großmutter aussehe, Gott gebe ihr Ruh, wo sie liegt, dann steigen seine Preise. Ich durchschaue diese Banditen, keine Angst!«

Tante Bertha hatte sich an ungeheuren Mengen zuckriger Vanille-»bum bonnies«, wie sie sie nannte, »pinnit brettlich« und »turra frurra«-Eis gütlich getan. Die Folge waren heftige Zahnschmerzen gewesen. Tante Bertha hatte behauptet, während der letzten Nächte das Gefühl gehabt zu haben, ihr Mund schwelle auf die Größe einer halben Wassermelone an. Ob er tatsächlich so groß geworden war, wußte David nicht, doch wenn er ihre grünen Zähne und den roten Mund betrachtete, konnte er durchaus eine gewisse Ähnlichkeit feststellen. Nach einigem Drängen war es ihrer Schwester schließlich gelungen, sie zu einem Besuch beim Zahnarzt zu bewegen. Morgen abend wollte er ihr mehrere Zähne ziehen.

»In Veljish«, fuhrt sie fort, »sagt man, daß ›Kockn‹ die Stirn von Schmerz frei macht. Aber hier in Amerika macht – hat er das nicht so genannt? ›Kockn‹? – den Mund von Schmerz frei.«

Die Zeitung seines Vaters raschelte warnend.

»Kokain?« sagte ihre Schwester hastig.

»Ach, nennt man das hier so?«

»Kockn« war, wie David vor langer Zeit gelernt hatte, ein jiddisches Wort, das auf dem Klosett sitzen bedeutete.

»Und noch eines.« Seine Tante gestattete sich ein verschlagenes Lachen. »Ich verliere sechs Zähne. Und von diesen sechs Zähnen nannte er drei ›molleh‹. Ist das nicht ein Wunder? Erst zieht er mir einen ›molleh‹, und dann macht er mich zum ›mohel‹.«

David wußte nicht, was »molleh« auf englisch bedeutete. Hingegen wußte er, daß »Mohel« im Jiddischen etwas mit Beschneidung zu tun hatte. Tante Bertha war heute abend aber verwegen ... Doch wenn sein Vater unter Tante Berthas Wortspielereien gelitten hatte, so war es am nächsten Abend Tante Bertha, die litt. Seine Mutter berichtete, was geschehen war. Sie hatte sich ganz lammfromm und still auf dem Zahnarztstuhl niedergelassen, hatte die Augen geschlossen; als ihr die Nadel in den Mund geschoben wurde, hatte sich ganz tapfer gehalten. Doch als der erste Zahn gezogen war und Doktor Goldberg ihr gesagt hatte, sie solle spucken, da hatte sie gespuckt – aber nicht in den Spucknapf neben dem Stuhl, sondern auf Doktor Goldberg.

»Sehr lobenswert!« schnob sein Vater. »Ein Beispiel für Weisheit.«

»So!« Tante Bertha vergaß ihre Schmerzen. »Sollen sie dir bald alle Zähne ziehen. Dann werden wir ja sehen, wie tapfer und schlau du bist! Immerhin habe ich die Genugtuung, daß ich nicht mich selber, sondern ihn angespuckt habe. Und du!« wandte sie sich bockig an ihre Schwester. »Du bist auch eine ganz Schlaue! Du hast doch gesehen, daß ich vor Angst ganz gelähmt war! Du hast gesehen, daß ich die Augen zu hatte, weil mir der Kopf so sehr schwirrte, daß ich nicht mehr wußte, wo ich war. Er hat gesagt, öffnen Sie den Mund, und ich habe ihn geöffnet – weit wie einen Sack! Schließen! Ich habe ihn geschlossen. Spucken –! Schau du doch mal nach einem Spucknapf, wenn du fast ohnmächtig bist! Geschieht ihm ganz recht, daß er mir im Weg gestanden hat.«

Seiner Mutter bebten die Lippen vor Lachen, doch sie preßte sie besonnen zusammen. »Ich wollte dir nicht weh tun, Schwester. Ich weiß, wieviel du schon gelitten hast. Entschuldige! Aber nun komm! Du bist den goldenen Kernen, die du so wunderbar findest, schon drei Zähne näher gekommen.«

»Näher?« Behutsam befühlte sie das nackte rote Zahnfleisch. »Du meinst wohl leerer. Bist du denn sicher, daß er die neuen nicht in die Löcher setzt, die er gemacht hat?«

»Nein! Nein!« versicherte ihr seine Mutter. »Das hat er dir doch gesagt, oder? Die hängen wie ein Tor.«

»Briken hat er sie genannt, nicht?« Tante Bertha faßte wieder kläglich Mut. »Prißek sollte er dazu sagen, Herd mit anderen Worten, so ein Feuer brennt in meinem Mund. Aber bald seh' ich besser aus, oder?«

»Was denn sonst!« Ihr Schwager zog mit einem säuerlichen Grinsen die Wange ein ...

Nachdem Tante Berthas Zahnfleisch abgeheilt war, suchte sie den Zahnarzt zweimal die Woche auf, wobei sie sich anfangs bitter beklagte und nur mit dem größten Widerwillen hinging. Binnen zweier Wochen veränderte sich ihre Einstellung allerdings beträchtlich. Nun ging sie eifrig hin, erwartungsvoll, und blieb oft doppelt so lange. Nun gab es keine Klagen mehr, keine ausführlichen Beschreibungen der vielfältigen Schmerzen, welche die unterschiedlichen Instrumente zufügen konnten. All das schien nun vergessen. Eine neue Erregung hatte sie ergriffen, eine schuldbewußte Erregung, die sie vor den Spiegel trieb und sie veranlaßte, sich genau zu mustern und sich dann umzuschauen, ob man sie dabei beobachtete. Sie zupfte an Haar und Bluse herum, neigte ihren kurzen Hals, lächelte, so daß man ihre provisorische Goldkrone sah, besprengte sich mit durchdringend duftendem Parfum. Da stimmte etwas nicht. Wenigstens zweimal die

Woche wurde David aus der Küche vertrieben, während sie in den Waschbütten badete. Und dabei war es Herbst. Und sie kaufte sich Gesichtspuder, der auf ihren Wangen pappte und bröckelte und sehr seltsam weißlich ihre rötlichen Augenbrauen melierte. Da stimmte etwas ganz und gar nicht. Schließlich steigerten sich ihre Besuche beim Zahnarzt von zwei- auf dreimal wöchentlich und bald gar auf viermal.

Diese ungewohnte Häufigkeit, dieser ungewohnte Eifer und überhaupt ihr merkwürdiges Verhalten hatten nicht nur die Neugier von David und seiner Mutter geweckt, sondern auch seinen Vater zu stummen, unbeteiligten Fragen veranlaßt. Auf die vorsichtigen Erkundigungen seiner Mutter hin hatte Tante Bertha zunächst erklärt, an ihren Zähnen sei viel zu tun, viel feine und geheimnisvolle Arbeit, ein heikles Aufbrechen und Anpassen, das man nur fühlen, kaum jedoch beschreiben könne. Natürlich könne sie, gestand sie mit einem rätselhaften Gackern, bestünde sie darauf, dasselbe bei zwei Besuchen ebenso leicht wie bei vieren gemacht bekommen, aber es sei ihr doch lieber, so oft wie möglich hinzugehen. Es sei nun so angenehm dort, erklärte sie. Es tue kaum weh, oder jedenfalls so wenig, daß es nicht der Rede wert sei. Man gewöhne sich an Leiden, erläuterte sie. Und zudem sei das Wartezimmer, wo all die Patienten zusammenkämen, fast wie ein Zuhause, und die Leute seien so flüssig im Englischen, daß es mit ihnen angenehm und lehrreich zugleich sei. Zudem, so wurde enthüllt, komme Doktor Goldbergs Frau häufig ins Wartezimmer, um mit ihnen in richtig »schieckem Engalisch« zu plaudern. Und insbesondere beruhige alle, daß Mrs. Goldberg, während sie sich in diesem ganz hervorragenden Englisch mit ihnen unterhielt, auch mancherlei häuslichen Pflichten nachging wie Nudeln schaben oder den Teig eines Sandkuchens kneten. Tante Bertha werde seiner Mutter eines Tages zeigen, wie man einen Sandkuchen macht. Und so war alles gemütlich und vornehm. Und da mußte man natürlich ordentlich aussehen! Und sie, Mrs. Goldberg, habe Tante Bertha mit einem sehr feinen Mann, wenn auch Russe, bekanntgemacht, der Kindergamaschenschneider sei und an seinen Zähnen genau dasselbe machen lasse wie Tante Bertha an den ihren. Sein Name sei übrigens Nathan Sternowitz, und er sei ganz fidel! Und daher sei es dort, wie schon gesagt, alles sehr gemütlich, sehr fidel und sehr vornehm.

Vorerst wurde über die Angelegenheit nicht weiter gesprochen – jedenfalls nicht, wenn David in Hörweite war. Am Freitag abend jedoch, wenige Tage später, beschloß Tante Bertha, ihre Schwester ganz ins Vertrauen zu ziehen. An dem Abend war die Zahnarztpraxis wie üblich geschlossen, und Tante Bertha war zu Hause. Sie hatte geschwiegen, bis Davids Vater zu Bett gegangen war, gegen halb neun, und begann erst zu reden, als das regelmäßige Zischen seines Atems aus dem Schlafzimmer zu hören war. Zum Glück für David war es zu seinem Vorrecht geworden, seine Schlafenszeit bis nach neun Uhr und freitags und samstags sogar noch länger hinauszuzögern, da an den Tagen darauf keine Schule war. Er hörte alles. Auf der Landkarte eines Geographiebuches, mit dem sie in der Schule noch nicht begonnen hatten, fuhr ihm seine Mutter gerade zufällig die krumme Grenzlinie eines rosaroten Österreichs nach. Und eben hatte sie ihm lachend mitgeteilt, daß Veljish in Wirklichkeit doch ein zu kleines Pünktchen sei, um selbst in der vereinten Helligkeit von Kerze und Gas erkennbar zu sein, als Tante Bertha sich unvermittelt räusperte und sprach:

»Nun, Genya, dein Mann schläft.«

Die vorsichtige, gedämpfte Nervosität in ihrer Stimme ließen David und seine Mutter aufblicken. Tante Bertha runzelte argwöhnisch die Stirn und betastete ihre Goldkrone. Seine Mutter blickte zunächst zu ihr und dann zur Schlafzimmertür hin.

»Ja, richtig. Was gibt's denn?«

»Ich gehe morgen nicht zum Zahnarzt«, platzte sie heraus. »Ich war seit Wochen nicht mehr dort – jedenfalls nicht immer, wenn ich hier weggegangen bin. Ich habe ›eine Bekanntschaft‹!«

»Eine was?« Seine Mutter zog die Brauen hoch. »Was hast du?«

»Eine Bekanntschaft! Wird langsam Zeit, daß du ein bißchen mehr von dieser Sprache lernst. Das heißt, ich habe einen Verehrer.«

»Na, gelobt sei Gott!« lachte seine Mutter. »Wer ist es denn – Halt, ich weiß! Dieser Sternowitz!«

»Ja. Ich habe dir schon seinen Namen angedeutet. Aber ich will nicht, daß *er* es weiß.« Warnend nickte sie zum Schlafzimmer hin. »Der würde sich eins grinsen, wenn alles kaputtginge. Deshalb habe ich auch nichts gesagt.«

»Du bist zu streng mit ihm, Bertha«, lächelte ihre Schwester besänftigend. »Er wünscht dir doch nichts Böses. Wirklich nicht. Das ist eben seine Natur. Und er wird immer so sein.«

»Eine rauhe Natur«, entgegnete Tante Bertha trotzig. »Und immer ist dann, wenn man unter der Erde ist. Und dort sollte er auch …«

»Ach, Bertha! Still!«

»Ja, reden wir nicht so viel. Er könnte mich ja doch hören. Und immerhin ist er auch dein Mann. Aber du sagst ihm nichts, ja? Erst, wenn alles sicher ist. Versprochen? Denk dran«, sagte sie mit Nachdruck, »ich habe deine Geheimnisse immer gut gewahrt.«

Ihre Worte überschwemmten David mit einer plötzlichen Welle der Neugier. Geheimnisse! Seiner Mutter! Als er aufblickte, sah er, daß der Hals seiner Mutter tief gerötet war und hellere Rosenblätter den wächsernen Glanz ihrer flachen Wange sprenkelten. Ihre Blicke begegneten sich. Sie schwieg, faßte in das Wasser der Kerzenbecher, die irgendwann die Flamme löschen würden.

»Verzeih mir!« sagte Tante Bertha hastig. »Wirklich, ich wollte nicht – ich wollte nicht so – so dumm sein! Die Zunge soll mir aus dem Mund fallen, wenn ich dich beleidigen wollte!«

Seine Mutter warf einen Blick zur Schlafzimmertür und lächelte dann unvermittelt. »Das muß dir nicht peinlich sein! Ich bin nicht beleidigt.«

»Wirklich?« fragte Tante Bertha zögernd.

»Aber natürlich.«

»Aber du bist so rot geworden, da dachte ich, ich hätte dich verärgert. Oder –« Ihre Stimme senkte sich zu einem Flüstern. »Ist es Albert?«

»Nein.« Sie antwortete ruhig. »Nichts dergleichen. Der Sohn hat mir in die Augen gestarrt.«

»Ach!« Tante Bertha war erleichtert. »Ich dachte schon, du –« Vorwurfsvoll sah sie David an. »Hast du etwa zugehört, du Schlingel?«

»Was?« Sein Blick wanderte leer von dem offenen Buch auf dem Tisch zu Tante Bertha und fiel wieder aufs Buch.

»Ach was!« Tante Bertha fegte die Einwände ihrer Schwester weg. »Der träumt von Veljish, der kleiner Racker.«

»Da bin ich mir nicht so sicher.« Seine Mutter lachte. »Aber was hast du gesagt? Der Mann ist was? Ein Gamaschenschneider?«

»Ja. Ein Kindergamaschenschneider. Er hat eine sehr gute Stelle und verdient gutes Geld. Aber –« Sie kratzte sich heftig am Kopf und ließ den Satz in der Luft hängen.

»Na, was treibt dich um? Ist er denn so häßlich? Wie?«

»Ach! Pff! Glaubst du an Liebe?«

»Ich?« Seine Mutter lächelte. »Nein.«

»Nein! Das kannst du deiner Großmutter in ihrem Grab erzählen. Du hast in Österreich doch jeden deutschen Liebesroman gelesen. Weißt du das nicht mehr?« Sie sah ihre Schwester an, als wäre ihr ein neuer Gedanke gekommen. »Seit ich hier bin, habe ich dich kein einziges Buch lesen sehen.«

»Wer hat denn schon die Zeit, auch nur die Zeitung zu lesen?«

»Die waren schlecht für dich«, fuhrt Tante Bertha nach kurzem Überlegen fort. »Die haben dich seltsam gemacht und auch deine Gedanken seltsam werden lassen. Die haben dir komische Ideen eingegeben, die du nicht hättest haben sollen.«

»Das hast du mir gesagt. Und Vater auch – tausendmal.«

»Na, jedenfalls wäre es besser gewesen, du hättest auf ihn gehört. Die haben dich verdorben – verstehst du? Du warst – wie soll ich sagen? – nicht gut. Du warst schon gut, die bravste von uns allen. Aber du warst keine richtige Jüdin. Du warst komisch. Du hattest nicht das Wesen einer Jüdin.«

»Und was für ein Wesen wäre das?«

»Ach!« rief Tante Bertha ungeduldig aus. »Siehst du? Du lächelst! Du bist zu ruhig, zu großzügig. Das ist falsch! Das ist schlecht! Sei mir nicht böse, aber vielleicht hast du vergessen, was für ein verträumtes, kalbsäugiges Ding du warst. Du hast immer so geguckt –« Tante Bertha ließ den Kiefer herabfallen und die rote Zunge heraushängen. »Und so –« Sie verdrehte die Augen nach oben unter die Lider. »Immer ein umwölkter Blick! Keinen Verehrer, den man dir brachte, hast du angenommen. Und da waren einige darunter, denen ich zu Füßen gefallen wäre!« Sie reckte den Kopf weiter nach hinten über die Schultern, um den eigenen Wert und das daraus folgende Ungeheuerliche dieser Geste zu unterstreichen. »Deutsche Liebesromane! Davon ist das gekommen! Und dann hast du Albert geheiratet – ausgerechnet den.«

Seine Mutter betrachtete sie mit einer Mischung aus Verwirrtheit und Verzweiflung. »Wovon redest du da? Von mir, von dir oder von deutschen Liebesromanen?«

»Ach nichts!« Tante Bertha zuckte gereizt die Schultern. »Ich habe von Liebe geredet. Lupka –«

Da war wieder dieses Polnisch. David verspürte leisen Groll.

»Ach, jetzt weiß ich's«, sagte seine Mutter leichthin auf jiddisch. »Fahr fort.«

»Wie kann ich das, wenn du dich über alles, was ich sage, lustig machst.«

»Ich? Wieso denn?«

»Ich weiß, daß du verliebst warst, aber wenn ich dich frage, ob du daran glaubst, dann sagst du nein.«

»Na schön, ich glaube daran. Wenn ich dir so zuhöre, überzeugt es mich. Aber was hat das damit zu tun?«

»Siehst du? Schon wieder! Du bist genau so, wie Vater gesagt hat! Dein Herz war sanft, aber nur der Teufel hat dich verstanden. Ich bin deine Schwester. Du hast mir nie von dir erzählt. Es kümmert dich nicht einmal, was mich plagt.«

»Pscht!« Seine Mutter hob warnend den Finger. »Was plagt dich also? Sag's mir.«

»Sag du mir zuerst, warum du Albert geheiratet hast.« Ihre Stimme wurde plötzlich leise. »Nachdem du wußtest, was er – was für ein Mann er –«

»Ach! Pscht!« Seine Mutter schüttelte ungeduldig den Kopf. »Bertha, Schwester, du bist das einfältigste Frauenzimmer, das mir je begegnet ist. Was gibt's da zu sagen? Ich war die älteste. Es gab drei jüngere Töchter – dich, Jetta, Sadie –, die mich zum Baldachin gedrängt haben. Was blieb mir denn übrig?«

»Auch das kannst du deiner Großmutter erzählen«, fuhr Tante Bertha giftig fort. »Vater hat nichts gesagt. Mutter hat nichts geredet. Und dennoch gab es unter uns so ein Gerede – eine Redensart. Aber wer? Warum wolltest du nicht –«

»Komm! Nicht weiter!« Die Stimme seiner Mutter barsch, befremdlich streng für sie. »Nicht hier!«

David hatte gerade noch Zeit, den Kopf über das Geographiebuch zu beugen, bevor ihre Augen zu ihm herüberblitzten. In der darauffolgenden Stille ließ er den Blick dort, fest, starr, drehte das Buch mal so herum, mal anders, täuschte tiefste Versunkenheit vor. Vieles, was er gehört hatte, hatte er nicht ganz verstanden, es war alles so vage, aufregend, rätselhaft. Tante Betha hatte einen Verehrer. Er hieß Nathan sowieso. Er machte Gamaschen. Was war Liebe? Doch darüber zerbrach er sich nicht den Kopf. Es war ihm gleich, ob Tante Bertha ein Dutzend Verehrer hatte. Was ihn jedoch faszinierte, ihn zutiefst aufwühlte, waren die zwei Fäden, die er zutage gefördert hatte, und an diese zwei Fäden klammerte er sich. Sein Vater hatte etwas getan. Was? Das wollte niemand sagen. Seine Mutter? Nicht einmal Tante Bertha wußte es. Was nur? Was? Er war so aufgeregt, daß er nicht aufzuschauen wagte, nicht wagte, mit den Augen seinem die Linien nachziehenden Finger zu folgen. Er betete, seine Mutter möge fortfahren, antworten, enthüllen, was Tante Bertha angedeutet hatte. Doch sie tat es nicht. Zu seiner großen Enttäuschung wechselte sie abrupt das Thema. Als sie wieder sprach, hatte ihre Stimme ihre Ruhe wiedergewonnen.

»Sag, Schwester, warum bist du so gereizt?«

Tante Bertha verdrehte knubbelige Finger, kratzte sich heftig am Kopf, so daß die Haarnadeln aus den roten Haaren schossen. »Weil ich Angst habe.«

»Aber warum denn? Was in Gottes Namen hast du denn getan?«

»Nichts. Glaubst du, ich bin blöd? Der Mann soll es nur wagen –! Aber wie kommt es, daß seit deiner Heirat jeder in unserer Familie so geheiratet hat, wie ich es nur meinen Feinden wünschen würde?«

»Ich weiß es nicht.« Seine Mutter lehnte sich mutlos zurück. »Fängst du jetzt wieder von vorn damit an?«

»Habe ich denn nicht zu Recht Angst?« Sie fuhr sich mit den Handflächen über die Schenkel, fühlte, ob sie trocken waren, und trocknete sie dann in ihren zerzausten Haaren ab. »Wer hätte denn keine Angst, wenn er sich vorkäme wie ein Kalb, das geradewegs zur Schlachtbank geführt wird?«

»Sei nicht närrisch, Bertha.«

»Auf diesem Stamm liegt ein Fluch, das sage ich dir. Das ist eine beschädigte Saat.«

»Ach!« Ungeduldig. »Was ist er denn? Erzähl mir von ihm.«

»Ich schäme mich so.«

»Sollen wir lieber nicht darüber reden?« Seine Mutter wirkte sehr entschieden.

»Nein.« Tante Bertha runzelte mißmutig die Stirn. »Auch wenn du mir nichts von dir erzählst, erzähle ich's dir doch. Nathan Sternowitz ist – Witwer. Da hast du's! Bist du jetzt zufrieden?«

»Na, in Gottes Namen!« Seine Mutter entspannte sich, war erleichtert. »Ist das alles? Und deswegen plagst du dich und mich? Ein Witwer. Ich dachte schon, er habe – was weiß ich – keine Beine oder Arme!«

»Gott bewahre!« Und dann eifrig: »Dann meinst du also nicht, daß es eine Schande ist, ein Skandal, daß ich einen Witwer heirate – wo ich ja doch noch keine alte Jungfer bin.«

»Unsinn!«

»Aber er ist dreizehn Jahre älter als ich. Achtunddreißig! Und ai! er hat schon zwei Kinder. Ein Skandal ist das!« stöhnte sie kläglich auf. »Ein Skandal!«

»Skandalös ist, wie dumm du bist!« Ihre Schwester lachte kurz auf. »Liebst du ihn?«

»Um Gottes willen, nein! Und er liebt mich auch nicht, also frag mich nicht.«

»Und?«

»Ach, wir mögen einander. Wir lachen viel, wenn wir zusammen sind. Wir reden eine ganze Menge. Aber jeder kann einen mögen, der – Ai!« rief sie verzweifelt aus. »Ich mag ihn! Aber er glaubt nicht an die Liebe! Er sagt, Liebe ist Kneifen hier«, und sie zeigte auf ihre üppigen Brüste und dann auf ihre Schenkel, »und Kneifen da, mehr nicht. Und wenn das alles ist, dann glaube ich selber nicht daran. Aber ich weiß es halt nicht so recht.«

»Viel mehr ist es wirklich nicht.« Seine Mutter verzog die Oberlippe zu einem Lächeln. »Wenn man es so sehen will.«

»Aber wird man mich denn nicht auslachen? Die Mädchen in der Werkstatt? Oder die Leute in Veljish? Wenn die hören, daß ich einen Witwer mit zwei Töchtern geheiratet habe? Die sind nämlich halbwüchsig, zehn und elf.«

»Veljish ist zu weit weg, um sich Gedanken zu machen, Schwester. Und selbst wenn es nur so weit weg wäre wie dieses Brownsville, wo wir gewohnt haben, was kümmert es dich? Und ausgerechnet du machst dir Sorgen, was andere denken! Schäm dich! Ich habe dich für mutig gehalten.«

»Aber mit fünfundzwanzig Stiefmutter! Oder auch mit sechsundzwanzig! Wie ist das wohl? Den Platz einer Frau einnehmen, die im Grab liegt? Ai!« Sie kaute am Daumen. »Und es heißt, sie vergessen es manchmal und sprechen dich mit dem Namen ihrer Frau an. Rachel! Und sie liegt da im Totenhemd! Bei dem Gedanken schaudert's mich!«

»Davor hast du also Angst? Du bist ja abergläubisch! Wenn das nicht das Dümmste ist, was ich je gehört habe!«

»Ich weiß nicht«, sagte seine Tante. »Ich hasse die Stille, und ich hasse den Tod.«

»Dann hab keine Angst! Wahrscheinlich wirst du mit beiden nicht allzu lange zu tun haben. Wie ich sehe, bist auch du noch ein Kind. Aber hör zu. Eine Frau im Totenhemd ist doch nicht mehr eifersüchtig. Es sind die Toten in dir selber, die nicht ruhen wollen. Das wäre meine geringste Sorge. Aber wenn du nicht darüber hinwegkommst, wenn allein schon der Gedanke daran dir angst macht, warum willst du ihn dann überhaupt heiraten?«

Tante Berthas gewohnter Schwung und ihre Unverschämtheit waren verschwunden und damit auch die lärmende Art, die zu ihr gehörte, selbst wenn sie leise sprach. Doch obwohl sie die Mundwinkel hängen ließ und zum Fußboden zu sprechen schien, matt, stockend, lag noch ein Rest störrischen, dumpfen Trotzes in ihrer Stimme und in der Bewegung, mit der sie den Kopf herumwarf. »Ich sehe nicht gut aus – das weißt du – auch nicht mit diesem neuen Puder da im Gesicht – oder dem Gold da.« Sie zog die Lippen hoch. »Tröste mich nur nicht! Mich sieht doch keiner an – nicht mal am Sonntag, und du weißt ja, daß ich nicht mehr in meinen neuen Kleidern schlafe. Geld für Heiratsvermittler – ersticken sollen sie – habe ich nicht. Also was dann? Er ist der erste, der mich fragt, ja, wirklich der erste – und er könnte auch der einzige bleiben. Ich will meinen Hintern nicht bis auf die Knochen in einer Werkstatt durchsitzen« – sie begann, ihren schwieligen Daumen am Zeigefinger zu reiben – »und mein ganzes Leben lang Papierblumen und Stoffblumen flechten.«

»Das ist doch töricht, Bertha«, widersprach ihre Schwester sanft. »Du redest, als hättest du keine einzige gute Eigenschaft, als wäre bei dir alles hoffnungslos. Komm, wenn dich einer gefragt hat, dann fragen dich auch noch andere.«

»Je länger ich warte, desto mehr Geld muß ich sparen. Und bei meinen drei Dollar die Woche kann ich, wenn ich überhaupt etwas spare, lange warten.«

»Aber nicht doch! Denk nicht so viel ans Sparen. Gib den Männern doch erst einmal eine Chance! Du bist noch nicht lange genug in diesem Land. Ach, Bertha, New York ist voll mit allen möglichen Männern, die dich wollen!«

»Ja!« lautete ihre düstere Antwort. »Es ist auch voll mit allen möglichen gewandten, gefügigen Jüdinnen, die Klavier spielen können. Geh mir doch weg!« Bockig warf sie den Kopf zurück. »Wenn ich diese Sprache mal gelernt habe, bin ich was? Dreißig! Alt und vertrocknet! Andere haben Geld, andere können tanzen, können mit den Händen singen: Ta-ta-ra! Und ich kann bloß lachen und essen – meine einzigen Talente! Wenn ich jetzt keinen Mann kriege –« Sie machte eine wegwerfende Handbewegung. »Aber vielleicht kann ich ja nicht mal das.«

»Ach! So schnell kommt dir dein Schwung nicht abhanden.« Und nach einer kurzen Pause: »Wie ist er denn so?«

Mißbilligend schürzte sie die Lippen. »Ein Jude, wie andere auch.«

»Ja. Und?«

»Dem Äußeren nach nichts, klein wie ich und genauso unscheinbar. Aber er ist schlank, und hier und hier« – sie zeigte oben an ihre Stirn – »geht sein Haar zurück. Was noch da ist, ist braun, lockig. Zwei kleine Äuglein« – sie seufzte tief –, »eine lange Nase wie ein Scharnier. Er ist sauber. Er raucht nicht – er ist wie Albert!« Sie kicherte bedeutungsvoll. »Aber eine Angewohnheit hat er, die werde ich ihm austreiben – er schneidet beim Essen das Brot in kleine Würfel. Er zieht sein Messer heraus und zerschneidet es. Gott! Aber er ist sehr fügsam, und er wird nie ärgerlich. Er ist fröhlich. Er erzählt lange Geschichten. Du siehst, ich könnte herrschen.«

»Das sehe ich.«

»Und ich erzähle dir noch mehr!« Ein Woge des Eifers schwemmte ihre Schwermut davon. »Er ist nicht träge! Er hat Pläne, wie man zu Geld kommen könnte. Wir könnten es zu etwas bringen! Diese Woche hat er mich gefragt, ob ich gern einen Süßwarenladen hätte, wenn wir verheiratet wären. Er würde ihn kaufen, und ich würde ihn führen. Weißt du, was das bedeutet? Er könnte Geld mit Gamaschenschneiden verdienen. Ich würde Geld im Laden verdienen –«

»Und der Haushalt?«

»Zum Teufel damit! Ich hasse Hausarbeit! Und überhaupt, seine beiden Gören sind groß genug, um das zu machen! Ein Süßwarenladen! Dann wäre das Leben munter! Ha! Das wäre, als würde man ständig auf dem Jahrmarkt leben!«

»Und so kämst du auch an deine Süßigkeiten!« lachte seine Mutter verschmitzt. »Das wird dir gefallen.«

»Allerdings!« fuhr Tante Bertha arglos fort. »Ist es nicht seltsam, wie sich alles fügt – von Süßigkeiten zu Zähnen und wieder zu Süßigkeiten?«

»Ja. Und möge es alles zum Glück gereichen!«

»Das walte Gott! Kann ich ihn dann auch manchmal zum Essen mitbringen?«

»Aber natürlich!«

»Und du sagst Albert nichts – jedenfalls, bis ich's dir sage, bis ich mir sicher bin? Mit Gottes Segen bald ein Verlobungsring!«

»Nein.«

»Ai!« Tante Bertha legte die Hände zusammen und betete: »Möge er Rachel bald vergessen, das ist mein einziger Wunsch! Und wenn nicht« – unvermittelt zog sie giftig den Mund zusammen – »dann nehme ich zwei Steine und prügle sie ihm aus dem Kopf!«

»Mit dir als Frau wird er sie bestimmt ganz schnell vergessen.« Seine Mutter lächelte …

7

Ungefähr eine Woche war vergangen. David kam an dem Nachmittag gerade um die Ecke Avenue D, als er seine Mutter auf der anderen Straßenseite erspähte. Sie eilte zum Haus, mehrere Pakete in der Hand. Wenn er sie zufällig so sah, erschauerte er stets vor Freude. Es war, als wäre die launische Verworrenheit der Straße zur schlichten Beständigkeit ihrer Gegenwart aufgeblüht, als wären nicht Stunden, sondern Tage vergangen, seit er sie zuletzt gesehen hatte, weil nicht Stunden, sondern Tage vergangen waren, seit er sie zuletzt auf der Straße gesehen hatte. Er sprang über den Rinnstein und hinter ihr her.

»Mama!«

Sie blieb stehen, lächelte zu ihm herab. »Du bist das?«

»Ja.« Er fiel in Gleichschritt mit ihr. »Wohin gehst du?«

»Nach Hause natürlich«, antwortete sie. »Kommst du mit mir hoch?«

»Ja.«

»Dann trag das.« Sie reichte ihm ein Paket.

Wäsche. Das erkannte er an dem sauberen Geruch und dem gelben Einwickelpapier. »Hat der Chinese dir die süßen kandierten Nüsse gegeben?«

»Ich habe vergessen, danach zu fragen«, antwortete sie entschuldigend. »Wie schade!«

»Mmm«, machte er traurig.

»Aber das nächste Mal denke ich daran.«

»Was hast du denn da?« Er zeigte auf einen kleinen, eckigen, in Zeitungspapier eingeschlagenen Gegenstand, den sie in der Hand hielt.

»Eine Überraschung.«

»Für mich?« fragte er hoffnungsvoll.

»Nun ja«, sagte sie zögernd, »für alle.«

»Oh!« Unschlüssig blickte er darauf. Als eine Überraschung für alle schien das Päckchen viel zu klein.

Sie hatten das Haus erreicht und gingen hinein.

»Darf ich's sehen?«

»Ja, sobald wir oben sind.«

Als sie endlich an ihrer Tür angekommen waren, wartete er ungeduldig, bis sie den richtigen Schlüssel gefunden hatte. Auf Zehenspitzen gingen sie hinein. Nachmittags, wenn sein Vater im Schlafzimmer schlief, redeten sie immer nur im Flüsterton.

Seine Mutter schlug das Zeitungspapier zurück – ein Bild.

»Oh!« Er war leicht enttäuscht.

»Ist das genehm?« lachte sie.

David untersuchte es genauer. Es war ein Bild von einem kleinen Stück Erde voller hoher grüner Stiele, zu deren Füßen winzige blaue Blumen wuchsen.

»Ja, das gefällt mir«, sagte er unsicher.

»Ich hab's an einem Handkarren gekauft«, teilte sie ihm mit einem ihrer eigentümlichen, unerklärlichen Seufzer mit. »Es hat mich an Österreich und an meine Heimat erinnert. Weißt du, was das ist, was du da siehst?«

»Blumen?« riet er und schüttelte gleichzeitig den Kopf.

»Das ist Korn. Und so wächst es. Es wächst aus der Erde, weißt du, der Zuckermais im Sommer – der wird nicht von den Straßenhändlern gemacht.«

»Und was sind das für blaue Blumen darunter?«

»Die kleinen Blumen kommen im Juli heraus. Hübsch sind die, nicht? Du hast sie auch gesehen, ja, ganze Felder davon, aber das hast du vergessen, weil du so klein warst.« Sie blickte an den Wänden hoch. „Und wo soll ich es aufhängen? Ich habe einen Nagel gesehen, einen Nagel. Als ich ein kleines Mädchen war«, sagte sie zusammenhanglos, »brach in einem Nachbarhaus ein Feuer aus, und mein Vetter wurde so aufgeregt, daß er nur noch schreien konnte – Eine Leiter, eine Leiter, eine Leiter! Eine Axt, eine Axt, eine Axt! Die Leute sagen manchmal törichte Sachen – Da! Da ist einer.« Sie trug vorsichtig einen Stuhl zur Wand und stieg darauf.

David hatte seine Mutter kaum einmal so lebhaft, so heiter gesehen. Fast mußte er über sie lachen.

Sie kam herab und betrachtete das Bild, das sie gerade aufgehängt hatte. »Es ist ein bißchen hoch, sogar für Korn, aber so geht's. Jedenfalls besser als ein Kalender.«

»Wozu hast du es gekauft?«

In spielerischer Warnung drohte sie ihm mit dem Finger. »Wir bekommen Gesellschaft, weißt du das nicht? Berthas ›Bekanntschafts-Mann‹ kommt. Habe ich das richtig gesagt? Sie hat es mir beigebracht.« Und nach einer Pause: »Bist du gespannt darauf, ihn kennenzulernen?«

»Aaa!« Gleichgültig zuckte er die Achseln.

»Ach, was bist du nur für ein schlimmer Neffe! Nicht einmal gespannt auf den neuen Freier deiner Tante! Wenn sie ihn heiratet, ist er dein Onkel! Dann hast du einen amerikanischen Onkel. Einen gelben. Hast du dir das schon einmal überlegt? Natürlich nicht! Ach, du!«

David betrachtete sie schweigend und überlegte, warum das nun aufregend sein sollte.

»Ich glaube wirklich«, fuhr sie scherzhaft in scheltendem Flüsterton fort, »du überlegst dir gar nichts. Aber mal ehrlich, ist es nicht so? Bist du nicht einfach nur ein Paar Augen und Ohren? Du siehst, du hörst, du erinnerst dich, aber wann wirst du etwas wissen? Wenn du nicht deine schönen Zeugnisse nach Hause brächtest, würde ich dich doch tatsächlich für einen Dummkopf halten, mein einziger Sohn.«

»Ich geh' runter«, antwortete er unbewegt.

»Ach, du bist doch ein Dummkopf!« lachte sie bekümmert. »Bertha hat recht. Aber halt! Du mußt ein wenig früher zurück sein, mein Schatz. Ich muß dich waschen und dir die Haare kämmen und dir für unseren Gast ein frisches Hemd anziehen.«

»Nööö!« Er war schon an der Tür.

»Und kein Kuß?« Sie faßte ihn an den Schultern und küßte ihn. »Da! Köstliche, blühende Lippen! Komm nicht zu spät!«

Er ging hinunter – verwundert und ein wenig verwirrt. Es machte ihm nichts aus, Dummkopf genannt zu werden. Schließlich scherzte sie ja nur. Hatte sie denn nicht gelacht und ihn geküßt? Und ganz abgesehen davon, wenn er kein Interesse an seinem zukünftigen Onkel gezeigt hatte, dann hatte sie auch keines an ihm gezeigt. Die chinesischen Nüsse zu vergessen, einfach so! Wo sie auch noch umsonst waren und sie doch wußte, wie gern er sie mochte. Er überlegte, ob der Chinese ihm welche geben würde, wenn er jetzt hingehen und ihm sagen würde, seine Mutter habe gerade Wäsche abgeholt – was für welche? Hemden. Richtig. Sein Vater würde sich ebenfalls feinmachen. Vielleicht gar ein steifer Kragen, obwohl sich das Paket nicht danach angefühlt hatte. Geben Sie mir ein paar Nüsse, Mr. – Mr. – Wie? Sie hat vergessen, danach zu fragen, meine Mutter hat's vergessen! Mr. Chin-Chink! Komisch. Trotzdem mal vorbeigehen und reinschauen. Komisch. Aber – was? Er hatte über etwas gegrübelt, sagte er sich. Ja. Über etwas. Aber nun konnte er sich nicht mehr daran erinnern. Nicht Chineenüsse. Nein. Bekanntschaft kam? Vielleicht, nein.

Er trat von der Stufe, wandte sich nach Westen. Die chinesische Wäscherei war an der Ecke Tenth Street und Avenue C. Er ging langsam, trödelnd, nahm die Bewegung von Fahrzeugen und Menschen wahr, ohne aber noch davon überwältigt oder gar beunruhigt zu sein. Er kannte nun seine Welt. Mit einer Art nachdenklicher Gewißheit löste er aus dem allgegenwärtigen Getöse die einzelnen Elemente heraus – die fernen Stimmen, die nahen, die Klingeln eines Trödelkarrens, den lauten Singsang des Kaufe-Kleider-Mannes, der seinen Zeitungsknüttel schwenkte, das klatschende Rasseln der Schlüssel an dem riesigen Ring auf dem Rücken des Kesselflickers. Inzwischen war mehr Blau in der Luft des Nachmittags, die Luft war frischer, bannte Häuser in einem kalten, sonnenlosen, spröden Licht. Er schaute auf. Sie waren beide weg – die beiden Käfige auf dem ersten Absatz der Feuerleiter. Ein Papagei und ein Kanarienvogel. Kra! kra! schrie der erste. Ii – tii – tii – tschlii! der andere. Ein glattlaufender und ein rostiger Flaschenzug. Ob sie einander wohl verstanden? Vielleicht war es wie Jiddisch und Englisch oder Jiddisch und Polnisch, so wie seine Mutter und Tante manchmal redeten. Geheimnisse. Was? Gegrübelt über was. Was? Zu kalt jetzt. Vögel ziehn nach Süden, hat Lehrer gesagt. Aber nicht die Tauben. Nicht die Spatzen. Wie nun? Vögel waren komisch. Im Park an der Avenue C. Fressen braun. Scheißen grün. Grün ist auf den Bänken. Auf den Geländern. Wie nun? Du nicht? Apfel ist rot und weiß. Huhn ist weiß. Brot, Wassermelone, Weingummi, alles verschiedene Farben. Aber – Nicht sagen. Ist böse. Aber jeder sagt es. Trotzdem böse ... Und er bummelte weiter zum Drugstore an der Ecke, betrachtete kurz die rätselhafte Flüssigkeit in den Glasvasen, rot und grün, und wandte sich nach rechts.

Doch er grübelte. Er durchwühlte den Krimskrams im Kopf, stöberte, bekam es nicht zu fassen. Grübelte. Vögel? Vögel nicht. Schlimme Wörter? Nein. Davor. Wann? Tante Bertha, der neue Mann? Nein. Find's nicht. Vielleicht sein Name? Mr. – Mr. Wie? Ja. Vielleicht. Nein – Sondern – Als er sich der Wäscherei näherte, blickte er zu dem niedrigen Schild hoch, den stumpfen schwarzen Lettern auf dem stumpfen Rot. C-h-Cha-Ch-ar-ley. Charley. Amerikanischer Name. Genau wie Charley in der Schule. Aber vielleicht etwas anderes, so wie Yussie Joey ist. Mensch, vergessen. Yussie! L-i-ng. Ling. Ling-a-ling. Ist Jüdisch. Kann nicht sein. Ling. Mag nicht. Wie das beim Fleischer hängt. Mister Ling.

Er blieb stehen, sah ins Schaufenster und wollte gerade noch näher herantreten, als schrille vertraute Stimmen ihn von hinten grüßten.

»He, Davy!«

Er drehte sich um. Es waren Izzy und Maxie; beide wohnten in seinem Block, und beide waren sie in der Schule in seiner Klasse.

»Wo gehsn hin?« fragte Izzy.

»Nirngs.«

»Un warum has dann beim Chinesn ins Schaufensta geguck?« »Weil mein Mudder da die Wäsch geholt hat, wie ich grad vom Chejder komm bin, aber se hat kein Nüss gehol.«

»Un jetz wills fragn?« Izzy griff den Gedanken rasch auf. »Na komm, wir gehn alle rein.«

»Nee, ich wollt bloß guckn«, sagte David eilig. »Vielleich komm mein Mudder später noch, un ich geh dann rein.«

Einmütig gingen sie näher an das Fenster heran, spähten unter dem Schirm gewölbter Hände hinein. Drinnen, hinter dem hohen, grün gestrichenen Ladentisch, sprühte der bezopfte und schlitzäugige Wäschereimann aus einem Blechzerstäuber einen Wassernebel auf ein Wäschestück. Er schien zu sehr in seine Arbeit versunken, um sie zu bemerken.

»Da kanns jetz bestimm rein!« drängte Izzy. »He, Maxie, du gehs rein un sags, du bis Davy, so. Dann denk der, du bis Davy, dann gib er se dir. Dann krieng wir se. Ja? Dann komm Davys Mama un dann krieng wir se nochma.«

»Nee!« lehnte Maxie ab. »Geh doch selba rein! Die ham lange Messer!«

»Wie ne Frau sieht der aus«, sagte Izzy nachdenklich. »Was der fürn großn Schwanz am Kopp hat. Wir klopfn ma ans Fenster. Vielleich guck er her.«

»Vielleich renn er dir auch nach«, wandte Maxie ein.

Izzy drückte die Nase gegen die Scheibe. »Ich hab man Chinky gekann«, verkündete er. »Wo keine Händ gehab hat. Der hat dann mim Mund mim Stöckchen so ganz komisch geschriebn« – er verrenkte sich und krümmte sich zu Ideogrammen zusammen – »uff Zettel.«

»Un wie hatter dann gebiggl, Schlaukopp?« Maxie höhnte fast lustlos. »Wie hatter dann das Biggleisn gehaln?«

»Der hat das doch nich gehaln. Jemand anders hats gehaln.«

»Sies, wo die Chiniinüss sin?« Maxie spähte schief durchs Fenster. »In der Schachtel da? Ja! mm! mm! Ers brechn die leich. Innen isses dann weich un gut. Mm! Dann is da Schwarzholz drin. Dann isses hart un glitschig. Dann behälts dus im Mund, dann machs Wassa.«

»Ich kenn ein«, sagte nun Izzy, »wo de heiße Schal mitm Hamma geknack hat. Un drin wars nochn bißchn weich und gut. Un drin war nochn bißchn was Schwarzes. Dann hatter das geknack. Und drin war nochn bißchn weich un gut un drin war nochn bißchn hart. Dann –«

»Dann was?« fragte Maxie streitlustig.

»Dann hatters verlorn.«

»Pfui!«

Sie schwiegen eine Weile, dann sagte Izzy sehnsüchtig: »Da könnt ich ne Million von essn!«

»Ich auch!« pflichtete Maxie ihm eifrig bei. »Wann komm n dein Mudder?«

David war entsetzt. Er hatte nicht gedacht, daß sie ihn ernst nehmen würden. »Ich weiß nich«, antwortete er ausweichend und rückte langsam vom Fenster ab.

»Aber du has gesag, se komm«, beharrten sie, ihm folgend.

»Vielleicht auch nich. Ich weiß nich.«

»Wo gehsn jetzt hin?« Sie wandten sich nach Süden, Richtung Ninth, er nach Norden zur Tenth.

»Nirgnwo.« Sein Gesicht war ausdruckslos.

»Son Doofmann!« sagte Izzy hitzig. »Ders nie mit keim zusamm.«

Und dann trennten sie sich.

8

Als er nach Hause kam, war sein Vater schon aufgestanden. Nackt von der Taille aufwärts, die obere Hälfte seines schweren Unterzeugs hing ihm bis unter die Knie, stand er vor der Spüle und trocknete das schimmernde Rasiermesser zwischen den zusammengekniffenen Enden eines Handtuchs ab. Unter dem blauen Gaslicht wirkte sein rasiertes Gesicht steingrau, strenger und doch schöner. Die breiten Spindeln und Hügel der Muskeln an Arm und Schultern wölbten sich kraftvoll, wenn er sich bewegte. Die Muskeln auf seiner Brust und dem glatten Bauch waren kantig und flach. Ein paar dunkle Härchen ringelten sich auf der weißen Haut seiner Brust. Er war kraftvoll, sein Vater, sah viel kraftvoller aus, als wenn er ganz bekleidet war. Wie er da so vor der Tür stand, schien es David, als hätte er ihn noch nie zuvor gesehen. Und fast ehrfürchtig stand er da, bis ein einziger flüchtiger Blick, den sein Vater ihm zuwarf, ihn in Bewegung setzte und er unentschlossen zu seiner Mutter ging. Sie lächelte.

»Und nun mein zweiter Mann«, sagte sie leichthin. »Komm! Jetzt bist du dran.«

Um sich blickend, während er Mantel und Pullover auszog, sah er, daß die Küche makellos war. Der Herd war poliert. Das Linoleum, frisch gewischt, schimmerte warm. Die Fenster waren vor dem blauen Dämmerlicht untadelig. Auf dem schon gedeckten Tisch war sein Lieblingstuch ausgebreitet, weiß mit schmalen Goldstreifen, die große Vierecke bildeten. Er knöpfte sich das Hemd auf, zog es aus, schlüpfte aus seinem Unterzeug, als sein Vater sich eben in das seine kämpfte, und sah, während er noch auf seine eigenen schmalen, mickrigen Ärmchen blickte, gerade noch rechtzeitig das letzte Zucken langer Sehnen, bevor der nackte Arm umhüllt wurde. Wie lange würde es dauern, fragte er sich, bis solche Knäuel auch über seinem Ellbogen, solche festen, straffen Flechten auf seinen Unterarmen erscheinen würden. Er wünschte, es wäre bald, wünschte, es wäre heute, jetzt sofort. Stark, wie stark sein Vater war, stärker, als er je sein würde. Neid und Verzweiflung durchzuckten ihn. Nie würde er solche Sehnen haben, solche Muskeln, die sich sogar unter dem dicken Unterhemd zwischen Schulter und Achselhöhle spannten und dehnten. Nein, so stark würde er nie sein, und dennoch mußte er es sein, er mußte es sein. Er wußte nicht, warum, aber er mußte es sein.

»Schönes warmes Wasser«, sagte seine Mutter, während sie eine Schüssel im Ausguß vollaufen ließ. »Jetzt, wo wir ein Feuer im Herd haben.«

Sie zog einen Stuhl vor den Ausguß. David stieg darauf und begann, sich zu waschen. Hinter ihm waren sie ein paar Sekunden lang still, dann hörte er durch das Wasser, das er sich um die Ohren spritzte, ein knisterndes Geräusch, das ihn an gefrorene Wäsche, die gebogen wird, erinnerte. Und das Knurren seines Vaters.

»Da braucht man ja einen Keil, wenn man in die Ärmel kommen will. Stärken sie die denn mit Gips?«

»Anscheinend! Ich weiß auch nicht, warum sie das machen.« Sie hielt inne. »Aber nur dies eine Mal! Und wenn wir ihm genehm sind, dann nur noch einmal!«

»Hm!« grunzte er, während es weiter knisterte. »Dann aber bald! Wenn die glaubt, ausgerechnet ich werfe ihr Knüppel zwischen die Beine, dann ist sie nicht bei Trost. Ich würde das Gipshemd hier nicht anziehen, wenn ich nicht hoffte, sie loszuwerden. Das kannst du ihr von mir sagen, falls sie deshalb so heimlich tut.«

»Nicht deshalb, Albert. Sie hatte keine Angst, du könntest dich einmischen. Aber so ist es halt, so etwas kommt – na ja – nicht so oft im Leben einer Frau vor, und sie war sich eben nicht sicher. Außerdem hat sie sich ein bißchen gefürchtet – ein Witwer, eine Frau im Grab – hat sich halt ein bißchen geschämt, weißt du!«

»Pf! Ich würde sie glücklich preisen, wenn sie seine sechste Frau wäre! Und was den angeht, ein Russe weiß es nicht besser und verdient es auch nicht besser. Aber diese hinterhältigen Schliche – viermal die Woche zum Zahnarzt, Goldzähne, Puder, Spiegel! Dieses Gezappel! Gott allein wußte, was sie vorhatte!«

»So hinterhältig war das doch gar nicht, Albert!« Während sie sprach, zeigte sie David, der sich mit tropfendem Gesicht umgewandt hatte, das Handtuch neben dem sauberen weißen Hemd auf der Waschbütte. »Liebe, Ehe, wie immer man das auch nennen mag, macht das mit einem, macht einen unsicher, mißtrauisch. Man möchte besser erscheinen, als man ist.«

»Bei dir war es wohl auch so.«

»Ja.« Sie wirkte zögerlich. »Natürlich!«

»Pah!«

»Natürlich!« wiederholte sie und lachte dann. »Du kennst doch das alte Lied: Auf diese oder jene Weise wird der Bräutigam betört!«

»Betört!« Die schmalen grauen Züge strafften sich. »Betört!« Er blickte geistesabwesend weg. »Einiges zu betören – einen Russen und Witwer.«

»Aber Albert!« Sie lächelte listig. »Ein russischer Jude ist doch auch ein Mensch.«

»Und was für einer.«

»Und sie wird ihm eine gute Frau sein. Bertha ist schlau, und was noch mehr zählt, sie ist nicht schüchtern. Kleider kann sie keine gebrauchen. Und mit einem eigenen Süßwarenladen«, lachte sie, »wird es nichts für sie geben, wofür sie Geld ausgeben kann. Nach allem, was sie mir gesagt hat, ist sie genau die richtige Frau für diesen Nathan.«

»Wenn die mal einen Süßwarenladen hat und wenn es da genauso aussieht wie in ihrem Zimmer da, dann Gnade Gott ihren Kunden. Wenn sie hier ihre Haarnadeln dicht wie ein Stoppelfeld auf dem Fußboden herumliegen läßt, dann kann man bloß drauftreten, da aber essen sie sie auf, verlaß dich drauf. Die werden in jeder Schale sein. Und diesen roten Fuchsschwanz, den sie im Haar trägt, den werden sie in der Eiskrem finden. Hat sie schon einmal etwas dahin zurückgestellt, wo es hingehört? Macht sie einmal etwas sorgfältig? Und das Essen, das sie ihm kochen wird, Allmächtiger! Mit dieser übergroßen, blinden Hast, da ist sein Magen bald so wie meiner in den Jahren, bevor du kamst.«

»Ach, das lernt sie schon, Albert, das lernt sie! Sie muß es einfach! Ich konnte auch nicht kochen, bevor ich geheiratet habe. Schließlich hatten wir auch Personal, als ich ein Kind war – das hat die ganze Hausarbeit gemacht, geputzt und gekocht.«

»Pah!« unterbrach er sie verächtlich. »Das glaube ich nicht. Die lernt nie etwas! Und was weiß sie schon von Kindern? Nichts! Was die mit ihr für ein Leben führen werden. Und sie mit denen. Zwei halbwüchsige Gören am Hals, kaum daß sie geheiratet hat! Ihr völlig fremd. Ha! Ein einziges Tollhaus! Ein Schicksal, das man seinen Feinden an den Hals wünscht! Gut!« Ungeduldig zuckte er die Achseln. »Ich verlange ja nur, daß es schnell vorüber ist!«

David, der mittlerweile sein sauberes Hemd und seine Krawatte angezogen hatte, fuhrwerkte umher, um den Blick seiner Mutter auf sich zu lenken. Sie riß die Augen weit auf vor Freude.

»Sieh nur, wie er glänzt, dein Sohn!«

Unbeteiligt ruhte der Blick seines Vaters auf ihm, einen Augenblick lang, glitt dann wieder weg. »Warum kämmt er sich nicht?«

»Ich mach's!« Rasch trat sie an die Spüle, benetzte den Kamm und fuhr David damit liebkosend durchs Haar. »Als du ganz klein warst, waren sie brauner, mein Sohn. Mein schöner Sohn!«

Sein Vater griff nach dem grauen Milchtourenbuch, das auf dem Eisschrank lag, schlug es achtlos auf, ließ die Seiten schnell durch die Finger laufen. David erinnerte sich daran, wie diese einstmals stark von Druckerschwärze verfärbt gewesen waren, und machte ein finsteres Gesicht.

»Das gehört in meinen Mantel«, sagte er unvermittelt und verstummte wieder.

Ungefähr eine halbe Stunde später trafen Tante Bertha und der Neue ein. Mitansehen zu müssen, wie ein Fremder seinem Vater vorgestellt wurde, war für David immer eine Tortur, und diesmal war sie quälender denn je. Aufgeregt und rot vor Verlegenheit, redete und bewegte sich Tante Bertha noch hektischer, so daß ihr abgehackter, flatteriger Wörterwirbel seinen Vater so steif und unnahbar machte, als wäre er aus Stein gemeißelt. Als die beiden Männer sich die Hand schüttelten, antwortete sein Vater lediglich mit einem Grunzen auf die Begrüßung und starrte, dem Blick des anderen ausweichend, grimmig über dessen Schulter. Mr. Sternowitz, völlig aus der Fassung, warf einen raschen, verwirrten Blick auf Tante Bertha, die zunächst ihrem Schwager eine vor Haß gekräuselte Nase hinreckte und dann mit einem beruhigenden Ich-hab's-dir-ja-gesagt-Lächeln antwortete. Als der gefürchtete Augenblick vorüber war, setzte man sich auf den Vorschlag von Davids Mutter hin an den Tisch und entspannte sich dann, als man saß, vorsichtig.

Während das Gespräch, an dem Davids Vater sich nicht beteiligte, in kurzen, nervösen Aufwallungen durchs Zimmer kreiste und dabei hauptsächlich Zahnärzte und den Unterschied zwischen Tante Berthas »Absahß« und Mr. Sternowitz' »Geschwier« betraf, musterte David den Neuen. Er war, wie Tante Bertha gesagt hatte, von kleiner Gestalt, hatte eine sehr lange Nase, blaue Augen und war blaß. Ein fahler, schmaler Schnurrbart, dessen Spitzen er immer wieder herabzuziehen und darauf zu kauen suchte, folgte dem Rand einer dünnen Lippe. Seine Ohren waren übergroß, wirkten weich und flaumig, fast wie roter Plüsch. In seinem kleinen Mund schimmerten beim Sprechen Goldzähne, und seine blasse Stirn, die sich leicht in lange Falten legte, schob sich in raschen Perspektiven in das bräunliche gekräuselte Haar hinein. Oberhalb seines Schnurrbarts wirkte sein Gesicht gutmütig, sanft und doch schlau, darunter machte er trotz des kleinen Mundes und des fliehenden Kinns den Eindruck grämlicher Sturheit. Insgesamt sah er ziemlich unbedeutend und sogar ein wenig absurd aus. Und während David ihn betrachtete, verspürte er eine zunehmende Enttäuschung, weniger um seiner selbst, als um seiner Tante willen.

Nachdem Mr. Sternowitz den Zahnarzt gerühmt hatte – er wie auch Tante Bertha waren an dem Abend zugegen gewesen, als eine alte Frau in die Praxis gekommen war, um ihr neugefertigtes Gebiß auszuprobieren, und, nachdem sie eine Birne und ein dicht mit Mohn bestreutes Brötchen verzehrt hatte, befriedigt von dannen gegangen war –, kam er aufs Gamaschengeschäft zu sprechen und prophezeite, es werde bald vom Erdboden verschwinden. Kinder trügen weit weniger Gamaschen als früher. Und wegen der Ungewißheit seiner zukünftigen Einkünfte, so teilte er ihnen zögernd mit, finde er, die Frau eines Mannes solle ein unabhängiges Einkommen haben – worin ihm Tante Bertha nachdrücklich beipflichtete. Zunächst unsicher, dann aber von Tante Bertha und Davids Mutter beständig angetrieben und ermuntert, verlor Mr. Sternowitz nach und nach einiges von seiner Furcht vor der kühlen Verschlossenheit des anderen Mannes und sprach zunehmend freier. Wann immer sein Blick jedoch dem von Davids Vater begegnete, neigte sein Gesichtsausdruck dazu, in einschmeichelnder Demut zu erstarren. David fühlte mit ihm. Er vermutete, daß Mr. Sternowitz, wie er selbst, die Notwendigkeit verspürte, sich vor der erbarmungslosen, unbewegten Prüfung dieser Augen, dem grauen angespannten Antlitz unablässig zu erniedrigen. Jeder mußte sich seinem

Vater beugen, nur nicht Tante Bertha, und während Mr. Sternowitz' Unterwürfigkeit und Selbstverleugnung zunahmen, wurde sie immer verdrossener und trotziger.

Davids Mutter hatte eben begonnen, das Essen aufzutragen, als Mr. Sternowitz, zur Einleitung an seinem Schnurrbart knibbelnd, sagte: »Mein Vater war Knecht!«

Bis dahin hatte Tante Bertha ihrer Ungeduld nur dadurch Ausdruck verliehen, daß sie mit der Zunge am Gaumen schnalzte. Nun aber entschloß sie sich offenbar zu energischeren Maßnahmen und fragte in bissigem Ton: »Und bei Regen hat er zwei Kinder auf dem Rücken zum Chejder getragen, nicht wahr, Nathan?«

»Ja.« Mr. Sternowitz sah mit verletztem Blick von seinem Teller auf. »So war es. Ich glaube, ich habe es dir erzählt.«

»Na, und mußt du das bei jedem, gleich wenn du ihn kennenlernst, rausposaunen? Hat das nicht noch Zeit? Ist das denn nicht langweilig genug? Warum erzählst du uns nicht vom Vetter deiner Mutter, der Arzt war? Mit so etwas kann man prahlen!«

Mr. Sternowitz sah oberhalb seines Schnurrbartes vernichtet aus. »Daran habe ich nicht gedacht,« sagte er entschuldigend. Darunter jedoch arbeitete sich sein kleines Kinn nach vorn, als hätte ein verspäteter Impuls es nach vorn gestoßen. Und zuversichtlich blickte er zu Davids Vater hin: »Aber er *war* Knecht!« beharrte er.

»Ja! Sag ihnen nur alles!« Tante Bertha warf grollend den Kopf zurück. »Und deine Mutter war blind, als sie mit dir schwanger war, und halbblind, als du klein warst. Und statt mit Zuckerwasser hat sie dich mit Essig gefüttert. Deshalb bist du auch so häßlich!«

»Über etwas muß man doch reden«, beteuerte er hartnäckig. »Zumal wenn alle anderen still sind.«

»Ach! Es gibt einen ganzen Wald von Etwassen!« entgegnete Tante Bertha gereizt. »Wenn ich deine Verwandten besuche, dann erwartest du wahrscheinlich von mir, daß ich ihnen gleich im ersten Atemzug erzähle, daß der einzige Freier, den ich je hatte –« an der Stelle begann sie heftig zu gestikulieren und Grimassen zu schneiden –, »ein Mann war, der s-s-totterte. Und als der Heiratsvermittler zu ihm sagte: Reden Sie doch! Sie Ochse! Was sagt er da! H-h-hat I-ihre G-g-großm-mutter g-g-gern K-k-käse ge-ge-gessen? Pah! Aber mit mir nicht!« schloß sie außer Atem.

»Sei nachsichtig, Bertha!« sagte ihre Schwester. »Was macht es denn für einen Unterschied, ob er es früher oder später erzählt. Wir müssen einander doch kennenlernen.«

»Vielleicht«, antwortete sie bedeutungsvoll.

Niedergeschlagen blickte Mr. Sternowitz verstohlen von seinem Teller auf, zuerst zu Davids Vater hin, dessen Miene noch immer stur und unnahbar war, dann zu Tante Bertha, die schmollte. Dann blinzelte er verlegen, versuchte zu lachen, doch ohne Erfolg, und sagte unsicher: »Was hast du gesagt? Ich meine, zu – zu dem Verehrer?«

»Ich habe gesagt, da müssen Sie meine Großmutter fragen.« Schroff zog sie die Lippen zusammen. »Die ist tot.«

»Ai!« Mr. Sternowitz kaute an seinem Schnurrbart und blickte halb bekümmert, halb erfreut um sich. »Sie wird mir das Leben sehr schwer machen, nicht wahr? Und selbst daß ich Vater von Kindern bin, wird mir nichts helfen. Nun, meine erste Frau war älter als ich. Doch sie hatte keine Zunge und fügte sich. Es mag wohl sein, daß ich diesmal eine jüngere habe, und –«

»Und eine dritte wird's nicht geben!« Tante Bertha grinste boshaft.

»Nein«, gab er gehorsam nach. Und dann, wie um sich zu versichern: »Noch sind wir nicht verheiratet, oder?«

»Pah!«

»Was war denn mit Ihrer Mutter?« fragte Davids Mutter nach einer Pause.

Mr. Sternowitz, in der einen Hand eine Scheibe Brot, hatte langsam und ziellos begonnen, mit der anderen in seiner Westentasche zu kramen. »Das wußte keiner. Die Ärzte«, sagte er achselzuckend, während er ein Federmesser mit Perlmuttgriff herauszog, »die wußten es auch nicht.« Sein Blick begegnete dem Tante Berthas. Streng und finster senkte sich dieser von seinem Gesicht auf das Messer. Mit einer eigenartig entrückten Bewegung beugte er steif den Hals und starrte ebenfalls auf das Messer, drehte es unablässig herum, als hätte er es nie zuvor gesehen. »Ähm, Sie wußten es nicht!« Dann seufzend: »Weh mir! Ein schweres Leben!« Er ließ das Messer wieder in die Tasche fallen und biß einen zu großen Happen ab, so daß seine Worte von einem saugenden Schmatzen des Gaumens verschluckt wurden.

Tante Bertha lächelte plötzlich, freundlich, gütig. »Mampf es hinunter, Nathan, mein Augenstern, dann kannst du erzählen, was passiert ist – oder soll ich es tun?«

Mit anschwellenden Schläfen kaute Mr. Sternowitz schneller und schüttelte eilig den Kopf. Er wollte reden.

»Es war so.« Tante Bertha beachtete ihn nicht. »Der spinnt daraus ein Garn, das so lang ist, wie eine Ameise braucht, um einen Berg zu erklimmen. Seine Mutter wurde blind, und als die Ärzte sie nicht heilen konnten, ging sein Vater mit ihr zu einem Rabbi, und der hat sie geheilt. Na, Nathan?«

»Ja.« Mr. Sternowitz schluckte bedrückt.

»Was war das für ein Rabbi, zu dem sie gegangen sind?« fragte Davids Mutter.

Mr. Sternowitz wurde wieder heiter. »Keiner von diesen höflichen, wohlerzogenen Rabbis, nur keine Angst. Ist es denn recht«, und er wandte sich beifallheischend an Davids Vater, »daß ein Rabbi russischen Offizieren erlaubt, seine Töchter zu besuchen? Oder daß sie ›feine Leit‹ sind und keine weißen Socken und hohen Schuhe tragen und sich Bart und Ringellocken stutzen? Wie? Nein!« Er schien den unverwandten Blick des anderen zu deuten. »Das glaube ich jedenfalls. Je feiner sie werden, desto weniger von Gottes Kraft haben sie. Reb Leibisch, dieser Rabbi, der war so fromm, daß er seine Frau die ganzen Tageseinnahmen für Almosen weggeben ließ. Er behielt kein Geld über Nacht – keine einzige Kopeke. Nicht Reb Leibisch! Er haßte die Freuden des Lebens. Nie nahm er die Donnerstagseinladung für den Sabbat an. Zweimal die Woche fastete er. Das nenne ich einen Rabbi! Und als mein Vater sie zu ihm brachte, sagte er nicht: Geht heim, ich werde Gott um Heilung anflehen. Nein. Gott war an seiner Seite. Er sagte zu meinem Vater: Laß sie los! Nimm deine Hand weg! Und dann sagte er: Komm her, meine

Tochter! Und sie sagte: Wohin? Ich kann nicht sehen! Und er rief: Sieh mich an! Öffne die Augen! Der Allmächtige schenkt dir Licht! Und sie öffnete die Augen und sie sah! Das ist ein Rabbi!«

»Die muß ja gut gesehen haben«, Tante Bertha schlug sich energisch auf den Mund – das Zeichen von Sühne für Spott –, »wenn sie dir statt Zuckerwasser Essig gegeben hat.«

»Nicht auf einmal«, protestierte Mr. Sternowitz. »Aber nach und nach sah sie wieder. Als ich aus Pskov wegging, konnte sie recht gut sehen, aber sie schielte und – Da!« Er lachte und zeigte auf David. »Sehen Sie nur, wie er mich anstarrt. Ist das nicht wunderbar?«

David zog zutiefst verlegen den Kopf ein. Es stimmte. Ohne zu wissen, warum, hatte Mr. Sternowitz' kurze Erzählung ihn seltsam berührt. Er hatte ihn angesehen und gehofft, er fahre fort. Doch nun schämte er sich plötzlich, als er aller Augen auf sich spürte, insbesondere die seines Vaters. Er starrte auf seinen Teller hinab.

»Möchtest du mich etwas fragen?« erkundigte sich Mr. Sternowitz nachsichtig.

»Nein.«

»Süßer Golem mit den großen Augen!« neckte seine Tante. »Du mußt ihm ein Paar Gamaschen machen, Nathan. Bald ist Winter.«

»Wahrhaftig, ja! Ich werde ein Paar abzweigen und zu Hause fertigmachen. Wir brauchen seine Größe. Was für ein stilles, stilles Kind!« Er nickte beifällig. »Wie –« Sein Blick schwenkte kurz zu Davids Vater und wich dann hastig wieder zu Tante Bertha zurück. »Wie meine Töchter«, sagte er scherzend. »Nicht, Bertha?«

»Auf den Punkt!« war ihre spöttische Antwort. »Aber die hören auf mich, vergiß das nicht.«

»Was sonst!« grinste er. »So wie sie auf mich hören? Wie alt ist er, sagten Sie?«

»Der?« Seine Mutter tätschelte ihm den Kopf. »Sieben und ein paar Monate.«

»Ist gut gewachsen, kein böser Blick!« Er ließ die Gabel fallen und klopfte auf den Tisch. »Meine sind zehn und elf und sind auch nicht größer. Vielleicht gibt er ja noch für eine von meinen eine gute Partie ab.«

»Wo wir gerade von Partien sprechen.« Tante Bertha legte plötzlich einen warnenden Finger auf die Lippen. »Kein Wort zu der ›dentiska‹, hörst du, Nathan? Sonst wittert die noch eine Ehevermittlungsprämie. Eine Kackwurst kriegt die von mir!«

»Seid ihr schon soweit?« lachte ihre Schwester. »Dann möge die Freude mit euch sein.«

»Ich?« Mr. Sternowitz hob abwehrend die Hände. »Ich bin noch nicht soweit. Aber sie – Hals über Kopf!«

»Ach ja?« wehrte Tante Bertha entrüstet ab. »Hast du mir nicht erst gestern abend erzählt, du seist schon auf der Suche nach einem Süßwarenladen – in guter Lage – vielleicht an einer Ecke – und zu einem vernünftigen Preis – und für mich! Oder etwa nicht? Wenn du meinst, ich zerre dich zu sehr zum Baldachin, dann laß Rachels Verlobungsring nicht ändern. Pah, ich kann warten!« Mit einer fegenden Handbewegung wischte sie Mr. Sternowitz weg. »Er ist doch wie alle Männer. Erst überlegt er sich, wie er einen gebrauchen kann, dann in aller Ruhe, wann er einen heiraten soll. Bei mir gibt's das eine nicht ohne das andere.«

»Halt! Halt!« Mr. Sternowitz bremste sie. »Was habe ich denn gesagt, das dich so aufbringt! Ich habe gesagt, daß wir den Zollstock noch nicht an die Ehe gelegt haben. Damit habe ich gemeint, daß wir noch nicht verlobt sind, weiter nichts. Ich dachte schon, wenn ich dir einen Ring schenkte –«

»Wenn du mir den Ring schenkst!« Tante Bertha wackelte spöttisch mit dem Kopf.

»Wenn ich dir dann den Ring schenke! Wenn ich dir den Ring schenke, wird es besser sein, du nimmst ihn ab, bevor du zum Zahnarzt gehst, verstehst du? Dann gibt es keine Schwierigkeiten, und keiner spricht mit zwei Zungen, und wir sparen fünfzig Dollar.«

»Jetzt redest du wie ein Weiser!« sagte Tante Bertha beifällig. »Warum hast du das denn nicht gleich gesagt?«

»Na«, sagte Herr Sternowitz unbehaglich. »Gib mir nur Raum zum Atmen!«

»Haben Sie denn schon einen Süßwarenladen gefunden, der Ihnen genehm ist?« fragte Davids Mutter. »Ich meine, haben Sie schon etwas im Auge?«

»Nein, noch nicht«, antwortete Mr. Sternowitz. »Ich habe noch gar nicht angefangen, mich ernsthaft nach einem umzusehen – natürlicherweise. Aber das werde ich nun tun. Ich kenne mich da ein bißchen aus. Mein Vetter hatte einen, und da habe ich ganze Abende verbracht. Eine Schwierigkeit gibt es allerdings. Die meisten Süßwarenläden haben hinten nur zwei Zimmer. Für zwei Personen mag das angehen. Aber wir – ich meine, ich – ich habe zwei Kinder. Die sind gerade bei meiner Schwester. Wenn ich sie also zu mir hole, dann brauchen wir wenigstens drei Zimmer.«

»Das wird ein hartes Leben«, Davids Mutter wiegte den Kopf, »so hinter einem Laden zu wohnen. Das Treiben und der Lärm! Wäre es da nicht besser, sich irgendwo anders Zimmer zu nehmen? Vielleicht im selben Haus?«

»Wenn wir woanders wohnen«, sagte Mr. Sternowitz, »dann geht der halbe Profit drauf. Warum Geld für Miete hinauswerfen, wenn man kostenlos wohnen kann? Ein Plätzchen zum Schlafen, mehr brauchen wir nicht – und eines zum Frühstücken und Abendessen.«

»Mir ist es gleich, wo wir wohnen«, sagte Tante Bertha, »solange wir nur Geld machen. Geld, verfluchtes Geld! Was soll's, wenn es ein wenig unbequem ist. Ich habe noch keinen Schmorbraten abgelehnt, nur weil er mir zwischen den Zähnen hängenbleibt. Jetzt ist die Zeit zum Sparen. Später, wenn wir den Laden verkauft und ein wenig Geld gemacht haben, reden wir weiter.«

»Ganz meine Meinung.« Mr. Sternowitz rieb sich die Hände.

»Na, dann nichts wie ab zum Juwelier!« Verträumt wiegte sie sich vor und zurück. »Eine kurze Zeitlang wird's hart werden, da pinkeln wir im Dunkeln. Und dann werden wir ein Zuhause haben. Und wenn wir ein Zuhause haben, dann werden wir ein anständiges Zuhause haben. Schwere Möbel mit roten Beinen wie in den Schaufenstern. Alles mit Glas bedeckt. Schöne Kronleuchter! Ein Grammophon! Wir werden uns nach oben arbeiten! ›Vulldamf‹ wie die Bosse! Wie herrlich, morgens aufzuwachen, ohne bis ins Mark durchgefroren zu sein! Ein weißer Ausguß! Das Klosett drinnen! Eine Badewanne! Eine richtige Badewanne für mein leidendes Fell im Juli! Eine Badewanne! Nicht so ein Rettichreibeisen da« – sie zeigte auf die Waschbütten. »Jedesmal, wenn ich bade, prägt es mir einen Haufen Knubbel auf den Hintern!«

Schwerlidrig runzelte Davids Vater die Stirn, zuckte mit den Nasenflügeln. Davids Zehen krochen auf kleinem Raum auf den Schuhsohlen hin und her.

»Hörst du, Nathan?« Wie immer, wenn der Zorn seines Vaters hochkochte, schien Tante Bertha dies nicht wahrzunehmen. Und wie zuvor, ließ sie auch jetzt sorglos eine Serie ausgefallener Visionen vom Stapel. Und skandierte fast: »Eine weiße Badewanne werden wir haben! Heißes Wasser! Eine weiße Badewanne! Die glatteste im ganzen Land soll es sein! Die rutschigste im ganzen Land! Rutschig wie Rotz soll sie sein –«

»So wie ihr es in der alten Heimat gewohnt wart.« Davids Vater brach sein Schweigen mit wohlüberlegten Worten.

»Allerdings!« erwiderte Tante Bertha, so empört, als würde sie aus einer Schläfrigkeit aufgerüttelt. »Auch wenn sie wie ein Sarg aussah, war sie doch aus Zinn und glatter als *das* Trottoir da! Ich habe geglaubt, wenn ich in dies goldene Land käme, dann gäb's da etwas Besseres, um drin zu baden, als eine Kiste voller Wetzsteine, die einem den –«

»Ja, ich weiß! Ich weiß!« unterbrach er sie grob. »Du bist sehr zart gebaut!«

»Und ich kriege mal eine bessere!« setzte sie unversöhnlich hinzu. »Ich werde mich nicht mit einer Kaltwasserwohnung zufriedengeben. Ich werde nicht unterm Dach wohnen, wo die Gojim und Habenichtse hingehören! Das ist ein Land, in dem ein Jude sein Glück machen kann, wenn er das Zeug dazu hat – und nicht sein ganzes Leben lang fromm hinter einem Pferdeschwanz hocken muß!«

»Bertha!« rief ihre Schwester aus. »Bertha! Bist du denn ganz von Sinnen! Laß diesen Abend nicht schlimm enden!«

Durch eine außerordentliche Willensanstrengung beherrschte sich Davids Vater. Er sprach durch die Zähne – »Je früher du auf der Straße zu deinem Glück bist, desto lieber ist es mir. Und glaube nicht«, fügte er mit beißendem Nachdruck hinzu, »daß ich, auch wenn ich nicht zu deiner Hochzeit komme, nicht tanze!«

Mr. Sternowitz blickte mit verzagten, leicht ängstlichen Augen von einem zum andern. »Ai, Bertha!« Er versuchte unbekümmert zu klingen. »Du bist aber schrecklich! Wegen – wegen einer Badewanne ein solcher Aufstand! Komm, was ist denn schon eine Badewanne!«

»Eine Badewanne ist eine Badewanne.« Sie zog mürrisch eine Schnute. »Was habe ich da nur für einen hellen Verehrer!«

Mr. Sternowitz wand sich, blinzelte, wagte nicht, jemanden anzusehen. Die schwer errungene Entspanntheit, die noch vor wenigen Augenblicken geherrscht hatte, war gründlich zerstört, und alle waren wieder auf der Hut. Auch bestand nur wenig Hoffnung, daß die Spannung noch nachließ, da das Essen nahezu beendet war und es keinerlei Ablenkungen mehr gab. Davids Mutter versuchte sich an ein paar vagen Bemerkungen. Sie blieben unbeantwortet. In dem angespannten Schweigen brummelte Tante Bertha, offenbar den Tränen nahe, noch immer vor sich hin – »Gönnt mir nichts ... Sein Groll, sein säuerliches Schweigen ... Gott schwärze sein Schicksal.« David blickte angstvoll um sich, wagte kaum, sich vorzustellen, was noch geschehen könnte. Schließlich reckte Mr. Sternowitz, nachdem er etliche Male einleitend gehustet hatte, das Kinn vor und lächelte mit gezwungener und brüchiger Herzlichkeit.

»Weißt du was, Bertha«, sagte er. »Gehen wir doch ein wenig spazieren. Nach einem solch großartigen Abendessen gibt es doch nichts Besseres, hm? Und unterwegs können wir noch in den einen oder anderen Laden hineinschauen.«

»Was du willst!« antwortete sie trotzig. »Wenn wir nur von hier wegkommen!«

Beide erhoben sich, ziemlich überstürzt, und mit zurückgeworfenem Kopf eilte Tante Bertha in die Wohnstube, um ihre Mäntel zu holen; Mr. Sternowitz ließ sie hilflos in der Küche auf dem trockenen zurück. Wie in einer Falle, blickte er sich um, murmelte etwas über das Essen und behielt besorgt die Wohnstubentür im Auge. Nach ein paar Sekunden kam Tante Bertha wieder, und beide schlüpften in ihre Mäntel. Während sie ihren breiten Hut auf ihrem roten Haar zurechtrückte, hob sie den Blick zu der überhängenden Krempe und starrte dann daran vorbei auf die Wand – wo das neue Bild hing.

David zuckte zusammen. *Das war es!* Jetzt erinnerte er sich! Das, wonach er gesucht hatte! Was ihm unten entfallen war! Komisch –

Sie trat heran, betrachtete es. »Sieh mal, Nathan«, sie winkte ihn herbei, »was für schönes Korn im Garten meiner Schwester wächst. Das hab ich vorher gar nicht gesehen.« Fragend wandte sie sich an Davids Mutter.

»Ich habe schon gedacht, wann es wohl jemandem auffallen würde«, lachte die. »Vielleicht habe ich es in der Eile zu hoch gehängt.«

»Ganz hübsch.« Tante Bertha betrachtete sich in ihrem Taschenspiegel. »Machst du jetzt ein Museum auf?«

»Nein. Das war nur eine Laune. Und ich habe die zehn Cent gefunden, um sie zu befriedigen. Wahrscheinlich rausgeschmissenes Geld.« Sie sah zu dem Bild hoch.

»Tja, wir müssen gehen«, sagte Tante Bertha resolut. »Ich komme später wieder, Schwester.«

Gutenachtwünsche wurden ausgetauscht. Tante Bertha und Davids Vater, erstere leidenschaftlich, letzterer versteinert, wechselten verächtliche Blicke. Die Einladung von Davids Mutter, sie noch oft zu besuchen, nahm Mr. Sternowitz ohne größeres Behagen an und drängte, nach einem leeren Lächeln von Davids Vater, in Tante Berthas Schutz zur Tür hinaus. Schweigen folgte. Sein Vater kippte mit einem heftigen Stoß seinen Stuhl gegen die Wand und stierte mürrisch an die Decke. Seine Mutter räumte sorgsam das Geschirr ab, einen ängstlichen, entrückten Ausdruck auf dem Gesicht. David wünschte sich, sie würden etwas sagen. Das Schweigen machte seinen Vater nur noch bedrohlicher. Doch das Schweigen hielt an, und David, der sich in den Klauen der Anspannung gefangen fühlte, wagte nicht, sich zu rühren – jedenfalls so lange nicht, bis sein Vater etwas sagte und den

Druck milderte –, und konnte währenddessen als Ausweg nur das neue Bild anblicken, das seine Mutter gekauft hatte.

Er stellte vage Überlegungen an, warum es ihn den ganzen Nachmittag verfolgt hatte, warum es aus dem Hinterhalt seiner Gedanken an seinen Gedanken gezerrt hatte. Seltsam. Wie etwas, was einen hinter eine Mauer schleift. Und man erst seit wenigen Minuten weiß, was es war. Komisch. Und man dann merkt, daß es gar nichts war – nur ein Bild von hohem grünem Korn und blauen Blumen darunter. Vielleicht kam das daher, daß sie so glücklich gewesen war, als sie nach dem Nagel suchte. Sie hatte gelacht, als sie das Bild aufhängte. Vielleicht war es das. Er hatte nicht gewußt, warum sie lachte. Und sie hatte gesagt, er habe es auch gesehen, richtiges Korn, vor langer Zeit in Europa. Doch sie hatte gesagt, er könne sich nicht mehr daran erinnern. Vielleicht versuchte er also, sich an das richtige zu erinnern, statt an das auf dem Bild. Aber wie? Wenn – Nein. Komisch. Es lief alles ganz durcheinander und –

Sein Vater richtete sich unvermittelt auf, Schuhe und Stuhl rutschten kurz über das Linoleum. Jetzt würde seine Wut zum Ausbruch kommen! David starrte ihn an, halb das Nachlassen des Drucks begrüßend, halb verängstigt wegen der Folgen.

»Dieses ordinäre Weibsstück!« blaffte er. »Diese Schlampe! Daß ihr von einer Mutter stammt! Die und ihr dreckiges Mundwerk und ihre Badewannen und ihre Manieren. Eine Million Badewannen könnten die nicht sauberkriegen. Wer hat die denn überhaupt hier eingeladen! Ich habe mich jetzt lange genug beherrscht. Ich schmeiße die hier noch raus!«

Seine Mutter hatte das Geschirrtuch aufgehängt und sich langsam umgewandt, als nähme sie die Aufgabe, ihn zu besänftigen, nur ungern auf sich, und stand schweigend da, legte seinem Zorn keine Hindernisse in den Weg.

»Greift mich hinterhältig wegen meines Lohns an. Prahlt mit dem Vermögen, das sie machen, und den Palästen, in denen sie einmal leben wird! Macht mich vor einem Fremden zum Narren. Als wäre ich ein Faulenzer, als würde ich für mein Brot nicht ebenso schwitzen wie jeder andere auch! Aber keine Sorge, das zahl' ich ihr heim. Am liebsten würde ich auf der Stelle hergehen und ihren ganzen Krempel ins Treppenhaus werfen!«

»Bald sind sie ja weg, Albert. Hab doch nur noch ein Weilchen Geduld.«

»Geduld mit dieser Wespe!«

»Versteh doch, sie hatte Angst. Sie glaubte, du hättest vielleicht ihren Heiratschancen geschadet.«

»Ich? Ihren Chancen geschadet? Lieber würde ich *ihr* schaden! Und dann noch dieses dreckige, ratschende Maul. Jedesmal, wenn sie es in Bewegung setzt, kriege ich eine Gänsehaut – als schüttete sie Ungeziefer über mir aus. Ihren Chancen schaden! Lossein will ich sie!«

»Sie will auch nicht länger als nötig hier bleiben.«

»Das will ich ihr auch geraten haben. Und er! Der ist harmlos. Ich hätte ihn bedauern können. Ich hätte fast gedacht, der arme Trottel, der weiß ja nicht, auf was er sich da einläßt. Vielleicht hat sie ihr wahres Ich vor ihm verborgen. Aber jetzt verachte ich ihn! Ein Schwächling! Nach allem, was er gehört und gesehen hat, will er dieses – dieses Schandmaul heiraten! Das würde noch den Wasserträger in einem russischen Bad beschämen! Daß er seine Kinder so einer anvertraut. Der verdient nichts als Verachtung!«

»Das soll seine Sache sein. Er ist nun wahrlich alt genug und hat genug gesehen und erlebt, um zu wissen, was er will. Vielleicht lernt er ja sogar, mit ihr umzugehen, man kann nie wissen.«

»Mit ihr umgehen! Dieser Knopflochmacher. Dazu braucht es eine starke Hand! Ich würde sagen, er soll schon mal anfangen, sich sein Grab zu schaufeln. Aber was geht mich das an?« Er schüttelte wild den Kopf, als wäre er wütend auf sich selbst, weil er Anteil an Tante Berthas Zukunft genommen hatte. »Soll sie doch heiraten, wen sie will und wer sie will. Soll sie sich doch ihr ganzes Leben lang das Gefasel dieses Idioten über Blindheit und Essig anhören. Aber wenn sie glaubt, sie kann mir dumm kommen, weil sie einen Mann dabeihat, dann soll sie sich mal lieber vorsehen. Sie scherzt mit dem Todesengel!«

»Beachte sie einfach nicht, Albert! Bitte! Laß sie ihrer Wege gehen. Sie läßt dich auch die deinen gehen. Das weiß ich!

Wahrscheinlich bringt sie ihn gar nicht öfter her, als es nötig ist. Sie sprechen ja schon von Ringen.«

»Na ja, solange sie hier ist, soll sie sich lieber vorsehen, sonst ist ihr Bleiben von kurzer Dauer.« Er schnob grimmig durch die Nasenlöcher, stierte düster auf die Wand gegenüber. Sein Blick blieb an dem Bild hängen. Er runzelte die Stirn. »Auf welchem Müllhaufen hast du das denn gefunden?«

»Das?« Ihr Blick ging nach oben. »Auf einem Karren in der Avenue C. Ich habe gedacht, einen größeren Fehler, als zehn Cent dafür auszugeben, kann ich nicht machen, also hab ich's gekauft. Gefällt és dir nicht?«

Achselzuckend sagte er: »Vielleicht, wenn du es aus einem anderen Anlaß gekauft hättest. Aber so –« Er machte ein finsteres Gesicht. »Warum hast du denn überhaupt ein Kornbild gekauft?«

»Grün«, sagte sie sanft. »Österreichisches Land. Was hättest denn du genommen?«

»Etwas Lebendiges.« Er langte nach der Zeitung. »Eine Kuhherde an der Tränke, wie ich sie schon in Geschäften gesehen habe. Oder einen Preisbullen mit schimmernden Flanken und dem schwarzen Feuer in den Augen.«

»Das dürfte nicht schwierig sein. Bestimmt könnte ich auch so eines für dich finden.«

»Laß mich das lieber machen«, sagte er knapp. Dann schlug er die Zeitung auf und beugte sich darüber. »Da habe ich wohl ein besseres Urteil.«

Resigniert hob sie das Gesicht und sah dann mit einem leisen, bedeutungsvollen Lächeln zu David hin, als wollte sie mit ihm ihr Wissen teilen, daß sein Vater nun besänftigt und die Gefahr vorüber war. Sie wandte sich wieder zum Spülbecken.

9

Am Sonntag – einem strahlenden Sonntag unmittelbar vor dem Wahltag – war Davids Vater nach dem Mittagessen vom Tisch aufgestanden und mit der knappen Bemerkung, er wolle sich eine Wahlrede anhören, gegangen. Als er weg war, spottete Tante Bertha über sein plötzliches Interesse an der Politik und legte den Finger voller Entrüstung auf das, was, wie sie erklärte, der wahre Grund für sein Weggehen sei: Nathan (sie alle nannten Mr. Sternowitz nun mit Vornamen) sollte am späteren Nachmittag zu Besuch kommen, und Davids Vater sei lediglich deshalb weggegangen, um ihm nicht zu begegnen. Und das sei, fügte Tante Bertha giftig hinzu, ein sehr liebenswürdiger, wenn auch unwillentlicher Akt, für den sie zudem sehr dankbar sei, da sie keinen Grund sehe, dem armen Nathan Sternowitz die grobe und mürrische Anwesenheit dieses Mannes zuzumuten. Statt sie daher zu beleidigen, schloß sie mit trotzigem Triumph, habe Davids Vater ihr einen guten Dienst erwiesen – doch nun, da er dies getan habe, hoffe sie inbrünstig, er breche sich auf dem Weg, wohin auch immer, ein Bein. Und als Davids Mutter protestierte, teilte Tante Bertha ihr gütigerweise mit, sie hätte darum gebeten, er möge sich beide Beine brechen, wäre ihr Mann nicht der einzige Versorger der Familie. Na! Sei das etwa keine Besorgtheit? Und dann folgte ihre übliche angewiderte Frage, warum ihre Schwester einen solchen Wahnsinnigen geheiratet habe.

Davids Mutter hatte gerade das Tischtuch zusammengefaltet und schwenkte es nun warnend in Tante Berthas Richtung. »Irgendwann einmal wird er das mitanhören, Schwester, und dann bezahlst du teuer dafür.«

»Und wenn es mich den Kopf kostet«, entgegnete sie keck. »Solange er nur weiß, was ich von ihm halte.«

Seine Mutter schüttelte ungeduldig den Kopf. »Das weiß er schon! Meinst du nicht, daß er lange genug Zeit gehabt hat, es herauszufinden? Und ehrlich gesagt, bin ich es so leid, euch beide davon abzuhalten, aufeinander loszugehen. Albert muß seinen eigenen Weg gehen, aber du – du könntest wenigstens manchmal an mich denken und es mir nicht so schwer machen. Gib doch eine Weile Frieden. Du heiratest ja bald. Du bist nicht mehr sehr lange hier. Legst du es denn darauf an, daß deine letzten Monate hier in einer Katastrophe enden?«

»Nicht für mich!« Ihre Schwester warf halsstarrig den roten Kopf zurück. »Der schmeißt mich nicht noch einmal gegen die Wand. Dem steche ich die Augen aus.«

Seine Mutter sagte achselzuckend: »Warum ihn reizen?«

»Ach, du machst mich krank – du und deine Sanftheit. Ihm Gift in den Kaffee tun, das würde ich tun.«

Und David, der sie teils verwundert über ihre Unbesonnenheit, teils in schuldvollem Entzücken anstarrte, merkte, wie seine Mutter mit angstvollen Augen zu ihm hinblickte. Und seine Tante, die das ebenfalls bemerkte, setzte lautstark hinzu:

»Das würde ich tun! Ich würde ihn vergiften! Er soll es nur hören! Ich hab' keine Angst.«

»Aber Bertha! *Ich* habe Angst! Du darfst solche Sachen nicht vor – ach!« Sie unterbrach sich. »Das genügt jetzt, Bertha.« Und zu David gewandt: »Gehst du nach unten, mein Schatz?«

»Ja, gleich, Mama«, antwortete er. Innerlich aber war er zu fasziniert von den kühnen Schmähungen seiner Tante, um gerade jetzt gehen zu wollen.

Tante Bertha zuckte mißvergnügt über die Zurechtweisungen seiner Mutter die Achseln, schmatzte mit den Lippen, wackelte mit dem Kopf, schlug aber gleich darauf wieder in ihrer üblichen übersteigerten Art zurück und bellte, den Kopf aufgerichtet, einige polnische Wendungen an die Decke. Zu Davids Verblüffung schienen die Worte seine Mutter zu treffen, denn sie erstarrte und rief unvermittelt mit ungewohnter Schärfe aus:

»Das ist doch Unsinn, Bertha!«

»Bist du jetzt wütend?« Ihre Schwester schüttelte etliche Strähnen struppigen roten Haars vor ihre provozierend gerunzelte Nase.

»Ja! Ich möchte, daß du jetzt aufhörst!«

»Geliebter und heiliger Name, hör dir das an! Sie kann tatsächlich wütend werden! Aber hör mir zu! Auch ich habe das Recht, wütend zu sein. Seit einem halben Jahr wohne ich nun bei euch. Seit einem halben Jahr erzähle ich dir nun alles, und was hast du mir erzählt? Nichts! Ich bin kein Kind mehr! Ich bin nicht mehr die Vierzehnjährige, die ich war, als du eine erwachsene junge Frau warst. Ich heirate bald. Kannst du mir denn nicht vertrauen? Würde ich dich denn nicht verstehen? Aaaah!« seufzte sie heftig. »Wollte Gott, die beiden Zwillinge wären nicht gestorben und würden noch leben. Sie wären nun alt genug, um es verstanden, um es gewußt zu haben. Dann hätte ich es auch gewußt – Also?« fragte sie herausfordernd.

»Ich möchte jetzt nicht darauf eingehen.« Die Antwort seiner Mutter war barsch. »Ich habe es dir schon einmal gesagt. Es ist zu lange her. Es ist zu schmerzhaft. Und außerdem habe ich auch keine Zeit.«

»Pah!« Sie ließ sich unvermittelt auf einen Stuhl fallen. »Jetzt hast du keine Zeit. Genau wie ich gesagt habe. Erst –« Sie verfiel wieder ins Polnische. »Na schön. Das könnte eine Entschuldigung sein. Dann –« Erneut ging die Bedeutung verloren. »Dann – Genau wie ich gesagt habe! Behalte es für dich! Ich werde heiraten, ohne es zu wissen.« Und sie verstummte und starrte mürrisch aus dem Fenster.

Auf der anderen Seite des Zimmers stand seine Mutter, ebenfalls schweigend, ebenfalls vor einem Fenster, den Kopf erhoben, und blickte sinnend hinauf zu dem braunen, glasierten Rand des Daches und den roten Backsteinschornsteinen darüber. Für David sahen sie plötzlich ganz eigenartig aus, die beiden Frauen, wie sie einander den Rücken zuwandten, wie jede aus einem anderen Fenster blickte, die eine durch die Vorhänge des lauten Straßenfensters hinunter, die andere aus dem stillen ohne Vorhänge hinauf; die eine sitzend, fahrig, vergeblich versuchend, die dicken Beine übereinanderzuschlagen, die andere reglos und abwesend. Trotz des Puders war seine Tante in der Sonne rothäutig, vor dem offenen Himmel kurzhalsig und gedrungen; in dem schmalen Schatten, wo sie stand, war seine Mutter vor der beengenden Luftschachtwand hochgewachsen, braunhaarig und blaß.

Und worum ging es da, fragte er sich. Was bedeuteten die polnischen Worte, bei denen seine Mutter sich so aufgerichtet hatte? Die Intuition half ihm. Vage ahnte er, daß das, was er gerade gehört hatte, in Verbindung mit den spärlichen

Andeutungen stehen mußte, die er schon einmal gehört hatte, die ihn zunächst so fremdartig berührt und dann geängstigt hatten. Nun würde er vielleicht erfahren, worum es dabei ging, aber wenn er es täte, dann könnte sich womöglich wieder etwas ändern, könnte das Andere sein, das die ganze Zeit unter der Sache gelauert hatte, die schon da war. Und das wollte er nicht. Vielleicht war es besser, dem auszuweichen und nach unten zu gehen. Und zwar jetzt, noch bevor jemand sprach. Aber was? Sein Atem beschleunigte sich angesichts einer Gefahr, die aber auch faszinierend war. Was war es? Warum wollte sie nichts sagen? Er würde bleiben, bis – bis – Nein! Lieber nach unten –

»Sieh mal, David!« Ohne vom Stuhl aufzustehen, reckte Tante Bertha den Hals, um auf die Straße hinabzuschauen. »Komm her. Sieh mal, wie sie die Kiste da schleppen.«

David trat ans Fenster und sah hinab. Unten auf der dusteren Straße war ein Schwarm Jungen, deren Geschrei vom Fenster gedämpft wurde. Unterschiedlich groß und alt, zogen sie eine sperrige Kiste am Rinnstein entlang, rempelten einander in ihrem Eifer, mit Hand anzulegen, behinderten sich gegenseitig und schubsten sich aus dem Weg, schüttelten die Fäuste und vergaßen es gleich darauf, um erneut an der Kiste zu zerren.

»Was jaulen die denn so?« fragte seine Tante. »Wessen Holz ist das?«

»Das gehört niemand«, klärte er sie auf. »Das ist ›Wahl‹holz.«

»Was meinst du damit, ›Wahl‹holz?«

»Das verbrennen sie am ›Wahl‹tag. Am ›Wahl‹tag machen sie immer ein riesengroßes Feuer. Papa ist da auch hingegangen. Auf den Fässern und den ganzen Bierlokalen sind Bilder.«

Seine Mutter wandte sich von dem Luftschachtfenster ab. »Das habe ich auch in Brownsville gesehen, auf den leeren Grundstücken. Das ist hier so Brauch. Ein Feuer an dem Tag zu machen, an dem gewählt wird – es ist der Dienstag. Ist Nathan Staatsbürger, Bertha?« fragte sie versöhnlich.

»Ja, natürlich!« Tante Bertha war noch immer eingeschnappt, die Bewegungen ihrer Schultern, als sie sich wieder brüsk dem Fenster zuwandte, waren noch immer beleidigt. »Was sonst!«

Als David sah, wie seine Mutter eigentümlich hoffnungslos die Stirn hob, beschloß er, wieder hinunterzugehen. Was auch immer die Spannung auslöste, und es war die entschiedenste, die er zwischen seiner Mutter und seiner Tante je erlebt hatte, so war sie nicht nur verwirrend, sondern auch unangenehm. Ja. Er würde hinuntergehen.

»Aber warum ziehen sie sie denn herum?« wandte Tante Bertha sich verdrießlich an ihn. »Verbrennen sie sie als Vorgeschmack auf das, was noch kommt?«

»Nein. Sie verstecken sie«, sagte er abwehrend. »In einem Keller. Nämlich in Keller 732 und Keller 712, ganz in der Nähe, wo der Rabbi ist. Aber gestern sind starke Männer gekommen und ein Straßenreinigungswagen, ein brauner, und die haben es alles mitgenommen.«

»Aber jetzt holen sie noch mehr! Pah! Amerikanische Idioten! Zerren sich für ein Feuer, das sie nie machen werden, die Seele aus dem Leib. Aber wenn sie Holz für ihre Mutter holen sollen, sind sie alle zu lahm, hm? Und du!« wollte sie anklagend wissen, »Schleppst du auch Holz?«

»N-nein«, log er. Mehr als ein- oder zweimal hatte er nicht geholfen, Wahlholz zu holen.

»Hm-m-m!« seufzte Tante Bertha gelangweilt und blickte zur Uhr. »Noch anderthalb Stunden, dann kommt mein Herr Großnase. Ich fühle mich einsam.«

»Hör zu, Bertha«, sagte seine Mutter mit plötzlich angespannter Stimme, als hätte sie sich zu einem Schritt entschlossen, betete aber darum, daß er nicht nötig würde. »Willst du es wirklich hören?«

Davids Herz machte vor Aufregung einen Sprung. Geh lieber nach unten, warnte sein Verstand ihn fast benommen. Geh lieber nach unten. Statt dessen aber fiel er auf die Knie und kroch mit ausdruckslosem Gesicht zum Herd.

Wie von der Tarantel gestochen, wirbelte Tante Bertha herum, halb von ihrem Stuhl springend. »Ob ich es hören will?« explodierte sie. »Welche Frage! Nachdem ich dich monatelang gebeten habe? Ob ich es hören will!« Unvermittelt brach sie ab. Ihr Blick begierigen Interesses wich einem entschuldigenden Selbstvorwurf. »Nein, nein, Schwester! Wenn es dir schwerfällt, dann sag nichts. Ich schäme mich wirklich dafür, daß ich dich so gequält habe.«

»Du brauchst dich nicht zu schämen.« Das Lächeln seiner Mutter war bitter und verzeihend zugleich. »Irgendwann muß man über diese Dinge sprechen. Ich weiß nicht, was mich da reitet, da ich sie so ganz für mich behalten will.«

»Und wie ich dir ja schon tausendmal gesagt habe«, drängte Tante Bertha vernünftig, überredend, ihren Eifer zügelnd, »es ist alles schon so lange her, es sollte für dich inzwischen ein Scherz sein. Und was es auch ist, kann es *mir* denn angst machen? Ich kenne dich, Schwester, was für ein gutes Herz du hast. So ein schlimmes Unrecht kannst du doch gar nicht begangen haben.«

»Es war schlimm genug. Genug für ein ganzes Leben.«

»Ach?« Tante Bertha rieb sich den Rücken an ihrer Stuhllehne. »Ja?« Aufnahmebereit setzte sie sich zurecht.

»Nur drei Menschen wissen davon«, begann seine Mutter mühsam. »Mutter, Vater, ich natürlich und – und noch jemand – zum Teil. Ich möchte aber nicht –«

»Oh, nein! Nein! Nein! Vertrau mir, Genya!«

David erschauerte, bebte vor Erwartung, Furcht.

»Du weißt doch noch«, begann sie und brach dann ab, als ihr Blick sich mit dem seinen traf, während er zu ihr hochschaute. »Lassen wir's dabei.«

Das verstohlene Kopfnicken schien ihrer Schwester zu bedeuten, ihr in das Reich einer anderen Sprache zu folgen. Denn als sie wieder sprach, hatten sich ihre Worte mit jener fremden, ärgerlichen Zunge verschmolzen, die David nicht ergründen konnte. Verdrossen blickte er zu Tante Bertha hin. Die hatte sich begierig vorgebeugt, um alles, was seine Mutter sagte, noch besser aufsaugen zu können; mal machten ihre beweglichen Züge die seiner Mutter nach, mal widersprachen sie ihnen. Ihre Begierde quälte ihn, stachelte ihn zu noch angestrengterem Zuhören an. Es war sinnlos. Forschend betrachtete er seine Mutter. Ihr Hals hatte eine dunklere Färbung angenommen. Bald waren ihre Augen starr und dunkel, und sie sprach schnell. Bald wurden sie schmal, dann zogen sich die breiten Brauen gekrümmt zusammen. Schmerzen. Was tat ihr weh? Jetzt seufzte sie und ließ die Hand sinken, ihr Gesicht wurde schlaff und voller Trauer, die langsamen Lider schwer. Was? Doch obwohl er überall zwischen den gutturalen und stimmlosen Lauten herumforschte, mit aller Macht versuchte, die störrischen Modulationen der Sprache zu durchdringen, er vermochte es nicht. Die Sinne fanden keinen Ansatzpunkt.

Verdrossen, fast vor Wut weinend, drehte er sich auf den Rücken, starrte an die Decke. Es war ihm egal, weiter nichts. Er würde ihr auch nichts mehr sagen. Ätsch! Er ging jetzt nämlich nach unten. Würde ihr nie wieder etwas sagen – Aber – Horch! Ein jiddisches Wort! Ein paar Wörter zusammen! »Nachdem der alte Organist tot« ... Noch mehr! »Allein im Laden« ... Ein Wort! »Hübsch« ... Wie glitzernder Glimmer im Gehsteig, noch mehr Wörter! »Eine Schachtel Streichhölzer« ... Verstohlen drehte er sich um, um sie zu beobachten.

»Und er ergriff meine Hand.« Ein ganzer Satz kam heraus.

Tante Bertha, die, eine Hand auf der Wange, schockiert den Kopf geschüttelt hatte, hieb die Fäuste wütend in die Luft. »Auch wenn er gebildet war!« rief sie hitzig aus, »Und auch wenn er ein Organist war, so war er doch ein Goj! Und da hättest du ihm doch auf der Stelle die Zähne einschlagen sollen!«

»Pscht!« sagte sie warnend und ließ die Bedeutung erneut hinter einer Wand von Polnisch verschwinden.

Ein wenig beschämt, gleichwohl insgeheim hochzufrieden, blickte er ins Leere. Wenigstens hatte er nun etwas, worüber er nachgrübeln, wobei er vielleicht gar einen Sinn ergründen konnte, woran er sich jedenfalls erinnern würde. Ein Goj, hatte Tante Bertha gesagt, ein »Organist«. Was war ein »Organist«? Gebildet war er, soviel war klar. Und was noch, was tat er? Das konnte er vielleicht später herausfinden, wenn er zuhörte. Ein Goj also. Ein Christ. Das hörte sich nicht gleich an. Christlich. Der Hauswart unten war Ungar. Und auch Chris. Chris. Jesses Chris sagten sie unten. Chris. Christfest. Schulfeiern. Damals, lange her, weißt du noch? Yussie. Siehst ihn auf der

Treppe, weiße Eisenpfeile, weißes Eisen, Annie, Bein, Christfest. Dann keine Schule. He! Ja! Und neue Kalender, weißt du noch? Viele Seiten. Christfest. Jesses Krotzmich, hatte der Krämer immer gesagt und dabei gelacht. Krotzmich bedeutet kratz mich. Jesus kratz mich. Komisch. Und warum hat Tante Bertha gesagt, schlag ihn? Weil er ein Goj war? Sie mochte Gojim nicht. Aber Mama? Sie schon. Warum wohl? Wer war das?

Er blickte wieder zu seiner Mutter hinüber. Wann würden aus dem fremden Dickicht wieder Wörter hervorbrechen? Er wartete ungeduldig, seine Gedanken hämmerten gegen das Bollwerk ... Nichts ... Wie ein Gewebe floß die unbekannte Sprache dahin, rißlos, undurchsichtig, bis –

»Bah!« Tante Bertha zerschnitt es verächtlich. »Diese ganzen Schlingel haben Zungen auf Laufrollen!«

»Ebenfalls meine Schuld!« protestierte seine Mutter, die achtlos wieder ins Jiddische verfiel. »Zum Mai hin wurde es bei mir so, daß ich den ganzen Tag auf eine halbe Stunde im Dämmerlicht wartete. Wie oft am Tag wünschte ich, es wäre Winter, mitten im Winter, wo der Mond schon vor fünf gelb ist. Lange vor Sonnenuntergang war ich schon beim Laden, und mehr konnte ich nicht tun, um Vater nicht ständig daran zu erinnern, in die Synagoge zu laufen.«

»Ach! Du warst wahnsinnig!«

»Aber das war nur eine Kostprobe. Du weißt ja nicht, wie wahnsinnig ich war –« Ihre Stimme bekam nun eine bebende Fülle, wie sie David noch nie bei ihr gehört hatte. Allein schon der Klang schien in seinem Fleisch widerzuhallen und ihm Puls um Pulsschlag eine namenlose, prickelnde Erregung durch den Körper zu jagen. »Tagsüber war es wohl schlimmer als im Finstern. Ich begrüßte das Licht nur, wenn ein Pole aus der Stadt starb – Weißt du noch, der Priester und die Fahnen und die Leichenprozession, die durch die Stadt zog? Ludwig war immer im Zug, sang die Liturgie. Dann konnte ich ihn sehen, wie er vorbeiging, mit den andern ein wenig mitgehen, ihn ohne Angst anschauen, Liebe –«

Genauso abrupt wie zuvor erklomm die Bedeutung den Horizont zu einem anderen Idiom und ließ David an einer tönenden, aber leeren Küste verlassen zurück. Hier und da quälten ihn Worte, Satzfetzen, die wie ferne Segel schimmerten, jedoch nie näher kamen.

Er krümmte sich innerlich über sein Unvermögen.

Wie er so dalag, von dem Druck fast gelähmt, war ihm, als müsse sein Kopf platzen, wenn er keine Ordnung in dieses Durcheinander brachte. Jeder Satzfetzen, den er hörte, jeder Ausruf, jedes Wort machten die Spannung in ihm nur noch schlimmer. Nicht zu wissen wurde fast unerträglich. Ihm war, als wäre nichts, was er je gewußt hatte, so wichtig wie dieses Wissen. Wer war Ludwig? War er es, der Goj! Warum war er bei Begräbnissen? Was meinte sie damit, wenn sie ein Wort über Weidenkörbe fallenließ? Dachstuben? Briefe? Bloße Neugier war zur Besessenheit erstarrt. Doch noch immer flackerten die Wörter so flüchtig und launisch vorbei wie zuvor, so widerspenstig – wie die abrupte und bruchstückhafte Ahnung einer Gestalt, die hinter den schmalen Scharten einer Brustwehr vorüberhuschte.

»Und nach der Begrüßung ... Und auch Mutter niedergeschlagen ... Aber die Freude war zu groß, um zu bemerken ... Die Dinge hier drin«, sie tippte sich an die Stirn, »die warten im Kopf auf die Gelegenheit ... Stein unter Wasser, bis die Strudel zur Ruhe kommen ... Und ich habe ihn gesucht ... Nirgends ... Und ich erinnerte mich daran ... ein Blick würde mich trösten ... Die Treppe zur Dachstube ... Und auf Zehenspitzen über die lockeren Bretter ... Der Weidenkorb lag ... Ich glaubte mich sicher ... Vorsichtig!« Ihre verkrampften Hände gingen hoch, als höben sie einen schweren Deckel. »Du weißt ja, wie Flechtwerk knarrt –«

Wie sie so unvermittelt, unwillentlich die Luft anhielt, war das wie ein tiefer, jäher Abfall im gleichmäßigen Fluß ihrer Sprache. Sie fuhr sich mit der Hand an die Lippen. Das Entsetzen, das ihr ins Gesicht trat, war derart, daß es David nicht wie etwas Gedachtes oder Erinnertes erschien, sondern wie etwas, was sie jetzt in dem Moment erblickte, was jetzt eben hier im Zimmer war. Ein Schauder überfiel ihn, als er sie ansah. »Mir wurde schwarz vor den Augen! Lieber Gott! Ganz oben auf dem Haufen Mäntel lag das Bild. Und es blickte mich an, von dort ganz oben!«

»Sie wußten es«, rief Tante Bertha aus.

»Sie wußten es«, wiederholte seine Mutter.

»Aber woher?«

»Das ist mir später klargeworden. Ich hatte vergessen, daß Mutter den Schrankkoffer jeden Sommer mit Kampfer auswischte.«

»Während du weg warst?«

»Nein. Vorher. Sie haben mich weggeschickt, weil sie es wußten.«

»Ah!«

»Wie verzweifelt ich war! Und die Scham! Die kannst du nur ermessen, wenn du sie selber empfunden hast. Dafür fehlen die Worte. Ich glaubte, in Ohnmacht fallen zu müssen. Ich nahm das Bild – Zweifellos hatten sie die Rückseite gelesen. Sie wußten alles. Hätte ich –«

Und wiederum traf ihn der Blick seiner Mutter, und wieder änderte sich abrupt die Sprache. David stand auf. Er konnte es nicht mehr ertragen, diese Spannung, dieses Warten darauf, daß eine Bedeutung die Oberfläche durchschnitt wie kurz auftauchende Finnen gesunkener Formen. Er würde hinuntergehen, jawohl. Keinen Augenblick länger würde er zuhören. Und wenn dann einmal die Zeit käme, da er etwas wußte, was sie nicht wußten, dann würde er es ihnen mit gleicher Münze zurückzahlen. Er würde lernen, so zu reden, wie die Mädchen auf der Straße redeten – Duburchgabang. Da! Sie beachteten ihn nicht einmal, so vertieft waren sie! Sogar als er aufstand und sie anstarrte, schenkten sie ihm keine Aufmerksamkeit. Sie würden nicht einmal merken, wie er in die Wohnstube ging und seinen Mantel holte. Sie würden nicht einmal merken, daß er weg war. Nein! Dann würde er auch nicht auf Wiedersehen sagen. Nicht einmal das. Er würde einfach ohne ein Wort hinuntergehen.

Bockig ging er in die Wohnstube und holte seinen Mantel. Doch als er ihn anzog, brachte ihn die Enttäuschung auf einen listigen Gedanken. Er würde sich hier hinsetzen und warten. Wenn sie nicht wußten, wo er war, dann würden sie vielleicht wieder jiddisch reden. Wenn die Tür offen war, dann konnte er in der Wohnstube genauso gut hören wie in der Küche. Verstohlen setzte er sich an die Tür und horchte. Daß er nun nicht mehr zu sehen war, fiel seiner Mutter offenbar gar nicht auf. Die Bedeutung dessen, was sie sagte, blieb nach wie vor bruchstückhaft.

»Mußte ihn sehen ...« Die Wörter und Satzfetzen kamen stoßweise wie zuvor. »Trost ... Auf der Kirchentreppe ... Sie hielt beide ... Wedelte mit ihrem Sonnenschirm ... Beäugte ihn wie eine Lampe ... Spitze, elegante Bänder ... Aber, wie gesagt, alt ... Beachte sie nicht ... Endlich ... Und trennten sich ... Lief ihm über den Weg ... Er folgte ... Wartete zwischen den Bäumen ...«

Zitternd vor stummer Wut und Verzweiflung wollte er schon aufgeben. Nie würde sie reden. Warten war zwecklos, zwecklos, sich zu verstecken. Er würde nichts hören. Doch gerade, als er aufstehen wollte, unterbrach Tante Berthas ungeduldige Stimme seine Mutter –

»Wer war diese Frau? Sag's. Weißt du es? Ich bin so neugierig.«

»Sie? Dazu wollte ich gerade kommen.« Diesmal waren die Worte seiner Mutter ganz auf jiddisch und völlig verständlich. »Als ich ihm sagte, was geschehen war, daß sie es wüßten, daß ich bereit sei, ihm bis ans Ende der Welt zu folgen, antwortete er – Welche Torheit! Denkst du denn nie über den morgigen Tag hinaus? Wie kann ich dich denn heiraten? Wohin würden wir denn gehen? Und womit? Und er hatte recht. Natürlich hatte er recht!«

»Er mag recht gehabt haben«, sprudelte Tante Bertha heftig hervor. »Aber die Cholera soll ihn trotzdem ersticken!«

Er hatte sich wieder gesetzt und beglückwünschte sich insgeheim in schuldbewußtem Hochgefühl. Sie hatten ihn ganz vergessen. Ja! Er drückte sich enger an die Wand und betete, seine Mutter würde weiter jiddisch reden. Was sie auch tat.

»Wohin du willst, sagte ich. Ich schäme mich, es dir zu sagen, Bertha, aber es stimmt. Ich sagte, ich würde mit ihm gehen, so wie er mich jetzt sehe.«

»Was warst du nur für eine Närrin!«

»Ja. Das hat er auch gesagt. Eine Liebesaffäre ist eine Sache, Heirat eine andere. Ob ich das nicht verstünde? Ich verstand es nicht. Ich bin schon verlobt, sagte er.«

»Sie!« rief Tante Bertha aus. »Die ältere Frau, die du erwähnt hast?«

»Ja.«

»Hast du ihm ins Gesicht gespuckt?«

»Nein. Ich stand da wie erstarrt. Liebst du sie? fragte ich. Pah! sagte er. Wie könnte ich? Du hast sie doch gesehen! Ich kann es dir ja auch sagen. Sie ist reich; sie hat eine Mitgift. Ihr Bruder ist Straßenbauingenieur, der bekannteste in ganz Österreich. Der steuert den Rest bei. Und ich, ich bin arm wie die Nacht. Das einzige, worauf ich hoffen könnte, wäre eine Stelle als schäbiger Organist in einer Dorfkirche. Und das lehne ich ab. Verstehst du? Ein solches Schicksal würdest du mir doch nicht wünschen! Aber paß auf, sagte er und versuchte, mich in die Arme zu ziehen. Mit uns kann es so weitergehen. Nach einer kleinen Weile, wenn diese verfluchte Hochzeit vorbei ist, kann es mit uns so wie bisher weitergehen. Genauso, wie es immer zwischen uns war. Keiner muß es wissen! Ich stieß ihn weg. Ist das denn für dich so ein Unterschied? fragte er mich. Weil ich heiraten muß? Reißt du dir jetzt all die Liebe heraus, die du für mich empfunden hast?

Ich weiß nicht, warum. Ich kann's nicht sagen. Aber plötzlich war mir nach Lachen zumute. Es war, als würde alles in mir in Lachen ausbrechen. Bei dem irren Lächeln auf meinem Gesicht muß er gedacht haben, ich bräche gleich zusammen, denn er packte mich am Arm und sagte: Schau mich doch an, Genya! Vergib mir! Sieh doch, wie arm ich bin! Ich habe nicht einmal anständige Kleider zum Heiraten. Genya, ich entschädige dich. Besorg mir den Stoff, wenn du mich liebst! Das Geschäft deines Vaters! Noch ein Weilchen, und wir werden für immer zusammensein!

Wie soll ich das in Worte fassen – der Becher des Todes, voll bis zum Rand! Mir war, als wären Himmel und Lüfte mit Gelächter erfüllt, aber einem seltsamen, schwarzen Gelächter. Gott vergib mir! Und Worte hörte ich, die wie Zähne darin knirschten. Seltsame Worte über Rosen! Ich kam dahergerannt, kam mit Blumen dahergerannt! Wie ein Kind! Leb wohl und leb wohl! Wahnsinn, sage ich dir, Bertha, der reine Wahnsinn!

Nun, er ließ mich da stehen. Endlich kam ich nach Hause. Mutter stand schon in der Tür und wartete auf mich. Du sollst zu Vater in den Laden kommen, sagte sie.

Ich wußte, warum, und wandte mich wortlos ab und lief zum Laden. Sie war hinter mir; wir gingen gemeinsam hinein; sie schloß die Tür. Von euch war keiner da. Man hat es euch verheimlicht. Vater stand vor dem Ladentisch. Na, meine sanfte Genya, sagte er – du weißt ja, wie beißend sein Hohn sein konnte – Ist Galle ein würziges Getränk? Wie schmeckt sie denn? Leckt man sich danach die Lippen? Ich gab keine Antwort. Ich konnte nur noch weinen. Weinen! Ah! Er rieb sich den Wanst, als äße er eine Delikatesse. Ah! Das tut meinem Herzen ja so wohl! Quäle mich nicht, Vater, sagte ich. Ich habe genug gelitten! Ha! sagte er, als wäre er schockiert. Du leidest? Unglückliches, bedauernswertes Kindchen! Darauf verstummte ich und ließ ihn reden. Das nennst du leiden, schrie er. Warum? Weil er dich gering geachtet hat wie Dreck auf dem Abtritt und dich jetzt fallenläßt? So redete Vater!« Ein tiefer Seufzer unterbrach sie.

»Ich weiß«, sagte Tante Bertha unversöhnlich. »Soll ihm auch die Zunge herausfallen.«

»Er machte weiter. Wie Schrauben bohrten sich seine Worte in meine Brust. Mehr Qualen, als ich ertragen konnte. Ich versuchte, an ihm vorbei zur Tür zu rennen. Er packte mich und schlug mir auf beide Wangen.«

Ihre Stimme war nun seltsam kehlig geworden, dumpf, angestrengt.

»Dann war nichts mehr wichtig. Plötzlich war nichts mehr wichtig. Ich weiß nicht, wie, aber aller Schmerz schien zu Ende. Ich schrumpfte. Ich fühlte mich plötzlich kleiner als das gemeinste Wesen, das auf Erden kriecht. Oh, demütig, leer! Seine Worte fielen nun auf mich herab wie auf leere Luft. Und wo willst du jetzt hin? brüllte er. Esaus Schmutz. Er hat eine neue! Er hat eine neue! Eine reiche! Hat dich rausgeschmissen, wie? Du falsche Schlampe! Und dazwischen rief Mutter immerzu: Man hört dich draußen, Benjamin, man hört dich! Und er antwortete, sollen sie mich doch hören, soll ich denn mit einem brennenden Herzen nicht heulen. Ich platze, sage ich dir! Ich ersticke! Und dann riß er sich sein schwarzes Käppchen vom Kopf und warf es mir ins Gesicht und stampfte mit dem Fuß auf wie ein Kind in Krämpfen. Ach! Es war furchtbar!

Schließlich fing Mutter an zu weinen. Ich bitte dich, Benjamin, schrie sie, du überschätzt deine Kraft. Dich trifft noch der Schlag! Hör auf! Hör in Gottes Namen auf!

Und Vater hörte auf. Plötzlich fiel er auf einen Stuhl und bedeckte das Gesicht mit den Händen und begann, vor und zurück zu schaukeln. O weh! O weh! stöhnte er. Irgendwo, irgendwie habe ich gesündigt. Irgendwie, irgendwo habe ich Ihn beleidigt. Ihn! Denn warum sonst sucht Er mich mit so großen Qualen heim? – Du kennst ihn ja!«

»Ich kenne ihn!« sagte Tante Bertha bedeutungsvoll.

»Jetzt kannst du sehen, was du angerichtet hast, meine Tochter, sagte Mutter. War denn dein Herz aus Eisen? Hattest du kein Mitleid mit einem jüdischen Herzen? Kein Mitleid mit deinem Vater? Ich weinte – was blieb mir auch sonst übrig. Nicht nur sie ist zugrunde gerichtet, sagte Vater, soll sie es sein! Soll sie sterben! Aber ich! Ich! Und meine armen jungen Töchter und die zukünftigen Töchter. Wie soll ich die verheiraten? Wer soll sie denn heiraten, wenn das bekannt wird? Und er hatte recht. Er hätte euch alle auf immer am Hals gehabt. Tja, dann hat er sich selber den Tod gewünscht. Pscht, sagte Mutter, keiner sagt ein Wort; keiner wird je etwas erfahren. Doch! Doch, sage ich! Eine solche Verdorbenheit kann nie verborgen bleiben! Und wer weiß, wer weiß, vielleicht findet morgen schon ein anderer Goj Gunst in ihren Augen. Sie hat mit Gojim angefangen. Warum sollte sie damit aufhören? Und dann brüllte er wieder. Ich sag' dir, die bringt mir noch einen ›Bankert‹ daher, bringt Schande über mich bis ins Grab. Woher weißt du denn, daß da in dem lüsternen Bauch nicht schon einer drin ist – So ein Vater war das!« Ihre Worte waren bitter, als sie innehielt.

– Bankert! (David an der Tür klammerte sich an das Wort.) Was? Kenn' ich. Nein, nicht. Schon gehört. In ihrem Bauch. Horch!

»Und vorhin hast du ihn noch verteidigt!« schalt Tante Bertha sie.

»Nun, ich war ja nicht ganz unschuldig.«

»Weiter!«

»Wenn du sie hinauswirfst, sagte Mutter, dann werden es alle erfahren. Dann hast du auch deine anderen Töchter verflucht. Ich? Ich sie verflucht? Sie! Die Schamlose da! Und er spie mich an. Aber du mußt ihr vergeben, bettelte Mutter. Niemals! Niemals! Die ist verdorben! Und so ging es weiter, bis Mutter mich am Arm nahm und sagte: Sie wird vor dir niederknien, Benjamin, sie wird zu deinen Füßen weinen, nur vergib ihr – Geschrumpft, sage ich, zu weniger als nichts.« Die Stimme seiner Mutter wurde eigenartig flach und monoton, als zählte sie eine Liste von Gegenständen auf, die alle gleich unwichtig waren. »Mutter führte mich zu ihm. Aus ihrer Schürzentasche zog sie Ludwigs Bild. Ich mußte es auf dem Bett liegengelassen haben, als ich es aus dem Weidenkorb genommen hatte. Sie steckte es mir zwischen die Finger und sagte: Hebe die Augen, Benjamin. Sieh, sie zerreißt es in Fetzen. Sie wird nie wieder sündigen. Nur schau zu ihr hin. Er hob den Blick, und ich zerriß es – einmal und noch einmal und warf mich ihm zu Füßen und weinte über seiner Hand.

Du kannst dir denken, wie schrecklich mir zumute war. Noch jetzt kann ich kaum darüber reden, so setzt es mir zu. Doch zum Glück hat noch kein Schatten einen Felsen zerbrochen, und es kann sich einer fragen, warum er tausendmal überlebt und doch niemals sterben wird.«

»Hat er dir schließlich vergeben?« fragte Tante Bertha.

»O ja! Gewissermaßen. Er sagte, möge Gott dir vergeben. Solltest du jemals einen Juden heiraten, dann nehme ich das als Zeichen. Und wie du siehst, habe ich einen geheiratet. Ungefähr ein halbes Jahr später lernte ich Albert kennen.«

»Aha«, sagte Tante Bertha. »So ist das also gekommen.« Und dann eifrig. »Und dieser Esau, das Schwein, ist er dir je wieder unter die Augen gekommen?«

»Nein. Natürlich habe ich ihn oft von weitem gesehen. Und einmal von nahem – ein paar Tage, bevor sie nach Wien abgereist sind. Um zu heiraten.«

»Bis nach Wien? Hm! Und die Stadtkirche, möge sie niederbrennen, war die dem neuen Aristokraten nicht gut genug?«

»Nein, ich glaube nicht, daß das der Grund war. Ihr Bruder hatte dort etwas zu erledigen, jedenfalls haben mir das seine Bediensteten erzählt, als sie in den Laden kamen.«

»Hat er mit dir geredet?«

»Wann?«

»Du hast gesagt, du hast ihn noch von nahem gesehen.«

»Oh. Nein, wir haben nicht miteinander gesprochen. Er sah mich nicht. Ich stand eines Nachmittags auf der Straße, als ich einen gelben Wagen auf mich zukommen sah. Er hatte zwei gelbe Räder – So einer, mit denen die Reichen damals gefahren sind. Und noch bevor ich sehen konnte, wer damit fuhr, wußte ich, daß es der Bruder seiner Angetrauten war. Er fuhr damit oft dahin, wo die Männer an der neuen Straße arbeiteten. Ich versteckte mich im Kornfeld daneben. Diesmal aber war es nicht der Schwager, sondern Ludwig selbst und die große Dame neben ihm. Sie fuhren vorbei. Ich fühlte mich leer wie eine Glocke, bis ich auf die blauen Kornblumen zu meinen Füßen schaute. Die heiterten mich wieder auf. Das war, glaube ich, das letzte, was ich von ihm gesehen habe.«

– Blaue Kornblumen? Wie die! Korn! Das war –! Drinnen an der Wand! Mensch! Schau's dir nachher an! Horch! Jetzt horch!

»Und so eine häßliche Plage hat die neue Straße mit sich gebracht«, sinnierte Tante Bertha grämlich. »Aber alles in allem hast du noch Glück gehabt, Schwester, Glück, daß jemand gekommen ist, um diesen Feind Israels wegzuführen. Wenn du ihn, ja, Gott behüte, wenn du ihn geheiratet hättest – Puh! Wie furchtbar! Wo hättest du denn den Kopf versteckt, wenn der Tag gekommen wäre, an dem er dich eine räudige Jüdin genannt hätte! Oi! Da wärst du besser tot gewesen! Du siehst also«, meinte sie munter, »diese Straße hat dann doch kein Unheil gebracht. Aber trotzdem«, schloß sie mit übertriebener Frömmigkeit, »möge es Gottes Wille sein, daß der Erbauer dieser Straße und seine Schwester und sein Schwager Jahre erleben, die so schwarz und lang sind wie diese Straße! Ja?«

– Straße. Schwarz! Schwarz! Wo habe ich das schon einmal gehört? Schwarz? Nicht jetzt.

Seine Mutter schwieg. Sie machte ein leicht mißfälliges Geräusch mit den Lippen. »Also, jetzt habe ich es dir erzählt. Und da ich es nun getan habe, weiß ich nicht, ob ich froh darüber bin oder nicht.«

»Puh!« spottete Tante Bertha streitlustig. »Warum denn? Ich habe dir versprochen, nicht darüber zu reden. Und wem sollte ich es denn auch erzählen? Den Mädchen in der Blumenfabrik? Naja, vielleicht Nathan. Aber der würde – Wovor hast du denn jetzt Angst?« unterbrach sie sich. »Wäre Albert denn eifersüchtig, wenn er es wüßte?«

»Das weiß ich nicht. Ich habe es nie darauf ankommen lassen. Zudem möchte er von solchen Dingen wohl eher nichts wissen, und deshalb habe ich nur ein klein wenig Angst vor deiner – nun ja – Unbesonnenheit. Aber komm!« sagte sie unvermittelt. »Reden wir von den Lebenden.«

»Ja!« Tante Berthas Stimme wurde lebhaft. »Mein Nathan wird bald hiersein. Ist von dem Puder auf meiner Nase etwas abgegangen?«

Seine Mutter lachte. »Nein. Das würde länger dauern.«

»Ich kann ihn jederzeit von der Nase auf die Wangen schmieren. Das ist der Vorteil, wenn viel darauf ist. Weißt du, daß Nathan dein Gebäck sehr mag?«

»Das freut mich aber. Wir bieten ein paar Kipfel an.«

»Schade, daß wir keinen Schnaps haben.«

»Schnaps? Warum Schnaps? Ein Russe will Tee.«

»Ja«, lachte Tante Bertha. »Und Gott sei Dank ist er ein guter fügsamer Mann und Jude. So einen Kummer wie du werde ich nie haben. Aber man weiß ja nie. Und sag«, wechselte sie in ihrer plötzlichen flatterhaften Art das Thema, »dein Mann behauptet, jetzt, wo ich einen Verlobungsring habe, mache ich alles mit der linken Hand. Stimmt das?«

»Aber nein! Überhaupt nicht!«

David fuhr zusammen. Sie hantierten nun in der Küche, und er hockte noch immer an der Tür. Sie würden ihn sehen. Sie würden wissen, daß er es wußte. Das durfte nicht sein. Leise stand er auf, schlich zum Fenster ganz hinten und blickte angestrengt hinaus. Tat, als hätte er die ganze Zeit hinausgeschaut, als hätte er nichts gehört. Ja. Aber nun wußte er es. Was? Hatte sich denn etwas verändert? Nein. Alles war wie vorher. Natürlich. Brauchte keine Angst zu haben. Was war geschehen? Sie hatte jemanden gemocht. Wen? Lud – Ludwig, hatte sie gesagt. Einen Goj. Einen Organist. Vater hatte ihn nicht gemocht, ihr Vater. Und seiner vielleicht auch nicht. Wollten nicht, daß er es wußte. Mensch! Er wußte mehr als sein Vater. Dann hatte sie einen Juden geheiratet. Was hatte sie davor gesagt? Bankert, ja, Bankert im Bauch, hatte ihr Vater gesagt. Was bedeutete das? Beinahe wußte er es. Jemand hatte das gesagt – wer? Wo? Mensch! Hör auf zu fragen! Schau hinaus, bevor sie reinkommen.

Da er intuitiv die Notwendigkeit erkannte, seine Anwesenheit in der Wohnstube zu erklären, ließ er den Blick hastig nach draußen schweifen, um etwas zu suchen, was wunderbar genug war, um gleich, wenn er seine Mutter darauf hinwies, ihre Aufmerksamkeit von ihm abzulenken. Hinter den verstreuten Dachfirsten zogen sich das dünne Band des grau-grünen Flusses und die Schornsteine am anderen Ufer hin. Vor dem staubig-blauen Himmel über dem Horizont zerfranste und verwehte der kalte weiße Rauch eines unsichtbaren Schleppers. Nein. Das reichte nicht. Dazu konnte man nichts fragen. Was dann? Er drückte die Stirn gegen die kalte Fensterscheibe und spähte auf die Allee hinab. Die Passanten gingen nun rascheren Schritts, da es November war; sie neigten sich ein wenig gegen den Wind, den Kopf in den Mantelkragen geschoben, die Hände in den Taschen. Der Atem von Pferdegespannen und eiligen Karrenhändlern war sichtbar geworden. Es wurde kälter ... Auch aus Kanaldeckeln dampfte es ... Wann hab' ich das gesehen? Könnte danach fragen. Nein. Ein Neger ging vorbei. Seiner auch? Ja. Auch weiß. Das konnte er fragen. Warum atmet er weiß, wo er doch schwarz ist? Nein! Dummkopf! Dann lachen sie! Aber etwas, irgend etwas mußte er fragen, mußte bei etwas so tun, als wäre er davon fasziniert, sonst würden sie dahinterkommen –

Zwei kleine Jungen überquerten die Tramgleise auf der Avenue C und hockten sich auf den Bordstein. Einer von ihnen hatte einen runden gelbbraunen Gegenstand getragen, den David erst, als er in die Gosse gegen den Bordstein abgesetzt wurde, erkannte. Es war eine zerdellte Zelluloidpuppe ohne Kopf mit einem eiförmigen Unterteil, so eine, die sich, wenn man dagegenstieß, wieder aufrichtete. Er hatte solche Puppen schon in den Süßwarenläden gesehen. Aber was hatten die Jungen vor? Sie sahen so vertieft, so erwartungsvoll aus. Er kniff die Augen zusammen, um besser sehen zu können. Jubilierend sagte er sich, daß das seine Entschuldigung war, die faszinierende Sache, die ihn die ganze Zeit dort in Bann gehalten hatte. Wenn sie sich nur beeilen würden. Einer von ihnen, anscheinend der Besitzer, zog etwas aus der Tasche, rieb es am Bordstein an – ein Streichholz. Es vorsichtig mit der hohlen Hand schützend, hielt er es an den Rand eines Sprungs in der Puppe – sie loderte mit einem flackernden gelben Schein auf. Sie wichen davor zurück. Er konnte ihre gedämpften Ausrufe hören. Und dann zeigte einer auf die Stelle, wo die Puppe gewesen war und wo nun bis auf den verkohlten Fleck am Bordstein nichts mehr zu sehen war. Der andere bückte sich nieder und hob etwas auf. Es glitzerte wie ein Stück Metall. Beide starrten darauf – und auch David von seiner Höhe herab.

Hinter sich hörte er, wie seine Mutter seinen Namen erwähnte. Er drehte sich um und horchte.

»Irgendwo ist er mir aus dem Blick geraten«, sagte sie beiläufig. »Ist er denn runtergegangen, Bertha?«

»Das ist komisch«, war die Antwort. »Ich dachte, ich hätte ihn in die – Hm, ich glaube, er ist nach unten gegangen.«

»Ohne sich zu verabschieden?« Die Stimme seiner Mutter kam vor ihr durch die Tür. »Oh!« Sie schaute ihn durchdringend an. »Du bist noch da? – Ich dachte – Warum bist du denn in diesem kalten Zimmer?«

»Da auf der Straße«, antwortete er und zeigte ernst aufs Fenster. »Komm her, Mama, ich zeig' dir einen Trick.«

»Ah, hier ist er also.« Tante Bertha kam auch herein. »Er war ein bißchen zu still, sogar für ihn.«

»Er will mir einen ›drick‹ zeigen«, lachte seine Mutter. Sie verstand statt ›drick‹ Tritt, was im Jiddischen ähnlich klang.

»Ein ›drick‹«, fragte Tante Bertha grinsend. »Wo denn? In der Hose?«

»Siehst du, da unten?« fuhr er nüchtern fort. »Der Junge da? Er hat eine grüne Strickmütze. Der hat eine Puppe verbrannt und ›mejick‹ gemacht. Und jetzt hat er ein Stück Eisen. Siehst du? In den Händen? Da!«

»Weißt du, wovon der Simpel plappert?« erkundigte sich Tante Bertha.

»Noch nicht.« Lächelnd blickte seine Mutter zu den beiden Jungen hinab. »Ja. Ich sehe tatsächlich ein Stück Eisen. Was meinst du mit ›mejick‹?«

»Das ist ein Stück Eisen«, erklärte er. »In Puppen wie der da. Das macht, daß sie sich wieder aufrichtet, wenn man sie umstößt. Und die Puppe ist verbrannt. Und bloß das Eisen ist übriggeblieben.«

»Aha!« Noch immer lächelnd zuckte sie die Achseln. »Na, komm jedenfalls mal in die Küche. Hier erkältest du dich noch. Weißt du, daß es kalt wird, Bertha?«

David folgte ihnen aus der Wohnstube. Leicht, dachte er in verschwommener Befriedigung. Hab' sie leicht getäuscht. Aber ihn täuschten sie nicht. Machten ihm auch keine angst. Sind nicht anders geworden ... Mensch! Das Bild! Aber jetzt nicht. Schau's dir später an, wenn keiner da ist ... Grün und blau – Pscht!

Drittes Buch

Die Kohle

1

Ende Februar, ein paar Wochen nachdem Tante Bertha geheiratet hatte, kam Davids Vater ein wenig später als gewöhnlich von der Arbeit nach Hause. David war schon da. Der Morgen war beißend kalt gewesen, überraschend für die Jahreszeit; am Nachmittag war es trübe und graupelig geworden. Mit der üblichen Schroffheit hatte sein Vater seine tropfende blaue Milchmannmütze auf die Waschbütte geworfen und machte sich nun daran, sich aus seinem durchweichten Regenmantel zu schälen; dann aus der Weste darunter und dem grauen Pullover. Die schlaftrunkene Trostlosigkeit, die David vor langer Zeit empfunden hatte, als er noch aufgewacht war, wenn sein Vater aufstand, verspürte er nun wieder, als er ihm zusah und an die bittere Kälte und die lange Dunkelheit erinnert wurde. Schnaufend entledigte sein Vater sich der schweren Gummistiefel und stieß sie unter einen Stuhl. Sie hinterließen eine schmierige Spur auf dem Linoleum.

»Du bist heute nachmittag ein bißchen spät dran«, sagte seine Frau zaghaft.

»Ja.« Matt ließ er sich auf einen Stuhl fallen. »Diese Mähre ist auf dem Weg zum Stall gestürzt.«

»Das arme Tier! Hat es sich verletzt?«

»Nein. Aber ich mußte es abschirren und Asche holen und es dann wieder anschirren. Und die ganze Zeit hat eine Masse Hohlköpfe gegafft. Das hat gedauert. Ich verfluche schon den nächsten Morgen, wenn es wieder friert.« Er streckte sich; die Kiefermuskeln bebten. »Wird sowieso langsam Zeit, daß sie mir ein gesünderes Tier geben.«

Nach einem Jahr als Milchmann gab es nur eines, worüber sein Vater unablässig grummelte – das Pferd, das er lenkte. Und David, der das graue staksige Tier nahezu täglich sah, mußte zugeben, daß die Klage seines Vaters berechtigt war. Tilly hieß es, und es hatte ein Auge von der Farbe versengten Zelluloids oder eines Tropfens Öl auf einer sonnenlosen

Pfütze. Geduldig stand es da, selbst wenn die Kinder ihm die Haare aus dem Schweif rissen, um daraus Ringe zu flechten. Und dennoch wirkte es nicht schwächer und schlechter als die meisten anderen Pferde, die durch die Ninth Street kamen. Das war wieder nur eine der fixen Ideen seines Vaters, hatte David überlegt, daß er von dem Tier, das er hatte, genau dieselbe gewaltige Kraft verlangte, von der er selbst besessen schien. Wenngleich er die arme Tilly ungeheuer bedauerte, hoffte David um seines Vaters willen, daß die Milchgenossenschaft es bald durch ein lebhafteres Tier ersetzte.

»Holst du mir die alte Decke raus«, fuhr sein Vater fort, »damit ich, wenn es morgen wieder friert, etwas habe, was ich mir um die Knie wickeln kann. Diese plötzliche Kälte geht einem durch Mark und Bein.«

»Ja, gewiß«, beflissen. »Möchtest du dir nicht die Schuhe ausziehen?«

»Nein.«

David fand es eigenartig, was für einen feinen Unterschied es zwischen der Schroffheit seines Vaters als Milchmann und seiner Schroffheit als Drucker gab. Erstere schien lediglich das Ergebnis der Müdigkeit eines von Natur aus nervösen Temperaments zu sein, letztere das Ergebnis von Anspannung, einer inneren Unausgewogenheit. Seine jetzige Schroffheit war für seine Umgebung unendlich weniger gefährlich.

»Die Maisgrütze ist fertig«, sagte seine Mutter. »Und danach etwas Tee?«

Er grunzte, schwang die Arme über die Stuhllehne und sah zu, wie sie die gekochte Maisgrütze in eine Schüssel schöpfte.

»Marmelade.«

»Ich hole sie gleich.« Sie stellte einen Topf selbst eingemachter Erdbeeren auf den Tisch.

»Das habe ich« – er strich die satte, rote Marmelade auf die Maisgrütze – »als kleiner Junge gegessen.«

David hatte darauf gewartet, daß sein Vater das sagte. Er sagte es immer, wenn er Maisbrei aß, und es gehörte zu dem wenigen, was David je über die Kindheit seines Vaters erfahren hatte.

»Ich habe nachgedacht«, fuhr er fort, während er auf den dampfenden Löffel blies. »Ist mir eingefallen, während ich über ein Dach bin.«

»Ich wünschte, du müßtest das nicht tun!«

»Reg dich nicht über Dinge auf, von denen du nichts verstehst.« Barsch wedelte er mit der Hand nach ihr. »Ich behaupte nicht, daß ich eine Bergziege bin. Ich klettere nur über Mauern, ich springe nicht über Gassen hinweg. Und überhaupt beunruhigen mich nicht die Dächer, sondern wer darauf ist. Und nachdem ich dir das nun schon zum zehnten Mal gesagt habe, wo war ich stehengeblieben?« Er legte den Löffel hin und sah sie verwirrt an. »Nichts fegt einem die Gedanken so aus dem Kopf wie rechte Sorgen der Frauen – Ja! Jetzt fällt's mir wieder ein.« Er schaute zu David hin. »Das Gebet. Ich habe mir überlegt, sollte mir etwas zustoßen – Und ich meine jetzt nicht die Dächer – Irgend etwas! Dann wäre es mir ein Trost, wenn ich wüßte, daß er, egal, was mal aus ihm wird – und allein Gott weiß, was einmal aus ihm wird – dann soll er wenigstens kein völliger Heide sein, weil ich's nicht versucht habe.«

»Was meinst du?«

»Ich meine, ich bin ja selber kein richtiger Jude. Aber ich will dafür sorgen, daß er wenigstens auch ein bißchen ein Jude wird. Ich will, daß du einen Chejder für ihn ausfindig machst und einen Rabbi, der nicht zu maßlos ist. Ich hätte ihn da schon lange hingegeben, wenn deine rothaarige Schwester es nicht für nötig befunden hätte, mir Ratschläge zu erteilen.«

David erinnerte sich an den Vorfall. Sein Vater hatte ihr gesagt, sie solle sich um ihren eigenen Kram kümmern.

Seine Mutter schüttelte zweifelnd den Kopf. »Einen Chejder? Könnte er damit nicht ein wenig später anfangen? Die Kinder in Amerika tun das öfters.«

»Ach ja? Da bin ich mir nicht so sicher. Jedenfalls gibt ihm das was zu tun, und er ist aus dem Haus. Und es wird ihm nicht schaden, wenn er lernt, was es heißt, Jude zu sein.«

»Er ist gar nicht mehr so oft zu Hause wie früher.« Sie lächelte David an. »Er läßt mich oft einsam und allein. Und nun zu lernen, was es heißt, Jude zu sein, da glaube ich, weiß er jetzt schon, wie schwer das ist.«

Sein Vater nickte barsch – zum Zeichen, daß seine Verfügung angenommen war. »Du würdest gut daran tun, einen strengen auszusuchen – einen Rabbi, meine ich. Er muß ein bißchen die Zügel spüren, da ich es ja nicht tue. Das könnte ihn erlösen. Acht Jahre ist er, der Lümmel, und das einzige, was er bisher kennt, ist, verhätschelt zu werden.«

David war immer noch erst sieben. Doch die Eigenheit seines Vaters, ihn älter zu machen, um seine Schuld zu vergrößern, war ihm schon seit langem vertraut. Er wunderte sich nicht einmal mehr darüber.

»Wo bleibt der Tee?« schloß sein Vater.

2

Vor ihnen stand, eine Ecke leuchtete im schwindenden Sonnenlicht, das kleine weißgetünchte Chejderhaus. Es war nur ein Stockwerk hoch, die Fenster ganz dicht am Boden. Seine massigeren Nachbarn, die hohen Mietskasernen, die es umgaben, schienen ihre müllübersäten Feuerleitern voller Verachtung herauszustrecken. Rauch ringelte sich aus einem kleinen schwarzen Schornstein in der Mitte seines Daches, und darüber kreuzten sich unzählige Wäscheleinen, fingen den Himmel in einem verwirrenden dunklen Netz ein. Die meisten Leinen waren leer, doch hier und da hing eine mit weißer und bunter Wäsche durch, von welcher hin und wieder ein Tropfenschauer auf den Hof hinabspritzte oder auf das Chejderdach trommelte.

»Ich hoffe«, sagte seine Mutter, während sie die Holztreppe hinabgingen, die in den Hof führte, »daß du dich in der alten Sprache als begabter erweist als ich damals. Als ich zum Chejder ging, wackelte mein Rabbi immer mit dem Kopf und schwor, ich hätte das Gehirn eines Kalbs.« Und sie lachte. »Aber ich glaube, ich war nur deshalb so ein Dummkopf, weil ich die Nase nie weit genug von ihm fernhalten konnte, um seinem Atem auszuweichen. Wollen wir beten, daß der hier nicht so gern Zwiebeln mag.«

Sie überquerten den kleinen Hof, und seine Mutter öffnete

die Chejdertür. Eine Woge muffiger Luft schwappte ihnen entgegen. Drinnen schien es dunkel. Bei ihrem Eintritt erstarb das Stimmengesumm.

Der Rabbi, ein Mann mit Käppchen, der am Fenster neben einem seiner Schüler gesessen hatte, blickte auf, als er sie sah, und erhob sich. Vor dem Fenster wirkte er klein und knollig, eigenartig rund unter den eckigen Konturen des Käppchens.

»Guten Tag.« Bedächtig kam er auf sie zugeschritten. »Ich bin Reb Yidel Pankower. Sie wünschen –?« Er fuhr sich mit großen, behaarten Fingern durch einen schimmernden, krausen Bart.

Davids Mutter stellte sich vor und erklärte sodann den Grund ihres Besuchs.

»Und das ist er?«

»Ja, der einzige, den ich habe.«

»Nur einen so hübschen Stern?« Er kicherte und streckte die Hand nach David aus, kniff ihn mit nach Tabak stinkenden Fingern in die Wange. David wich etwas zurück.

Während seine Mutter und der Rabbi die Stunden und den Preis und die Art von Davids Unterricht besprachen, betrachtete David seinen zukünftigen Lehrer genauer. Er war überhaupt nicht wie die Lehrer in der Schule, aber David hatte auch schon vorher Rabbis gesehen und wußte, daß dem nicht so sein würde. Der Rabbi wirkte alt und war jedenfalls schmuddelig. Er trug weiche Lederschuhe, wie Pantoffeln, auf die weder Schnürbänder noch Knöpfe paßten. Seine Hose war weit und fleckig, und zwischen Gürtel und ausgebauchter Weste lag die große Fläche eines gestreiften und zerknitterten Hemdes. Der Knoten seiner Krawatte, dem einen Ohr näher als dem anderen, hing von einem verschmutzten Kragen herab. Was von seinem Gesicht zu sehen war, war groß und hatte einen öligen Glanz. Das schwarze Haar unter dem Käppchen war kurz geschnitten. Wenngleich voller dunkler Ahnungen, was seine zukünftigen Beziehungen zu dem Rabbi anging, fand David, daß er sein Schicksal akzeptieren müsse. Hatte sein Vater nicht verfügt, daß er den Chejder besuchen mußte?

Vom Rabbi wanderte sein Blick durch den Raum. Kahle Wände, die braune Farbe darauf voller langer, tanzender Risse: An einer Wand stand ein dickbäuchiger Ofen, dessen Form ihn an den Rabbi erinnerte, nur daß der Ofen zu einem matten Rot erhitzt war und die Kleidung des Rabbi schwarz. Entlang der anderen Wand lief eine lange Reihe Bänke zum Tisch des Rabbi hin. Jungen unterschiedlichen Alters saßen darauf, plapperten, stritten, spielten um alle möglichen Gegenstände, rauften sich um, wie es David schien, ein paar Stöcke. Auf der Bank vor dem Tisch des Rabbis saßen einige andere Jungen, die offenbar darauf warteten, bis sie mit dem Buch, das offen vor dem gepolsterten Stuhl des Rabbis lag, an die Reihe kamen.

Was leises Stimmengesumm gewesen war, als er und seine Mutter eintraten, war nun zu Gebrüll angeschwollen. Es sah aus, als hätte die eine Hälfte der Jungen in dem Raum die andere in irgendeinen verbalen oder handgreiflichen Konflikt verwickelt. Der Rabbi entschuldigte sich bei Davids Mutter, wandte sich ihnen zu und stieß mit einem donnernden Schlag seiner Faust gegen die Tür ein wildes »Scha!« aus. Der Lärm legt sich etwas. Er ließ verärgerte, funkelnde Blicke durchs Zimmer wandern, wurde dann milder und drehte sich lächelnd wieder zu Davids Mutter um.

Endlich war alles vereinbart, und der Rabbi schrieb sich Namen und Adresse seines neuen Schülers auf. David wurde klar, daß er seine Unterweisung irgendwann zwischen drei und sechs Uhr erhalten würde, daß er kurz nach drei erscheinen und die Gebühr für seine Erziehung fünfundzwanzig Cent die Woche betragen sollte. Überdies sollte er gleich diesen Nachmittag beginnen. Das war eine eher unangenehme Überraschung, und er protestierte zunächst, doch als seine Mutter ihn bedrängte und der Rabbi ihm versicherte, daß die erste Stunde nicht lange dauern werde, willigte er ein und nahm voller Trauer den Abschiedskuß seiner Mutter entgegen.

»Setz dich da drüben hin«, sagte der Rabbi knapp, sobald seine Mutter gegangen war. »Und vergiß nicht«, er führte einen krummen Knöchel an die Lippen –, »in einem Chejder muß man still sein.«

David setzte sich, und der Rabbi ging wieder an seinen Platz neben dem Fenster. Statt sich jedoch zu setzen, langte er unter den Stuhl, zog eine neunschwänzige Katze mit kurzen Riemen hervor, schlug mit dem Knauf laut auf den Tisch und sagte mit drohender Stimme: »Stille soll unter euch sein!« Sogleich verschloß ein verängstigtes Schweigen alle Münder, und er setzte sich. Dann nahm er einen kleinen Stock vom Tisch und zeigte damit auf das Buch, woraufhin ein Junge, der neben ihm saß, anfing, Laute in einer fremdartigen und geheimnisvollen Sprache herunterzuleiern.

Eine Weile lauschte David angespannt dem Klang der Wörter. Es war Hebräisch, das wußte er, dieselbe rätselhafte Sprache, die seine Mutter vor den Kerzen gebrauchte, dieselbe, die sein Vater gebrauchte, wenn er an Feiertagen aus einem Buch las – und auch, bevor er Wein trank. Nicht Jiddisch, Hebräisch. Gottes Zunge, hatte der Rabbi gesagt. Wenn man sie kannte, dann konnte man mit Gott reden. Wer war Er? Jetzt würde er etwas über Ihn lernen –

Der Junge, der David am nächsten saß, rutschte auf die Bank zu ihm heran. »Fängs grad mitn Chejder an?«

»Ja.«

»Ahh!« stöhnte er und zeigte mit den Augen auf den Rabbi. »Ders fies! Der schläg!«

David betrachtete den Rabbi mit panischem Blick. Er hatte schon gesehen, wie Jungen in der Schule von Lehrern wegen Ungehorsams geschlagen wurden, wenngleich es ihn selbst nie getroffen hatte. Die Vorstellung, mit der bösen Geißel, die er in der Hand des Rabbi gesehen hatte, gepeitscht zu werden, verschloß ihm die Lippen. Er verweigerte sogar die Antwort, als der Junge ihn dann fragte, ob er passende Sammelbildchen habe, und schüttelte nur hastig den Kopf. Achselzuckend rutschte der Junge die Bank entlang wieder an die Stelle, von wo er gekommen war.

Als dann etliche Nachzügler, ältere Jungen, kamen, setzten die Zungen sich erneut in Bewegung, und Stimmengesumm erfüllte den Raum. David sah nun, daß der Rabbi mehrmals mit seiner Geißel fuchtelte, ohne sie zu gebrauchen, und seine Furcht ließ etwas nach. Dennoch wagte er nicht, sich an den Gesprächen zu beteiligen, sondern beobachtete den Rabbi vorsichtig.

Der Junge, der gelesen hatte, als David hereinkam, war nun fertig; sein Platz wurde von einem zweiten eingenommen, der weniger befähigt schien, das schnelle Geleier seines Vorgängers durchzuhalten. Zunächst verbesserte der Rabbi ihn, wenn er stockte, indem er im offenbar richtigen Tonfall sprach, denn der Junge wiederholte ihn immer. Doch als sein Schüler seinen Fehler fortsetzte, schlich sich in des Rabbis Stimme allmählich ein harscher, warnender Ton. Nach einer Weile fing er an, den Jungen am Arm zu zerren, wenn er ihn verbesserte, dann, ihm einen kurzen Klaps auf den Schenkel zu geben, und schließlich, kurz bevor der Junge zu Ende gelesen hatte, versetzte der Rabbi ihm einen Hieb aufs Ohr.

Nach und nach sah David, daß sich diese Prozedur bei nahezu jedem Jungen, der las, teilweise oder ganz wiederholte. Es gab einige Ausnahmen, und diese erlangten, wie David beobachten konnte, ihre Befreiung von der Strafe dadurch, daß das Geleier, das von ihren Lippen strömte, ebenso atemlos und ununterbrochen war wie ein Trommelwirbel. Und ihm fiel auf, daß der Rabbi, wenn er seine handgreiflichen Korrekturen austeilte, zunächst den kleinen Stock, mit dem er offenbar das Tempo auf der Seite angab, aus der Hand fallen ließ und im nächsten Augenblick ausholte oder zuschlug, je nachdem wie es ihm geboten schien. So daß der Schüler vor ihm, wann immer der Rabbi den Stock fallen ließ, sei es, um sich am Bart zu kratzen oder sein Käppchen zurechtzurücken oder eine halb gerauchte Zigarette aus einer Schachtel zu fischen, unweigerlich einen Arm hochriß oder den Kopf zum Schutz einzog. Das Fallenlassen jenes kleinen Stocks schien für die Schüler die Warnung zu sein, daß ein Schlag bevorstand.

Das Licht in den Fenstern schwand zu einer leeren Blässe. Es war warm im Raum; die stehende Luft hatte selbst den Unruhigsten eingelullt. Schläfrig fragte David sich, wann er an der Reihe sein würde.

»Aha!« hörte er den Rabbi sarkastisch ausrufen. »Bist du das, Herschele, Gelahrter aus dem Lande der Gelahrten?«

Dies galt dem Jungen, der soeben auf den freien Platz vor dem Buch gerutscht war. David hatte ihn schon vorher beobachtet, ein dicker Junge mit trägem Gesicht und offenem Mund. So wie er die Schultern eingeschüchtert, trübsinnig hängen ließ, war klar, daß er bei dem Rabbi nicht gut angeschrieben war.

»Henry wirds schon lern«, kicherte einer der Jungen neben David.

»Vielleicht kannst du heute ein wenig glänzen«, meinte der Rabbi mit einem eiskalten Lächeln. »Wer weiß, am Ende wird doch noch eine Puppe erfunden, die furzen kann. Los!« Er nahm den Stock und zeigte damit auf die Seite.

Der Junge fing an zu lesen. Obwohl er groß war, so groß wie alle anderen, die vor ihm drangewesen waren, las er langsamer und stockte öfter als alle anderen. Es war offensichtlich, daß der Rabbi seine Ungeduld zügelte, denn statt seinen Schüler zu schlagen, zog er heftige Grimassen, wenn er ihn verbesserte, stöhnte häufig auf, stampfte unter dem Tisch mit dem Fuß auf und kaute auf der Unterlippe. Die anderen Schüler waren still geworden und hörten zu. Ihr angespanntes Schweigen – ihre Gesichter waren mittlerweile halb im Schatten verschwunden – gab David die Gewißheit, daß sie jeden Moment mit einer Katastrophe rechneten. Der Junge stammelte weiter. Soweit David verstehen konnte, schien er denselben Fehler immer wieder zu machen, denn der Rabbi wiederholte unablässig denselben Laut. Endlich war der Rabbi mit seiner Geduld am Ende. Er ließ den Zeigestock fallen; der Junge duckte sich, aber nicht schnell genug. Die sausende flache Hand des Rabbi schlug auf sein Ohr wie ein Klöppel auf einen Gong.

»Du Gipskopf!« brüllte er, »wann lernst du endlich, daß ein bejs ein bejs und kein wejs ist. Schmutzhirn, wo hast du deine Augen?« Er drohte dem zusammengeduckten Jungen mit der Hand und nahm den Zeigestock auf.

Doch wenige Augenblicke später, wieder derselbe Fehler und wieder dieselbe Verbesserung.

»Soll ein Dämon mit deines Vaters Vater davonfliegen! Helfen denn Schläge nicht? Ein bejs, Esau, Schwein! Ein bejs!

Merk dir das endlich, ein bejs, auch wenn du an Krämpfen stirbst!«

Der Junge wimmerte und fuhr fort. Er hatte erst wenige Laute von sich gegeben, als er schon wieder an der schrecklichen Schwelle stockte und wie aus schierer Bosheit seinen Fehler wiederholte. Der Tropfen, der das Faß zum Überlaufen brachte! Die Wirkung auf den Rabbi war schrecklich. Ein fürchterliches Bellen spaltete seinen Bart. Unmittelbar darauf hatten seine Finger wie eine Kneifzange die Wange seines heulenden Schülers gepackt, und er brüllte, den Kopf des Jungen hin und her reißend, los:

»Ein bejs! Ein bejs! Ein bejs! Ein bejs! Jeder Hintern hat nur ein Auge. Ein bejs! Soll dir das Hirn überkochen! Ein bejs! Schöpfer der Erde und des Himmels, zehntausend Chejder gibt es in diesem Land, und mich hast du dir für diese Folter ausersehen! Ein bejs! Erbärmlichster unter Gottes Toren! Ein bejs!«

Während er wütete und den Kopf des Jungen mit einer Hand hin und her zerrte, hämmerte er mit der anderen den Zeigestock mit einer solchen Raserei auf den Tisch, daß David erwartete, daß sich der schmale Stab jeden Moment in das Holz bohrte. Statt dessen aber zerbrach er!

»Er hat ihn kaputtgemacht!« verkündete schadenfroh der Junge neben ihm.

»Er hat ihn kaputtgemacht!« Unterdrücktes Kichern machte die Runde. Entsetzt von dem, was er sah, fragte David sich, worüber die übrigen sich so amüsieren konnten.

»Ich habs nicht sehn könn«, heulte der Junge an dem Tisch. »Ich habs nicht sehn könn! Ist so dunkel hier!«

»Möge dein Schädel dunkel sein!« intonierte der Rabbi in kurzen, rasenden Schreien, »und deine Augen dunkel, und dein Schicksal von solcher Armut und Finsternis, daß du ein Mohnkorn die Sonne nennst und einen Kümmelsamen den Mond. Steh auf! Hinweg! Oder ich leere mein bitteres Herz über dir aus!«

Mit tränenüberströmten Wangen und laut heulend rutschte der Junge von der Bank und schlich davon.

»Bleib hier, bis ich dich gehen lasse«, rief der Rabbi hinter ihm her. »Wisch dir die dreckige Nase ab. Schnell, sag ich! Wenn du so leicht lesen könntest wie deine Augen pissen, dann wärst du wahrlich ein prächtiger Schüler!«

Der Junge setzte sich, wischte sich Nase und Augen mit dem Jackenärmel ab und schniefte nur noch leise vor sich hin.

Mit einem Blick zum Fenster kramte der Rabbi in den Taschen, zog ein Streichholz hervor und entzündete den primitiven Gasbrenner, der oben aus der Wand ragte. Während er beobachtete, wie gut das aufgeschlagene Buch auf dem Tisch zu sehen war, drehte er sparsam das Licht zu einem mageren Blättchen herunter. Dann setzte er sich wieder, entriegelte eine Schublade im Tisch und zog einen frischen Stock hervor, der genauso ausah wie der, den er soeben zerbrochen hatte. David überlegte, ob der Rabbi sich selber einen großen Vorrat an Stöcken schnitzte, wohl wissend, was damit geschah.

»Verzieh dich!« Er wedelte den Jungen, der widerwillig an den Platz vor dem Tisch, der gerade frei geworden war, gerutscht war, weg. »David Schearl!« rief er, die Barschheit seiner Stimme mäßigend. »Komm her, mein Goldstück.«

Vor Angst zitternd, ging David hin.

»Setz dich, mein Kind.« Er atmete noch immer schwer von der Anstrengung. »Nur keine Angst.« Er zog ein Päckchen Zigarettenpapier und einen Tabakbeutel aus der Tasche, drehte sich sorgfältig eine Zigarette, paffte einige Male, drückte sie dann aus und legte sie in eine leere Zigarettenschachtel. David hämmerte das Herz vor Angst. »Nun denn.« Er blätterte ein Buch neben ihm bis zur letzten Seite durch. »Zeige mir, wie gesegnet deine Auffassungsgabe ist.« Er zog David an der angespannten Schulter zum Tisch herab und zeigte, den neuen Stock zur Hand nehmend, auf eine große Hieroglyphe oben auf der Seite. »Das nennt man ein Kamatz. Siehst du? Kamatz. Und das da ist ein Alef. Also, jedesmal, wenn man ein Kamatz unter einem Alef sieht, dann sagt man Ah.« Sein tabakgeschwängerter Atem wirbelte David übers Gesicht.

Die Worte seiner Mutter über ihren Rabbi zuckten David durch den Kopf. Er schob sie beiseite und heftete seinen Blick auf den gezeigten Buchstaben, als wollte er ihn sich auf die Augen kleben.

»Sprich mir nach«, fuhr der Rabbi fort. »Kamatz-Alef – Ah!«
David wiederholte die Laute.
»So!« befahl der Rabbi. »Noch einmal! Kamatz-Alef – Ah!«
Und nachdem David das mehrere Male wiederholt hatte: »Und das«, fuhr der Rabbi fort und zeigte auf das nächste Zeichen, »nennt man Bet, und ein Kamatz unter einem Bet – Bah! Sag es! Kamatz-Bet – Bah!«
»Kamatz-Bet – Bah!« sagte David.
»Sehr gut! Noch einmal!«
Und so nahm die Stunde mit Wiederholung auf Wiederholung ihren Verlauf. Ob aus Furcht oder Fähigkeit, David schaffte diese ersten Stufen nahezu ohne jeden Fehler. Und als er entlassen wurde, kniff der Rabbi ihm lobend in die Wange und sagte:
»Geh nach Hause. Du hast einen Kopf aus Eisen!«

3

»Ungrad!« sagte Izzy.
»Grad!« sagte Solly.
»Schummler!« sagte Izzy. »Halt deine Finger nich solang zurück, bisde siehs, was ich ausgeb.«
Wie gewöhnlich spielten sie um Zeigestöcke, und David stand dabei und beobachtete die Launen des Glücks. In anderen Ecken des Hofes waren andere in das gleiche Spiel vertieft. Heute waren eine ganze Menge Zeigestöcke im Umlauf – jemand hatte die Schublade des Rabbi geplündert. Weiter war nichts entwendet worden, weder seine Gebetsriemen noch seine Uhr noch seine Schreibutensilien, nur seine Zeigestöcke. Er war wütend gewesen, doch da alle ein verständnisloses Gesicht gemacht hatten, hatte er keinen überführen können. Hier aber spielten sie nun alle um die Stöcke. David fand das lustig. Überhaupt fand er alles lustig, was mit Zeigestöcken zu tun hatte. Sie gehörten zu den wenigen Dingen, welche die Langeweile des Chejder auflockerten. Als er sie zuerst gesehen hatte, hatte er gedacht, daß der Rabbi sie sich selbst schnitzte, doch er merkte bald, daß er sich geirrt

hatte; der Rabbi zerbrach so viele, daß ihn das den ganzen Tag gekostet hätte. Nein, die Zeigestöcke waren bloß gewöhnliche Lutscherstiele. Und selbst das hatte er lustig gefunden. Ein unpassendes Bild war vor seinem geistigen Auge erstanden: Er sah seinen strengen, schwarzbärtigen Rabbi, wie er einen Dauerlutscher ableckte. Doch seine Mitschüler klärten ihn bald auf. Sie waren es nämlich, die dem Rabbi die Lutscherstiele brachten. Ein Zeigestockgeschenk bedeutete ein gewisses Maß an Milde seitens des Rabbi, eine gewisse Bevorzugung. Doch das Geschenk mußte umfänglich sein, sonst vergaß der Rabbi es, und da nur wenige seiner Schüler sich mehr als einen Lutscher pro Tag leisten konnten, spielten sie um sie. Izzy hatte heute besonders viel Glück.

»Has noch mehr?« fragte er.

»Ja«, sagte Solly. »Alles oder nix! Ungrad!«

»Wart ma. Ich bin ganz naß.« Er bog sich zur Seite und wrang seine Kniehose und die Rockschöße aus. Kurz vorher hatten sie sich so heftig gestritten, daß jemand aus einem Haus daneben einen Kübel Wasser auf sie geschüttet hatte. Izzy hatte das meiste davon abbekommen.

»Jowoieee!« Aus einiger Entfernung kam ein langgezogener Schrei.

Sie blickten sich um. »Wer isn das?«

»Ich seh ma nach.« Yonk, der am Zaun stand, kletterte eine Wäschestange hoch. »S is de Moish«, verkündete er. »Drei Zäun weiter.«

»Bloß drei Zäun?« Verächtlich nahmen sie ihr Spiel wieder auf.

Gescharre und Getrappel näherte sich. Moish kam über den Zaun geklettert. »Hauswart da?« fragte er.

»Keine Hauswart«, sagte Yonk gönnerhaft und rutschte die Wäschestange herunter. »Du machs nich genug Krach, deshalb. Sollts ma Wildy hörn.«

»Wer mach nich genug Krach? Ich hab so laut wie nur was gebrüllt. Wersn besser?«

»Was meinstn? Wildy is besser. Hat vier Zäun un ein Hauswart. Mrs. Lechtenstein vom Haus siem-achnsechzig. Is Wildy mitm Besen nach, aber Wildy is abgehaun.«

Über die Zäune zu klettern war für die Schüler des Rabbi einer der Wege zum Chejder. Den meisten war die Tür, die in den Chejderhof führte, zu prosaisch; sie zogen es vor, sich ihre eigenen Wege zu suchen. Und der Meister darin, wie überhaupt in allem, war Wildy. Wildy hatte bald seinen dreizehnten Geburtstag und folglich auch sein ›bar-mizwe‹, was ihn zu einem der ältesten Jungen im Chejder machte. Er war das Idol von allen und hatte sogar schon einmal gedroht, dem Rabbi eins auf die Nase zu hauen.

»Wos Wildy jetz?«

»Wart drauf, daß Shaih un Toik runnerkomm.« Yonk blickte vielsagend an einem der Häuser hoch. »Der zeig den, dasse nich die Größten sin, wo in Chejder komm.«

»Ich hab drei Stöck«, sagte Moish. »Wer spiel gegn mich?«

»Ich.« Izzy hatte soeben seinen Gegner geschröpft. »Wo hasn die her? Gemops?«

»Naa. In meiner Klass sin zwei Mädchen un noch einer – an Goj. Un di ham alle Lutscher gekauft, un der Goj auch. Dann bin ich denen überall nachgelaufn, un wie se damit fertig warn, ham se die Stöck weggeschmissn. Dann hab ich se aufgehobn. Gojs sin dumm.«

»Massel gehabt«, sagten sie neidisch.

Doch dazu gehörte mehr als Massel, wie David sehr wohl wußte. Dazu gehörte eine Menge Geduld. Er hatte diese Methode, Lutscherstiele zu sammeln, selber schon probiert, doch es war ihm zu langweilig geworden. Aber eigentlich hatte er es ohnehin nicht nötig. Er war nämlich gescheit genug, um Bestrafungen aus dem Weg zu gehen, und er konnte Hebräisch so schnell wie jeder andere lesen, wenngleich er noch immer nicht wußte, was er da las. Übersetzung, was Chumesch hieß, kam später.

»Jowoieee!« Der Schrei ertönte diesmal von oben. Sie blickten hoch. Shaih und Toik, die beiden Brüder, die im dritten Stock hinten wohnten, kletterten gerade auf ihre Feuerleitern. Sie waren die einzigen im Chejder, die das Privileg genossen, den Hof über die Feuerleitern zu betreten – und sie machten einen wahren Auftritt daraus. Die übrigen sahen ihnen neiderfüllt zu. Doch waren sie erst wenige Stufen hinabgestiegen, als der Schrei erneut ertönte, diesmal aus großer Höhe –

»Jowoieee!«

Alle hielten den Atem an. Es war Wildy, und er war auf dem Dach!

»Ich habs euch gesag, ich komm von weiter obn runner als die!« Mit einem Triumphgeheul bestieg er die Leiter und kletterte unter mancherlei Possen herab.

»Mensch, Wildy!« hauchten sie ehrfürchtig – alle bis auf die zwei Brüder, die ihn verdrießlich betrachteten.

»Das sagn wirm Hauswart.«

»Ich hau euch eine«, antwortete er leichthin und wandte sich dann den übrigen zu. »Ihr wißt, was ich könnt, wenn ein von euch mitmachen tät. Ich wett, ich kann in viertn Stock un ich wett, ich kann mich anner Wäschelein festhaltn, un ich wett, ich kann mich dran festhaltn, bis einer mich zur Wäschestang rüberzieh, un ich wett, ich rutsch runner!«

»Mensch, Wildy!«

»Un eima fang ich ganz weit drübn anner Avenue C an un spring über alle Zäun in ganzen zwei Blocks.«

»He, Jungs, ich geh rein.« Izzy hatte den letzten der Stöcke gewonnen. »Los, ich gebsem.«

»Wieviel hasn?« Sie marschierten hinter ihm her.

»Da!« In seiner Hand hatte er ein dickes Bündel.

Sie näherten sich dem Pult. Der Rabbi blickte auf.

»Ich hab Stöcke für Sie, Rabbi«, sagte Izzy auf jiddisch.

»Laß einmal sehen«, war die mißtrauische Antwort. »Das ist ja ein ganz schöner Beitrag, den du da leistest.«

Izzy schwieg.

»Weißt du, daß man mir gestern meine Zeigestöcke gestohlen hat?«

»Ja.«

»Und, woher hast du die da?«

»Hab ich gewonnen.«

»Von wem?«

»Von allen.«

»Diebe!« Unheilkündend drohte er ihnen mit der Hand. »Ihr habt Glück, daß ich keinen davon wiedererkenne.«

4

Zwei Monate waren seit Davids Eintritt in den Chejder vergangen. Der Frühling war gekommen und mit ihm milderes Wetter, eine vorsichtige Zufriedenheit, ein eigenartiges Innehalten in ihm, als wartete er auf ein Zeichen, ein Siegel, das die Wachsamkeit auf immer von ihm nehmen und ihm sein Wohlergehen auf immer sichern würde. Manchmal glaubte er, dieses Zeichen schon erblickt zu haben – er ging zum Chejder; oft ging er samstags in die Synagoge; er konnte Gottes Silben fließend aussprechen. Doch ganz sicher war er sich dessen nicht. Vielleicht würde ihm das Zeichen offenbart, wenn er endlich lernte, das Hebräische zu übersetzen. Wie auch immer, seit er zum Chejder ging, hatte sich das Leben auf wunderbare Weise eingependelt, und das schrieb er seiner zunehmenden Nähe zu Gott zu. Jetzt dachte er nicht mehr über die Arbeit seines Vaters nach. Von der alten Angst, daß der Kreislauf sich vollzog, war nichts mehr geblieben. Es schien überhaupt keinen Kreislauf mehr zu geben. Auch machte seine Mutter sich anscheinend keinerlei Sorgen mehr um die Arbeit seines Vaters; auch sie wirkte beruhigt und mit sich in Frieden. Und jene eigenartigen Geheimnisse, die er vor langer Zeit in der Erzählung seiner Mutter aufgeschnappt hatte, waren wie versunken in ihm, und er stieß nur noch an erinnerungsträchtigen Straßenecken zwischen Häusern oder in seinem Kopf darauf. Mit allem Unangenehmen und Vergangenen war es so, befand David, es war in einem verloren. Man mußte sich nur vorstellen, es sei nicht da, genauso wie der Keller im Haus fortgezaubert werden konnte, wenn es zwischen dem Treppenhaus und der Kellertreppe einen hellen Hof gab. Es bräuchte nur einen hellen Hof. Zu Zeiten glaubte David fast, diese Helligkeit gefunden zu haben.

Es war ein paar Tage vor Passah. Der Morgen war so heiter gewesen, wärmer und heller als alle in dem gerade vergangenen Osterbündel. Der Mittag so verheißungsvoll – ein Blatt Sommer im Buch des Frühlings. Und den ganzen Nachmittag hatte er darauf gewartet, ruhelos und unaufmerksam, daß der Drei-Uhr-Gong ihn aus der Schule entließ. Statt auf die Tafel hatte er seine Aufmerksamkeit auf das harte Gitterwerk des Sonnenlichts gerichtet, das Muster auf die rote Mauer unter der Feuerleiter warf; und hatte, hinter seinem hohen Geographiebuch, aus Löschpapier und Bleistift ein Segel gebaut, mit dem er die leichte Brise einfing, die zum offenen Fenster hereingewirbelt kam. Miss Steigman hatte ihn erwischt, hatte fest die Lippen zusammengekniffen (der dichte Flaum darüber wurde dann immer ganz dunkel) und gekreischt:

»Steh auf, du kleiner Faulpelz! Auf der Stelle! Auf der *Stelle*! Und setz dich da neben die Tür, und da bleibst du! So eine Dreistigkeit!« Dieses Wort benutzte sie immer, und David fragte sich immer, was es bedeutete. Dann hatte sie angefangen zu rülpsen, was sie auch immer tat, wenn man sie geärgert hatte.

Und nicht einmal auf seinem neuen Platz hatte David stillsitzen können, hatte herumgezappelt und gewartet, die Maserung seines Pults nachgezogen, verstohlen mit der Sohle seines Schuhs einen Bleistift herumgerollt, versucht, ein Haar, das auf sein Buch gefallen war, zu kleinen Knoten zu binden. Er hatte gewartet und gewartet, doch nun, da er frei hatte, was nützte es ihm? Die Luft verdüsterte sich, der nackte Wind zwirbelte sich aus dem Staub und dem Unrat, den er aus der Gosse aufwühlte, eine graue Muschel. Der Straßenkehrer zog seinen schwarzen Regenmantel an. Das Wetter hatte David geprellt, weiter nichts! Jetzt konnte er nirgendwohin. Er würde naß werden. Da könnte er auch gleich als erster im Chejder sein. Niedergeschlagen überquerte er die Straße.

Aber woher hatte seine Mutter am Morgen gewußt, daß es regnen würde? Sie war ans Fenster getreten, hatte hinausgeschaut und dann gesagt, die Sonne sei zu früh aufgegangen. Na, was wäre, wenn – Hui!

Vor seinen Füßen flog eine Zeitungsseite, von einem feuchten Windstoß erfaßt, ausgebreitet in die Luft, sank träge herab und flatterte hoch, verschmolz mit dem Himmel. Er sah ihr eine Weile nach und beschleunigte dann die Schritte. Über Schaufenstern wölbten und blähten sich knatternd Markisen. Schreiend raste ein Junge über die Gosse, die Mütze voneweg.

»He! Da!« Bei dem Ausruf fuhr er herum.

»Schäm dich! Schäm dich! Jeder kennt dich«, skandierte ein Chor aus Jungen und Mädchen inbrünstig. »Schäm dich! Schäm dich! Jeder kennt dich.«

Rot und giggelnd drückte ein dickes Mädchen ihr sich bauschendes Kleid herunter. Über plumpen X-Beinen sah man einen festonierten weißen Schlüpfer aufblitzen. Der Wind flaute ab, so daß das Kleid schließlich herabsank. Mit einem leisen Ekel, einem Hauch des alten Grauens drehte David sich wieder um. Mit welch eiligen Zuckungen die mumifizierten Bilder im Gehirn aus ihren Nischen sprangen, frühere Possen nachäfften und wieder in sich zusammenfielen. Eine Erinnerung an jene lange vergangene Zeit. Knisch und Schrank. Puh! Und an damals, als zwei Hunde zusammensteckten. Puh! Hat Wasser draufgeschüttet, der Mann. Schäm dich! Schäm dich!

»Sophi-e!« Ein Ruf über ihm. »Sophi-e!«

»Ja-ha, Mama!« von einem Mädchen auf der Straße.

»Komm ruff! Bald!«

»Awaa!«

»Bald oders setz was. Nuuu!«

Mit einem rebellischen Beben überquerte das Mädchen die Straße. Das Fenster knallte zu.

Einen ekligen Kinderwagen voller Milchflecken vor sich herschiebend, wackelte ein kompaktes Hinterteil vorbei, ein Arm zerrte von irgendwoher zwei taumelnde Kinder mit, die, sich an den Händen klammernd, beide wie Kreisel, erlahmend und wieder gepeitscht, gegeneinander und gegen ihre Mutter prallten. Ein Junge rannte vor die Karre. Sie rammte ihn.

»Aua! Paß doch uff, wo de hinläufs!« Er rieb sich den Knöchel.

»Rotznos! Oj! Bald a fraßk, ja!«

»Aaa! Hör uff!«

Ein Regentropfen spritzte ihm aufs Kinn.

– Gleich –

Er warf die zusammengebundenen Bücher über die Schulter und fiel in einen raschen Trab.

– Bevor ich ganz naß werd!

Vor ihm, auf das gegenüberliegende Ufer des East Rivers zufliegend, trieben struppige Wolken hinter ihrer Vorhut her. Und jenseits des Flusses wurde der weiße Rauch aus den nähergelegenen Schloten auseinandergezogen und verwirbelt, als wären die Schlote die Schornsteine eines fahrenden Schiffes. In der Gosse zogen Wagenräder schwarze Bänder hinter sich her. Die Luft war zu tausend schrillen, gesplitterten Schreien zerschellt, wurde hier und da gespalten vom plötzlichen Ausruf eines Jungen oder dem ungeduldigen Gezeter einer Mutter. An der Tür zum Chejderkorridor blieb David stehen und warf einen zaudernden Blick die Straße hinauf und hinunter. Die schwarzen Gehsteige hatten sich geleert. Der Regen ergoß sich in dem zunehmenden Dunkel in fahlen Strähnen. Vor den gescheckten Wolkenmassen in der schrundigen Furche des Westens reckte sich auf einem Schulturm, steif wie ein Schlüssel, eine einsame Fahne. Im Schutz eines Türeingangs, jenseits der Gosse, schrie eine Kindertraube unisono zum Himmel hoch:

»Regen, Regen, hau bloß ab, komm an einem annern Tag. Regen, Regen, hau bloß ab, komm an einem annern Tag. Regen, Regen –«

Es war wohl besser, wenn er hineinging, bevor die übrigen Schüler des Rabbis kamen. Sonst waren sie noch vor ihm drin. Er wandte sich um und trottete den trüben, abgestoßenen Korridor entlang. Der Hof war düster. Wäschestangen knarrten und schwangen, Flaschenzüge rasselten. In einem Fenster über ihm kreischte eine massige Frau mit bloßen Armen Flüche hinter jemandem her und zog hastig das Bettzeug herein, das prallen Säcken gleich sich auf den Simsen plusterte.

»Die Gedärme sollen dir verfaulen!« hallten ihre Worte über den Hof. »Konnste mir nich sagen, daß es regnet?«

Er stürzte durch den Regen, schlidderte über die gesprungenen Steinplatten und fiel gegen die Chejdertür. Als er hineinstolperte, sah sich der Rabbi, der gerade das Gas entzündete, um.

»Ein schwarzes Jahr soll dich heimsuchen!« knurrte er. »Kannst du nicht wie ein Mann hereinkommen?«

Ohne eine Antwort schlich er sich demütig zu der Bank an der Wand und setzte sich. Wozu hatte er ihn jetzt angebrüllt? Er hatte doch gar nicht so hereinplatzen wollen. Mensch! Das größer werdende Gaslicht ließ einen weiteren Schüler in dem Raum sichtbar werden, den er vorher nicht bemerkt hatte. Es war Mendel. Den Hals mit einem weißen Verband umwickelt, kränklich-weiß in dem trübgelb flackernden Leuchtgas, saß er am Pult, den Kopf auf die Ellbogen gestützt. Mendel ging auf sein Bar-mizwe zu, hatte aber nie gelernt, Chumesch zu lesen, weil er erst ziemlich spät zum Chejder gekommen war. Er hatte Glück, wie jeder sagte, weil er ein Furunkel im Genick hatte, weswegen er nicht zur Schule mußte. Und so war er die ganze Woche schon als erster im Chejder gewesen. David überlegte, ob er es wagen durfte, sich neben ihn zu setzen. Der Rabbi machte ein ärgerliches Gesicht. Dennoch beschloß er, es zu wagen, und rutschte leise auf der Bank zu Mendel hin. Der stechende Gestank von Medizin drang ihm in die Nase.

– Puhh! Stinkt das!

Er rückte wieder von ihm weg. Mit trüben Augen und hängenden Lippen blickte Mendel zu ihm herab und drehte sich dann zum Rabbi. Letzterer zog ein großes blaues Buch von einem Stapel aus dem Bord und ließ sich auf seinem mit einem Kissen gepolsterten Stuhl nieder.

»Eigenartige Finsternis«, sagte er und blinzelte zu dem regengesprenkelten Fenster hin. »Ein stürmischer Freitag.«

David zitterte. Von der Milde des Mittags verleitet, hatte er das Haus nur in seinem dünnen blauen Pullover verlassen. Nun, ohne ein Feuer in dem rundbäuchigen Ofen und ohne andere Körper, die dem klammen Raum Wärme abgeben konnten, war ihm kalt.

»Nun«, sagte der Rabbi und strich sich den Bart, »das ist das ›Haftarah‹ für Jethro – etwas, was du bei deinem Barmizwe lesen wirst, falls du so lange lebst.« Er befeuchtete Daumen und Zeigefinger und begann, das obere Ende jeder Seite so zu kneifen, daß das ganze Blatt unter seiner Hand zusammenzuzucken schien und umschnellte, als flöhe es von allein. David stellte überrascht fest, daß dieses Buch des Rabbi im Gegensatz zu den anderen an den Ecken noch nicht abgewetzt war. »Für diese Woche ist es ›Sidrah‹«, fuhr der Rabbi fort, »und da du kein Chumesch kannst, werde ich dir sagen, was es bedeutet, nachdem du es gelesen hast.« Er nahm den Zeigestock auf, doch statt auf die Seite zu zeigen, hob er plötzlich die Hand.

Unwillkürlich zuckte Mendel zusammen.

»Ach!« grunzte der Rabbi ungeduldig. »Was springst du denn wie eine Ziege? Kann ich *dich* denn schlagen?« Und mit dem stumpfen Ende des Stocks stocherte er in seinem Ohr herum, wobei sein dunkles Gesicht um die Knollennase herum bis in die Ränder seines Bartes und des Käppchens hinein schmerzvolle Falten warf. Er streifte das braune Schmalzklümpchen am Tischbein ab und zeigte auf die Seite. »Fang an, Beschnos mos.«

»Beschnos mos hamelech Uzijahu vaereh es adonoi«, begann Mendel zu leiern.

Da er nichts Besseres zu tun hatte, guckte David in stummem Wetteifer mit Mendel zu. Doch das Tempo erwies sich bald als zu schnell für ihn – Mendels sprudelndes Geschnatter stach sein zögerliches Gemurmel aus. Er gab die Jagd auf und schaute ausdruckslos auf das regengesprenkelte Fenster. In einem Haus auf der anderen Seite des dunklen Hofs war Licht angegangen, und verschwommene Gestalten bewegten sich davor. Der Regen trommelte aufs Dach, und ein-, zweimal drang durch das stete Geprassel ein gedämpftes Rumpeln herab, als würde ein schwerer Gegenstand über den Fußboden über ihnen gezogen.

– Bett auf Rädern. Oben. (Seine Gedanken schweiften abwesend zwischen dem Geplätscher der Stimmen und dem Geplätscher des Regens umher.) Mensch, wie das regnet. Das hört ja gar nicht mehr auf. Selbst wenn es aufhört, kann ich nicht weg. Wenn er Chumesch läse, dann könnte ich mit ihm um die Wette lesen, könnte ihn bestimmt schlagen. Aber deshalb muß er eben aufhören ... Warum muß man Chumesch lesen? Kein Spaß – Erst liest man Adonoi elahenoo abababa, und dann sagt man und Moses sagte du darfst nicht, und dann liest man noch etwas abababa, und dann sagt man, darfst nicht in der trejfen Schlachterei essen. Mag das sowieso nicht. Da hängen große braune Säcke von den Haken. Schinken. Und alle möglichen grauen Würste mit so was wie Murmeln drin. Puh! Und Hühner ohne Federn in Kisten und kleine Häschen in dem Laden in der First Avenue bei der Hochbahn. In einem Holzkäfig mit Salat. Und Steine, die essen die auch, an den Ständen. Steine in allen Farben. Die stechen sie mit dem Messer auf und schütten Ketchup auf den Rotz da drin. Bä! und lange schwarze dünne Schlangen. Uä! Gojim essen alles ...

»Wieschma es kol adonoi omari es mi eschlach.« Mendel las heute nachmittag schnell. Der Rabbi blätterte um. Über ihnen das ferne Rumpeln.

– Wieder Bett auf Rädern ... Aber woher weiß Moses das? Wer hat es ihm gesagt? Gott hat es ihm gesagt. Iß bloß koscheres Fleisch, hörst du. Darfst nicht Fleisch essen und dann Milch trinken. Mama ist das egal, aber nur, wenn Bertha nicht hinsieht! Wie sie sie angeschrien hat, weil sie die Fleischmesser mit den Milchmessern zusammengetan hat. Eine Sünde ist das ... Und Gott sagte ihm, iß auf deinen eigenen Fleischmärkten ... Damals mit Mama auf dem Hühnermarkt, als wir da hingegangen sind. Wo die ganzen Hühner rumgelaufen sind – Gagackgack – wann hab' ich gesagt? Gacka. Mensch! Komisch. Irgendwo, hab' ich gesagt. Und als der Mann mit dem Messer Sing! gemacht hat! Iih! Blut und Flügel. Und hat es hingeworfen. Sogar koscheres Fleisch, wenn man das sieht, mag man nicht essen –

»Genug!« Der Rabbi tippte mit dem Zeigestock auf den Tisch.

Mendel hörte auf zu lesen und ließ sich mit einem Seufzer der Erleichterung zurückfallen.

»Jetzt erzähle ich dir etwas von dem, was du gelesen hast, dann, was es bedeutet. Höre mir gut zu, damit du es dir merkst. Beschnas mos hamelech.« Die beiden Nägel von Daumen und Zeigefinger stießen aufeinander. »Des Jahres, da der König Usia starb, sah Jesaja Gott. Und Gott saß auf seinem Thron, hoch oben im Himmel, und in seinem Tempel – Verstehst du das?« Er zeigte nach oben.

Mendel nickte und zog eine Grimasse, während er den Verband um seinen Hals lockerte.

– Mensch! Und der hat Ihn gesehn! Wo wohl? (Davids Interesse war erwacht, und er hörte aufmerksam zu. Das war etwas Neues.)

»Nun!« fuhr der Rabbi fort. »Um Ihn herum standen die Engel, Gottes gesegnete Engel. Wie schön sie waren, kannst du dir selber vorstellen. Und sie riefen: Kadosch! Kadosch! Kadosch! – Heilig! Heilig! Heilig! Und der Tempel erschallte und erzitterte vom Klang ihrer Stimmen. Also!« Er machte eine Pause, blickte Mendel ins Gesicht. »Verstanden?«

»Ja«, sagte Mendel verständnisvoll.

– Und Engel waren da, und er hat sie gesehn. Ob –

»Doch als Jesaja den Allmächtigen in Seiner Herrlichkeit und Seinem schrecklichen Licht gewahrte – Weh mir! rief er, Was soll ich tun! Ich vergehe!« Der Rabbi packte sein Käppchen und zerknüllte es. »Ich, ein gemeiner Mann, habe den Allmächtigen gesehen, ich Unreiner habe ihn gesehen! Und siehe, ich bin unreiner Lippen, und ich lebe in einem unreinen Land – denn zu der Zeit waren die Juden sündig –«

– Rein? Licht? Ob –? Könnte ich ihn nur fragen, warum die Juden schmutzig waren. Was taten sie? Lieber nicht! Werd' sonst verrückt. Wo? (Verstohlen, während der Rabbi noch immer sprach, beugte David sich hinüber und blickte auf die Seitenzahl.) Auf achtundsechzig. Kann vielleicht nachher fragen. Auf Seite achtundsechzig. Das blaue Buch – Mensch! Das ist Gott.

»Doch eben als Jesaja diesen Ruf ausstieß – ich bin unrein –, flog einer der Engel zum Altar und zog mit der Zange eine glühende Kohle heraus. Verstehst du? Mit der Zange. Und mit dieser Kohle flog er hinab zu Jesaja und berührte mit der Kohle seine Lippen – Da!« Der Rabbi stach mit den Fingern in die Luft. »Du bist rein! Und in dem Augenblick, da die Kohle Jesajas Lippen berührte, da hörte er Gottes Stimme sagen: Wen soll ich senden? Wer will unser Bote sein? Und Jesaja sprach und –«

Doch da unterbrach ihn ein unvermitteltes Stimmengewirr vor der Tür. Rennende Füße trappelten über den Hof. Die Tür wurde aufgerissen. Eine zankende, rangelnde Gruppe stürmte den Türeingang, verkeilte sich darin. Raufend, übermütig lachend schoben sie einander hinein, zerrten einander heraus –

»Laß los!«

»Laß mich los!«

»Du has mich reingestoßn, du dreckige Stinker!«

»Der nächse nach Davy«, und einer flog auf das Pult zu.

»Moishe is inne Pfütz gefallen!«

»He! Lassen nich rein!«

»Der nächse nach Sammy!« Ein weiterer schoß dem ersten hinterher.

»Ich komme –!«

»Scha!« knarrte der Rabbi. »Sollt gemetzelt werden allesamt! Hört ihr mich! Keiner soll verschont bleiben!«

Das Babel wurde gedämpft.

»Und du da, sei auf immer verkrüppelt, schließe die Tür!«

Das Gerangel an der Tür löste sich auf.

»Schnell! Mag euer Leben damit beschlossen sein.«

Jemand zog die Tür hinter sich zu.

»Und nun, liebster Sammy«, seine Stimme nahm einen giftigen, schmeichelnden Ton an. »Der *nächs'e* bist du? Ich geb' dir den *nächs'en.* In den Bauch bekommst du den *nächs'en.* Raus da! Bewegt euch!«

Sammy krabbelte eilig über die Bank zurück.

»Und du auch«, er winkte David weg. »Setz dich da drüben hin.« Und als David zögerte: »Schnell! Oder –!«

David sprang von der Bank auf.

»Und still!« schnarrte der Rabbi. »Als wären eure Zungen verfault.« Und als absolute Stille hergestellt war, sagte er und stand auf: »Nun, ich werde euch etwas zu tun geben – Yitzchack!«

»Waah! Ich hab gar nix gemacht!« Yitzchack stieß ein ängstliches Wimmern aus.

»Wer hat gesagt, du sollst sprechen? Komm her!«

»Was wolln Sien von mir?« Yitzchack machte sich bereit loszuheulen.

»Setz dich hierher.« Der Rabbi zeigte auf das Ende der Bank, das dem Pult am nächsten war. »Und sprich nicht mit mir auf gojisch. Raus mit euch, ihr! Und du, David, bleib sitzen, wo du bist – Simke!«

»Ja.«

»Neben ihn. Srool! Moishe! Avrum! Yankel! Schulim!« Er versammelte all die jüngeren Schüler zu einer Gruppe. »Schmiel! Und du, Meyer, setz dich hierher.« Mit einem warnenden Blick ging er zum Schrank hinter seinem Stuhl und zog etliche kleine Bücher heraus.

»Aaa! Bä!« spuckte Yitzchack flüsternd. »Wieder die blöde Hagada!«

Stumm saßen sie da, bis der Rabbi zurückkam und die Bücher verteilte. Moishe, der nur wenig entfernt von David saß, ließ seines fallen, stürzte sich aber gleich hastig darauf, küßte es zum Besten des Rabbi und blickte mit einem Ausdruck idiotischer Frömmigkeit um sich.

»Zunächst, ihr Lausköpfe«, begann der Rabbi, als er die Bücher verteilt hatte, »die Vier Fragen des Passah. Lest sie wieder und wieder. Doch laßt sie diesmal wie einen Sturzbach von den Lippen fließen. Und wehe dem Gipskopf, der sie dann noch immer nicht auf jiddisch sagen kann! Schläge wird er ernten wie Sand! Und wenn ihr damit fertig seid, dann blättert weiter zu ›Chad gadjau‹. Lest es durch. Aber denkt daran, still wie der Tod – Ja?« Schmaike hatte sich gemeldet, als wäre er in der Schule. »Was willst du?«

»Dürfen wir uns einander nicht hören?«

»Vermoderte Hirne! Müßt ihr euch denn noch immer hören? Na gut. Aber paßt nur auf, daß ich kein gojisches Wort von euch höre.« Er ging zurück zu seinem Stuhl und setzte sich. Ein paar Sekunden lang strich sein wilder Blick über die lange Bank, dann senkte er die Augen kurz auf das Buch vor ihm. »Ich wollte dir gerade erzählen«, sagte er, zu Mendel gewandt, »wie es kam, daß Jesaja Gott sah, und was dann geschah –«

Doch als hätten seine Worte die ihren entfesselt, begann ein brodelndes Flüstern durch den Raum zu fließen.

»Du hasses gehör, wie ichs gesag hab. Du hasses gehör! Aaschloch. Komm, Solly, du hasses gehör. Du has gestoßn! Mendy hat nochn Vaband am –«

»Sagte, wen soll ich senden?« Die Worte des Rabbi brachen sich an dichter werdendem Geräuschdickicht. »Wer will unser Bote sein?«

»Izzy Pissy! Mulligan der Schieler! Mah nischtanah balajlau haseh – Wills gegen mich spielen, Yonk?«

– Könnte ihn aber nicht fragen (Davids Blick ruhte nur auf der Seite.) Werde verrückt. Vielleicht später, wenn ich lesen muß. Wo war das? Ja. Seite achtundsechzig. Dann sag ich, auf Seite achtundsechzig in dem blauen Buch, dem neuen, wo Mendel gelesen hat, da haben Sie gesagt, daß der Mann Gott gesehen hat. Und ein Licht –

»Wie viele? Ich hab mehr als du. Schebechol halejlos onu ochlim –. Ich hab auch n Schramm am Kopp gehab. Wars du unner der Markis? Wir warn alle drunner. Im Regen.«

»Und sag diesem Volk, diesem gefallenen Volk –«

»Ja, un ich geb dirn Aaschtritt! Ungrad! Halejlo haseh kulo mazzoh – Un dann hab ich a groß Schramm gekrieg, wo die Sand an mein Kopp geschmeiß habn. Grad wie ich reingekomm bin, hab ichn Blitz gesehn.«

– Wohin ging er, um Ihn zu sehen? Gott? Nicht gesagt. Ob der Rabbi das weiß? Wenn ich doch bloß fragen könnte. Seite achtundsechzig. Weit, weit, weit, vielleicht. Wo? Mensch! Irgendwo, ich auch ... Als ich – Als ich – weit weit auf der Straße ... Tag, Mr. Hochholz, Wiedersehn, Mr. Hochholz. Hiiee! Komisch!

»Komm rüber, Joey, da s Platz. Der Rebbe will – Zäun sin ganz glitschig. Was heulsn so?«

»Noch je genesen, noch gar rein.«

»Ein Blitz, du Trottl! He, Solly, sagt er – Schebechol haleljos onu ochlim – Ja, mein Vadder haut dein großn Bruder. Grad!«

– Irgendwo sah Jesaja Ihn, einfach so. Bestimmt! Er saß auf einem Stuhl. Also hat er Stühle, kann auch sitzen. Mensch! Sitzen, scheißen! Pscht! Bitte, Gott, ich hab's nicht so gemeint! Bitte, Gott, das hat jemand anderes gesagt! Bitte –

»Un warum sags dann Bliz, du Klugscheißer? Moishe hat sein Bohnschleuder verlorn. Und dann hab ich nach dem Sand Wassa aufn Kopf getan, dann – Blödes Vieh! Miss Ryan hatse genomm!«

»Wie lange? fragte ich. Herr, wie lange –«

– Und warum hat der Engel das getan? Warum wollte er Jesaja den Mund mit Kohlen verbrennen? Er hat gesagt: Du bist rein. Aber Kohle macht doch Rauch und Asche. Wie rein also? Hätte er nicht einfach sagen können: Dein Mund ist rein? Oder? Warum war er denn nicht rein? Hat ihn bestimmt nicht gewaschen. Und dann ist ...

»An ›lighten‹, du Depp. An Blitz! Kannst nit Enklisch redn? Ha! Ha! Scheur jerokos halajlo haseh – Das sin genau zwei! Ich hab mit Kreide damit geschossn. Das is vielleich an Bohnschleuder! Mein Vadder gibt deim Vadder so an Tritt –«

– Mit an Zwang, hat er gesagt. Zwang. Wo hab ich das gesehen? Irgendwo Zwang. Mama? Nein. Wie in der Schmiede am Fluß. Zange und Hufeisen. Ja, so war's wohl. Mit einer Zange, Zwang heißt Zange. Warum also mit einer Zange? Die Kohle war heiß. Darum. Aber das war doch ein Engel. Haben Engel Angst? Angst, sich zu verbrennen? Mensch! Muß heiß gewesen sein, richtig heiß! Hab' ich mich erschrocken, als der Rabbi die Finger gestoßen hat, als er Kohle gesagt hat. Hab' fast geglaubt, ich wär's. Ob Jesaja wohl geschrien hat, als die Kohle ihn berührt hat? Aber vielleicht verbrennt Engelkohle keine Lebenden. Ob –

»Da! Chinky zeig! Das is meins! Über wie viele Zäun bisn du rüber? Ich habs von an Baum im Poak abgerissn, meine Bohnschleuder! Drei Zäun. Dann halt an ›lighten‹, Klugscheißer!«

»Und das ganze Land wüst und verlassen.«

»Drei ist gelogn, sag mein Vadder. Ja? Matbilim afilu pa'am echoss halajlo haseh – Setz immern Hut auf, wenn an ›lighten‹ komm–«

– Der hat bestimmt schlimme Wörter gesagt. Scheißen, pissen, blöder Aasch – Halt! Du sagst es ja selber. Wieder eine Sünde! Deshalb hat er – Mensch! Hab's nicht so gemeint. Aber der Mund wird nicht dreckig. Ich spür' keinen Dreck. (Er rollte die Zunge umher.) Vielleicht drinnen. Weit, weit drinnen, wo man ihn nicht schmecken kann. Was hat Jesaja gesagt, wovon sein Mund dreckig geworden ist? Richtig dreckig, so daß er's wußte? Vielleicht –

»Schebechol halejlos onu ochlim – Da Regn hat mein Abziehbildchen naß gemacht! Aua! Laß los! Du kanns Bücher nich mit Zeitung einschlagen. Bei mein Lehrerin darf man das nich. Un wie sie mir mein Bohnschleuder weggenomm hat, hat sie mich in die Back gekniffn. Blöde Schnepf! Bejn joschwim uwejn messubim. Und was is das nächste Wort? Mein Handball isn Gulli runner! Da, ich hab sechs Stöck!

– Mit richtiger Kohle ging das nicht. Man würde verbrennen. Sogar heißer Tee, wenn man den trinkt – ooh! Aber wo kriegt man Engelkohle her? Eismann, gib mir eine Schaufel Engelkohle. Hii! Hii! Im Keller ist Kohle. Aber andere, schwarze Kohle, nicht Engelkohle. Bloß Gott hat Engelkohle. Wo Gott wohl seinen Keller hat? Wie hell es da sein muß. Da hätte ich nicht so eine Angst wie damals in Brownsville. Weißt du noch?

»Komm, Kleiner! He, Louie! Du bis der letze! Hab mir die Füß naßgemach! Da! Ich! Ja! Da! Zwei!«

– Engelkohle. In Gottes Keller ist –

Alle Nachzügler waren mittlerweile hereingeschlendert. Ein großes Palaver ließ den Chejder nun erbeben.

»Und-nicht-ein-Baum-« Während der Rabbi sich tiefer und tiefer beugte, schoß seine Stimme eine steile, drohende Leiter empor. »Soll-mehr-im-Lande stehn!« Er richtete sich auf, erstürmte brüllend das Crescendo. »Neiin!« Sein letzter gewaltiger Schrei mähte die noch verbliebenen schrillen Stimmenhalme nieder. »Jetzt bin ich dran!« Grimmig lächelnd erhob er sich, die Neunschwänzige in der Hand, und trat der stummen, geduckten Reihe entgegen. »Da!« pfiff die Geißel herab, schlug gegen einen Schenkel. »Das ist für dich!«

»Aua!«

»Und dich!«

»Autsch! Was hab ich denn – gemacht?«

»Und dich für deine lose Zunge!«

»Nicht! Ooh!«

»Und dich, weil du Feuer unterm Hintern hast! Sitz endlich still!«

»Pfh! Aua!«

»Und dich für dein Grinsen! Und dich für dein Gesabbel und dich für dein Gebrabbel. Da! Nimm! Nimm! Halt still! Tanz!«

Die Riemen flogen, Beine tauchten weg. Schrille Schmerzensheuler hüpften auf der Bank umher. Keiner entkam, nicht einmal David. Endlich ermattet und nach Atem schnaufend, hielt der Rabbi inne und starrte sie finster an. Unterdrücktes Fluchen, Wimmern, Schniefen ertönte vom einen Ende der Bank zum andern.

»Scha!«

Selbst diese Laute erstarben nun.

»Los! An eure Bücher! Bohrt eure Augen hinein! Die vier Fragen. Nun! Anfangen! Ma nischtanah.«

»Ma nischtanah halailau haseh«, brüllten sie, »mikaul halojloss. Schebechol halakloss onu ochlim chamez umazoh.«

»Schulim!« Das Kinn des Rabbi sank herab, seine Stimme rutschte zu einem bedrohlichen Baß daran vorbei. »Seid ihr blöd?«

»Halajla haseh.« Eine neue Stimme ließ den schon kräftigen Chor anschwellen, »kulo mazzoh!«

Als sie mit den vier Fragen fertig waren, sie wiederholt und dreimal auf jiddisch wiedergegeben hatten –

»Nun das Chad gadjau«, gebot der Rabbi. »Und alle mit einer Stimme. Schnell!«

Hastig blätterten sie weiter.

»Chad godjau, chad godjau«, plärrten sie, »disabinabau bis rai susau, chad godjau, chad godjau –«

»Simkeh, dir fallen ja die Zähne heraus«, kläffte der Rabbi und grinste giftig. »Worüber lachst du?«

»Nix!« protestierte Simkeh mit krächzender Stimme. »Ich hab gar nich gelach!« Aber er lachte doch – einer hatte statt Chad godjau ›fart God Ya‹ aufgesagt.

»Also!« sagte der Rabbi säuerlich, als sie geendet hatten. »Und wo ist nun der gesegnete Geist, der sich an gestern erinnert? Wer kann das auf jiddisch wiedergeben? Ha? Wo ist er?«

Ein paar hoben zögernd die Hand.

»Aber alles!« warnte er. »Nicht häppchenweise, alles ohne Stottern. Sonst –« Er knallte mit der Neunschwänzigen. »Diese Nulpen!«

Verängstigt senkten die Freiwilligen die Hand.

»Wie? Keiner? Kein einziger.« Sein Blick schweifte hin und her. »Oh, ihr!« Mit einer sarkastischen Handbewegung wischte er die Angebote der älteren Chumesch-Schüler weg. »Es wird allmählich Zeit, daß ihr das beherrscht! Kein einziger!« Er wiegte verbittert den Kopf. »Möget ihr niemals wissen, wo eure Zähne sind! Hi! Hi! keiner strebt mehr danach, Jude zu werden. Weh über euch! Weh! Weh!« Anklagend starrte er David an. »Auch du? Hast auch du den Kopf voller Kacke wie die andern? Sprich!«

»Ich kann es«, gestand er, schützte aber gleichzeitig Verdrießlichkeit vor, um nicht den Haß der andern zu wecken.

»Schön! Hast du Rippen in der Zunge? Ich warte!«

»Ein Zicklein, ein einziges Zicklein«, nahm er vorsichtig den Faden auf, »ein Zicklein, welches mein Vater für zwei Susim kaufte. Ein Zicklein, ein einziges Zicklein. Und eine Katze kam und fraß das Zicklein, welches mein Vater für zwei Susim gekauft hatte. Ein Zicklein, ein einziges Zicklein. Und ein Hund kam und biß die Katze, welche das Zicklein fraß, welches mein Vater für zwei Susim gekauft hatte. Ein Zicklein, ein einziges Zicklein.« Immer mehr hatte er, während er dies vortrug, das Gefühl, als machten sich die anderen bereit zum Sprung, um über ihn herzufallen, wenn er auch nur eine Sprosse auf der langen Leiter von Schuld und Vergeltung verfehlte. Sorgfältig stieg er an der Kuh und dem Fleischer und dem Engel des Todes vorbei. »Und dann tötete der Allmächtige, gesegnet sei Er –« *(Mensch! Das letzte. Danach keines mehr. Hab's vorher nicht gekonnt. Aber irgendwann einmal, Mama, Mensch!)* Ungebeten drängten sich die fremden Gedanken in die Lücke. Einen Moment lang geriet er ins Stocken. (Nein! Nein! Nicht aufhören!) »Gesegnet sei Er«, wiederholte er rasch, »den Engel des Todes, welcher den Fleischer tötete, welcher den Ochsen tötete, welcher das Wasser soff, welches das Feuer löschte, welches den Stock verbrannte, welcher den Hund schlug, welcher die Katze biß, welche das Zicklein fraß, welches mein Vater für zwei Susim gekauft hatte. Ein Zicklein, ein einziges Zicklein!« Außer Atem kam er ans Ende und überlegte, ob der Rabbi nun verärgert war, weil er mittendrin gestockt hatte.

Doch der Rabbi lächelte. »Also!« Er klatschte in die großen Hände. »Den da nenne ich mein Kind. Das ist Gedächtnis. Das ist Geist. Vielleicht wirst du noch ein großer Rabbi – wer weiß!« Mit befriedigter Miene strich er sich den schwarzen Bart und betrachtete David einen Augenblick lang, griff dann unvermittelt in die Tasche und zog eine abgewetzte schwarze Geldbörse hervor.

Ein Murmeln ungläubigen Erstaunens erhob sich auf der Bank.

Den spitzen Metallverschluß aufknipsend, klapperte der Rabbi mit den Münzen darin und fischte eine Kupfermünze heraus. »Da! Weil du einen wahren jiddischen Kopf hast. Nimm!«

Automatisch hob David die Hand und schloß sie um den Penny. Die übrigen sperrten stumm den Mund auf.

»Und nun komm und lies.« Er war nun wieder herrisch. »Und ihr anderen Holzköpfe, seht euch vor! Wenn ich euch nur blinzeln höre, zerreiße ich euch nicht in Fetzen, sondern in die Fetzen von Fetzen!«

Von dem unverhofften Geschenk ein wenig benommen, folgte David ihm zur Lesebank und setzte sich. Während der Rabbi sich sorgfältig eine Zigarette drehte, starrte David aus dem Fenster. Es hatte aufgehört zu regnen, gleichwohl war der Hof noch dunkel. Er spürte eine seltsame Stille, die das Draußen umfangen hielt. Hinter ihm flackerte irgendwo in der Bank das erste Flüstern auf. Der Rabbi zündete sich seine Zigarette an, klappte das Buch zu, aus dem Mendel gelesen hatte, und schob es beiseite.

– Bestimmt könnte ich ihn jetzt fragen. Er hat mir einen Penny gegeben. Wegen Jesaja und der Kohle. Wo? Ja. Seite achtundsechzig. Ich könnte fragen –

Tschaa! Wuh! Dünner Rauch zog vom Tisch weg. Der Rabbi griff nach dem abgestoßenen Buch und nahm den Zeigestock.

»Rabbi?«

»Nu?« Er blätterte die Seiten um.

»Als Mendel von diesem – von dem Mann gelesen hat, der, wie Sie sagten, der –« Er kam nicht zu Ende. Zweimal schoß, als wäre über den Dächern eine Laterne hin und her geschwenkt worden, violettes Licht durch den Hof und erschütterte die gegenüberliegenden Wände – dann ein Augenblick Finsternis und ein Donnerschlag und ein Grollen wie von einem Faß, das eine Kellertreppe hinabrollt.

»Schma Jisroel!« Der Rabbi zog den Kopf ein und packte Davids Arm. »Weh mir!«

»Aua!« jammerte David. Und kicherte, als der Druck auf seinem Arm nachließ.

Hinter ihm die scharfen, erregten Stimmen. »Has das gesehn! Peng! Peng hat das ein Schlag getan! Ich habs dir gesag, ich hab vorhin n Blitz gesehn!«

»Scha!« Der Rabbi gewann seine Fassung wieder. »Blitz vor dem Passah! Ein warmer Sommer.« Und zu David gewandt, als erinnerte er sich: »Warum hast du aufgeschrien, und warum hast du gelacht?«

»Sie haben mich gekniffen«, erklärte David vorsichtig, »und dann –«

»Na?«

»Und dann haben Sie sich vorgebeugt – wie wir, wenn Sie den Zeigestock senken, und dann habe ich gedacht –«

»Vor Gott«, unterbrach ihn der Rabbi, »soll niemand aufrecht stehen.«

– Vor Gott.

»Doch was hast du gedacht?«

»Ich habe vorher gedacht, es war ein Bett. Oben. Aber das war es nicht.«

»Ein Bett! War es nicht!« Er starrte David an. »Halte mich nicht zum Narren, nur weil ich dir einen Penny geschenkt habe.« Er schob das Buch vor ihn hin. »Nun komm«, sagte er barsch. »Es wird spät.«

– Kann jetzt nicht fragen.

»Beginne! Schochejn aad maurom –«

»Schochejn ad maurom wekadosch schmo vakaussuw ronnu zadikim ladonoj.« Das Denken verebbte in Eintönigkeit.

Er las kurz, dann entließ ihn der Rabbi, und David rutschte aus der Bank und ging hinüber, wo die andern saßen, um seine Bücher zu holen. Schloime, der sie auf dem Schoß hielt, hatte sich, als er herankam, eilfertig erhoben und hielt sie ihm nun hin.

»Die wolltn se wegnehm, aba ich hab se festgehalt«, teilte er ihm mit. »Was kaufstn?«

»Nix.«

»Aa!« Und begierig: »Ich weiß, wos Oranschenkugeln gib – acht fürn Cent.«

»Ich kauf mir nix.«

»Du blöder Knicker!«

Die andern waren herangeschwärmt. »Habs dir gesag, de kriegs nix, wennde seine Bücher haltes. Da, siehs! Aaa, jetz zeig den Penny her. Wir gehn mit dir. Hätt das einer gedacht!«

»Scha!«

Sie sausten zur Bank zurück. David drückte sich zur Tür hinaus.

5

Es war frisch geworden, das Dunkel wurde heller. Der Wind, nun kühler, kräuselte die dunklen Pfützen zwischen den Steinplatten, hob die Wäscheleinen an. Von irgendwoher spritzten noch immer große Wassertropfen herab, obwohl Wände und Zäune schon breite trockene Flächen aufwiesen. Die Finger noch immer um den Penny in seiner Tasche geschlossen, erklomm David die braunen, wasserfleckigen Stufen und trat durch den warmen Korridor hinaus auf die Straße. Gehsteige und Gossen trockneten schon wieder zu Grau, dunkle Rinnsale an Bordsteinen verschwanden allmählich. Im Westen, zum Sonnenuntergang hin sich verziehend, waren die Wolken ein silberner Tumult, leuchteten düster und silbrig im zerklüfteten Steinrahmen der Straße.

– Zeig ihr den Penny, wenn ich hochkomme. Dann wird sie's Papa erzählen. Was er dann wohl sagt? Bestimmt würde er's nicht glauben. Er würde sagen, ich hätte ihn gefunden. Aber ich könnt's ihm selber sagen – ganz von Anfang an. Ein Zicklein, ein einziges Zicklein, und dann müßte er – Der Süßwarenladen.

Er blieb stehen, starrte gedankenverloren auf das Durcheinander aus Spielzeug und Blechtröten, Masken, Sodaflaschen und Zigarettenplakaten.

– Nein. Erst ihr zeigen. Sieh, was ich hab'. Dann kann ich kaufen. Was? Süßigkeiten? Nein. Möchte die kleinen Bälle in dem Ringkorb haben. Man bläst und fängt sie. Kann bloß nicht so gut fangen. Wann fang' ich einmal gut? Vielleicht warte ich lieber bis morgen, wenn ich noch einen Penny kriege. Und dann – Mensch! Gehe ich zu Tante Berthas Süßwarenladen. Wann war ich da? Lange her, damals mit Mama! Zu weit. Und Mädchen, Esther und Polly. Schrecklich. Wie die sich zanken, Mensch! Wie die Suppe essen! Papa würd' mich umbringen, wenn ich das machte. Aber Onkel Nathan brüllt bloß, und Tante Bertha brüllt ihn an. Weißt du noch, Onkel Nathan und seine Mama? Essig und Licht, als er das erzählt hat. Licht! Mensch! Und Jesaja und die Engelkohle. Auf seinem Mund. Aber merk's dir. Blaues Buch – so groß. Auf Seite achtundsechzig. Vielleicht nächstes Mal fragen. Vielleicht weiß Mama es. Penny? Wo? Oh! Da! Hab' ihn fast nicht gekriegt. Wie der Frechdachs mitten in das Chad gadjau geplatzt ist. Was wohl! hab' ich gesagt. Ja. Ich hab' gesagt –

»Kleiner Mann.« Auf jiddisch.

Er fuhr zusammen und blickte hoch. Fast wäre er mit ihr zusammengestoßen – mit einer schrumpeligen alten Frau, deren Gesicht so sehr von kurzen, feinen Runzeln durchzogen war, daß sie sich wie ein Regenschauer schräg auf die welke Haut zu legen schienen. Sie hatte einen Buckel. Eine blauweiß gestreifte Schürze bedeckte die Vorderseite ihres verschossenen schwarzen Satinkleids. Das Weiß ihrer Augen war matt wie ein alter Stoßzahn und in einem Netz roter Äderchen gefangen. Ihre Nasenlöcher waren feucht. Zwischen ihrer Stirn und dem weißen Kopftuch ragte eine steife braune Perücke hervor wie ein Sims.

»Kleiner Mann.« Sie wiederholte es mit einem zitternden Diskant, wobei ihr Kopf kraftlos von einer Seite auf die andere wackelte. »Bist du Jude?«

Einen kurzen Augenblick lang fragte David sich, wie er sie wohl hätte verstehen können, wäre er kein Jude gewesen.

»Ja.«

»Na ja, schadet dir eh nicht«, murmelte sie. »Du bist noch nicht alt genug, um zu sündigen. Komm mit, ich geb' dir einen Penny.«

Er starrte sie an. Das alles hatte etwas Furchterregendes und Traumhaftes. Die Pfefferkuchenbuben, die die alte Hexe buk. In der zweiten A eins.

»Machst du mir den Gasherd an, ja?«

Und das taten sie auch – bloß war es nicht Gas. Mensch! Er hatte gute Lust wegzulaufen.

»Ich hab' die Kerzen schon angezündet«, erklärte sie, »und jetzt ist es zu spät.«

»Ach!« Jetzt begriff er. Es war Freitag. Aber trotzdem, warum hatte sie sie so früh angezündet? Es war doch noch gar nicht Nacht.

»Kommst du?« fragte sie und wandte sich zum Gehen. »Kriegst auch einen Penny.«

Immerhin war es ja seine Straße. Und sein Haus bloß zwei Häuser weiter. Und er würde noch einen Penny bekommen. Er folgte ihr. Sie schlurfte zu einem nahegelegenen Haus und mühte sich langsam die Vortreppe hoch. Ihr keuchender Atem auf der zweiten Stufe verwandelte sich auf der fünften in ein Ächzen. Die langsamen, faltigen, rissigen Schuhe über ihm blieben vor der Schwelle stehen. Er schloß zu ihr auf.

»Jetzt müssen wir keine Stufen mehr steigen«, murmelte sie, während sie wartete, daß ihr lauter Atem sich beruhigte. »Verflucht seien die schwarzen Schafe, die mich gepackt haben. Als ich aufgewacht bin, war es dunkel, und ich habe in meinem Tran die Kerzen angemacht. Zu schlaftrunken, um erst auf die Uhr zu sehen, zu matt, um den Gasherd anzumachen. Weh mir.« Sie setzte sich wieder wankend in Bewegung. Ein paar Schritte durch den Flur, dann blieb sie vor einer Tür stehen, öffnete sie und ging hinein. Die Küche, gefegt und düster, mit einem Linoleum, aus dem der Glanz gewichen war; vier Kerzen flackerten über dem schweren rotweißen Tischtuch. Es roch nach Fisch. Die Luft stand.

»Zieh dir erst einen Stuhl heran«, sagte sie, »und zünde mir das Gas da oben an. Kommst du an die Streichhölzer?«

David zog die Schublade auf, auf die sie zeigte, und fand die Streichholzschachtel; dann zog er einen Stuhl unter die Gaslampe und stieg darauf.

»Weißt du, wie?« fragte sie.

»Ja.« Er riß ein Streichholz an, drehte das Gas auf und entzündete es.

»Gut! Und jetzt unter den Töpfen.«

Auch hier entzündete er das Gas.

»Kleiner«, sagte sie, »Kleiner. So klein, wie's geht.«

Als er das getan hatte, zeigte sie auf ihre Geldbörse auf dem Tisch. »Nimm sie«, sagte sie und fing an zu nicken und nickte, als könnte sie nicht mehr aufhören, »und nimm einen Penny heraus.«

»Ich will ihn nicht –« Er zögerte.

»Los! Nun mach!«

Unter ihren Augen fischte er sich einen Penny heraus.

»Nun mach sie wieder zu.« Und während er das tat: »Bist ein gutes Kind. Gott segne dich«, und sie öffnete die Tür.

6

Nein, dachte er beim Hinausgehen, sie war keine Hexe – bloß eine alte Frau aus der 9th Street, weiter nichts. Und dennoch trübte eine unerklärliche Traurigkeit die Freude, die er darüber hätte empfinden sollen, daß er noch einen Penny bekommen hatte. Auch wenn er nicht in einen Pfefferkuchen verwandelt worden war, hatte etwas ihm das Herz schwer gemacht. Warum? Vielleicht eine Sünde? Ja, bestimmt war's das. Aber zu jung, hat sie gesagt. Nein. Bestimmt war niemand zu jung. Also welches ist jetzt der Sündenpenny? Er betrachtete sie. Der mit Indianer. Der mit Lincoln. Lincoln grade gekriegt. Doch die kühle Luft draußen, als er auf die Straße trat, fegte jegliche Gewissensbisse weg, so wie sie die Nase von Küchengerüchen freifegte. Er wandte sich seinem Haus zu und beschleunigte die Schritte. Dämmerung nahm die Gasse von Osten her in Besitz. Schornsteine jenseits des dunklen Flusses hatten ihre Pilgerreise in die Nacht angetreten. An der Ecke Avenue D stieß der schattenhafte Laternenanzünder mit dem fahlen, hochgereckten Gesicht seine lange Lanze mit der Glutspitze in die düstere Kugel der Straßenlaterne. David blieb kurz stehen, um zu sehen, ob das Gas im Glühstrumpf Feuer fangen würde. Ein schwacher Puff, und die Kugel wurde von einem gelben Schein erfüllt. Er stieg die Stufen vor dem Haus hoch und überlegte, ob Laternenanzünder sich je von ihrem Sakrileg beunruhigen ließen oder ob sie alle Gojim waren. Als er die Treppe drinnen hochging, wehten Jungenstimmen herab.

»Dann mußte auch.«

»Gaa nich!« antwortete ein anderer.

»Is noch net Schabbes.«

»Doch. Sis dunkl.«

»Hier drin schon, aber es is net Schabbes.«

Vor der halb offenen Tür eines Wasserklosetts, in dem ein Junge hockte, standen zwei seiner Kameraden.

»Ich reiß ab«, erscholl die rebellische Stimme von drinnen. »S gib nix anners.«

Und als David an der Tür vorbeiging, sah er, wie der Junge, der auf dem Sitz drinnen hockte, von einer der Zeitungen, die auf dem Fußboden herumlagen, einen langen Streifen abriß.

»Da has dus«, sagte einer der Zuschauer unversöhnlich.

»Un dazu is noch ne doppelte Sünd«, setzte der andere hinzu.

»Und warum isses doppelte Sünd?« wollte die aufgeregte Stimme des Hockenden wissen.

»Weils Schabbes is«, verfügte die rechtschaffene Stimme unten. »Und das is Sünd. Am Schabbes darfs nich reißn. Un weils a jüdische Zeitung is mit Jüdisch drauf, das macht zwei Sündn. Deshalb!«

»Ja!« pflichtete die andere Stimme bei. »Hätts a englische Zeitung zerreißt, dann hätts bloß eine Sünd.«

»Na, dann gib mir halt a englische Zeitung!« verlangte die erste Stimme verärgert. »Ich mach mit dir nie mehr halbehalbe.«

»Dann lasses.«

Ihre zankenden Stimmen verklangen unten.

– Sieht überall hin, Er. Hab's gewußt, ich hätte das Gas nicht anzünden sollen. Ein Penny ist schlecht. Richtig schlecht. Aber ein Penny ist gut. Und das gleicht es wieder aus, oder? Vielleicht wird Er doch nicht wütend. Mensch, hab' nicht gewußt, daß Er so überall ist. Wie kann Er in jedes Dunkel sehen, wo Er doch Licht ist – wie der Rabbi gesagt hat – und es ganz dunkel ist. Wie kann Er im richtigen Dunkel sehen, und wir können Ihn nicht sehen. Was ist richtiges Dunkel? Richtiges Dunkel. Mensch! Damals – Annie – Schrank. Keller – Luter. Pscht! Nicht! Mensch! Sünde war das. Schnell! Sünde war das! Überall, Sünde ist das. Nicht gewußt. Schnell! Mit Kohle hat Er ihn berührt. Schnell!

Erwartungsvoll blickte er zu dem Fensterchen über seiner Tür hoch. Es war unbeleuchtet – getönt nur von indigoblauem Zwielicht. Ihm wurde bang ums Herz. Dann war sie weg – seine Mutter war weg –, und nur sein Vater war da, schlief möglicherweise. Unschlüssig blieb er stehen, zwischen zwei Ängsten eingesperrt, dem Dunkel und seinem Vater. Er müßte ihn wecken, wenn die Tür verschlossen war, und das – darin lag Gefahr. Die Jalousie der Erinnerung klappte auf und wieder zu – ein fragmentarisches, flüchtiges Bild, jedoch klar. Also lieber wegrennen, auf der Straße warten, bis sie nach Hause kam. Nein. Erst würde er den Knopf probieren – bloß einmal. Er drehte ihn; die Tür ging auf. Das war seltsam. Auf Zehenspitzen ging er in das blaue Zimmer, wo er ein blaues Waschbrett auf blauer Waschbütte wahrnahm, aber auch das kehlige Atmen seines Vaters im hinteren Schlafzimmer. Er zog sich davon zurück – wo war sie? – und betrat die Wohnstube. Sie saß am Fenster, ihr dunkles Gesicht silhouettenhaft vor dem frostigen Blau der Scheibe. Sein Herz machte einen Sprung.

»Mama!« Er versuchte, seine Stimme zu einem Flüstern zu senken, doch es gelang ihm nicht.

»Oh!« Sie fuhr hoch. »Hast du mich aber erschreckt!« und streckte dann die Arme aus.

»Ich hab' nicht gewußt, daß du da bist.« Er trat in den wonnigen Kreis ihrer Umarmung.

»Mein Kopf ist wie eine alte Glocke«, seufzte sie und drückte ihn an sich. »Müßig und ohne Gehör, aber manchmal ein wenig unsicher murmelnd.« Dann lachte sie und küßte ihn auf die Stirn. »Hast du im Regen nasse Schuhe bekommen?«

»Nein, ich bin gerade noch davor in den Chejder gerannt.«

»Der Pullover ist zu dünn.«

Er hatte den Indianerpenny in einer Hand gehalten, damit er nicht gegen den anderen klimperte. Und nun hielt er ihn hoch. »Guck, was ich hab'.«

»Je!« staunte sie. »Wie bist du denn daran gekommen?«

»Der Rabbi hat ihn mir gegeben.«

»Der Rabbi?«

»Ja. Ich war der einzige, der den Chad gadjau vom letzten Mal noch gekonnt hat.«

Sie lachte und umschlang ihn. »Salomon, du Weiser!«

Er holte tief Luft. Er hatte es sie schon einmal gefragt, aber irgendwie war der Gedanke zu schwer faßbar. Er mußte es noch einmal gesagt bekommen.

»Wer ist Gott, Mama?«

»Du fragst das immer genau den richtigen Menschen«, lächelte sie. »Sagt es dir denn nicht der Rabbi?«

»Den kann man gar nichts fragen.«

»Hm, und warum interessiert dich das so?«

»Ich weiß nicht. Du hast mir ja auch nicht gesagt, wie er aussieht.«

»Weil ich es nämlich nicht weiß.« Sie kicherte über seine Enttäuschung. »Trotzdem sage ich dir, was –«

Doch sie wurde durch das schmerzvolle Stöhnen seines erwachenden Vaters unterbrochen, das aus dem Schlafzimmer drang.

»Genya!«

»Ich bin hier, Albert.«

»Hmm!« Immerzu schien er Beruhigung zu brauchen, immerzu schien er dann auch beruhigt. Und verstummte. David hoffte, sie werde schnell weiterreden, bevor der Vater hereinkam.

»Ja«, fuhr sie fort. »Ich sage dir jetzt, was eine fromme alte Frau in Veljish mir gesagt hat, als ich noch ein kleines Mädchen war. Und mehr als das weiß ich nicht. Sie hat gesagt, daß Er heller sei als der Tag, heller als die Nacht ist. Verstehst du das? Aber immer hat sie hinzugefügt, wenn die finsterste Mitternacht hell genug wäre, um zu sehen, ob ein schwarzes Haar glatt oder gelockt ist. Heller als der Tag.«

Heller als der Tag. Das schien eindeutig, schien seinem eigenen Glauben zu entsprechen, soviel konnte er begreifen. Es erinnerte ihn an die Schritte beim Chad gadjau. »Und Er wohnt im Himmel?«

»Und in der Erde und im Wasser und in der Welt.«

»Aber was macht Er denn?«

»Er hält uns in Seiner Hand, heißt es – uns und die Welt.«

Sein Vater war hereingekommen, hustend, seinen schlafverstopften Atem freiräuspernd. Dunkel stand er in der Tür. Für eine Frage war noch Raum, dann war Schluß.

»Könnte Er sie zerbrechen? Uns? Die Straßen? Alles?«

»Natürlich. Er hat alle Macht. Er kann zerbrechen und aufbauen, aber Er erhält.«

Sein Vater machte ein ungeduldiges Geräusch mit den Lippen.

»Warum sitzt du im Dunkeln?«

»Meine Wäsche«, lachte sie entschuldigend. »Die kleinen Vorhänge für das Passah. Es wurde dunkel, als ich sie gerade aufhängen wollte. Und da habe ich gedacht, naja, Freitag, da sollen mich die Nachbarn lieber nicht sehen, sonst tratschen sie wieder. Weißt du, daß dein Sohn im Chejder einen Penny bekommen hat?«

»Wofür? Weil er so kluge Fragen stellt? Erricht' und zerbricht. Ein Narr in einem Sandhaufen.« Er gähnte, drückte die gereckten Arme gegen beide Seiten des Türrahmens, bis der knarrte. »Wir brauchen Licht.«

7

Es war Montagmorgen, der Morgen nach der ersten Passah-Nacht. Heute war es ein Glück, Jude zu sein. Es war schulfrei. David war gerade die Treppe heruntergekommen, in der Hand den Holzlöffel, in den sein Vater am Abend zuvor die letzten Krümel Sauerteigbrot gefegt, mit einer Feder zusammengefegt und in einen Lumpen gebunden hatte – Chomez – Sauerteigbrot, das im Feuer verbrannt werden sollte. Und nun hielt er auf der obersten Stufe der Treppe eine Weile inne und sah dem ungarischen Hausmeister zu, wie der eines der Messinggeländer vor dem Haus polierte. Messing, das hatte einen verdorbenen Geruch, wie von etwas Faulendem, doch wenn die Sonne dann auf das blank polierte Metall traf, dann zersplitterte es in leuchtend gelbes Licht. Verfall. Leuchten. Komisch.

»Nich anfassn da!« warnte der Hausmeister und machte ein finsteres Gesicht, während er das Geländer abrieb. »Nich stehnbleiben hier.« Dann blieb sein Blick an dem Löffel und den Federn in Davids Hand hängen. »Maziss, ha?« Bis zu den tiefen Stirnfalten verzog er das Gesicht zu einem Grinsen. »Nich hier vorm Haus verbrenn.«

David ging die Treppe hinunter und lief auf die Mitte des Blocks zu. Jemand hatte dort ein kleines Feuer gemacht. Wenn der Löffel in die Flammen geworfen war, hatte er seine Pflicht erfüllt und konnte bis zum Chejder – der heute ein bißchen früher begann – tun, was er wollte. Und bei den zwei Cent, die oben auf ihn warteten – er hatte es bis nach dem Mittagessen verschoben, sie auszugeben, wenn er möglicherweise noch einen Penny von seiner Mutter bekommen würde –, freute er sich auf einen aufregenden Nachmittag.

Drei Jungen, alle größer als er, überwachten das Feuer, und als er näher kam, fragte einer von ihnen: »Was willsn«?

»Ich will mein Chomez da drauf schmeißn.«

»Wos dein Penny?«

»Was fürn Penny?«

»Wir verbrenn Chomez fürn Penny. Wir drei sin Patnas, was, Chink?«

»Ja, das is unser Feuer.«

»Laß ihr mich meins nich verbrenn? Ich hab bloß ein kleines.«

»Nein!«

»Mach dir selbern Feuer.«

»Komm, wennde kein Penny has, dann wolln wir auch dein blödes Chomez nich –«

Ein plötzliches scharrendes Geräusch, gefolgt von einem Brummen fremdartiger Wörter, ließ sie alle herumwirbeln.

»Mannagia chi ti battiavo!«

Die breite, beladene, an den Rändern funkelnde Schaufel eines weißgekleideten Straßenkehrers pflügte auf sie zu.

Nun wurden die Herren des Feuers plötzlich zu Bittstellern. »He, Mista! Nich wegschiebn! Das is Sünd. Achtung! Das ist Chomez! Und is auch aufm Gulli. Was wolln Se denn!« Sie tanzten um ihn herum. »Das is aufm Gulli! Das mach die Straß nich weich, wenn wirs aufm Gulli verbrenn.«

»Ein Tritte in euch Aasche! Weg da!« Die erbarmungslose Schaufel fraß sich durch die Kohlen und zerstreute sie.

»Du mieser Bastid!« kreischten die Hüter. »Laß unsern Chomez in Ruh! Wir dürfn das hier verbrenn – der Cop hat gesagt, wir dürfn!«

»Ich hol gleich mein Vadder!« drohte derjenige, der David zuerst zurückgewiesen hatte. »Dann hörn Se aber auf! He, Papa! Papa! Tate! Komm raus!«

Ein Mann mit einem kurzen Bart und blutbeschmierter Schürze streckte den Kopf aus der Fleischerei.

»Papa! Da. Der schiebt unsern Chomez mit dem ganzn Scheiß weg!«

Mit einem empörten Aufschrei kam der Fleischer angerannt, ein paar Sekunden später gefolgt von seiner Frau, die wie er eine Schürze trug.

»Fir was schiebs du das, ha?« Der Fleischer wies wütend mit der Hand auf die erstickte, schwelende Glut, die nun mit Unrat und Dung vermengt war.

»Wassa willsa du?« Der Straßenkehrer blieb verärgert stehen; schwarze Brauen zogen sich heftig wie starre kohlschwarze Stäbe unter dem weißen Helm zusammen. »Du sage mir nix, wassa ich schieb! Icha fegge die Straßa. Die macke nix da Feua hier!« Seine wirren Gesten zersägten den Raum.

»Nich? Ich dir nich sag, hm? Verstinkene Goj!« Der Fleischer pflanzte sich unmittelbar vor dem Haufen auf der Schaufel auf. »Nu schieb!«

»Du Sonna räudigenna Hindin! Icha geb's dir!« Grimmig drückte er gegen den Schaufelstiel. Der schwelende Hügel geriet ins Rutschen. Der Fleischer machte einen schweren Satz zur Seite, um nicht in den vielfarbigen Abfall gedrängt zu werden.

»Du wills mich schiebn?« donnerte er. »Ich brech dirn Kopp kaputt.«

»Vai a fanculo te!« Der Straßenfeger warf die Schaufel hin. »Komme her! Jidisch Schwein!«

Doch bevor einer von beiden zuschlagen konnte, hatte die Frau des Fleischers ihren Mann am Arm gepackt.

»Du Rindvieh!« kreischte sie auf jiddisch. »Du legst dich mit einem Italiener an? Weißt du denn nicht, daß die Messer haben – alle miteinander! Schnell!« Sie zerrte ihn zurück. »Ins Haus!«

»Ist mir gleich«, tobte ihr Mann, wenngleich er nicht den Versuch unternahm, sich ihrem Griff zu entwinden. »Und ich? Hab' ich etwa keine Messer?«

»Bist du wahnsinnig?« kreischte sie. »Sollen italienische Halsabschneider ihn totstechen, aber du nicht!« Und sie verdoppelte ihre Anstrengungen und zerrte ihn in den Laden zurück.

Nunmehr Herr der Feldstatt, hob der Straßenkehrer, noch immer knurrend und mit den Zähnen knirschend, die Schaufel auf und hackte, während er die zurückweichenden Jungen wild anblickte, heftig auf den aufgeschichteten Haufen vor ihm ein. David, der vom Bordstein aus zugesehen hatte, beschloß, es sei besser, sich zu verziehen – zumal er noch immer den Holzlöffel in der Hand hielt.

Doch was sollte er nun mit dem Löffel anfangen? Man mußte ihn verbrennen, sonst sündigte man. Und verbrennen konnte man ihn nun nicht, weil der Straßenkehrer da war. Natürlich konnte man warten und dann, wenn der Straßenkehrer weg war, ein Feuerchen machen. Doch auch das war nicht recht verlockend. Er müßte hier stehenbleiben und warten, bis der Mann weg war. Er könnte nirgends hingehen – nicht mit einem großen Holzlöffel in der Tasche. Womöglich würde er ihn verlieren, und das wäre dann eine Sünde. Und überhaupt behinderte schon allein das Vorhandensein des Löffels das freie Denken. Ebensowenig wollte er ein Feuer allein machen – der Schutzmann könnte das mißverstehen. Und dann käme vielleicht sogar der Straßenkehrer wieder.

Wo konnte er hin? Wo ein anderes Feuer finden? Vielleicht in einer anderen Straße? Aber vielleicht würden sie ihn dann nicht den Löffel hineinwerfen lassen. Sie würden auch einen Penny von ihm haben wollen. So was Dummes! Vielleicht könnte er sich an ein Feuer heranschleichen, wenn er eines fand, und ihn hineinwerfen. Nein, die würden ihn dann wegwerfen – Nein. Aber verbrennen mußte er ihn, sonst beginge er eine Sünde. Wohin also?

Er war schon ziellos Richtung Avenue D weitergewandert, und nun blieb er an der Ecke stehen und blickte sich müßig um. Seventh Street ... Eighth Street ... Der Fluß ... Der Fluß! Da! Dort war niemand. Er wollte dort sowieso mal hin. Er könnte ein Feuerchen machen – ein kleines Feuerchen vor dem Schrottplatz und zusehen. Ja, dort! Streichhölzer? Ja, er hatte vier. Er würde schnell da hingehen und eines anzünden und sich dann auf den Kai setzen. Das war's.

Gehobener Stimmung, weil er eine Lösung gefunden hatte, überquerte er die Avenue D, lief an den Wohnblöcken vorbei; drückte sich einen Moment lang neben der offenen Tür der Schmiede herum. Drinnen standen das schattenhafte, demütige Pferd, der schattenhafte Schmied. Beißender Geruch von versengten Hufen hing in der Luft. Nun glühte ein Hufeisen unter dem Hammer – ong-dschonga-ong-dschong-dschong-dschong –, schepperte auf dem Amboß, als die Zange es drehte.

– Zwang. Zwang. In einem Keller ist –

Er kam an der Selters-Abfüllanlage vorbei – ein Gerassel und Gegurgel –, dann am Stall. Aus dem Dunkel drang Mistgestank ins Sonnenlicht, der Negerstallbursche kam heraus, trug Lacklederschuhe, in die er vorne wegen der geschwollenen Ballen Löcher geschnitten hatte. Er lachte – kräftige Zähne und zurückgeworfener Kopf –, und sein Lachen schob sich vor Fröhlichkeit immer weiter auseinander, öffnete sich wie ein Teleskop, voll, warm, ansteckend. David grinste, als er vorbeiging. Graue Sperlinge an Pfützen, sie pickten nach den gelben Haferkörnern zwischen den Pflastersteinen, zwischen den Pflastersteinen wundersame Grashalme. Und da, kurz bevor das Ufer unter den bemoosten Pfählen des Kais versank (diese waren, vorbei an Ölfässern, eingedellten, moosgrünen und rostigen, vorbei an schleimüberzogenen Wracktrümmern, durch geschwärzte Steinbrocken hindurchgetrieben), hockte er sich an den Rand des offenen Schrottplatzes, den Salzgestank der Ebbe in der Nase.

– Könnte genau da auf den Pflastersteinen. Keiner hier, keiner guckt. Kleine Papierfetzchen holen – da ist ein großes. Fang's, bevor's wegfliegt. Es reißt, großes Stück. Langer Riß. Noch eins. Der Junge in der Toilette. Bestimmt hatte der gesündigt. So reißen. Kleine Stückchen. Bestimmt guckt er zu. Gott. Immer. Kleine, kleine Stöckchen. Hier Gras dazwischen. Wer bringt Gras hierher? Brennt nicht. Und der Italiener hat gesündigt. Wie der Junge gesagt hat. Bestimmt hatte der Fleischer ein größeres Messer. Pappe, auch gut. Ob Er wohl sieht, daß ich gut bin? Wie ein Zelt. Jetzt bleib oben drauf, Chomez. Wart jetzt.

Er holte eins seiner Streichhölzer heraus, riß es an einem Pflasterstein an und hielt die Flamme schützend an Papierfetzchen unter dem Anmachholz. Eine lebendige, goldene Flamme erwachte; Holz und Pappe fingen Feuer, und Minuten später brannte der ganze leicht entzündliche Haufen lichterloh. Zufrieden und doch seltsam sehnsüchtig hockte David sich neben das Feuer und sah zu, wie die ersten winzigen Flammenperlen die ausgefaserten Fäden des Lumpens, der Feder und Löffel zusammenhielt, hinaufliefen. Der blaue, ineinanderfließende Rauch strich ihm um die Nase –

– Mensch, wie Federn stinken! Nein, gar nicht! Das ist heilig, und Er sieht zu. Federn stinken nicht! Nein!

Das Tuch brannte schnell; Federn und Löffel sanken in die rutschende Glut, lösten sich voneinander; die halbverkohlten Krümel rieselten heraus und wurden verzehrt.

– Kein Chomez mehr. Alles schwarz verbrannt. Siehst Du, Gott, daß ich gut war? Jetzt ist nur noch weiße Matze übrig. Kann gehen. Setz dich nicht an den Kairand, sagt Mama. Es macht ihr angst. Mir macht es nicht angst. Einmal bloß, ein klitzekleines Weilchen. Ich war gut, nicht?

Ein paar Schritte zum Fluß hin wichen die Pflastersteine den breiteren Holzplatten des Piers. Auf der einen Seite moderte ein mit Lackblasen übersäter Kahn leer auf dem Wasser, auf der anderen zerrte ein leerer Prahm an seinen gelben Trossen und ächzte gegen das Dock. An einer Mole zwei Blocks weiter tauchte der schwarze Greifer eines Dampfkrans gähnend in den Laderaum einer Kohlenschute und schwang tropfend zurück zu den riesigen Behältern. Als David fast das Ende des Kais erreicht hatte, setzte er sich nieder und lehnte sich, die Füße überm Wasser baumelnd, an den gehörnten und wulstigen Poller, an dem Boote festgemacht waren. Hier vorn wehte der Wind frischer. Die ungewohnte Stille erregte ihn. Unter ihm und unter seinen Handflächen verströmten die trockenen, spleißenden Holzbalken Wärme. Und unter diesen wiederum, geheimnisvoll, unsichtbar und immer leicht unheimlich, das unermüdliche Lecken des Wassers zwischen den Pfählen. Vor ihm der Fluß und rechts von ihm die langen, grauen Brücken, die ihn überspannten –

– Wie das Schwert mit der dicken Mitte auf den Mecca-Zigaretten.

Es stutzte die Rauchfahnen eines langen Schiffs, das darunter hindurchdampfte. Möwen, deren Schnabelgesichter so häßlich waren wie ihr Flug anmutig, schwenkten auf Sichelschwingen durch die weite Luft. Auf der anderen Seite stupste ein Schlepper wacker eine störrische Schute. Als er schließlich vor seinen trägen Gefährten gespannt war, stampfte er munter auf den Fluß hinaus, gewann Fahrt.

– Macht dem Dicken einen Schnurrbart, wenn er fährt.

Die sonnenbeschienene, rhythmische Gischt sproß am stumpfen Bug der Schute empor, blieb weiß haften, fiel zusammen.

– Hat Ziegel drauf. Bestimmt ein ganzes Haus.

Eine Wolke schnitt die Sonne vom Pier ab; er fröstelte im Rücken; der Wind frischte auf ... Schornsteine am andern Ufer wurden langsam dunkler, riffelten zarte Ferne mit eisengrauem Schatten.

– Wie Gabeln ragen sie auf. We Gab – Ga – Pst! War gut heute. Guck woanders hin.

Sein Blick glitt nach links. Als die Wolke vorüberzog, brannte ein langer, schmaler Schaft Sonnenlicht Silber aufs Wasser –

– Mensch, so was noch nie gesehen!

Zu einem Band verbreitert, einer Gasse, verbreitert.

– Als wäre gerade ein Schiff vorbeigefahren.

Eine Ebene, makellos, spiegelglatt bis zu den enggefurchten Rändern. Sein Blick verschwamm.

– Feuer auf dem Wasser. Weiß.

Die Lider wurden ihm schwer.

– Im Wasser, sagte sie, weiß. Heller als der Tag. Weißer. Und Er war.

Minuten vergingen, während er ins Leere starrte. Das Gleissen war hypnotisch, Er konnte den Blick nicht davon abwenden. Seine Sinne ergaben sich, verschmolzen mit dem Licht. In dem geschmolzenen Glanz überlagerten sich Erinnerungen und Dinge. Schornsteine verbanden sich mit Zaunpfählen, die stumm vorüberflackerten. Fahle Schäfte wurden grau, schwärzlich, zogen sich zusammen, und in der schwimmenden Düsternis sah er vereinzelte Zähne, die auf einer Lippe kauten; und Leitern auf der Erde verwandelten sich in hastige Finger, die auf einen Schenkel drückten, und wieder Schornsteine. Kerzengerade in der Luft standen sie nur einen Augenblick, um dann sogleich in gewelltem Glanz auf versilberte Pappe zu fallen. Und er hörte, wie auf einem Waschbrett geschrubbt wurde und Seifenlauge spritzte, roch wieder die beißende Seife und eine Stimme, die Worte sprach, die sich öffneten wie die Bälge eines polierten silbernen Akkordeons – Heller als der Tag ... Heller ... Sünde verschmolz mit Licht ...

Ah tschugg tschugg, ugg tschugg!

– Gack gack ... Ist ein Gockel ...

Ah tschugg ugg tsch tsch – Pi-iep!

– Nein ... Kann nicht sein ...

Ugg tschugg, ugg tschugg, ugg – PI-IEP!

Was! Er schreckte hoch wie aus einem Traum. Ein Beben erschütterte ihn von Kopf bis Fuß so heftig, daß ihm die Ohren summten und klangen. Er riß die Augen auf, starrte um sich. Was? Wasser! Da unten! Er warf sich gegen den Vertäuungspfahl.

Unmittelbar vor ihm, mit nur einem schmalen Streifen Wasser dazwischen, stampfte ein schwarzer Schlepper vorbei. In einer Tür mittschiffs, mit dem Rücken zu der schimmernden Messingmaschine, stand ein Mann im Unterhemd; bloße, ausgestreckte Arme hielten die Türpfosten an beiden Seiten gepackt. Er pfiff erneut, schrill von flinken Lippen, grinste, spuckte aus, und dann mit »Wach auf, Kleiner!« rollte sein unvermittelter, belustigter Gruß übers Wasser, »bevor du'n Bauchpflatscher landest!« Dann steckte er den dunkelblonden Kopf nach drinnen, als spräche er mit jemandem hinter ihm.

Starr vor Entsetzen sah David den Schlepper vorbeistampfen. Eine Ewigkeit schien zu vergehen, doch er konnte sich einfach nicht bewegen. Zweimal seufzte er, mit einer Inbrunst, als hätte er stundenlang geweint. Und mit der Plötzlichkeit zerspringender Fesseln brach der Bann, und er blickte sich um, zu wackelig, um aufzustehen. Was hatte er da gesehen? Er konnte es jetzt nicht sagen. Es war, als hätte er es in einer anderen Welt gesehen, einer Welt, die, einmal verlassen, nicht mehr in Erinnerung gerufen werden konnte. Er wußte davon nur noch, daß sie vollkommen und blendend hell gewesen war.

8

Lange hatte er da gesessen. Langsam gewann er sein Gleichgewicht wieder. Die Planken des Kais wurden hart und fest. Er erhob sich.

– Die komischen kleinen Lichter, alle weg. Wie wenn man auf der Toilette zu fest drückt. Lieber nach Hause.

Er näherte sich dem Ende des Kais. Kurz vor den Pflastersteinen veranlaßten ihn Stimmen, den Blick nach links zu wenden. Drei Jungen kletterten, von der Eighth Street her kommend, flink über das wilde Wirrwarr des offenen Schrottplatzes. Als sie David erblickten, johlten sie los, sprangen auf den Boden hinab und rannten auf ihn zu. Alle trugen sie ihre Kappen seitwärts gedreht und Pullover, rot und grün, verschmiert, an Brust und Ellbogen aufgerissen. Zwei waren größer als David, drahtig, blauäugig, die Himmelfahrtsnasen sommersprossig. Der dritte dunkelhäutig und gnomenhaft, wirkte älter als die anderen und hatte ein Schwert aus einem dünnen Metallstreifen in der Hand, das wie ein Zinkblech aussah, an dessen einem Ende ein langer Bolzen mit Draht festgebunden war. Ein Blick auf ihre harten, feindseligen Gesichter, die mit Ruß und Rost vom Schrotthaufen beschmiert und zu boshafter lauernder Wachsamkeit verzerrt waren, genügte. Davids Augen schossen suchend nach einer Lücke umher. Es gab keine – nur zurück zum Kai. In der Falle, stand er nun reglos da, sein angstvoller Blick vom einen bedrohlichen Gesicht zum andern schwankend.

»Was machsn da aufm Dock?« grummelte der Gnomenhafte aus dem Mundwinkel. Die Sonne blitzte über das Zinkblechschwert, als er es auf ihn richtete.

»N – Nix. Ich hab nix gemach. Da warn Boote.«

»Wie alt bisn?«

»Ich – ich bin schon acht.«

»Na, un warum bis nich inner Schul?«

»Weil se, weil –« Doch etwas warnte ihn. »Weil ich – weil mein Brudder Masern hat.«

»Das s doch völliger Quatsch, Pedey.« Das sagte der Sommersprossige. »Der hat was ausgefressn.«

»Ja. Sag das Sweeney.«

»Ich glaub, wir gehn mit dir mal zu nem Cop«, setzte der zweite Sommersprossige hinzu.

»Der Cop sags euch schon,« drängte David, der auf kein besseres Schicksal hoffen konnte.

»Nee! Wir wissen schon«, verwarf Pedey den Gedanken verächtlich. »Wo wohnsn?«

»Da.« Er konnte sogar die Fenster seines Stockwerks sehen. »Das Haus inner Nint Stritt. Mein Mudder guck da gleich raus.«

Pedey schielte in die Richtung, in die David zeigte.

»Dasn Itzig-Block, Pedey«, soufflierte der zweite sommersprossige Leutnant mit unheilvollem Eifer.

»Ja. Bisn Jud, was?«

»Nein!« protestierte er hitzig. »Ich bin kein Jud!«

»In dem Block wohn bloß Itzigs!« konterte Pedey stur.

»Ich bin Ungar. Mein Mudder und Vadder sin Ungarn. Wir sin de Hauswart.«

»Warum hasn dann nach oben geguck?«

»Weil mein Muddern Fußboden geputz hat.«

»Sag was auf ungarisch«, forderte ihn der erste Leutnant auf.

»Wennde wills! Abaschischischababajo toama wawa. So halt.«

»Aa, der red doch bloß Scheiß!« höhnte der zweite Leutnant zornig. »Komm, Pedey, der krieg ne Abreibung.«

»Ja!« drängte der andere Sommersprossige. »Los. Ders nich echt. Ji! Ji! Ji!« Er wedelte mit den flachen Händen unter dem Kinn.

»Nee!« Pedey gab seinem Nachbarn einen harten Knuff. »Ders in Ornung. Laßn in Ruh.« Und zu David: »Has Pinke? Wir ham mehr Pennies wie du.«

»Nein, ich hab nix. Is alles bei mir im Haus.« Er wäre froh gewesen, seine beiden Pennies dabeizuhaben, wenn sie ihn dann hätten gehen lassen.

»Zeig deine Taschn.«

»Da, kanns sehn.« Hastig stülpte er sie um. »Nich mal inner Uhrntasch.«

»Komm, Pedey«, drängte der erste Leutnant und trat vor.

»Laß mich!« wimmerte David zurückschreckend.

»Nee! Laßn in Ruh«, befahl Pedey. »Ders in Ornung. Wir zeigm den Zauber. Was meins?«

»Nein-nein. Ich will nich.«

»Nich?!« Pedeys Stimme erhob sich grimmig. Die anderen wurden ungeduldig.

»W-was fürn Zauber?«

»Komm, wir zeigen n dir, was, Weasel? Da rüber.« Sein Schwert wies quer über den Schrottplatz zur Tenth Street. »Wo de Tramschien sin.«

»Was machn ihr da?« Er zögerte.

»Komm, wirst schon sehn.« Sie keilten ihn ein, schnitten ihm den Rückzug ab. »Ah, das mein Schwert – Los, nimms, bevor wir –« Er stieß es David in die Hände. Der nahm es. Sie zogen los.

Am Fuß des Schrotthaufens blieb der Leutnant namens Weasel stehen. »Wart mal«, verkündete er, »ich muß pissn.«

»Ich auch«, sagten die andern und blieben ebenfalls stehen. Sie knöpften die Schlitze auf. David wich zurück.

»Lagerbier«, skandierte Pedey, während er auf Stirn, Mund, Brust und Nabel tippte, »komm von hier –«

»Siehs –« Weasel zeigte triumphierend auf den zurückschreckenden David. »Habs doch gleich gesag, ders nich echt. Warum pißn nich?«

»Will nich. Hab vorhin schon.«

»Aa, Scheißdreck.« Er hob ein Bein.

»Phhuiee!«

Mit einem Freudengeheul fielen die andern über ihn her.

»Ene, dene, durz«, trommelten sie ihm auf den Rücken. »Der Teufl läßn Furz.«

»Loslassn!« Weasel schüttelte sie heftig ab.

»Has ebn gefurz – He!« Pedey sprang auf David los. »Hiergebliebn, sons gibs was auf de Nuß! Los! Und versuch ja nich abhaun.«

Je einen auf jeder Seite und einen hinter sich, kletterte David auf den Schrotthaufen und bahnte sich vorsichtig den Weg über die wilde Eisenmoräne. Nur eine Hoffnung hielt ihn aufrecht – auf der anderen Seite einen Mann zu sehen, zu dem er hinrennen konnte. Vor ihm ergoß sich die weiche, ungerührte Aprilsonne über einen Berg aus zerschlagenen Küchenherden, zerbrochenen Rädern, geplatzten Abflußrohren, Topfscherben, geborstenen Schiffsmotoren mit grausamen, gezackten Kanten. Begierig blickte er darüber hinweg – nur die plötzlich fremde, leere Straße und die schimmernden Tramschienen, die sich am Ende verzweigten.

»Puä! Stink das!« Pedey spuckte aus. »Wem sein Loch is da aufgegang?«

Von irgendwo her in dem Unrat und Verfall stieg der Gestank verwesenden Fleischs stechend in die Nase. Eine tote Katze.

»Komm, schnell.«

Als sie sich der Straße näherten, stolperte David, der seine Schritte beschleunigt hatte, über einen rostigen Draht, zähe Wurzel einer brutalen Erde, fiel auf das Schwert und verbog es.

»Hat sich inn Bart gepiß.« Der zweite Leutnant lachte schallend.

Pedey grinste. Nur Weasel verzog keine Miene. Offenbar legte er Wert darauf, nie zu lachen.

»He, du Blödarsch«, bellte er, »du hasses verbogn!«

»Moment ma«, warnte Pedey sie, als sie ans Ende des Schrotthaufens gekommen waren. »Ich guck ma, ob de Luf rein is.« Er rutschte hinunter und rief nach einem flüchtigen Blick Richtung Avenue D: »Los! Auf! Keiner da!«

Sie folgten ihm.

»Jetz zeign wir dirn Zauber.«

»Gleich siehsn«, fügte Weasel bedeutungsvoll hinzu.

»Ja, besser als Kino!«

»Was solln ich machn?« Ihre wachsende Erregung erhöhte noch sein Entsetzen.

»Beeil dich, nehm das Schwert un geh zu den Schien und schmeißs druf – einfach so. Mittn druf.«

»Ich will aber nich.« Er begann zu weinen.

»Na los, du Heulsuse.« Weasel ballte die Fäuste.

»Los!« Das Gesicht des anderen Leutnants verzerrte sich. »Bevor wir de Scheiße aus dir rausprügeln.«

»Mach schon, dann lassn wir dich auch laufn«, versprach Pedey. »Los! Mach!«

»Un ich schmeißs einfach druff?«

»Ja. Wie ichs dir gezeig hab.«

»Un dann laß ihr mich gehn?«

»Klar. Los. Das tut nich weh. Da siehs de alle Film vonner Welt! Un auch noch Voodevill! Mach schon, bevor ne Tram komm.«

»Klar, un alle Engel.«

»Los!« Sie hatten die Fäuste sinken lassen.

Beschwörend schossen seine Blicke nach Westen. Die Menschen auf der Avenue D schienen meilenweit entfernt. Die Saloontür in der Blockmitte war zu. Nach Osten. Da auch keiner! Keine Menschenseele! Jenseits der teerigen Steinbrocken am Flußufer hatte der Wind die silberne Fläche in gekräuselte Schuppen zersplittert. Er saß in der Falle.

»Los!« Ihre Gesichter waren grausam, ihre Körper starr vor Erwartung.

Er drehte sich zu den Schienen hin. Die langen dunklen Furchen zwischen jedem Schienenpaar sahen so harmlos aus wie immer. Hunderte von Malen war er, ohne weiter nachzudenken, darauf getreten. Was hatte es nun damit auf sich, daß die andern ihn so beobachteten? Laß es einfach fallen, hatten sie gesagt, dann würden sie ihn gehen lassen. Laß es einfach fallen. Er ging näher heran, stand auf Zehenspitzen auf den Pflastersteinen. Die Spitze des Blechschwerts zitterte vor ihm, klickte auf den Stein, als er damit herumtastete, dann schließlich den Schlitz fand, ein Stück die weiten, grinsenden Lippen entlangscharrte wie eine Zunge in einem Eisenmund. Er trat zurück. Aus geöffneten Fingern stürzte die Klinge in das Dunkel.

Energie!

Gleich einer Pranke, die sämtliche festen Fasern der Erde durchschlug, donnerte gigantische, entfesselte Energie hervor! Und Licht, losgelassenes, ungeheuerliches Licht brüllte aus Eisenlippen. Die Straße bebte und donnerte, und wie gemartert bäumte das Blechschwert sich auf, zuckte hoch, fiel zurück, von grellem Schein verzehrt. Geblendet, betäubt von der Wucht des Strahls, taumelte David zurück. Im nächsten Augenblick raste er wie wahnsinnig in Richtung Avenue D.

9

Als er sich umblickte, war das Licht verschwunden, das Donnern verstummt. Pedey und seine Kumpane waren geflohen. An der Kreuzung waren mehrere Menschen stehengeblieben und schauten nun zum Fluß hin. Die Blicke richteten sich auf David, als er sich der Avenue D näherte, doch da niemand versuchte, sich ihm in den Weg zu stellen, sauste er um die Ecke und floh in Richtung Ninth Street. Der Milchwagen seines Vaters stand am Bordstein. Sein Vater war zu Hause. Er könnte erraten, daß etwas schiefgegangen war. Lieber nicht hochgehen. Er schlich am Haus vorbei, überquerte die Straße und begann zu rennen. Am Eingang zum Chejder bog er ab, eilte durch die schützende Tür und kam in den sonnenbeschienenen, leeren Hof. Die Chejdertür war abgeschlossen. Er war viel zu früh da. An allen Gliedern zitternd, schwach vor Angst, blickte er sich nach einem Platz zum Ausruhen um. Die breiten Holztüren, die einen Keller abdeckten, neigten sich leicht in die Sonne. An der Ritze schimmerte ein neues Vorhängeschloß aus Messing – zu viele Schüler des Rabbi hatten auf ihrem unterirdischen Weg in den Chejderhof darauf geschlagen. David schleppte sich dort hin, ließ sich auf einen der Holzflügel fallen und schloß die Augen. Im roten Meer sonnenbeschienener Lider schlingerte und stieg sein Inneres auf und ab, daß ihm fast übel wurde. Obwohl die Bohlen warm waren und auch die Sonne warm war, klapperten ihm die Zähne, und er zitterte, als bliese ein eisiger Sturm. Mit einem schmerzvollen Stöhnen drehte er sich auf die Seite und spürte kaum das warme Schloß unter seiner Wange. Tiefe, erschütternde Schluchzer verfingen sich in seiner Kehle. Die heißen Tränen drängten durch seine geschlossenen Lider, rannen ihm unbeachtet über Wange und Nase. Er weinte lautlos.

Wie lange er da gelegen hatte, wußte er nicht. Doch nach und nach löste sich der Schmerz, strömte sein Blut wieder, wurde das Schluchzen ruhiger. Leer und kraftlos schlug er die Augen auf; die rauhverputzten vertrauten Häuser, die schiefen Zäune, die buntscheckige Wäsche, Wäschestangen, Sonnenlicht, der enge und unregelmäßige Flecken Blau über ihm – das war gut. Eine gesprenkelte gelbe Katze kroch vorsichtig auf eine Feuerleiter hinaus, sprang hinter einen Zaun hinab. Warme und greifbare Wirklichkeiten. Aus offenen Fenstern Geräusche von Stimmen, klappernden Töpfen, Wasserrauschen in einem Ausguß, Gelächter, das laute Fetzen vertrauter Rede abschnitt. Das war gut. Im Hin und Her des leichten Windes hingen und trieben Küchendünste, kräftig und würzig. Irgendwo oben begann ein regelmäßiges Hack-Hacken. Fleisch oder Fisch oder vielleicht die bitteren Kräuter für Passah. Der schlaffe, leere Körper dehnte sich, füllte sich mit Gewißheiten.

Hack. Hack. Das Geräusch war sicher. Seine Gedanken übernahmen den Rhythmus des Geräuschs. Etwas in ihm sang. Wörter strömten von selbst aus ihm heraus. Hack. Hack. Ihm gezeigt, gezeigt. Im Fluß, ihm gezeigt, gezeigt. Hack. Hack. Ihm gezeigt, gezeigt. Wenn Er es will. Ihm gezeigt, gezeigt.

– Im Dunkeln, hack, hack. Im Fluß, ihm gezeigt, gezeigt. Im Dunkeln, war da im Fluß. Kam heraus, wenn Er es wollte. Blieb drin, wenn Er es wollte, war da. Kam heraus, wenn Er es wollte, blieb drin, wenn Er es wollte, kam heraus, wenn Er es wollte, war da ...

– Könnte es mit seinen Händen zerbrechen, wenn Er es wollte. Könnte es in Händen halten, wenn Er es wollte. Könnte es brechen, könnte es halten, könnte es brechen, könnte es halten, könnte es brechen, könnte es halten, war da.

– Im Dunkeln, in den Treppenhäusern, war da. Im Dunkeln, in den Kellern, war da. Wo Keller verschlossen ist, wo Keller Kohle ist, wo Keller Kohle ist, ist

– Kohle!

– Kohle!

Er setzte sich kerzengerade auf.

»Rabbi!« sein erschrockener Aufschrei hallte durch den Hof. »Rabbi! Ist Kohle drunter! Weiß in Kellern!« In höchster Erregung sprang er auf, starrte wild um sich. Auf allen vielfarbigen Wänden, die ihn einschlossen, stand eine einzige Vision geschrieben. »Ist Kohle drunter! Weiß!« Benommen taumelte er zur Tür. »Rabbi!« Er rüttelte daran; sie hielt. »Rabbi!« Er mußte hinein. Unbedingt. Er raste um die Ecke des Chejder. Das Fenster! Er krallte sich daran. Lose, unverriegelt, quietschte es leicht auf. Da gab es kein Zögern. Da konnte es keines geben. Eine riesige Hand schob ihn vorwärts. Er sprang hoch, landete mit dem Unterleib auf dem Sims, wippte halb drinnen, halb draußen, krabbelte, die Hände voraus, in den Chejder.

Der Schrank! Wo sie alle waren! Er rannte hin. Er war ein Stück zu hoch für ihn. Er zog den Stuhl des Rabbi herüber, stieg darauf, riß die Tür auf. Das blaue! Das blaue! Fiebrig wühlte er sie durch – fand es. Er sprang herab, blätterte schon in den Seiten. Seite achtundsechzig war es – sechsundzwanzig – vierzig – zweiundsiebzig – neunundsechzig – achtundsechzig! Drauf! Mit aller Kraft! Er hastete über die Bank.

»Beschnass moss hamelech Usijahu vau'ereh ess adonoj joschejw al kissej rum venissau, wechsulaw malejim ess hahejchol. Serafim omdim mema'al lo schesch knafajim, schesch knafajim lau'echad, bischtajim jechasseh fanaw, uwischtajim jechasse raglow, uwischtajim je'offejf.«

Alle seine Sinne lösten sich in Klang auf. Die Zeilen, unbekannt, dunkel erahnt, donnerten mit endloser Bedeutung in seinem Herzen, breiteten sich aus und überfluteten die letzten Dämme seines Ichs. Losgelöst im Raum, sah er jemanden auf ungreifbaren Pflastersteinen gehen, die sich mit den aufragenden Bäumen erhoben. Oder waren es Bäume oder Telegraphenmasten, jeder gekreuzt und belaubt, das konnte keiner sagen, aber Formen standen da mit Stützen in ungemildertem Licht. Und ihre Gesichter leuchteten, weil das Licht in ihrer Mitte leuchtendes Gelächter war. Er las weiter.

Das Buch kehrte zurück. Der Tisch wurde hart ... Hinter ihm schrillte über unendlichen Raum das Geräusch eines Schlüssels, der nach einem Schlüsselloch stocherte. Das Schloß schnappte auf – plötzlich ganz nah. Erkenntnis traf ihn wie eine eisige Bö. Voller Bestürzung wirbelte er herum und über die Bank, warf sich gegen das Fenster. Zu spät! Der Rabbi, langer schwarzer Mantel und Melone, trat in das Licht der offenen Tür. Angstvoll ächzend prallte er zurück, erkannte aber dann mit zornig aufgerissenen Augen, wer es war, und trat, den Kopf seitlich geneigt, heran.

»Wie bist du hier hereingekommen?« fragte er grimmig. »Ha?« Sein Blick fiel auf das offene Fenster. Er starrte es an, Unglaube rang mit Zorn. »Du bist eingestiegen?«

»Das Buch!« stotterte David. »Das Buch! Ich wollte es.«

»Du bist in meinen Chejder eingebrochen!« Als hätte der Rabbi keine einzige Silbe gehört. »Du hast das Fenster geöffnet? Du bist eingestiegen? Das hast du gewagt?«

»Nein! Nein!«

»Pscht!« Er beachtete den Aufschrei nicht. »Ich verstehe.« Und bevor David sich noch rühren konnte, waren die schweren Hände des Rabbi auf sein Genick niedergefahren, und er wurde zu der Neunschwänzigen auf den Boden gezerrt. »Schrecklicher Bastard!« brüllte er. »Du bist eingestiegen, um meine Zeigestöcke zu stehlen!«

»Nein! Ich habe sie nicht angerührt!«

»Du warst es also, der sie vorher schon gestohlen hat!« schrie der Rabbi ihn nieder. »Schlitzohr! Du! Und ich habe geglaubt, du seist anders! Ha! Wirst du dich wohl bücken!« Er griff hinab nach der Geißel.

»Nein! Ich bin wegen dem Buch gekommen! Das blaue Buch mit der Kohle drin! Dem Mann und der Kohle!«

Der eiserne Griff lockerte sich nicht, doch der Rabbi ließ die Neunschwänzige sinken. »Der Mann! Die Kohle! Du willst *mich* behumpsen!« Doch hatte sich Unsicherheit in seine Stimme geschlichen. »Hör auf mit dem Gegreine!« Und David hinter sich herziehend, riß er die Schublade des Pults auf, in dem er seine Zeigestöcke aufbewahrte. Ein Blick genügte. Wild stieß er die Schublade zu. »Welcher Mann? Und welche Kohle?«

»Da in dem Buch! Der Mann, den der Engel berührt hat – Mendel hat's gelesen! Jesaja!« Plötzlich war ihm der Name wieder eingefallen. »Jesaja!«

Der Rabbi starrte auf das Buch, als wollte er es mit seinen Augen verbrennen, dann hob sich sein Blick langsam zu Davids Gesicht. In der Stille war sein stockender, apoplektischer Atem laut wie Schnarchen. »Sag, bist du nur deswegen hier hereingeklettert, um das Buch zu lesen?« Seine Finger lösten sich von Davids Schulter.

»J-ja! Über d-diesen Jesaja.«

»Aber was hast du denn davon?« Seine offenen Hände trugen kaum das Gewicht dieser Frage. »Kannst du denn ein Wort Chomez lesen?«

»Nein, aber ich habe mich daran erinnert, und ich – ich wollte es lesen.«

»Warum?« Unter seiner Melone, von ziellosen Fingern zurückgeschoben, spähte sein Käppchen hervor. »Bist du wahnsinnig oder was? Konntest du denn nicht warten, bis ich komme? Ich hätte dich einen ganzen Bauchvoll lesen lassen.«

»Ich wußte nicht, wann Sie – wann Sie kommen.«

»Aber warum wolltest du es lesen? Und warum mit solch abscheulicher Eile?«

»Weil ich auch so eine Kohle gesehen habe wie – wie Jesaja.«

»Was für eine Kohle? Wo?«

»Da wo die Tramschienen laufen, hab' ich sie gesehen. In der Tenth Street.«

»Tramschienen? Eine Kohle hast du gesehen?« Er schloß wie völlig verwirrt die Augen.

»Ja, mittendrin, zwischen dem Spalt hat es ein großes Licht gegeben!«

»Ein was –? Ein –! Zwischen einem Spalt? Du hast ein Licht zwischen einem Spalt gesehen? Ein schwarzes Jahr ereile dich!« Plötzlich hielt er inne. Seine Stirn verdüsterte sich. Sein Bart hob sich. Sein Kopf legte sich zurück. »Cha! Cha! Cha! Cha!« Berstende Lachsalven brachen plötzlich aus der Höhle hinter dem Bart hervor. »Cha! Cha! Oj! Cha! Cha! Cha! Hör sich das einer an!« Eine hastige Hand zog die rutschende Melone zurück. »Ein Licht hat er gesehen! Oj! Cha! Cha! In der Spalte! Oj! Cha! Cha! Cha! Ich platze gleich wie ein Hering! Gestern hat er im Donner ein Bett gehört! Heut sieht er eine Vision in einer Spalte. Oj! Cha! Cha! Cha!« Minuten schienen zu vergehen, bis er sich wieder beruhigt hatte. »Du Narr!« japste er schließlich. »Gehe und schlage den Kopf gegen die Wand! Gottes Licht ist nicht zwischen Tramschienen.«

Beschämt, doch unendlich erleichtert, stand David stumm da und schaute zu Boden. Der Rabbi wußte nicht wie er, was das Licht war, was es bedeutete, was es mit ihm gemacht hatte. Es genügte, daß das Licht ihn davor bewahrt hatte, gepeitscht zu werden.

Der Rabbi stieß ein kurzes, hoffnungsloses Schnauben aus und ging, um Mantel und Melone an einem Nagel aufzuhängen. Als er zurückkam, kniff er David ins Ohr. »Komm, lies, du Einfaltspinsel«, befahl er mit belustigter Herablassung. »Und wenn du jemals wieder in meinen Chejder kletterst, wenn ich nicht da bin, dann hilft dir nichts mehr. Nicht einmal ein Licht.«

David rutschte über die Bank. Der Rabbi zog das zerfledderte Buch hervor und ergriff seinen Zeigestock.

»Beginne!« sagte er. »Ma towu.«

»Ma towu ohalejcha ya'akow mischkanossecha Jisroel.« Er sprudelte die Worte in einem atemlosen, chaotischen Strom heraus. »Wa ani berow chassdecha aow bessejcha eschtachaweh el hechol kodscheha bejirossejchau.« Die wurden immer komischer! »Adonoi auhawti ma'on bassejcha umkom mischkan kwodau.« Er fand es jetzt schwierig, keine Miene zu verziehen. »Schalom alejchem malachej homlachim malchej eljon, mi melech molachej haumlochim ha kadosch boruch hu.« Lachwellen bebten in seinem Bauch. Er las schneller, um ihnen zu entkommen. »Boachem lescholom malachej ha scholom malchej eljon mi melech molachej haumlochim ha kodasch boruch hu.« Die Wellen waren zu Brechern angeschwollen. Eine unermeßliche Heiterkeit schlug ihm gegen Kehle und Seiten. Schneller!

»Neein!« Der Rabbi packte ihn am Arm. »Ist der Teufel hinter dir her oder was? Du rast ja wie ein Verbrecher!«

Mit enormer Anstrengung bremste David seine Geschwindigkeit. Ein kurzes, hohes Kichern brach durch seine Lippen.

»Narr! Worüber lachst du, ha?« Aber seltsamerweise dehnte hinter seinem Bart auch ein leises Lächeln seine Lippen. »Lies«, knurrte er, »bevor ich dir noch einen Knuff gebe.«

David beugte den Kopf, biß sich auf die Lippen, bis er glaubte, die Zähne würden sich treffen, und las weiter.

Die Wogen des Lachens, die in ihm aufbrandeten, überwältigten ihn so sehr, daß er merkte, wie sein Bemühen, sie zu unterdrücken, immer schwächer wurde. Kalter Schweiß stand ihm auf der Stirn. Ihm war, als würde er platzen, wenn er der angestauten Heiterkeit nicht bald einen Ausweg verschaffte. Ihm war fast schlecht vor unterdrücktem Lachen, aber er beendete die Seite und blickte flehend auf.

»Geh!« Der Rabbi kniff ihm ins Ohr.

Die Erleichterung war so groß, daß sie ernüchternd wirkte.

»Wenn du noch einmal mit diesen Schienen spielst« – er schüttelte bedeutungsvoll die gespreizte Hand –, »wird dir in deinem Jammer nur der Tod fehlen. Deine Mutter müßte –«

Doch David lief schon mit seinem Lachen um die Wette zur Tür. Er hetzte über den Hof, die Treppe hinauf, und kaum hatte er das Treppenhaus erreicht, überwältigte ihn auch schon der Anfall. Dort, gegen die Wand gelehnt, schrie er, bis Augen und Unterhose naß waren, schrie, bis er nicht mehr stehen konnte, sondern schreiend zu Boden rutschte und sich hin und her wälzte.

– Mensch! So komisch! Mensch! Auu! Ist das komisch! Au! Oooh! Au! Zum Pissen! So komisch! Au! Komisch!

Langsam, mit Japsen, Gickeln, Kichern, wieder Gickeln, ließ der Anfall nach. Auf gekrümmten Knien richtete er sich auf, stand schwankend da. Plötzliche Tränen, ganz ohne Bitterkeit und Grund, heftig und zugleich ziellos, rannen ihm über die Wangen. Ängstlich nun, wischte er sie hastig mit dem Ärmel ab, stolperte aus dem Gang hinaus, wobei ihm bei jedem Schritt die Rippen schmerzten.

– Mensch, über was lach' ich denn? Jetzt weine ich. Verrückt! Ganz durchnäßt. Ooh! weg damit! Mensch, baden muß ich auch! Sie wird's sehen. Pißhosen. Mensch, war das komisch! Ooh! Jetzt Schluß! Nein! Nein! Vergessen! Mensch! Verrückt! Weiß nicht, was! Gehen und trocken werden. Los!

Er wandte sich nach Westen, schlenderte unschlüssig Richtung Avenue C, wobei er von Zeit zu Zeit mitten im Gehen die Beine spreizte, damit die nasse Unterhose nicht gegen die Schenkel scheuerte. Wie er so dahinging, blickte er um sich – begierig –, als würden vertraute Anblicke den Sturm in ihm schneller beruhigen. Die Läden, in die er spähte, schlossen gerade oder trafen Anstalten dazu – selbst Süßwarenläden, und die schlossen fast nie. In der Bäckerei war kein Brot zu sehen. Statt eines Bergs Brötchen lag auf dem mit Wachstuch überzogenen Gestell hinter dem Schaufenster eine weiße Bäckerschürze, zerknittert und hingeworfen. In der Fleischerei schabten sie die Hackklötze ab, hängten große Papiertüten an die schimmernden Fleischerhaken im Fenster. Vor dem Stand des Gemüsehändlers nahm eine alte Frau mit einem blauen Kopftuch die Reihen einer Apfelpyramide herunter. Zum Spiegel gebeugt, rasierte der Barbier im weißen Kittel sich selbst. Der Blechschmied stand in der Tür und wusch sich die rußigen Hände mit Kerosin ab. Eilige Gesichter hasteten vorbei, alle in die gleiche lächelnde Versunkenheit geneigt, alle auf das gleiche Ziel ausgerichtet. Und nun kreischten Hausfrauen vorbei und brüllten Höker vorbei und grummelten betagte Juden mit groben oder geteilten Bärten vorbei, aus Fenstern, aus Türen, von Gehsteigen, aus der Gosse, hoch, hinab und quer erscholl der Gruß –

»A gutn Jomtew!«

Erlösung lag in der Luft – Das Passah – Erlösung von Ägypten und vom Winter, von Leibeigenschaft und Tod!

– Immer noch naß! Mensch! Lieber noch eine Straße gehen.

Er überquerte die Avenue C und lief weiter in Richtung Westen. Hier und da kamen Kinder, schon im Sonntagsstaat, aus Fluren und von Haustreppen herab. Mit sauberem Zopf, breitem Band, gewaschenem Gesicht, in gebügelten Sabbatkleidern erstrahlend, sammelten sie sich abseits von ihren ungepflegten Kameraden zu kleinen Gruppen – oder kamen mit der neuen Zurückhaltung der Reinlichkeit heran. An der Avenue B lag die offene Fläche des Parks vor ihm, und dahinter stemmten die fernen Türme der Stadt scharfgeschnittene Ränder zwischen Schaum und Klarheit. Er ging in den Park, setzte sich auf eine Bank; und während er den Kindern zusah, wie sie lärmend über die braune karge Erde tollten, lüftete er mechanisch mit der Hand in der Tasche den Schritt. Endlich trocken, etwas ausgeruht, stand er auf und ging wieder zurück.

Solange er im Park gesessen hatte, hatte er nichts als Lethargie verspürt, eine dumpfe Leere, ebenso hohl wie bleiern. Doch nun auf dem Nachhauseweg entspannten sich seine Sinne wieder, weiteten sich. Alles Lachen war aus ihm gewichen, und damit auch alle Tränen, und nun blieb nur noch eine tiefe, friedliche Sanftheit, ein wortloser Glaube, eine Festigkeit, die gütig und mild war. Mit jedem Schritt, den er tat, schien sein Körper immer weniger ihm zu gehören, wurden seine Glieder so leicht und locker, schwebten seine Beine mit ruhiger, fedriger Mühelosigkeit übers Pflaster. Selbst das Schwingen seines Arms an der Seite löste an seinem Körper feuchte Wirbel aus, als streichelte ihn eine Hand. Die kühle, geschmeidige Aprilluft wirkte plötzlich berauschend auf seine Nase, reizte die Brust zu schwellen. Die Sonne auf seinem Gesicht badete seine Wangen so weich, daß sich die Kehle in ihrer ganzen Fülle erhob, sich erhob und –

I-i-ie! Twie-twie-twie! Tschilp! Tschilp! Fiet! Fiet! Iit! R-ruuk!

Mensch! Pfeifen. Hab' geglaubt, es sei der Mann da. Auf dem Schlepper. In dem Hemd. Pfeifend. Bloß Vögel. Kanarienvögel. Von der Frau. Polly auch – Polly will Keks – ist schon draußen. Auf der Feuerleiter. Pfeifen.

Widerstrebend näherte er sich der Tür, erstieg widerstrebend die eiserne Vortreppe, trat ins Treppenhaus, seufzte.

– Mensch! War sonst dunkler. Komisch. Mensch! Da! Da! Ein Licht! In der Ecke, wo die Kinderwagen – Nein. Sieht aber so aus. Auch auf der Treppe. Ist aber eigentlich nicht da. In meinem Kopf. Drin ist besser. Kann es dabeihaben. Komisch! Ist auch gar nicht so dunkel. Hab' nicht mal Angst. Weißt noch, wie ich war? Ganz früher? Ängstlich. Bin piffpaff-peng hochgerannt. Hi! Hi! Komisch war ich da. Jetzt bin ich groß. Kann allein hochgehen. Kann langsam hochgehen, so langsam, wie ich will. Kann sogar hier stehen, und es macht mir nichts aus. Sogar zwischen den Fenstern, sogar wenn niemand auf der Toilette ist, sogar wenn niemand im ganzen Haus ist. Macht mir nichts aus. Weil ich nämlich jetzt groß bin. Ob wohl – Ja, alles trocken. Kann jetzt reingehen. Sie wird mir neues Unterzeug geben, wie die anderen Kinder es schon haben. Fürs Passah …

– Komisch. Seh's noch immer. Da. Und da drüben. Und dort in der Ecke, wo es richtig dunkel ist. Es steckt immerzu drin, Mensch, kann nie mehr Angst haben. Nie mehr. Nie mehr. Nie mehr …

– Vi-i-ierter Stock. Alle weg! Mensch, hab' ich ein Glück!

Er seufzte.

Viertes Buch

Die Schiene

1

Friedlich waren die Monate vergangen. Der Sommer war gekommen und die höhere Klasse und die leuchtende, unwägbare und unbestimmte Aussicht auf die Schulferien – die war unbestimmt geblieben. Doch David war deshalb kaum enttäuscht. Sollten doch die anderen mit ausgedehnten Aufenthalten am Meer oder in den Bergen oder in Lagern prahlen. Für ihn war schon das bloße Vergehen der Zeit eine Freude. Der Körper war sich einer gefühligen Trägheit bewußt, eines goldenen Räkelns in sich selbst. Zu Hause und auf der Straße fühlte David sich sicher – mehr Aktivität brauchte er nicht.

Es war ein Tag in jener Jahreszeit, da die Sonne einen gefallenen Flügel mit einer Demonstration des Aufsteigens belebt, ein Tag der Hitze und des Lichts. So massiven Lichts, daß kräftige Backsteinmauern ihm kaum standhalten konnten, wenn es sich auf sie lehnte; Licht, das Fenster wie mit einem einzigen Strahl erzittern ließ, das bolzengleich aufs achtlose Auge prallte. Ein Tag, da Wolken sich zu Verteidigern des Pflasters machten, das Gleißen mit zarten Schilden abwehrten, makellos wurden durch das, was sie da milderten. Ein Tag so hell, daß Straßen aufatmeten, wenn sie einen Augenblick im Schatten lagen, Fassade und Wand niedersackten, wie um auszuruhen, neue Kraft sammelten, bevor sie von neuem entbrannten. Es war Ende Juli.

Auf dem Nachhauseweg von dem kostenfreien Bad in der 6th Street wünschte David, schon hochrot und verschwitzt, er wäre wieder dort. Unter der Dusche war es kühl gewesen. Man konnte auf dem Bauch den kühlen, glitschigen Marmorgang fast einen Block lang hinabrutschen – jedenfalls wirkte er so lang. Doch kaum trat man hinaus auf die heiße Straße, war die Abkühlung wieder weg. Nur die Haare blieben feucht, und – das war das Schlimmste daran – der Mann an der Tür fuhr einem mit den Fingern durch die Haare und jagte diejenigen, die sich erneut anstellten, aus der Schlange.

David trottete weiter, atmete von Zeit zu Zeit durch den Mund, weil die Luft so heiß geworden war, daß sie ihm die Nasenlöcher zu versengen schien. Obwohl er die Avenue C noch nicht überquert hatte, war die Straße so verlassen und die Sonne so grell, daß er den Schimmer auf den Messinggeländern vor seinem Haus erkennen konnte. Er warf einen Blick auf die Uhr im Drugstore an der Ecke – sie zeigte auf Viertel nach neun. Nach neun? Wo war der Milchwagen seines Vaters? Gut! Er war weg. Obwohl er sich seit einiger Zeit so viel sicherer fühlte, überkam ihn noch immer jene Erleichterung. Er konnte jetzt nach oben gehen und sich an sein zweites Frühstück machen – sein erstes, bevor er ins Bad gegangen war, hatte aus einem Glas Milch bestanden. Danach gehörte der Tag ihm. Er beschleunigte die Schritte –

Was machten die denn da?

Am Bordstein, schräg gegenüber auf der anderen Seite der Avenue D, hockten vier, fünf Jungen im Kreis; ihre schrillen, eifrigen Rufe durchbohrten die betäubte Stille der Straße. Einen oder zwei erkannte er – sie wohnten irgendwo in der 9th Street. Und da war auch noch Izzy, der ebenfalls in den Chejder ging. Worüber beugten sie sich da so aufmerksam? Während er sich seinem Haus näherte, sah er, wie aus ihrer Mitte eine träge Rauchspirale aufstieg, und gleich darauf hörte er Jubelschreie. Er stellte sich auf die Zehenspitzen, um über ihre Köpfe hinweg wenigstens etwas zu sehen. Eine schwarze Kiste? Eine rote? Nein. Was? Ihre Köpfe steckten zu dicht beisammen. Das verdiente, kurz in Augenschein genommen zu werden. Er überquerte die Straße, trat näher.

»Ich habs dir gesag!« klirrten ihre gellenden Stimmen zusammen. »Guck, wie das brenn! Un jetz tus rein! Gib her!«

Zwischen wippenden Köpfen sah er einen rostigen Spielzeugherd und blaßgelbe Flammen, die herauskrochen. Aus allen Ritzen drang Rauch. Die kleine Herdklappe, ebenfalls voller Rauch, stand offen. Zwischen den Füßen des Jungen, der an dem Herd hantierte, lag eine braune Papiertüte, die, ursprünglich groß, nun eng zusammengerollt war. Die Gesichter der Jungen waren rot. Sie plapperten, rieben sich den Rauch aus den Augen. Einer blies kräftig in die Flamme.

»Was machn ihr da?« Davig zog Izzy am Hemd.

»Wir essn gleich alle richtich gut!« war die ungestüme Antwort.

»Was? Was eßn ihr?«

»Popconn! Siehs?« Er deutete auf die aufgerollte Tüte. »Nickel de Tüt. Sin Könner für de Hühners, aber der Wagn is kaputtgegang, da isses aufn Kai gefalln.«

»Oh!«

»Wenn de warts, kriegs was ab.«

»Ja?«

»Ja! Siehs den schön Herd, was wir ham? Den hat Kushy aufm Schrottplatz gefunn.«

Kushy hatte die Tüte auseinandergerollt und schüttete nun gelbe Körner in den Herd.

»Jetz schütteln!« rieten sie. »Verrührse mittn Stock! Jetz zumachn. Mm! Ham! Ham! Ich eß ne ganze Tüt.«

»Wir brauchn Salz«, meinte Kushy. »He, Toik, du wohns im ersn Stock! Los!«

»Nöö! Das essn wir so!«

»Siehs?« erklärte Izzy. »Du kriegs was, wenn de warts.«

Fasziniert von dieser Aussicht, zwängte David sich zwischen die anderen und hockte sich hin. Der Herd qualmte kräftig und wurde immer röter, während mal der eine, mal der andere ihn schürte. Alle Gesichter troffen vor Schweiß.

»Is heiß!« stellten sie schließlich fest. »Bestimm isses fertig. Los, mach uff, Kush! Holn Stock. Hoi! Popconn!«

Mit dem Ende eines Stocks stemmte Kushy die Herdklappe auf. Köpfe gingen näher heran. Drinnen, auf dem rotglühenden Boden des Herds, waren statt der einstmals gelben Körner nun verkohlte und verschrumpfte Perlen.

»Aaa, Schitt!« Ein ärgerliches Stöhnen entrang sich gereckten Hälsen. »Die sin ja gar nich weiß!«

»Aber vielleich könn wirs trotzdem essn«, tröstete sich einer der Unverdrossenen. »Is das nich Popconn?«

»Doch, schmeck bestimm gut! Ich versuch als erster. Tus mir auf die Hand. Ooi! Heiß!«

»Da-a-a-vid! Da-a-a-vid!«

»Ich?« Verblüfft blickte er auf.

»Da-a-avid!«

Auf! Oh! Es war seine Mutter; sie hatte sich aus dem Fenster gebeugt.

»Wa-a-as?«

»Komm ra-hauf!«

»Ja-ha!«

Ihr Kopf verschwand nach drinnen.

Das war merkwürdig. Fast nie rief sie ihn vom Fenster aus. Was tat sie – Mensch! Er machte große Augen. Dort, neben seinem Haus, stand der Milchwagen seines Vaters. Das war noch merkwürdiger. Was machte er um diese Zeit zu Hause? So spät vormittags kam er nie. Da konnte etwas nicht stimmen. Beunruhigt überquerte er die Straße, musterte das schwarze Pferd, das seinen Futtersack auf den Bordstein gesenkt hatte. Vielleicht war es ein anderer Milchmann. Nein, das war doch Billy, das schwarze, kräftige Tier, das sie seinem Vater erst kürzlich gegeben hatten. Zögernd ging David ins Treppenhaus, stieg die Treppe hoch und verharrte einen Augenblick, bevor er seine Tür öffnete – vertraute blaue Mütze und schwarze Peitsche auf der Waschbütte. Sein Vater, der schon am Tisch saß, warf David einen kurzen Blick zu, als er eintrat, und wandte sich dann wieder seiner Mutter zu, die vor dem Eisschrank stand:

»Hast du noch saure Sahne?«

»Jede Menge«, antwortete sie, während sie David zulächelte. »Und auch noch ein paar Schalotten?«

»Mach doch –« Und zu David gewandt: »Wasch dir die Hände und setz dich.«

Nun völlig ratlos, ging David zum Ausguß. Als er an den Tisch zurückkam, hatte seine Mutter ihm schon sein kombiniertes Mittagessen und Frühstück hingestellt – Sachen, die er mochte: Goldhäutiger geräucherter Weißfisch, Gurken und Tomaten, Pumpernickel, Milch, pupurrote Pflaumen. Ihm lief das Wasser im Mund zusammen; mit dem Zwicken des erwachenden Hungers waren seine Befürchtungen vorübergehend vergessen. Gerade hatte er den Weißfisch geöffnet – ein Mittelstück, es öffnete sich wie ein goldenes Buch –, als sein Vater knapp nickend sagte:

»Bleib dann in der Nähe des Wagens, wo ich dich finden kann, wenn du fertig bist.«

David suchte den Blick seiner Mutter.

»Du begleitest Vater«, erklärte sie.

»Ich?«

»Ja!« warf sein Vater ein. »Erschrick nicht, als würdest du den schwarzen Engel sehen.«

»Es dauert nicht lange«, beruhigte ihn seine Mutter. »Eine Stunde – nicht, Albert?«

»Vielleicht länger«, war seine knappe Antwort.

»Er hat Chejder«, erinnerte sie ihn. »Fängt im Sommer früh an.«

»Hab' dir doch gesagt, daß er rechtzeitig dort ist. Weißt du, wenn du ihn weiter davon abhältst zu sehen, wie ich sein Brot verdiene, dann glaubt er noch, ich bin einer von Gottes Spielgefährten.«

»Das habe ich nicht gemeint«, antwortete sie. »Ich –«

»Ja! Ja! Ja! Ein anderes Kind wäre schon längst einmal mitgekommen – hätte darum gebettelt. Aber genug davon – du bleibst in der Nähe des Wagens.« Er nahm einen tropfenden Rettich aus der Sahne, lehnte sich, noch kauend, zurück. Ein paar Sekunden lang herrschte Stille.

»Wann kommt er«, wagte seine Mutter zu fragen, »der andere, meine ich.«

»Vielleicht morgen. Weiß nicht genau.«

»Der arme Mann!«

»So was kommt vor … Ein Glück, daß ich einen extra Eisblock dabeihatte. Sonst hätte es in dieser Hitze nicht gereicht – Aber lieber Sommer als Winter.«

»Wenigstens sind die Straßen nicht so vereist.«

»Ja. Und man kann morgens um vier die Stufen sehen. Und der Griff des Gestells ist nicht so eisig, daß es einem wie Feuer durch die Handschuhe brennt.«

»Alles sehr schwer, Albert.«

»Mm!« grunzte er. »Was weißt du schon. Ich verkaufe meine Tage für ein bißchen Silber – ein bißchen Papier – sechzehn schmierige Scheine die Woche – die kann ich mir nicht mit Gold zurückkaufen. Manchmal reicht es schon, um gegenüber Mensch und Tier wild zu werden.«

»Aber andere Männer arbeiten doch auch.«

»Das brauchst du mir nicht zu sagen!«

Wieder trat Stille ein, während sein Vater aß und mit schweren Augen auf den Tisch stierte.

»Und du möchtest deine Tage wirklich wiederhaben?« Sie setzte sich, legte die Hände in den Schoß.

Er schnaufte. »Was ist das denn für eine Frage.«

»Ich nicht.«

»Du meinst, Tage, wie du sie schon erlebt hast? Wie diese?«

»Egal.«

»Hm!« grunzte er. »Bist du dann nicht schon bald Großmutter, ohne daß man es erfährt?«

»Nein«, lächelte sie, die großen braunen Augen zur Decke gerichtet. »Ich möchte gern schon morgen eine sein.«

»Du Närrin!«

»Wenn ich es so sagen kann, wie meine es gesagt hat. Es ist vorbei. Ich trat in die Sonne, ich holte Luft, und plötzlich war ich Großmutter – wirf Uhren weg!«

»Ist sie mit dem Alter weise geworden?« fragte er mit trockenem Sarkasmus.

»Sie messen nichts, sagte sie immer. Nur das Schwingen der Kraniche im Auf und Ab ihres Fluges ist es wert, betrachtet zu werden. Alles andere ist ein Rasseln zu Purim – Errettung von Haman, der vor langer Zeit gehängt wurde.«

Er keckerte einmal höhnisch. »Du und deine Goßmutter!«

Sie lachte mit ihm.

Schwer atmend schob er seinen Teller weg, fuhr sich mit wettergegerbten kräftigen Fingern durch das schon lichte schwarze Haar, drückte auf die Welle am Hinterkopf, wo die Mütze einen Abdruck hinterlassen hatte.

»Nichts mehr?« fragte sie.

»Nein.« Er stand auf, legte den Kopf zurück, streckte sich. Schläfrigkeit überzog langsam das straffe, unbeteiligte Gesicht. »Spätestens halb elf.«

»Ich wecke dich, Albert.«

Er schlurfte ins Schlafzimmer, schloß die Tür hinter sich. Das Bett knarrte …

»Mama!« flüsterte David.

»Ja, Kind?«

»Was will er denn?«

»Ach –! Ein Milchmann ist ausgefallen. Hat sich die Hand an einer Flasche aufgeschnitten – schlimme Sache!« Sie erschauerte. »Und dessen Route haben sie unter den anderen aufgeteilt.«

»Warum soll ich denn mit?«

»Er beliefert die Gaswerke dort – auf der Route des anderen Mannes. Und er will, daß du auf dem Wagen sitzen bleibst, während er weg ist.«

»Aaa! Ich will aber nicht mit!«

»Ja, ja. Ich mache mir auch Sorgen«, gestand sie. »Der andere Mann hatte immer einen Hund auf seinem Wagen – diesmal wirst du der Hund sein.« Sie lächelte. »Nur dies eine Mal, ja? Es wird dir gefallen, auf dem Wagen zu fahren, neue Straßen zu sehen. Wenn das Pferd läuft, ist es kühl.«

Ärgerlich schüttelte er den Kopf. Ihre Worte weckten eine dunkle Vorahnung in ihm.

»Komm!« schmeichelte sie, »nur dies eine Mal.«

Mißmutig stocherte er in seinem Essen herum. »Wie weit sind die Gaswerke weg?«

»Gar nicht weit. Twentieth Street, glaube ich, hat dein Vater gesagt.«

»Das *ist* aber weit!«

»Pscht!« Beklommen blickte sie zum Schlafzimmer hin. »Nun iß dein Essen auf.«

»Bloß eine Seite von dem weißen Fisch«, sagte er verdrossen.

»Magst du denn nicht mehr?«

»Nein.«

»Warum hast du denn solche Angst, Kind! Du verläßt mich doch nicht! Trink deine Milch auf!«

Doch ihm war der Appetit vergangen. Mit viel Drängen bewegte sie ihn schließlich dazu, sein Mahl aufzuessen.

»Kann ich jetzt gehen?« fragte er und stand auf.

»Willst du denn nicht hier warten? Es ist doch kühler als auf der Straße.«

Er zögerte einen Augenblick. »Nein, ich gehe runter.«

»Na gut«, seufzte sie. »Aber bitte bleib beim Wagen.« Sie beugte sich nieder und ließ sich von ihm auf die Stirn küssen. »Nach dem Chejder kommst du aber gleich nach Hause.«

2

Er ging die Treppe hinunter und blickte, als er auf die Straße trat, begierig zur Avenue D. Er hatte, als er herunterkam, vorgehabt, zu dem Popcornherd zurückzukehren, um sein Unbehagen zu vergessen und gleichzeitig in der Nähe des Wagens zu sein. Doch nun waren sie weg. Der Popcornherd lag neben dem Bordstein, ein zerbeulter Eisenhaufen. Offenbar hatten sie ihm seine Widerspenstigkeit heimgezahlt. Aber wo waren sie hin? Vielleicht zum Essen. Nein, es war noch nicht Mittagessenszeit. Es war ja erst zehn Uhr.

Niedergeschlagen setzte er sich hin, streckte sich quer auf der obersten Treppenstufe aus, wo die schattige Schwelle des Flurs an die glühenden Stufen stieß. Unmittelbar vor der Tür, unter der gleißenden Sonne, schlug das Pferd, dessen schwarze Flanken sich kräuselten wie Wasser, bösartig mit Huf und Schwanz nach den schimmernden Fliegen aus. Seine Strohhaube war beim Stoßen verrutscht. Gelber Hafer, aus dem Futtersack geschleudert, lag verstreut in der grau-hellen Gosse. Von der Hitze gedämpft, summte von fern die Stadt. Er wünschte, nicht mitfahren zu müssen.

Er hatte erst wenige Minuten so dagesessen und in seinen Gedanken nach einem Vorwand gestöbert, einer unangreifbaren Entschuldigung, die ihn davor bewahren würde, seinen Vater zu begleiten, als das Geräusch rennender Füße zu ihm drang. Er schaute auf die Straße. Der schrille Ausruf »Da isn Wagn!« eilte ihnen voraus, dann kamen Kushy und ein anderer Junge an der Tür vorbeigerannt und hielten vor dem Milchwagen abrupt an.

»Dasn gutes Rad, Maxey.« Kushy faßte die Speichen an und hockte sich hin, um die Nabe zu untersuchen. David fiel auf, daß von seiner Hand etwas herabbaumelte, was wie ein flaches Stück Eisen an einer Schnur aussah.

»Ja, un wie!« Maxey, einen kurzen Stock in der Faust, kauerte sich eifrig neben ihn.

Mehr aus Neugier denn Besitzanspruch erhob David sich. »He, was machn ihr da? Der Wagn gehör meim Vadder.«

»Was schreisn so?« erwiderte Kushy nach einem kurzen Blick über die Schulter kampfeslustig.

»Wir nehm ja gar nix weg«, erklärte Maxey. »Bloß Schmiere vonner Achs.« Geschäftig untersuchte er das schwarze Innere der Nabe mit dem Stock.

»Ganz tief rein!« wies Kushy ihn an.

»Was machn ihr?« David kam die Stufen herab.

»Wir gehn angeln.« Maxey förderte einen großen schwarzen Klecks Schmiere zutage. »Inner Tenth Stritt. Wir sin Patna. Wir hams als erste gesehn.«

»Komm!« unterbrach Kushy ihn. »Lasse nich falln!«

Und mit einem über die Schulter gerufenen »Eeeiii!« rannten die beiden Partner in Richtung Avenue D und verschwanden um die Ecke.

Verwirrt und mit dem drängenden Verlangen, ihnen zu folgen, starrte David ihnen nach. Halb elf, hatte sein Vater gesagt. Das war noch lange hin. Er konnte ihnen noch eine Weile zusehen und wieder zurück sein, bevor sein Vater herunterkam. Keiner würde etwas erfahren. Unwillkürlich, so erschien es ihm, zog es ihn zu der Ecke, um die er dann auch bog. Sie hatten gesagt, sie würden in der Tenth Street sein, eine Straße weiter also. Sollte er so weit gehen? Im letzten Moment beschloß er, es lieber nicht zu tun. Das Risiko war zu groß. Er würde nur bis zu dem neuen Photographenladen in der Mitte des Blocks gehen und dann umkehren. Er spähte ins Schaufenster. Es war voller Bilder, großer und kleiner, Hochzeitsbilder, Braut und Bräutigam trotz ihrer augenscheinlichen Nähe steif Abstand haltend, die Gesichter im Anflug eines Lächelns erstarrt; Bilder von Preisboxern, in Schärpe und Trikotanzug hingekauert; Bilder von Kleinkindern, die kleinen Mädchen sitzend, einen winzigen Muff vor sich, wo die dicken Beinchen an dem kleinen Rumpf saßen; die kleinen Jungen lagen durchweg auf dem Bauch. Und gräßliche, vergrößerte Bilder von alten Männern und Frauen, bunt und bitter-klar, die vergrößerte Fläche ihrer braunen, eingefallenen Wangen, wie vom Wind geriffelter Sand. Bilder. Bilder. Wie dehnten sie nur die kleinen Bilder zu großen? Und dieser Glasstab, der sich oben quer über das

Schaufenster erstreckte, woher bekam er das seltsam grüne Licht, das bei jedem die Gesichtsfarbe veränderte, wenn man daran vorüberging?

Es war wohl besser umzukehren. Aber die Tenth Street war nur ein kleines Stückchen weg. Er würde nur einmal gucken und dann umkehren. Welche Richtung?

Ein kurzer Blick zur Avenue C hin genügte: So, wie sie zuvor um den Popcornherd herumgehockt hatten, drängten sich nun viele Jungen vor einem Gebäude diesseits der Drechslerwerkstatt zusammen. Er fiel in einen begierigen Trab, trat heran. Überwiegend waren es dieselben, die er schon kurz zuvor gesehen hatte. Atemlos, schweigsam, versunken knieten sie auf allen vieren auf dem Eisengitter über dem Keller. Alle Gesichter waren nach unten gerichtet, alle Augen waren auf etwas dort geheftet. Kein einziger blickte auf, als David zwischen sie kroch.

Und Kushy angelte. David spähte hinab. Der Keller war tief, und so brauchte es einige Zeit, bis seine Augen sich an das Dunkel gewöhnt hatten. Doch als er sie fest zusammenkniff, entdeckte er endlich etwas silbrig Schimmerndes auf dem düsteren Kellerboden. Nach und nach verdichtete sich das Glitzern zu der runden, fleckigen Fläche einer Münze. Und darüber, gleich einem langsam hin und her schwingenden Pendel, hing das flache Stück Eisen von Kushys Hand herab. Nachdem Davids Augen sich schließlich völlig an das Dunkel gewöhnt hatten, erkannte er, daß die gesamte Oberfläche des Eisenstücks voller Achsenschmiere war.

»Jetz runner!« zischte einer ins Gitter. »Los! Jetz isses direk drüber!«

»Klappe!« zischte Kushy zurück.

Schwingend senkte sich das Eisen herab, schlug dabei immer weniger aus. Einen Moment lang schwebte es direkt über der blinkenden Münze – und fiel herab wie auf eine Beute!

»Sachte, Kushy!« prasselten ihre Ratschläge auf diesen nieder. »Sachte! Sachte! Ja, so! Das kleb, weiter! Du hasses! Ganz bestimm! Langsam! Langsam!«

»Eeeiii!« murmelte Maxey triumphierend.

Mit hervorquellenden Augen, starr vor Anspannung, zog Kushy das Schnurende unendlich bedächtig hoch. Das mit Schmiere überzogene Eisenstück bewegte sich, hob sich – die Münze jedoch, nun auch beschmiert, rührte sich nicht, sondern lag da, wo sie auch vorher schon gelegen hatte. Bissiges Hohngelächter kam aus aller Mund, nur nicht aus denen der beiden Partner.

»Ich schlag euch gleich de Nas ein«, grollte Kushy, puterrot und voller Entrüstung.

»Warts bloß!« giftete Maxey. »Wenn ihr nochma was woll, am Asch lecken könner uns! Komm, Kush, das kriegs noch ruff! Komm!«

Nun, da die Anspannung vorbei war, plapperten sie alle durcheinander. »Da! Habs dir gesag, s Herdeisn bring Pech! Ja, hätts was anners nehm solln. Aaa! Ich hätts gekrieg, wennde nich gebrüll hätts.«

»Das kriegs nie«, verkündete Izzy überheblich. »Ich würds bestimm kriegn.«

»N Scheiß würds kriegn!«

»Un ich sag dir auch nich wie«, fügte er trotzig hinzu.

»N Scheiß würds kriegn«, wiederholte Kushy, »un n paar anne Ohrn.«

»So?«

»Ja, un was aufn Zinkn!«

Der Widerspruch verstummte, und Kushy ließ das Eisenplättchen ein weiteres Mal hinab; wieder sank es hinab, um wieder ohne die Münze heraufzukommen. Er versuchte es noch einmal. Jedesmal, wenn die Schmiere mit der Münze in Berührung kam, wurde diese eine Spur dunkler, ihrer Umgebung eine Spur ähnlicher und zunehmend schwieriger zu erkennen. Die Minuten vergingen. Während Kushy angelte, ließen die andern ihrer Zunge und ihrer Phantasie freien Lauf.

»Wenns n Nickl wär«, sagte eine grüblerische Stimme in das Gitter, »dann könnt ich für zwei Cent Abziehbildchn kaufn und se mir aufn ganzn Arm pappen. Un für drei Cent könnt ich ins Kino gehn.«

»Du kanns für drei Cent Abziehbildchn kaufn«, verschönerte Izzy den Traum trocken.

»Warum?«

»Weil de ins Kino ganz oft für zwei Cent komms. Für Kinner isses doch bloß zwei fürn Nickl, oder? Wenn der annere drei Cent gib.«

»Stinkfuß«, höhnte Kushy, der das Gewicht zum zwanzigsten Mal vergeblich hochzog. Die übrigen wieherten beifällig.

»Du komms umsons rein, du Klugscheißer«, sagte eine andere Stimme bestätigend. »Wie finsn das? Du tus bloß so, als würds dir de Bilder davor anguckn. Un wenn dann der Kartenabreißer nich guck – wusch! Gehs rein – un drin isses ganz dunkl.«

»Na!« wehrte Izzy ab. »Un wusch! Wenner dich erwisch! Dann gibsn Tritt in Aasch. Weiß noch, wie se Hoish geschnapp ham? Hat der geheul?«

»Angenomm, ich hättn Nickl«, verkündete noch eine verzückte Stimme, »dann würd ich zu Kaplans inner Evenju C gehn un tausn Gummibenner kaufn un n Sauser machn – n richtig hohn Sauser –«

»Viel is nich gut«, unterbrach Izzy ihn mit Autorität. »Ich kenn ein, der hatn Sauser gemach – aber noch größer.« Seine Hände glitten in etwa 30 Zentimeter Abstand durch die Gitter. »Der hat über zigmal ne Million Gummibenner drauf gehab, und dann is noch mal so hoch gegang wie der Keller da. Also hatter fümf kleine gemach, un die klein sin zehn Stock hoch gesprung, wie er die ornlich abgeschossn hat.«

»Zehn Stock?«

»Ja!«

»Hör uff!« schrien alle im Chor.

»So?«

Eine kurze Stille folgte, während aller Augen erneut auf die Münze auf dem Kellerboden gerichtet waren. Inzwischen war sie praktisch nicht mehr zu erkennen, doch noch immer angelte Kushy, lehnte alle Angebote derjenigen ab, die vorschlugen, auf die Münze zu spucken, um sie zu reinigen. Ohne zu merken, wie die Zeit verging, spähte David zusammen mit den anderen hinab.

»Die kriegsde nie«, sagte Izzy schließlich. »Un vielleich isses nichma n Nickl«, setzte er gehässig hinzu.

»Vielleich bis ja gar auf Zack«, antwortete Kushy unheildrohend. Allen war klar, daß die langen erfolglosen Mühen seine Geduld erschöpft hatten.

»Aaa, du bis aber schnell auf Zack!« brummelte Izzy.

»Soll ichs dir zeign?« Das Gewicht pendelte bedrohlich über dem Kellerboden.

»Großkotz!«

»Ich spuck dir gleich ins Aug!«

»Du un wer noch?«

»Ich allein!« Das Eisenplättchen sauste hoch. Im nächsten Augenblick war Kushy auf den Beinen.

(Von irgendwoher dumpfes Hufgetrappel.)

»Soll ichs dir zeign?« polterte er.

»Ja!« Izzy erhob sich ebenfalls.

David zog sich zurück. Prügeleien waren ihm verhaßt. Warum mußten sie sich prügeln und alles verderben? Doch bevor die beiden Faustkämpfer noch Gelegenheit hatten, aufeinander loszugehen, erschreckte sie alle ein lautes, gebieterisches Klopfen. Sie starrten auf die Gosse. Mit einem Aufschrei zuckte David zurück. Auf der Seitenstufe des Milchwagens balancierend, das ärmellose Hemd blendend im Licht, klopfte sein Vater mit dem Knauf der Peitsche gegen den Wagen – »Komm her!« Er spuckte die jiddischen Wörter einzeln aus.

David stürzte zum Bordstein. »Ich hab's nicht gewußt, Papa! Ich hab's nicht gewußt! Ich hab' gedacht, du – du wärst noch nicht fertig.«

»Steig auf!«

Er konnte das verblüffte Getuschel der anderen Jungen auf dem Gehsteig hören. Wie betäubt packte er mit zielloser Hast das erste, was ihm vielleicht hinaufhelfen konnte – die Speichen des Wagenrades. Seine Füße, vom Knien taub, rutschten zur Nabe hin. Die ruppige Hand seines Vaters hakte sich in seine Achselhöhle und zerrte ihn unsanft hinauf.

»Hirnloser Tölpel!« brüllte er los. »Kannst von Glück sagen, daß ich dich gefunden habe. Wenn nicht, dann hätte ich dir eins mit der Peitsche verpaßt –!« Er schnippte mit den Zügeln. »Hüah, Billy!« Der Wagen rollte vorwärts. »Warum ich dir nicht mit einem Hieb den Schädel einschlage, weiß ich auch nicht.«

Wimmernd drückte David sich gegen die losen Milchkästen, die hinter ihm rappelten.

»Wenn ich Zeit hätte –!« Bedeutungsvoll brach er ab. »Aber wenn du noch einmal nicht gehorchst!« Und mit einem wütenden Blick aus den Augenwinkeln beugte er sich durch die fensterartige Öffnung vorn am Wagen und stach das Pferd mit dem Peitschenende. »Los, Billy!«

Das Pferd fiel in einen schweren Galopp. An der Avenue C bogen sie ab und wandten sich Richtung Norden. Sein Vater legte die Zügel vorübergehend auf der vorderen Stange ab und langte hinter sich, zerrte einen leeren Kasten heraus und stellte ihn neben David. »Setz dich da drauf! Aber halt dich an der Seite fest, damit du mir nicht runterfällst, wie es nur *dir* passieren kann.«

Schnell fuhren sie weiter; die Ninth Street blieb weit zurück – David erschien es wie auf immer. Durch kleine Verkehrsstörungen dem feindselig schwelenden Blick seines Vaters entzogen, starrte er unglücklich auf die Häuser, die an der Türöffnung vorbeiglitten. Ihm war eigenartig zumute – fast fiebrig. Ob das daher kam, daß er zu lange in den Keller hinabgeschaut hatte oder weil seine Furcht vor seinem Vater alles, was er sah, trübte und verzerrte, konnte er nicht sagen. Doch war ihm, als hätte sich sein Bezug zur Wirklichkeit gelockert. Die Häuser, die Fahrbahnen, Gespanne, die Menschen auf der Straße besaßen nicht mehr ihre Einzigartigkeit und Gewißheit wie zuvor. Festumrissene Formen verwirrten ihn jetzt, entzogen sich ihm durch eine verschwommene Verschiebung der Konturen. Nicht einmal den Rhythmus und das Klappern der Hufe vermochte er richtig zu erkennen; etwas Fremdes und Böses hatte sich mit all den vertrauten Geräuschen und Erscheinungen der Welt verbunden. Die Sonne, die ihn zuvor noch so geblendet hatte, war nun auf rätselhafte Weise trübe, wie von einem unsichtbaren Film gefiltert. Stein war etwas von seiner Gewißheit genommen, Eisen etwas von der unbeugsamen Präzision. Flächen waren ein wenig hohl geworden, waren eingesackt, Ränder verwischt. Die festen Züge der Maske der Welt überschnitten einander, hatten ihre Anordnung so heimlich und unmerklich verändert wie Uhrzeiger, so plötzlich wie ein Augenzwinkern. Seltsam war das. Das war ihm schon einmal passiert. Ein vager, diffuser Schmerz erfüllte seine Brust. Immer wieder seufzte er, unbeherrschbar, zitterig, verstohlen. Plötzlich erkannte er, daß er gar nicht gewußt hatte, wie glücklich er gewesen war – noch vor ganz kurzer Zeit, unsagbar frei und glücklich – Juli, Juni, Mai. Das war nun vorbei. Etwas trieb ihn wieder um.

Er blickte von der Straße zu seinem Vater hin. Zu groß für den Wagen, beugte er sich nach vorn, schwarze Zügel in wettergegerbten Händen. Nichts an ihm veränderte sich je. Welten mochten sich erheben und erstarren, er blieb derselbe – stets der schmale, unergründliche Mund, stets der strenge Stolz gespannter Nasenflügel, schwerlidriger Augen. Unter der steilen, unerschütterlichen Felswand seiner Unnahbarkeit gab es zuweilen Schutz, nie jedoch Halt.

Sie wandten sich nach Osten, ließen die geteerten Straßen hinter sich. Auf dem Kopfsteinpflaster klangen die Pferdehufe mal hell, mal hohl. Der Wagen holperte und schepperte. Je leerer die Straßen wurden, desto kleiner und ärmlicher wurden die Häuser. Kinder waren keine mehr zu sehen, nur Katzen, die sich vor windschiefen Eingängen sonnten. Sie bogen um eine Ecke. Zwischen riesigen aufragenden Gastanks sah der Fluß aus, als wäre das Ufer dahinter bloß ein stumpfer Keil, der seitlich durch den Himmel gestoßen war, so sehr glich sich das Azurblau von Wasser und Himmel. Hier gab es keine Behausungen. Neben dem Bordstein war ein langer, tiefer Graben im Straßenpflaster unbedeckt geblieben. Vom Grund des Grabens stieg, als sie näher kamen, der süßliche, schwärende Gestank der eisernen Eingeweide der Stadt auf. Sein Vater fuhr in einem weiten Bogen an dem mit roten Laternen bestandenen Damm aus modriger Erde vorbei, lenkte an den Bordstein und zügelte das Pferd.

»Rück mal!« sagte er.

David drückte sich an eine Seite. Sein Vater langte nach hinten in den Wagen, zog zwei stählerne Tragegestelle heraus und stellte sie auf den gewellten Wagenboden. Aus drei

Kästen, die allesamt mit Flaschenmilch gefüllt und mit Eis bedeckt waren, belud er beide Gestelle, und als jedes Quadrat in den Gestellen gefüllt war, lehnte er Flaschen gegen Flaschen und verkeilte sie zu schimmernd weißen Pyramiden. Im letzten Kasten ragten nur noch vier Flaschen zwischen dem zertrümmerten Eis auf. Diese ließ er stehen, schob sodann beide Gestelle zur Tür hin und kletterte hinaus in die Sonne. Er schwang eins nach dem anderen ächzend herab; die Muskeln an seinem Hals sprangen hervor wie Bogensehnen.

»Aber vergiß es diesmal nicht«, sagte er und blickte um sich. »Bleib, wo man's dir sagt, hörst du?« Ein kurzes bedeutungsvolles Nicken, dann wandte er sich ab, stürzte los und eilte mit steifem, ruckendem Gang durch eine schmale Gasse zwischen gedrungenen und schmuddeligen Schuppen. Während er sich entfernte, gruben sich Schatten immer tiefer in die gespannten Muskeln seiner langen, bloßen Arme. Unter seinen flachen, steifen Schritten rutschte und knirschte der Schotter auf dem Boden. Der Weg führte um einen Gastank herum. Mit einem letzten Flaschenklirren verschwand er.

3

Unwirklich still ... Vor dem schläfrigen, gedämpften Summen der Stadt war nur das Geräusch des Pferdes zu hören, das leise an seinem Gebiß mahlte, am Geschirr zerrte oder rasselte. Die eintönigen Pflastersteine, von nahem ausgeprägt und umrahmt von abblätternden Reklametafeln und geschwärzten Hütten, leerstehenden Lagerhäusern, schoben sich in mittlerer Entfernung wie Fischschuppen zusammen, verschwammen dann und zogen sich in einer schmalen Rinne zwischen Häusern hinauf zum staubig-blauen Himmel. Selten nur und dann auch zu weit entfernt, als daß ein Laut ihn hätte erreichen können, überquerte ein Fuhrwerk die Straße. Die stinkende, penetrante Feuchtigkeit aus dem Graben im Pflaster vermengte sich mit dem Geruch sauer gewordener Milch auf dem Wagen. Die Zeit schleppte sich dahin.

Zwei Männer bogen um die Ecke. Nach der seltsamen Stille der Straße und der seltsamen Unruhe in ihm fand David das Scharren von Sohlen auf dem Gehsteig plötzlich angenehm. Der eine der Männer wollte offenbar gerade über die Straße gehen, als sein Begleiter ihn kurz am Ärmel zog, etwas sagte, worauf beide die Richtung änderten und gemächlich auf den Wagen zugeschlendert kamen. Sie hatten die Mäntel über die Schulter geworfen, und beim Gehen wischten sie sich das Gesicht am Futter ab. Ein grauer Strick hielt die Hose des einen fest, der andere hatte Sicherheitsnadeln in den Hosenträgern. Beide trugen schmutzige, verfleckte gestreifte Hemden, die unter dem Halsbund eingerissen waren und keinen Kragen hatten. Ihre Züge, die nun deutlicher wurden, waren plump und grob, genarbt und purpurn wie Pfirsichkerne. Der schmalere Mann war der verwahrlostere der beiden, seine Haare, hell wie Sackleinen, standen wirr unter seinem braunen Filzhut hervor. Der untersetztere hatte unter seiner schief sitzenden Kappe eine mondförmige Stirn, gutgelaunte Schweinsäuglein und zwischen aufgeblähten Backen einen kurzen Schnäuzer, der wie schmieriger Hanf aussah und an den dicken Lippen rauchversengt war. Die Art, wie sie einander angestoßen und dann die Richtung geändert hatten, war bedeutungsvoll gewesen, und als sie nun bis auf ungefähr einen Meter an den Wagen herangeschlendert waren, hoffte David, sie würden ohne anzuhalten weitergehen.

»Habs dir doch gesagt, isn Kind«, hörte er den Untersetzten sagen. Und dann laut: »Halloo, Großer!« Vor der Wagentür stehend, lächelte er leutselig, breit, ein Kreis gelber Zahnstümpfe wie zerbissene Maiskörner. »Na, wie isses!«

»Heiß, was?« grinste der andere neben ihm. »Huii!« Spucke schimmerte, sammelte sich auf seinen vorstehenden oberen Zähnen; gemächlich sog er sie ein, wenn sie herabtropfte.

Ohne zu antworten, starrte David die Männer unschlüssig an.

»Wagen vom Altn?« fragte der erste, während ein fetter Finger von seinem Schnurrbart herabglitt, um an einem Pickel auf dem Kinn zu kratzen. »Is mit ner dickn Ladung rein, wie?« Seine hellen, freundlichen Augen hefteten sich auf die schotterbedeckte Gasse. »Wie?«

»Ja.«

»Schon lang?«

»Ja.«

»Netter Junge, wie?«

Der andere zwinkerte, streckte die gerollte Zunge nach dem fallenden Tropfen heraus. »Vielleich willer ja zum Gaswerk? Schnell arbeitn!«

»Genau! Ich verwett dein Hemd, ders da rin! Schon ma innem Gaswerk gewesn?«

»Nein«, argwöhnisch. Er wünschte, sie würden gehen.

»Nich? He, wir zeign dir das ganze Werk!«

»Nein!«

»Paßt auf?« Er beugte sich in die Türöffnung.

»Jau«, grunzte der andere. Er hatte sich so hingestellt, daß er mit einem Auge auf die Schotterstraße blickte.

»Komm schon!« drängte der Untersetzte freundlich. »Wir könn dir die ganzn Feuer zeign – die größtn Feuer, größtn Hochöfn von ganz Nuu Yoak. Un auch deim Altn.« Unvermittelt beugte er sich vor. Ausgestreckte Finger mit Trauerrändern griffen nach Davids Gesäß. Er entwand sich, rückte weg.

»Nein!« In plötzlicher Angst klammerte er sich an die entgegengesetzte Seite des Wagens. »Nein! Ich will nich mit – nirgendwohin! Laß mich in Ruh!«

»Wird heiß, Augie?«

Der andere gackerte. »Nix los, Wally. Wir schnappens uns un dann ab durch die Mitte.«

»Ja«, näselte der andere, noch immer lächelnd, dann aber forsch: »Also gut, Kleiner, dann zeign wir dirs diesmal nich – aber ich seh, dein Alter hat noch was Milch übrig, wie? Bestimmt schön kühl. Na ja, wir kaufn zwei Flaschn. Der kenn uns, ja –? Luft rein, Augie?«

»Los!«

»Bloß zwei.« Er räumte das Eis beiseite und holte in aller Ruhe zwei Flaschen Milch von unten heraus. »Das kriegn wir jedn Tach. Sag ihm, Hennesy hats genomm. Drei Stern Hennesy – dann weiß er schon.« Er reichte dem andern eine Flasche. »Wir bezahln pünklich«, setzte er hinzu und schlurfte in die Richtung, aus der er gekommen war, davon. »Bis bald, Großer! Irgntwann zeig ich dir das Gaswerk.«

Mit vor Entsetzen bebenden Lippen und zu betäubt, um auch nur zu atmen, sah David zu, wie sie ihre Mäntel um die Flaschen wickelten, die Schritte beschleunigten, als sie sich der Ecke näherten, darum verschwanden.

Er ächzte. Sie hatten die Flaschen gestohlen! Er hatte es gewußt! Gleich als der Mann herübergelangt hatte, wußte er, daß er sie stehlen würde. Was würde sein Vater sagen? Du bist vom Wagen weg! Du bist vom Wagen weg! Dabei habe ich's dir verboten! Nein, Papa! Ich bin überhaupt nicht weg! Ich habe gedacht, du kennst sie! Das haben sie gesagt. Du bist vom Wagen weg! Nein! Die sind gekommen –! Seine Gedanken schienen zu Myriaden rasiermesserscharfer Scherben geborsten, die ihm durch den Schädel wirbelten. Au! Wenn er kommt! Wenn er hereinschaut! Und zwei fehlen. Warum hast du sie nicht daran gehindert? Warum hast du ihnen nicht gesagt, sie sollen warten, bis ich komme? Warum hast du nicht gerufen? Hab ich doch, Papa! Wirklich! Also –! die haben gesagt –! Die Peitsche – da. Er würde sie nehmen. Au!

Seine Fingernägel gruben sich wild unter die Mütze, kratzten die Kopfhaut darunter, die stach und prickelte, als hätte er plötzlich einen Ausschlag. Kalter Schweiß brach ihm auf Gesicht und Hals aus, und sein zusammengekrümmter Körper wurde plötzlich hohl und schmerzte. Ohne den Willen oder die Kraft, sie zum Verstummen zu bringen, horchte er auf das schwache Klappern seiner Zähne. Schon spürte er den Peitschenriemen auf dem Rücken; er kauerte sich nieder und schlug die Hände vors Gesicht.

– Au! Au! Papa! Papa! Au! Nicht! Ich kann nichts dafür. Die wollten mich packen. Mich rausstoßen ... (Er versuchte, vor sich selbst zu fliehen, wie er es schon einmal in dem Dunkel hinter seinen Händen getan hatte. Wohin konnte er fliehen? Wohin?) Genau wie damals. Im Keller war und rannte. In Rauf-und-raus-Bildern rannte. Jetzt auf Straße, wohin –? Mama! Mach, daß sie guckt. Mach, wie sie guckt. Ihr Gesicht. Mach's! MACH'S! Ich will ihr Gesicht. Mama! MAMA! Mach, daß sie guckt. (Er konzentrierte sich, drängte Ablenkungen mit aller

Willenskraft weg – scheiterte. Versuchte es erneut, scheiterte. Das Gesicht wollte sich nicht fügen. Das Gesicht seiner eigenen Mutter entzog sich ihm.) Kann nicht! Ich kann's nicht! O Mama! Mama! Ich kann nicht! ... (Er schaukelte vor und zurück). Ich tu' einfach so, als ging' ich erst mal nach Hause. Ja. So wird's gehen. Die ganzen Straßen. Rrrp! Die Ninth Street. Jetzt Haustreppe hoch. Messinggeländer ist heiß. Nicht anfassen, sagt Hausmeister. Im Winter kalt. Flur drinnen – Nein! Nein! Nicht der! Nicht der! Komisch! Alter Flur von damals, Brownsville hat sich glatt dazwischengedrängt. Alter Kellerflur. Jetzt aber, wieder Ninth Street. Nun festhalten. Nicht weglassen. Da Kinderwagen unter der Treppe. Milchgeruch daran. Jetzt los. Erster Stock, da die Stufen, da die Toiletten. Hepp! Ausgerutscht, abgerutscht. Mensch! Kinderwagen. Sie wartet. Oben. Dritter Stock, wartet. Jetzt los! Bing! Eins, zwei, drei, vier – Aaa, Scheiße – ausgerutscht! Kinderwagen. Milchgestank zerrt, zerrt mich zurück. Nun aber, spring! Bis ganz hoch! Ein Sprung bis nach oben! Eins, zwei, los –! Falsch! Ganz falsch! Falsches Treppenhaus! Nein! Nein! Nicht Kellertür. Nicht in meinem Haus. Nicht offen! Nicht offen! Wie – Wie ich's grade gerochen habe. Straße offen. Straße – offen – Gestank, wo sie graben. Aaa! (Er knirschte plötzlich wütend mit den Zähnen.) Ich geh' rauf! Ich geh' trotzdem rauf! Du hältst mich nicht auf! DU NICHT! Ich halt's aus! Jetzt! (Seine Finger kniffen ihm in die Nase, bis es weh tat.) Jetzt los! Was –!

Das Knirschen von Absätzen auf dem Schotter. Entsetzen! Seine Augen sprangen auf. Sein Vater, ein Zwerg zwischen den Gastanks, kam den Weg daher. Den Blick wie immer am Boden, eilte er heran, schwang die leeren grauen Flaschen in den Gestellen. Lauter, lauter, näher; sie schienen auch in Davids Herzen zu klirren. Mit jedem Schritt seines Vaters wurde der Atem in Davids Körper mühsamer, erstickender. Am Wagen blieb er stehen, hob düster die Augen, um die Gestelle hinaufzuwuchten. Ihre Blicke trafen sich. Das erste Gestell hing für den Bruchteil einer Sekunde in der Luft, bevor es abgestellt wurde.

»Was ist?«

David fing an zu weinen.

»Was ist los?« Seine Stimme wurde plötzlich sehr scharf. »Sag!«

»Die – die Flaschen da –«, stotterte er – »Die haben sie genommen.«

»Was?« Er beugte sich herein, fegte rasch das Eis beiseite, blickte in zorniger Überraschung wieder auf. »Wer hat sie genommen?«

Er bebte. »Z-zwei Männer.«

»Wer? Hör auf zu flennen!«

»Zwei Männer. Ein großer und ein kleiner. Und die – Hennesy, haben sie gesagt. Hennesy.«

»Hennesy?« Er legte den Kopf schief, die Stirnfalten wurden tiefer. »Wo, haben sie gesagt, arbeiten sie?«

»Das haben sie nicht gesagt!«

»Warst du auf dem Wagen?« Seine Lippen wurden dünn, die Stimme veränderte mitten im Wort den Ton, ein Zeichen schwellenden Zorns.

»Ja! Ich war da! Papa, ich war da!« Die Worte sprudelten heraus, waren vorbereitet. »Die sind gekommen und haben gesagt, du kennst sie, und ich hab' geglaubt, du kennst sie. Und dann haben sie die –«

»Und du hast das zugelassen? Verfluchter Idiot!« Er knallte das letzte Gestell auf den Wagen, sprang hinterher. »Wohin sind sie gegangen?«

»D-dahin! Um die Ecke!«

»Hast wieder dein Brot verdient!« knurrte er. »Hüah! Hüah, Billy!« Er riß die Peitsche aus der Halterung, hieb auf das Pferd ein. Vor Schmerz stürmte das Tier los. Die Räder knirschten am Bordstein. »Hüah!« Erneut die Peitsche. Hufe klapperten in einem stampfenden, machtvollen Galopp. Der Wagen schlingerte, raste auf ächzender Achse um die Ecke, leere Flaschen schepperten in den Kästen. Sein Vater, mit wild mahlendem Kiefer und flammenden Augen, erfaßte die Straße mit einem Blick. Sie war leer, sonnenbeschienen und leer. »Wo sind sie?« murmelte er durch zuckende Lippen. »Ah, wenn ich die zu fassen kriege!«

Keine Spur von ihnen, wenngleich er jedes Gebäude und jeden Eingang absuchte. Sie waren weg. Das Pferd galoppierte weiter. Doch gleich an der nächsten Kreuzung kamen zwei

Männer links aus seinem Durchgang herausgeschlendert – leere Milchflaschen blitzten in ihren Händen!

»Die?« bellte er ungeduldig.

»Die!«

»Aah!« Sein unterdrückter Schrei rasselte triumphierend in seiner Kehle. »Hüah, Billy! Hüah!« Wild zerrte er am linken Zügel. Das Pferd ging auf den Gehsteig. Der Wagen legte sich auf die Seite, rumpelnd verrutschte dabei die Fracht.

»V'flucht, Augie!« brüllte der Untersetzte plötzlich. »Ers hinner uns her!«

Sie fingen unbeholfen an zu laufen, wobei der Kleinere zurückfiel. Der Wagen holte auf. Mit einem heiseren Schrei »Gibs ihm, Wally!« wurde der Schmalere kurz langsamer und holte aus. Die schwere Flasche flog in hohem Bogen auf sie zu, hing in der Sonne, zerplatzte vor dem Pferd wie eine Bombe. Es bäumte sich auf, warf den Kopf zur Seite, die Nüstern feuerrot, rollte wild die Augen. Sekunden später sauste die andere Flasche durch die Luft, erreichte das Ziel nicht, zersplitterte auf dem Boden. Wieder fuhr die Peitsche nieder.

»Jetzt krieg ich euch!« Sein Vater knirschte mit den Zähnen. »Jetzt krieg ich euch!« Und da wußte David, daß sie verloren waren.

Das vorwärts preschende Pferd hielt auf sie zu. An der Ecke, nur noch wenige Meter waren zwischen ihnen und dem Wagen, schubsten die beiden Männer einander wie aus einem gemeinsamen Impuls heraus in entgegengesetzte Richtungen. Sein Vater hielt auf den untersetzteren zu, der auf dem Gehsteig rannte. Und dann war das Pferd gleichauf. Ein Ruck an den Zügeln, und die Zügel flogen zu David hin. »Halt das!« Die Peitsche in der Hand, sprang sein Vater von dem rollenden Wagen auf die Straße hinab. Der Flüchtige, vor einer Stalltür, die nicht aufging, in der Falle, wirbelte herum, kauerte sich grimmig nieder.

»Warum jagsn mich?« Die gelben Zähne waren entblößt, die runden Augen nun Schlitze aus Furcht und Wut.

»Grrh!« Das Knurren seines Vaters klang fast wie Lachen, doch seine knirschenden Zähne knackten wie ein gespanntes starkes Kabel. »Du has mein Milch geklaun!«

»Ich? Was solln das? Hab ich nie gesehn!«

»Un die Flaschn, wo de geschmissn has?« Er schien mit dem Mann bloß zu spielen. David wußte, daß die Antworten keine Rolle spielten. Ihm wurde flau, er wartete auf das Ende.

»Ja! Die hab ich geschmissn!« schrie der andere außer sich. »Un das näxe Mal paß auf, wen de da verfluch nochma so losjags –«

Wusch! Das Zischen der Peitsche schnitt ihm die Worte ab; die lange, steife Schnur verbiß sich knallend in seiner Schulter.

»Auauu!« heulte er vor Schmerz und Wut auf. »Du jüdische Sau! Du schlägs mich?« Mit wirbelnden Armen stürzte er sich auf Davids Vater.

»Grrh!« Wieder dieser verrückte Freudenschrei. Ein langer, starrer Arm schoß heraus und stieß wie ein Rammbock den tretenden, um sich schlagenden Widersacher zurück – während die Peitsche in der anderen Hand niederzuckte. Und wieder! Wieder traf sie! David wurde vom Zusehen schlecht. Er schrie auf. Plötzlich zerbrach die Peitsche mit einem scharfen Knall. Sein Vater schleuderte sie weg. Und als der andere, wütend aufheulend, sich auf ihn stürzte, holte er mit der Faust aus, ballte sie wie einen Hammer und ließ sie, vor Anstrengung grunzend, auf dessen Genick niederfahren.

»Ah!« Ein kleines, fast kindliches Stöhnen entrang sich dem offenen Mund des Mannes. Dann brach er zusammen, rutschte an den Beinen seines Vaters hinab und kippte seitwärts auf den Boden. Noch einmal regte er sich, die Mütze rutschte ihm vom Kopf. Die dünnen, spärlichen Haarsträhnen sanken gemächlich, als hingen sie an einem Scharnier, zur Seite, entblößten die fleckige gelbe Kopfhaut. Er lag reglos da.

Davids Vater stand noch einen Augenblick über ihm, verströmte Wut, die, einer Aura gleich, fast in der Sonne schimmerte; dann hob er mit einem letzten wilden Blick über die leere Straße die zerbrochene Peitsche auf, stapfte zum Wagen, sprang hinauf und hieb, sich hinausbeugend, mit dem Zügelende auf das Pferd ein. Das Tier machte einen Satz nach vorn. Rasch verließen sie die Straße, wandten sich nach Süden, mischten sich unter den zunehmenden Verkehr.

Die Minuten verstrichen in gräßlicher Stille. Ganz allmählich wurde das dunkle Gesicht seines Vaters grau, umwölkte sich das wilde Flackern in seinen Augen. Die Zügel in seinen zitternden Händen begannen in winzigen Wellen zu beben. Sein heiserer Atem wurde lauter, raste durch die rauhe Kehle in kurzen, heftigen Zügen, die seinen Kiefer jedesmal wie auf Sprungfedern erzittern ließen. Das letzte Mal hatte David ihn so in Brownsville erlebt. Das alte Grauen war wieder geweckt.

»Du!« sagte er endlich, und seine Worte waren so harsch und kehlig, daß sie kaum Form annahmen. »Falscher Sohn! Alles deine Schuld!«

Seine Hand zuckte. Wie die Fänge einer Schlange bissen die Messingspangen am Ende der Zügel zweimal in Davids Schulter. Er zuckte nicht. Er spürte es kaum, starr vor Entsetzen, wie er war.

»Ein Wort zu deiner Mutter«, fuhr die erstickte Stimme fort, »und ich schlag dich tot! Hörst du?«

»Ja, Papa.«

Im Gewimmel von Trams und Automobilen zockelten sie langsam Richtung Ninth Street.

4

Kein weiteres Wort war gefallen. Der Wagen rumpelte über das Pflaster zwischen den Tramgleisen, schwenkte herum, hielt am Bordstein.

»Steig ab, du Dummkopf!« Die Stimme seines Vaters war klar, wieder scharf; seine Farbe kehrte allmählich zurück. »Und denk daran, was ich gesagt habe – schweig still!«

Stumm kletterte David vom Wagen herab.

»Und verlauf dich nicht!« schleuderte er ihm nach. »Schnurstracks zum Chejder!«

»Ja, Papa.« Er konnte die Dumpfheit des eigenen Blicks spüren.

»Puh!« grunzte sein Vater angewidert. »Und jetzt beeil dich!« Dann schnalzte er dem Pferd zu, und der Wagen ratterte wieder Richtung Norden.

Mit benommenen, schlurfenden Schritten überquerte David die Straße, schlich zum Chejder.

– Darf's ihr nicht sagen! Darf's nicht sagen! Au!

Wie konnte er das für sich behalten! Er brauchte nur den Wimpernschlag einen Augenblick lang zu verzögern, und schon flimmerten die gräßlichen Szenen jener Stunde über seine Lider wie über eine Leinwand – Das gespenstische Flackern plumper Gastanks, die Pflastersteine, Gräben, Ferne, die feindseligen Straßen, der schwarze Bogen der Peitsche, der noch in der Luft hing, obwohl die Peitsche schon gelandet war, das haßverzehrte Gesicht und die Hand, die erhobene Hand. In den monotonen Geräuschen der Straße hörte er noch immer das Schlurfen ihrer Füße, das Grunzen seines Vaters, den dumpfen Schlag von dessen Faust, das Wut- und Schmerzgeheul. Die schrecklichen Bilder ließen sich nicht erschüttern, sondern blieben wie angelötet in seinen Gedanken haften. Etwas war geschehen! Etwas war geschehen! Selbst die Ninth Street, seine vertraute Ninth Street war entstellt, heimgesucht von etwas, was er spüren, jedoch mit keinem seiner Sinne wahrnehmen konnte. Gesichter, die er so oft gesehen hatte und die er kaum noch sah, waren zu geheimnisvollen Schatten verzerrt, verwischt, verflacht, verwirbelt, ein grotesker Gram und ein Grinsen, wie nie zuvor offenbart. Der Chejderkorridor, an der Wand schimmerndes Kreidegekritzel, das Linoleum zu Fußangeln abgetreten, schien ihm nun, als er hindurchging, uneben, unheimlich und endlos. Er ertappte sich dabei, wie er gegen die alte Furcht vor Fluren ankämpfte; er ging plötzlich schneller. Sägezahnig, bizarr mit darin liegenden Licht- und Schattenkeilen, der Chejderhof, graue Wäschestangen schräg in schwerem Licht, schiefe verwitterte Zäune, sonnentrunkene rote Mauern, der zerhackte Himmel. Unwirklich. Der Chejder selbst, Geflüster in plötzlichem Dunkel, knorrige Gestalten, rissige Bänke, das geistlose, unablässige Leiern, phantastische Formen, Perspektiven. Unwirklich.

Etwas, etwas war geschehen. Dumpf setzte er sich hin, betrachtete kurz die anderen, wandte sich wieder ab. Ihr Geschnatter und Geplapper hatte an Bedeutung verloren; nur eine graue, ausdruckslose Idiotie war geblieben, eine verhexte und hohle Welt. Es war, als hörte er alle Laute durch ein Gähnen hindurch oder mit Wasser in den Ohren, als sähe er alle Dinge durch einen Glaskrug. Wann würde sie bersten, diese Glocke um seine Sinne?

Wäre er nur vorher nach Hause gerannt, hätte er es nur seiner Mutter erzählt.

Die Zeit kroch dahin. Der Chejder füllte sich. Zum Glück war er früh gekommen – bald würde er lesen, entfliehen. Von fern, wie durch eine Wand, hörte er, daß sein Name gerufen wurde. Er stand auf, schlurfte zu der Bank, als zerrte allein sein Wille den ganzen Klotz seines Körpers, setzte sich an den Tisch.

»Du siehst etwas blaß aus«, sagte der Rabbi spöttisch, während er das Buch glattstrich. »Ist dir heute nicht gut? Hm?«

»Nein.«

»Und warum hast du dann nicht gewartet, bis du an die Reihe kamst?«

»Ich hab's nicht gewußt.«

»Ganz was Neues!« Er hob sarkastisch die Brauen. »Nun, fang an! Ha'asinu ha shaumajim we'adabairau.«

»Ha'asinu ha schaumajim we'adabairau, watischma ha'aurez imrej fi.« Zwischen den unwegsamen Schriftzeichen auf der Seite umherwirbelnd, rangen und kämpften zwei Leiber – Er geriet ins Stocken.

»Was fehlt dir? Du bist heute ein bißchen blind.«

Ohne zu antworten, fuhrt er fort: »Ja'arof kamautaur l-l-likchi tisol k-k-katal imrosi.« Die Buchstaben drängten sich zusammen, liefen auseinander, verwandelten sich – in Laternenmasten, Pflastersteine, Schotterstraßen, Laternen auf Erdwällen. Peitschen in der Luft. Immer wieder stotterte er, stockte, verbesserte sich, fuhr fort. Der Rabbi hatte schon begonnen, leicht mit dem Zeigestock zu klopfen, während er ihn weiterschob.

»Hast du heute schon etwas angestellt, hm?« Er senkte das schiefe, buschige Gesicht auf Davids Höhe und starrte ihm mit argwöhnischem Grinsen in die Augen – Tabakgestank. Schweiß. Verfilzte Nasenlöcher unter roter, fleckengesprenkelter Nase. Die feuchte, graubraune Fassung falscher Zähne. Abstoßend. David wich zurück.

»Etwas angestellt, nur nichts Gutes, ne? Ne?« Er hob die Stimme. »Antworte! Bist du taub?«

»Nein«, verdrossen. »Hab' nichts gemacht.«

»Und warum liest du dann wie ein Gipsgolem? Ha? Sieh mich an! Klappe deine Augendeckel auf!«

Eine flüchtige Sekunde lang sah er zu dem zornigen Gesicht hoch, senkte dann wieder den Blick.

»Das Feuer verzehre dich!« Sein Daumen blätterte wild um. »Lies weiter!«

David wartete, bis die Seite zur Ruhe gekommen war, und konzentrierte sich dann mit aller Macht auf die Buchstaben. Diese Anstrengung schien ihm jeglichen Funken Kraft zu rauben, und ungeachtet seiner Anstrengungen stockte und stotterte er häufig. Sein Kopf sank immer tiefer auf das Buch. Schließlich versetzte der Rabbi ihm einen Klaps.

»Nun geh!« sagte er beißend. »Genug gebockt für einen Tag! Genug für ein Jahr! Und wenn du jetzt gehst«, sein Daumen und Zeigefinger rollte sich erläuternd, »dann ab mit dir nach Hause, und setz dich lange auf den Abort, dann wird dir klarer im Kopf.«

David achtete kaum darauf und rutschte aus der Bank.

»Und höre!« warnte der Rabbi. »Wenn du morgen so betest, dann werde ich dir das Leder gerben.«

Stimmen johlten ihm nach, als er durch den Chejder ging. »Besserwisser! Pfings'ochs! Tut dir gut, Popel! Riemn aufn Aasch, das kriegste! Sein Vadder gibs ihm midder Peitsch. Hab gesehen –«

Er drehte sich um. Izzys Stimme sank zu einem Flüstern herab. David hastete durch die Tür. Neue Lichtkeile im Chejderhof zeichneten noch immer das Muster der alten Unwirklichkeit. Oben am Ende der Holztreppe war der lange Flur leer und voller düsterer Schatten. (– Auf die Plätze! Fe-e-ertig! Los! –) Er rannte hindurch, erreichte mit kribbelnder Kopfhaut das Straßenlicht. (Du alter Angsthase! Fürchtest dich jetzt. Wie noch nie. Und der – Hasse ihn! Stinkemaul! Hasse sie alle! Jetzt Mama! Mama –)

Schon im Schutz ihrer Arme, begann er, übers Pflaster nach Hause zu rennen. (– Hoffentlich ist er nicht zu Hause. Hoffentlich, hoffentlich nicht!)

Er lief, als ihn auf den letzten Metern vor seinem Eingang ein lauter verwirrter Schrei über ihm innehalten ließ. Er blickte hoch. Gegen den Sims des Fensters im zweiten Stock flappte der fette Busen einer Frau, die aufgeregt auf die Straße hinab schrie. »Bietriz! Bietriz! Beeil dich!« Sie reckte sich gefährlich weit aus dem Fenster, als versuchte sie, in ihren eigenen Türeingang zu schauen. Und da kam auch schon ein halbwüchsiges Mädchen mit wehenden Affenschaukeln und Bändern herausgerannt. David starrte sie verwundert an.

»Wo isser, Mama?« schrie das Mädchen hinauf, als es den Gehsteig erreicht hatte.

»Da! Sieh! Guck!« kreischte die Frau herunter. »Siem sexnviezig, das rote Haus!«

»Wo? Kann n nich sehn!«

»Dort! Oi! Guck! Im drittn Stock!«

Den Mund sperrangelweit offen, starrte das Mädchen auf das Haus auf der anderen Straßenseite. »Ja!« quiekte sie. »Ich sehn! Ich sehn, Mama!«

»Nu! Fangn! Lauf! Lauf hin!«

Eine kleine Gruppe hatte sich gebildet, Kinder und Erwachsene. Darunter auch Kushys Gesicht. »He, wassn los? Sag, wassis?«

»Ers dort! Ers dort aufm Haus!« plapperte das Mädchen und zeigte darauf.

»Wer?«

»Der Kanarnvogl! Von mein Mudder!« Und angetrieben von der schrillen Stimme ihrer Mutter, rannte sie über die Straße. »Ders ausm Käfig! S gib a Belohnung!«

Kaum war sie im Haus verschwunden, als ein hellgelber Vogel aus einem Spalt in der Wand herabflog, unsicher umherflatterte, dann über die Straße schwebte und auf der Volute des Hauses neben dem Davids landete. Dort hockte er einen Augenblick, während die Straße zu ihm hinaufgaffte, und flog dann weiter aufs Dach.

»Huii! Seht ihrn!« Die Menge wurde erregt. »Oj, a fejgele! Kann nich fliegen! Fangs! Die gib a Belohnung!«

»Mein Dach!« Einer der Jungen riß sich die Kappe vom Kopf und sauste zur Tür. »Ich fang en mit meim Hut!«

»Au ja!« Kushy stürzte hinter ihm her. »A Belohnung!«

»Au ja!« Ein dritter folgte.

»Au ja!« Ein vierter verschwand nach drinnen.

Ein paar Sekunden später streckte das Mädchen mit den Affenschaukeln den Kopf zum Fenster heraus.

»Ers weggeflogn!« plärrten Stimmen zu ihr hoch. »Aufs Dach auf der annern Straßenseit!«

»Ders weggeflogn, Mama!« kreischte sie.

»Hab schon gesehn!« kam sogleich die Antwort zurück. »Soll tot runnerfallen!«

Mutter und Tochter zogen die Köpfe zurück. Auf dem Trottoir reckten sich noch eine Weile Hälse auf der Suche nach dem Vogel. Der sich nicht zeigte.

»Den kriegn die nie. Neee!«

»A nechtiker Tog!« Die kleine Gruppe verlief sich langsam.

– Mama!

Er erwachte aus seiner Träumerei.

– Ich blöder Ochs! Schnell!

Er rannte die Treppe hoch, zögerte jedoch an der Haustür, spähte hinein. Wieder kribbelten ihm die Haarwurzeln. Er konnte sich nicht überwinden, in die Finsternis hineinzutreten. All die alten Befürchtungen lauerten wieder da. Warum waren sie zurückgekehrt? Er ärgerte sich so über seine Feigheit, daß ihm die Tränen kamen, und ging ruhelos auf der obersten Stufe der Vortreppe auf und ab: Mal horchte er auf ein Geräusch im Flur, mal suchte er die Straße nach einem vertrauten Gesicht ab. Endlich hörte er drinnen, offenbar in einem oberen Stockwerk, eine Tür knallen. Er sprang in den Flur, raste wie wild die Treppe hoch. Zwischen dem Erdgeschoß und dem ersten Stock näherte er sich der massigen Gestalt einer Frau, quetschte sich an ihr vorbei nach oben – den schwindenden Schritten der anderen noch weiter nachhorchend. Im vierten Stock warf er sich außer Atem gegen die Tür – Sie war verschlossen!

»Mama!« schrie er.

»Du, David?« Ihre verblüffte Stimme.

Ungeheure Erleichterung! »Ja, Mama, mach auf!« Der Fuß, mit dem er schon ausgeholt hatte, um damit in seiner wahnhaften Angst gegen die Tür zu treten, sank wieder auf den Boden.

»Warte!« Ihre Stimme hatte einen gehetzten Klang. »Ich mache gleich auf.«

Was tat sie da? Und wie zur Antwort hörte er laut Wasser spritzen, gefolgt von einem Schauer prasselnder Tropfen. Sie hatte in der Waschbütte gebadet. Jetzt stieg sie heraus. Ein Stuhl knarrte, als wäre sie daraufgetreten, dann das Platschen ihrer nackten Füße auf dem Boden. »Einen kleinen Moment noch«, bat sie.

»Is gut«, rief er ihr zu.

Stille. Füße entfernten sich, kehrten zurück. Die Tür ging auf. Und als wäre das Licht, das sich dabei ausbreitete, ein Keil, riß die neblige, quälende Glocke, die seine Sinne umgeben hatte, auf und verschwand – Konturen und Farben, Klänge und Gerüche wurden wieder scharf und deutlich.

»Mama!«

»Ich wollte dich nicht warten lassen.« Sie war noch immer barfuß. Ihr verschossener gelber Bademantel hatte dunkle Wasserflecken und klebte an Brust und Schenkeln. »Aber ich habe mich beeilt, wie ich nur konnte.« Von schimmernden braunen Haaren rieselte noch immer Wasser auf das Handtuch um ihre Schultern. Ihr weicher Hals und ihr Gesicht, gewöhnlich blaß, waren gerötet und wasserbeperlt. »Was schaust du denn so?« Sie lächelte, zog den Bademantel fester um sich und schloß die Tür hinter ihm.

»Das Warten hat mir nichts ausgemacht.« Er lächelte ebenfalls. Fast meinte er zu spüren, wie sein aufgewühlter Geist sanft zur Ruhe kam.

»Aber du bist mit deiner ganzen alten Heftigkeit gegen die Tür gestürmt«, lachte sie. Und sie drückte sich die tropfenden Haare gegen den Busen, beugte sich hinab und küßte ihn. Die warme, fein nach Seife duftende Feuchtigkeit ihres Körpers, unsagbar süß. »Ich bin ja so erleichtert, daß du wieder da bist.«

Wo war sein Vater? Hinter ihr stand die Badezimmertür offen. Niemand lag auf dem Bett. Auch nicht darin. Makellose Seligkeit.

»Du bist noch ganz naß!« kicherte er plötzlich. »Sogar der Boden!«

»Ja. Ich muß das trockenwischen.« Sie drehte das nasse, tropfende Knäuel ihrer Haare in das Handtuch ein. »Die halbe Wanne ist auf dem Boden. So hastig bin ich aufgesprungen. Ich weiß auch nicht, warum ich wegen dir solche Angst habe – besonders wenn ich glaube, daß du welche hast.« Beim Sprechen neigte sie sich zur Seite, tauchte einen Arm in die Bütte, um den Stöpsel herauszuziehen. Das Seifenwasser gluckste und gurgelte. Die schattenhaften Umrisse ihres Körpers vor dem Licht des Fensters, Hüfte und Knie rosa im Gelb. »Hast du viel auf dem Wagen gesehen?«

Heftig schüttelte er den Kopf.

»Nicht?« Ihr Lächeln erstarb. »Warum der Schmollmund?«

»Schlimm! Schlimm!« Weiter konnte er nichts sagen, um nicht in Tränen auszubrechen.

»Aber warum denn?« Überrascht schaute sie ihn an. »Was ist passiert?«

»Nichts. *(– Darf nichts sagen. Darf nicht!)* Hat mir halt nicht gefallen, weiter nichts.«

»Furchtsames kleines Herz! Ich weiß ja. Aber morgen mußt du nicht mit – selbst wenn dieser andere Mann nicht kommen sollte, dann macht ein anderer die Tour.«

»Nie mehr?«

»Nie mehr was? Mit?«

»Ja.«

»Nein, nie mehr.« Sie setzte sich, das Handtuch ein komischer Turban auf ihrem Kopf. »Komm mal her.«

Er lächelte zaghaft und ging zu ihr. »Du siehst komisch aus.«

»Ach, wirklich?« Sie kicherte und half ihm zu sich auf die Knie. Das Behagen, an ihrer Brust zu sein, erreichte selbst den entlegensten Schmerz. »Du bist nicht gern Milchmann?«

»Nein.«

»Auch nicht Milchmannsgehilfe?«

»Nein!«

»Was möchtest du denn gern sein?«

»Ich weiß nicht.«

Sie lachte. Wie das Ohr sich nach diesem perlenden, tanzenden Klang gesehnt hatte. »Heute morgen habe ich beim Fleischer eine Frau sagen hören, ihr Sohn werde einmal ein großer Arzt. Hmm! dachte ich, wie gesegnet dein Leben ist! Und wie alt ist Ihr Sohn? fragte der Fleischer. Sieben, antwortete sie. Der Fleischer verfehlte fast den Knochen, den er gerade zerhackte. Und du bist acht und hast es mir noch immer nicht gesagt. Aber mit dem Wagen mußt du nicht mehr mit – Möchtest du etwas Milch? Von den neuen Hefeplätzchen, die du so magst?« Sie rieb ihre feuchte Stirn an seinen Lippen. »Mit Rosinen drin?«

»Is gut«, willigte er ein. »Aber nicht jetzt!« Die Nähe ihres Körpers war zu kostbar, um so schnell aufgegeben zu werden.

»Is guut«, machte sie ihn nach, und das so lustig, daß er lachte. »Aber laß mich aufstehen.«

»Nein!«

»Aber ich muß mich doch anziehen«, bettelte sie. »Dies Unterhemd hier ist kälter als ein Brunnenstein. Ja?« Sie stand auf; widerwillig rutschte er von ihrem Knie. »Aber erst bringe ich dir die Milch und die Plätzchen.«

Er sah ihr nach, wie sie zum Brotkasten ging, mehrere honigfarbene Plätzchen herausholte, diese auf einen Teller legte und dann eine halbvolle Literflasche Milch aus dem Eisschrank nahm –

– Wagen! Die! Au!

Ein Schauder überlief ihn.

– Vergiß!

Sie füllte ein Glas, stellte Milch und Plätzchen auf den Tisch.

»Iß das, und ich ziehe mich so lange an«, redete sie ihm zu. »Von beidem ist noch mehr da, wenn du willst.« Und ging, das Handtuch von ihrem Kopf abwickelnd, ins Schlafzimmer.

Er setzte sich hin, kaute langsam das rosinenreiche knusprige Gebäck, blickte begierig zur Schlafzimmertür hin und wartete darauf, daß sie herauskam.

»Wie spät ist es, David?« Ihre Stimme erklang über dem Geraschel von Kleidung.

Er blickte zur Uhr auf dem Bord hoch. »Zehn – elf Minuten nach zwei.«

»*Nach* zwei?«

»Ja.«

»Dann wird er auch heute nachmittag keinen Schlaf bekommen.«

– Er!

»Die doppelte Tour wird ihn aufgehalten haben – als würde er nicht auch schon so genug arbeiten. Aber bald müßte er zu Hause sein.«

– Bald! Zu Hause!

Der matschige Essensklumpen lag träge in seinem Mund.

»Weißt du noch, als du die Uhr noch nicht lesen konntest?« erklang nach einer Pause wieder ihre Stimme. »Du hast sie mit Pfiffen ausgedrückt. Und damals hast du auch Kalenderblätter gesammelt – wo die jetzt wohl sind?«

– Er! Ihn sehen! Nein! Geh runter! Schnell, bevor er kommt!

Er würgte das Halbgekaute hinab, steckte sich den Rest des Plätzchens in die Tasche und trank die Milch in geräuschvoller Eile.

– Nimm noch eins. Sie wird fragen.

Er steckte noch ein Plätzchen in die Tasche. »Ich geh' runter, Mama.«

»Was!« Ihre Stimme war überrascht.

»Kann ich?«

»Hast du so schnell aufgegessen?« Sie kam aus dem Schlafzimmer. Ihr Kleid, zwischen runden, hochgereckten Armen schwebend – »Wie hast du –«, ließ sich wie eine Wolke um ihren Kopf nieder, »das so schnell geschafft?«, sank über Hals, Achselhöhlen, festonierten Unterrock. Sein Gesicht leuchtete. Ihre Blicke glitten über den Tisch.

»Ich hab' Hunger gehabt.«

»Na«, sie zog die langen Haare hinten heraus, »so schnell hast du ja noch nie gegessen. Waren sie gut?«

»Ja.« Er drückte sich schon zur Tür hin.

»Du rennst hier rein und wieder raus, als würde der Kutscher nicht warten. Aber bleib nicht zu lange.«

»Nein.«

Sie strich ihr Kleid glatt, kniete nieder, küßte ihn. »Was bist du nur für ein unruhiger Geist! Vor dem Abendessen wieder hier?«

»Ja.«

»Sieh dich auf der Straße vor, ja?«

»Ja.« Er öffnete die Tür, schloß sich in die Düsternis des Treppenhauses ein.

– Hab' gar nicht solche Angst. Komisch, vergessen. Aber schnell jetzt …

5

Wieder auf der Straße, stürmte er über die Gosse auf die Seite, die nun im Schatten der Häuser lag, und ging dann weiter nach Westen Richtung Avenue C. Er spähte in alle Richtungen, um seinen Vater zu entdecken, bevor dieser ihn sah, erblickte aber statt dessen Izzy, wie er gerade aus dem Chejderflur heraussauste. Mit dem wollte er nicht reden. Die Stichelei mit der Peitsche wurmte ihn noch immer. Er drückte sich gegen ein Schaufenster, während Izzy ostwärts Richtung Avenue D eilte, dennoch trafen sich ihre Blicke; Izzys scharfe Augen hatten ihn erkannt.

»He!« In seiner Stimme lag ein neuartiger, freundlicher Ton. »Warum sagsn nix? Wos de Bande?«

»Hab se nich gesehn.« Vorsichtig taute er auf.

»Komm, wir suchn se.« Izzy faßte ihn forsch am Arm. »Möcht wissn, wo Kushy steck.«

»Has dich nich mit ihm gepriggl?« Er ließ sich führen.

»Naa! Ders dochn Haufen Schtuß! Hats dir dein Vadder midder Peitsch gegebn?«

»Nein! Hatter den Nickl gekrieg?«

»Naa! War auch gar kein Nickl – wie ichs ihm gesag hab – War ganz schön sauer, dein Vadder – Junge, Junge!«

»Nein, war er nich.« Warum mußte Izzy immerzu das Thema wechseln? »Was warns?«

»Was! Der Nickl? Eisn, wie ichs gesag hab.«

»Ach!«

»Un de Rebbe war auch ganz schön sauer auf dich.«

»Ja.« Gereizt.

»Gebm lieber Zeigstöck«, riet er. »Mir hatter eine runnergehaut, das miese Schwein! Un Srooly hatter eine geknall – Peng! Ders doof. Wett ne Million Dolla, die sin alle inner Avenju D.«

Sie bogen um die Ecke – Da waren sie alle, saßen auf dem Bordstein.

»Siehs! Habs dir gesag.« Izzy schoß los und brachte David damit völlig durcheinander. »He, Bande.«

»He, Izzy!« riefen sie im Chor.

»Kamman sich ma dazusetzn, ja?«

»Ja, soll sich setzn!« kommandierten sie und schubsten sich gegenseitig, um ihm neben Kushy Platz zu machen.

David, der sich alleingelassen fühlte, trat zögernd heran und stellte sich hinter sie.

»Wo warsn?« fragte Kushy.

»War mit mein Mudder weg.« Izzy sonnte sich in ihren erstaunten Augen. »Un wir ham Schuh gekauf – von de bestn vonner Eas Side. Wartet nur, bisser se seh. Mit Knöpfn und flachn Spitzn – zum Fußball kickn. Der hat drei Dolla ham wolln, aber mein Mudder hat mir gesag, ich soll sagn: Bääh! Sin das doofe Schuh! Da ham wir se für zwei gekrieg. Un dann bin ich in Chejder.«

»Spitzige sin mir lieber.« Irgendwo in der Reihe erhob sich Widerspruch. »Kanns besser ins Loch mit tretn!«

»Ja! Ha! Ha!« prusteten sie, die Weisheit der Wahl anerkennend.

»Kriegsn Fuß nich mehr raus«, widersprach Izzy ruhig. »Was solln da gut dran sein?«

»Mir sin die aus Gummi lieber«, entgegnete ein anderer – diesmal ein Unbedeutender vom Ende der Rangordnung. »Da kanns besser mit renn.«

»Blödsinn! Du Greenhonn!« Izzy brachte ihn zunächst mit Sarkasmus ins Wanken und erledigte ihn dann mit Präzision. »Turnschuh, du Depp! Da gehn Nägl doch glatt durch – glatt durch de Sohl – Weiß noch, Kushy«, lachte er plötzlich auf, »wie ich dir gesag hab, er hat Blitz gesag – im Chejder? Gummi komm auf Schuh, du Greenhonn!«

»Aaa! Klugscheißer!«

»Wo warsn du?« Izzy überhörte die Bemerkung.

»Wir?« Kushy machte eine bedeutungsvolle Pause. »Wir hamn Kanarnvogl gesehn.« Ein paar Auserwählte kicherten wie über einen vertraulichen Scherz.

»Was fürn Kanarnvogl?«

»Los, sags ihm«, drängte einer.

»Ich war auch da!« warf ein anderer ein.

»Halt!« warnte Kushy sie hastig. »Mein Bruda!« Und er beugte sich vor, damit er beide Enden sehen konnte: »He ihr Klein da, verduftet. Los!«

»Naa!« Die Sechsjährigen zu beiden Seiten protestierten.

»Los!« drohten die Älteren. »Ab!«

»Das s nich deine Straß!« Störrisch.

»Wills was aufs Aug?«

»Das sag ich mein Mama«, drohte einer der kleineren Jungen.

»Gleich kriegs was!« Kushy erhob sich halb.

Schmollend rutschten sie ein Stückchen von den übrigen auf dem Bordstein ab.

»Also was fürn Kanarnvogl?« fragte Izzy.

Sie rückten zusammen.

»Kenns doch Schloimie Salmonowitz, der wo siem-fümenvierzig wohn?«

»Der wo a Schramm mitn Verband ummen Kopp gehab hat?«

»Ja!«

»Ja, der war in meim Chejder. Un?«

»Also, Sadie Samonowitz renn also de Trepp runner un schreit: Mein Mudder ihr Kanarnvogl, mein Mudder ihr Kanarnvogl ist weggeflogn! S gib a Belohnung!«

»Du has de Belohnung gekrieg?« fragte Izzy begierig. »Wieviel?«

»Wart noch. Un dann sehn wir ihm auf siem-sexnvierzig, auf der annern Straßnseit, und dsing! flieg er widder zurück und dsong! zum Dach ruff –«

»Mein Haus!« meldete sich eine andere Stimme. »Ders –«

»Hal de Gosch!« Kushy nahm den Faden der Erzählung wieder auf. »Zu Schmeelkees seim Haus isser geflogn. Also ham mer alle unsre Kappn genomm un sin in Flur. Den fängs midder

Kapp – einfach so!« Ohne Vorwarnung riß er seinem Nachbarn die Mütze vom Kopf und warf sie wirbelnd in den Rinnstein.

»Ha-a! Ha-a! He-e! He-e!« Wie Kegel, angestoßen von einer schweren Kugel des Frohsinns, purzelten sie gackernd über den Gehsteig. »Hi-e! Hi-e! Ha-a! Ha-a! Ha-a!«

»Hör doch auf, du Klugscheißer!« Über den geschickten Streich grinsend, stand der Besitzer der Mütze auf, um sie zu holen. Sogleich drängelten sich alle Hinterteile zusammen und versperrten ihm so seinen Platz. Als er zurückkam, warf er sich zwischen die dicht nebeneinander hockenden Usurpatoren und eroberte sich nach viel Gerangel, Gefluche, Gedrängel und Geschubse zwar nicht seinen ehemaligen, so doch einen ebenso erstrebenswerten Platz.

»Das s also de Witz?« erkundigte Izzy sich verächtlich, als das neue Gleichgewicht schließlich wiederhergestellt war.

»Nee!« krähten Kushy und noch ein paar. »Das s gaa nich de Witz!«

»Was dann?«

»Also sin wir hoch aufs Dach. Un Schmeelkee is aufs Bein gefalln, der Depp –«

»Wills meine Schramm sehn?« Schmeelkees Strumpf fuhr herab, enthüllte frisch geschürfte Haut. »Bis aufn Knochn!«

»Un dann?«

»Wa-ars halt ab«, zog Kushy die Sache in die Länge, erfreut über Izzys verärgerten Ton. »Wir also hoch – leis! Wir ham kein Lärm gemach, damit der Kanarnvogl keine Angs krieg. Und dann sin wir aufs Dach und sin rumgelaufn und ham geguck – Muß weggeflogn sein!«

»Aber wir hamn annern Kanarnvogl gesehn!« Schmeelkee konnte es einfach nicht mehr zurückhalten.

»Was meinsn damit?«

»Pscht!« Kushy vergewisserte sich, daß die Kleinen außen an den Rändern noch Abstand hielten. »Also sin wir am Luftschach rübergeschlichn – weiß, wo das is, zwischn siem-einfünfzig und siem-neunvierzig?«

»Ja.«

Gespannte Aufmerksamkeit dämpfte ihr Gezappel. Alle Augen waren auf Kushy gerichtet. Auch David rückte näher.

»Und wir alle geguck – Und weiß was wir sehn? Hiii! Hiii! Wir sehn ne Frau, wo sich im Waschzuber wäsch! Hiii! Hiii!«

– *Waschzuber* (David erstarrte)

»Was für ne Frau?« fragte Izzy.

»Weiß nich. Ham ihr Gesich nich gesehn.«

»Und was hab ihr gesehn?«

»Alles! Au weia! Vorn dran dicke Tittn!« Anschaulich modellierten seine Hände die Luft, zogen andere Hände mit, als wären sie alle an dieselbe Erregung gebunden. »Die hat im Wassa gesessn!«

– *Die! Meine! Aaa, meine!*

Die Woge der Scham brachte seine Wangen und Ohren zum Lodern wie ein Blasebalg eine Flamme, jagte ihm wie ein Saugkolben das Blut gegen die Schädeldecke. Wie angenagelt stand er mit schlaffen Knien zitternd da.

»Un dann?« drängte Izzy.

»Un dann spring se auf, und wir könn alles sehn –!«

»Großer Busch unnerm Bauch!« Die andern riefen und gestikulierten durcheinander. »Fetter Aasch, ham wir gesehn! Groß – Boo! Son Kanarnvogl! Woaa! Un de ganze Knisch! De ganzn Haar!«

»Ja? Kein Scheiß?«

»Nein. Se hat direk zu uns hingesehn.«

»Die hat nich zu uns hingesehn, sag ich!«

»Doch!«

»Nein!«

»Doch! Warum issen dann rausgesprungn!«

»Un dann?«

»Dann sin wir wieder runnergelaufn – Wiee! Ham wirn Kanarnvogl gesehn!«

– Aaa! Mieses Dreckschwein! Bring sie alle um! Tret sie! Töt sie! G-Geh jetzt – Gleich weinst du!

»Son Massl – Ja, wär ich gern bei gewesn. Wo! Sags uns – Los, wir gehn –«

Wie Hagel, der auf seine nackte Haut prasselte, lähmten und peinigten ihn ihre spitzen Schreie. Blind vor Haß wankte er davon – unbemerkt.

(– Au! Au! Das dürfen die nicht sehn! Dürfen die nicht wissen. Au!) Heiße Tränen schossen ihm in die Augen, wurden um so sengender, je mehr er sich dagegen wehrte. Er wirbelte herum, zog den Kopf ein und rannte zur Ecke.

– Aaa! Mama! Meine war das! Hätt' die treten sollen, sie treten und weglaufen. Kehr um! Tritt sie! Tritt sie in den Bauch. Los, du Feigling! Feigling! Feigling! Hasse sie! Alle! Alle! Allesamt! Hätt' nicht hingehen sollen. Geh' da nie mehr hin! Red' nie mehr mit denen! Hasse sie! Und sie – Warum hat sie sie zusehen lassen. Rolladen, warum hat sie die nicht runtergelassen? Keiner da! Keiner da! Und sie hat sich von mir anschauen lassen! Böse auf sie! Au! Sie darf mich nicht heulen sehn! Heulsuse! Heulsuse!

Blind stolperte er über die Straße, stob ins Treppenhaus. Die dunkle Treppe. Endlich erreichte er sein Stockwerk.

– Angst. Egal. Auch vorher Angst. Die ganze Zeit Angst.

– Muß aufhören zu heulen. Sonst fragt sie, warum. Was sag ich dann? Vom Dach aus haben sie dich gesehen. Nein, nein, sag nichts – die auf Dach. Dach … Dach? War noch nie … da oben … Ob da?

Atemlos und unschlüssig starrte er von seiner Tür hinauf zur Dachtür über ihm. Die saubere, unabgetretene Treppe, die dort hinaufführte, lockte ihn und wies ihn zugleich ab; verführerisch strömte das Licht durch das Glas des Dachaufbaus, stummes, unbewohntes Licht; weckte in ihm ein alles überlagerndes Bild des Schnees, in den er einst gesprungen war, und ein Bild des Lichts, das er einst erklommen hatte. Dies hier war als Zufluchtsort besser als beide, von dauerhafterer Reinheit. Warum hatte er nicht früher daran gedacht? Er mußte nur seine Feigheit überwinden, dann gehörten diese Einsamkeit, dieses Strahlen ihm. Aber schnell, schnell mußte er machen, bevor jemand herauskam. Er stieg die Treppe hoch, die sich sogar unter seinen Füßen anders anfühlte, so als funkelte der unabgetretene Glanz durch die Sohlen – und blieb vor der Tür stehen. Nur ein Riegel hielt sie geschlossen; den konnte man lösen. Er zog mit gekrümmtem Finger daran. Abrupt prallte er zurück – Voller Panik sah er zu, wie die schwere Tür von seiner Hand wegschwang, gemächlich und auf widerstrebenden Scharnieren in den Himmel knarrte. (– Runter! Renn runter!) Er warf einen angstvollen Blick über die Schulter. (– Nein! Feigling! Bleib bloß da! Komm! Komm raus! Das ist doch Licht! Wovor hast du denn Angst?) Er hob einen zögernden, tastenden Fuß über die hohe Schwelle. (– Au!) Das rotgestrichene Eisenblech knackte unter seinen Sohlen, ein furchterregendes Geräusch. (– Geh zurück! Lauf! Nein! Nicht! Komm, mach ein Geräusch! Wen stört's? Los, du Feigling!) Die Luft anhaltend, schwenkte er die keckernde Tür wieder zu. Sie blieb geschlossen.

– Mensch!

Er seufzte zitternd, hob den Kopf und blickte, den Körper auf den bewegungslosen Füßen drehend, um sich.

Der gewaltige Julihimmel, eine blankpolierte, leuchtende, unermeßliche Weite. Zu rein war der Zenit, zu rein für das fehlerhafte und flackernde Auge; das Auge bestreute ihn mit flaumigem Dunkel, bestreute ihn mit Sporen und dem Geriesel treibender Schatten. (– Sogar nach hier oben folgt das Dunkel, aber nur ein bißchen.) Und nach Westen hin der blendende Wirtel der Sonne, die Scheibe und Trompete, Dreifachtrompete, die ihr Licht schmettert. Er blinzelte, senkte den Blick und sah sich um. Stille. Geruch von Asche, dem kalten unterirdischen Atem von Schornsteinen. (– Sogar nach hier oben folgt Keller, aber nur ein bißchen.) Und um ihn herum waren Dachfirste, geteert und rot und sonnenbeschienen und rot, Dachfirste bis an den schartigen Horizont. Taubenschwärme kreisten. Flogen sie in niedrigerer Luft, hingen sie dort gleich schwebendem und niemals ausfaserndem Rauch; näher und höher, glitzerten sie wie gekräuseltes Wasser in der Sonne. Stille. Sonne auf Stirn und in der Ferne plattiert die Flanken von Kirch- und Wassertürmen und Schornsteinkappen und die goldenen Wände der Straßen. Nach Osten hin die Brücken, zart im pudrigen Licht.

– Mensch! Allein … Habe kaum Angst.

6

Als er ein wenig später vom Dach herunterkam, schlich er ein paar Stufen zum Stockwerk unter seinem hinab. Er würde hochstampfen, kurz bevor er seine Wohnung betrat, auf seine Tür zustampfen. Das würde sein Nachhausekommen natürlicher erscheinen lassen. Er machte es so.

Seine Mutter sah seltsam aus, als er eintrat – so seltsam, daß er einen Augenblick lang glaubte, seine List sei fehlgeschlagen, sich entdeckt glaubte. Doch ein weiterer Blick beruhigte ihn, aber während er ihn in einer Hinsicht beruhigte, ängstigte er ihn vage in einer anderen. Nicht Aufmerksamkeit oder Wachsamkeit oder Argwohn war die Ursache jenes Leuchtens auf ihrem Gesicht, jener Ruhe, sondern etwas anderes, etwas, was schon einmal gesehen zu haben er sich kaum entsann – eine rätselhafte Mattigkeit, eine tiefe und unbegreifliche Zufriedenheit. Was war das? Was ließ die Hand, die einen Finger auf die Lippen seiner Mutter gelegt hatte und ihm damit bedeuten wollte, er habe zu viel Lärm gemacht, so langsam wieder herabsinken, und dazu noch mit einer so eigentümlich wissenden Anmut, als genösse ihr ganzer Körper die Bewegung der eigenen Glieder und verweilte im Genuß? Es schlug eine Saite der Erinnerung in ihm an, berührte sie mit Fingerspitzen – Etwas, was er getan, gespürt hatte? Was? Der Hauch einer Regung in ihm schwand, noch bevor der Geist ihn festhalten konnte. Es war verblüffend. Er sah sich in der Küche um. Die Schlafzimmertür war geschlossen – sein Vater schlief. Und auf dem Waschzuber stand ein großes Paket, die Schnur zerschnitten, doch das schwere braune Papier war noch darum, und daneben, einander überkreuzend, lagen eine neue Peitsche mit weißem Griff und der Knauf der alten zerbrochenen schwarzen. Er merkte, wie ihm die Beine steif wurden, sich gegen den plötzlichen Sog des Entsetzens wappneten. Er wandte sich ab. Seine Mutter hatte den Finger von den Lippen genommen und begrüßte ihn. (Doch wo waren die ausgestreckten Arme, mit denen sie ihm immer entgegenkam?) Und dann lächelte sie. (Doch galt das Lächeln ihm oder jener inneren Trägheit, die ihren Geist durchdrang und friedlich stimmte?) Sein Blick schoß zu dem Paket und den Peitschen auf dem Waschzuber und kehrte dann zurück zu ihr – fragend. Sie schien seiner Frage auszuweichen und wollte statt dessen wissen:

»Warum ist deine Nase so sonnenverbrannt? Wo warst du?«

Die Verwunderung über ihre außergewöhnliche Erscheinung hätte beinahe seine Wachsamkeit gemindert. Um ein Haar hätte er ihr die Wahrheit gesagt – hielt sich aber noch rechtzeitig zurück. »Auf dem Gehsteig.« Seine Augen wanderten unschlüssig zwischen ihrer Taille und dem Linoleum hin und her. »Wir haben alle dagesessen. Es war heiß.«

»Dein Vater hat eine neue Peitsche gekauft«, lächelte sie. »Wolltest du mich das fragen?«

»N-nein.«

»Ach, nein? Ich habe geglaubt, du wolltest mich jetzt unbedingt fragen, ob du die zerbrochene haben könntest. Vielleicht gibt Albert sie –«

Doch da hatte er schon den Kopf geschüttelt. (Es war schwierig, nicht ständig wütend, nicht heftig zu sein. Manchmal rissen die Stricke der Vorsicht beinahe.)

»Was ist das?« Er zeigte auf das Paket. »Darf ich mal sehen?«

»Aber natürlich! Aber ich warne dich«, lachte sie, während er zum Waschzuber ging, »diesmal ist es wirklich eine Riesenüberraschung!«

In ihren Worten klang noch etwas anderes mit, doch er war nun zu erfahren, um zu fragen: »Ist es für mich?« Statt dessen hob er lediglich die schweren Packpapierecken hoch – und guckte und blinzelte und guckte wieder! Hinter seinem Rücken hörte er ihr erwartungsvolles Lachen. Vor ihm ragten auf einer schildförmigen Holztafel in weitem Bogen zwei prachtvolle Hörner auf, blaßgelb bis zu den ebenholzschwarzen Spitzen. Die Spanne zwischen ihnen war so groß, daß er schon fast die Arme nach beiden Seiten hin hätte ausstrecken müssen, um die Spitzen berühren zu können. Obwohl sie reglos dalagen, an der Basis fest auf das dunkle Holz montiert, verströmten sie noch etwas von einer entsetzlichen Kraft, einer Kraft, die, selbst wo sie nun reglos dalagen, Schmerzen in der Brust weckte, als wären sie noch immer bedrohlich, noch immer zum Angriff gesenkt.

»Und das?« Ihre Stimme war hell vor Belustigung. »Weißt du, was das ist?«

Mit offenem Mund starrte er sie an. »Eine – eine Kuh«, stotterte er. »Die hab' ich auf Bildern gesehen. Und – und wie Tante Bertha mich ins Kino mitgenommen hat.«

»Eine Kuh, ja, aber eine männliche!« lachte sie. »Ein Bulle. Ich weiß nicht, ob du schon einmal einen als kleines Kind in Österreich gesehen hast. Sie waren fürchterlich – Mauern aus Fleisch und Kraft.«

»Hat er das gekauft?«

»Aber natürlich. Als er die Peitsche gekauft hat.«

»Ach! Hat er die deshalb mitgebracht?«

»Nun ja, es hat ihn an damals erinnert, als er Vieh gehütet hat. Weißt du«, erklärte sie, »als dein Großvater – sein Vater – Aufseher in der Hefefabrik war, hat er Albert die Aufsicht über das Vieh übertragen. Die haben sie mit Schlempe gefüttert – aber davon hast du ihn ja schon mal erzählen hören.«

»Was macht er denn damit?« fragte er nach einer Pause.

»Aufhängen selbstverständlich. In der Wohnstube.« Ihr Blick wanderte zu dem Bild mit den Kornblumen an der Wand. »Er konnte keinen Nagel finden, der stark genug war.«

Er sagte nichts. Irgendwie konnte er nicht so recht glauben, daß sein Vater diese Trophäe nur um der Erinnerung willen gekauft hatte. Irgendwie schien es, wenn man die Hörner betrachtete, sich die ungeheure Kraft des Tiers vorstellte, dem sie gehört hatten, noch einen anderen Grund zu geben, aber welchen? Und wie kam es, daß zwei Dinge, die so wenig miteinander zu tun hatten, in seinen Gedanken so fest miteinander verbunden zu sein schienen? Als hätten die beiden Hörner da auf dem Waschzuber die Brücke zwischen ihnen geschlagen, als spießte eine Spitze das eine Bild und eine Spitze das andere auf – einmal der Mann, auf dem Gehsteig hingestreckt, zum anderen der rätselhafte Blick innerer Ruhe auf dem Gesicht seiner Mutter, als er hereingekommen war. Warum? Warum dachte er zu ein und derselben Zeit an diese Bilder? Er wußte es nicht. Er spürte nur, daß in den Hörnern, in ihrer gelassenen Kraft, eine Bedrohung lag, eine Herausforderung, der er antworten, der er sich stellen mußte. Aber er wußte nicht, wie.

7

Als David am nächsten Morgen an das Dach dachte, tat er das mit einer so eigentümlich selbstsüchtigen Freude, daß er an überhaupt nichts anderes denken konnte. Das Dach, jenes Areal im Himmel, jener stille Balkon auf dem Gipfel der Hektik, verlangte, daß, welche Gedanken man auch hatte, sie nur dort gedacht wurden. Er sammelte sie, legte sich zurecht, was er denken würde, wenn er dort hochkäme – er würde seinen Gedanken erst erlauben zu erblühen, wenn er die Treppe hochgegangen wäre. Was an Geräuschen von der Straße, was an Stimmen durch den Luftschacht heraufdrang, machte seine Einsamkeit nur noch wirklicher, die Losgelöstheit seiner Träumereien köstlicher.

Er hatte eine alte, verwitterte Kiste gefunden, die an der Schattenseite des Dachaufbaus lag, und dort hatte er einige Zeit gesessen und beobachtet, wie seine Gedanken sich entfalteten, als das Knarren einer Tür ihn aufschreckte. Sein erster Gedanke war, daß Izzy oder Kushy wieder hochkamen, um sich anzusehen, was sie schon einmal gesehen hatten. Den Schritten auf dem knarzenden Blech lauschend, saß er starr da und knirschte wütend mit den Zähnen. Welches Recht hatten sie, wieder hier hochzukommen, ihn wieder zu quälen, nachdem er nun ein wenig Frieden gefunden hatte? Wollten sie ihn denn überall, von jedem Zufluchtsort vertreiben? Das würde er nicht zulassen! Er würde nicht zulassen, daß sie noch einmal in den Luftschacht schauten. Er würde kämpfen, kratzen, treten! Hinter dem Häuschen versteckt, horchte er noch einen Augenblick länger. Den Schritten folgte ein anderes Geräusch – wie das hohle Scharren von Füßen, die an einem Zaun ratschen. Dann wieder die Schritte, nun aber nicht mehr auf dem Blech. Wer war das? Er hörte ein flatterndes Surren. Leises Tappen. Das leichte Schnappen einer gespannten Schnur, die sich straffte. Das konnten sie nicht sein. Was war das? Vorsichtig spähte er um die Ecke des Häuschens –

Auf dem hohen abgeschrägten Aufsatz, der das Treppenhaus auf dem übernächsten Dach bedeckte, stand ein Junge;

er hielt eine Drachenschnur in der Hand, zu seinen Füßen rappelte eine Spindel, und in der Luft, nicht weit von ihm, flog, herabstoßend und wieder aufsteigend, ein karmesinroter Drachen mit Stoffetzen im Schwanz. Die blonden Haare des Jungen, die nur eine Nuance weniger hell waren als seine Stirn, hingen wie eine goldende Klaue darüber. Er hatte eine Stupsnase; seine Wangen waren leicht gerötet, und er hatte blaue Augen. Die Zähne auf der Lippe, den Kopf zum Licht erhoben, so beobachtete er angespannt seinen Drachen, gab mal Schnur nach, trieb ihn mal zu neuen Höhen. Der Drachen schaukelte gemächlich, kreuzte in höhere Regionen, verharrte dort und zog wieder an schimmerndem Schnurbogen davon.

Während David den Jungen beobachtete, spürte er, wie zwischen ihnen ein verwandtschaftliches Band wuchs. Beide waren sie allein auf dem Dach, beide Bewohner desselben Reichs. Das war das Band zwischen ihnen. Doch David erkannte, indem er den anderen beobachtete, daß der aus einem Gefühl der Sicherheit heraus aufs Dach gekommen war – es war nur ein Teil seines Lebens. David dagegen war zögernd, verzagt heraufgekommen, weil er nirgendwo sonst hinkonnte. Plötzlich regte sich in ihm der Wunsch, diesen unbekümmerten, selbstbewußten Fremden kennenzulernen. Doch er hatte sein Gesicht noch nie gesehen – diese blonden Haare, diese blauen Augen gehörten nicht in die Ninth Street. Wie konnte er es anstellen? Im Geiste ging er durch, auf welch unterschiedliche Art und Weise man eine Bekanntschaft machen könnte. Er wünschte, er hätte etwas, das er ihm anbieten könnte – die Plätzchen, die er gestern weggeworfen hatte, oder ein Stück Schnur. Sehnsüchtig beobachtete er ihn.

Eine Hand so ausgestreckt, als hinge die Beständigkeit der Leine von seinem Gleichgewicht ab, tastete er hinter sich den abschüssigen Boden unter seinen Füßen ab und setzte sich. Zufrieden lehnte er sich zurück, pfiff dabei sporadisch kurze Melodien. David konnte sich nicht entscheiden, ob er sein Versteck verlassen oder sich damit begnügen sollte, lediglich dem Drachen zuzusehen. Er sah dem Drachen zu. Und riß plötzlich die Augen auf –

Es war schwer zu sagen, welcher Straße sie näher waren, der Eleventh oder der Twelfth, doch er konnte sie deutlich sehen. Es waren zwei, vielleicht drei Jungen, die mit gebücktem Körper über die Dächer krochen, hinter den Schornsteintöpfen und Oberlichtern auftauchten und sich wieder dahinter duckten. Noch ein paar Sekunden, dann waren sie unter dem hängenden Bogen der Drachenschnur – wenngleich tief darunter. Er blickte aufmerksam zu dem Besitzer des Drachens hin. Sich keinerlei Gefahr bewußt, lag der Junge ausgestreckt auf dem Rücken und pfiff noch immer zum Himmel empor. Als David wieder nach den anderen sah, hatten sie sich schon von Händen und Knien erhoben und wirbelten nun einen Gegenstand wild durch die Luft.

»Pssst!« Er sprang aus seinem Versteck hervor. »Pssst!« Er wagte nicht zu sprechen, mimte aber heftig das Einziehen der Drachenschnur.

»Was?« Der andere rappelte sich auf die Beine. »Was s los?« Und als David energisch in Richtung der fernen Marodeure zeigte, rief er aufgeregt: »Herrgott! Die schießn mit Schleudern danach! He!« Und so schnell seine Hände konnten, holte er die Schnur ein.

Die Schleudern waren abgeschossen. Beide verfehlten ihr Ziel, sausten an den Schnüren zurück, an denen sie hingen. Die Jungen schossen sie erneut ab. Doch während der Drachen zurücksegelte, stieg er auch immer höher – entfernte sich aus ihrer Reichweite. Endlich hörte der Besitzer auf und plapperte triumphierend los.

»Herrgott! Has das gesehn! Da laufn se! Versteckn sich da widda! Beide! Hams nich geschaff! Blöde Irn, hamen fast runnergehol! Waaa!« kreischte er und machte den beiden fernen Gestalten eine lange Nase. »Ihr irischn Dussl! Paß bloß uff, wenn ich euch krieg, ich hau euch de Pisse ausm Leib!«

Was die anderen an Beschimpfungen zurückblafften, war zu leise, um es zu hören, doch David sah, wie sie mit den Händen unterm Kinn wedelten.

»Ha! Ha! Seh se dir an!« schrie der Blonde zu ihm herüber. »Siehs, was die machen? Die glaubn, ich bin n Jud! Siehs! Blöde Dussl! Blöde Dussl!« johlte er wieder. »Blöde Dussl!«

Dann blickte er vor sich herab. »He! Mein Drachnschnur – alles durchnanner! He, du, komms ma rüber, ja? Komm, helf mir ma.«

David schüttelte den Kopf.

»Wassn los, kanns nich sprechn!« Der andere starrte ihn an.

Heftig nickend, zeigte David auf das Dach zu seinen Füßen.

Der andere grinste, sein Gesicht hellte sich auf, als verstünde er. »Komm«, flüsterte er heiser, und der Kopf machte einen Schlenker durch die Luft. »Is leicht!«

– Lieber nicht.

Es war nicht ganz ungefährlich, auf einem Dach über eine Mauer zu klettern, zumal gleich daneben der Luftschacht in die Tiefe ging. Schon beim Gedanken daran wurde ihm schwindelig.

»Geh da rüber«, drängte der andere.

(– Hab' keine Angst. Werd' auch keine haben!) Atemlos ging er auf Zehenspitzen über das knackende Blech und kletterte über die niedrige Mauer auf das zweite Dach. Noch eine Mauer, dann musterten ihn die blauen Augen neugierig über den Rand des Aufbaus.

»Vor wem hasn Angs?«

»Vor nix. Ich wohn im obersn Stock. Ich wollt nich, daß mein Mudder mich hör.«

»Aha. Dürfs nich hier sein?«

»Nee. Die würd mich gleich runnerholn.«

»Dann komm hierher. Da sieh dich keiner.«

»Und wie komms du hier ruff?«

»Spring von dem klein Fenster da hoch. Dann die großn Bolzn. Siehs die?«

David versuchte es damit. Der andere streckte ihm, ein Auge auf seinem Drachen, eine Hand hin. »Setz dich auf de Zeitung«, lud er ihn ein, als David heraufgeklettert war. »Halt mein Drachn, ja, dann roll ich die Schnur auf die Spul.«

»Ja.«

»Un nich loslassn.« Er gab die Schnur in Davids Obhut. »Das zieht ganz schön.«

»Mensch!« Es zog an seiner Hand fast wie etwas Lebendiges. »Der flieg ja!«

Der andere lachte. »Na klar flieg der. Kanns dich damit hinsetzn.« Auch er hockte sich hin und machte sich daran, das Schnurgewirr zu seinen Füßen aufzudröseln. »Die blödn Irn! Guck bloß ma, was ich wegn den machn muß! Komm, setz dich hin!«

»Machs dein Mudder nix, wenn de hier hochkomms?«

»Der? Nee! Die arbeit!«

»Ach. Un wo s dein Vadder?«

»Ich hab kein. Mein Alter hat bei de Bahn gearbeit. Aber dann isser zwischen zwei Zügn zerdrück worn, wie ich klein war und wir in Paterson gewohn ham. Wie heißn du?«

»Davy. Davy Schearl.«

»Ich heiß Leo Dugovka. Ich bin Polnisch-Amerikaner. Du bisn Jud, hm?«

»J-ja.«

»Sag, wars du bei den Jungs dabei, wo gestern uffm Dach gerann sin?«

»Nein, nein!« sagte er heftig.

»Ich hau den n Kopp ab, wenn ich die nochma erwisch. Wegn den is fast der Putz runnergefalln.«

»Ja«, David war ganz auf Leos Seite. »Ja, gibs den. Gibs den orntlich!«

»Wart bloß, wenn ich die krieg.« Leo wickelte rasch die Schnur auf die Spule. »Den hau ich eine.«

»Hab dich noch nie in diesm Block gesehn. Wohns hier schon lange?«

»Nee, wir ham hier nich gewohn, aber mein Alte hat ne Stell inner großn Bank Sixt Ecke Avenie C gekrieg – weiß, die mitn schickn weißn Stein unn Goldbuchstabn – Foist National.«

»Ja«, sagte David verwundert. »Mitn Eisenstäbn drin un der großn Uhr. Und da arbeit sie mit dem ganzn Geld?«

»Ja, die putz die ganzn Schreibtisch un Büros un alles.«

»Ah! Und wer gib dir was zum Essn?«

»Mach ich mir selber.«

»Mensch!« David sog die ungeheure Freiheit ein. »Komms dann immer hier hoch?«

»Nee! Ich geh immer inne Wes Elevent. Wo ich gewohnt hab, bevor wir umgezogn sin. Isn Irnblock, aber paar vonnen Hogans Jungs sin im All Saints Camp.«

»Oh!« enttäuscht. »Mensch, das is aber weit, Wes Elebn.«

»Ja, aber ich hab Rollschuh.«

»Rollschuh, Mensch!« Leos Glücksstern strahlte immer heller – kein Vater, fast keine Mutter, Rollschuhe.

»Bin ich im Nu mit dort. Has auch welche?«

»Nee.«

»Hol dir doch welche un komm mit.«

»Geht nich.«

»Leb dein Alter nich mehr?«

»Doch, aber der kauf mir keine.«

»Frag doch deine Alte.«

»Die kann nich.«

»Mann! Judn kaufn nie was für ihre Kinner.«

David suchte am Horizont nach etwas, womit er die peinliche Pause füllen konnte. Er versuchte es mit »Jetz sin se weg, de – de Irn.«

»Keine Sorge! Die ham sich bloß versteck, paß uff!« Er linste zu den fernen Dächern hin. »Aber ich laßn jetz nich steign.«

»Nein.« David war erleichtert über den Themenwechsel. »Was kostn Drachn?«

»Der da kost bloß zwei Cent. Aber de brauchs viel Schnur dazu, sons kannsn nich fliegn lassn.«

»Flieg der nich mit Zwirn?«

»Naa! Das reiß. Eima hatt ich n großn Drachn – doppl so groß wie der da – der hat vielleicht gezogn – un is sogar mit ner rotn Kordl gerißn. War weit hinner der St James's-Kirch inner Twelf Ecke Avenie C – kanns das Kreuz sehn – Siehs?«

»Ja.«

»War voller Botschafn, un dann isser weg und abgestürz. Hab auch fas de ganze Schnur verlorn – hat sich am Dach verfang.«

»Warum habn ihr das?« David blickte zu dem fernen Kirchturm hin, der sich vor dem dunstigen Blau im Westen abzeichnete. »Das komische Kreuz da überall?«

»Komisch?« Leos Stimme klang gereizt. »Wasn da komisch dran?«

»Nich komisch – so hab ichs nich gemein!« beschwichtigte David ihn eilig. »Ich mein, warum habn ihr das?«

»N Kreuz is was Heiliges«, belehrte Leo ihn streng. »Alle Kreuz. Christus, unser Erlöser, is an eim gestorbn.«

»Oh! *(Erlöser? Was?)* Das hab ich nich gewuß.«

»Klar, sogar wenndes trägs, dann brings dir Glück. Wie mein Alte sichn Blindam raus hat machn lassn, da hat se jede Nacht eins unterm Kissn gehab, und deswegen isse auch gesund gewordn.«

»Mensch!«

»Ja, un immer, wenn ich im Hudson schwimm, bekreuz ich mich dreima – so. Dann kanns Aaschbombn machn, soviel de wills, und komms nie aufn Grund – hasn das nich gewuß?« Und als David verständnislos dreinschaute: »Guck ma da.« Und wie um sein Argument zu besiegeln, löste er einen Knopf an seinem Hemd, griff hinein und zog etwas heraus, was wie ein viereckiges Stück Leder an einer Schnur aussah. »Weiß, was das is?«

David betrachtete es, schüttelte den Kopf. Etwas war in Gold darauf geprägt – vielleicht ein Bild –, aber es war zu verblaßt, um es noch zu erkennen. »Vielleichn Mann un ne kleine Frau«, riet er. »Ich kanns nich richtig sehn.«

»N Mann un ne Frau!« Leo drehte triumphierend den Kopf zur Seite. »O Mann, was Judn alles nich wissn! Das isn Skapuller, ja? Un das isn Bild vonner heilgen Mudder mim Kind. Mann! Erkenns nich mal de Jungfrau Maria, wenn de se siehs?«

»Nein.« Schuldbewußt.

»Mann!« Ungläubig. Dann hob er das Leder hoch, um es genauer zu betrachten. »S wohln bißchen abgewetz.« Er steckte es sich wieder unters Hemd. »Weil ich damit immer im Fluß schwimm.«

»Un du has kein Angs oder so, wennde das umhas?«

»Nee! Wenn ichs dir doch sag!«

»Mann!« seufzte David und starrte halb ehrfurchtsvoll, halb neidisch auf Leos Brust.

– Keine Angst! Leo hatte keine Angst!

»He, paß uffn Drachn uff!« Leo nahm ihm hastig die Schnur ab. »Darfs nich so abstürzn lassn, sons knall er aufs Dach!«

– Keine Angst!

8

Die vergangene Stunde war eine der glückseligsten in Davids Leben gewesen. Bis zu diesem Augenblick hatte er mit niemandem befreundet sein wollen, und nun hätte er alles gegeben, um Leos Freund zu sein. Je länger er ihn reden hörte, je länger er ihn ansah, desto größer wurde seine Überzeugung, daß Leo einer ungewöhnlicheren, kühneren, unbekümmerteren Welt angehörte. Ein Zauber umgab ihn. Er machte, was er wollte und wann er es wollte. Er war nicht nur von Eltern befreit, sondern trug auch noch etwas um den Hals, was ihn beinahe gottgleich machte. Als David neben ihm saß, war es sein einziges Bestreben gewesen, wie er sich bei ihm einschmeicheln, wie er Leo bei Laune halten, wie er ihn vergessen machen konnte, daß die Zeit verging. Jedesmal, wenn Leo gelacht hatte, hatte David gemerkt, wie die eigene Brust vor Freude schwoll; selbst als Leo ihn verspottet hatte, war er dankbar gewesen. Leo hatte ihn zu Recht verspottet. Leo war ein höheres Wesen; sein Lachen war gerecht. Als Leo ihn gefragt hatte, ob Juden Amulette trugen, hatte David die »Zizzes« beschrieben, die manche Juden unterm Hemd trugen, und die »Tfilin«, die kleinen Lederkästchen, die er Männer in der Synagoge um Arme und Stirn hatte binden sehen – hatte sie beschrieben in der Hoffnung, Leo würde lachen. Was der auch tat. Und sogar als Leo über die »Mesuse«, die kleine metallumhüllte Pergamentrolle, die alle Juden an den Türpfosten über ihrer Schwelle hefteten, gesagt hatte: »Oh, so nenn ihr das? Miß Suzy? Mein Alte hat ma so eins vonner Tür abgerissn, wie wir eingezogn sin, und ich habs kaputtgemach, un dann war das ganz voller Gekritzl auf kleinem Klopapier – ganz rundrum«, war David nicht verletzt gewesen. Er hatte ein leises Schuldgefühl verspürt, Schuld, weil er damit alle Juden in seinem Haus verriet, die Mesuses über der Tür hatten; aber wenn Leo das komisch fand, dann war es auch komisch, und es machte nichts. Er hatte sogar noch lahm hinzugefügt, daß das einzige, was die Juden um den Hals trügen, Kampferkugeln gegen Masern seien, bloß um den berauschenden Klang von Leos höhnischem Lachen zu hören. Doch schließlich tat die Zeit das Ihre. Die Sonne war zum Zenit aufgestiegen, und Leo machte sich daran, die Drachenschnur aufzurollen. Mißmutig betrachtete David den herannahenden Drachen.

»Läßn jetz nich mehr fliegn?« fragte er ihn wider alle Hoffnung.

»Nee, ich geh runner.«

David hoffte, er würde eingeladen mitzukommen. Was nicht geschah. »Komm doch morgn wieder, hm?« drängte er.

»Ich geh in die Elevent, hab ich doch gesag.«

Die Antwort versetzte ihm einen schmerzhaften Stich. Leo entglitt ihm. Womöglich sah er ihn nie wieder! »Hätt ich doch bloß Rollschuh!« sagte er glühend. »Mensch! Hätt ich bloß Rollschuh!« Und plötzlich kam ihm eine neue Idee. »Um wieviel Uhr kommsn heim? Komms nich um zwölf heim zum Essn?«

»Nö. Ich kauf mir fürn Fünfer Paar Frankfotte mit Brötchn.«

Der letzte Funken Hoffnung. Leos Freiheit war unerreichbar. David konnte richtig spüren, wie er den Kopf hängen ließ. »Dann sehn wir uns also nich mehr?« fragte er jämmerlich.

»Wie soll ich das wissn.« Leo hatte mit dem Abstieg von dem Schrägdach begonnen.

»Ich bring dir Kuchn –« David folgte ihm hinab. »Große Stück, wennd morgn hier ruffkomms.«

»Nö!«

»Kann ich nich mitkomm? Ich kann doch laufn.«

Doch daß er sich so an Leo klammerte, bewirkte nur, daß der noch unfreundlicher wurde. »Ach, komm! Ich will dich nich mitnehm. Bis nich groß genug.«

»Doch!«

»Bis bestimmt noch keine zehn.«

»Doch!« Er log verbissen. »Ich werd bald elf.«

»Also ich werd bald zwölf. Un du has ja auch keine Rollschuh.« Ungeduldig öffnete Leo die Dachtür. »Geh jetzt ma lieber rüber, weil ich geh jetz runner.« Und während er nach unten ging: »Machs gut!« Und schloß abrupt die Tür hinter sich.

»Machs gut!« rief er durch die metallbeschlagene Tür. »Machs gut, Leo!« Und hätte im nächsten Moment losheulen können. Eine Weile stand er noch da und starrte auf die Tür, dann überquerte er traurig das Dach und setzte sich auf die Kiste. Ohne Leo war das Dach plötzlich leer geworden, hatte seinen Reiz verloren. Auch saß er auf der Kiste nicht mehr bequem – er spürte nun die harten Kanten, die ihm in die Schenkel schnitten. Doch durch eine Art Trägheit, ausgelöst durch Verlust, blieb er, wo er war, und er lehnte sich brütend gegen das Oberlicht. Rollschuhe. Das war der eigentliche Grund, weswegen er Leo verloren hatte – weil er keine hatte. Fast konnte er sehen, wie durch Leos sausende Rollschuhe die Kluft zwischen Leo und ihm breiter wurde. Und er hatte Leo so gern gehabt, auch wenn er ein Goj war, lieber als jeden anderen im Block. Wenn er doch nur Rollschuhe hätte! Aber die Chancen standen sehr schlecht. Einen Penny am Tag gab seine Mutter ihm; das machte zwei am Dienstag; drei am Mittwoch. Das würde endlos dauern, und man brauchte Dollars und Dollars. Wenn er Rollschuhe hätte, dann könnte er die verhaßten Jungen aus seinem Block hinter sich lassen, dann konnte er zu Leos Block fahren, zum Central Park, wie Leo gesagt hatte. Dem Park mit den Bäumen, wo er mit Tante Bertha gewesen war, dem weißen Museum – Tante Bertha! Ihr Süßwarenladen! Vielleicht hatte die ja sogar ein altes Paar, das sie ihm umsonst geben könnte! Warum war er nicht schon früher darauf gekommen? Er würde gleich jetzt hingehen. Nein, jetzt ging es nicht. Erst war Mittagessen und dann Chejder. Er würde morgen gehen. Ah, wart nur, bis Leo ihn mit Rollschuhen sah! Freudig rannte er die Treppe hinab.

9

Ohne seiner Mutter zu sagen, wohin er ging, war er an jenem Morgen früh zu Tante Berthas Süßwarenladen aufgebrochen. Es war ein langer Fußweg gewesen, doch große Hoffnungen hatten ihm Kraft gegeben. Und nun sah er ein paar Straßen weiter den vergoldeten Mörser mit dem Stößel über dem

Schaufenster eines Drugstores. Das war die Kane Street. Beim Näherkommen hämmerte es aufgeregt in seiner Brust.

Und wenn sie nun keine Rollschuhe hatte. Nein! Sie mußte welche haben! Er bog um die Ecke, ging ostwärts. Noch ein paar Häuser, dann war der Süßwarenladen da. Als erstes würde er ins Schaufenster sehen. Begierig an den Eisenspiralen des Kellergeländers neben dem Ladenfenster hochspringend, drückte er die Nase an der Scheibe platt, betrachtete die Auslagen. Ein wildes, knalliges Durcheinander von Indianerputz, Notizbüchern, Bleistiftkästchen, Frauenfiguren aus Pappe, amerikanischen Flaggen, ungeschnittenen Bögen von Schlachtschiffen und Ballspielern – aber keine Rollschuhe, auf denen sein huschender Blick sich niederlassen konnte. Die Hoffnung schwand. Nein, bestimmt waren sie drinnen. Tante Bertha wäre ja dumm, etwas so Wertvolles ins Schaufenster zu tun.

Durch einen Spalt spähte er in das Chaos hinein. Hinter dem Ladentisch sitzend, mit einer Hand ein tropfendes Brötchen über eine Tasse Kaffee haltend, wandte Tante Bertha gerade den Kopf zum rückwärtigen Teil des Ladens und blaffte jemanden dort an. David hörte ihre Stimme durch den Eingang dringen. Er stieg von dem Geländer herab, schlich sich um die Ecke des Fensters und ging hinein –

»Faultiere! Üble Wanzen!« kreischte sie, ohne zu bemerken, daß er hereingekommen war. »Esther! Polly! Wollt ihr wohl aufstehn! Oder soll ich mir die Lungen nach euch aus dem Hals schreien! Schnell, ihr stinkenden Kälber, hört ihr! Na?«

Tante Bertha hatte sich verändert, seit David sie zuletzt gesehen hatte. Ohne Korsett sah sie nun dicker, schludriger aus. Der letzte Rest von Sauberkeit in ihrer Erscheinung war verschwunden. Ihre schweren Brüste, die sichtbar gegen ihre mit Fruchtsaft und Schokolade bekleckerte Bluse drückten, schwangen schlampig hin und her. Strähnen ihrer bastgroben roten Haare wanden sich um ihren feuchten Hals. Ihr Gesicht hingegen war seltsam schmal und straff, als zöge ein Gewicht dort, wo ihre Schürze sich wölbte, die Haut herab. »Wartet nur!« fuhr sie fort. »Wartet nur, bis euer Vater kommt.

Ha! Der zerreißt euch mit den Zähnen! Ihr stinkenden Schlampen, es ist schon fast neun!« Sie drehte sich um. »Bitte?« und erkannte ihn. »David!« Das hektische Gefunkel in ihren Augen wurde freudig. »David! Mein kleiner Bonbon! Du?«

»Ja!«

»Komm her!« Wie Äste breitete sie die fetten Arme aus. »Ich muß dich küssen, mein Zuckerschwänzchen! Ich hab' dich ja – wie lange nicht gesehen? Und Mama, warum kommt sie nicht? Und wie geht's deinem Vater?« Wild riß sie die Augen auf. »Noch immer verrückt?« Sie tauchte ihn in eine fette Umarmung, die nach mit Kaffee versetztem Schweiß roch.

»Mama geht's gut.« Er wand sich los. »Papa auch.«

»Was machst du denn hier? Bist du allein gekommen? Den ganzen langen Weg?«

»Ja, ich –«

»Willst was Süßes? Ha! Ha! Ich kenn' dich doch, du Schlingel!« Sie langte in eine Schachtel. »Da, ich geb' dir Anenas mit Mannel. Sprech' ich besser Englisch?«

»Ja.« Er steckte sie ein.

»Un a bissl Soddawassa?«

»Nein, das möchte ich nicht.« Er antwortete auf jiddisch. Aus irgendeinem Grund zog er die Muttersprache seiner Tante dem Englischen doch vor.

»Und so früh!« plapperte sie bewundernd weiter. »Nicht wie meine beiden kleinen Weiber, diese Lahmärsche da! Und du bist noch jünger als die. Wenn du bloß meiner wärst und nicht diese beiden – Viecher!« Wütend brach sie ab. »Selbstsüchtige, modernde Flittchen! Das einzige, was die kennen, ist schnarchen, saufen und fressen! Aber die zieh' ich jetzt aus dem Bett, Gott steh mir bei!« Doch gerade als sie sich schwerfällig zur Tür bewegte, trat ein Mann in den Laden.

»Hallo! Hallo!« rief er laut. »Was rennst du denn weg? Bloß weil ich komme?«

»Ne-ein! Gott bewahre!« rief sie gespielt heftig. »Wie geht's dem Juden?«

»Wie geht's allen Juden? Ein karges Leben. Hast mir tausend Dukaten?«

»Ha! Ha! Kleiner Scherzbold! Das einzige Grüne, das ich zu Gesicht bekomme, sind Gurkenschalen.« Und zu David gewandt: »Geh mal rein, mein Süßer! Sag ihnen, ich opfere sie den Heiden, wenn sie nicht aufstehn! Das ist der einzige von meiner Schwester«, erklärte sie.

»Hübsch«, sagte der andere anerkennend.

David zögerte. »Ich soll da reingehn?«

»Ja! Ja! Vielleicht beschämst du die Säue ja so, daß sie aufstehn.«

»Deine Küken sind noch immer im Nest?«

»Was sonst?« Angeekelt. »Faul wie die Katzen. Geh schön rein, mein Heller.«

Widerstrebend schlüpfte David sich an ihr vorbei, drückte, einen letzten vergeblichen Blick auf das Tohuwabohu auf den Regalen werfend, die Schwingtür auf und ging hindurch. Am Ende des schmalen Durchgangs, der durch die mächtigen bunten Pappkartonsäulen, die dort achtlos aufgestapelt waren, noch enger geworden war, öffnete sich die Küche mit dem schalen Gestank ungespülter Bratpfannen. Der Holztisch in der Mitte war leer bis auf eine halbvolle Flasche Ketchup mit einem schief sitzenden Deckel darauf. Töpfe, einer im anderen, hockten noch auf dem Gasherd. Von einer Ecke der Herdmulde unterhalb der Brenner tropfte Kaffee in eine Pfütze auf dem Fußboden. Der Ausguß war mit Tellern vollgestapelt, und daneben war eine ganze Tüte Brötchen über den Waschzuber verstreut. Aufgeschlagene Zeitungen, zerknüllte Kleidungsstücke, Schuhe, Strümpfe hingen über Stühlen oder lagen auf dem Fußboden herum. Es gab drei Türen, die allesamt geschlossen waren, eine auf jeder Seite und eine mit einem Besen davor, die auf den Hof hinausging.

– Mensch! Dreckig … Welche?

Ein Kichern zu seiner Linken. Behutsam ging er darauf zu.

»Kommse?« Drinnen eine vorsichtige Stimme.

»Psch!«

»He!« rief er mit zurückhaltender Stimme. »Euer Mama will, dasser aufsteh!«

»Wer bisn du?« Herausfordernd von der anderen Seite.

»Ich, Davy.«

»Was fürn Davy?«

»Davy Schearl, Tante Bötas Neffe.«

»Oh! Dann mach ma die Tür auf.«

Er stieß sie auf – Der hartnäckige Gestank getrockneten Urins. Nur von einem kleinen Fenster erhellt, das auf die schmutzigen grauen Backsteine eines Luftschachts hinausging, war der Raum düster. Erst nachdem ein paar Sekunden vergangen waren, hoben sich die Konturen der beiden Köpfe, die aus den grauen, zerwühlten Decken ragten, von der Düsternis ab.

»Er isses!« Eine Stimme vom Kissen.

»Also was wills?« Endlich erkannte er die Stimme als die Esthers.

»Habs doch gesag«, wiederholte er. »Euer Mama will, dasser aufsteh. Se hat gesag, ich solls euch sagn.« Die Botschaft war überbracht, und er trat den Rückzug an.

»Komm zurick!« Gebieterisch. »Du Esel! Was de im Laden wills, hab ich gefrag.«

»N-nix.«

»Un warum bis dann hergekomm?« fragte Polly mißtrauisch. »Bongbongs?«

»Nein. Ich wollt bloß Tante Böta besuchn.«

»Aaa, ders voller Ferdeäppl – Komm, Polly!« Esther war der Wand am nächsten. »Steh auf!« Sie setzte sich auf.

Polly klammerte sich an der Decke fest. »Steh doch selber erst auf.«

»Nu mach schon! Has gehört, was Mama gesag hat.«

»Lasse doch redn«, gereizt.

»Ich mach de Küch nich allein sauber.« Esther stand auf dem Bett. »Du auch!«

»Steig nich über mich drüber. Das bring Unglick.«

»Wenn de nich aufstehs, mach ichs.«

»Versuchs bloß – steig über meine Füß –«

Doch während sie noch sprach, sprang Esther über sie hinweg.

»Blödes Viech!« kreischte Polly. Und packte ihre Schwester, während die unsicher auf dem Bett herumtapste, am Saum des Nachthemds und riß sie zurück. Esther polterte schwer gegen die Wand.

»Aua! Du Drecksgör!« schrie nun Esther. »Wegn dir hab ich mich am Kopp gestoßn.« Dann stürzte sie sich auf die Decken und riß sie zurück. »Jieee!« johlte sie, als Polly überrascht einen Augenblick lang mit dem Nachthemd über dem entblößten Nabel dalag. »Jieee! Alles zu sehn! Alles zu sehn!«

»Ebenso!« Wütend klammerte Polly sich an das Nachthemd der anderen. »Du stinkige Schißkatz! Schäm dich! Schäm dich! Alles zu sehn!« Gleich darauf traten, wanden und verhakten sich vier nackte Schenkel, und einander schlagend, wälzten sich die beiden Schwestern kreischend im Bett umher. Nachdem dies eine Minute so gegangen war, löste sich die zerzauste Esther mit einem letzten bösen Schlag auf die andere, sprang aus dem Bett und raste jammernd an David vorbei in die Küche.

»Ich bring dich um – du verlausta Stinka!« kreischte Polly hinter ihr her. »Ich schlag dir n Kopp ein!« Dann rollte auch sie sich aus dem Bett.

»Na los, probiers doch!« Bebend vor Haß krümmte Esther Finger zu Klauen.

»Das sag ich Mama! Ich sag, was du gemach has!«

»Ich geh nich mit dir runner.« Ihre Schwester spuckte aus. »Wegn dem gehs du allein runner.«

»Dann nich. Dem sag ichs auch!«

»Ich bring dich um!«

»Ja! Weiß, was Polly mach?« Esther wirbelte zu ihm herum. »Jede Nacht piß die ins Bett! Ja, nämlich! Mein Vadder muß der jede Nacht um zwölf n Pißpott hinstellen –«

»Gar nich!«

»Doch! Da!«

»Jetz nehm ich dich nie mehr mit runner, du fiese Schißkatz. Nie mehr!«

»Dann nich!«

»Un ich hoff, der größde schwarze Mörder reiß dirn Aasch auf.«

»Bettpisser!« höhnte Esther unverdrossen. »Bettpisser!«

»Un der komm dann, Buuh!« Polly schlug die Krallen in die Luft, die Augen traten in gespielter Angst hervor. »Buuh! Wie der Masknmann inner Serie! Wuuh!«

»Aaa! Halt de Klapp!« Esther zuckte zurück. »Mama geh mit mir hin.«

»Ja!« brüstete sich ihre Schwester. »Stinkige Schißkatz! Un wer bleib dann im Ladn?«

»Du!«

»Darauf kanns lang wartn!«

»Dann piß ich inne Spül!« drohte Esther.

»Mitn Tellern drin! Na los, machs doch! Weiß ja, was Mama mir dir mach, wenn ichs ihr sag.«

»Dann wart ich halt! Aaa! Dann geh der mit!« kreischte sie in plötzlichem Triumph. »Bää!« Sie streckte die Zunge heraus. »Bää! Davy geh mit mir hin!«

»So? Dann wart ma, wenn ich Sophia Seigel un Yeddie Katz sag, daß mitm Jungn aufs Klo gehs und ihn guckn läß. Wart nur!«

»Stock un Stein brech mir die Bein, aber Wörter tun mir ni-hix!« sang Esther boshaft. »Den laß ich nich guckn. Komm, Davy. Wart, ich muß mir noch de Schuh anziehn.«

»Geh nich!« wandte Polly sich hitzig an ihn. »Sonst hau ich dich!«

»Un ich hau dich!« Wütend stieß Esther die Füße in die Schuhe. »So doll, daß du fliegen gehs! Komm, Davy!«

»Was willsn du?« Fassungslos, ungläubig starrte er von einer zur andern.

»Ich geb dirn Bongbong«, säuselte Esther.

»Das machsde nich!« warf Polly dazwischen.

»Wer frag dich schon, Bettpisser?« Sie packte David am Arm. »Komm, ich zeig dir, wo de mit mir hingehn tus.«

»Wohin gehsn?« Er sträubte sich.

»Runner aufs Klo, du Depp! Bloß klein. Ssssh!« Sie sog scharf die Luft ein. »Mach schnell! Ich geb dir was de wills ausm Ladn!«

»Machs nich!« ermahnte ihn Polly. »Die geb dir nix! Ich geb dir was!«

»Doch, bestimm!« Esther zerrte ihn schon hinter sich her.

»Laß los!« Er wehrte sich. »Ich will nich –« Aber sie hatte »was de wills« gesagt! Eine Vision von Rollschuhen mit blinkenden Rädern erhob sich vor seinen Augen. »Na gut.« Er folgte ihr.

»Schäm dich! Schäm dich!« kläffte Polly hinter ihnen her. »Jeder kenn dich. Der geh mit dir aufs Klo!«

Erschauernd vor Verlegenheit lief er rasch über die Schwelle zu Esther.

»Klappe, Bettpisser! Kümmer dich um dein eignen Dreck!« Sie knallte ihrer Schwester die Tür vor der Nase zu. »Hier lang.«

Eine kurze Holztreppe führte in den schwülen Hof hinab, wo gleich daneben eine weitere Steintreppe in den Keller abfiel. Beim Anblick der Düsternis dort unten begann sein Herz dumpf und qualvoll zu hämmern.

»Has nich gewuß, daß unser Klo im Keller is?« Sie ging voraus.

»Doch, habs aber vergessn.« Vor der Kellertür schreckte er einen Augenblick zurück.

»Bleib dich hinner mir«, gebot sie.

Er folgte argwöhnisch. Die faulige Feuchtigkeit sonnenloser Erde. Ihre losen Schuhe schlurften vor ihm in das zerfließende Dunkel. Zu beiden Seiten von ihm schimmerten die trüb-grauen, einst weiß getünchten Kellerverschläge, die nach nasser Kohle, moderndem Holz, Firnis, Sackleinen rochen. Lediglich Esthers Schritte leiteten ihn nun; ihr Körper war verschwunden. Der stachelige Kamm der Furcht kratzte ihm über Wangen, Hals und Schultern.

– Ist ja gut! Alles gut! Jemand ist ja bei dir. Aber wann bleibt sie – Au!

Seine tastenden Hände stießen gegen sie.

»Wart ma kurz, ja?« flüsterte sie gereizt.

Sie waren bis zur Mitte des Kellergangs gelangt.

»Bleib da«. Ein Türknopf klapperte. Er sah eine Tür aufschwingen – Ein winziges, ekelhaft graues Fenster, mit Spinnweben verhangen, an denen wiederum faseriger Dreck klebte, warf einen fahlen Schimmer auf ein schmutzstarrendes Klosett. In der Finsternis darüber das Gurgeln und Röcheln eines Wasserkastens. Der trübe, abgestandene Muff aus Exkrementen, stehendem Wasser, Verfall. »Du bleibs hier inner Tür stehn!« sagte sie. »Und lauf nich weg – sons bring ich dich um – Ssssh!« Ihr scharfer Atem pfiff. Sie hantierte an dem zerbrochenen Sitz.

»Kann ich draußn bleibn?«

»Nein!« Ihr Aufschrei war fast verzweifelt, als sie sich niederplumpsen ließ. »Bleib inner Tür. Kanns guckn –« Das Zischen und Platschen. »Ooh!« Langgezogen, erleichtert. »Du has kein Schwester?«

»Nein.« Er stand breitbeinig über der Schwelle.

»Has Angs im Keller?«

»Ja.«

»Dreh dich um!«

»Will nich.«

»Bist verrück. Jungs solln keine Angs ham.«

»Du has gesag, du gibs mir, was ich will?«

»Also was wills denn?« In der gruftartigen Stille röhrte das Wasser, als sie die Spülung zog.

»Has Rollschuh?«

»Rollschuh?« Eilig stürzte sie an ihm vorbei zum Hoflicht. »Komm. Wir ham keine Rollschuh.«

»Nich? Keine altn?«

»Wir ham überhaupt keine.« Sie stiegen in die neue Klarheit des Hofes hoch. »Was glaubsn, was das is?« Ihre Stimme wurde kühner. »N Bongbongladn mit zwei Schaufenstern? Un wenn ich welche hätt, dann würd ich se dir nich gem. Rollschuh kostn Geld.«

»Dann has also keine?« Wie ein letztes Ziehen am klemmenden Flaschenzug der Hoffnung. »Nichma kaputte?«

»Neee!« Spöttisch.

Verzweiflung lähmte den Schwung seiner eifrigen Schritte. Ihre schmutzigen Knöchel flitzten an ihm vorbei die Treppe hinauf.

»He, Polly!« hörte er sie quietschen, als sie in die Küche platzte. »He, Polly –!«

»Raus hia, du Stinker!« blaffte die Stimme der anderen.

»Weiß, was der will?« Esther zeigte spottend mit dem Finger auf ihn, als er eintrat.

»Was?«

»Rollschuh! Iee! Hie! Hie! Rollschuh will der!«

»Rollschuh!« Die Heiterkeit ergriff auch Polly. »Son Trottl! Wir ham gar kein Rollschuh.«

»Un jetz muß ichm gar nix gebn!« jubelte Esther. »Wenner was will, was wir nich ham, dann –«

»Aha!« Tante Bertha steckte ihren roten Haarschopf zur Tür herein. »Gelobt sei Gott! Gesegnet sein Heiliger Name!« In übertriebener Inbrunst warf sie den Blick zur Decke. »Ihr seid beide auf! Und das noch gleichzeitig? Ji, ji, ji! Wie kommt das denn?«

Die beiden andern zogen finstere Grimassen.

»Und nun die Küche, das Dreckloch, das ihr gestern hinterlassen habt! Ihr Fettärsche! Muß ich denn alles alleine machen? Wann soll ich denn meine Einkäufe erledigen?«

»Aaa! Brüll doch nich!« Esthers patzige Antwort.

»Die Cholera in euern Bauch!« entgegnete Tante Bertha sofort. »Beeilt euch, sag ich! Kaffee ist auf dem Herd.« Sie blickte um sich. »Komm raus, David, mein Süßer! Komm raus aus diesem Sumpf.« Rasch zog sie den Kopf zurück.

»Aaa, küß mich am Arm« grummelte Polly. »Du bis nich mein Mudder!« Und patzig zu David: »Na los, lauf, du Doofkopp! Raus hier!«

Verdrossen, verwirrt, hastete er den Flur entlang, etwas erleichtert darüber, daß er die Küche verlassen konnte.

»Rollschuh!« Ihr Gejohle folgte ihm. »Hansworst!«

Er kam in den Laden. Tante Bertha, deren massiges Hinterteil den Durchgang blockierte und deren Brüste sich auf dem Ladentisch plattdrückten, beugte sich gerade vor, um einem Kind auf der anderen Seite eine Lakritzstange zu reichen.

»Oi!« stöhnte sie, während sie sich aufrichtete und den Penny entgegennahm. »Oi!« Und zu David gewandt: »Komm her, mein Heller. Du weißt ja gar nicht, was du mir für eine Hilfe warst, daß du sie aus dem Bett geholt hast. Sind dir jemals solche schmutzigen, schamlosen Transusen unter die Augen gekommen? Die sind ja noch zu faul, eine Hand in kaltes Wasser zu stecken. Und ich muß schwitzen und lächeln.« Sie nahm ihn in die Arme. »Möchtest du denn gern so etwas, was ich gerade dem kleinen Jungen da gegeben habe – Ligwisch? Hm? Ist schwarz wie ein Harnisch.«

»Nein.« Er befreite sich. »Du hast keine Rollschuh, oder, Tante Bertha?«

»Rollschuh? Was sollte ich denn damit, Kind? Und in diesem kleinen Misthaufen? Ich kann nicht mal Pistolen für fünf Cent oder gar Tröten mit Rot-Weiß-Blau daran verkaufen, wie könnte ich da Rollschuh verkaufen? Möchtest du nicht lieber ein Eis? Es ist sehr gut und kalt.«

»Nein.«

»Ein bißchen Halva? Kekse? Komm, setz dich ein Weilchen.«

»Nein, ich geh' nach Hause.«

»Aber du bist doch grade erst gekommen.«

»Ich muß gehn.«

»Ach!« rief sie ungeduldig aus. »Laß dich doch noch ein bißchen ansehen – Nicht? Dann nimm diesen Penny hier«, sie griff in ihre Schürze. »Kauf dir davon, was ich nicht habe.«

»Danke, Tante Bertha.«

»Wenn du mich wieder besuchen kommst, kriegst du noch einen. Liebes Kind!« Sie küßte ihn. »Grüß deine Mutter von mir!«

»Ja.«

»Bleib gesund!«

10

Spuckte da einer?

Er blickte auf und nach oben. Nach Norden und Süden hin war die gezahnte Spindel des Himmels ein gleichmäßiges Steingrau.

– Du Depp! Is keine Spucke. Beeil dich!

Schirme tauchten auf. Die schwarzen Einkaufstaschen hastender Hausfrauen nahmen einen taubesprengten Glanz an. In ihren kistenartigen Zeitungsständen deckten unsichtbare Händler die Gazetten mit Borden ab. Als das Nieseln immer dichter wurde, verdüsterten sich die trüben Hausfassaden noch mehr, wurde der Inhalt beschlagener Schaufenster unbestimmbar. Eine dichte, feuchte Trostlosigkeit sog die Dinge auf, laugte alle Farben zu Dunkel aus, schmolz das Besondere ein, ließ Geschiedenes ineinander verschwimmen – lediglich die Spuren der Pferdewagen schimmerten in der schwarzen Gosse noch so weiß wie zuvor. Er ekelte sich vor sich selber.

Naß das Hemd, die Haare, Mensch! Noch zwei Straßen. Hüah! Regen hatte Gehsteig und Gosse mit einem glitschigen Film überzogen. Mit flachen Schritten trabte er vorsichtig heimwärts, tauchte unter Markisen, wann immer er konnte, wich den hervorstehenden Haustreppen aus. Nicht allzu durchweicht erreichte er die Ecke.

»Lauf! Lauf, Zuckerkind! Lauf! Lauf, Zuckerkind!« Vor dem Guß geschützt, gaben Kinder im trockenen Schutz von Fluren den Ruf weiter – ein höhnischer Spießrutenlauf für jene, die durch den Regen rannten. Etliche solcher Knirpse krähten behaglich in seinem eigenen Eingang. Ein paar der Gesichter gehörten jenen, die auf dem Bordstein gesessen hatten, als Kushy von dem Kanarienvogel erzählte. Grollend senkte er den Blick und rannte die Eisenstufen der Haustreppe hoch. Mit denen würde er kein Wort reden. Doch als er gerade in den Flur treten wollte, verstellte ihm einer den Weg –

»He, du bis doch Davy, oder?«

»Ja.« Mürrisch sah er auf. »Was willsn?«

»Da is einer, der such dich.«

»Ja«, setzte ein anderer hinzu. »Rollschuh hatte der.«

»Mich? Einer mit Rollschuh?« Sein Herz machte vor ungläubiger Freude einen Satz. »Mich?«

»Ja.«

»Leo? Hatter gesag, er heiß Leo?«

»Leo, ja; vierter Stock, siem-fümenvierzig. Isn Goj.«

»Un was willer?« Begierig.

»Er sag, solls gleich hochkomm.«

»Ich?«

»Ja, hat bloß geguck –«

Doch da war David schon wieder die Treppe hinabgesprungen und rannte durch den Regen zu Leos Haus. Die Treppe dort ging er hoch, stolz, als habe Leos Besuch seine Lebensgeister mit einem prickelnden, härtenden Glimmen durchdrungen, als wäre seine Existenz in eine neue Form der Zuversicht gegossen. Auch hier drängten sich Kinder im Flur, doch er fegte an ihnen vorbei ohne ein Wort oder einen

Augenblick des Zögerns. Er war Leos Freund! Und ohne einen Hauch von Furcht stieg er die dunklen Stufen hinauf. Im obersten Stockwerk angekommen, blieb er stehen, blickte sich um – all die düsteren Türen waren verschlossen.

»He, Leo!« schrie er, und die Kühnheit seiner Stimme überraschte ihn. »He, Leo, wo wohnsn?«

Er hörte eine Stimme antworten, und fast unmittelbar darauf breitete eine Tür einen Lichtfächer aus.

»Komm rein.« Leo trat heraus.

»Leo!« Am liebsten hätte David ihn umarmt, wenn er es gewagt hätte. »Du has mich besuch?«

»Ja, s hat angefang mit Regnen, da bin ich zurück. Wollt nich, daß mein Rollschuh rostig wern.«

»Mensch, bin ich froh, daß ich nach Haus gekomm bin!« David folgte ihm in die Küche.

»Hab se grad geputz.« Leo setzte sich auf einen Stuhl, nahm einen öligen Lumpen vom Fußboden auf und machte sich daran, die verschiedenen Teile energisch zu polieren.

»Bis ganz allein.« Er setzte sich auf einen Stuhl an der Wand.

»Klar.«

»Wie kommsn ins Haus?«

»Mitn Schlüssl, wiedn sons?«

»Mensch!« Bewundernd. »Du hastn eignen Schlüssl un alls?«

»Türlich. Guck, wie das glänz.« Er hob den schimmernden Rollschuh hoch.

»Mensch, du kanns das.«

»Wenns das jedn Tag machs, dann werden se nich rostig.«

»Nein. Aber guckma, was ich dir mitgebrach hab, Leo.« Das Herz hüpfte ihm vor Freude, als er ihm die beiden Bonbons hinhielt.

»Mensch!« Leo sprang sogleich auf. »Was für sin das?«

»Mannel un Ananas.«

»O Mann! Beide für mich?«

»Ja.« Er bereute nun, die anderen Leckereien, die seine Tante ihm angeboten hatte, nicht genommen zu haben.

»Bisn netter Kerl!« Leo legte die Süßigkeiten auf den Tisch. »Wo hasn die her?«

»Willsse nich essn?« fragte er eifrig.

»Nee, heb ich für später auf. Ich will ers was anners essn.«

»Oh! Mein Tante hat se mir gegebn – Mensch! Hab ganz vergessn, s dir zu sagen. Die hatn Süßwarnladn.«

»Ehrlich! Wo wohn n die?«

»Weit weg, inner Kane Stritt. Aber *du* komms da leicht hin, du has ja Rollschuh.«

»Klar, da gehn wir ma hin – vielleich krieng wir ja ne ganze Kist Scheleebongbongs. Has auch Weingummi gekrieg?«

»Nein«, voller Selbsttadel. »Hätte ich aber – Mensch!«

»Die sin gut.« Leo hatte die Rollschuhe weggelegt und war zum Brotkasten gegangen, der auf einem Bord neben dem Ausguß stand. »Ich muß jetz was essn.« Er holte einen Laib Brot heraus. »Wills auch was?«

»Hab nich son Hunger.« Er war plötzlich ganz schüchtern. »Is noch früh.«

»Na un?« Leo machte sich daran, das Brot aus dem bedruckten Wachspapier zu packen. »Ich ess, wenn ich will.«

»Na gut.« Leos Unabhängigkeit war ansteckend.

»Hab auch was Guts«, verhieß er, während er zum Eisschrank ging. »Was, was s nich jedn Tag bei uns gib.«

Während Leo zwischen den Schüsseln herumstöberte, warf David verstohlen selige Blicke um sich. Es gab ihm ein behagliches, abenteuerliches Gefühl, in einer ganzen Wohnung mit einem allein zu sein, der so findig war wie Leo. Keine Eltern, die sich einmischen konnten, keine Anweisungen, denen gehorcht werden mußte – nichts. Nur sie beide, die in einer abgeschotteten, eigenen Welt lebten. Und gojische Küchen waren auch nicht viel anders als jüdische. Wie seine eigene, war auch diese hier ein viereckiger Raum mit Herd, Ausguß und Waschbütte an den Wänden. Und die Wände waren grün, und die weißen Vorhänge, die von straffen Schnüren über den Fensterrahmen herabhingen, von zu vielem Waschen steif, und das geblümte Linoleum war abgestoßen wie bei ihm. Beide Küchen waren gleichermaßen geschrubbt und sauber, doch während Davids in ihrer Reinlichkeit doch eine gewisse Wärme hatte, verströmte Leos einen kühlen, schalen Seifengeruch. Das war der einzige Unterschied zwischen beiden, vielleicht bis auf ein Bild in der dunklen Ecke am anderen Ende des Raums – ein Bild, das, da konnte David die Augen anstrengen, wie er wollte, keine vernünftige Form annehmen wollte, weil das Licht zu schwach war.

»Hat dien richtig großn Bongbongladn?« Vor dem Eisschrank kniend, hatte Leo Butterbrote geschmiert. Und nun schob er mehrere Gegenstände von einer großen Platte auf eine kleine. »Mit Eisdiel dabei?« Er stand auf.

»Mein Tante? Nee. Die hat bloßn –« Er brach ab, bestaunte, was Leo auf den Tisch gestellt hatte. Auf einem der Teller war ein Stapel Butterbrote, auf dem anderen aber ein Haufen seltsamer rosaroter Tiere, überall nur Beine, Klauen, Leiber – »Wasn das?«

»Das?« Leo kicherte ob seiner Verblüffung. »Weiß nich, was das is? Das sin Krabbn.«

»Kra–? Ach, Krabbn! Die warn irgntwie grün, wie ich die inner Kist inner Second Evenju gesehn hab –«

»Ja aber die wern immer rot, wenn de se kochs. Die sin richtig gut! Willsn paar?«

»Nee!« Sein Magen krampfte sich zusammen.

»Has die noch nie gegessn?«

»Nee! Das dürfn Judn nich.«

»Mann! Judn dürfn aber auch gar nix essn.« Er nahm sich eines der Ungeheuer. »Ein Glück, daß ich kein Jud bin.«

»Ja.« David stimmte ihm vage zu. Doch zum ersten Mal, seit er Leo kennengelernt hatte, freute er sich über seine Glaubensregeln. »Wie ißn das?«

»Leicht!« Leo knipste eine scharlachrote Klaue ab. »Einfach reinbeißn, siehs?« Er tat es.

»Mensch!« staunte David.

»Da s Butterbrot.« Leo hielt ihm eine dicke Scheibe hin. »*Das* kanns aber essn, oder? Das s bloß amerikanisches Brot.«

»Ja.« David betrachtete es neugierig, während er es nahm. Anders als sein Brot war diese Scheibe weder trübgrau noch braun, sondern teigfahl und weich wie Paste zwischen den Fingerspitzen. War die Kruste auf dem Brot, das seine Mutter kaufte, steif und dick wie Karton, so hatte dieses eine biegsame, nachgiebige Rinde, dünn wie die sparsamste Kartoffelschale oder die Hülle, die man von einem Bleistift abwickelte. Und die Butter – er probierte sie – Salz! Nie zuvor hatte er gesalzene Butter gegessen. Doch so breiig und salzig der erste Mundvoll auch war, richtig abstoßend war er eigentlich nicht –

»Wir könn essn, was wir wolln«, teilte Leo ihm mit, während er an einer aufgeknackten Schale sog. »Alles, was gut is.«

»Ja?« Während David den matschigen Brei in der Wange herumrollte, war sein Blick erneut auf das Bild gefallen und hatte sich wieder im Schatten verloren.

– Ein Mann. Was? Kann nicht sein.

»Un ich eß jede Art Brot, wos gib«, fuhr Leo stolz fort. »Italjensche Brotstang, deutsches Pummernickl, jüdsches Roggen – sogar, wie heiß das, Matzis – Matjes –« Er kicherte. »Das is ja nix alsn großer Keks – Has schon mal richtige Spageddi gegessn?«

»Nein, wasn das?«

»De Itaka essn die wie Kartoffl. Un das is vielleich gut!« Er strich sich über den Bauch. »Da könnt ichn ganzn Eimer allein von essn. Wir ham früher nebn den Aglorinis gewohn – die warn Italjenner –«

– Genau wie mein Bild – bei mir zu Hause – mit den Blumen. Ist was anderes, wenn du's kennst. Mußt es kennen, sonst kannst du's nicht sehen. –

»Un Lily Aglorini hat mir un meiner Altn immern Tellervoll gebring. Nämlich wenn meine Alte den Kuchn gebring hat, wie se noch innem Restorang gearbeit hat. Un was die für Käs drauftun – Heilger Strohsack! Kein Wunner, daß de Makkaroni Knoblauchbombn furzn könn!«

– Ein Mann, eindeutig. Ganz klar. Bloß hängen ihm die Gedärme raus. Brennt. Mensch, so ein verrücktes Bild. Nicht mal meines ist so. Aber werd' verrückt, wenn ich frage –

»Wenn meine Alte bloß richtige italjennsche Spageddi machn könn – He!« rief er unvermittelt. » Was gucksn da?«

»N-nix!« David senkte schuldbewußt den Blick. »Was isn –« (Nicht, frag ihn nicht!) »Mensch!« Er spürte, wie ihm die Röte warm ins Gesicht schoß, und hielt verwirrt inne. (– Du Depp! Nächstes Mal hörst du zu!)

»Was is was?« fragte er und starrte ihn mit offenem Mund unschlüssig grinsend an.

»A – ja!« Wieder, wie auf dem Dach, fand er einen geeigneten Ausweg. »Aber ich weiß nicht, wie ich das sagn soll. Mein Mudder, die sag das – bloß auf jiddisch.« Er grinste abwehrend.

»Na, dann sags doch!« Ungeduldig.

»Wass an Orr – an Orrganniest? So hat sies gesag.«

»N Ohganis, meinsde! Ohganis – Klar! So ein ham wir bei uns inner Kirch. Der spielt de Ohgl.«

»Ja?«

»Das sieh wien Klavier aus – bloß flöt das – oben druff, ja? Hat lange Feifn und so. Has das nich gewuß?«

»Nicht so genau – bloß auf jiddisch.«

»Ja, das isses. Aber wer hatn was vonner Kirch gesag?«

»Niemand!« Mit entschuldigender Eile: »Du has Spageddi gesag.«

»Ja!« Gekränkt.

»Fährsde auch im Winner Rollschuh?«

»Nee, du Trottl!« Leo schnappte nach dem Köder. »Wie willsn im Winner Rollschuh fahrn mit dem ganzn Schnee? Da fährs wie auf ner Rutschbahn. Has schon ma eine n ganzn Block lang gehab?« Er wurde wieder munter. »Aber wir – ich un Patsy McCardy un Buster Tuttle – die is vonner Elevent bis ganz zur Stevens Street gegang.«

»Mensch!« David entspannte sich wieder.

»Un Lily Aglorini will drauf schliddern un peng!« Die Krabbenschale beschrieb einen roten Bogen. »Mittn aufn Stinka! Boa! Isn ganzn Block runner mit de Füß inner Luf!«

Gedärme wie bei einem Huhn, offen. Und er hält sie auch noch in der Hand. Hat einen Backenbart, oder?

»Un dann fäll das Ferd druff, un dann streu de Cop Asche druff. Aber ich und Patsy, wir ham die vielleich geärgert, weil se ne rote Unnerhos angehab hat.«

– Sieh einfach nicht mehr hin!

Doch Leo hatte einen kurzen Blick über die Schulter geworfen. »Oh!« Voller Mißbilligung fragte er überrascht: »Da has immer hingeguck?«

»Nein, hab ich nich! Ehrlich! –«

»Doch, erzähl mir nix«. Verärgert. »Jetz has schon zweima nicht zugehör!«

»Ich hab nich –« Er ließ den Kopf sinken.

»Na los!« Die Krabbe knirschte zwischen wütenden Zähnen. »Gucks dir genau an, ja?«

»Darf ich?«

»Dafür isses doch da! Na klar darfs!«

Entschuldigend rutschte David vom Stuhl und ging hin. »Ah, jetz seh ichs.« Konzentriert schaute er zu ihm hinauf. »Is nich so, wie ich gedach hab.« Der Mann trug zwar einen Bart, doch statt seine Eingeweide in den Händen zu halten, deutete er auf seine Brust, in der das leuchtend rote Herz offenlag.

»Was hasn geglaub, was es is?«

»Habs nich gut sehn könn«, ausweichend.

»Has das noch nie gesehn?«

»Nee.«

»Das s Jesus uns Heilge Herz.«

»Oh! Wie komm das?«

»Wie komm was?«

»Der is drin ganz hell.«

»Na ja, weil er so heilig is.«

»Oh.« Plötzlich verstand David. »Wie der auch!« Fasziniert starrte er auf das Bild. »Der Mann, von dem mir mein Rabbi erzähl hat – der hatts auch!«

»Hatte was?« Leo stellte sich neben ihn und blickte ebenfalls hoch.

»Das Licht da!«

»Das hatt der nich habn könn«, behauptete Leo dogmatisch. »Dasn christlichs Licht – das s viel größer. Größer als n jüdsches Licht.«

David hatte sich zu Leo hingedreht, doch nun hielt er inne und starrte auf die entgegengesetzte Wand. Direkt über seinem Stuhl hatte die ganze Zeit über der gleiche Mann gehangen. Nur erkannte David ihn diesmal. Er war aus fleischfarbenem Porzellan und hing mit etwas um die Lenden, was wie eine Windel aussah, an einem schwarz glasierten Kreuz. »Isser das?«

»Ja! *Den* has aber schon ma gesehn, oder?«

»Ja, irgendwo. Aber ich hab nich gewuß, dasser direk über mir war.« Ängstlich betrachtete er das Kruzifix. »Einma, da hab ichs innem italjenschn Bestattungsladn gesehn. Ders immer mit Nägeln, oder?«

»Ja.« Leo nahm sich noch eine Scheibe Brot.

»Aber ich hab nich gewuß, daß dasn – Du wirs nich wütend, ja wenn ichs dich frag?«

»Nee!« Und eine zweite Krabbe. »Frag!«

»Warum is der Teller da auf seim Kopf kaputt?« Er zeigte auf das Kruzifix. »Un – da isser nich kaputt.« Jetzt zeigte er auf das Bild.

»Ha! Ha!« prustete Leo mit vollem Mund. »Bis du vielleich doof! Das s kein Teller, dasn Heilgnschein! Has noch nie n Heilgnschein gesehn? Der is aus Licht! Un das s auch kein Teller.« Er zeigte auf die Gestalt am Kreuz. » Das s sein Dornkron – spitzer wie Nadln, was de Judn ihm aufgesetz ham.«

»Judn?« wiederholte David entsetzt und ungläubig.

»Klar. De Judn sin de Christmörder. Die hamen da rangehäng.«

»Nein!«

»Un ob!«

»Mensch! Wann?«

»Lang her. Tausnde Jahr.«

»Oh.« Die Ferne bot ein wenig Trost. »Das hab ich nich gewuß.« Hundert andere Fragen bestürmten seine Zunge, doch aus Angst vor weiteren Enthüllungen unterdrückte er sie. »Mensch, ders inn un außn hell, hm?« Mehr wagte er nicht zu sagen.

Ohne sich um eine Antwort zu bemühen, leckte Leo sich die Finger ab und griff nach den Bonbons. »Hmm! Manneln! Mann, von den könnt ich mir bestimmt zehn auf eima inn Mund steckn. Kriegs die jedesma, wennde da hingehs?«

»Ich geh da nich hin.«

»Nicht? Herrgott, ich würd da jedn Tag hingehn, wenn mein Tant n Bongbongladn hätt.«

»Is zu weit.« Er antwortete, weil er wußte, daß Leo eine Antwort erwartete, doch in ihm ereignete sich etwas Seltsames, etwas schwoll in ihm an, preßte gegen seine Seiten, seine Brust, machte seine Handflächen feucht und klebrig, er sprach gedämpft und zögernd, als wäre er schlaftrunken.

»Na un?« Leo sog die Reste aus den Zähnen. »Laß dich doch einfach vonm Wagn mitnehm.«

»Hab kein gesehn.« Er wunderte sich, daß Leo sein hämmerndes Herz nicht hören konnte.

»Kein gesehn!« schnaubte er ungläubig. »Inner Avenue D – da bis doch hin, oder?«

»Ja.« Das Seltsame war nun fast so spürbar geworden wie Schleim, wenn er atmete. Von einem ungeheuren Verlangen schien ihm schlecht zu werden. Er mußte fragen! Er mußte fragen!

»Na, un warum bis jetz hin?«

»Rollschuh. Hab gedach, vielleich –« Seine Stimme verlor sich.

»Hatse keine gehab?«

»Nein.« Er merkte, wie ihn die dornige Klarheit von Leos Stimme plötzlich störte – eine Klarheit, die ihn unablässig aus einer leidenschaftlichen und doch monströsen Lethargie herausstichelte.

»Dann soll die se für dich kaufn. So würd ich das machn. Die krieg se billiger wie du –«

»Leo!«

»Was?«

»K-kanns mir –« ein langsamer Finger erhob sich und zeigte darauf – »mir ein von – ein von –« Er konnte nicht zu Ende reden.

»Ein von wa-a-as?« Zutiefst überrascht schlug Leo sich mit der Hand auf die Brust.

»Ja.« Ihm war ganz schwindelig.

»Mein Skapuller? Mann, du bis wohl plemplem! Für was willsn das?«

»Ich wills hal.«

»Wills mich veraaschn oder was?« Argwöhnisch.

»Nein!« Vehement schüttelte er den Kopf. »Nein!«

»Aber du bis doch n Jud, oder?«

»Ja, aber ich –«

»Na, ihr dürf das nicht tragn – weiß das nich? Die sin bloß für Kathlikn.«

»Ach!«

»Hab eh kein – bloß nochn kaputtn Rosnkranz, wo mein Mudder innem Restorang gefunn hat.«

»Wasn das, n Rosnkranz?« Begierig. »Kann ich das ham?«

»Nu hör aber auf! Bis blöd oder was?«

»Ich kann dir auch viel Kuchn und Bongbongs gem – sogar mein Penny – Da!« Er zeigte ihn.

»Nee! Der gehört mir nich und ist auch noch viel teurer. Mann! Wenn ich gewußt hätt, daß du einem so auf die Nervn gehn kanns, dann wärs nicht hier hochgekomm.«

»Das hab ich nicht gewuß.« David spürte, wie seine Lippen zitterten.

»Ah, du weiß nie was!« Harsche Stille trat ein.

»Soll ichn jetz gehn?« Seine Stimme war trostlos.

»Ah, kanns hier bleibn«, grummelte Leo. »Aber hör auf, mir aufn Piß zu gehn, ja?«

»Is gut«, demütig. »Ich frag nich mehr.«

»Is dein Tante auch knickrig?« Leo überhörte die Entschuldigung gereizt.

»Nein.« Er schob Verlangen und Enttäuschung weg und widmete Leo seine ganze Aufmerksamkeit. »Die gib mir alles.«

»Dann machs doch, wie ichs dir sag – sag, se soll dir Rollschuh kaufn und se dir dann auf Treu und Glaubn verkaufn oder so.«

»Vielleich frag ich ses nexte Mal.«

»Ja. Geh jedn Tag hin, bisse se dir gib, das s der Trick.«

»Mag ich nich.«

»Was, sie fragn?«

»Nee. Ihre Kinner. Die sin nich ihre richting Kinner.«

»Du meins, Stiefkinner.«

»Ja.«

»Was isn los mit den? Rotzig oder wie? Geb den doch was uffs Aug.«

»Die sin größer wie ich. Un die schrein ein an un so.«

»Has etwa Angs vor den? Laß dich bloß nich unnerkriegn.«

»Ich hab eingtlich kein Angs, bloß die sin so dreckig und die wolln, daß man mitn in Keller geh un so.«

»Keller?« Leos Interesse war geweckt. »Warum hasn nicht gesag, das sin Mädchn.«

»Ja, ich mag die nich.«

»Bis mit runnergegang?« Mit einem begierigen Grinsen beugte er sich vor.

»Ja.«

»Wirklich? Un was has gemach – jetz kein Scheiß!«

»Gemach?« David wurde unruhig. »Nix.«

»Nix!« ächzte Leo, ungläubig.

»Nein. Die hat gesagt, ich soll aufm Klo wartn, un dann hatse gepiß.«

»Du has nix gemach, un die ham gesag, du solls mit in Keller?«

»Bloß eine hats gesag.« Verwirrt wehrte er sich gegen Leos Hartnäckigkeit.

»Öh!« krähte er. »Du Weichei!«

»Weil die hat gesag, die gib mir, was ich will.«

»Was, un du has nix gewoll?«

»Ich hab Rollschuh gewoll – n altes Paar«. Lahm trat er den Rückzug an. »Ich hab gedach, vielleich hatse welche.«

»O Gott, bis dun Dussl! Un du has gesagt, du bis zehn. O Gott. Hatse dichs sehn lassen?«

»Was?« Nicht einmal sich selbst gestand er ein, daß er es erriet.

»Aa! Erzähl mir doch nich, daß de das nich weiß –« Und er spreizte die Beine. »De Ritz!«

»Die ham sich im Bett gepriggl«, gestand David widerstrebend und verstummte gleich wieder; er wünschte, er hätte gar nicht davon angefangen.

»Na un?« Leo preßte ihm die Aufgabe des letzten Skrupels ab.

»Nix. Die ham bloß mit – mit de Bein getretn un da – da hab ichs gesehn.«

»Bo!« Leo stöhnte auf. »Kein Unnerhos?«

»Nein.«

»Wie groß sin die?«

»Größer wie ich – etwa so.«
»Größer wie ich?«
»Nein.«
»Genau meine Größe – o Mann! Vor was hasn Angs gehab, du Trottl! Die sin doch nich deine richting Kusien. O Mann, wenn ich un Patsy da wärn – o Mann! Schade, dasser im Lager is. Eima sin wir mit Lily Aglorini in mein Haus inner Elebent, un wir ham gesag, wir machn de Übung vom Spielplatz von St. Joseph – Beugn, weiß? Un wir beugn se übern Stuhl und ziehn ihr de Unnerhos runner – o Mann! He! Da gehn wir jetz hin, du un ich – was meins? Ich mag Judnmädl!«
»Du meins, du wills – du wills mit den –« David schreckte zurück.
»Klar, los, da gehn wir jetz hin!«
»Nee!« rief er erschrocken aus. »Ich will nich!«
»Wasn los – sin die jetz nich da?«
»N-nein. Aber ich – ich muß jetz gleich heim.« Er war vom Stuhl gerutscht. »Gib bald Essn.«
»Na gut, dann hinnerher – wennde gegessn has.«
»Dann muß ich inn Chejder.«
»Wasn das?«
»Wo de Hebräisch lerns – bei an Rabbi.«
»Kanns da nicht schwänzn?«
»Dann kommt er zu mir nach Haus.«
»Dann komm, bevor de da hingehs.«
Wieder umschloß die verzerrende Kugel der Unwirklichkeit seine Sinne. Wieder sackte die Welt ab, verschob sich, und mit ihr Leo – ein Fremder. Warum vertraute er auch allem, jedem? »Ich will nich«, murmelte er schließlich.
»Was! Ich hab gedach, du bis mein Freund!« höhnte Leo voller Verachtung. »So einer bisde also?«
David starrte verdrossen zu Boden.
»Weiß was?« Die Stimme war wieder begierig. »Du wills doch Rollschuh lern, oder? Oder?«
»J-ja.«
»Na ja, ich lerns dir – jetz gleich. Ich leih dir meine, wenn wir da hingehn – jeder auf eim Rollschuh.«
»Nee! Ich geh jetz.«

»Ach, du Jid – Komm, ich geb dir paar von mein Schachfigurn – hab ne ganze Menge Könige un Dam. Du, du muß gar nix machn, wenndes nich wills. Wir gehn zusamm hin, aber du kanns so lang draußn wartn. Ich mach auch gar nix – willse bloß ma anfassn.«

»Ich will nich.« David war schon an der Tür.

»Du knickriger Jid! Du wills alles für dich allein, was? Also, laß dich bloß nich mehr hier blickn, sons hau ich dir eine! He!« Als David die Tür öffnete. »Wart doch!« Er packte ihn am Arm. »Komm widder rein.« Er zerrte David herein. »Komm, ich sag dir, was ich dir geb –«

»Ich will aber nix!«

»Warts ab! Warts ab!« Während er David weiter anflehte, zog er einen Stuhl quer durch die Küche zu einem Geschirrschrank über dem Vorratsspind, kletterte auf dessen Rand, langte nach oben und zog eine verstaubte Holzkiste herab, die er beim Herabsteigen auf den Tisch fallen ließ. Der Form nach ähnelte sie den Kreidekästchen in der Schule und hatte sogar die gleiche Art Schiebedeckel. Aber ein Kreidekästchen konnte es nicht sein, denn David hatte es gerade noch geschafft, das Wort Gott, das in fetten schwarzen Buchstaben darauf gedruckt war, zu sehen – wobei die Buchstaben seltsamerweise unmittelbar über einem großen schwarzen Fisch standen. Aber bevor er sich noch vorbeugen konnte, um die kleineren Buchstaben unter dem Fisch zu entziffern, hatte Leo – »Da drin is das, was de gewoll has« – den Deckel herausgezogen. Leo wühlte in dem Durcheinander von Schmuck, Ringen, Medaillons, Kameen herum. »Ja, siehs das?« Er zog eine zerrissene Schnur mit schwarzen Perlen in zweierlei Größe hervor, an deren einem Ende ein winziges Kreuz hing, an dem eine Goldfigur, aufrecht wie die an der Wand, befestigt war. »Das der kaputte Rosnkranz, wo mein Alte gefunn hat, fehln bloß paar Perln. Den geb ich dir. Komm, das is was ganz Heilges.«

David starrte fasziniert darauf. »Darf ich den anfassn?«

»Na klar, los doch.«

»Mach der das gleiche wie das um dein Hals?«

»Türlich! Und is noch viel, viel heilger.«

»Und den gibsde mir?«
»Na klar – für immer! Wenn de mich morgn mit zu dir mitnimms, gehört er dir. Was meins, abgemach?«
Der Kopf schwamm ihm, als er auf die Perlen, fest umrissen, eindeutig, starrte. »A-abgemach.« Er schwankte.
»Juhuu!« Leo wirbelte die Perlen begeistert herum. »Schau! Und du muß gar nix machn – steh einfach Schmiere, wie ichs dir gesagt hab. Die sin nich dein richtige Kusien – kann dir doch egal sein – o Mann! Was has gesag, wohin hasse mitgenomm?«
»Ich hab nich sie mitgenomm – sie mich.« Nun, da er eingewilligt hatte, packte die Angst ihn erst richtig.
»Is ja auch egal – wohin?«
»In Keller – ihrn Keller – unnerm Laden, wos Klo is.«
»Da gehn wir auch mit ihr hin, hm?«
»Aber ers muß durchn Ladn.«
»Was? Kamman sich da nich von außn reinschleichn?«
»In n Ladn?«
»Nee, in n Keller.«
»Weiß nich.«
»Bestimm! Bestimm is da ne Tür offen – Wann gehn wir?«
»Wann willsn?«
»Morgns – früh – um zehn. Was meins? Ich wart unn an deine Trepp midde Rollschuh. In Ornung?«
»Ornung«, willigte er dumpf ein. »Dann geh ich jetz.«
»Was hasn so eilig?«
»Ich muß. Ich muß heim.«
»Also, dann bis bald! Un vergeß nich – um zehn.«
»Nein – um zehn.«
Er ging hinaus, die Tür schloß sich, während Leo ein letztes Mal kicherte. Und David tastete sich zu der düsteren Treppe vor und ging hinab. Hoffnung, Furcht, Verwirrung hatten ihn aller Sinne beraubt. Sein Verstand war betäubt und kraftlos, wie von Kälte gelähmt. Ohne Worte, ohne Bild spürte er wieder, wie Vergangenheit und Zukunft im nächsten Tag zusammenflossen. Und entweder fand er für seine Angst eine Lösung, oder er war verloren. Er trat in den trostlosen Regen hinaus wie in ein Omen …

11

Später Vormittag.

Sein nervöser Blick wanderte von verschmiertem Fenster zur Uhr und wieder zurück zum Fenster –

»Dreh dich, dreh dich, kleines Mühlrad«, erklang nun ihre Stimme, kaum deutlicher als ein Summen, seltsam fern. »Arbeit ist kein Spiel, die Stunden ziehn dahin, kleines Mühlrad.« Nur ihre Beine hingen in der Küche – die Sohlen abgetretener Hausschuhe bogen sich schlaff von den bloßen Fersen herab –, während seine Mutter auf dem Sims saß und die Außenseite der Scheibe putzte. Unter den energischen Strichen des Lappens weiteten sich die schneeigen Ufer des Scheuerpulvers rasch von einem Kanal zu einem Golf. Und in der breiter werdenden Klarheit erschien zunächst ihr Hals, gerade zwischen erhobenem Kinn und altem blauen Kleid, und dann ihr Gesicht, blaß und vielflächig, und zuletzt ihr braunes Haar, das die Sonne als feinen Goldschimmer einfing. »Dreh dich, dreh dich, kleines Mühlrad ...«

– Käme sie doch nur herein! Kriege Angst, wenn sie so dasitzt! Und dann noch im vierten Stock – ganz weit runter! Wenn sie –! Ooh! Nicht! Und genau das Fenster war es. Kann das Dach von hier aus sehen. Ja, da wo sie – verflixt noch mal! – da wo sie geguckt haben.

Gereizt wandte er den Blick zu dem anderen Fenster, das offenstand und auf die Straße hinausging. Der Himmel über den Dächern, von Regen gespült und wolkenlos, verspottete ihn mit seiner Heiterkeit. Auf der Straße, zu tief unter dem Fenster, als daß man sie hätte sehen können, hatte sich mit dem Morgen die tumulthafte Flut erhoben, und ein wildes Durcheinander von Geräuschen und Stimmen ergoß sich über den Sims wie über einen Deich. Die Luft war außergewöhnlich kühl. Zwischen den aufgezogenen Vorhängen eines offenen Fensters auf der anderen Straßenseite kämmte eine Frau einem kleinen Mädchen mit einem viereckigen schwarzen Kamm die Haare. Letzteres zuckte jedesmal, wenn der Kamm niederging, zusammen; sein dünnes Greinen tanzte auf den verschlungenen Wellen des brausenden Getöses der Straße.

–Läusekamm. Tut weh. Bleibt am Kopf hängen ... möchte wissen, ob – ob –! Spät jetzt, aber wag nicht rauszuschaun. Wenn er wartet – Aber kann nicht mehr dasein. Muß gegangen sein. Bestimmt! Jetzt ist's –? Fast halb zwölf. Zehn, hat er gesagt. Muß gegangen sein. Halb zwölf und halb zwölf und alles ist gut ... Wo? Wachmann dann, im Buch. In der Drei A, ja. Uhr. Hatte irgendwo. De Bur zum Acker fuhr. Uhr. Hatte nie. Aber – Rad – was? Einst ... Einst hatte ich ... Sag's noch mal und erinnere dich. De Bur zum Acker – verrückt! Warum sagt man das? De Bur zum Acker fuhr und holte die Zichur. Zichorie. Im Kaffee. In einer weißen Kiste für acht Cent, gelb an den Seiten. In einer Kiste. Kiste. Gestern. Gott, stand drauf, und heiliger als Judenlicht mit der Kohle. Und wenn schon? Aber der Fisch, warum der Fisch? Konnte die kleinen Buchstaben alle nicht lesen. Hätt' ich's doch nur gekonnt. Bestimmt wüßt' man's dann. Die Perlen bringen dir Glück, sagte er. Mußt dann vor nichts mehr Angst haben. Mensch, wenn das so wär' – aber will's nicht, fertig. Geh' nicht. Und der komische Traum, den ich hatte, als er sie mir gab. Wie? Vergeß ihn schon. Dach waren wir mit der Leiter. Und er steigt hoch auf die Sonne – Zack eins zwei drei. Runder Ball. Runder Ball leuchtet – Wo hab' ich gesagt, siehst du? Runder Ball, und er hat ihn mit einem Pflasterstein weggeschlagen und tut ihn in den Eimer. Und ich habe ihn dann gegessen. Besser als Rührkuchen. Besser als jeder, den ich schon mal gegessen hab. Woraus der wohl ist – Nichts, Trottel! Träume. Hab' bloß geträumt –

Das quietschende Fenster beendete seine unstete Träumerei.

»Da!« Seine Mutter gab einen Seufzer der Erleichterung von sich, als sie unter dem Schiebefenster hereinrutschte. »Jetzt fehlt bloß noch ein guter Regen, der alles wieder zunichte macht.«

Sein Blick folgte dem ihren. Die nun makellosen Scheiben verrieten ihr Vorhandensein nur noch durch einen funkelnden Hauch – bis auf die Stellen, wo winzige Fehler unerklärliche Schattierungen zu verzerrenden dünnen Stellen kräuselten.

»Alle sind sie sauber«, sagte er nachdrücklich. »Jetzt brauchst du nicht mehr draußen zu sitzen.«

»Das sind sie.« Sie wusch sich die Hände unter dem Hahn. »Jetzt hänge ich die Vorhänge auf.« Und griff nach dem Handtuch. »Du hast wohl heute nicht vor, runterzugehen, wie?« Ihr Lächeln war verwirrt.

»Doch!« protestierte er argwöhnisch. »Aber später, vielleicht.«

»Weißt du« – sie faltete den Vorhang auseinander – »in letzter Zeit benimmst du dich fast so wie damals in Brownsville, wo du wie Pech an mir geklebt bist. Und welche Angst du vor dieser kurzen Treppe hattest! Das bedrückt dich doch nicht mehr, oder?«

»Nein.« Plötzlich war er böse auf sie, weil sie ihn so in Verlegenheit brachte. »Das hat nichts mit der Treppe da unten zu tun. Hab' ich dir doch gesagt.«

»Was ist denn mit deinen ganzen Freunden passiert?« Ihre flinke Hand wickelte die Vorhangschnur um einen Nagel. »Sind die alle weggezogen?«

»Ich weiß nicht – mag sie eh nicht.«

»Ach!« Bedauernd. »Das Garn, mit dem die Katze gespielt hat, ist leichter zu entwirren als mein Sohn. Gestern hat es von Mittag bis zum Dunkelwerden geregnet, und da bist du die Treppe hoch- und runtergesaust wie ein Butterfaß. Und nach dem Abendessen, zwischen Alberts Schlafenszeit und deiner, hast du zappelig wie ein Vögelchen am Fenster gesessen – bloß schweigsamer. Ich hab's gesehen!« Sie hob einen sanft tadelnden Finger. »Also, was bedrückt dich? Was ist?«

»Nichts!« Verdrossen zog er eine Schnute. »Nichts ist los.« Doch in Gedanken war er schon dabei, die Entschuldigung zu formulieren.

»Aber da ist doch was«, beharrte sie ernst. »Heute morgen bist du mit mir aufgewacht – um sieben – und gestern auch. Aber gestern hättest du in deinem Eifer dein Frühstück stehenlassen, wenn ich dir erlaubt hätte, nach unten zu gehen. Heute – Also, was ist los?« Eine leise Ungeduld färbte ihren Ton.

»Nichts.« Er schüttelte sie ab.

»Willst du es deiner Mutter nicht sagen?«

»Es ist bloß ein Junge.« Jetzt *mußte* er antworten. »Er – er will mich schlagen. Er hat gesagt, er würd's tun, wenn er mich kriegt. Weiter nichts.«

»Ein Junge? Wer?«

»Ein großer Junge – Kushy heißt er. Gestern haben sie gesagt, im Keller in der Tenth Street wär' ein Nickel. Und dann sind alle hingerannt und haben versucht, ihn zu angeln. Und Kushy hat gesagt, er hätte ihn nicht geangelt, weil ich ihn geschubst hätte.«

»Und dann?«

»Und jetzt wollen er und sein Partner mich schlagen.«

»Ach, das ist alles? Na, dem kann leicht abgeholfen werden.«

»Warum?« Die momentane Zufriedenheit mit sich selbst verwandelte sich in Unbehaglichkeit. »Was willst du denn tun?«

»Ich gehe mit dir runter.«

»Nein!«

»Aber natürlich. Ich lasse nicht zu, daß jemand dich den ganzen Tag hier einsperrt. Du zeigst sie mir einfach, und dann –«

»Nein, das darfst du nicht machen«, unterbrach er sie verzweifelt. »Wenn du mit runterkommst und mit denen redest, dann sagen sie hinterher ›Angshas‹ zu mir.«

»Was bedeutet das?«

»Ein Hase, der Angst hat.«

»Aber bist du das denn nicht?« lachte sie. »Du hast doch ein bißchen Angst.«

»Das hätte ich nicht, wenn die nicht so groß wären.« Er versuchte, die Bahn der Abschweifung zu erweitern. »Du solltest mal sehen, wie groß die sind. Und dann sind sie auch noch zu zweit.«

»Desto eher müßte ich mit dir runtergehen.«

»Aber ich will doch gar nicht runter!« Nachdrücklich. »Ich will hier bleiben.«

»Das sagst du nur so.«

»Nein, bestimmt nicht! Ich habe Hunger.«

»Ich habe dir Kuchen und einen Apfel angeboten«, erinnerte sie ihn. »Gerade vor einer Weile, als ich mit dem Saubermachen angefangen habe.«

»Da hatte ich noch keinen Hunger.«

»Ach!« sagte sie abschätzig und blickte zur Uhr. »Du bist wie eine dieser großen glänzenden Fliegen in Österreich, die rückwärts und vorwärts fliegen oder in der Luft stehen können, als wären sie da angenagelt. Und was willst du tun, wenn du satt bist – hier bleiben, bis der Messias kommt?«

»Nein. Dann renn' ich zum Chejder und spiele im Hof und warte auf den Rabbi.«

»Sagst du mir denn auch die Wahrheit?«

»Ja, bestimmt.« Sein verletzter Blick hielt stand.

»Na.« Sie seufzte. »Was möchtest du also – ein Sülzomelett?«

»Ham, ham!«

»Na gut.« Sie lächelte liebevoll. »Solange ich dich zum Essen bringen kann, fühle ich mich sicher – Das ist das einzige Zeichen für uns.« Ihre Brüste hoben sich, und plötzlich weiteten sich ihre Nasenlöcher. »Aber warum seufze ich?« Und ging zum Geschirrschrank, um einige Schüsseln herauszuholen. »Ich glaube, das kommt vom Fensterputzen. Das erinnert mich immer an Brownsville und das Fenster mit dem Gekritzel und den Gesichtern drauf. Ob die inzwischen wohl sauber sind?« Sie ging zum Eisschrank. »Sind das erst anderthalb Jahre her, seit wir dort weggezogen sind? Das erscheint mir weiter weg, als man mit fünf Cent fahren kann.« Und sie verstummte, schlug die Eier am Schüsselrand auf.

– Mensch, ganz schön Glück gehabt. Die kann ich jederzeit behumpsen. Die weiß nichts. Dann krieg' ich auch das schwarze Dings in der Kiste also nicht. Und wenn schon!

Der Gasherd knallte leise unter dem Streichholz. Sie nahm eine Bratpfanne vom Haken an der Wand und stellte sie auf den Rost – doch gleich darauf schob sie sie wieder zur Seite, als hätte sie ihre Meinung geändert, und ging zum Straßenfenster hin.

– Hoffentlich ist er's nicht. Hoffentlich noch nicht. (Seine Gedanken überholten aufgeschreckt die ihren.)

»Gut!« rief sie triumphierend aus und zog den Kopf wieder herein. »Das habe ich ja genau getroffen! Manchmal glaube ich doch an Vorahnungen.«

– Aaa! Soll doch sein Pferd stürzen oder so was!

»Jetzt kann ich meine beiden Männer füttern«, lachte sie. »Ein seltenes Vergnügen!« Und sie eilte zum Eisschrank zurück.

Er erstarrte, strengte die Ohren über dem raschen Geklapper beim Schlagen der Eier an. Und dann hörte er es, bedächtig, hohl, ganz nah. Der Türknopf drehte sich – das rauhe, wettergegerbte Gesicht.

»Ich bin soweit!« sagte sie fröhlich. »Auf die Minute.«

Die Wangen blähten sich zu dem üblichen kurzen Schnauben, während er seine Mütze auf die Waschbütte legte und die neue Peitsche dagegen lehnte. David warf einen schnellen Blick zum Herd hin. Seine Mutter hatte die alte zerbrochene zwischen Herd und Wand gestellt. Sein Vater ging zum Ausguß und begann, sich die Hände zu waschen.

»Müde?« fragte sie, während sie den goldenen Schaum in die zischende Pfanne goß.

»Nein.«

»Sülzomelett und getrocknete Erbsen, ist dir das recht?«

Er nickte.

»Ist er noch immer weg?«

»Deshalb komme ich ja wieder so spät.« Er trocknete sich die Hände. »Bis morgen.«

»Ach! Da bin ich aber froh, daß er bald wiederkommt.«

Er begegnete ihrem Blick mit dunklen, unbeteiligten Augen und ließ sich auf einen Stuhl sacken. »Wie kommt's, daß der Erbe zu Hause ist?« Seine dünnen Lippen zuckten, wellten die flache Wange.

– Nicht! Sag's ihm nicht! Au! (Doch er wagte nicht einmal, sie flehend anzusehen.)

»Ach«, sagte sie leichthin. »Da hat es einer auf ihn abgesehen. Einer von den größeren Jungen auf der Straße.«

– Aaa! Sie hat's ihm gesagt. Gemein!

Der gleichgültige Blick seines Vaters wandte sich wie eine langsame Spake von ihrem Gesicht zu dem seinen. »Warum?«

»Irgendwas mit Geld in einem Keller. Sie haben alle versucht, es zu angeln – wie, weiß ich nicht. Aber der andere – wie hieß er noch mal?«

»Kushy.« Verdrießlich.

»Richtig. Dieser Kushy hat behauptet, er habe ihn geschubst, als er's gerade hochgeholt hat – das Geld. Läuft es denn nicht immer so? Ist das nicht das übliche Kindergerangel?« Sie beugte sich über den Herd. »Bloß wenn's um Geld geht, dann ist es wohl aus mit der Kinderei.«

»Ein Keller?« Kaum merklich wurde seine Stimme härter. »Wann?«

– Au! Er glaubt, ich hätt's verraten!

»Gestern, hast du gesagt, nicht, David?« Ihr Rücken war ihm zugewandt. »Es macht dir doch nichts aus, wenn wir den Kaffee trinken, den ich heute morgen gekocht habe?«

»Ja.« David hob verängstigt den Blick zu dem düster drohenden Gesicht seines Vaters. »Ich – ich hab' bloß gestern gesagt.«

Die kantige Kinnlade spannte sich. Schwere Lider verdeckten den schwelenden Zorn. »Noch was?«

Und obwohl David wußte, daß die Frage an ihn gerichtet war –

»Nein, sonst nichts!« Seine Mutter lachte, als sei sie überrascht vom Interesse ihres Mannes. »Nur daß ich ihm vorgeschlagen habe, mit ihm runter auf die Straße zu gehen, da der andere gedroht hat, ihn zu schlagen.« Sie kam mit dem Omelett und der Kaffeekanne zum Tisch. »Aber er hat es abgelehnt – hat gesagt, sie würden dann – wie? – Ankshas zu ihm sagen.« Und warf einen Blick über den gedeckten Tisch: »Ist jetzt alles da, was ich brauche? Wasser, ja. Du lieber Gott!« rief sie aus, als sie zum Ausguß ging. »Wird es nicht allmählich Zeit, daß ich Englisch lerne?«

– Weiß, daß es nicht so war! (David wappnete sich.) Weiß, daß es nicht gestern war! Weiß, daß ich gelogen hab'!

Doch sein Vater grunzte »Hrmm!« und entspannte sich. »Der ist groß genug, um selber auf sich aufzupassen.« Auf seinem Gesicht lag ein seltsamer, verschleierter Ausdruck von Befriedigung.

»Aber wenn sie doch größer sind als er, Albert!« Unter sanftem Protest stellte sie den beschlagenen Glaskrug auf den Tisch. »Weißt du, die –«

»Trotzdem«, unterbrach sein Vater sie. »Wenn sie für dich zu groß sind, dann sag ihnen, wenn sie dir was tun, komme ich mit der Pferdepeitsche.« Und mit einem Blick zu ihr begann er, Brot zu schneiden. »Bloß, um ihnen angst zu machen«, fügte er hinzu.

»Ja.« Verunsichert setzte sie sich. »Aber es hat doch keinen Sinn, aus einer Drohung eine Fehde zu machen – zumal der Drohung von einem Gassenjungen.«

Er gab keine Antwort. Und während der Pause, als das Essen ausgeteilt wurde –

– Hat sich auf meine Seite gestellt. Mensch! (Mechanisch hob David die Gabel.) Sie hat's ihm gesagt, und er hat gewußt, daß ich lüge, und er hat sich auf meine Seite gestellt. Was habe ich gemacht – ihn womöglich reingelegt? Neee! Wie der mich angeschaut hat –

»Weißt du«, seine Mutter zog nachdenklich ein schiefes Lächeln, »jetzt sind es beinahe sieben Jahre, seit ich vom Schiff gekommen bin, und bisher hatte ich mit niemandem Streit. Ich möchte jetzt nicht damit anfangen.«

»Das wäre ja auch ein Wunder.« Seine Stimme war ruhig. »Du lebst ja so abgeschieden wie eine Nonne.«

»Nicht ganz so beschützt, Albert.« Sie wirkte leicht gekränkt. »Verglichen mit deinem Leben, ja. Aber Straßenhändler, wenn ich auf den Markt einkaufen gehen – ach! – die teilen Wörter aus, die sind so scharf wie ein Senfpflaster – mehr Wörter als Zwiebeln und Möhren … Es gibt nichts Schlimmeres als einen Straßenhändler.«

– Bestimmt weiß er es. Da wette ich was drauf. Der war doch da auf dem Wagen. Grade als Kushy aufgestanden ist. Und sie hat ihm erzählt, es wär' gestern gewesen. Und er hat nichts gesagt –

»Was ich damit sagen will, ist, wie soll ich denn so einer einheimischen Xanthippe antworten, wenn sie ihre Lästerzunge gegen mich richtet? Tschi! Tschi! Tschi! Die schnattern und zischen wie ein Rost voller Asche.«

Dünn wie ein Schatten oder ein Hauch auf dem Wasser, milderte ein seltenes Lächeln das Gesicht seines Vaters. »Tschi, tschi doch einfach auf jiddisch zurück.«

»Aber das wäre mir dann peinlich«, lachte sie.

»Dann gib eben überhaupt keine Antwort. Werd rot und geh mit erhobenem Kopf weiter.«

»Ach!« Sie sah ihn eigentümlich an. »Das wäre zu einfach. Wenn ich aber wie Bertha in einem Laden gearbeitet hätte, dann wüßte ich es inzwischen – Was bei *der* für ein Rauch aus dem Mund kommt.«

»Rauch in der Tat. Der macht dich blind.« Seine Lippen kräuselten sich kaum.

»So? Für mich klingt es, besonders, seit sie den Süßwarenladen hat, wie fließendes Wasser –«

»Eine Schlammspritze.«

»Oder Sand. Ich wollte –«

»Zwischen den Zähnen.«

»Du bist heute aber witzig.« Ihre Neugier schien in ihr Gesicht eingegraben.

Seine Wangen spannten sich wieder, und er griff nach seinem Kaffee.

– Ist er mein Freund? Nein. Kann nicht sein. Natürlich nicht. Aber warum, wenn – Oh! Er weiß, daß ich gelogen habe. Das ist – Esel! Iß! Sonst sehen sie's!

»Und du sprichst so gut, weil du es bei den Gojim gelernt hast?«

»Zum Teil. Aber als ich in Bierschwemmen gegessen habe, um für deine Überfahrt zu sparen, da habe ich den anderen zugehört – In Bierschwemmen wird laut gesprochen. Und eines Tages war ich dann so mutig, einem zu antworten, der betrunken war. Und der hat gedacht, ich sei's auch. Da wußte ich dann, daß ich den Anfang gemacht hatte.«

»Gutes koscheres Essen haben sie dir gegeben.« Ihr Blick hatte sich verändert, war nun still und mitfühlend.

»Wenn du fünfzehn Cent am Tag ausgibst, damit du weiteratmen kannst, dann fragst du nicht mehr lange, ob der Rabbi dein Fleisch gesegnet hat.«

»Da bin ich froh, daß dein Magen stärker war als der von dem, der das billige Entengericht aß. Und davon nach Hause schrieb – und daran starb.«

»Hrmm.«

»Hast du heute Zeit für ein Nickerchen?« Sie beugte sich zu ihm hinüber und tätschelte ihm die Hand – eine ebenso seltene Geste wie sein Lächeln.

Sein Gesicht verdüsterte sich. Er räusperte sich. »Ich habe noch eine Stunde.«

David rutschte von seinem Stuhl. »Kann ich jetzt runter, Mama?«

»Warte, ich habe noch eine Birne für dich.«

»Kann ich die essen, wenn ich runtergeh'?«

»Und du glaubst jetzt, du bist sicher?« Sie ging zum Eisschrank.

»Ja.« Er warf einen flüchtigen Blick auf seinen Vater.

»Und du möchtest auch bestimmt nicht, daß ich noch eine Weile aus dem Fenster gucke?« Sie steckte ihm die gekühlte, glänzende Frucht in die Hand. »Bis du gesehen hast, ob dieser Kushy da ist oder nicht?«

»Nein. Ich renn' einfach zum Chejder.« Und als seine Mutter sich zu ihm herabbeugte, um ihn zu küssen –

»Und mach keinen Unfug.« Ein leiser Unterton ließ die Stimme seines Vaters härter werden. »Hörst du?«

»Ja, Papa.« Noch einmal trafen sich ihre Blicke. Er langte nach dem Türknauf.

»Und vergiß nicht, die Birne zu essen«, erinnerte sie ihn. »Die ist süß wie –« Ihre Stimme verwehte hinter der zugehenden Tür.

Er rannte die Treppe hinab und blickte sich, als er die Straße erreicht hatte, hastig um. Nirgendwo ein Zeichen von Leo. Gut, das war eine Erleichterung! Er würde jetzt zum Chejder gehen und im Chejderhof bleiben, bis der Rabbi kam. Er bog um den Milchwagen seines Vaters, überquerte schräg die Gosse und wandte sich nach Westen –

Das plötzliche Surren von Rädern hinter ihm – mal lauter auf dem Trottoir, mal flüchtig über den hohlen Deckel einer Kohlenrutsche donnernd –

»He, du!«

Umdrehen erübrigte sich.

Leo, Mütze in der Hand, verärgerter Mund offen in gerötetem Gesicht, fuhr in einem Haken um ihn herum, bremste mit einem scharrenden Rollschuh, kam, alle viere ausgestreckt, zum Stehen. Wie er so auf seinen Rollschuhen stand und sein hellblonder Kopf den Davids überragte, wirkte er fast schon erwachsen.

»Läufs weg, ja?« Seine Stupsnase kräuselte sich, höhnisch und verärgert. »Warum hasn nich gesag, du wills nich mit – statt daß ich hiern ganzn Tag rumhäng!«

»Ich hab nich gesag, ich will nich mit.« David schaute zu ihm hoch, besänftigend lächelnd.

»Und warum bis dann nich gekomm? Worauf wartsn? Weiß doch, wir ham zehn Uhr gesag.«

»Ich mußt obn bleibn, bis mein Vadder komm – Verstehs? Das s sein Wagn.« Er zeigte darauf in der Hoffnung, Leo würde die Verbindung, von der er wußte, daß sie nicht bestand, selbst herstellen.

»Na un?« Nach einem Blick darauf.

»Nix. Aber mein Mudder war krank, un deshalb hab ich oben bleibn müssen –«

»Ach, Blödsinn! Weiß doch selber, daßde lügs!«

»Nein!«

»Also schön! Dann komm jetz, wenn de wills. Bevor de zu dem annern Ladn muß – wie der noch gleich geheißn hat.«

»Kann nich. Ich muß da jetz hin. Wills ne Birn?«

»Was!« Leo übersah die hingehaltene Frucht. »Un du has gesagt, du wills hin! Versuch jetz nich zu kneifn, sonst nehm ich meine Rollschuh ab und hau dirn paar. Hör doch! Ich mach auch überhaupt nix! Habs dir doch gesag – vor was hassn Angs?«

»Mein Tante ist auch da«, entgegnete er schwach. »Im Süßwarnladn. Die kriegs raus.«

»Wie solln die das rauskriegn, du Schlappschwanz? An der schleichn wir vorbei, ja? Gehn in Keller runner, wenn keiner guck. Wennse guck, versuchn wirs auch nich! Komm! Kriegs auch ein von mein Rollschuh.« Und während er den Schlüssel hervorzog, ließ er sich auf dem Bordstein nieder. »Los, setz dich hin! Weiß doch, was ich für dich hab, oder? Setz dich!« Und als David sich neben ihn hinkauerte: »Is die für mich?« Er langte nach der Birne.

»Ja.«

»Sieht ganz gut aus.« Er leckte sich die Lippen.

»Hast dus dabei?«

»Wa?« Zwischen Bissen. »Du meins, den Rosnkranz? Klar, was denksn du, wo der is? Oben bei mir?« Er lehnte sich zur

Seite und zog einige Perlen aus der Tasche. »Siehs das? Das sin deine, vergiß das nich.« Er schob sie wieder hinein und machte sich am linken Rollschuh zu schaffen – schüttelte ihn ab. »Los jetz, zieh den an. Ich zeig dir, wie de fährs – keine Angs. Gib ma dein Huf. So gehts, siehs?« Die Riemen wurden unterhalb von Davids Knöchel festgezogen, als nächstes packten die Klemmen seine Sohlen. »Schieb mitm annern Fuß – ich zeigs dir. Jetz fahrn? Genauso. Sos rech. Un los! Genau!« Er schleuderte das Kernhaus in die Gosse, setzte sich in Richtung Avenue D in Bewegung. »Mitm gutn Stoß sin wir im Nu da – wirs sehn.«

»Mensch!« Die neue Bewegungsfreiheit war erregend. »Mensch, das is gut!«

»Habs dir doch gesag!« drängte er jubilierend. »Los, sag ich dir, das is so leicht wie Kuchn – He, du lerns aber schnell!«

Sie umfuhren die Ecke, während Leo anfeuernd weiterbrüllte.

12

Lachend, atemlos plappernd hatten sie sich bis auf zwei Straßen von der Kane Street entfernt von einem Fuhrwerk ziehen lassen, bis es dann von ihrem Weg abbog. Sie ließen los. Der vergoldete Mörser mit dem Stößel zeichnete sich drohend ab – so nah! Augenblicklich ernüchtert, fiel David zurück.

»Wills jetz nich einfach zurückfahrn?«

»Nee!« platzte Leo ungeduldig los. »Was glaubsn, warum ich hergekomm bin? Ein Straß noch, oder?«

»Nein«, teilnahmslos. »Noch zwei, aber ich –«

»Dann komm.« Leo stapfte los. »Komms jetz?«

Ihm blieb nichts übrig, als zu folgen. Sein Blut, das eben noch in heiterer Selbstvergessenheit geklopft hatte, wurde tiefer im Ton, wiegte sich im schweren Rhythmus eines düsteren Läutens. Sie gelangten an die Ecke, um die sie biegen mußten –

»He, Leo.« David zupfte ihn am Ärmel. »Wann gibsn mir?«

»Was?« Ungeduldig.

»Den Rosnkranz da, dende inner Tasch has?«

»Ach, wenn wir dort sin!« Leo schob ihn mit einer heftigen Handbewegung weg. »Was regsn dich so auf? Ersma zeigs mir den Ladn, ja?«

»Auf unser Seit.« Vorsichtig ging er voran. »Siehs, wo de Eisfässer sin – da anner Tür?«

»Ja.« Leo sondierte das Terrain. »Is bloß ne Klitsche, was? Wo hasn – Boa!« Seine Stimme erstickte in unterdrücktem Jubel. »Hab ichs dir nich gesag? Da s de Trepp direk unnerm Ladn, wie ichs mir gedach hab!« Abrupt stieß er David an. »Los, mir nach.«

Davids Herzschlag steigerte sich zu einem panischen Hämmern, als er ihm langsam über die Straße folgte. Er fand es seltsam, daß die Leute, die in Eingängen standen oder vorübergingen, sein wachsendes Entsetzen nicht wahrnahmen.

»Mach den Riemn ab.« Leo kniete sich hin, um den seinen zu lösen.

»Was willstn jetz machn?« David kauerte sich neben ihn und löste die Schnalle mit klammen Fingern.

»Nix! Kein Angs.« Vor dem Hintergrund der lärmenden Straße klang sein Flüstern eigenartig. »Gib mir dein Klemm.« Er machte sie ab und erhob sich mit beiden Rollschuhen in der Hand. »Kanns jemand im Ladn sehn?«

»Sehs von hier aus nich so gut.«

»Dann schleich rüber. He! Sei nich so blöd. Weiter.«

Von da, wo er gerade stand, schielte David flüchtig über die sonnenbeschienene Gosse hinweg in den dunklen Eingang.

»Mein Tant is da!« flüsterte er und beschleunigte die Schritte. »Un ich glaub, Polly.«

»Da sin *zwei* Mädchn!« entgegnete Leo scharf, während sie vorübergingen. »Ich hab se selber davor stehn sehn.«

»Ja, aber die annere kenn ich nich.«

»Un die war nich da, wie hieß se noch? Die, wo mit dir runner is? Nein? Also, gehn wir widder zurück.« Sie machten kehrt.

»Nein. Hab se nich gesehn. Laß uns lieber widder gehn.«

»He, sachte, mal langsam, ja! Kanns nichn Moment wartn, bisse auftauch?« Mürrisch warf Leo sich gegen das Geländer neben einer Vortreppe. »Du has doch jede Menge Zeit, vor was hasn Angs – He, duckn! Schnell, duck dich!« Er stieß den aufgeschreckten David hinter sich. »Die komm raus! Bleib da, sons sehn se dich!« Und ein paar Sekunden später: »Mann, das war knapp, aber jetz gehn se in de annere Richtung. Alles klar.« Er trat beiseite, damit David sie sehen konnte. »Welche isn ihre Schwester?«

»De dürre.« David sah den beiden Mädchen verstohlen nach. »Die in dem gelben Kleid mit der schwarzn Einkaufstasch, das is Polly.«

»Wie wärs mit den, hm?« Leos blaue Augen weiteten sich bedeutungsvoll. »Wenn die zurückkomm.«

»Nee!« Er wich zurück. »Die kenn ich nich – die annere.«

»Ach, Kack!« Leo schwankte zwischen Zorn und Leidenschaft. »Du bis auch für gar nix zu gebrauchn! Komm, wir guckn nochma. Vielleich ist jetz diese Esther da.« Wieder zerrte er David am Laden vorbei. Keine Spur von ihr. Nur Tante Bertha saß hinterm Ladentisch und las Zeitung. »Ah, Herrgott, son Pech!«

»Siehs, Esther s nicht da.« David fand, daß er jetzt kühner auftreten konnte. »Un wenn wir hierbleibn, dann sehn uns die Kinner un alle.«

»Ach, solln doch verreckn! Die Straß is für jedn frei, oder? Wer solln was dagegn habn, daß ich hier geh, das will ich ma wissn.« Nichtsdestotrotz ließ er die Unterlippe enttäuscht hängen. »Die wohn doch hintn, oder?«

»Ja.« Eifrig bestätigte er dies. »Hinnerm Ladn. Erst muß da durch, wo mein Tante sitz, un das kanns nich.«

Doch sein Hinweis überzeugte Leo nicht davon, daß jede weitere Bemühung vergeblich wäre, sondern spornte ihn nur noch mehr an. »Das kann ich nich?« war seine trotzige Antwort. »Na, dann paß ma uff! Komm!« Er trat vom Bordstein herab.

»Was hasn vor?« Bestürzt blieb David stehen.

»Laß dich von der Dickn da bloß nich sehn.« Vertraulich faßte Leo ihn am Arm. »Und mach, was ich dir sag, ja?« Vor der Treppe des nächsten Hauses links des Süßwarenladens blieben sie stehen. »Also, wenn keiner herguck, dann schleichs dich zu dem Keller da rübber und ducks dich. Ich paß auf, ja?«

»Naaa!«

»Komm, sei n braver Junge!« Er wurde noch vertraulicher: »Du wills doch den Rosnkranz, oder? Also, du gehs runner – ich komm hinnerher. Dann kriegsn auch gleich.«

»Un was machs dann?«

»Dann gehn wir innen Hof.« Seine Offenheit war frappierend.

»Un wenn se da is, gut, un wenn se nich da is, auch gut – dann kriegsn trotzdem. Un wir gehn nach Haus.«

»Un dann is Schluß?«

»Ehrnwort. Jetz komm, schleich rüber.«

Angstvoll um sich blickend, drückte David sich zur Kellertreppe unter dem Ladenfenster.

»Duck dich!« gebot ihm Leo aus dem Mundwinkel.

Er glitt die Treppe hinab. Gleich darauf folgte Leo, schob sich an ihm vorbei zu der verschlossenen Tür hin.

»Hoffnlich geht das Scheißding auf.« Er stemmte sich dagegen. »Jaa!« Unterdrückter Triumph, als die Tür aufschwang.

Der plötzliche Zug aus dem Keller brachte die vertraute Feuchtigkeit mit sich. Das längliche Licht am anderen Ende des Ganges der Finsternis war schmal – die Tür leicht angelehnt.

»Komm«, wisperte Leo gedämpft. »Un kein Lärm!«

»Gibs s mir jetz?« Er zögerte an der Schwelle.

»Klar! Gleich wemmer im Hof sin.« Er schloß die Tür wieder, als David in die klamme Finsternis trat. »Un kein Lärm, ja? Wos das Scheißhaus?«

»Da drübn.« Das fugenlose Dunkel verschluckte die zeigende Hand. »Das ne Tür. Was willsn –«

»Pscht! Mir nach. Vielleich isse da drin.«

»Die komm nie allein runner.«

»Wir guckn trotzdem mal.«

Er tastete sich hinter Leo her … Ein Balken Düsternis in einer Wand der Finsternis.

»Isses das?«

»Ja.«

Eine Pause. »Da is keiner.«

»Nein.«

»He, wie heiß das nochma?« Leos Atem war warm auf seiner Wange. »De jüdischn Wörter, wo ich dich beim Herfahrn gefrag hab?«

»Was?«

»Weiß doch! Schein – schein?«

»Schejne mejdl«, widerwillig.

»Ja! Schejne mejdl! Schejne mejdl. Un das annere. Took – tokus, oder?«

»Ja.«

»Los.«

Sie drangen weiter vor. Als der Lichtkeil den schmalen Türspalt aufstemmte, blieb Leo stehen, lugte in den Hof hinaus. »Die wohn da obn, wo de Trepp is?«

»Ja.«

»Da, nimm das, ja – bevor wir rausgehn.« Ein Rollschuh klirrte leise, als er David den Riemen in die Hand drückte.

»W – was solln ich machn?« David hielt ihn von sich weg, als wäre er auf einmal gefährlich geworden.

»Nix. Mach gaa nix«, redete Leo beruhigend auf ihn ein. »Komm einfach mit mir raus un tu so, als würdsn abnehm – machn Geräusch, ja? Wenn se hinnen is, dann sags bloß, ich bin dein Freund un laß dich mit mein Rollschuhn fahrn un so. Un dann red ich mit der.«

»Un dann gibsn mir?«

»Hab ichs denn nich gesag? Komm.« Keck blickte er zu den offenstehenden Fenstern hin. »Keiner guck.« Und beide kletterten sie in den gleißenden Hof.

»Jetz!« flüsterte er, fiel auf ein Knie und zog David neben sich. »Als wärs grad ers gekomm – n Riesenlärm. Los!« Er knallte seinen Rollschuh auf den Boden. »Ja! Mensch!« Er erhob die Stimme zu einem lauten gespielten Geschrei. »Ob ich dich schlag? Mann! Jederzei! Zwei Blocks? Was sin schon zwei Blocks. Ich lauf zehn mit dir um die Wett – Sag doch was, Herrgott!«

»Ja! Ja!« steuerte David zitternd bei. »Zehn Blocks kanns nich! Ja! Ja!«

»Un ob ich das kann!« Seine prahlende Stimme wurde noch lauter. »Was willst wetten! N Dolla? Zeig mal dein Piepn –« Das Klacken des Riegels in der Tür. »Klar kann ich. Ich mach dich fertig –«

In mittlerer Höhe des sich weitenden Türspaltes spähte ein Augenpaar heraus. Ein loser Zopf schwang in die Sonne. Esther, eine Illustrierte in der Hand, schaute verblüfft und ärgerlich heraus.

»Du!« Zu David. »Was machsn du in meim Hof!«

»N-nix, ich –«

»Hallo, Kleine!« Leo, freundlich und unerschrocken.

»Halt die Klapp!« Empört. »Das sag ich mein Mudder – Ma –!«

»He!« Ein rascher Ausruf Leos schnitt ihr das Wort ab. »Wart doch ma, ja?« Und als sie innehielt und schmollte: »Der da is doch dein Kusäng, oder?«

»Un wenn schon!«

»Na«, voll bekümmerter Überraschung. »Darf der nich in dein Hof?«

»Nein, darf er *nich.*« Energisch warf sie den Kopf hoch. »Warum issern nicht vorn reingekomm? Mama!«

»Das sag ich dir.« Leo mühte sich verzweifelt, sie in ein Gespräch zu verwickeln. »Nu hör doch ma zu, ja?«

»Was?« Verächtlich und ungläubig.

»Das is so.« Leo trat an die Treppe, senkte vertraulich die Stimme. »Ers zu schüchtern.«

»Warum issern schüchtern?«

»Weiß«, grinste er zu ihr hoch und zwinkerte. »Der muß halt was machn, sonst nix – weiß schon, was!«

»Ich weiß nich, was.« Etwas besänftigt zwar, klang sie noch immer entschieden.

»Stimms, Davy? Du has aufs Klo müssn.«

»Ja.« David ließ sich darauf ein. »Ich hab aufs Klo müssn.«

»Siehs?« beendete Leo nüchtern sein Plädoyer. »Darum.«

»Un warum seid ihr dann nich wieder nach vorn raus?« Argwohn hielt sich noch auf ihrem Gesicht.

»Ah!« Leo schickte ein bewunderndes Grinsen zu ihr hoch.

»Der hat gesag, er hätt ne richtig Süße als Kusin. Ich sag, glaub ich nich. Da sag er, ich zeigs dir! Mann!« Eindringliche Bestätigung. »O Mann!«

»Puuh!« Geschlossene Augen und schlenkernde Zöpfe. »Klugscheißer.«

»Hatter gesag, stimms, Davy?«

»Ja.« Beklommen grinste er den Boden an.

»Siehs? Also sag ich, wenn die tatsächlich so süß is, dann laß ich ihr mit mein Rollschuh fahrn.«

»Wer will schon mit dein Rollschuh fahrn.«

»Du nich?« Er warf einen gekränkten Blick zu David hin. »Was hasn dann gesag, sie wollt?«

»Ich –«

»Er sag zu mir –« Seine niedergeschlagene Stimme schnitt David das Wort ab. »Er sag, sie wills lern, also sag ich, na schön – wenn se ne richtig Süße is, dann lern ichs ihr. Mensch, du bis mir aber einer! Un ich hab gedach, du bis mein Freund.«

»Aaaa! Du bis dochn Haufn Ferdeäppl!« Esthers Ungläubigkeit kam ins Wanken – Sie lächelte. »Jetz haut ihr aber ab, bevor ichs mein Mudder sag.«

»Jetz weiß ich, warum du gesag has, ich soll mitkomm.« Leo hielt strikt an seinem Groll gegenüber David fest. »Du wollts bloß meine Rollschuh leihn, damit de leichter hierherkomms, sons nix. N schöner Freund bisde! Ich geh!« Er entfernte sich in keine bestimmte Richtung.

»Wem sein Rollschuh sin das?« Sie ging einen Schritt die Treppe hinunter. »Deine?«

»Klar sin das meine. Mit Kugellagern un allem. Gehn ab wie der Blitz. Wills lern?«

»Wie heißn du?«

»Leo – ähm – Leo Ginzboig.«

»Du bis kein Jud!«

»Was?« In seiner Heftigkeit fand er noch immer Zeit, David einen triumphierenden Blick zuzuwerfen. »Siehs das nich an meim Namn?«

»Aaa, du lügs doch«, giggelte sie.

»Was wettn wir? Glaubs mir nich?«

»Ach, komm!«

»Ich kann nich so gut redn, weil wir immer drübn auf de Westseit gewohn ham. Aber ich kann was sagn. Willst hörn?«

»Ja!« spöttisch.

»Schejne mejdl, da! Das bis du, siehs? Tokus! Mhm! O Mann! Is das gut.«

»Oooh! Was sags du da!«

»Tokus. Was isn da dabei?«

»Iieee!« Ihr schrilles Quieken war weniger schockiert als erfreut.

»He, was meinsn.« Leo wurde ernst. »Komm doch einfach runner innen Hof und fahr Rollschuh!«

»Nee, kann nich.«

»Wills nich lern?«

»Nee!«

»Klar wills! Ich lerns dir in einer Leksion. Komm!«

»Naa, kann hier nich Rollschuh fahrn.« Sie warf einen Blick über die Schulter. »Mein Mudder ruf mich.«

»Aber du kanns doch hochgehn, wenn se dich ruf«, meinte Leo großzügig. »Kann dich doch keiner dran hindern.«

»Nee.« Ihr Blick glitt zu den oberen Fenstern. »Aber jeder kann guckn.«

»Ah, versteh! Ja. Dann komm doch mit nach draußn, ja? Wir wartn auf der Straß auf dich – da guck dann keiner.« Und als er sah, daß sie schwankte, zeigte er arrogant auf David und sich selber. »Wir beide gehn raus, ja? Wir wartn auf dich auf der annern Seit. Was meins?«

»Mmm!«

»Dann fahrn wir mit dir Rollschuh umen Block – wo keiner uns kenn. Vor was hasn Angs? Komm, bevor er da hin muß.«

»Wohin?«

»Weiß schon – wie heiß das, David?«

»Du meins Chejder?«

»Ja.«

»Aber *du* gehs da nicht hin!« lachte sie höhnisch.

»Aber *der*.« Leo grinste. »Also mach schon! Komm, Davy!« David unterhakend, sagte er: »Wir wartn draußen auf der Straß auf dich, nicht vergessn!«

Als Antwort erhielten sie nur ein neckisches Gickeln.

13

»Mönsch, Kleiner!« wisperte Leo aufgeregt, als sie in die Finsternis eintauchten. »Die hammer aufgerissen – Warum hasn nich gesagt, daß die schon Tittn hat!«

»Gibsn mir jetz?« Seinen taumelnden Sinnen bot nur eines Hoffnung auf Halt.

»Aa, immer mit de Ruh, ja!« wies Leo ihn ungestüm zurück. »Den kriegs schon, keine Sorge. Ich will bloß nich, daß de mir abhaus, kaum daß den has – Mönsch!« staunte er. »Du bis ja plemplem, weiß das? Wills se denn nich ma anfassn oder so?«

»Nein!« Die Finsternis verhüllte die Abscheu in seinen Zügen, wenn auch nicht in seiner Stimme.

»O Mann, dann paß mal auf!« Vorsichtig zog er die Tür auf. »Wart bloß, bis wir die hier ham – O Mann! Jetz gibn her, ja.« Als sie hinaustraten, riß er David den Rollschuh aus den schlaffen Fingern. »Un bleib n Momen hier, ja! – Ich seh nach, ob de Luf rein is.« Vorsichtig kroch er die Treppe hoch. »Komm!« Eine gebieterische Hand zeigte nach oben.

David rannte die Treppe hoch und hielt sich hinter ihm, als er vom Laden wegschlich. Zusammen überquerten sie die Straße.

»Wart hier auf sie.« Leo trat in den Schatten einer Markise. »Siehs se schon?« Vor lauter Begierigkeit wackelte sein Kopf von einer Seite zur anderen. »Gott, wenn die nich komm, dann semml ich dir – Wos mein Rollschuhschlüssl? Gehn wir dran vorbei – Nein! Möcht wissn, wann die annere kleine – die Schwester von ihr wiederkomm. Wir gehn lieber da lang, wenn se rauskomm – damit wir ihr nich übern Weg – He!« Der rasche Stoß seiner Hand brachte den reglosen David zum Zittern. »Da isse! Sie hat uns gesehn! Komm!«

Esther stand in der Tür. Verschlagen nickend ging Leo ein kurzes Stück nach links zur Ecke, bog abrupt ab und rannte über die Straße. David zockelte ihm hinterher.

Sie näherte sich lässig, gemächlich.

»Komm, Kleine!« Er ging ihr entgegen. »Zieh se an.«

»Ich glaub, ich will nich.« Unbeeindruckt reckte sie die Nase.

»Klar wills.« Er überschüttete sie mit seiner Begeisterung. »Wenn de ers ma n Wind um dich wehn has, wenn de schnell fährs – bis in deine Unterhos hoch.«

»Aaa, hi, hi!« kicherte sie, dämpfte seinen Überschwang. »Sei doch still, du!«

»Dann setz dich ma aufn Bordstein, ja?« brummte er gebieterisch, wobei er sie gegen die Treppe hinter ihr drängte. »Damit ich se dir anne Füß machn kann!«

»Ich will aber nich!« quengelte sie und strampelte erfreut protestierend mit den Beinen. »Du läß mich hinfalln – das weiß ich doch!«

»Los, keiner läß dich hinfalln!« Er hielt ihren neckisch zappelnden Fuß fest, legte ihn sich aufs Knie. »Halt still, ja! Ich muß den Rollschuh bißchn reindrückn.« Der Rollschuhschlüssel fiel neben ihm aufs Pflaster. »Momen noch!« Den Kopf schief, den Blick auf Esther, bückte er sich seitlich fast bis auf den Boden, hob ihn auf, ließ in wieder fallen –

»Oooh!« quiekte sie vorwurfsvoll. »Laß das!« Beide Hände zerrten den Vorhang ihres Kleids straff über die Knie. »Du Schweinigl!«

»Wer, ich?« Unschuldig richtete Leo sich auf. »Ich hab bloß nach meim Rollschuhschlüssl geguck.«

»Has nich – du!«

»Aah, he! Glaubs mir nich –? Gib mir dein anners Bein, ja, siehs doch Gespenster.« Und während er die Klemmen des andern Rollschuhs festzog: »Läß mich mein Schlüssl in dein Schloß steckn?«

»Was is?« Sie beugte sich vor.

»Ich hab gesagt, ob de wills, daß ich mein Schlüssl in dein Schloß steck.«

Ihre Augen weiteten sich. »Aaa!« kreischte sie und warf sich zurück. »Was sags da!« Und gickelte hinter vorgehaltenen Händen und zerrte wieder ihr Kleid nach unten. »Sei still!«

»Was hab ichn gesag?« Ungerührt.

»Das weiß ganz genau!« Beide Zöpfe flogen um ihren heftig geschüttelten Kopf herum. »Schäm dich!«

»Ach! He, Davy«, griente er bedeutungsvoll. »Was hab ich gesagt?«

»Ich weiß nich.« David erwiderte apathisch seinen Blick.

»Da has des! Ich hab bloß was von meim Rollschuhschlüssl gesag – Komm schon!« Er rappelte sich hoch. »Gib mir dein Hand.«

»Iiee!«

»Komm schoon!« Er zog sie auf die Beine und – »Huuch!«, als die Rollschuhe unter ihr wegglitten. »Grad so woll ich dich habn.« Er packte sie unter Gesäß und Brust, brachte sie wieder ins Gleichgewicht. »O Mann!«

»Laß los!« Sie stieß ihn von sich, verlor das Gleichgewicht wieder und »Iiee!« hielt sich wieder an ihm fest. »Das sehn doch alle!«

»Schon gut, keine Sorge!« Leo wurde ganz der ernste Lehrer. »Hal dich einfach bei mir un Davy anner Schulter fes, ja?« Er schubste den widerwilligen David auf die andere Seite. »Genau! Hal dich an uns fes!«

»Aber langsam!« warnte sie. »Sons –«

»Ja! Ja! Wir machns ganz sachte! Komm, wach auf, Davy! Beweg dich!« Und als beide anfingen zu laufen: »Ja! Genau! Gut so! Ich hal dich, wenn de dich aufn A – weiß schon – O Mann! Ausm Weg, Kleiner.« Er fegte einen Jungen aus dem Weg. »Der kleine Scheißer kann uns nich aufhaln, was! Gut so! Gut so! Das flutsch ja. Merks schonen Wind unnen? Gut so!« Er überschüttete sie mit kurzen schmeichelnden und aufmunternden Schreien.

Als sie sich der Ecke näherten, wurde Esthers Kreischen immer schriller, Leos Schreie immer begeisterter, sank sein stützender Arm immer tiefer, wurde immer inniger. David, links von ihnen, hatte schon gemerkt, daß sie sich kaum an ihm festhielt, und trottete schweigend nebenher, registrierte ihre aufgeregten Schreie mit düsterer Besorgnis. An der Ecke bremste Leo sie atemlos –

»Mach das kein Spaß?«

»Doch, ooh!«

»Wills schneller?«

»Ne-ein!« Provozierend.

»Klar wills – He, Davy!« Mit unvermittelter Besorgtheit.

»Bis ganz außer Puste, was?«

»Ich? Ähm –«

»Na klar!«

»Ders auch nich so groß wie du.« Esther unterstützte ihn. »Ich kann mich an dem nich so gut festhaltn.«

»Ja«, pflichtete Leo ihr bei und ernsthaft: »Am besten, du bleibs hier, Davy, und warts auf uns. Ich zieh se allein.«

»Is gut«, mürrisch.

»Naa, der soll auch mit.« Esther bereute ihre Voreiligkeit.

»Komm!« Er packte sie an der Hand. »Der will doch gar nich! Ui-i-i!« Wie eine Feuersirene heulend, scharrte er ungeduldig mit den Füßen. »Feshaln!« Und bevor sie sich seinem Griff entwinden konnte, sauste er los – und Esther stürmte verzückt hinterher.

14

In eigenartig teilnahmsloser Verzweiflung sah er ihnen benommen nach, wie sie auf die entgegengesetzte Ecke zurasten, sah, wie Esther herumgewirbelt und gepackt wurde, und beide dann kreischend aus dem Blick verschwanden. Er sackte zusammen, als zöge ihn seine eigene wachsende Vorahnung nieder, schlich ziellos zum Bordstein und setzte sich.

– Ich weiß es … ich weiß es … ich weiß es … (Gleich einem schweren Stein, der halb aus seiner klammernden Erdfassung herausgehebelt wurde, regte sich ein träger Gedanke und senkte sich wieder.) Ich weiß es … ich weiß es … Sie werden. Und … Mir gleich. Ich weiß es.

Gleichgültige Augen schweiften über das seichte Schimmern der Straße, blieben hängen an Bedeutungshäkchen, verweilten dort, kehrten zurück, verweilten, schiffchengleich. Auf der anderen Straßenseite waren einige Jungen, sie spielten um Stahlmurmeln, die sie neben dem Bordstein rollen ließen. Sie spielten mit den großen, den Zwanzigern, und bezahlten einander mit kleinen, die groß wie Stahlkügelchen waren. Er sah ihnen eine Weile zu, dann kehrten seine Gedanken zu seinem Elend zurück.

– Krieg allmählich Angst …

– Wo sie wohl bleiben? Hätte schon um den ganzen Block herum gekonnt. Zweimal. Sogar zwei Blocks. Vielleicht sind sie weg? Naa, bleiben hier. Das weiß ich. Hoffentlich kommen sie nie mehr – werden sie aber ...

– Krieg allmählich Angst ...

– Still! Ich doch nicht! Und wenn er Esther kriegt – da unten – was dann? Was mache ich dann? Dann bitt' ich ihn. Bitt' ihn einfach, sonst nichts. Ich sage, gib sie mir, die Glücksperlen, los! Du hast gesagt, ich krieg' sie. Und dann gibt er sie mir. Muß. Was dann? Woanders hin. Ich gehe also. Und ich nehme sie mit, ja. Und ich guck' hin, und ich lasse sie langsam durchlaufen, langsam, genau so – Mensch! Und wenn ich sie krieg', dann ist alles gut. Dann mach ich's immer, also wird alles gut.

– Dann versuch' ich, eine Zwanziger zu kriegen – eine leichte Zwanziger. Das erste Mal war sie größer, eine Fünfundzwanzigerleichte. Aber auch wenn's bloß eine Zwanziger ist, freu' ich mich. Auch wenn's bloß eine leichte Zehner ist, freu' ich mich. Könnt' ich gut kriegen. Er hat gesagt, wie seine. Durch und durch. Wie groß seine wohl ist. Hab' nicht gefragt. Muß aber gar keine Angst haben, auch wenn's bloß eine leichte Zehner ist. Und muß auch aufpassen – darf sie nicht verlieren. Wohin damit? Viele Möglichkeiten. Könnte sie auf dem Dach verstecken. Auf dem Schornstein drauf, wo keiner sucht. Ja – aber! Fallen womöglich rein. Mensch! Und hii! Frau findet sie im Herd. Schau nur! Ooh! Was! Ein Kreuz! Oi! Gwald!, wie meine Tante sagt. Naa. Lieber im Haus. Unterm Bett – nein. Da macht Mama sauber. Dann wo dann ... hinterm Spie... ja! Großer Spiegel auf dem Boden. Jedesmal wenn ich da hineinguck', ja, dann würde ich dran denken –

»Red, wie ichs dir gesag hab!« Der scharfe Unterton verband sich mit nichts im Gesumm der Straße.

Er schreckte auf, drehte sich um.

»Hallo, Davy!« Leo, dreist und lässig, hatte nun die Rollschuhe in der Hand. Esther neben ihm hob schuldbewußt den Blick vom Boden, wand sich, kratzte sich sorgfältig unter einem Zopf. »Hab dir gleich gesag, er schläf. Der schläf immer, was, Davy?«

Sie gickelte.

David erhob sich, beäugte sie beklommen.

»Wir sin vielleich gefahrn, was, Esther?« half Leo ihr auf die Sprünge.

»Ja.« Und wie einstudiert: »Bisn guter Fahrer.«

»Un ob.« Überschwenglich. »Solltst mich aber mal sehn, wenn ich richtig gut fahr! Un *die* kann vielleich fahrn, Davy! Wart bloß, wenn dies mit allen viern von sich mach – ganz weit, so!«

»Sei doch still!« Sie errötete, scharrte mit den Füßen.

Eine Pause entstand.

»Ähm – ich muß jetz los, Esther.« Unvermittelt packte er David am Arm.

»Wills nich –? Wills nich –?« David war verblüfft. »Wohin gehsn?« Automatisch fiel er in Gleichschritt, als hätte er einen auf ihn zustürmenden Körper erwartet, der ihn aber verfehlt hatte. »Gehs heim?«

»Naa!« Leo führte ihn zwei, drei Schritte weg und flüsterte ihm mit betonter Bescheidenheit laut ins Ohr: »Ich muß ma pissn.«

»Oh!«

»Habs ihr nämlich gesag!« Leo zischte diese letzten Worte, knuffte ihn. »Siehs!« Und rief unbeteiligt zurück: »Du gehs wieder in Ladn, oder, Esther?«

»Ich weiß nich.« Eingeschnappt zuckte sie unentschlossen die Achseln.

»Komm schoon«, sagte er gedehnt und griente, als er sah, wie sie weich wurde, zwinkerte dann. »Gehn wir, Davy!« Seine drängelnde Hand scheuchte David wieder in Richtung Laden. »Se komm hinner uns her!«

Aus den Augenwinkeln sah David, als er sich umwandte, wie sie gemächlich hinter ihnen herschlenderte. Als sie an die Kellertreppe kamen, blieben sie stehen; Leo, der tat, als hantierte er an seinen Rollschuhen, blickte hinter sich. Ein paar Häuser weiter war auch Esther stehengeblieben und sah mit einem seltsamen, zwiespältigen Grinsen zu ihnen hinüber – als stellte sie ihr Unbeteiligtsein zur Schau.

»Seh nich zu ihr hin!« knurrte Leo. »Spring runner!«

An allen Gliedern zitternd vor Angst, sicher, daß der entscheidende Augenblick nun bevorstand, stolperte David die Treppe hinab. Noch bevor er unten war, kamen Leos Füße hinterhergetrippelt, dann stieß Leo mit einem »Beeil dich!« die Tür auf. Gemeinsam gingen sie hinein. Die Tür schwang zu. In der stinkenden Trübnis hatte sich nur die Lichtscharte verändert, die weiter hinten aus dem Dunkel geschnitten war; sie war nun breiter.

»Menschenskin!« Leos klirrende Rollschuhe steigerten noch den Jubel in seiner Stimme. »Habs dir doch gesag, daß ich die rumkrieg! Stimms? Stimms? O Mann! Was wir nich alles hinner der Eck gemach ham! Hab ich die abgetatsch! O Mann! Paß uff –« hastig. »Du weiß nix, klar? Vergeß das nich – Ich piß bloß ma!«

»J-ja.«

»O Mann! O Mann!« Seine ruhelosen Füße trappelten auf dem Erdboden. »Wart, wenn die runnerkomm!«

(Frag ihn jetzt!) »Du – du –?«

Doch als wäre die Finsternis ein Medium für seine Gedanken gewesen – »Ja! Ja!« unterbrach Leo ihn gereizt. »Kanns nich wartn, bis se da is! Herrgott, hab was vergessn!« Er rannte vorbei an der Toilette. »Ich muß schnell paar von den Türn da probiern, bevor se komm – mal sehn, ob die –« Und rüttelte nacheinander an den grauen Türen der Kellerverschläge. »O Mann!« Als eine aufschwang. »Jede Menge Platz da. Siehs das?« Er bedeutete David, näher zu treten. »Jede Menge Platz, was?« Zwischen der Tür und den formlosen schwarzen Möbelmassen, die weiter hinten aufgestapelt waren, befand sich ein kleiner, freier Raum.

»Jetz ein für dich!« Er rüttelte an den Türen auf der anderen Seite des finsteren Ganges, fand eine weitere, die aufging. »Also, wenn einer komm, dann gehs da rein – ihre Alte oder so wer. Sobald dun hörs, machs pss! und ducks dich! Klar? Aber bleib anner Tür, damit de se siehs, bevor se dich sehn – dann duckn un pss! Kapier? Un dann sin wir sicher – wir alle!« Er blickte zu der offenen Tür hin. »Verflucht, wo bleib se denn? Und dann noch, wenn se runnerkomm, egal, was ich sag, du sags ja, klar? Un guck dumm, sons nix, guck einfach bloß dumm! Un dann geb ichs dir, wie ichs dir versprochn hab – aber ers wenn se komm. Und vergeß nich,« er zeigte auf den Kellerraum, »da renns hin, wenn – Pss!«

Beide hatten es gehört – das Schrappen von Füßen draußen.

»Still jetz!« Leo schob ihn vor sich her in den Raum und schloß die Tür. »Pss!« Durch einen Spalt in der Tür spähte er hinaus. »Wer isn das, verdamm?«

Hämmernde Stille. Nur das Geräusch ihres Atems in der Schwärze. Hinter ihm die harten Kanten, Knöpfe aufgestapelten Mobiliars, und darüber etwas Weiches, Sack oder Matratze. Verworrene und formlose Erinnerungen. Wiederum das Schrappen von Füßen, vorsichtig, näher kommend.

»Ob das wohl – Herrgott, das musse sein! Hal mein Rollschuh!« Er stieß die Tür ein paar Zentimeter weiter auf, glitt hindurch und rannte auf Zehenspitzen in Richtung des Lichts, das vom Hof hereinfiel.

David, der ihn durch die Tür des Kellerverschlags beobachtete, erstarrte vor Entsetzen.

»He, komm!« Leo hatte sich in den Schatten hinter dem Türpfosten gedrückt. »Na komm runner, komm. Wir sin hier.« Eine Pause. »Koomm, Kleine.« Wieder der überredende, gedehnte Ton. »Kenns mich doch!«

Füße schlurften draußen, stiegen langsam in das Lichtrechteck herab. Ein kurzes Kleid. Esther.

»Nein, ich komm nich!« Auf der letzten Stufe stockte sie.

»Na schön, hör ma! Ich muß dir was sagn.«

»Dann sags mir hier!« Sie spähte in die Finsternis.

»He, du wills doch nich, daß ich schrei oder so, hm? Oder rausgeh, wo alle uns sehn könn?«

»Dann hier. Hier bleib ich stehn.« Sie kam die Stufe herab, Zehen auf der Türschwelle. »Jetz sags.«

»Aa, da kann ichs dir nich sagn!« Leo klang verletzt und verzweifelt zugleich. »Gib mir doch ne Chance, hm? Paß uff!« Er nahm sie am Arm. »Wir wolln doch nich, daß der Triefl da hinnen hört, was ich sag – He, Davy!« Gebieterisch. »Komm mal da raus, ja!«

David kroch aus dem Verschlag heraus, kam näher.

»Wo warn der?« Esther warf ihm einen flüchtigen Blick zu.

»Gleich da hinn. Gleich da hinn!« Leo zog sie zu sich her.

»Du bleibs jetz hier.« Streng wandte er sich an David: »Ich muß mit Esther was besprechn – Bloß kurz mit Esther, sons nix!«

Sie folgte Leo hinein. Dabei strichen sie an David vorbei, und während sie an ihm vorbeiglitten, waren ihre Gesichter in der trüben Luft starr und fahl. Wo die tiefere Dunkelheit bei der Toilette sie halb auflöste, sagte Esther scharf:

»Nich weiter!«

»Has doch kein Angs, oder?« Leo verschwamm im Dunkel, seine heisere Stimme hingegen war deutlich. »Mit mir doch nich?«

»Ah!« Unentschlossen.

»Also, paß uff ... also, ich wollt ... Heee! O Mann!«

»Laß das!« Ihr lautes Zischen. »Sags, oder ich geh raus!«

»Also, paß uff. Siehs den Keller da? Wart, ich zeigs dir.« Die Tür knarrte leise.

»Ja«, argwöhnisch.

»Also, ich sag zu ihm, weiß, wem der Keller gehör? Der gehör der Esther ihrer Altn. Hat se mir gesag, sag ich, ja?«

»Und?«

»Dann sag er, was is da drin? Also sag ich, was meinsn – Süßigkeitn!«

Sie kicherte.

»Is das n Triefl!« Leo stimmte belustigt schnobernd ein. »Und dann sag ich, weiß, was ich un Esther gleich machn? Wir kriechn rein und holn paar – weiß schon, Schoklad, Gummi. Sag er, gibs mir auch was? Klar, sag ich, wenn wir was finn – Hee! Esther!«

»Nich!« Halbherzig. »Gar nich!«

»Doch! Doch! Un ich sag, du stehs Schmier für uns – Mm! wern wir – Eueueu!«

Stille.

»Nein!« Protestierend. »Un dann?«

»Also sag ich ... du stehs Schmier für uns ... ah! ... ah! ... sag er wieder ...«

»Ooh!«

»Der steht Schmier ... Hui ... Kleine! Was sags jetz?«

Gemurmel. Geraschel ...

»Der guck zu. Lieber da drin als hier. Kann uns nich sehn!«

»Ah!«

»Moment noch! Ich brauch mein Rollschuh. He, Davy!«

Schnellfüßig, atemlos glitt er aus dem Dunkel ins Halblicht. »Ich hol die Süßigkeitn, hab ich doch gesag. Da!« Während er David die Rollschuhe aus der Faust nahm, glitt die andere Hand zu ihm hin. »Nehm das! Un jetz Klappe!«

Das leise Rasseln eines kleinen Haufens, der plötzlich auf seiner Hand gewachsen war. *Sie!* Ein Schauder überfiel ihn.

»Nich vergessn!« Leos Stimme entfernte sich schnell. »Bis wir komm!«

Unterdrücktes Gurgeln, Zischeln, Murmeln.

»Koomm!«

Die Tür des Verschlags knarrte, Füße raschelten. Schwaches Jammern. Dann knarrte die Tür erneut, klackte. Jetzt nur noch das feinste Wispern, Bewegungen, die mit dem Summen der Finsternis verschmolzen.

– Meins! Es ist meins! (Das wiederkehrende ruckende Pulsieren seines Blutes) Meins! Ich hab's! Groß-klein-groß-klein-klein-klein-groß-kaputt. Mensch! Der hängt da – Was!

Ein dünnes Quieken sickerte durch Tür und Dunkel. Esther – Aah! (Abscheu erfüllte ihn. Er stolperte zum Licht des Hofs hin.) Im Licht gehen, hör' nichts! Die richtigen? (Plötzliche Zweifel. Er musterte sie.) Ja, die richtigen! Genau! Hat mich nicht beschissen. Aus der Schachtel mit Gott. Meine! (Krampfende Finger umschlossen sie) Macht nichts! Hab keine Angst! Wenn ich's schaffe! Ooh, wenn ich's schaffe! Nie mehr Angst! Nie mehr! Weiter! Nein, halt! Nein, jetzt! Wo?

Zuckende Augen hefteten sich auf die sichere Nische hinter der offenen Tür. Er quetschte sich hinein, zog die Tür, so weit es ging, zurück und hockte sich, eingeschlossen wie in einer Zelle, zunächst hin, streckte dann die Beine ganz aus und lehnte die Wange gegen den schmalen, luftigen Lichtstrahl, der zweimal von den Angeln durchschnitten war.

– Beeil dich! Schau, wo es dunkel ist, ganz dunkel ... Schau ... Nein ... Nicht gut. Seh' noch zu viel, dann geht's nicht.

Dann mach eben zu. Alles eins. Wie er gesagt hat. Drinnen wie draußen. Wie der mit den Lichtdärmen. Jetzt halten. Wie groß hab' ich –? Zwanziger, hab' ich gesagt. Aber nicht jetzt. Erst mußt du ihn kriegen. Danach ist er ein Zwanziger. Wie das Licht im Gang, als ich ihn gesehn hab'. Mensch, wie ich gepinkelt hab – Beeil dich! Jetzt stehst du also darauf – nur allein. Sonst ist jetzt keiner da. Das wird alles mir gehören. Einen Fünfundzwanziger hab' ich da gedacht – war größer. Aber es ist rund, also eher ein Zwanziger. Dann sei still! Du stehst darauf – das hast du schon gesagt. Auf die Knie. Spürst du noch, wie es mit denen war? Wie – ein – Brennen. Fingen an weh zu tun, kurz bevor Kushy prügeln wollte und Papa kam. Beeil dich! Runter, guck runter! Siehst du was? Vielleicht. Fast nicht. Aber – Da! Los jetzt! Los! Bevor es weg ist! Laß sie durchlaufen! Eins ist – ist ein kleines Kügelchen. Ganz sachte! Zwei ist kleines Kügelchen. Schneller! So – klein. So – klein. So – schneller. Und das – er jetzt – direkt drüber. Lang genug? Mensch! Hoffentlich! Direkt drüber!

Vorbei an treibenden grauen Blasen und eisig grauen Nadeln, unter einer Mausefalle, einem Zahnrad, unter einer Stufe und einem Zwerg mit einem Sack auf dem Rücken, vorbei an platt getrampeltem Schnee und zugehenden Glastüren, unter dem Glanz eines sich drehenden Knaufs und einem Vogel auf dem Rasen sanken die Perlen, Goldgestalt am Kreuz schwang sanft, drehte sich, sank in dichte Finsternis. Am Boden des riesigen stummen Abgrunds schimmerte das runde Licht, pulsierte und schimmerte wie eine Münze.

– Geh dran! Geh dran! Fall!

Und war weg!

– Aaa! Wo? Wo? Schau genauer! Bück dich tiefer! Hol sie wieder! Wieder!

Und war nicht mehr zu sehen.

»Das krieg' ich«, fast hörbar. »*Gleich!*«

Seine Zähne mahlten, der Kopf zitterte in solch verzweifelter Wut, das Blut raste ihm in den Ohren. Wie ein stramm gezogener Knoten wurde sein Körper härter, die Hände verkrampften sich, der unterdrückte Atem staute sich in ihm. Er fischte.

»*Gleich!*«

Nun rann ihm unbemerkt Speichel von den Lippen. Angehaltener Atem preßte ihm Adern in angstvollen Wulsten gegen den Hals. Seine Nasenflügel bebten, rangen vergeblich nach Luft. Und noch immer durchforschte er erstickend die Tiefen. Dann, wirbelnd und wild, erfaßte ihn Finsternis wie ein Steinwind, schleuderte ihn trudelnd zwischen fühlbare Trommelschläge, hüllte ihn ein in einen tosenden Tumult zerstörter Formen – der sich teilte –, und er stürzte einen heulenden bodenlosen Schacht hinab. Eine Stichflamme – und kreischendes Nichts.

Die gequälte Brust rebellierte, sog mit einem winselnden Ächzen Luft ein. Er fiel gegen den Kasten hinter ihm, lehnte dort mit wirbelnden Sinnen ... Langsam verstummten die brüllenden Schatten. Trübe Luft verdrängte das taumelnde Dunkel, starrer Verzweiflung gleich.

– Hab' sie verloren ... (Bleiern-langsam sein Denken) Hab' sie verloren ... Kellerboden schmutzig ... Wie der Nickel damals ... Weg. Weg ...

Ein Geräusch draußen auf dem Hof. Das dicke Polster der Trägheit um die Sinne dämpfte es. Wieder. Er horchte. Das Zischen von Schuhen, verstohlen auf dem Stein vor der Tür, kam näher. Er setzte sich kerzengerade auf, starrte auf die Ritze zwischen Tür und Rahmen.

– Wer? Kann nicht rufen.

Gespitzte Ohren siebten die Tiefen des finsteren Korridors, wo Esther und Leo waren – Alles war gedämpft.

– Hoffentlich hören sie es! Hoffentlich! Hoffentlich! Mensch! Au! Sei still!

Die Schritte kamen näher – Die Augen starr an den Lichtschaft geheftet, stopfte er die Perlen in die Tasche, drückte sich tief in die Ecke, ließ den Unterkiefer heruntersacken, um lautlos zu atmen. Die vorsichtigen Schritte kamen näher. Einen winzigen Augenblick lang, gleich einer Figur auf einem gepreßten Rahmen, verharrte Polly, die Lippen in angstvoller Neugier vorgereckt, in dem Lichtspalt und verschwand wieder. Leise Schritte hinter der Tür, und wieder erschien sie in dem düsteren Rahmen zwischen ihm und der Türkante.

Er sah, wie sie in den Keller vordrang, wie sie sich auf Zehenspitzen hob und den Kopf von einer Seite zur anderen neigte, horchte –

Dahinter Gemurmel. Ein gedämpftes Kichern.

– Aaa (Er biß die Zähne gegen die innere Wut zusammen.) Warum waren sie nicht still! Polly hatte sie gehört!

»Nein! Nich mehr!« Lauter: »Laß das!« Die unsichtbare Tür wurde aufgestoßen.

»Ah, he!«

»Nein! Laß mich raus!« Ein Gerangel. »Laß miiich – Nng!«

Als hätte ihr jemand einen Hieb auf den Kopf versetzt, brach Esthers Schrei mit einem entsetzten Stöhnen ab. »Polly!«

»Iii!« kreischte ihre Schwester. »Du!«

Einen Augenblick lang schien es allen dreien die Sprache verschlagen zu haben.

»Ah, is doch bloß dein Schwester, oder!« Leo stützte die zittrige Stimme, indem er mit den Rollschuhen schepperte.

»Du wars mit dem da drin!« Pollys Stimme war eine Mischung aus Schadenfreude und Ungläubigkeit.

»Stimm gar nich!« Wütend erscholl Esthers schrilles Gekreische. »Kriegs gleich was!«

»Habs doch gesehn! Habs doch gesehn! Hab doch gewuß, daß de nich allein da runnerkomms. Das sag ich!«

»He, wart ma.« Leo übernahm hastig die Kontrolle. »Wosn Davy? Der sag dir, was wir gemach ham. He, Davy! Wir ham dem n Streich gespiel, hammer nämlich. Ders da drin! Da wett ich!« Eine Kellertür knarrte. »He, Davy!« Pause. »Verdammich, wo –«

»Aaa, Davy!« höhnte Polly giftig. »Du Feigling! Schiebs doch nich aufn annern, *mich* legs nich rein!«

»Wer schieb da was aufn annern!« Leo war aufgebracht. »Der is hier – irngwo. He, Davy!«

»Ja!« beteuerte Esther stürmisch. »Der war auch da!«

»He, Davy! Komm endlich raus! Los.« Seine Stimme hallte durch den Keller. »Ich knall dir gleich eine! Komm endlich raus!«

Vor Schuld und Entsetzen zusammengekrümmt, drückte David sich noch tiefer in die Ecke.

»Der ist wohl abgehaun, der kleine Pisser – He, Davy!« brüllte er. »Ooo, wart bloß, bis ich dich krich!«

»Aaa, sei doch still!« Verächtlich Polly. »Mach mir doch nix vor!«

»Was gucksn mich so an?« Esther aufbrausend.

»Weiß schon!« antwortete ihre Schwester bedeutungsvoll. »Weiß schon.«

»Was!«

»Du Rotzding! Du has mit dem da drin was getriebn! Das hasse gemach! Mit dem Rumtreiber! Glaubs, ich weiß das nich?«

»Stimm gar nich!« kreischte Esther.

»Doch!«

»Wer is da n Rumtreiber?« Leos drohende Stimme.

»Na, wer wohl? Du! Du hasse da reingebrach, du verlauster Rumtreiber!«

»Nenn mich nichn Rumtreiber!«

»Un ob – du verlauster Rumtreiber!«

»Ich hau dir gleich eine, du stinkige Jidde!«

»Mir! Was sags du da? Ooh!« Ihre Stimme verklang in entsetztem Begreifen. »Ooh, wenn ich das sag – Auch nochn Goj! Du dreckiger Chris, raus aus meim Keller – sons ruf ich mein Mudder. Raus!«

»Dein Mudder am Aasch! Ruf se doch, los! Ich gebs euch beide!«

»Lasse in Ruh!« fiel Esther hitzig über ihn her. »Hau ab, du! Los! Raus hier!«

»Ach, hal doch de Klapp!« Er war verletzt. »Du wars doch selber da drin – un jetz hälts zu der?«

»Uuu! Huuu!« Esther brach in lautes betrogenes Heulen aus. »Hau ab! Waaa!«

»Hau ab, du dreckiger Chris!« Pollys Schrillen übertönte das Geheul ihrer Schwester. »Du dreckiger Rumtreiber, hau ab!«

»Na schön –« Spöttisch. »Nu mach nich gleich in de Bux! Mach das doch unnernanner aus.« Seine Stimme entfernte sich.

»Dreckiger Rumtreiber!«

»Sswit!« pfiff er höhnisch aus einiger Entfernung. »Sag ihr, was ich gemacht hab, Kleine. Ihr jiddschn Hurn! Wir ham das Rohr verleg! Jaaa! Jiddn! Brrt!« trompetete er. »Jiddn!« Rollschuhe klirrten. Die Tür schlug zu.

»Buuh! Huuu!« Esthers Schluchzer erfüllten den Raum.

»Du mußt grad heuln, du Dreckstück!« kanzelte Polly sie ab. »Schön für dich! Gehs mim gojischn Rumtreiber da in Keller!«

»Du sags aber nix«, wimmerte Esther gebrochen. »Der hat mich gezwungn! Ich hab nich mit wolln!«

»Gezwungn!« Verächtlich. »Mama hat gesag, du wärs hinnerm Ladn gewesen. Du hätts nich runnerkomm müssn – wenn de nich gewoll hätts! Das sag ich.«

»Nein!« Ihre Schwester heulte verzweifelt auf. »Hab ich ihm nich abgehaltn, dasser dich schläg? Oder? Papa bring mich um, wenn des ihm sags! Das weiß genau!«

»Soll er doch!« Ungerührt. »Dann gehs auch nich mehr mit de Gojs. Un überhaupt sags immer Bettpisser zu mir! Also!«

»Ich sags nie mehr, Polly! Nie mehr! In meim ganzn Lebn nie mehr!«

»Ja, pah! Glaub ich dir!«

»Nie mehr! Nie mehr!«

»Laß mich los!«

»Sag nix! Au!«

»Laß mich los!«

David, versteinert in seiner finsteren Nische, sah, wie sie die kreischende Esther in Richtung Kellertür hinter sich her zerrte.

»Sag nix! Sag nix!«

»Laß los! Hörs?« Polly ergriff den Türknauf als Halt und entwand ihr die andere Hand. »Ich sags aber *doch* –«

»Iii!« kreischte Esther. »Da! Da!«

»Was?« Unwillkürlich.

»Da isser! Er! David!«

Er hatte sich hochgerappelt, kauerte nun –

»Der is schuld! Der hatn mitbrach!«

In die Enge getrieben, wartete er angespannt auf eine Lücke.

»Du!« kreischte Esther. »Jetz kriegs aber was – du miese kleine Drecksau! Du bis schuld!« Und plötzlich schlug sie mit beiden Händen zu, traf gleichzeitig beide Wangen, kratzte.

Vor Schmerzen keuchend duckte er sich unter ihren Armen hindurch, stob an ihr vorbei. Wutkreischend lief sie ihm nach, erwischte ihn wieder, trommelte auf seinen Rücken und Kopf ein. Wie in einem Alptraum mühte er sich lautlos in dem Dunkel, sich loszureißen.

»Mama!« Pollys Schrei am anderen Ende. »Mama!«

»Polly!« Esther löste den Griff. »Polly! Warte, Polly!« Sie rannte ihrer Schwester hinterher. »Warte! Sag nix! Sag nix! Polly! Polly!«

Ihre verzweifelten Schreie im Ohr, warf er sich gegen die Tür zur Straße, raste die Kellertreppe hoch. Ohne sich darum zu scheren, ob ihn jemand sah, sprang er hinaus auf die Straße und floh in blankem Entsetzen Richtung Avenue D.

15

Er war gerannt und gerannt, und nun stach ihn der Atem wie ein Messer in die Lungen, und die Beine wurden ihm so schwer, als höben sie den Gehsteig hoch. Taumelnd vor Erschöpfung, fiel er in einen panischen, stolpernden Gang, zerrte an seinen Strümpfen, keuchte so heiser, daß sich die Leute nach ihm umdrehten. Dem schreienden Chaos aus Entsetzen und Abscheu, das über seine Sinne hereingebrochen war, widerstand nur ein Gedanke: den Chejder zu erreichen – sich zwischen den anderen zu verlieren.

– Als wär' ich nie dort gewesen! Als wär' ich nie dort gewesen!

Bald rannte er, bald ging er, bald rannte er wieder. Und immerzu das eine Ziel vor Augen – den Chejderhof, den heiteren Lärm des Chejder. Und immerzu die eine Last:

– Als wär' ich nie dort gewesen! Als wär' ich nie dort gewesen!

Fourth Street. Zwischen den flachen, verschwimmenden Häusern gewahrte er, so glaubte er jedenfalls, die Ecke seines eigenen in der Ninth. Das belebte seine erlahmenden Beine, stillte den Aufruhr und das wütend kläffende Rudel in und hinter ihm ein wenig.

– Beim Haus; nicht hin. Geh vorbei. Aber müde, ganz ermüdet. Nein! Geh vorbei! Geh vorbei!

Auf der Seventh ging er Richtung Westen, bog in die Avenue C ein und wandte sich an der Ninth wieder nach Osten, schleppte seine taumelnden Beine chejderwärts. Er mußte die malmende Erinnerung zügeln. Mußte! Mußte! Wenn er nicht vergäße, würde er schreien! Ein flüchtiger Blick zu seinem Haus hin, als er den Eingang zum Chejder erreichte. Er glitt in den Flur, eilte hindurch.

Der Chejderhof. Zuflucht! Endlich Zuflucht! Mehrere der Schüler des Rabbis waren da. Bummelanten, Nachzügler, koboldhaft und wortreich, so hockten oder lagerten sie in der gleißenden Sonne oder lehnten träge, mit den Köpfen wackelnd, an der kahlen Wand des strengen würfelförmigen Gebäudes, das der Chejder war. Sein Herz sprang ihnen entgegen; Tränen der Erlösung stiegen ihm bis zum Rand der Augen, so daß ein Hauch sie zum Überfließen gebracht hätte. Er war schon immer einer von ihnen gewesen, war immer dort, nie weg gewesen. Schweigend, während die Angst sich in der steigenden Flut der Dankbarkeit entspannte, kam er die Holzstufen herab, trat näher. Sie blickten auf –

»Du bis letzter!« sagte Izzy, lässig und gewissenhaft.

Er grinste einschmeichelnd. »Ja.«

»Nach mir!« Solly streng.

»Nach mir!« Schloimee.

»Nach mir!« verkündeten Zuck, Lefty, Benny, Simkee.

»Is gut!« Er war nur allzu froh, herumkommandiert zu werden – ein Zeichen, daß sie ihn akzeptierten, ein Zeichen, daß sie ihn an ihrer kostbaren Planlosigkeit, ihrer Unschuld, an ihrem Lachen teilhaben ließen. »Ja, ich bin letzter. Ich bin letzter.« Und er suchte sich einen Platz an der Chejderwand und hockte sich hin. Er richtete sein gesamtes Sein auf sie aus. Jetzt wollte er nicht nachdenken. Er wollte nur zuhören, nur vergessen.

Solly redete – in seiner Stimme ungeheure und trauervolle Sehnsucht. »Son Stuhl wie den da hätt ich auch gern.«

»Ich auch! Ja! Ich hätt gern drei Stühl so wie den.«

Auch ihr Amen war trauervoll, als hätten sie nur wenig Hoffnung.

»Dann has dem also nich alles gebn müssn, oder?« Izzy bekämpfte seine Verzweiflung. »Wennde nich für die spieln wills, was wills den dann gebn, wennde so viel has?«

»Weilj if da willj, defhal.« Benny war unbeugsam. Benny war auch mit einem offenen Biß geschlagen – kein Wort, das er äußerte, gelangte an seine Lippen, sondern sprudelte durch seine Zahnlücken heraus. Doch David war es nur allzu lieb, daß Benny so undeutlich sprach. Das bedeutete, daß er sich mit allen seinen Sinnen darauf konzentrieren mußte, was er sagte. Wenn man erraten wollte, was Benny meinte, konnte man alles andere vergessen. »Wenn if dlm arljei guebw, wlo if cherabj, dann sfchelcht er mif vwilleifch nif so dtholf.«

»Ja, der krieg ne Menge Schläge«, erinnerte nüchtern Simkee die anderen. »Der Rebbe weiß nie, wovonner red.«

»Stimm!« Izzy schloß sich dem Mitgefühl an. »Wir wissn, dassde viel gschlagn wirs, Benny, aber ein Zeigstock macht doch kein Unnerschied, oder? Wieviel hasn?«

»Ang Mflenge.«

»Wieviel?«

»Tiemchwanchich.«

»Siebnzwansig!« echoten sie staunend. »Der hat ja genug fürn Monat!«

»Wenne dem dann sechsnzwanszig gibs«, beharrte Izzy, »fällt der dann nich trotzdem tot um? Keiner hat dem schon mal sechsnzwansig weggeschnapp! Bloß Hoish, wie der se gewonn hat, als Wildy se geklau hat. Laß ma sehn!«

Nach einigem Zögern öffnete Benny mehrere Knöpfe an seinem Hemd, zog ein mit einer Schnur säuberlich zusammengebundenes Bündel hervor und zeigte es liebevoll herum. Sie waren an einem Ende angespitzt und von derselben Länge und Farbe wie Zeigestöcke – wenn auch nicht so gerade.

Hälse wurden gereckt. Einige Jungen seufzten. Einige ächzten. David brandete Welle auf Welle der Dankbarkeit ums Herz. Ach, wie froh er war, bei ihnen zu sein! Zu vergessen!

»Wie richtige Zeiger!«

»Kamman die biegn?«

»Un du has die alle selber geschninn?«

»Mensch, wenn ich bloß son Stuhl hätt!«

Und als Benny sie wieder in seine Hemdtasche verstauen wollte – »Gibs uns denn kein?« bat Izzy. »Da, ich habn Streichholz! Rauchn wir ein – bloß ein – komm, Benny.«

»Nlchein!«

»Ah, sei doch nich son Knicker!« schrien sie.

Benny zögerte. »Un ljir chleß mifh aufh rlchaufthn?«

»Na klar! Du kanns rauchn, soviel de wills!«

»Was glaubsn du!«

»Bchof einlj.« Er gab nach und zog ein einzelnes Rohr aus dem Bündel.

Izzy ergriff es strahlend. »Jetz aufpaßn!« ermahnte er sie. »Wien Dampfer mach das.« Und er riß das Streichholz an dem Stein zwischen seinen Beinen an, hielt es an das eine Ende des Rohrs, wobei er am anderen sog. Ersteres glomm auf, letzteres gab einen welken, aromatischen Rauch ab.

»Mensch!« Sie machten Augen wie Untertassen. »Da guck, der rauch richtig!«

»Hab ichs euch nich gesag!« Izzys Gesicht strahlte triumphierend. »Die Stühl kenn ich. Die machn Geräusch, wennd dich draufsitz. Krrk! Krrrk! Was, Benny?«

»Gljochn. Vergeljcht nif, if rjauf alf eljrfa.«

»Nächster nach Benny!«

»Nächster nach Simkee!«

»Ich! Ich bin Nächster nach –!«

»Du! Wie kannsn das –!«

»Mach schon!«

»Son Ärger! Wers näxter, Izzy?«

Nach einigem Gezänk stand die Reihenfolge fest.

Ihnen nahe zu sein, das unstete Gesprudel ihrer Stimmen zu hören, ihren flatterhaften Stimmungen nachzugeben, das war wie ein Bad in einem fiebrigen, vertrauten Vergessen. Ihre Kabbeleien, ihr Kreischen ertränkte die Erinnerung; wie sie unermüdlich mit ihren Körpern hin- und herzuckten, wie sie wirbelnd gestikulierten, ihre launischen Possen trieben, das alles wob einen wogenden, zähen, sich unablässig erneuernden Schleier zwischen ihm und dem Entsetzen. David vergaß. Er war einer von ihnen.

Einer – es war Srooly – kam aus dem Chejder heraus und blinzelte, kaum an der Tür, verblüfft zu ihnen hin. »Euch krieg de Cop!«

»Jaa!« höhnten sie. »Der hat kein Angs vor uns! Ha! Ha! Haa! Haa!«

Noch immer blinzelnd, kam Srooly heran. »Was rauchn ihr da?«

»Siehs das nich, du schieläugiger Polyp? Ne Zigarr!«

Er beugte sich vor. »Du lügs doch, dasn Stock!«

»Na klar! Dasn Rauchstock, un das kann auchn Zeiger sein. Aber das ham wir nich gewoll.«

»Ah! Un wie machses?«

»So.« Lefty, der gerade an der Reihe war, klärte ihn mit einer Rauchwolke auf. »Da sin kleine Löcher drin, das ganze Ding durch!«

»Laß ma ziehn«, bat Srooly.

»Das meins«, verkündete Izzy. Und da keiner seinen Anspruch anfocht: »Ich drücks jetzt aus un rauch später weiter – wenn Lefty fertig is.«

»Laß mich vorher ziehn.«

»Fürn paar von dein Fliegn.«

»Klugscheißer! Lefty darf umsons ziehn.«

»Na un? Dann rauch hal nich.«

»Aaa! Dann behals hal!«

»Pah! Wer will schon deine Fliegn!«

»Also gut!« sagte Srooly. »Eine kriegs.«

»Her damit!«

Srooly zog ein kleines, eckiges Fläschchen hervor und betrachtete mit zusammengekniffenen Augen aufmerksam die Fliegen darin. »Die meisn hab ich einfach aufm Müll anner Seven-twenty gefang. Ich nehm bloß die großn.«

»Beeil dich, Lefty!«

»Aaa, jetz wart ma, habs doch grad ers gekrieg!« Lefty paffte heftig.

»He! Fast hätt ichs vergessn!« Srooly erinnerte sich plötzlich. »Wers Nächster? Der soll reinkomm, hat der Rebbe gesagt. Weil bloß Moishe da is.«

»Ich!« Schloimee erhob sich. »Wart auf mich, ja, Bande. Nich vergessn!« Er ging.

Srooly hielt das Fläschchen gegen das Licht. Graue Bremsen, schimmernde Schmeißfliegen krabbelten über die Glaswände und – fielen herab. »Dasn alter Knacker im Chejder, wiß ihr schon?«

»Mitn Bart wie der Rebbe!« teilten ihm die anderen mit.

»Wlijr hamn gtehn, dljn chanfn Tljag. Der lern de Jungf.«

»Naaa, der lern nich de Jungn«, sagte Srooly. »Der sitz bloß da un guck.«

»Was willern dann?«

»Wie solln ich das wissn?« sagte Srooly achselzuckend. »Der Rebbe will doch bloß angehm, sons nix. Un jetz – Hch! Hch! Hch! Moish lies un ders dumm wie sons was. Hch! Hch! Der Rebbe wird schon sauer auf den.«

»Ah, du bis auch dumm«, sagte Izzy schneidend.

»Dann kanns dem ja gleich sein«, trösteten sich die übrigen. »Der Rebbe schläg nie, wenn einer zuguck.«

»So –? Der hat mir mim Zeigstock in Aasch gestochn – unnerm Tisch! Damits der alte Knacker nich sieh!«

»Pppff!« Lefty gab Izzy das drei Zentimeter lange Rohr zurück. »Da! Jetz wirds heiß!«

»Geb jetz die Flieg, wenn de was wills.«

»Welche willsn? Die glitzrig oder de Brems?«

»De Brems! Die kämpfn besser.«

Srooly kippte das Fläschchen, schüttelte sich zwei, drei Fliegen in die Hand, stopfte sie bis auf eine wieder in die Öffnung und gab dann die eine Fliege Izzy. Im Gegenzug bekam er den Rohrstummel überreicht. Die Bremse krabbelte, ihrer Flügel beraubt, hilflos auf Izzys Hand umher.

»Jetz zeig *ich* euch ma, wie man rauch!« Srooly führte das Stückchen Rohr zum Mund. »Guckt mal nem richtgen, orntlichn Raucher zu – wie ichs von meim Vadder gelern hab! Guck ma!« und zog mit solcher Hingabe daran, daß die Glut am anderen Ende Funken sprühte – »Mljaa!« Plötzlicher Schmerz verzerrte sein Gesicht. »Laddl laddl! Au! Das brenn wie Feuer! Au!« Er warf den Stummel zu Boden. »Mpljaa!«

»Jiee! Wie der tanz!« Schadenfreude erfüllte sie. Sie johlten vor Vergnügen.

»Oooo! Mein Tung! Auu!« Wie wild leckte er an den Seiten der Glasflasche – »ouuu, is das heiß!«

»Ochse!« johlten sie.

»Das has davon, weil de sone Wildsau bis!«

»Wlaf tljietn aulf to dljoll!«

»Aa, seid doch still!« Srooly war den Tränen nah. »Ich hau euch zsamm, paß bloß uff. Euch alle! Wart bloß, wenn ich mein großn Bruder auf euch hetz – blöde Affn!« Er lief davon, die Zunge im Wind.

»Toller Raucher!« höhnten sie hinter ihm her. »Fozhirn. Jaaa! Gut für dich! Jaaa!«

Als ihre Pfiffe, Buhrufe und Luftsprünge sich gelegt hatten, fragte Lefty: »Wem gibsn das jetz?«

»Ers mal Choloimis.« Izzy winkte der Fliege auf seiner Hand zu: »Widdersehn! Brummbrumm!«

»Naa, gibs dem nich – der is jetz schon fett. Gibse Baby Moider da am Zaun!«

»Naa!« drängte Zucky, »Schreck-dreck anner Tür – dies die beste Spinn vonner Welt.«

»Nein!« Izzy ließ sich nicht überstimmen. »Choloimis is die größ, also krieg se Choloimis.«

Er stand auf. Lärmend folgten sie ihm über den Hof.

– *Nein! Nein! Nein!* (Ohne sich zu rühren, starrte er ihnen nach.) *Nein! Nein! Du hast es vergessen! Du hast es vergessen!*

»Mach ihr kein Angs! Schüttel nich an ihrm Haus! Psch! Dwänglj nljif to!« Sie marschierten die Kellertreppe hinab. Wie aus der Unterwelt erschollen unterhalb der Hofebene ihre gedämpften Stimmen. »Siehs se nich? Da! Sies se da in ihm Loch? Dla wljar fe sfon!«

– *Au!* (Wie ein abgesprengter Stöpsel oder Pfropfen der schreckliche Schock erwachenden Entsetzens) Der Keller! Der Keller! Der Keller! Hat's ihr jetzt gesagt! Sie, Polly. Tante Bertha, der hat sie's gesagt! Sie weiß es! Schon lange! Schon lange! Sie weiß es! Was? Was wird sie tun? Was? Nein! Nein! Nicht sagen, Tante Bertha! Nicht sagen! Nicht! Nein! Nein! Nein! Au, Mama! Mama!

Aus dem Keller erhoben sich schrill ihre Stimmen:

»Da, guck! Guck! Schmeisse jetz! Sachte, nich kapumachn! Da isse! Läuf da rum! Huii! Da kommse! Da kommse! Mljent! Dljie parlck fe! Kämpf! Kämpf! Gibs ihr, Brems! In de Kischkeß – noch ein! Los, Choloimis! Huiii! Fessel se! Se hat se! Mitn Bein! Flon groljf Bwljnnl! Zieh se! Zieh se! Heilger Moses! Da! Ins Loch! Widdersehn! Brummbrumm! Ja! Ja!« Erregte Stimmen vermengten sich zu einem klagenden Diskantgesang.

»Widdersehn! Brummbrumm! Jaa, Spinne! Jaa!«

Die Chejdertür schwang auf. Einen gehetzten Ausdruck im Gesicht, kamen Schloimee und Moish herausgerannt und gleich darauf auch der Rabbi, die Winkel seines roten Mundes, der aus dem schimmernden schwarzen Bart hervorstach, drohend herabgezogen.

»Wo sind sie?« Er runzelte grobe Brauen in Davids Richtung.

»Da? Dort unten? In dem schwarzen Chaos?«

An das Entsetzen gefesselt, zerrten seine losgerissenen Sinne Entsetzen mit sich. Er konnte nicht sprechen.

»Was ist mit dir? Hast du die Maulsperre? Rede!«

»D-die da unten!« stotterte er.

»Aha!« intonierte er böse. »Wenn ich mit denen fertig bin, dann wird selbst der Tod sie verschmähen!« Und erhobenen Kopfes brüllte er über den Hof. »Tölpel! Ihr traurigen und ewigen! Kommt heraus aus dieser Grube, hört ihr? Kommt heraus, bevor ein Hagel von Schlägen euch dort überschwemmt!«

Hastige, verschreckte Rufe unten, Gepolter, Gerangel. Sie rannten Hals über Kopf die Kellertreppe hoch, kamen in einer Traube zum Stehen, schamerfüllt und verschüchtert. Er ließ den Blick über sie schweifen. »Mäuse!« Seine Stimme verebbte. »Mäuse! Wer nagt als nächster an der Torah?«

»Ich.« Zuck trat zaghaft vor.

»Du?« Angewidert. »Was soll das? Haben sich denn alle Gipsgolems im Chejder verschworen, wechselweise zu lesen? Hm? Willst du mich quälen wie der Gott der Heiden? Oder was?« Sein säuerlicher Blick überflog sie, landete auf David. »Du! Komm herein!«

»Ich?« Er schreckte auf.

»Auf wem ruht mein Blick? Steh auf!« Und ein weiteres Mal zu den anderen: »Sollt ihr übrigen hier in Qualen sitzen! Nur bleibt sitzen!« Er drohte heftig mit dem Finger und krümmte ihn dann zu David hin.

Er hatte sich hochgerappelt und war zum Rabbi geeilt.

Zum ersten Mal seit seinem Eintritt in den Chejder war ihm die gefährliche Aufgabe des Lesens, wenn der Rabbi tobte, plötzlich willkommen. Jede Sorge, jede Unruhe war verlockend, wenn sie nur den gewaltigen Ansturm dieses Entsetzens dämmen oder beiseite schieben konnte.

»Nur noch einen!« sagte der Rabbi beim Eintreten zu jemandem drinnen. »Haben Sie Geduld, Reb Schulim! Wollen Sie mich meiner Schande überlassen, ohne wenigstens noch eine flinkere Zunge angehört zu haben? Hm? Gewiß doch nicht.«

Hinter ihm her trottend, spähte David an ihm vorbei ins Licht. In den wirbelnden Sepiatönen, die den Chejder nach der Grellheit des Hofs immer zu erfüllen schienen, konnte er niemanden erkennen. Doch als er sich zum Fenster vorkämpfte, schälten sich aus dem düsteren Winkel neben dem Stuhl des Rabbi die wabernden Konturen eines Mannes, einem kantigen, buntfarbenen Fels gleich aufragend über dem alles umhüllenden Dämmer. Die Gestalt saß, über einen Stock gebeugt. Der matte Schimmer seines grauen Bartes war wie ein Flüstern von Licht zu Schatten.

Der Rabbi keckerte entschuldigend und zog seinen Stuhl heran: »Wenn ich hartes Messing mit einem Haar von meinem Kopf durchbohren kann, dann werde ich auch diese Schädel mit Weisheit aufbohren. Amerikanische Esaus, allesamt! Aber der da, Reb Schulim, der ist ein wahres jiddisches Kind.«

Reb Schulims einzige Antwort bestand aus einem Räuspern.

David rutschte in die Bank, und während der Rabbi die Seiten knickte, hob sich der Dämmer, und er spähte schüchtern zu dem Fremden hoch. Er war alt, Reb Schulim, und hatte eine Habichtsnase. Obgleich sein lippenloser Mund in dem grauen Bart gespannt und grimmig wirkte, waren seine Augen, seine dunklen Augen in ihren faltigen Säcken flüssig, eigenartig traurig und aufmerksam. Anders als der Rabbi war er sauber, trug einen schwarzen Mantel aus dünnem, verschossenem Stoff, und anstelle eines fettig braunen Strohhuts zerdrückte ein breiter schwarzer Hut das Käppi hinten auf seiner blaßroten und silberbehaarten Platte. Er räusperte sich unablässig, was David immer wieder veranlaßte aufzublicken, nur um dann von der trauervollen Stille jener Augen gefangen zu werden. Sie berührten ihn eigenartig.

»Ein seltsames Kind ist das.« Reb Schulims Stimme war heiser und bedächtig. »Sein Blick ist hungrig und unruhig.«

»Sie sagen es, Reb Schulim!« Der Rabbi spreizte behaarte Finger über der Seite – hielt sie gespreizt. »Einmal betet er wie der Blitz, dann fliegt ihm wieder ein Kobold in den Kopf, und er erkennt kein Wort. Heute wird er beten, das weiß ich. Ich habe da etwas, das wird ihn antreiben.« Als hinge sie mit einem Scharnier an dem Buch, hob er die Hand, aber nur so weit, daß Reb Schulim lesen konnte – nicht aber David. »Erinnern Sie sich, daß ich Ihnen einmal erzählt habe –?«

Reb Schulim spitzte den Mund, räusperte sich, richtete ernste, gütige Augen auf Davids Gesicht, gab aber keine Antwort.

»Ich würde mit dem Chumesch bei ihm anfangen.« Der Rabbi schob das Buch herum. »Aber ich sehe seine Mutter so selten. Ich habe sie nie gefragt – Hören Sie nun!« Er nahm die Hand von der Seite. »Beginne, mein David!«

Die Schrift war klein. Die Erregung der Vorahnung, die ihn durchzog, schien die Buchstaben vor ihm zum Flirren zu bringen. Er konzentrierte sich auf sie, verdichtete ihre verschwommenen Formen. »Beschnass moss hamelech Usijahu –!« Und hielt inne und schaute. Die Zahl oben auf der Seite war achtundsechzig. Der Rand des Buches war blau.

»Was ist?« Seltene Duldsamkeit dämpfte die Stimme des Rabbi. »Warum wartest du?«

»Das – das ist er!« Ein vergangener Schein warf einen letzten Abschiedsstrahl in die Tiefen seines Geistes. »Der!«

»Welcher? Wer?«

»Der Mann! D-der Mann, den Sie genannt haben! Jesaja! Er hat gesagt – er hat gesagt, er hat Gott gesehen, und es – und es ward Licht!« Erregung ließ seine Zunge stocken.

»Na, Reb Schulim!« Die dunkle Stirn des Rabbi neigte sich triumphierend. »Ein Blick darauf hat ihm genügt, und das ist schon Monate her! Da!« Sein stumpfer Finger trommelte gegen Davids Stirn. »Da sitzt ein eiserner Verstand! Nicht?« Sein schwarzer Bart schien Funken der Befriedigung zu versprühen.

Reb Schulim tippte mit seinem Stock gegen die Bank. »Ein gehegter Sproß Judas'. Wahrhaftig!«

»Nun alles zusammen!« Der Rabbi wurde wieder sachlich. »Beginne noch einmal von vorn.«

»Beschnass moss hamelech Usijahu vau'ereh ess adonoi yoschejw al kissej rum venissau weschulaw malejim ess hahejchol Serafim omdim mema'al lo.« Diesmal kein Geleier, als würden Silben von einer grauen, öden Rolle abgespult, sondern wieder, wie beim ersten Mal, ein Gesang, eine Hymne, als pulsierte etwas Emporstrebendes hinter den Wörtern und betonte eine Bedeutung. Eine Kadenz wie eine Schar Tauben, weit, den Himmel füllend, dahinjagend und -schwenkend, glitzerte, wurde dunkler, brandete wieder auf, wie der Wind über der Steppe. »Schesch knafajim schesch knafajim lau'echad, bischtajim jechasseh fanaw uwischtajim.« Die Worte, Formen einer ungeheuren Größe hinter einem milchigen Schirm, überwältigten ihn – »Jechasseh raglow uwischtajim je'offejf –«

»Als wüßte er, was er da liest«, sagte Reb Schulim heiser. »Diese junge Stimme singt ganz nach meinem Herzen!«

»Wenn ich nicht sicher wäre – ja, wenn ich ihn nicht kennte, dann würde ich glauben, er versteht es.«

David hatte eine Pause gemacht. Der Rabbi lehnte sich zurück, die Hände über dem Bauch gefaltet.

»Wekarau se el wamar –«

Der Kopf des Stocks klackte gegen den Tisch; ein Schatten glitt über die Seite. Mit ausgestrecktem Arm sich vorbeugend, tätschelte Reb Schulim David mit kühlen Fingern die Wange.

»Gesegnet ist deine Mutter, mein Sohn!«

(– *Mutter!*) »Kadosch, Kadosch, Kadosch adonoj zewauos.« Die Wörter verschwammen. Ein Schreckensgeheul zertrat jegliche Größe. (– *Mutter!*) »Mlo chol haerez ch-wo-do –« Er stockte. (– *Mutter!*)

»Was hast du?« Die Finger des Rabbi auf dem Wanst lösten und streckten sich, als wollten sie zugreifen.

»Wa-wa – jau-jau nu-nu–« (– *Mutter!*) Ohne zu antworten, brach er in Tränen aus.

»Halt! Was hast du?« Seine hastige Hand schob Davids Kinn hoch. »Warum weinst du?«

Auch Reb Schulims große teilnahmsvolle Augen lagen auf ihm. »Reb Yidel, ich sage dir, er versteht es doch.«

David schluchzte gebrochen.

»Komm, antworte!« Aus Verwirrung wurde der Rabbi dringlich. »Nur ein Wort!«

»Meine – meine Mutter!« weinte er.

»Deine Mutter – und?« Unvermittelte Bestürzung ließ ihn schneller sprechen. »Was ist mit ihr? Sprich! Was ist geschehen?«

»Sie ist – sie ist! –«

»Ja? Nu!«

Er wußte nicht, was es war, das ihn da zwang, es zu sagen, doch dieser Zwang war so stark, daß er ihm nicht widerstehen konnte. »Sie ist tot!« Er brach in ein lautes Heulen aus.

»Tot? Tot? Wann? Was sagst du da!«

»Ja! Ooh!«

»Scha! Halt!« Der Rabbi stemmte sich gegen seine eigene Verwirrung. »Ich habe sie hier gesehen. Also! Nur –! Was –! Wann ist sie gestorben, frage ich dich?«

»Lange her! Lange her!« Sein Kopf zuckte vor Hingabe an sein Elend hin und her.

»Hmh? Lange? Sprich weiter!«

»Lange her!«

»Aber wie kann das sein? Wie? Ich habe sie doch gesehen. Sie hat dich hierhergebracht! Sie hat mich bezahlt! Sag, was ist lange her?«

»Das – das ist meine Tante!«

»Deine –!« Der Atem scharrte hörbar gegen seine Kehle.

»Aber – aber du hast sie doch Mutter genannt! Das habe ich gehört! Sie hat mir gesagt, sie sei es.«

»Das sagt sie bloß so! Oouoh! Sagt sie bloß! Sagt sie bloß!

Zu jedem! Will auch, daß ich sie so nenne –« Wie ein Windstoß wehte Kummer seine Stimme von ihm weg.

»Aha!« In argwöhnischem Sarkasmus. »Was für ein Märchen erzählst du da? Woher weißt du das? Wer hat dir das gesagt?«

»Meine Tante – meine Tante hat's mir gesagt!«

»Welche Tante? Wie viele hast du?«

»Gestern!« schluchzte er. »Nein. Nicht – nicht gestern. Als Sie mich – schlagen wollten. Da. An – an dem Tag, als ich nicht l-lesen konnte. Sie hat einen S-süßwarenladen. Die hat's mir gesagt.«

»An dem Tag – Montag?«

»J – ja!«

»Und die hat es dir gesagt? Die andere?«

»Ja! Uuh! Sie hat einen S-süßwarenladen.«

»Ai, böse!«

»Törichte Frau!« schalt Reb Schulim traurig. »Das einem Kind zu enthüllen.«

»Pah, töricht!« Der Rabbi spuckte angeekelt aus. »Die liebe Schwester, das Flittchen! Wie kommt sie nur dazu? Schlangenzunge! Ihr gebührt der Galgen! Nicht wahr?«

Reb Schulim seufzte, rüttelte David sanft. »Komm, mein Kind! Trockne dir die Tränen ab! Wenn es schon lange her ist – dann ist auch dein Weinen schon lange zu spät. Komm! Dort, wo sie liegt, hat sie keine Ohren mehr. Gott hat es so befohlen.«

»Na, wo ist dein Schneuztuch?« Gereizt tastete der Rabbi Davids Taschen ab. »Beim Galgen! Hier!« Er zog es heraus. »Schneuze dich!« Und während er David die Nase abwischte: »Dann erinnerst du dich also gar nicht an sie? Wann ist sie gestorben?«

»Nein! Ich – ich weiß nicht. Das hat sie nicht gesagt.«

Seine Stirn legte sich in erneuter Verblüffung in Falten.

»Nun, warum bist du dann nicht bei deinem Vater? Wo ist der?«

»Ich – ich weiß nicht.«

»Hrrm! Hat sie etwas über ihn gesagt?«

»Sie hat ges-sagt, er ist ein – ein –«

»Was?«

»Ich hab's vergessen! Ich hab vergessen, wie man es nennt.« Er weinte.

»Dann denk nach! Denk nach. Was war er, ein Schneider, ein Fleischer, ein Händler, was?«

»Nein. Er war – Er war – Er spielte –«

»Spielte? Ein Musiker? Was spielte er?«

»Die – die – Wie ein Klavier. Die – Die Orgel!« platzte er heraus.

»Orgel? Orgel! Reb Schulim, sehen Sie Land?«

»Ich glaube, ich sehe, was als erstes zu sehen ist, Reb Yidel. Die Turmspitze.«

»Mhm! Warum bist du nicht bei ihm?« Seine Stimme war behutsam.

»Weil – weil er in Eu-europa ist.«

»Und?«

»Und er spielt in – in einer – Sie sagt, er spielt in einer K-kirche. Einer Kirche!«

»Weh mir!« Er sackte zurück auf seinen Stuhl. »Ich habe es geahnt! Hören Sie das, Reb Schulim? Als er sagte, Orgelspieler, da – da wußt' ich! Oh!« Seine Miene hellte sich auf. »Ist es das, was Sie meinten, als Sie Turmspitze sagten – eine Kirche?«

»Nur das.«

»Ha, Reb Schulim, wollte Gott, ich hätte Eure Weisheit! Und was glauben Sie nun?«

Reb Schulim strich sich gravitätisch den grauen Bart auf seinem Mantel glatt. »In einem alten Scherz steckt Wahrheit.«

»Daß ein Bastard weise ist?«

Reb Schulim räusperte sich, räusperte sich noch heftiger, spuckte unter den Tisch. Ein, zwei Sekunden lang war im Raum nur das schmierige Scharren seines Fußes auf dem Boden zu hören. »Hoffen wir, sie haben zugesehen, daß er zum Juden wurde.«

»Ich werde mehr tun als hoffen.« Mit einem rechtschaffen finsteren Blick kratzte sich der Rabbi mit dem stumpfen Ende des Zeigestocks in den spärlichen Haaren an seiner Unterlippe. »Ich werde mehr tun!« Starr fixierte er David. »Äh –

mein David, sage mir noch dies eine. Hat sie, diese ewigliche Schlampe, diese Schmutzharke mit ihrem Süßwarenladen, deine Tante, hat sie dir gesagt, wo – in welchem Land deine Mutter dem – äh – dem Organisten begegnet ist?«

»Sie – sie – ja – Das hat sie gesagt.«

»Wo?«

»Da wo es – da wo es K-korn gibt.«

»Wo?« In klumpigen Wellen zogen sich seine Brauen zusammen.

»Wo Korn w-wächst. Hat sie gesagt. Wo Korn war. Da sind sie hingegangen. Sie hat mir gesagt, daß – daß sie da hingegangen sind.«

»Oi!« Der Rabbi klang, als erstickte er. »Genug! Genug! Gott sei Dank, daß Sie da sind, Reb Schulim! Wer hätte mir sonst geglaubt! Ai! Ji! Ji! Ji! Können Sie sich eine so verruchte, so schändliche Sie vorstellen, die solches einem so jungen Kind erzählt!«

»Eine böse, zügellose Zunge!«

»Ach! Pah!« Der Rabbi spie über den Rand des Tisches. »An den Galgen, sage ich! Einen schwarzen, unheimlichen Tod! Du aber –« und abrupt wandte er sich David zu. »Geh jetzt! Weine nicht mehr! Und höre: Sage nichts – nichts zu niemandem! Verstehst du? Kein Wort!«

»Ja.« Jammervoll ließ er den Kopf hängen.

»Geh nun!« Hastige Finger flatterten vor ihm. David rutschte aus der Bank, drehte sich um, spürte, daß ihre Blicke ihm folgten, und stolperte zur Tür.

Der Hof. Noch immer lümmelten sie an der Chejderwand herum.

»Hurra! Heilger Moses!« Izzys bedrückte Stimme grüßte ihn. »Da isser ja schon! Hurra!«

David eilte zur Holztreppe.

»He, guck ma, Iz, der heul!«

»Un grad mein nächster!«

»Was flennsn? He!«

»He, wassn los!«

Der Korridor dämpfte ihre Rufe. Er floh hindurch auf die Straße. Ein wilder Blick auf sein Haus, und er lief Richtung

Westen. Eine eigentümliche, chaotische Empfindung ergriff ihn – eine aufgewühlte, schwindelnde Freiheit, eine grausame Laune, die ihn reizte, Freudensprünge zu machen, herumzuhüpfen, sich in die Hände zu krallen, sich zu kneifen, bis er schrie. Ein heimliches, ungezügeltes Gelächter stieg immer wieder zu seinen Lippen hoch, kam aber nie heraus, sondern gluckste mit einem Schmerzensgegurgel in seinem Hals. Er wollte die Menschen, an denen er vorbeikam, angrinsen, wollte johlen, wiehern, pfeifen, ihnen eine Nase drehen – wagte es aber erst, wenn er an ihnen vorbei war. Er ließ lockere Kugeln auf den Stäben an Haustreppen rasseln, schlug gegen die Troddeln von Markisen, brachte die Ketten vor den Kellern zum Schwingen, trat gegen die Aschekästen.

»Bledesau! Bledesau!« Der Druck seiner Raserei, zu stark, um beherrscht zu werden, sprudelte ihm von den Lippen. »Du! Du! Was glotzn! Juch! Tret nich auf die schwarzen Linien! Bing! Tret nich auf die schwarze Linie! Mach ich gar nich! Gar nich! Tret nich auf die schwarze Linie! Ich bin ein anderer. Ich bin ein anderer – *anderer* – ANDERER! Das bin ich. Ho! Ho! Honigkuchen! Bä! Das für dich! Bääa! Stinker! Paß auf den Fuchs auf. Fux; fix fax, paß auf! Tret nich auf die schwarze Linie. Jupp! Hüpf! In die Kist! Jupp! Jupp! Zwei Jupps! Jupp! Hallo! Hopp, hüpf unnen Jupp! Hie! Lustig! Au! Auauau!«

An der Avenue C rannte er blind nach Norden.

»Juch! Alles kaputte Linien. Hier alle kaputt. Paß uff! Paß uff! He, kaputter Gehsteig, mieser, kaputter Gehsteig, warum bis kaputt? Mach Doppelsprüng! Dreiersprüng! Vierersprüng. Fimfersprüng. Juch! Juch! Dreier! Vierer! Fimfer! Fimfer! Pimfer! Isn Kuchen! Honigkuchen! Warum bis kaputt? Faßn Spalt an, faßn Keller an, faß Keller an, faß Teufel an. He, schwarzer Mann! Machs kaputt! Hiie, jiie! Wa jhiie! Wa jiie, piie piie. Pipi. Pipi. Piß, piß! Piß, piß, kiß, kiß! Jupp! Sch! Was glotzn so? Deswegn bin ich draufgetretn. Nich zähln, Teufel, weil – Piß, piß, da! Bääa! Piß, piß, jaa, muß. Muß manchma. Muß jetz! Maa! Jaa! Mach jetz. Holn raus! Da! Da! Die ganzn Medls. Sch! Still! Is mir doch egal. Da! Da komms. Sag du bloß, ich soll aufhörn. Sag –«

Er trat an den Rand.

»Piß mit! Ssss! Lagabier komm von – Hat gesag: Goj, Hurnsohn! Goj Hurnsohn! Leo Hurnsohn! Hatter gesag! Sss! Ha! Piß höher! Guck doch mein Bogn! Na und! Ah, besser! Ein Knopp, zwei Knöpp! Kann jetz springn! Höher! Jupp! Jupp! Hö –«

Tenth Street. Die Tramgleise. Nach Osten hin das Tafelbild von Fluß, Ufer und diesigem Himmel.

»S kommt hinterher! Lauf zur Elebent. Lauf, lauf, Honigkuchen! Jupp! Guck mich alle an! Seht her! Nein, nein! Nich mich! Den! Den mich! Mich – den! Was glotzn ihr so? Bledesau, der isses! Der hatn reingelegt! Altes Stinkerauchmaul! Hatn reingeleg, den Altn. War ich nich. Der! Der wars! Nich ich! Gar nich ich! Dann petz doch! Kanns mich nich verpetzn! Ich wars nich. Dann petz! Petz bei ihr! Petz bei Tante Bertha! Petz bei mein Mudder! Ich wars nich! Jupp! Guck wie ichsnein-ders-mach! Guckn dir an! Den! Den! Biesl! Biiesl! Bin nich ma müd! Bin nich ma ich! Elebent, schon. Geh mir nach, Wasser. Geh nich mir nach – dem! Was gehsn dem nach? Bleder Nachmacherfluß! Hau ab! Kümmer dich um dein eignen Scheiß! Hau ab, hau bloß ab, fieser! Hau ab, hau ab! Juch, Juwuuh!«

Schreiend rannte er Richtung Norden …

16

Der gedrungene, ungepflegte Jude bahnte sich seinen Weg zwischen den Horden von Kindern, den Hindernissen der Kinderwagen, sausenden Dreiräder und Tretroller hindurch, welche die Gehsteige der Avenue B verstopften, und wackelte mit schwachen und schlaffen Schenkeln in Richtung Norden. Er ging leicht gebeugt. Von vorn gesehen, hing von einem braunen Strohhut ein glänzender schwarzer Bart herab; die Arme, die über seinem Gesäß verschränkt waren, zogen beide Seiten seines matten Alpakamantels zurück und entblößten so eine speckige, knappe Weste, die noch über dem Gürtel endete; auf der fleckigen breiten Fläche der Weste schwang sich eine dicke Uhrkette über den prallen Wanst, wo sie die Strecke von Tasche zu Tasche nur mit Mühe überwand; zwischen Weste und Gürtel traten schmutzige, zerknitterte Hemdschöße als geschichteter Leinenwulst zutage. Von der Seite gesehen, liefen ausgebeulte Hosenbeine von unbestimmbarer dunkler Farbe in einer sanften Außenkurve hinan, gleichsam als Stütze des überhängenden Hemds. Das schräge Sonnenlicht auf seiner Rückseite, das abwechselnd auf die glatt gewetzten, nahezu gefirnißten Rundungen und Röhren seiner Hose fiel, schlackerte mit den schlackernden Gliedmaßen und prallte davon ab. Und er bahnte sich weiter seinen Weg nach Norden.

An der Ecke Sixth Street und Avenue B angelangt, blieb er stehen, um ein Automobil passieren zu lassen, und nutzte die wenigen Sekunden, die er dabei vertrödelte, seine Uhr hervorzuziehen. Unter dem Druck eines dicken, schmierigen Daumens sprang das Gehäuse auf wie eine goldene, gehorsame Muschel. Er blickte auf das Zifferblatt. Zehn Minuten vor sechs. Hi! (Er seufzte im Geist.) Noch über eine Stunde bis Sonnenuntergang. Zeit genug. Zeit genug. Vor sieben würde niemand in der Synagoge sein. Er hatte noch Zeit. Und er preßte die goldenen Lippen schnalzend über dem funkelnden Weiß zusammen. Doch während er noch die Uhr zur Westentasche zurückführte, kippte sein Kopf nach hinten, wodurch ihm der braune Strohhut über die Augenbrauen rutschte, und er nieste. Zitternde Finger verfehlten den Schlitz im Stoff. Der Chronometer prallte von seinem Wanst ab und schwang an der Goldkette wie ein Pendel. Der Mann fluchte auf jiddisch, griff nach der Uhr, holte sie ein und stopfte sie grob an ihren Platz. Sodann trat er einen Schritt von der Bordkante zurück, beugte sich vor, kniff die Nasenlöcher zusammen und trompetete den Inhalt in die Gosse. Der Schleim spritzte in den Staub wie bleifarbene Lilien. Er griff nach seinem grauen Schneuztuch, knöpfte seinen Mantel zu (es war kühl für Juli) und trat wieder vor.

Ji! Ji! Ji! Verbittert sinnierte er, während seine umherwandernden Finger untersuchten, ob sein Bart trocken geblieben war. Nichts war heute gut für ihn gelaufen. Nichts.

Unglücklicher Jude! War er nicht ein unglücklicher Jude? Lieber Gott! Lieber Gott! Niesen, während er die Uhr in der Hand hatte. Hi! Hi! Hi! Gut, sie war an seine Person angekettet. Aber wenn schon? Weiß denn das Herz das? Das törichte Herz! Wie es vor Furcht hüpft wie ein Füllen! Und es dann bemerkt. Verflucht seist du! Wer, das Herz? Nein, nicht das Herz, die Uhr! Nein, auch nicht die Uhr. Hi! Hi! Hi! Mit den Jahren wurde er dumm. Nicht die Uhr, der Vorfall. Verflucht sei der Vorfall! Unbedingt! Hi-i! Ein böser Tag! Und der Morgen heute, als er über die Gosse geschritten war, mit schlechter Kunde beschäftigt (wahrhaftig die Ursache des Ganzen, beruhigte er sich), beschäftigte ihn! Wo hatte er da seinen Kopf? Derart beschäftigt, war er mit dem Stock in das Hakenloch eines Kanaldeckels geraten. Soll der Stock doch zu Pulver zermahlen werden! War hineingeraten und oberhalb des Eisenbands abgebrochen. Und es war noch nicht lange her, da hatte er einen Dollar und dreißig Cent dafür bezahlt, einen Dollar und dreißig Cent. Bei Labele Rifka, seinem Vetter, und sollte es in den Augen des Allmächtigen nicht billig sein, daß Labele der Tod dafür ereilte, daß er ihm für einen Dollar und dreißig Cent einen Besenstiel verkauft hatte? Bei diesem Preis würde Gott sicher seine Zustimmung geben. Oberhalb des Eisenbands abgebrochen. Und die Lümmel hatten um ihn herumgestanden und gelacht ...

Verflucht sollen sie sein! Finster blickte er auf die Kinder und halbwüchsigen Jungen und Mädchen, die die Treppen vor den Häusern bevölkerten und sich bis auf die Gehsteige und zur Gosse scharten. Der Teufel soll sie holen! Was sollte nur aus der jiddischen Jugend werden? Was sollte aus dieser neuen Brut werden? Diesen Amerikanern? Dieser Generation des Gehsteigs und der Gosse? Er kannte sie alle, und sie waren alle gleich – dreist, selbstsüchtig, hemmungslos. Wo waren Frömmigkeit und Ehrerbietung? Wo waren Lernen, Ehrfurcht vor den Eltern, Respekt vor den Alten? In der Erde! Tief in der Erde! Nach Ballspielen stand ihr Sinn, nach Rollschuhen, Drachen, Murmeln, nach Spielen um die Pappbildchen, und bei den Älteren nach Tanzen und dem wilden Geklimper von Hörnern und Saiten und dem Wippen mit den

Füßen. Und Gott? Vergessen, gänzlich vergessen. Frage einen, wer Mendel Beiliss ist. Frage einen, ob er gojisches Blut für das Passah vergossen hat. Ob sie das wüßten? Ob sie das beantworten könnten? Vagabunden! Tröpfe! Füßewipper! Korrupte Generation! Schmielike, sein eigener Enkel, hatte ihm einen Nickel aus der Geldbörse stibitzt! (Ah, aber er hatte ihm ein paar gediegene Hiebe verabreicht, als er ihn schnappte. Ein paar nur, aber ordentliche.) Und seine Holzzeigestöcke stahlen sie ihm aus dem Chejder. Und diese Lümmel auf der Straße, wie sie gelacht hatten, als er seinen Gehstock zerbrach. Ein alter Mann, und sie hatten über ihn gejohlt. Und besonders dieser Flegel, soll er sich noch vor den übrigen die Knochen brechen; fragt ihn, ob er in dem stinkigen Wasser da unten einen Ball verloren hat. Er, ein Rabbi, ein alter Mann. Hi! Hi! Soll ihm ein Tumor im Bauch und ein Tumor im Kopf wachsen, so groß wie dieser Ball. Einen alten Mann verspotten. Jiddische Jugend! Ein Kackhaufen. Genauso war seine eigene Jugend in Wilna, in Russisch-Polen gewesen. Genau-soo! Andere gingen Schlittenfahren. Er nicht. Andere fuhren übers Eis mit den Gojim. Er nicht. Im Chejder stachen sie einander mit Nadeln. Er nicht. Hi! Selbst in seiner Jugend hatte er kaum einmal gelacht. Pogrome. Armut. Was gab es da auch zu lachen? Reb R'fuhl war sein Rabbi gewesen. Das war ein Rabbi! Wenn der verärgert war, gab es keinen beiläufigen Knuff. Kein zartes Kneifen in die Wange. Ha, nein! Wenn der wütend war, dann prügelte er, und wenn er prügelte, dann zog er ihnen die Hose herunter und die Klappen ihrer Unterhose auseinander – und alles ganz langsam und mit solch süßen Worten. Hi! Ha! Ha! Das war vielleicht ein Anblick! Den vergaßen sie nicht, die Jungen. Nicht die laxe Disziplin, die er erzwang. Das nämlich zerstörte diese Generation, laxe Disziplin! Hi! Und er, nun selbst Rabbi, er hatte den Übeltäter an den Beinen festgehalten, während die Riemen in die weißen Hinterbacken fuhren. Damals bereitete es ihm eine gewisse Lust, einen anderen heulen zu hören, zuzusehen, wie ein anderer geschlagen wurde, zu sehen, wie das nackte Fleisch zuckte und sich wand und die Spalte des Hinterteils sich unter den beißenden Schnüren zusammenzog. Eine gewisse Lust, doch die war nun dahin, von übermäßigem Gebrauch abgestumpft, vermutete er. Hi! Hi! ...

Ein böser Tag ...

Und am Mittag hatte er sich mit Ruchel, seiner Tochter, wegen der Machenschaften ihres Mannes Avrum, des Schlachters, gestritten. Leber aus dem Kühlhaus verkaufte er und gab sie als frisch aus. Eine falsche Generation. Warum sollten die Kinder besser sein als ihre Väter? Keine Gottesfurcht mehr, kein Glaube, nirgendwo. Das ist koscher, sagte sie. Ruchel, seine Tochter, sein Dorn. Das schmeckt genauso gut. Bei Speisen sollte Vertrauen herrschen, hatte er geantwortet. Wenn du Gehstöcke verkaufst, dann verkaufe die fehlerhaften, die verzogenen, die spröden. Sag nichts, verrate nichts. Bei dem aber, was in den Mund kommt, darf Vertrauen nicht betrogen werden. Wenn du »trejfe« verkaufst, dann sage auch, daß es »trejfe« ist, und man wird dich für einen Mann halten. Wenn du Kühlhausware als Frischware verkaufst – Aber die ist koscher, hatte sie gesagt. Natürlich ist es koscher, hatte er geantwortet. Leber ist koscher, bis sie fault. Vor dem dritten Tag muß sie nicht gewaschen werden. Auch nicht gesalzen. Das weiß sogar ein Goj. Hi! Hi! Meine Tochter, meine Tochter! Die ist gut. Die schmeckt gut, sagst du. Ein Jude reiste einmal nach Odessa und aß dort in einem Gasthaus, ohne zu wissen, was er aß. Für ihn war es gutes Rindfleisch. Würzige Soße. Und sie sagten ihm, es sei – was? Sie sagten ihm, es sei Pferdefleisch. Und hi-hi-hi meine Tochter, wenn er nicht bis zum heutigen Tag grüne Galle erbricht, dann nur, weil er tot ist. Und so ist es mit dir, meine Tochter – das schmeckt gut. Und wie groß ist der Schritt von Kühlhausfleisch zu nicht koscherem Fleisch, und wie groß ist der Schritt von nicht koscherem Fleisch zum Fleisch eines Schweins? Hi! Hi! Hi! Meine Tochter! Du läßt mich mit einem Gewicht aus Scham tief in die Erde fahren. Soll dir der Kopf von den Schultern fallen und der deines Mannes gleich daneben. Meine Tochter ...

Hi ... Ein böser Tag ...

Und am Nachmittag war Reb Schulim zu ihm in den Chejder gekommen, Reb Schulim, der aus derselben Stadt war wie er, um die Gelehrsamkeit zu überprüfen. Und hatte nicht die Gelehrsamkeit überprüft, sondern eine lange Prozession von Hohlköpfen, Stotterern, Flegeln, die von zu viel Herumlungern in Kellern halb blind waren. Ein schwarzes Schicksal hatte die Besten als erste lesen lassen, und die Besten hatten sich vor Reb Schulims Eintreffen schon wieder verkrümelt, und dann waren nur noch die Dummköpfe übrig, um ihn zu beschämen. Ein guter Rabbi, Reb Yidel, muß er gedacht haben – Hmmmm-m-m! h-m-m- h-m-m-m! Ein guter Rabbi! Keinem einzigen hat er beigebracht, auch nur drei Wörter am Stück zu sagen, ohne sich zu verhaspeln. Kein einziger konnte die Sprache sprechen ohne ein Schnüffeln oder Schnaufen – bis auf dieses Kind, David, diesen Bastard, Gott hab Erbarmen mit ihm, Brut eines Goj, eines Kirchenorganisten. Hi! Hi! Und wie merkwürdig, daß wahre jiddische Kinder frommer Eltern sich als so gottverlassene Tölpel erweisen und dieser einzige Halbjude – vielleicht gar nicht (das hätte ich hier und da feststellen können, aber –) beschnitten – ein eiserner Verstand. Gottes Wege. Verborgen. Eine elendigliche Geschichte, und ein dreifacher Fluch treffe die Tante, Schwester, Schlampe, die das enthüllt hat. Ich sage, der Galgen, Hamans Baum, hoch ...

Hm-m-m-m! Böser Tag! ...

Aber warum gehst du dann hin? Warum gehst du hin, Reb Yidel? Wäre es an einem solchen Tag nicht besser, nicht der Überbringer böser Kunde zu sein? Verfluchter, unheilvoller Tag! Wäre es nicht sicherer, umzukehren und zurück zur Synagoge zu eilen. Sie könnten es ja vielleicht nicht verstehen. Sollten sie dir vorwerfen, Haß zu erzeugen, dich augurnasig nennen, wärst du darauf vorbereitet? Sollten sie dich verspotten und verhöhnen und sagen, Reb Yidel, du hast die Nase in jedem Wind wie die Speichen des Rades, hättest du dagegen ein Mittel? Hättest du eine Antwort? Keine. Aber ich bin ein aufrechter Mann, und einer muß es ihnen sagen. Soll der Knabe es wissen, sie aber nicht wissen, daß er es weiß? Ist er wirklich ein Jude, dieser David? Soll die schlimme Schwester verschont bleiben? Einer muß sie warnen, ihnen raten. Und ich hab's gelobt. Ich hab's gelobt. Hi! Hi! Hi! Ach je! Dunkle Ahnungen! ...

So heftige Grimassen ziehend, daß sein schwarzer Bart an mehreren Stellen gleichzeitig zuckte, zuckte und die Sonne in einem Geflecht aus geschmolzenem Pech, Glitzerpünktchen und Schillern erfaßte, blieb der rundliche, alternde Jude an der Ecke Avenue C und Ninth Street stehen, blickte nach Westen in die Sonne, obwohl er doch nach Osten gehen wollte, und öffnete den straff sitzenden Knopf seines dunklen Alpakamantels. Der Spannung ledig, wellte sich der Stoff in Falten gegen seine Arme. Da nun der Vorhang geöffnet war, schimmerten die Fettflecken auf seiner Weste wie ein gläsernes Tableau. Gekrümmter Daumen und Zeigefinger stocherten in seinen Taschen, zogen ein abgerissenes Stück Papier hervor, falteten es auseinander.

»Sieben-einundfünfzig«, brummelte er, nachdem er die hebräischen Schriftzeichen überflogen hatte. »Vierter Stock. Vielleicht an dieser Ecke der Avenue D. Vielleicht an der anderen. Geb's Gott, ich hab's mir korrekt notiert.«

Er verstaute den Papierfetzen wieder, wandte sich um und schritt ostwärts durch die vertraute Straße. Auf der Höhe seines Chejder-Eingangs verspürte er die alte freudlose Regung des Wiedererkennens, warf einen Blick in den Flur und überquerte die Straße. Den Kopf schief gelegt, überflog er die ansteigenden Hausnummern.

»Sieben-einundfünfzig.« Seine Lippen formten stumm die Wörter. »Vierter Stock«, setzte er im Geist hinzu. Und tief seufzend Atem holend angesichts der Treppen, die er zu erklimmen hatte, erklomm er die Haustreppe, betrat den Flur und stieg die dunkle Treppe hinauf.

Außer Atem, röchelnd, voller Unruhe, erreichte er den obersten und hellsten Absatz und beäugte mit wogendem Wanst die M'susen, die, teils noch hell leuchtend, teils übermalt, über den diversen Türen hingen. Und klopfte an die ihm nächste.

»Wer ist da?« Die scharfe Frauenstimme hinter der getäfelten Tür erkundigte sich auf jiddisch.

»Wohnt hier Mrs. Schearl?« fragte er und wußte schon irgendwie, daß dem nicht so war.

»Nein.« Eine schwerbusige Frau mit bloßen Armen öffnete die Tür. »Die wohnt dort. Die Tür da vorn. Die Tür.«

Sein Blick glitt von der grobporigen geröteten Haut ihres Halses zu der Tür, auf die ihr Finger zeigte. Er nickte, nicht überrascht, daß sie ihre eigene Tür offenstehen ließ und ihn neugierig beobachtete. Und klopfte erneut.

»Oh! David! David! Bist du das?« Eine Stimme voll ungeheurer Erwartung drang zu ihm heraus. »Ist abgesperrt? Ich warte schon –«

»Ich bin es – Reb Yidel Pankower«, sagte er, als die Tür aufging.

17

Hätt' ich bloß ein Steinchen, ein Steinchen zum Hickeln. Dann könnt' ich langsamer gehen. Langsamer. Mich umsehn. Sehn, ob ich was seh'. Mich umsehn. Eine Erschöpfung, tiefer als alles, wa er je erlebt hatte; eine Müdigkeit, der auch die längste Ruhe nicht gewachsen wäre. Er war so müde, daß schon sein Denken eine Funktion seiner Atmung zu sein schien, als wäre der Geist so verbraucht, daß er den Impuls der Atmung brauchte, um das Wort wegzuräumen, da es sonst unentwegt weiterklang. Er schleppte wacklige, rebellische Beine zu den Tramgleisen der Tenth.

– Würd' länger dauern, wenn ich ein Steinchen hätt'. Länger, viel länger. Und stoß es hierhin, damit es dorthin fliegt. Und dahin und dahin und stoß es dahin, damit es dorthin fliegt. Und hierhin und ihm nach. Und ihm nach, wo es hin ist. Und wenn es wegfliegt, dann geh auch weg. Folg ihm. Und wenn es zurückkommt, komm zurück. Au! Mama! So erschöpft! Au! Mama! Hätte weggehen müssen. Auch so. Weg. Forty-one Street, hat er gesagt. Großes Haus. Forty-one Street war Fluß. Und Thirty Street war Fluß. Und war und ist gefolgt. Und Bahn und ist gefolgt. Und er hat gesagt, er geht hin. Geht wohin? Br-Bronx, Bronx Park, hat er gesagt. Sind Tiere, hat er gesagt, das ganze Drumunddran. Viele und Bäume. Viele. Dann kommt er zurück. Fünf Cent. Muß immer zurückkommen. Geh' nach Hause. Verlauf' mich nie mehr. Nie mehr. Kenn' Nummer. Nie. Langsam. Geh langsamer. Tramgleise. Au! Zu nah! Schon zu nah. Au! Au!

Voller Entsetzen, als wankte er an einem Abgrund, starrte er auf die Pflastersteine, die schimmernden Gleise.

– Bleib da stehn! Geh zurück! Bleib da stehn! Au! Was mach' ich denn bloß? Wo soll ich denn hin? Mama! Mama! Bleib hier bis fünfzig Wagen; dann ein Schritt. Fünfzig Autos; ein Schritt. Fünfzig – Müde! Hundemüde. Kann nicht warten! Kann nicht mehr warten. Mach, daß er mich nicht schlägt, Mama, ich geh' drüber! Ich geh' drüber, Mama! Au! Kommt nah! Kommt nah! Wo ist ein Steinchen? Ein Steinchen. Mülleimer gucken. Noch nicht draußen. Hat Fliegen gefunden. Keller. Die! Au! Ein Steinchen! Ein Steinchen! Irgendwas. Finden! Finden!

Schlaffe Finger kramten taub in seinen Taschen.

– Bleistift. Nicht gut. Brich Gold und Gummi ab. Tritt drauf – Nicht gut! Nicht gut! Was? Schnur, wo ich Drachen gedacht hab'. Warum bin ich da hochgegangen? Warum! Warum! Kanarienvogel! Au! Blöd! Blödes Scheißd-! Hintere Tasche … Die! Die sind's! Nichtsnutzige Scheißdinger! Tritt! Wirf weg! Lauf! Gojperlen, beschissene! Lauf! Tritt nach einem Steinchen! Los! Die sehen's, die sehen's doch! Egal! Au! Da ist schon! Da ist schon! Mein Laternenpfahl, Ninth! Oh, Mama, Mama, mach, daß er mich nicht schlägt! Ich mach' einen Umweg! Ich mach' einen Umweg! Oooh, such überall! Such überall!

Nur sein eigenes Gesicht begegnete ihm, ein fahles Oval und dunkle, furchtsam starrende Augen, die tief über die Schaufenster von Läden glitten, von Scheibe zu Scheibe sprangen, sich mit den Klistieren, Salbentöpfchen, grünen Kugeln der Drogerie vermischten – abprallten – mit den Kindersachen, Knopfhaufen, der Unterwäsche des Kurzwarenladens – abprallten – mit den Farbtöpfen, Stahlwerkzeugen, Bratpfannen, Wäscheleinen des Eisenwarenladens – abprallten. Eine bunte Fahlheit, aber immer noch Fahlheit, eine vielfältige Furcht, aber Furcht. Oder es gab ihn nicht.

– In den Schaufenstern, wie ich gehe. Kann sehen und bin nicht. Kann sehen und bin nicht. Und wenn ich nicht bin, wo dann? Dazwischen, wenn ich stehenbliebe, wo? Bin keiner. Nirgends. Dann bleib hier stehen. SEI niemand. Immer. Würde keiner sehen. Würde keiner wissen. Immer. Immer. Nein. Trag – ja – trag einen Spiegel. Winzig kleiner, wie in Handtasche, von Mama. Ja. Ja. Ja. Bleib beim Haus. Sei niemand. Kann nicht sehen. Warte auf sie. Sei niemand, und sie kommt runter. Nimm ihn! Nimm 'Spiegel heraus. Guck! Mama! Mama! Hier bin ich! Mama, ich hab' mich versteckt! Hier bin ich! Aber wenn Papa käm'. Zack, schnell weg! Nein! Ist nirgends! Au! Verrückt! Nah! Ich bin nah! Au!

Die Augen glasig vor Panik, schlich er auf sein Haus zu und griff beim Gehen nach jedem Geländer, jedem Pfahl in seiner Nähe – nicht um sich abzustützen, obwohl er sich schwach fühlte, sondern um hinauszuzögern. Und stets ging er weiter, als zerrte ihn eine unabwendbare Macht weg von den Verankerungen, die er ergriff.

Ein Junge stand auf der obersten Stufe der Vortreppe, ans Messinggeländer gelehnt. In den Händen hielt er das zerrissene Gewebe eines geplatzten roten Ballons, an dem er lutschte und das er zu winzigen karmesinroten Blasen drehte. Als David, nahezu ohnmächtig vor Entsetzen, sich die Steinstufen hochzog, biß der andere in eine feuchte, frische Kugel. Sie platzte. Er grinste selig.

»Siehs, wie ich die eß? Ein Biß!«

David blieb stehen, starrte ihn an, ohne ihn zu sehen. Durch die Trance, die ihm den Geist verschloß, sickerte nur eine Empfindung von einigermaßen klarer Bedeutung, die Kühle des angelaufenen Geländers unter seiner Hand, die Kühle und die Erinnerung an dessen Glanz und der offenbare Makel des Zerfressenseins.

»Jetz mach ichn richtig großn!« sagte der Junge. »Paß uff!« Der gedehnte rote Gummi blähte sich zu einer kleinen Höhlung in seinem Mund, wurde umschlossen, gedreht, gezeigt. »Siehs das! Mit eim Bissn!«

Peng!

Verzweiflung ...

18

»Fürn Penny Eis, Mrs! Fürn Penny Eis! Fürn Penny Eis, Mrs!«

Der verdreckte Sechsjährige, der gerade hereingekommen war, schlug mit seiner Kupfermünze auf den marmornen Ladentisch.

»Fürn Penny Eis, Mrs!«

Doch weder der schmächtige, langnasige Besitzer des Ladens, der bitter an seinem bleichen Schnäuzer knabberte, noch seine verlotterte, rothaarige Frau, noch ihre picklige, verängstigte Tochter im Hintergrund rührten sich, um ihn zu bedienen.

»Fürn Penny Eis, Mrs! He!«

Ein weiterer Sechsjähriger betrat den Laden.

»Läß mich ma leckn, Mutkeh?«

»Die gem nich ma *mir* was!« Mutkeh wandte sich mit einem verletzten Blick seinem Freund zu.

»Dann gehn wir zu Sollys. Ja?«

»Nee!« brummelte der Besitzer auf jiddisch. »Gibst du's ihm jetzt, oder willst du, daß er den ganzen Abend hier Krach macht.«

»Furunkel und Pfeffer, das kriegt der von mir!« Trotzig verschränkte sie die Arme. (Die Sechsjährigen schauten beleidigt drein.) »Kannst *du* das nicht machen? Bist du etwa tot?«

»Das mache ich nicht!« Sein kleiner Kiefer schob sich grämlich so weit vor, wie die Zähne es erlaubten. »Soll der ganze Laden doch niederbrennen! Ich mache es nicht!«

»Dann verbrenn mit ihm!« Sie spuckte nach ihm. »Ich brauche dich und dein Penny-Geschäft! Einen Süßwarenladen hat er mir aufgehalst – ein guter Gatte! Polly, gib's ihm.«

Mürrisch, die Unterlippe wie ein scharlachrotes Schnekkenhaus vorgerollt, ließ Polly davon ab, an den Seiten ihres Kleids zu zerren, und kam nach vorn. Dort hob sie den rostigen Deckel des Kanisters, der in dem halbgeschmolzenen Eis der Bütte trieb, schöpfte von der blaßgelben, dampfenden, kristallinen Masse etwas in einen Pappbecher und reichte ihn dem Jungen. Die beiden Kinder gingen hinaus. Und als das Mädchen sich wieder nach hinten zurückzog, nickte ihre Mutter unversöhnlich zu ihr hin –

»Und du hast es ihm sagen müssen, hm? Du elende Bettnässerin, du! Wo ich dir doch gesagt habe, du sollst es nicht!«

»Du bis nich mein Mudder«, murmelte Polly auf englisch.

»Du fängst dir gleich eine!« Ihre Stiefmutter nahm die Arme auseinander. »Du glaubst wohl, du bist sicher, weil dein Vater da ist?«

»Laß sie in Ruhe!« fuhr ihr Vater ärgerlich dazwischen. »Glaubst du etwa, sie hat unrecht? Wäre sie dein eigen Fleisch und Blut gewesen, du wärst in Null Komma nichts dagewesen, oder! Da hättest du aufgepaßt. Da hättest du nicht vor deinem fetten Loch gesessen, während dieser Esau-Abschaum meine arme Tochter angefaßt hat –«

»Sündenbock für die Hunde!« Ihre Stimme schwoll zu einem finsteren, polternden Geschrei an. »Und für Ratten! Und für Schlangen! Kann ich ein Auge auf alles haben? Den Laden! Die Kunden! Die Vertreter! Die Küche! Und dann noch deine stinkenden Töchter! Genügt es denn nicht, daß du mir einen Süßwarenladen gegeben hast, damit ich altere, und mir außer dem Süßwarenladen noch was in den Bauch – Da!« Sie hob die schokoladenverschmierte sich wölbende Schürze, als wollte sie ihn damit bewerfen. »Und zu alldem soll ich auch noch auf diese dreckigen Gören aufpassen! Wenn die schon nicht auf mich hören, wie kann ich dann auf sie aufpassen. Sind sie etwa nicht alt genug? Wissen die nicht genug? Und die da in der Küche, die so tut, als würde sie heulen – ein zwölfjähriges Ding! Soll sie da ersticken! Und du – du verdienst es nicht einmal, daß die Erde dich bedeckt! Mir sagen, ich soll auf sie aufpassen! Und wenn du noch etwas wissen willst, dann machst du jetzt kein Getöse mehr darum, sondern gehst in die Küche und ißt dein Abendbrot!« Atemlos japsend, hielt sie inne.

»Ach ja?« Wenngleich er nach Worten suchte, so ließ nicht Wut seine Rede stocken, sondern eine Art unbezwingbarer Starrköpfigkeit, die sich beharrlich immer tiefer in ihm festsetzte. »Abendbrot – ich – du sagst – ich – soll essen? Deine Lust – und möge deine – Lebenslust – dein ganzes Leben lang so klein sein – wie ich – wie meine jetzt auf Essen ist! Abendbrot – nach allem, was geschehen ist! Weh über dich! Aber diesmal

– werde ich – wirst du mich nicht wie ein – ein braves Pferd lenken! Nein! Dies – wirst – dies eine Mal reitest du nicht –«

»Leck mich am Arsch!« Wieder unterbrach sie ihn. »Dich reiten! Mich reitet doch nicht der Teufel, ha? Was bist du nur für ein Idiot – daß du wegen so etwas so fuchtig wirst! Als hätt's das nie zuvor gegeben, daß zwei Gören spielen wie die Tiere. Ist sie etwa verstümmelt? Hat er ihn ihr genommen – den Preis? Heilt das etwa nicht wieder, bis sie heiratet?«

»Woher willst du das wissen? Weißt du denn, wie groß er war? Was hat er angerichtet? Hast du etwa nachgeschaut?«

»Nachgeschaut? Allerdings!« schnaubte sie plötzlich spöttisch. »Ich habe nachgeschaut! Ihre Unterhose war schmutzig – wie immer! Geh doch rein und sieh selber nach!«

»Eine Ader soll dir platzen!« brummelte er.

»Blagen spielen, und der macht sich Sorgen! Worüber, das weiß nur Gott – die Zukunft, Heirat, Freier. Daß die sie untersuchen, bevor sie sie heiraten, ist es das? Oh, du Idiot! Willst du etwa für die einen Freier? Putz dir mal die Nase – die kriegt einen Prachtkerl!«

Seine kleine Gestalt erstarrte. Blut schoß ihm ins fahle Gesicht.

»So hat deine Mutter deinem Vater geantwortet, hm? Wegen deiner Schwester Genya, hm? Und genau auf dieselbe Art und Weise – ein Goj! Das liegt ja fast schon in der Familie! Aber für dich ist das ja nichts!« Der aufwallende Zorn, der ihn zu diesen Worten getrieben hatte, ließ ihn plötzlich im Stich. Er wich zurück.

»Brenn wie eine Kerze!« Wutschäumend trat sie auf ihn zu. »Willst du jetzt die Vergangenheit auskotzen! Ich habe dir ein Geheimnis erzählt, und damit verhöhnst du mich jetzt? Ich geb' dir was, daß deine Welt auf dem Kopf steht!«

Den Rücken an die Glastüren des Spielzeugschranks gelehnt, hatte er abwehrend die Arme gehoben. »Geh weg! Laß mich in Ruhe! Wenn du dich bei meinem Begräbnis vollaufen läßt, dann ich mich auch bei deinem!«

»Ein Chinese soll dich abschlachten!« Voller Verachtung drehte sie ihm den Rücken zu. »Du Knirps! Ich höre dich nicht mehr! Red doch mit meinem Hintern!«

»Schon gut! Schon gut!« Er gab kraftlos nach. »Sei es, wie du sagst! Meine Gerechte! Meine Selbstgerechte! Sei es, wie du sagst. Aber der da, dieser kleine Gauner mit den großen Augen, der kommt ungeschoren davon, hm? Das ist Gerechtigkeit, hm? Ein Neffe ist dir lieber als die Töchter, die ich dir gebracht habe. Aber denk dran, es gibt einen Gott im Himmel – der wird dich dafür richten!«

»Hab' ich gesagt, er soll unbestraft bleiben?« Erneut wirbelte sie herum. »Ja? Ich habe dir gesagt, daß ich es Genya gleich morgen sage. Beim ersten Tageslicht sage ich's ihr. Was willst du mehr? Soll Albert es etwa erfahren? Willst du etwa das? Habe ich dir nicht oft gesagt, was für ein Rasender das ist? Hast du es nicht schon mit eigenen Augen gesehen? Der zerreißt das Kind doch in Stücke! Willst du das? Na, das kriegst du jedenfalls nicht. Und jetzt geh hinein und iß! Geh hinein, wie ich's dir sage, und hör auf, ständig darauf herumzureiten – Tochter! Tochter! Helf mir Gott, oder du bekommst als Vorspeise Wehen und Hämorrhoiden!«

Völlig eingeschüchtert und dennoch zu starrköpfig, um zu gehen, stand er grummelnd da, während sie ihn finster anstarrte. »Genya ... Gut! Gut! Die mit ihrer leichten Hand und der leisen Stimme. Ja! Ja!« Er nickte bitter. »Beides wird sie nicht gegen ihn erheben. Die wird mit ihm reden, das wird sie tun – ihn streicheln. Und damit ist er dann bestraft – mit Worten. Mit Worten nach allem, was er meiner Esther angetan hat. Schon gut! Schon gut! Wenn ich so behandelt werde – gut ... Gut! Gut! Aber ich bin nicht zufrieden – das mußt du wissen! Ich bin nicht zufrieden.«

Er wandte sich zum Gehen. Doch während er sich noch umdrehte, betrat eine Frau den Laden.

»Tag, Mrs Sternowitz!«

»Tag!«

»Und Mr Sternowitz! Ich habe Sie gar nicht gesehen. Wie geht es Ihnen?«

»Ordentlich.«

»Nur ordentlich? Ts! Ts! Nun ja, geben Sie mir bitte für zwei Cent Haarnadeln. Sie verkaufen doch drei Packungen für zwei Cent, oder?«

»Ja.«

Mrs Sternowitz drehte sich um und watschelte schwerfällig nach hinten in den Laden; Polly, noch immer die Mundwinkel herabgezogen, trat mürrisch beiseite. Während Mrs Sternowitz in den auf den Regalen gestapelten Schachteln wühlte, wühlte und gequält seufzte und über die Dunkelheit grummelte, beobachtete sie ihr Mann, der immer wieder nervös die Hände krümmte. Unvermittelt machte er eine Faust und stahl sich, während seine Frau noch mit dem Rücken zu ihm stand, nach vorn in den Laden, vorbei an der verdutzten Frau am Ladentisch und schlich sich hinaus. Polly gaffte hinter ihm her. Ihre Stiefmutter, die nichts gemerkt hatte, hob willkürlich mal den einen mal den anderen Deckel von einer Schachtel. Die Kundin lachte.

»Was ist denn mit Ihrem Mann?« fragte sie.

»Ach!« warf Mrs Sternowitz beiläufig über die Schulter. »Gott allein weiß, was den zwickt. Ihm ist die Nase auf den Boden gefallen, und er will sie nicht mehr aufheben.«

»Ja, so sind die Männer«, kicherte die Frau. »Es ist bald soweit, nicht?«

»Zu bald. Oh! Da ist sie! Eine neue Schachtel?« Sie zog sie heraus. »Die da haben etwas zwischen den Beinen, diese Haarnadeln, cha! cha! Eine neue Sorte.« Abrupt unterbrach sie sich, ihr fragender Blick flackerte von Tochter zu Kundin. »Wo ist er? Nathan!«

»Deshalb habe ich Sie doch gefragt.« Die Frau lächelte noch immer. »Mir kam es so vor, als sei er geflohen.«

»Geflohen?« Sie stand stocksteif da. »Wohin?«

»Dahin. Ich glaube, Richtung Alden Avenue. Was ist denn?«

Doch da hatte Mrs Sternowitz schon die Ladentischklappe hochgerissen und lief mit angstvollem, aber auch wütendem Gesicht zur Tür. Sie rannte auf den Gehsteig hinaus, starrte wild Richtung Osten, rannte ein paar Schritte, kam zurückgehetzt.

»Ich sehe ihn nicht! Ich sehe ihn nicht!« stieß sie hervor und zerrte panisch am Fleisch ihres Halses. »Der hat mich reingelegt! Ab ist er – zu Genya!« Wütend drehte sie sich zu ihrer Tochter herum. »Warum hast du mir nicht gesagt, daß er sich davonschleicht, du kleine Schlange!« Sie hob die Hand, um sie zu schlagen, überlegte es sich aber anders. »Ai!« Sie warf die Schachtel mit den Haarnadeln auf den Ladentisch und begann, verzweifelt an ihren Schürzenbändern herumzufingern. Und schrie Polly, während die andere Frau sie bestürzt betrachtete, wirre, aufgeregte Anordnungen zu.

»Los, ruf Esther!« Endlich warf sie die Schürze weg und bückte sich, um sich die Schuhe zuzuknöpfen. »Schnell! Schnell! Ruf sie heraus! Rasch! Oh, wenn ich den in die Finger kriege! Oh, dann gnade ihm Gott. Rasch! Oh, wenn ich den kriege! Rasch! Ruf sie! Ihr beiden kümmert euch um den Laden. Ruf Mrs Zimmermann, wenn ich nicht bald zurück bin! Paß mir auf die Kasse auf! Schnell, hörst du? Weit kann er noch nicht sein. Den krieg' ich! Dem mache ich mitten auf der Straße eine Szene. Den schleife ich an den Haaren zurück! Schnell! Paß auf! Dieser falsche –« Sie stob aus dem Laden hinaus.

Die andere Frau sah ihr in äußerster Verwunderung nach und sagte dann zu Polly: »Was ist denn mit deiner Mutter los?«

»Weiß ich nicht«, war die verdrießliche Antwort. Und dann ging sie nach hinten, riß die Küchentür auf und brüllte jemanden drinnen an.

»Komm raus, Esther! Papa is weg! Mama is weg! Komm raus! Komm schon! Du muß aufpassn!«

19

Auf dem zweiten Absatz des unbeleuchteten Treppenhauses reizte der grobe Gestank von Desinfektionsmitteln die Härchen in seiner Nase. Hinter der Tür, durch die Kinderstimmen drangen, hatte Mrs Glantz' Nachkommenschaft die Masern. Hoch und daran vorbei, müde, müde. Und an der Biegung der Treppe stand das schmale, dreckverkrustete Fenster mit dem Fliegengitter offen. Wieder trödelte er, starrte hinab. Unten in dem grau werdenden Hof sprang eine schmale graue Katze am Zaun hoch, verfehlte das obere Ende, krallte sich mit entschlossener und stummer Kraft hinauf. Auch er nach oben, müde.

– Ihre Schuld. Ihre. Nich' meine. Nein, nein. Nich' meine. Frag jeden. Kannst du jeden fragen. Meine? Geländerstäbe, ist es meine? Ist meine ... Ist nicht meine ... Da! Siehst du! Gib's zu! Ihre Schuld. Sie hat's gesagt. Oder? Sie hat's Tante Bertha gesagt. Ihre Schuld. Wenn ihr ein Goj gefallen hat, dann auch mir. Da! Die hat mich dazu gebracht. Wie sollte ich das wissen? Ist alles ihre Schuld, und das sag' ich auch. Geb' ihr die Schuld. Deine, Mama! Deine! Weiter! Weiter! Nächster! Nächster Stock! Mama! Mama! Auauoo!

Und nach dem dritten Absatz, wo der schale Geruch von Kohl und saurer Sahne das vage Licht erfüllte, zwängte sich ein leises Wimmern durch seine Lippen und hallte mit einem fremdartigen Diskant in der hohlen Stille. Und weiter hoch, während feuchte Hände sich ans Geländer klammerten und dabei mit schwachem Widerwillen quietschend weiterrutschten. Und wiederum die Biegung der Treppe und das offene Fenster, das in der neuen Höhe sanfte Klarheit umrahmte. Auf der anderen Seite des Durchgangs zog ein Gesicht zwischen Vorhängen Grimassen, fuhr zurück; gekrümmte Finger zogen den Kragen ab.

– Hör auf zu schreien! Hör auf! Du da drin, hör auf! Wissen's nicht. Die wissen's nicht. Wer hätt's ihnen gesagt? Sag, wer? Na los, sag's! Da! Siehst du! Polly hat's nicht gesagt – Esther hätte's nicht zugelassen. Sie ist ihr nachgerannt. Aber vielleicht hat sie sie nicht gekriegt. Doch! Nein. Doch! Aber selbst wenn – na und? Tante Bertha würde nichts sagen. Tante Bertha mag mich. Ja? Tante Bertha würde mich auch nicht für tausend Millionen Dollar verpetzen. Haßt sie denn nicht Papa? Hat sie denn nicht mich statt denen gewollt? Oder? Also hat sie nichts gesagt. Mensch, oo Gott. Natürlich hat sie nichts gesagt. Also. Wovor habe ich also Angst? (In einer Aufwallung von Hoffnung lehnte er sich gegen das Geländer.) Keiner weiß es! Oooh, Gott, mach, daß keiner es weiß! Nun komm weiter! Tu so, als wär' nichts passiert. Mensch, nichts – außer – außer ihm. Rabbi? Aa, der vergißt das. Na klar! Ständig. Weswegen sollte der sich das merken? Nun weiter, Mensch, Gott! Weiter! Aber – aber wo warst du denn? Ist schon ganz spät. Ich? Wo ich war? Hab' mich verlaufen – weiter nichts. Ganz drüben am anderen Ende der Avenue A. Warum? Hab' gedacht, es ist das andere Ende. Da war ich dann. Weiter! Ooo Gott! Hätt' ich mir bloß ein Bein gebrochen. Au! Nicht! Ja! Pscht!

Der blaßblaue Schimmer des Oberlichts schräg über ihm.

– Keiner – da?

Er schlich an seine Tür, steife Knöchelgelenke knackten wie Gewehrschüsse. Ein Stimmengewirr hinter der Tür.

– Pscht! Wer? Wer ist da?

Angestauter Atem bebte in seiner Brust, er beugte sich näher heran, näher, und war fluchtbereit.

Jemand lachte.

– Wer? Sie? Mama? Ja! *Ja!*

Wieder, über Stimmengemurmel, wieder das Lachen – angespannt, nervös, aber ein Lachen. Hoffnung griff danach.

– Sie! Das ist ihr Lachen! Sie weiß es nicht! Weiß gar nichts! Würde nicht lachen, wenn sie's wüßte! Nein! Nein! Weiß es nicht! Kannst rein!

Sein Gehirn wurde mit einemmal weit, als fiele ein Licht hinein –

– Keiner weiß was! Kannst rein!

Doch sein gesamtes Sein scheute entsetzt zurück, als er die Hand nach dem Türknopf ausstreckte –

Die Tür, die aufklackte, vor ihren Stimmen zuklackte. Und –

»David! David, Kind! Wo warst du denn?«

»Mama! Mama!« Doch nicht schnell genug konnte er sich an ihre Brust werfen, nicht tief genug die Augen darin vergraben, als daß er vorher nicht noch als verschwommene Erscheinung die bärtige Gestalt am Tisch gesehen hätte.

»Mama! Mama! Mama!«

Nur das schützende Tal zwischen ihren Brüsten erstickte seinen Angstschrei an ihrem Herzen. Krampfartig, zielsicher flogen die Hände hoch an ihren Hals, suchten und umschlossen die eine noch aufrechte Säule im Zusammenbruch.

»Ist ja gut! Ist gut, Kind! Hab keine Angst!« Ihr Körper wiegte ihn.

Und hinter seinem Rücken die Stimme seines Vaters, mürrisch, höhnisch. »Ja, beruhige ihn nur! Tröste ihn! Tröste ihn!«

»Du Armer, so verängstigt!« Die Worte erreichten ihn von ihrer Brust und ihrem Mund. »Sein Herz schlägt wie bei einem Dieb. Wo warst du denn, mein Leben? Ich bin fast gestorben vor Sorge! Warum bist du nicht nach Hause gekommen?«

»Verlaufen!« stöhnte er. »Ich hab' mich in der Avenue A verlaufen.«

»Ach!« Sie drückte ihn wieder an sich. »Weil du eine sonderbare Geschichte erzählt hast?«

»Hab' ich mir bloß ausgedacht! Hab' ich mir bloß ausgedacht!«

»So, wirklich?« Die rätselhafte Stimme seines Vaters hinter ihm. »Na, sieh mal an!«

Er spürte, wie seine Mutter zusammenzuckte. Das Herz unter seinem Ohr begann, laut zu hämmern.

»Hi! Ji! Ji! Ji! Ji!« In einer anderen Ecke des Zimmers schlug das schmerzliche Ächzen des Rabbi in eine Serie Seufzer um. »Wie ich sehe, habe ich schlecht daran getan, hierherzukommen. Nu?« Er hielt inne, doch niemand beantwortete seine Frage. Statt dessen:

»Hören Sie doch auf mit Ihrem Gegreine, Sie!« blaffte sein Vater.

»Aber was sollte ich denn tun?« hub der Rabbi wieder an. Seine Stimme, so ungewohnt salbungsvoll und besänftigend, klang trotz allen Elends seltsam in Davids Ohren. »Wäre er ein Dummkopf gewesen, ein Gipsgolem, wie nur der König des Universums mit seiner heiligen und großzügigen Hand weiß, warum er ihn mir zuteil werden läßt, hätte ich ihm da geglaubt? Pah! Ich hätte gesagt – Ba! Rindsköpfiger Idiot, hör auf mit diesem Gewäsch! Und auf der Stelle hätte ich ihm einen solchen Klaps auf die Backen gegeben, daß noch seine Kindeskinder laut aufgeschrien hätten! Hören Sie mich an, Freund Schearl, er wäre von mir weggesprungen wie ein Zehennagel von der Schere! Aber nein!« Seine Stimme erhob sich, senkte sich, wurde schwer und rauh. »In meinem Chejder war er eine Krone inmitten von Kehricht, wie ein Seraph unter Esaus Gojim! Wie konnte ich ihm da nicht glauben? Na? Sein Vater ein Goj, ein Orgelschinder – ein Orgelspieler in einer Kirche! Seine Mutter tot! Sie hat sich im Korn mit ihm getroffen –«

»Was!« Beide Stimmen, aber mit welch unterschiedlicher Betonung!

»Im Korn, sagte ich. Sie, Mrs Schearl, seine Tante! Was! Etwas dergleichen wird man erst wieder hören, wenn der Messias ein Bräutigam ist. Sprich! Nu?«

Wieder jene Stille und dann, als ächzte die Stille unter ihrer eigenen Spannung, das ominöse knirschende Geräusch eines gedehnten Kabels, die mahlenden Zähne seines Vaters. Der schwere Schlag des Herzens unter seinem Ohr setzte aus, flatterte, hämmerte unregelmäßig. Das jammervolle Stocken des schnellen Atems in ihrer Kehle war wie das hörbare Sublimat seines eigenen Entsetzens.

»Aber – äh – äh – jetzt ist es ja ein Scherz, nicht? Äh – ah, wie! Ein Scherz!« Man konnte hören, wie seine Nägel hastig kratzend durch seinen Bart fuhren. »Kein – äh – ah – puh! Kein Zweifel!« Anfangs noch stockend, begannen seine Worte nun hervorzusprudeln, wurden immer aufgeregter, je herzlicher sie wurden. »Es ist nun Ihr Kind. Nein! Es ist Ihr Kind! Immerdar! Wozu also die Aufregung! Ha? Ein Scherz! Ein Märchen über einen – einen Jäger und einen wilden Bären! Verstehn Sie? Etwas zum Lachen! Ha! Ha – he, du Lausebengel, du! Du führst mich nicht noch einmal an der Nase herum! Was diese Knirpse sich nicht alles ausdenken! Ha! Ha! Ein Scherz, nicht?«

»Ja! Ja!« Ihre bestürzte Stimme.

»Hrn!« Heftig ihr Mann. »Du stimmst ja schnell zu! Woher hat er diese Geschichte? Er soll es sagen! Woher? Von Bertha, dieser roten Kuh? Von wem?«

David stöhnte auf, klammerte sich noch fester an seine Mutter.

»Laß ihn doch, Albert!«

»Das sagst du einfach so, ja? Aber das kriegen wir raus!«

»Aber, äh – das nehmen Sie mir doch nicht übel – ähm –, also, daß ich Ihnen das erzählt habe. Soll Gott es mir heimzahlen, wenn ich hergekommen bin, um mich einzumischen, Bitterkeit aufzuwühlen. Jawohl! Möge ich hier, wo ich sitze, verdorren! Hören Sie mich! Keineswegs wollte ich herumschnüffeln! Sollen die Füße wachsen, wo sie wollen, das war nicht meine Absicht! Wirklich nicht! Aber ich habe gedacht, ich bin hier sein Rabbi, und geglaubt, es sei meine Pflicht, es Ihnen zu sagen – damit Sie wenigstens wissen, daß er es wußte – und auf welche Weise er es erfahren hat.«

»Es ist schon gut!« Sie löste einen Arm. »Ich bitte Sie, machen Sie sich keine Sorgen.«

»Gut denn, gut! Gut! Ha! Ich muß gehen! Die Synagoge! Es wird spät.« Das Knarren seines Stuhls und das Scharren seiner Füße füllten die Pause, als er aufstand. »Dann sind Sie nicht verärgert über mich?«

»Nein! Nein! Keinesfalls!«

»Dann gute Nacht, gute Nacht.« Hastig. »Möge Gott Ihnen Appetit fürs Abendessen schenken. Ich werde Sie nicht mehr belästigen. Wenn Sie es wünschen, werde ich bald mit dem Chumesch bei ihm beginnen – etwas ganz Seltenes für einen, der so wenig Zeit im Chejder verbracht hat. Ihnen allen eine gute Nacht.«

»Gute Nacht!«

»Hi-ji-ji-ji-ji-! Das Leben ist ein blinder Wurf. Eine blinde Kapriole in der Finsternis. Gute Nacht! Hi-i-! Ji! Ji! Böser Tag!«

Der Riegel knirschte. Die Tür ging auf, knarrte, schloß sich hinter seinen von Hi-jis begleiteten Schritten. Und der Schlag ihres Herzens verdichtete die Qualen der darauffolgenden Stille in Intervallen. Und dann die Stimme seines Vaters, bebend vor Verachtung:

»Dieser alte Narr! Dieser blinde alte Quälgeist! Doch dies eine Mal hat er Besseres bewirkt, als er ahnte!«

Er spürte, wie Schenkel und Schultern seiner Mutter steif wurden. »Was meinst du damit?« fragte sie.

»Das erkläre ich dir gleich«, antwortete er unheildrohend. »Das heißt, nein, eigentlich muß ich es dir gar nicht erklären. Es erklärt sich von selbst. Beantworte mir dies: Wo war mein Vater, als ich dich geheiratet habe?«

»Was soll diese Frage? Das weißt du doch selbst – er war tot.«

»Ja, das weiß ich«, entgegnete er. Und seine Stimme war argwöhnisch angespannt. »Hast du meine Mutter gesehen?«

»Natürlich! Was ist denn in dich gefahren, Albert?«

»Natürlich!« wiederholte er langsam und verächtlich. »Was grienst du mich so an mit diesem ausdruckslosen, verwirrten Blick? Ich meine, hast du sie gesehn, bevor ich selber mit ihr zu dir gekommen bin?«

»Was willst du, Albert?«

»Eine Antwort ohne Falsch«, blaffte er. »Du weißt, wovon ich rede! Ich kenne dich zu gut! Ist sie allein zu dir gekommen? Heimlich? Na? Ich warte!«

Als wäre ihr Körper gezwungen, dem Schwanken einer gewaltigen Unentschlossenheit zu folgen, wiegte sie sich vor und zurück, und David mit ihr. Und schließlich ruhig: »Wenn du es denn wissen mußt – ja.«

»Ha!« Unvermittelt schlidderte der Tisch über den Fußboden. »Ich wußte es! Oh, ich kenne ihre Art! Und sie hat es dir gesagt, stimmt's? Und sie hat dich gewarnt! Vor mir! Davor, was ich getan habe?«

»Davon war nicht die Rede –«

»Nicht? Wovon nicht? Wie kannst du nur so einfältig sein?«

»Nicht!« wiederholte sie verzweifelt. »Hör auf, mich zu quälen, Albert!«

»Du hättest nichts gesagt.« Erbarmungslos setzte er nach. »Du hättest mich gefragt, was? Was ich getan hatte? Sie hat es dir gesagt!«

Seine Mutter schwieg.

»Sie hat es dir gesagt! Ist dir die Zunge festgewachsen? Rede!«

»Ach –!« und brach ab. Nur David hörte das wilde Pochen ihres Herzens. »Nicht jetzt! Nicht, wenn er dabei ist!«

»Jetzt!« knurrte er.

»Ja.« Ihre Stimme klang gepreßt. »Und sie hat mir gesagt, ich solle dich nicht heiraten. Aber was ändert –«

»Also doch! Und der Rest? Die anderen? Wer noch!«

»Warum willst du das denn unbedingt hören?«

»Wer noch?«

»Vater und Mutter. Bertha.« Ihre Stimme wurde gequält. »Die anderen wissen es. Ich habe es dir nie gesagt, weil ich –«

»Sie haben es gewußt!« unterbrach er sie bitter triumphierend. »Die haben es die ganze Zeit gewußt! Warum haben sie dann zugelassen, daß du mich heiratest? Warum hast *du* mich geheiratet?«

»Warum? Weil keiner ihr geglaubt hat. Wer konnte das schon?«

»Oh!« Sarkastisch. »So ist das also? Das war ja ein schneller Einfall! Es war leicht, euch hinters Licht zu führen. Aber sie hat geschworen, es sei wahr, oder? Das muß sie getan haben, so wie sie mich hinterher gehaßt hat. Hat sie dir nicht gesagt, daß mein Vater und ich uns an dem Vormittag gestritten hatten, daß er mich schlug und ich schwor, es ihm heimzuzahlen? Da war ein Bauer, der hat uns von weitem beobachtet. Hat sie dir das nicht gesagt? Der hat gesagt, ich hätte es verhindern können. Ich hätte den Stock nehmen können, als der Bulle ihn meinem Vater aus der Hand riß. Als er im Pferch auf dem Boden lag. Aber ich habe keinen Finger gerührt! Ich habe zugelassen, daß er aufgespießt wurde! Hat sie dir das nicht gesagt?«

»Doch! Aber Albert, Albert! Sie war wie eine Verrückte! Ich habe es damals nicht geglaubt, und ich glaube es auch heute nicht! Laß uns doch jetzt bitte damit aufhören! Können wir nicht später darüber reden?«

»Jetzt, wo mir alles klargeworden ist, willst du damit aufhören, ist es das?«

»Und warum ist es plötzlich so klar?« Ihr Ton war nachdrücklich und scharf. »Was ist dir so klar? Was versuchst du zu beweisen?«

»Das fragst du mich?« Drohend. »Das wagst du mich zu fragen?«

»Allerdings! Was meinst du damit?«

»Oh, diese Unverschämtheit von deinesgleichen! Wie lange willst du es wohl noch verbergen! Soll ich denn auf ewig belogen und betrogen werden? Muß ich dir das sagen? Muß ich es herausschreien? Meine Sünde wiegt eine andere auf! Genügt dir das?«

»Albert!« Ein fassungsloser Aufschrei.

»Schrei mich nicht an!« knurrte er. »Ich sage es noch einmal – die mußten dich loswerden!«

»Albert!«

»Albert!« wiederholte er heftig. »Wer ist das? Der, den du da im Arm hältst! Ha? Wie müßte der heißen?«

»Du bist wahnsinnig! Lieber Gott! Was ist denn los mit dir?«

»Wahnsinnig, hm? Gut, dann wahnsinnig, aber kein Betrüger! Komm! Worauf wartest du? Nimm die Maske ab! Für dich bin ich seit Jahren ohne Maske. All die Jahre hast du nichts gesagt. Warum? Du hast gewußt, warum! Ich hätte dich dann gefragt, was ich dich gerade eben gefragt habe! Ich hätte gesagt, warum sie zugelassen haben, daß ich dich heirate. Da kann etwas nicht gestimmt haben. Ich hätte es gewußt! Ich hätte es dir gesagt! Aber nun sprich! Sprich mit lauter Stimme! Wovor fürchtest du dich? Du weißt doch, wer ich bin! Diese rote Kuh hat dich betrogen, oder? Mit der rechne ich auch noch ab. Aber glaube nicht, daß sich in diesem Schweigen nichts gerührt hat. All die Jahre hat mein Blut es mir gesagt! Hat mir zugeflüstert, jedesmal, wenn ich ihn angesehen habe, hat mir angedeutet, daß er nicht von mir ist! Von dem Moment an, als ich ihn auf deinem Arm sah, nachdem ihr das Schiff verlassen hattet, habe ich es geahnt. Ich hab's geahnt!«

»Und du glaubst den Phantastereien eines Kindes?« Sie sprach mit einer starren, matten Stimme, als verschlüge ihr das Unglaubliche den Atem. »Dem Geplapper? Dem Gefasel eines Kindes?«

»Nein! Nein!« blaffte er mit wildem Sarkasmus zurück. »Kein bißchen. Kein Wort. Wie könnte ich? Das ist natürlich konfus. Aber du wolltest einen Kommentar? Dann laß ihn doch noch einmal reden. Dann könnte es klarer werden.«

»Ich habe dich für wunderlich gehalten, Albert, und sogar für wahnsinnig, doch das war Stolz, und der hat dich bedauernswert gemacht. Jetzt aber sehe ich, daß du vollkommen wahnsinnig bist! Albert!« Sie schrie plötzlich, als sollte ihr Schrei ihn aufwecken. »Albert! Weißt du, was du da sagst!«

»Komödiantin bis zum Ende.« Er hielt inne, sog tief wie staunend den Atem ein – »Hm! Wie du das durchhältst! Kein Zittern! Nichts, was dich verriete! Doch beantworte mir das Folgende!« Seine Stimme wurde messerscharf. »Nun! Nun hast du Gelegenheit, mir meinen Wahnsinn zu zeigen. Wo ist seine Geburtsurkunde? Hm? Wo ist sie? Warum haben sie sie nie geschickt?«

»Die? Hat dein Blut dich wegen dieser einen Sache so gewarnt? Du lieber Gott, sie haben dir doch geschrieben – sogar mein Vater. Sie haben überall danach gesucht und sie nicht gefunden – verschwunden! Das Durcheinander der Abreise! Was sollte es sonst für einen Grund geben?«

»Ja! Ja! Was sonst für einen Grund? Aber wir – wir wissen, warum sie bis heute verschwunden ist, nicht wahr? Es war besser, daß sie nicht wiedergefunden wurde! Und war ich denn da, als er geboren wurde? War ich überhaupt da, als du schwanger warst? Nein! Ich war in Amerika – und zwar von deren Geld! Die Überfahrt haben sie mir bezahlt. Warum waren sie so erpicht darauf, mich loszuwerden? Warum diese Eile, wo ich kaum einen Monat verheiratet war?«

»Warum? Kannst du das denn nicht selber sehen? Wir waren zu neunt in der Familie. Das Gesinde, andere, Außenstehende, die haben es allmählich erfahren. Sie hatten gehofft, ich würde dir bald folgen. Zu Hause gab es kein Geld. Der Laden lief nicht. Die Söhne waren noch nicht erwachsen. Du konntest mich nicht nachkommen lassen –«

»Oh, halt! Halt! Das kenne ich alles! Von wem haben sie es allmählich erfahren – von dir oder von mir?«

»Bestehst du noch immer darauf? Von dir, natürlich! Deine Mutter ist herumgelaufen und hat es allen erzählt.«

»Und dann haben sie sich geschämt, wie? Verstehe! Aber jetzt erzähle ich dir meine Version. Hier in Amerika schwitze ich für deinen Paß, hungere für dich. Verstehst du? Tausende von Meilen entfernt. Schreibe nur dir und sonst niemand. Also! Er kommt einen oder zwei Monate zu früh zur Welt, um von mir zu sein – vielleicht noch mehr. Du läßt diese Zeit vergehen. Jenen Monat oder die zwei, und dann, ja dann auf die Stunde genau schreibst du mir – Ich habe einen Sohn! Eine Freude! Glück! Ich habe einen Sohn. Ha! Aber als du herübergekommen bist, haben die Ärzte es nur zu gut gewußt. Übertölple deinen Mann, haben sie gesagt. Du hast Angst gehabt. Siebzehn Monate waren für einen so Großen zu wenig. Also einundzwanzig! Einundzwanzig könnten sie glauben, und natürlich habe auch ich geglaubt, er wäre einundzwanzig Monate alt. Da hast du's! War's nicht so? Ich habe es nicht vergessen. Ich habe ein gutes Gedächtnis. Ein Organist, was? Ein Goj, Gott helfe dir! Ah! Es ist alles klar! Aber mein Blut! Mein Blut, sage ich, hat mich gewarnt!«

»Du bist wahnsinnig! Ein anderes Wort gibt es nicht dafür!«

»So? Aber gut genug für deinesgleichen. Das haben sie sich zu Hause ausgerechnet – der alte, betende Vielfraß und seine Frau – Hast du einen Organisten gekannt? Na, warum antwortest du nicht?«

»Ich – o Albert, laß mich in Ruhe!« Erregt schob sie David unter ihren Armen hin und her. »Laß mich um Gottes willen in Ruhe! Du hast genug Schande wegen nichts auf mich gehäuft. Mehr, als ich ertragen kann. Du bist verwirrt! Reden wir nicht mehr darüber! Später! Morgen! Ich habe jetzt doppelt dafür gelitten.«

»Doppelt! Ha!« Er lachte. »Du hast ein Talent, dich zu verplappern! Dann hast du also doch einen Organisten gekannt?«

»Das hast du behauptet!« Ihre Stimme wurde plötzlich eisig.

»Hast du einen gekannt? Sag es!«

»Na gut, ja. Aber das war –«

»Also doch! Also doch!« Seine Worte wurden wieder laut. »Das paßt! Das paßt ins Bild! Sieh nur! Sieh da hoch! Sieh doch! Das grüne Korn – höher als ein Mann! Das hat deine Phantasie angeregt, wie? Aber natürlich! Das dichte Korn hoch über euren Köpfen, wie? Die sommerlichen Schäferstündchen! Ich aber, ich habe im November geheiratet! Ha! Ha! – Pscht! Sag nichts! Kein Wort! Du machst dich sonst lächerlich, so verdorben wie du bist!«

»Und das glaubst du? Und das glaubst du? Willst du das sagen! Kannst du das glauben?«

»Grr! Glaube ich der Sonne? Und ich spüre es schon seit Jahren, sage ich dir! Auf Schritt und Tritt bin ich mit dem Fuß dagegengestoßen. Es hat sich mir in den Weg gestellt, hat mich angesprungen! Und weißt du, warum? Hast du das nie gesehen? Warum geht denn Woche um Woche vorüber, und ich bin kein Mann? Kein Mann wie andere? Du weißt, wovon ich rede! Du solltest das jedenfalls wissen, wo du doch andere gekannt hast! Mich hat eine Ahnung vergiftet! Verderbnis hat mich umgetrieben. Ich habe es gespürt! Ich habe es gewußt! Verstehst du? Und es ist wahr!«

Sie erhob sich. Und David, noch immer in ihren Armen, noch immer ihren Hals umklammernd, wagte vor Entsetzen nicht, zu atmen oder zu wimmern, wagte nicht, die Augen aus dem Schutz ihrer Brust zu heben. Und die Stimme seines Vaters, nun näher, zerbrach wie ein Stab aus steifen, metallischen Worten auf seinem Rücken.

»Halte ihn nur fest! Er ist ja deiner!«

Sie antwortete, kaltes, abgewogenes Mitleid in der Stimme: »Und nun, nun da du weißt, was du zu wissen glaubst, hat die Verderbtheit ein Ende gefunden. So bist du also? Der Nebel hat sich gelichtet. Warum hast du mir nicht schon früher gesagt, was dich bedrückt hat? Ich hätte dich früher davon befreit.«

»Und jetzt verspottest du mich wie jeder entlarvte Betrüger, wie?«

»Ich verspotte dich nicht, Albert. Ich bitte dich nur, mir ganz genau zu sagen, was du überhaupt willst.«

»Ich will« – und seine Zähne zermahlten die Worte – »diesen Balg nie wieder sehen.«

Sie sog die Luft ein, als wollte sie noch einen letzten Versuch unternehmen. »Du machst mich wahnsinnig, Albert! Er ist dein Sohn! Dein Sohn! O Gott! Er ist von dir! Und wenn ich einen anderen Mann gekannt habe, bevor ich dich kennengelernt habe –! Das war lange her, das schwöre ich dir! Kann er, muß er denn von ihm sein? Er ist von dir!«

»Das glaube ich dir niemals! Niemals! Niemals!«

»Nun, dann gehe ich!«

»Geh! Ich werde Luftsprünge machen! Ich werde auf dem Dach tanzen! Ich werde alles vom Hals haben! Vom Hals, sage ich dir! Die Nächte auf dem Milchwagen! Die Gedanken! Die Qualen! Der Stall – das Pferd anbinden. Die anderen Männer! Die Qualen! Das habe ich dann vom Hals! Sein –«

Doch wie als Antwort auf dieses unterdrückte Begeisterungsgeschrei brandeten aus dem Treppenhaus Geräusche, streitend, wütend, wirr, gleich aufgewühlten Wellen gegen die Tür. Wie geschlagen, verstummte er. Die Arme seiner Mutter drückten sich schützend um Davids Beine. Erneut die

Schreie, drohend, vorwurfsvoll, und ein Stampfen und Scharren von Füßen. Ein heftiger Stoß gegen die Tür. Die wurde aufgerissen und knallte gegen einen Stuhl.

»Nun laß mich los! Ich bin da! Ich spreche auch!«

Die Stimme kannte er! Er warf einen wilden Blick über die Schulter – das Gerangel Tante Berthas mit ihrem Mann wirkte weniger merkwürdig auf ihn, als daß das Licht in der Küche so grau geworden war. Verzweifelt aufwimmernd, klammerte er sich am Hals seiner Mutter fest, vergrub in rasender Angst das Gesicht in ihrer Halsbeuge. Und sie, verwirrt:

»Nathan! Du? Bertha! Was ist denn los? Ihr seid so außer Fassung!«

»Ich – ich bin wütend!« japste Onkel Nathan aufgewühlt. »Ich habe viel –!

»Gar nichts!« Tante Bertha schrie ihn nieder. »Mein Mann ist ein Narr! Seht ihn euch an! Er ist verrückt geworden!«

»Laß mich reden! Wirst du mich wohl reden lassen!«

»Erwürgt sein sollst du vorher!« zischte sie ihn giftig an. »Er will – wißt ihr, was er will? Erratet ihr's nicht? Was will ein Jude? Geld. Er ist hier, um Geld zu borgen! Und warum will er Geld? Um einen größeren Laden aufzumachen. Weiter nichts! Er hat den Verstand verloren! Ich sage euch, was ihm passiert ist. Letzte Nacht hat er geträumt, die Polizei sei gekommen und hat ihm die Stiefel ausgezogen, so wie sie es mit seinem bankrotten Großvater in Wilna gemacht hat. Das hat ihm den Kopf verwirrt. Er hat Angst. Sein Verstand ist ein einziges Kuddelmuddel! Fragt ihn doch, wo er jetzt ist. Er könnte es euch nicht sagen. Bestimmt nicht. Und wie geht es dir, Albert! Das sind ja gut zwei Monate, seit ich dich nicht mehr gesehen habe! Du solltest uns mal besuchen kommen, dir unseren kleinen Laden und unsere Riesenauswahl an Bonbons ansehen. Chi! Chi! Und häf a sodde-wadde!«

Davids Vater gab keine Antwort.

Und leichthin, als habe sie auch keine erwartet: »Und warum hast du ihn so auf dem Arm, Genya?«

»Einfach so – um zu sehen, wie schwer er ist«, antwortete seine Mutter unsicher. »Und wie schwer er ist!« Sie beugte sich vor, um ihn abzusetzen.

»Nein, Mama!« flüsterte er und klammerte sich an sie. »Nein, Mama!«

»Nur einen Augenblick, Liebster! Ich kann dich nicht so lange auf dem Arm halten. Du bist zu schwer!« Sie stellte ihn auf die Füße. »So! Einmal oben, will er nicht mehr herunter.« Und ihre zitternde Hand ruhte weiter auf Davids Schulter, als sie zu Nathan sagte: »Geld! Aber –?« Sie lachte verwirrt. »Ist die Welt nicht verrückt geworden! Wie kommst du denn ausgerechnet auf uns! Hast du denn noch deine fünf Sinne zusammen, Nathan?«

Seinen brennenden, gequälten Blick auf David heftend, öffnete Nathan den Mund, um zu antworten –

»Natürlich!« Tante Bertha kam ihm zuvor. »Natürlich habt ihr kein Geld.« Grimmig rammte sie ihrem Mann den Ellbogen in die Rippen. »Das hab' ich ihm auch gesagt. In genau diesen Worten! Stimmt's?«

Fast taumelnd vor Entsetzen und Schuld, hatte David sich hinter seine Mutter gedrückt. Neben ihr stand sein Vater, die Arme über der Brust verschränkt, unnahbar, die Nasenflügel blähten sich noch langsam in den Gezeiten der Leidenschaft. In dem grau werdenden Licht wirkte sein Gesicht wie aus Stein, lediglich die Nasenflügel und die gekrümmte Ader auf seiner Stirn lebten. Dann nahm er die Arme auseinander. Seine dicht zusammenstehenden, schwelenden Augen wanderten von Gesicht zu Gesicht, streiften Davids, der den Kopf in Panik wegzog, wanderten weiter, kehrten zurück und blieben auf Davids Gesicht haften. Der wußte, daß er angesehen wurde, so spürbar war der Blick, wie ein schweres Gewicht. Er hüllte ihn ein, schien ihn auszusaugen. Ihm wurde schwindelig, mit tauben Händen griff er nach dem Kleid seiner Mutter, hing kraftlos daran. Sein Vater nahm den Blick von ihm. Und als hätte er bis zu dem Augenblick unter Wasser gekämpft, sog David tief die Luft ein, hörte wieder Töne, Stimmen.

»Und ihr wollt euch nicht setzen?« fragte seine Mutter eifrig bemüht. »Ihr seid müde, alle beide. Das sehe ich doch. Na, Abendessen für zwei Münder mehr dauert auch nicht länger. Bleibt doch bitte!«

»Nein! Nein! Danke, Schwester!« Tante Bertha war bestimmt. »Aber wenn er schon vor dem Abendessen auf die Jagd nach rostigen Hufeisen gegangen ist, dann kann er auch noch ein bißchen warten – ich bin genauso müde wie er. Und ich habe ihn gewarnt!«

»Es tut mir leid, daß wir dir nicht helfen können, Nathan. Wir würden es ja gern, wenn wir könnten, das weißt du! Ach! Es ist alles so durcheinander! Ich bin völlig verwirrt! Na!« Sie lachte bekümmert. »Wenn es nicht so absurd wäre, Nathan, dann wäre ich geschmeichelt darüber, daß du glaubst, wir hätten Geld.«

Onkel Nathan biß sich auf die Lippen und starrte zu Boden, schwankte, als würde er gleich umfallen. »Ich habe nichts zu sagen«, antwortete er dumpf. »Sie hat alles gesagt.«

»Seht ihr?« In Tante Berthas Stimme lag ein Hauch von Triumph. »Jetzt schämt er sich. Aber jetzt mag ich ihn!« Sie begann, ihn in Richtung Tür zu stupsen. »Jetzt ist er mein Mann und so gut wieder jeder, der schon Pflaumen zum Fleisch gegessen hat. Komm, liebes Herz! Mrs Zimmermann wartet – Meine Kunden werden noch denken, daß ich dich begrabe.«

»Du bist wahrhaft durchtrieben«, gab er zur Antwort und schüttelte sie verdrossen ab. »Du hast mir den Schornstein gut verstopft! Aber warte nur! Du wirst noch in Krämpfen lachen!«

»Komm, komm!« Sie versetzte ihm einen Stoß in Richtung Tür. »Nur hoch mit der Nase! Das Unternehmen, für das du Geld brauchst, kann warten!«

Onkel Nathan entwand ihr seinen Arm, drohte seiner Frau verzweifelt, gedemütigt mit dem Finger. »Verflucht seist du mit deinem Geld und deiner ganzen Geschichte! Ich bleibe! Ich rede!«

Tante Bertha ignorierte ihn, öffnete die Tür. »Gute Nacht, Schwester! Verzeih ihm! Er ist sonst ein guter Mann, aber heute abend – Du weißt ja, wie Männer sind! Sind sie ein bißchen mit den Nerven fertig, dann lassen sie sich gleich hängen. Komm, du!«

Hinter seine Mutter geduckt beobachtete David, wie Tante Bertha ihren störrischen Mann zur Tür zerrte. Wenn sie gingen, wäre das keine Erlösung – ein Verhängnis wäre dann aufgeschoben, doch das andere wartete schon. Ob sie nun blieben oder gingen, der Schrecken konnte nicht geringer werden. Wohin er sich im Geist auch wandte, überall stieß er auf Furcht. Dieser war er nun entronnen. Tante Bertha hatte ihn gerettet. Sein Vater aber! Wieder sein Vater! Wenn sie gingen, überließen sie ihn dieser Raserei! Doch –

»Halt!«

Zum ersten Mal, seit sie gekommen waren, sprach sein Vater. Und nun nahm er die Arme auseinander und stürmte zur Tür.

»Halt!« Er packte Nathan, den er überragte, an der Schulter. »Komm zurück!

»Was willst du von meinem Mann!« blaffte Tante Bertha wütend voller Verblüffung. »Laß du ihn in Ruhe. Er ist auch so schon verzweifelt genug, ohne daß du ihn plagst. Komm, Nathan!« Mit verdoppelter Kraft zerrte sie ihn an der anderen Schulter.

»Du solltest ihn in Ruhe lassen!« grollte ihr Schwager gefährlich. »Du und deine verfluchte Falschheit! Komm herein, Nathan!«

Erstaunt von einem Gesicht zum andern blickend, brachte Onkel Nathan nichts als ein verwirrtes Grunzen zustande.

»Ich sage, laß ihn los!« kreischte Tante Bertha wütend. »Du wildes Tier, nimm deine Pfoten da weg!«

»Wenn ich soweit bin!«

»Albert! Albert!« Die furchtsame Stimme seiner Mutter. »Was tust du da! Laß ihn in Ruhe!«

»Nein! Nein! Erst, wenn er geredet hat!«

Halb im trüber werdenden Licht der Küche, halb im Dämmer des Flurs rangen sie einen Augenblick lang um ihn, wobei Onkel Nathans fahles, bestürztes Gesicht zwischen ihnen hin und her schwankte und alle drei Gestalten schattenhaft, unwirklich waren wie ein Alptraum. Noch einen Augenblick, dann riß Davids Vater sie mit solcher Gewalt zurück ins Zimmer, daß der andere Mann vornüberstürzte und sein Hut auf den Boden segelte. Er schlug die Tür zu.

»Jetzt hör mir mal zu, Nathan!« Er trommelte dem anderen mit der flachen Hand auf die Brust. »Du bist hergekommen, um etwas zu sagen, also sag es. Achte nicht auf diese tückische Eselin! Sag es! Es geht doch gar nicht um Geld!«

»N-Nichts! Nichts! So wahr mir G-Gott helfe!« Unter der wuchtigen Hand des anderen fiel Onkel Nathan gegen seine Frau. »Bertha hat dir alles gesagt! Soll mich das Böse befallen, wenn es nicht so ist! Einen Laden! Hab' ich gewollt! Das war alles! Nicht war, Bertha?«

»Du Narr!« fauchte sie ihren Mann an. »Hab' ich's dir nicht gesagt, du sollst nicht hierherkommen? Hab' ich dir nicht gesagt, du würdest stöhnen und dich besinnen? Ich hätte gute Lust – Was willst du von ihm?« Außer sich wirbelte sie zu ihrem Schwager herum. »Laß ihn bloß in Ruhe, du unbeherrschtes Tier! Hörst du! Er ist wegen Geld gekommen und sonst wegen nichts! Wie oft muß man dir das noch sagen? Ich muß keine weiteren Anfälle mehr von dir ertragen! Vergiß das nicht!«

»Halt den Mund!« Sein Vater begann zu zittern. »Du hinterhältige Kuh! Ich kenne dich schon lange. Ich weiß, was du schon alles getan hast. Sprich, Nathan!« Er hämmerte mit der Faust auf den Waschzuber. »Laß dich nicht von ihr herumkriegen! Sprich! Was es auch sei! Hab keine Angst vor mir! Nur die Wahrheit! Ich habe meine Gründe! Es könnte mir nützen, sie zu hören!«

»Was sagt er da?« Tante Berthas Augen quollen hervor. »Was für ein neuer Wahnsinn packt ihn da?«

»Albert, ich flehe dich an!« Seine Mutter hatte ihren Mann am Arm gepackt. »Wenn du Streit hast, dann mit mir. Laß den Mann in Ruhe. Er hat dir doch alles gesagt.«

»So? Das meinst du! Oder sagst es vielleicht nur so! Aber ich weiß es besser! Ich habe Augen im Kopf! Ich habe es gesehen! Sprich jetzt!« Zorn ließ ihn sich zu voller Höhe aufrichten. Mit gebleckten Zähnen ging er auf den andern Mann zu, der vor ihm klein wurde und sich duckte.

»I-Ich habe schon alles g-gesagt.« Mit bebenden Lippen griff Onkel Nathan hinter sich nach der Tür. »Ich muß gehen! Bertha! Komm!«

Doch Davids Vater hatte die flache Hand gegen die Tür gedrückt.

»Du bleibst! Hörst du? Du bleibst, bis du mir eins beantwortet hast! Und du wirst es mir beantworten!«

»W-Was willst du?«

»Warum, als du den Mund aufgemacht hast, um zu sprechen – bevor dich diese Eselin da um Wort und Willen geschrien hat – Warum hast du ihn da angestarrt?« Er drosch in Davids Richtung auf die Luft ein. »Warum dieser Blick? Was wolltest du über ihn sagen?«

»Ich – ich habe nichts zu sagen. Ich habe ihn nicht angesehen. Laß mich in Gottes Namen in Ruhe. Genya! Bertha! Er soll nicht mit mir streiten!«

»Albert! Albert! Hör auf, diesen Mann zu quälen!«

»Verflucht seist du! Du Dämon!« Tante Bertha versuchte, sich zwischen sie zu zwängen. »Du Wahnsinniger! Laß ihn in Ruhe!«

Grimmig schleuderte er sie beiseite. »Und du, wirst du mir wohl sagen, was er getan hat? Oder willst du, daß die Wut mit mir durchgeht –!«

»Oh! Oh! Weh mir! Weh mir!« Tante Bertha füllte den Raum mit lautem Ächzen und Klagen. »Weh mir! Habt ihr gesehen, was er mit mir gemacht hat? Er hat mich gestoßen! Dabei trage ich ein Kind im Bauch! Du Ungeheuer! Toller Hund! Diesmal hast du keine Schlüpfer zerrissen. Jetzt hast du ein Kind vernichtet! Meine Fehlgeburt komme über dich! Oh, dafür wirst du bezahlen! Sollen sie dich aufhängen! Sollen sie –«

»Und wenn es Zwillinge wären, es würde mich nicht stören. Deine Brut ist wohl vernichtet. Aber ich finde heraus, was er getan hat. Der Balg da! Ich warte!« Die Stimme erstickte in ihm. »Ich sage dir, ich bin am Ende mit meiner Geduld!«

Onkel Nathan sackte zusammen, als würde er gleich ohnmächtig.

»He – ah – ah – oi! oi! He –!«

»Kein Wort!« kreischte Tante Bertha. »Mach die Tür auf, sonst schreie ich um Hilfe! Laß uns raus!«

Sie fixierten einander in einem so grausigen Schweigen, daß man meinen konnte, das ganze Zimmer würde unter der Anspannung bersten.

Blind vor Entsetzen, von allen unbemerkt, war David schon zum Herd gewankt. (– *Da ist es! Da ist es!*) Eine gequälte, verängstigte Stimme plapperte ihn ihm. (*– Da ist es! Da hat sie es hingetan! Da ist es!*) Tastende, zittrige Hände griffen in die dunkle Nische zwischen Herd und Wand –

»Sprich!« In dem geschrumpften, dämmrigen Raum war sein Vater nur noch Stimme, und diese Stimme dröhnte mit der Wucht des Donners.

»Bertha!« heulte Onkel Nathan. »Rette mich! Rette mich, Bertha! Gleich schlägt er mich! Bertha! Bertha!«

»Hilfe!« kreischte sie. »Laß die Tür los! Hilfe! Hilfe! Schrei! Genya, reiß das Fenster auf! Hilfe!«

»Albert! Albert! Gnade!«

»Sprich!« Über ihren Schreien das gräßliche Knirschen seiner Zähne.

»Ich – ich – äh – er – er war's – ah. O Bertha! Ni-«

»Arrn!« Jenes gefühllose Knurren. Der dunkle Arm zog sich zurück. »Du –!«

»Papa!«

Der abgewinkelte Arm hing in der Luft, hing reglos da. Das zuckende Gesicht darüber wandte sich um.

»Papa!« In seinen wirbelnden, sich auflösenden, verdüsterten Sinnen versammelte dieser eine Zwang Körper und Gehirn wie eine Fahne. Ein Traum? Nein, kein Traum. Kein Traum, und auch nicht die Erinnerung an einen Traum. Eine Handlung, verfügt, vorausgesehen, unausweichlich wie dieser Augenblick, ein Kanal der Erfahrenheit, seit ewig durchtränkt, seit ewig wiederholt, vertraut wie Atem.

Er trat näher. Die übrigen standen wie gebannt da.

»Ich – Das war ich, Papa –«

»David! Kind!« Seine Mutter sprang auf ihn zu. »Was hast du da in der Hand!«

Doch bevor sie ihn erreichte, hatte er seinem Vater schon die zerbrochene Peitsche in die gekrümmten Finger gelegt.

»David!« Sie ergriff ihn, zog ihn von der Gefahr weg. »Eine Peitsche! In seiner Nähe! Was tusi du da!«

»Das?« Seinem Vater fielen die Lider über die verzehrenden Augen. »Warum –? Wozu das? Weißt du, was damit passiert ist? Bittest du um dein Verhängnis?«

»Ich – Ich – Bitte, Papa!«

»Du rührst ihn nicht an! Hörst du, Albert! Das dulde ich nicht!« Alles Flehen, alle Furchtsamkeit waren verschwunden, statt dessen nun wilde Entschlossenheit. Sie beugte sich über David wie ein Fels. »Egal, was er getan hat oder was er getan haben soll, du wirst ihn nicht anfassen!«

»Schließt euch zusammen gegen den Fremden, den anderen!« Die Stimme seines Vaters war hohl und gefährlich. »Aber ich will ihn hören!«

»Sag nichts, Kind!« Tante Berthas warnender Ruf.

Doch da sprach er schon. Und die Worte, die er sprach, waren wie wankende Lasten, die er einen steilen Hang hinauftrug, wo seine eigenen Seufzer ihn schlugen, wo er sich in seinen eigenen Tränen voranquälte.

»Ich war – Ich war auf – dem Dach. Papa! Ich war auf dem Dach! Und da war ein J-Junge – Ein großer – und – der hatte einen Drachen – D-Drachen haben sie's genannt. Drachensteigt h-höher als D-Dächer – der geht –«

»Was redest du da!« knurrte sein Vater. »Hör auf mit diesem Gestammel! Rasch!«

»Ich – Ich!« Er rang nach Atem.

»Gottesnarr!« krächzte Tante Bertha vor sich hin. »Mein Mann! Mein Mann! Soll die Erde sich noch in dieser Stunde für dich auftun! Siehst du, was du getan hast!«

»Ich?« ächzte Onkel Nathan. »Meine Schuld? Wie konnte ich denn –«

»Und dann – wollte einer ihn – n-nehmen. Den D-Drachen. Und ich hab' gerufen. Und ich hab' gesagt – Paß auf! Paß auf! Und dann war ich – ich sein Freund. Leo. Der hat Rollschuhe und dann – Au! Papa! Papa! Und dann sind wir zu Tante Bertha. Und wir haben Polly auf die andere Seite gekriegt – im Hof. Er hat sie gekriegt – Und er hat ihr die Rollschuhe gegeben. Und dann, au! Au! Ist er mit ihr in – in den Keller. Und da hat er – er –«

»Was hat er!« Die unversöhnliche Stimme war wie ein Sporn.

»Ich weiß nicht! Au! Der h-hat etwas Schlimmes – gemacht!«

»Arrn!«

»Komm ihm nicht zu nahe!« schrie seine Mutter. »Wage es ja nicht! Das genügt, Kind! Still! Das genügt!«

»D-Der war's! Nicht ich, Papa! Papa, ich nicht! Ich war's nicht! Au! Papa! Papa!« Wir rasend klammerte er sich an seine Mutter.

»Das ist ihrer! Ihr Sproß! Ich sag's euch! Ihrer!« Er schien an einer wilden, wahnsinnigen Freude zu ersticken. »Nicht meiner! Keine Spur von mir! Bertha, du Kuh! Nicht meiner! Du, Nathan! Rüttle deinen Schafsverstand wach! Deine Frau hat die meine verraten! Weißt du das? Hat ihr Geheimnis ausgeplaudert! Hat ihm gesagt, wer er war. Ein Organist von irgendwoher. Wie ich einen Gojbastard beherbergt habe! Von einem Wüstling! Einem Spitzbuben! Seiner und ihrer! Aber nicht meiner! Ich hab's gewußt! Ich hab's die ganze Zeit gewußt! Und jetzt werfe ich sie hinaus! Sie und ihn, den Balg! Soll er sie dereinst schlagen. Ich aber bin frei! Er ist kein Teil von mir! Ich bin frei!«

»Er ist wahnsinnig!« flüsterten sich die beiden anderen zu und wichen zurück.

»Hört mich an!« Er hatte Schaum vor dem Mund. »Ich habe ihn ernährt! All diese Jahre habe ich Vermutungen unterdrückt, ich war der Lastesel! Das Glück war mir nie hold! Nie Seligkeit! Nie Freude! Und – und das war recht so! Warum sollte mir nicht immer nur das Pech begegnen! Das war recht so! Ich war ja besudelt. Ich wurde mit der Sünde eines anderen beleidigt. Doch bei all dem – bei all dem Leiden habe ich ein Vorrecht! Wer will es mir verweigern? Wer? Ein Vorrecht! Zu rächen! Auszulöschen! Einmal!«

Und bevor sich einer regen konnte, war er schon auf Davids Mutter losgestürzt.

»Au! Papa! Papa! Nicht!«

Stahlfinger schlossen sich wie eine malmende Falle um Davids Schultern – rissen ihn ihr aus den Händen. Und die Peitsche! Die Peitsche in der Luft! Und –

»Au! Au! Papa! Au!«

Biß ihr wie ein Brandeisen in den Rücken. Wieder! Und wieder! Und er stürzte heulend zu Boden.

Seine Mutter schrie. Er spürte, wie er gepackt, auf die Beine gezerrt, weggeschleift wurde. Und nun kreischte seine

Tante. Onkel Nathans heiserer Aufschrei steigerte noch den Tumult. In dem Dunkel wankten Gestalten, rangen – Und plötzlich die Stimme seines Vaters, triumphierend, besessen, hypnotisch –

»Was ist das? Das! Seht doch! Da, auf dem Boden! Da! Wer glaubt mir noch immer nicht? Da, was liegt da! Da, wo er hingefallen ist! Ein Zeichen, sage ich euch! Wer zweifelt da noch? Ein Zeichen!«

»Uhh!« Onkel Nathan stöhnte wie in plötzlichem Schmerz.

»Weh mir!« Tante Bertha ächzte vor Entsetzen. »Das ist –! Was! Nein!«

Entsetzen traf auf Entsetzen; David wand sich in den Armen seiner Mutter – blickte hinab –

Da, vom grünen Viereck zum weißen Viereck des schachbrettartigen Linoleums reichend, lagen die schwarzen Perlen – das goldene Kreuz, eingefaßt in matt schimmernden Glanz. Grauen vergrößerte die Figur darauf. Er schrie auf.

»Papa! Papa! Leo – der hat's mir gegeben! Dieser Junge! Das ist rausgefallen! Papa!« Seine Worte gingen in dem Tumult unter.

»Gottes eigene Hand! Ein Zeichen! Ein Zeuge!« tobte sein Vater, wirbelte die Peitsche mit rudernden Armen umher. »Ein Beweis meiner Worte! Die Wahrheit! Von einem anderen! Einem Goj! Ein Kreuz! Ein Zeichen des Schmutzes! Ich muß ihn erwürgen! Ich muß die Welt von einer Sünde befreien!«

»Bring ihn raus! Genya! Bring ihn raus! David! David! Weg! Schnell! Laß ihn laufen!« Tante Bertha und Nathan rangelten mit seinem Vater. »Schnell! Hinaus!«

»Nein! Nein!« Der wahnsinnige Schrei seiner Mutter.

»Schnell! Sag ich! Schnell! Hilfe! Wir können ihn nicht halten!« Onkel Nathan war schon abgeschüttelt. Mit gebeugten Knien hing Tante Bertha mit ihrem ganzen Gewicht an der Peitschenhand seines Vaters. »Er bringt ihn um!« kreischte sie. »Er wird ihn zertrampeln, so wie er zugelassen hat, daß sein Vater zertrampelt wurde. Schnell, Genya!«

Schreiend rannte seine Mutter zur Tür – riß sie auf – »Lauf! Lauf runter! Lauf! Lauf!«

Sie stieß ihn von sich, schleuderte die Tür hinter ihm zu. Er konnte den Aufprall ihres Körpers darauf hören. Mit einem schrillen Aufschrei stürzte er zur Treppe –

Auf dem ganzen Stockwerk und sogar auf dem darunter waren die Türen aufgegangen. Gaslichtspeere zuckten kreuz und quer durch das unbeleuchtete Treppenhaus. Gaffende, gereckte Gesichter lugten heraus, horchten, riefen, berichteten anderen hinter ihnen –

»He, Jungchen! Was ist? Ein Kampf! He, was issn los? Wer brill da? Lejbele! Geh nicht hoch! Herst, was ich sag. Geh nicht hoch! Oi! Ruf da Cop! Paß uff! Schnell! Wohin läufsn? He, Jungchen!«

Ein schmieriger Film aus Wörtern, zuckenden Gesten, gebrochenen Lichtern, Umrissen, ein flackerndes Spießrutenlaufen aus Aufruhr und Bestürzung. Er gab keine Antwort, sondern raste hinab. Niemand hielt ihn auf. Nur ein Wunder verhinderte, daß er die dunklen Stufen hinabstürzte. Und nun waren die Stimmen über ihm, und er hörte Füße auf den Stufen trampeln, und nun verschmolzen alle Geräusche zu einem aufgeregten Summen und waren nun fast nicht mehr zu hören – seine abwärtstrommelnden Füße hatten den Eingang erreicht –

Blaues Licht in der Tür.

Arme hoch und ächzend wie ein Läufer vor dem Zielband –

Die Straße.

Die Straße. Er wagte zu atmen. Und stolperte auf den Gehsteig und stand da, stand da.

20

Dämmerung. Komprimiertes Licht der Läden und Laternen – zu früh, um sich zu behaupten. Das beiläufige, entrückte Getümmel und Gewirr der Ferne. Und auf den Trottoirs Männer und Frauen, die mit zu sicherem Gang ausschreiten, und in der Gosse Kinder, die hin und her springen, rufen, die Herrschaft der Finsternis noch nicht anerkennen. Die Welt, matt konturiert in vergehendem Licht, schwebend, voller Facetten und begrenzt. Einen Augenblick lang sprengten das wilde Durcheinander von Stimmen, Körpern, die Schreie, die Raserei in der beengten und klein gewordenen Küche ihre Fesseln im Gehirn, strömten hinaus in den dunklen Osten, den ermattenden Westen jenseits der Hochbahn, die jähe Unermeßlichkeit des Zwielichts, das die Luft über den Dächern tönte. Einen Augenblick lang löste die rare Kühle eines Juliabends allen Schmerz in einem Wind auf, der so leicht war wie beim Vorübergleiten eines Zauberstabs. Und unvermittelt war da Raum selbst zwischen den steinernen Mauern, und unvermittelt war da Ruhe selbst in der Gereiztheit der Städte. Und da war Zeit, unverletzlich selbst für das Entsetzen, Zeit, um zu beobachten, wie das beschmutzte und verworrene Rotbraun im Westen die Nacht heranwinkte, damit sie es bedecke. Einen Augenblick, doch nur einen Augenblick, dann wimmerte er auf und rannte los.

– Kann nicht! Au! Kann nicht! Kann nicht rennen! Kann nicht! Tut weh! Tut weh! Au! Mama! Beine! Mama!

Er hatte kaum die Ecke erreicht, als jede gemarterte Faser seines Körpers vor Erschöpfung aufschrie. Jeder Schritt ging wie ein Kolben durch den Schädel. Auf einknickenden Beinen überquerte er die Avenue D, blieb stehen, taumelte vor Schwäche, rieb sich die Schenkel.

– Kann nicht gehen! Kann nicht! Tut weh! Au! Mama! Mama!

Furchtsam blickte er über die Schulter, die Augen wanderten nach oben. Vom ersten bis zum dritten Stock seines Hauses warfen die erleuchteten Küchen hinter Schlafzimmern ihre stumpfen Flecken auf die Fenster – eins dämmriges Messing, eins Beige, eins trübes Grau. Eine Säule düsteren und dennoch beruhigenden Lichts – bis auf seine eigenen Fenster im vierten Stock, die noch immer verhangen, unnahbar und dunkel waren. Neues Entsetzen überfiel ihn und ließ ihm den Atem stocken. Wellen der Angst liefen ihm über Brust und Rücken –

– Immer noch nicht! Au! Schlagen sich noch immer! Der! Was macht der denn! Mama! Mama! Er haut! Au! Kann nicht laufen! Irgendwohin! Bleib hier! Such! Paß auf! Warte bis – Warte! Warte! Angst! Versteck dich! Irgendwo ... Wo?

In kurzer Entfernung links von ihm war der geschlossene Milchladen zwischen der Ninth und der Tenth Street, unbeleuchtet. Dorthin stolperte er. Hinter der Barrikade aus Milchkannen, die ans Kellergeländer gekettet waren, kauerte er sich auf die Ladenstufe, richtete die flehenden Augen zu seinen Fenstern hinauf. Dunkel, noch immer dunkel. Unheilvoll, unnachgiebig, verbargen sie die Raserei und Katastrophe dahinter und verrieten sie zugleich. Er stöhnte, biß sich in seinem Schmerz in die Finger, warf wilde, gequälte Blicke um sich.

Von der anderen Straßenseite loderte die grüne Lichtstange in dem Photographenladen herüber. Menschen gingen vorbei, gemächlich, in sich versunken, und wenn sie in den Lichtradius eintraten, wurden sie einen Moment lang in ätzendem Aasgrün gebannt. Niemand bemerkte ihn hier, alle trieben vorüber mit einem Gang, der zu federnd und zu ziellos war für sein Elend, trieben vorüber mit aufgedunsenen, zerfressenen Gesichtern, wie getragen von der Dünung eines kraftlosen Lichtscheins, als trieben sie unter Wasser. Zu krank, um das zu ertragen, wandte er den Blick ab, nach oben.

– Noch immer dunkel da oben. Dunkel ... Im ersten, zweiten, dritten ist Licht. Meiner ist dunkel. Bloß meiner ist dunkel. Papa hör auf. Hör auf! Jetzt Licht da. Ist nicht mehr böse. Mach Licht, Mama. Jetzt! Eins, zwei, drei, jetzt! Eins, zwei, drei, jetzt! Jetzt! Aaa! Keins! Keins! Au! Lauf weg, Mama! Laß ihn nicht! Lauf weg! Hier! Hier bin ich! Lauf! Mama! Mama! Mama!

Er wimmerte.

Ein Mann, dicker Wanst, langsamer Gang, der massige Körper auf wulstigen, steifen Knien schlingernd, näherte sich. Auf Davids Höhe drehte er langsam den Kopf zum Licht, legte eine Hand über einen seltsamen, schmutzig-violetten Fleck auf der Backe, kniff sich in die Unterlippe und tapste weiter.

– Mit der Peitsche. Der kaputten. Da hat er auch hingehauen. Wie vom Wagen herunter. Und ich hab' sie ihm gegeben. Geht nicht mehr kaputt. Wenn er – Laß ihn nicht! Laß ihn nicht! Lauf rein! Schlafzimmer! Halt die Tür zu. Fest! Laß nicht los! Tante Bertha! Onkel! Ihr auch! Haltet sie zu! Fest! Er darf sie nicht schlagen! Haltet sie zu! Au! Mama! Halt! Halt, Papa! Bitte! Au! Da! Ist – noch immer – dunkel – dunkel. Dunkel.

Neben ihm im zweiten Stock des Hauses, vor dem er versteckt saß, knarrte ein Fenster, surrte hoch. Und die Stimme eines Mannes als singsangartige Tirade:

»Aaa, bis dun Klugscheißer! Wer redt da vom Gewinn! Ein Dollar un fümensecksig gestern! An Taler un nochwas – üba achsig Cend – Sonndach! Un Mondach ahmd zrick von Hymen's Schneiderei, Rommé, *swei* siebsig. Oi, du solls sterbn. Un ich sag, wennde gut gem kanns, Abe, dann solls auch schon im Gfängnis gem! Un wenn ich widder verlier, dann soll dich a Feuer bald treffn!« Die Stimme verklang.

– Wenn es hell wird, was dann? Was mach' ich dann? Er wird mich fragen. Was ich da mache? Was? Was? Papa, nichts. Ich wollte ... Ich wollte. Was? Die – die – auf dem Boden. Perlen, sind rausgefallen – Tasche. Was für dich –? Au! Papa, ich weiß nicht was? Warum? Er wird gucken. Er wird sagen. Kugel. Kugel. Ich wollte Kugel? Er wird sagen – Kugel? Ja. Kugel. In meinem Kopf. Au! Kann's nicht sagen. Mußte! Gesehn in meinem Kopf. War. In der Ecke. Bei milchstinkendem Kinderwagen. Weiß. Hab' keine Angst gehabt. Was? Was? Was? Ja. Hab' keine Angst gehabt. Wie ich einen gesehen hab', wann – Wann? Schwert im Feuer. Tenth Street. Frag den Rabbi. Schwert. Im Spalt Licht, und er hat gelacht. Als ich das gelesen hab', hat er – Feuer. Licht. Als ich gelesen hab'. Bis dahin immer Angst – und die haben mich dazu gebracht. Gojim am Fluß. Und die – Also gehabt. Also verloren. Wollte zurück, Papa! Papa! Wollte zurück. Und er hat ja gesagt. Leo. Wie brennende heraushängende Gedärme. Und er hat gesagt, er würd'. Aus Schachtel rauskommen. Hat gesagt, Gott auf – Warte, Papa! Papa! Nicht schlagen! Nicht! Au! Hab' keinen großen gewollt, bloß einen Zwanziger. Sogar klein. Bloß nickelgroß. Drunten geangelt – wie als – Au! Deshalb, Papa! Deshalb! Hab' nicht – Au! Noch keins! Noch keins! Noch kein Licht! Was mach' ich bloß? Noch kein Licht!

Sie hatten sich auf der anderen Straßenseite vor dem Haus neben dem Friseur an der Ecke versammelt, Jungen, flink, nervös und schrill. Und einer stand drohend auf der Stufe, während die übrigen angespannt am Bordstein kauerten –

»Wolf, bis fertig?«

»Ich komm ausm Bett!«

»Wolf, bis fertig?«

»Ich geh zum Ausguß!«

»Wolf, bis fertig?«

»Ich wasch mirs Gesich –«

Mit gezierten Trippelschritten näherten sich zwei Frauen, musterten mit leblosem, schmeichelndem Geflatter die leblosen Gesichter der Männer, die an ihnen vorbeikamen. Ihre Wangen waren in dem ätzenden Schein des Photographenladens versteinert und doch schlaff; grünes Licht überzog glänzend den samtigen Puder, machte das hektische Rouge speckig, Fahles auf Grellem. Eine, die ihm nähere, ließ ihren Busen zu der eingebildeten Strähne anschwellen, die sie davon wegwischte, und warf David aus gleichgültigen, glänzenden, verdorbenen Augen einen flüchtigen Blick zu. Sie bummelten weiter, eine träge Schwade aus Fleisch und Parfüm hinter sich herziehend, duftend trotz des Abstands von drei Metern, und ihre Verderbtheit wurde durch ihr Leugnen noch betont.

– Milch – Gestank auch hier. Wo? Kannen, deshalb. Milch – große Stinkekannen. Was ist das – da beim – Keller? Was? Ein Schwert – Nein! Egal! Egal! Mama! Mama!

»Wolf, bis fertig?«

»Ich zieh grad de Unnerhos an –«

»Gemein! He, du has de Unnerhos doch schon an!«

»Na gut! Dann zieh ich jetz das Hemd an!«

»Wolf, bis –«

Das Geklapper eines Pferdefuhrwerks übertönte sie. Und aus dem Fenster neben ihm lautes und plötzliches Gelächter –

»En Bluff, ha? Nischt mit Mudschikih! Ha! Ha! Ha! Ha! Wenn ’erry sagt, an Full-house in an Full –«

– Wenn es ein –! Wenn es ein Schwert war. Na und? Du hast Angst. Hab’ ich nicht! Du hast Angst! Hab’ ich nicht! Hab’ ich nicht! Hab’ ich nicht! Doch, weil’s nämlich keins ist. Zweimal Feigling? Zweimal Feigling? Es ist nämlich keins? Könnte aber sein! Auch wenn's kein Schwert ist, könnt's in den Spalt gehen. Wo's spritzt, halt Becher, wie du Schwert gehalten hast. Du hast Angst. Dreimal Feigling? Das sieht jemand. Na und! Mir egal! Krieg's nicht raus. Egal. Kannen zu schwer – Kann auch. Leer. Dreimal Feigling? Warte! Aaaa, hab' doch gewußt, du hast Angst. Wart! Dreimal Warten! Nicht mehr! Nicht mehr! Bloß dreimal Warten. Nicht mehr! (Jetzt murmelte er laut:) »Machs du jetz Fensa hell? Fensa! Fensa! Machs du jetz Fensa hell?«

»Wolf, bis fertig?«

»Ich bind mir grad de Schnirsenkl zu!«

– Fensa, zweite Chance! Machs du jetz Fensa hell? Ich geh! Ich geh! Fensa! Mama! Mama! Ich geh!

Er war aufgestanden. Noch einmal beschworen seine angstvollen Augen das Fenster, und dann überfiel ihn ein furchtbarer Wutanfall, und er krümmte sich und hämmerte gegen die Wand neben ihm. Sekunden vergingen. Der Anfall ging vorüber, und er schmeckte das salzige Blut auf seiner zerbissenen Lippe und schaute mit einem neuen, eigenartigen Gefühl von Verschlagenheit die grünliche Straße auf und ab.

Menschheit. Auf Beinen, an Krücken, in Wagen und Karren. Der Eisverkäufer. Der Waffelwagen. Menschliche Stimmen, Bewegung, Gewimmel, Pulsieren, Gebrüll, trötende Hupen und Gepfeife. Stört die fernen Trauben der Straßenlampen, bringt mit ihren vorüberlaufenden Leibern Ladenlichter zum Flackern wie ein Wind. Er schauderte, blickte dicht vor sich hin. Auf der anderen Straßenseite duckte sich der Wolf nieder, bereit zum Sprung; die Jungen, die ihn lockten, zuckten mißtrauisch, giggelten nervös bei jedem Ruf. Aus dem Photographenladen starrten die vergrößerten Bilder des Alters zu ihm heraus, mumifiziert und grauslich. Von Wand und Trottoir hatten Laternenschein und Quecksilberdampf das Dämmerlicht zu Nacht gepreßt; über den Straßen löste die hohle Kobaltluft den Unterschied von Himmel und Dächern auf. Niemand sah zu ihm her.

Haßerfüllt, herausfordernd durchbohrten seine Blicke nun das Fenster. Dunkel. Er widerstand ihm.

Heimlich stahl er sich zur nächstgelegenen Milchkanne, packte Deckel und Handgriff. Das Metall war kalt unter seinen Handflächen, die schwere Kanne sperrig, ein zuckender stählerner Schimmer unter seinen Augen. Er lehnte sich dagegen – fester. Sie gab nach, klang hohl. Noch einmal sammelte er Kraft, stieß –

Klonk!

Eingekeilt zwischen der Schulter der Kanne und dem Kellergitter, schepperte die lange graue Milchkelle zu Boden. Er bückte sich, um sie aufzuheben.

»Tadam, padam, pam! Twie! Twie! Er mußte hinunter, hinaus und hinunter –« Munteren, forschen Schrittes, durch die Nase summend und durch die Zähne pfeifend, kam ein großer, breitschultriger Mann heran. »Um sein Maschinchen zu richten!« Zwischen Mütze und schwarzem Hemd zwinkerten eisgrünblaue Augen zu David hinab, wandten sich ab und ließen im Weitergehen ihr kaltes Feuer in der Luft zurück. »Pam! Pam! Prra! Um sein Maschinchen zu richten!«

Jetzt war die Luft rein. Die Kinder auf der anderen Straßenseite kreischten vor Aufregung. David nahm die Kelle, kroch aus dem Ladeneingang heraus und schlich sich, den Schöpfer der Kelle in der Achselhöhle, ihren langen, schmalen Griff in der Hand, rasch in Richtung Tenth Street –

»Wolf, bis fertig?« verfolgten ihn ihre Stimmen.

»Ich ko-o-o-omm – die – Tre-e-eppe – runner!«

»Geh! Ich geh, Fensa! Fensa! Fensa! Ich geh!«

Bergan, die leichte Steigung hinauf, für schmerzende Beine steil, rannte er, wich dabei dem achtlosen Blick der wenigen aus, die ihn bemerkten. Tenth Street. Eine Trambahn überquerte die Avenue Richtung Westen. Der Flußwind wehte stramm und salzig durch einen Häuserkanal. David bog scharf dort ein, kam in die Flußstraße, die matt beleuchtet war, leer. Vor ihm, gleich einer Barriere, die einzige Bierschwemme, Schwingtür in einen Schraubstock aus Licht geklemmt, das fleckige Buntglasfenster schäbig schimmernd gebaucht.

– Das sieht jemand.

Er drückte sich in den Schatten an die rauhe Wand der Eisenfabrik, kroch voran. Im abnehmenden Flußwind verbreitete sich der schwache bittere schale Geruch von Bier um ihn herum. Verlor sich im raschen Abflauen des Winds – ein Mann, Knöchel am Schnurrbart, warf die Schwingtür zurück – schwirrende Wiederholung von Bar und Spiegel, Flaschen, Gestalten, Schürzen – David schlich sich an ihm vorbei in tieferen Schatten.

Und nun der alte Wagenhof, das gelichtete Dickicht von Stimmen; die leeren Ställe, gesplitterten Rutschen, gekalkten Türen, die zerbrochenen Fenster, die ihr Glas noch immer wie Fänge im Rahmen festhielten und dungfeucht, stinkend ausatmeten. Die letzte Straßenlampe summte in einer Lichtblase. Das düstere, massige Lagerhaus und dahinter das verstreute Chaos der Schutthalde, die sich bis zum Fluß erstreckte. Er blieb stehen. Und wich zurück, wo eine schattige Mulde sich zwischen Lagerhauswand und Schutthalde senkte.

– Du hast gesagt, Feigling ... Du hast gesagt, zweimal Feigling ... Jetzt muß ich.

Die Schienen lagen vor ihm – nicht in Doppelreihen, sondern in einem einzelnen Joch. Denn da, wo er stand, war er unmittelbar hinter der Gabelung der Weiche, und der letzte Schimmer auf den Zinken erlosch in Rost, und Rost erlosch in Kopfsteinen, und die Kopfsteine verschmolzen mit dem schattigen Kai und dem Fluß.

– Angst! Angst! Nicht gucken!

Er riß die Augen davon los, warf gehetzte Blicke um sich. Zur Linken sperrte die abgesprungene Backsteinwand des Lagerhauses den Westen und die Menschheit aus, zur Rechten und hinter ihm ragte das Riff der Schutthalde auf; vor ihm das Ende des Landes und der Schimmer auf den Schienen.

– Du hast gesagt, Feigling ... Du hast gesagt, doppelt Feigling ... Jetzt muß ich. Jetzt muß ich es rauskommen lassen.

Das kleine Wortgesprudel in seinem Gehirn schien nicht mehr seins zu sein, nicht mehr vom Schädel eingezwängt, sondern losgelöst von ihm, der inmitten von alldem war. Und wieder hörte er sie, als hätte aller Raum sie herbeigezwungen und als wären sie in der Rahmung zersprungen, und sie dröhnten ihm in den Ohren, gewaltig, verzögert und fremd.

– Du hast gesagt, Feigling! Jetzt muß ich! Du hast gesagt, doppelt Feigling! *Jetzt muß ich es rauskommen lassen.*

21

Im Royal Warehouse, am East River in Höhe der Tenth Street gelegen, mühte sich Bill Whitney, ein alter Mann mit massigem Körper, kurzem Atem und steifen, rheumatischen Beinen, die Treppe zum ersten Stockwerk hinauf. In der Linken hielt er eine Laterne, die er geistesabwesend immer wieder rüttelte, um den Brennstoff gluckern zu hören. In der Rechten hielt er einen Schlüssel, der bei jeder Aufwärtsbewegung des Armes gegen das Geländer klirrte. Mit diesem Schlüssel zog er auf jedem Stockwerk des Gebäudes die Uhren auf – Beweis seiner Wacht und Wachsamkeit. Während er so die schwarze Treppe hinanstieg, auf die bei jedem Schritt nach oben flache Flecken schaukelnden Laternenlichts fielen, murmelte er, und dies weniger, um die Stille mit flüchtigen, eingebildeten Ich-Wesen zu bevölkern, sondern vielmehr, um den Gliedern seiner langsamen Gedankenkette zu folgen, die ihm, wenn er sie nicht hörte, entglitten:

»Un was? Haa! Du gucks runner – un – sss! Bei Gott, war da doch die Drecksstraß drunner. Und. Ha! Ha! Keine Räder. De Trittbretter warn da – oder etwa nich? Hab se ganz deutlich gesehn – ganz deutlich – aber de Räder warn weg – verschwunn. O Gott, denk ich – Also bei Gotts, is das nich komisch? Da steh der alte Ruf Gilman, steh da un glotz. Steh bloß da und glotz wie nur was – Un der Bart, dener sich vorm Winner hat wachsn lassn … An dem Schach mit der weißn Einfassung. Spart sich da sein Tabaksaf auf, bisser fas ne Tassvoll hat … Wummmmm! Dann plumps! durchn Schnee im Winner …«

Hallte wider, brandete auf, hallte wider gleich
unablässig schwellenden Brechern:
– Zweimal! Zweimal! Zweimal Feigling!
Wo Licht ist in dem Spalt,
hast du gesagt, Feigling. Jetzt muß ich es.

Im blauen rauchigen Licht von Callahans Biersalon drehte Callahan, der blasse, rundliche Schankwirt, den tropfenden Bierhahn zu, lehnte sich über die Theke und kicherte. Husky O'Toole – er, der Breitschultrige mit den himmelblauen Augen – überragte die vor der Theke (darunter ein Buckliger auf Krücken mit einer grämlichen Falte am Mund und ein runzliger Kohlenschipper mit rußigem Gesicht und hellen Augäpfeln) und machte sie klein. Während er redete, hatten sie begierig grinsend zugehört. Nun stürzte er den letzten Fingerbreit Whisky hinunter, nickte dem Barmann zu, machte die schmalen Lippen schmal und blickte um sich.

»Saubrer Klugscheißer!« Callahan füllte eilfertig sein Glas auf.

»Also.« O'Toole blähte die Brust auf. »Der komm ruff zum Luftschnappn, ja? Ers durch. Nu, sag ich, nu erzähl ich dir ma was von Fotzn – Der steh noch da anner Ess, n Schraumschlüssl inner Han. Un ich sag, dir gefalln annere Sachn, was? Was meinsn, sagt er. Na, sag ich, bis relgiös, oder? Ja, sagt er. Un ich sag, gehs zun Ferdewettn, oder? Ja, sagt er. Un du säufs gern ein, oder? Klar, sagt er. Na, sag ich, für mich is das alles nix! Was meinsn, sagt er. Na, sag ich, deine Relgion kanns behaltn, sag ich. Scheiß aufn Papst, sag ich – Ich hab dem bißchn Feuer unnerm Aasch gemach – un zum Teufl mitn Ferdn, sag ich – Ich setz auch ma was aufn gutes, aber das sag ich dem nich – un was das Saufn angeh, sag ich, das kanns dir in Aasch steckn! Lieber ne Fotze, jederzeit, sag ich. Ja? Jederzeit!«

Sie lachten schallend. »Du bis mir vielleich n Vogl!« sagte der Kohlenschipper. »Bisn guter Junge! –«

Als hätte er die gewaltige Glocke im
innersten Kern des Schweigens geschlagen, blickte
er voller Entsetzen um sich.

»Verdammich, he!« Jim Haig, Öler auf dem britischen Trampschiff Eastern Greyhound (nun gegenüber der Cherry Street-Pier) beugte sich über die Backbordreling und spuckte hinab. »Seit ich von zu Haus weg bin, hab ich kein Fish n

Chips mehr gekrich. Warum is noch keine Sau draufgekomm, in New York was Gemütliches aufzumachn – Coney Island zum Beispiel. Jede Menge Profit. Jetzn dickn Kabljau –«

Jetzt! Jetzt muß ich. In den Spalt,
denk dran. Im Spalt geboren.

»Harr! Nächt gibs, da würd ich auf die Bibel schwörn, die Trepp wär höher.« Billy Whitney blieb im ersten Stock stehen und blickte aus dem Fenster, das auf den East River hinausging. »Stinkhaufn da draußn!« Und hob die Augen über die zerbeulten Emailtöpfe, die geborstenen Waschzuber, Urinale, die weiter hinten in dem wüsten Haufen schimmerten, starrte hinaus auf den dunklen, von den gleitenden Lichtern eines Boots streifigen Fluß, ließ den Blick ans andere Ufer schweifen, wo verstreut erhellte Fenster von Fabriken und Mühlen wie Funken in Rußblöcken gefangen waren, dann weiter nach Südosten, zu der beperlten Brücke. Über flüchtige purpurne Blüten glitt der ferne Zug gleich einem Goldrinnsal den sanften Hang hinab. Dahinter und davor vereinzelte Automobilscheinwerfer, verspätet oder den Tau auf dem Zweig der Nacht ankündigend. »Un George glotz, un ich schrei und geh mit der Stieflspitz aufn Boden, un unner mir kein Räder. Ha! Ha! Mmm! Von was de im Schlaf nich alles träums ... n Rad ... n Fahrrad ...« Er wandte sich um, suchte nach der Uhr. »Un ich bin auf keim gesessn ... nich seit ... über fümendreißig ... vierzig Jahr. Nich seit ichn kleiner Bengl war ...«

Klamme Finger zogen die scharfe Kante des
Kellenschöpfers nach. Vor seinen Augen
sauste der Glanz auf den Tramgleisen vor, ...
zurück ... sauste vor ...

»Sag, hör ma, O'Toole, dahinnen sin paar Süße.« Der Barmann zeigte mit dem Schaumabstreifer hin. »Doch genau deine Krangweite!«

»Quatsch!« entgegnete O'Toole knapp. »Was glaubsn, warum ich mir de Sackrattn von meim Pfriem hab wegknipsn lassn – wegn nix? Mir hats das Rohr beim Pissn in alle Richtung verdreh!«

»Die Dosn da ham aber keine Delln. Ehrlich, O'Toole! Richtig sauber –«

»Laßn austrinkn, ja!« unterbrach der Bucklige mürrisch. »O'Toole muß von dem keine Ritzn kaufn.«

»Na, sag der, ja. Un ich sag, ja. Un de ganze Zeit sin Steve un Kelly unnerm Träger gestann un ham gemoser – He, schmeiß ma ne Niete rüber. Un ich sag –«

– Keiner kommt!

Klong! Klong! Klong! Klong! Klong!

Der schwielige Plattfuß des Tramfahrers Dan MacIntyre trat auf die Klingel. Unmittelbar vor dem lärmenden Wagen, auf den Schienen, trödelte der Händler mit seinen Halva, glasierten Erdnüssen, Litschis, Geleefrüchten dahin, schob gemächlich seinen Karren. Dan MacIntyre war erzürnt. War er nicht schon ganze Blocks hinter dem Vorausfahrenden zurück? War sein Schaffner nicht ein großer Lahmarsch mit der Klingel? Würde Jerry, der Inspektor an der Avenue A, ihn nicht ganz gehörig zur Schnecke machen? Und da blockierte dieser verlauste Kümmel den Verkehr. Am liebsten würde er ihm die Scheiße aus dem Leib prügeln, jawoll. Statt dessen trat er auf die Klingel.

Gemächlich, gemächlich lenkte der armenische Händler seinen Karren aus dem Weg. Doch bevor er die Schienen freigab, reckte er, hoch und fröhlich, die geballte Faust. Durch die enge Spalte zweier Finger lugte ein schmutziger Daumen hervor. Leck mich doch, o MacIntyre.

»Der Teufel soll dich holen!« brüllte er im Vorbeifahren. »Zum Henker mit dir!«

– Nun los! Nun los! Nun los!
Doch er stand so steif und starr wie
festgefroren an der Wand, und starre Finger
umklammerten die Kelle.

»Also ehrlich, Mimi-Schatz.« Der Familieneingang von Callahan's lag am Ende eines breiten, im Hintergrund von einer roten Lampe erhellten Durchgangs. Drinnen, unter dem mehrarmigen, rankenverzierten Kronleuchter aus alaungebeizter Bronze saß allein an einem Tisch neben einer rosa Wand mit schabenbraunen Leisten Mary, die Porzellanwangige, Feuchtäugige, wiegte sich und sprach mit sentimentaler, beduselter und schnarrender Stimme. Mimi, die Porzellanwangige, Porzellanäugige, eine schmuddelige Blonde mit strohfarbenem Haar wie ein U-Bahnsitz, hockte da und hörte zu. »Ich war so jung un unschuldich, ehrlich, so orntlich, ich hab das der Kassiererin gebrach, wirklich. Und Ihhh! kreischt sie und duckt sich unner de Kass, Ihhh! Schmeiß das weg, du Kuh! Aber was sollt ich da schon wissn – ich war ja ers fuffzn wie ich noch servier hab. Die hams aufm Teller liegnlassn – waa, wasses nich alls für Visaschn gib – un da hab ich gedach, das is halt sowas, was de dir übern Finger stecks, wenn de dich schneids –«

»Schneids, sags de, Mary, Süße?« Die Porzellanwangen bekamen Sprünge.

»Ja, schneids, Schneid- Wiee! Hi! Hi! Hi! Hi! Mimi, Süße, du bis vielleich ne Nummer! Wiee! Hi! Hi! Hi! Aber ich war halt so jung un unschuldig, bis der dahergekomm is. Wie! Hi! Hi! Beim Gott, gans ehrlich. Damals konnt ich noch inne Bierflasch pissn –«

Nun raus aus den Schatten,
raus auf die matthelle, leere
Straße; er trat von dem abgebrochnen Bordstein
hinab auf die Kopfsteine. Trotz seines
Spähens, Horchens, Stutzens war er
blind wie ein Schlafwandler, war er
taub. Nur der Stahlschimmer auf den
Schienen war in seinem Blick, fest wie
ein Brandmal, zogen ihn heran mit Kabeln so
hart wie Stahl. Noch ein paar Schritte, und
er war da, stand zwischen den
Gleisen, breitbeinig über der eingelassenen Schiene.

Er spannte die Beine zum Sprung, hielt den
Atem an. Und nun fand die zitternde Spitze
des Kellengriffs die langen,
dunklen, grinsenden Lippen, scharrte darüber und
gleich einem Schwert in einer Scheide –

»Oi, Schmaihe, Goj! So a Glick! So a Glick! Sollst bloß quakn!«
»Cha! Cha! Cha! So spiel ich mit Katn!«
»Schlagn mit an Flush! Ai, ji, ji!«
»Wettn, daß der letze Nach a Niggerte gehab hat!«
»Der reit a Schwatt, un dann mach sen platt. Cha! Cha!«
»Das jan Dichter, der Kerl!«
»A Schmock!«
»War dan Schnallntreiber, Morrs?«
»Schnauze, Doofkopp! Da drin is mein Clara!«

Stürzte! Und er rannte! Rannte!

»Nix? Nee, sag ich, nix. Aber immer wenn ich ne süße Fotz auf der Straß seh, sag ich, mim fettn Aasch un nem Paar saubern Möpsn, Mann, O'Toole, sag ich, das ne Stute, die würd ich lieber zähm als aufzäum. Verstehs, was ich mein? Liebern Bette unter ihr als ne Wette auf sie, kapiers?«

»Ha! Ha! Ha! Gottverfluch!«

»Ja! Ha! Der ihme sage, ja? Dere mage de fica stretta!«

Sie sahen den kalkbekleckerten Itaker in seinem Overall herablassend an und –

»Ach, Blödkack«, sagt er, »Ja, sag ich. Un Saufn, sag ich, ich sauf, was ich aus ner niedlichen Titte saugn kann, sag ich. Lallalmmm, sag ich. Un wenns ans Betn geh, sag ich, kanns mir was Bessres zum drum Betn sagn als zu dem da!« Rasch schnitt O'Toole mit einer Handbewegung das Gelächter ab. »Du bisn Atheis, du Arsch, brüllt er. An Scheißatheis, sag ich – und die ganze Zeit brülln Steve un Kelly unnern Trägern, he schmeiß doch ne Nie–«

Rannte! Doch kein Licht überholte ihn,
kein Schein einer unerträglichen Flamme. Nur
in seinen Ohren war noch das hohle Klacken
von Eisen. Hohl, vergeblich. Fast schon im
Licht des Saloons, lief er nun langsamer, schluchzte
laut, blickte zurück –

»Aber wer hätt das gedenk?« Bill Whitney stieg weiter die Treppe hoch. »Bei Gott, wer hätt das gedenk? De ganzn Wochn, die ich dem den Nagl gehaltn hab ... Wochn ... Un drauf un nie vorbei ... Betrunkn? Naa, an dem Morgn war der nich betrunkn. Nüchtern wien Pfaff. Nüchtern. Hat den Zwölfpfünder geschwungn wie ne Uhr. Aber vielleich hab ichn ja gestups, vielleich war ich das ... Gott, ich habs gewuß. Habs geahn, wie der schwarze Hammer inner Luf war. Bevor er runner war, hab ichs schon gewuß. Inne riesenverdammte Landschaf hätt der reinhaun könn. Aber mich hatter treffen müssn ... Was? Ich musses sein? Der Gips an meim Bein? Am Aasch kanns mich! Ich sollt –«

Wie eine gedippte Metallflagge oder ein
grotesk gepanzerter Kopf, der die Pflastersteine
betrachtet, ragte der mattglänzende Schöpfer der
Kelle aus der Schiene heraus,
seitlich geneigt.
– War nichts. Ist nicht rein. Hat sich nicht entzündet.
Geh zurück.
Er drehte sich um – langsam.
– Kei – ner – guckt –

»Plärrn? Sag, hab ich geplärr? Was würdne Kleine sons machn, wenn ihre Regel nich komm – Sag! Aber das kriegs zurück, sag ich, ich mach dich auch zur Sau, so wie du mich. Wart nur! Damit komms mir nich davon. Ach komm, sag er, du kleines Hurnloch, hat er zu mir gesag. Was willsn? Krötn? Ich hab jednfalls keine. Fertig! Un jetz hör uff, da an mir rumzuhäng, sons kriegs paar geknall! Hat er gesag.«

»Wo hatts dann her?«

»Hab mirs geliehn – war nich teuer. Die hat sich Hebamm genannt. Ich bin selber hin. Meine Alte – huhu – Meine Alte hat gar nich – O Gott!« Tränen rannen über die Glasur.

»He – dreh bloß den Hahn ab, Mary, herrgottnochma!«

»Aah! Sei doch sti-hi-hill! Kann ich nich plärrn, wenn ich – ich – u-hu-hu-hu – Geh doch mit dein Ballong aufn Strich, s-sag der –«

»Aber doch nich hia, Mary, um Himmels willen. Wir kriegn doch alle mal eins inne Röhre –«

– Schnell! Schnell wieder zurück!

»Die verratn uns!« In die Crosstown-Tram Tenth Street schallte, während sie an der Avenue A langsamer wurde, die Stimme des blassen, goldbebrillten, fanatischen Gesichts über alle anderen Geräusche hinweg: über das triefende und sehnsuchtsvolle »Open the door to Jesus« der Heilsarmee, die im Park sang; über die Worte der dicken Frau, die im Waggon schwankte, als sie sagte: »Und dann sagte der Arzt, Hände weg von Fleisch, wenn Sie keine Gallensteine wollen. Also laß ich die Hände weg von Fleisch, bloß ab und zu mal brat ich mir ein bißchen Mortadella mit Eiern – wie ich das mag!« Über das Gebrummel des alten graubärtigen jüdischen Händlers (er schaukelte seinen Kinderwagen, in dem Brezeln gestapelt lagen wie Wurfringe auf Stöcken) »Schöpfer des Universums, warum hast du mich an diese Maschine gefesselt? Schöpfer des Universums, werde ich je mehr verdienen als das Wasser für meinen Buchweizen? Schöpfer des Universums!« Über die gelassene Begeisterung der Amerikanerin mit dem freundlichen Gesicht: »Und wissen Sie, man kann darin bis ganz nach oben gehen, für fünfundzwanzig Cent. Für ganze fünfundzwanzig Cent! Jeder Amerikaner, Mann, Frau oder Kind, sollte hochsteigen, ein großartiges Erlebnis. Die Freiheitsstatue ist –«

– Behutsam stahl er sich zu der Schöpfkelle,
auf Zehen –

»Schnauze da unten, ihr rindsköpfign Irn, sag ich, wartet bloß, bis ich fertig bin! Fotze, sag ich, heiß oder rotzig, is mir gleich. Das mach die heiß. Das mach die heiß, sag ich. Ein Blick auf mich, sag ich, un du kanns dir die Niet in Aasch schiem – da isse gut aufgehobn! Damit dehns se aus, sagt er – ziemlich rotzig. Scheiße, nein, sag ich, ich brenns raus. Warum schmeißn den nich eine rüber, sagt er, die schrein doch nach ner Niete. Aaa, ich will doch den Scheißträger nich kaputtmachn, sag ich. Bis ziemlich gut, sagt er. Gut, sag ich, has schon mal gesehn, wie der neue Schweißbrenner durchn Träger odern Flansch oder überhauptn Scheißeisenstück geht – die Funkn, wo runnerschießn? Na? Also, genauso komm ich. Ham die mir gesagt. Un die ganze Zeit stehn da Steve un Kelly unnern Trägern, scheißn Blut un schrein he, schmeiß –«

spitzen, behutsam, guckt zurück über die
Schulter, auf Zehenspitzen, über Reihen von
Pflastersteinen, vorsichtig –

»Mußt so sein. Un bei Gott, die hätt auch ausgehn könn, wie ich ins Bett bin un dran gezogn hab. Die hat kein Grund gehab zum Brenn ... Mußt so sein – Meerschaum, echt. Danke, hab ich gesag. Danke, Miß Taylor. Un ich hab hinnen auf der Trepp gestann, mit der Eiszang. Dank dir und auch dem Dokter ... Boston, in dem Jahr, wo – Ha, bei Gott. Un das ganze Scheißlakn in Flamm. Un Kate kreisch nem mir ... Gottverdammich! Das hätt die eingtlich nich solln ... Guck mich jetz noch an ... Reckn Hals in dem weißn Zimmer ... im Krankenhaus ...«

Als könnten allein seine Schritte den
schrägen, im Boden festsitzenden Griff
lösen. Und dann, und –

»Warum nich? frag sie mich. Hat Lefty übers Ohr gehaun. Die Ratte! Damit komm der mir nich davon. Ich weiß, Mag, hab ich gesag. Das würd mir im Herzn guttun, wenn dern

Messer in Bauch kriegn tät – aber ich hab da ne bessre Idee. Was? fragt sie mich. Spucks aus. Ausspuckn is gut, sag ich zu ihr. Ich kenn da son Apotheker, guter Freund von mir. So? Sie guck mich ganz komisch an. Murks ihn mit ner Dosis ab – Nein! sag ich. Kein Gift. Paß auf, Mag. Mach ne Sause in deim Ladn, ja? Lad ihn ein. Der wird komm. Und dann misch ich dem n Glas. Und ich zwinker ihr zu. Has noch nie was vonner Spanischen Fliege gehör–«

dann hockte er sich darüber,
streckte die Hand aus, um

»Die verratn uns!« Über all diese Stimmen erhob sich die des Redners. »1789, 1848, 1871, 1905, der, der auch nur etwas zu bewahren hat, wird uns aufs neue versklaven! Oder wenn nicht versklaven, so wird er uns doch im Stich lassen, wenn der rote Hahn kräht! Nur die arbeitenden Armen, nur die verbitterten, irregeleiteten, verratenen Massen können uns an dem Tag befreien, da der rote Hahn kräht!«

die Kelle herauszuziehen. Ein fast
körperliches Gefühl, wie von einer entfesselten und
drohenden und schrecklichen Gewalt,

»Du bis das verlogens Arschloch, das ich je gesehn hab, sagt er un verschwindet über die Träger.«

konzentrierte sich auf seine Hand über dem winzigen

»Has nich mehr alsn paar Predigtn?«

Raum zwischen seinen Fingern und der
Kelle. Er zog sie

»Die Hinterlistigen sinds, die predign, so musses sein.«

zurück, richtete sich auf. Balan-

»Und dann hab ichs reingetan, wie er grad getanzt hat – O hie! Hie! Mimi! Ne orntliche Dosis hab ich –«

cierte vorsichtig auf dem linken Fuß, ging mit dem

»Ja. Ich sag, zieh dir die Hose aus.«

rechten vor –
Krrlkt!
– Was?
Er starrte zum Fluß hin, sprang
von der Schiene weg und tauchte in
den Schatten.

»Has den gehör, Mack? Den glupschäugigen Jid mit seim rotn Hahn?«

Der Fluß? Das Geräusch! Das Geräusch
war von dort gekommen. Alle seine Sinne
richteten sich zum Kai, rangen mit der
Stille und dem Schatten. Leer ...?

»Orntlich in Eierteig tunken. Kumpel, das is ne Goldgrube! Todsicher! Weiß Gott, für wie viele ein scheiß Kabeljau reich –«

Ja ... leer. Nur seine hohlen Nasen-
löcher siebten die Unruhe aus der
Stille heraus. Der wandernde Flußwind mit
dünnem Salzgeruch durchsetzt

»Un ders fast verrückt geworn! Mimi, ich sag dir, wir sin fast kaputtgegang vom Zuguckn –«

Verfall, mit klebrigem Kohleteer besprengt –
Krrrlkt!

»Kann nich, sagt er, hab Leibweh.«

– Das ist – O – Das ist – Das ist! Papa. Fast
wie. Ist – fast wie seine Zähne.
Nichts … Eine Schute an einer schlaffen Trosse oder
ein Dollbord, das gegen den Kai tschiept,
weil ein

»Ich hebs hoch.«

Boot vorbeigefahren ist.
– Fast wie Papa.
Oder eine Tür, die im Wind hin und her keckert.

»Da hasn Dosnöffner, sag ich.«

Nichts. Er schlich zurück.

»Hmm. Die letzn verfluchn Stufn.«

Und war da, über der Schiene. Der
Glanz, in der Erde geborgen, der
Titan, in seiner Höhle schlummernd, verächt-
lich. Und seine Augen

»Rennt hi! hi! hi! Querfeldein hi! hi! Eiert davon.«

erhoben sich

»Un ich nehm ne Niete mitter Zang un ich sag –«

und da war die letzte Kreuzung auf der
Tenth Street, die letzte Kreu-

»Da has ne Blume, du Hasnfuß, steck se dir in Aasch!«

zung, und hinten, hinter der Hochbahn

»Wie oft krähtn dein roter Hahn, Pete, bevor de aufgibs? Dreimal?«

wie in der Grube des Westens, der letzte

»Hie! hi! hi! Mary, nurn Scherz –«

Streifen Rosa, der den Stiel des

»Nix zu tun als Klettern –«

zitternden, schartigen

»Hosn runner, wennd was Bessres has!«

Kelchs aus nachtglattem Stein mit

»Un ich schmeiß die Scheißniete.«

der Neige des Tages gefärbt. Und sein Zeh krümmte sich
in die Kelle wie in einen Steigbügel. Er
rieb, drehte, schob und –

»Das n Stern für dich! Paß uff! Drei Könge hab ich. Sin zu Ferd gekomm! Ji! Hi! Hi! Mary! Jetz bloß noch wartn, bis Tag wird, un dann heim. Wenn der rote Hahn kräh. Über ner Statue. Ein zuckender. Kabeljau. Klirr! Klirr! Oi! Maschine! Freiheit! Revolte! Erlösung!«

Kraft
Kraft! Kraft wie eine Pranke, Titanenkraft
raste durch die Erde und rammte
gegen seinen Körper und fesselte ihn,
wo er stand. Kraft! Unglaubliche,
barbarische Kraft! Ein Sturm, Lichtsirene
in ihm, zerriß, erschütterte, schmolz sein
Hirn und Blut zu einer Flammenfontäne,
zu riesigen Raketen in sengender Gischt! Kraft!
Der Habicht des Gleißens kratzt ihn mit
Feuerklauen, hackt gegen seinen Schädel mit einem
Feuerschnabel, zerstößt seinen Körper mit

Schwingen unerträglichen Lichts. Und er wand sich bewegungslos im Griff einer tödlichen Pracht, und sein Gehirn schwoll an und dehnte sich, bis die Galaxien davor klein wurden in einer Leuchtblase – zuckte zurück, der letzte Nerv klammerte sich gellend ans Überleben. Er trat zu – einmal. Schreckliche Widder der Finsternis prallten aufeinander; durch die Erschütterung stürzte Raum in Verheerung. Ein dünner Schrei trudelte durch die Spiralen des Vergessens, fiel wie ein Schwert auf Wasser, zisch-sch-sch-schte –

»Was?«

»Wa?«

»Wos?«

»Gottverfluch!«

»Wasse da losa?«

Die Straße hielt inne. Augen, Myriaden Augen, heiter oder versunken, wäßrig, gelb oder klar, schräg, blutunterlaufen, hart, trunken oder blank, ließen ab von ihrer Aufgabe, ihrem Spiel, von Gesichtern, Zeitungen, Tellern, Karten, Seideln, Ventilen, Nähmaschinen, fuhren herum und bündelten sich. Während an der Ecke der Tenth Street ein bebender Glanz die Pflastersteine, die rußigen Gebäude, trüben Ställe, die Schutthalde, Fluß und Himmel in einen einzigen Zimbelschlag aus Licht auflöste. Zwischen den grauen Mäulern der Schiene zuckte und hüpfte die Kelle, in tosendem Schein, weißglühend –

»He!«

»Mensch!«

»Guck ma da! Das regn –«

»n Kurzer, Mack –«

»Mary, wasn –«

»Schloimee, an Blitz wie –«

»He, Kumpel!«

In der Avenue D schoß ein langer Feuerstrahl aus dem Boden, grollte, als risse der Mantel der Erde. Jetzt rannten die Leute, Kinder fegten kreischend an ihnen vorbei. In der

Avenue C verblaßten und flackerten die Lichter des Tramwagens. Der Fahrer fluchte, er spürte, wie der Strom versiegte. Im Royal Warehouse zerrte der blinzelnde Wachmann an dem verklemmten, störrischen Fenster. Der runzlige Kohlenschipper beugte sich unsicher aus der Schwingtür heraus – blinzelte, kniff die Augen vor Schmerz zusammen und –

»Heilge Mutter Gottes! Da! Guck doch!«

»Was?«

»Da lieg einer! Brennt!«

»Nee! Wo!«

»Verfluchtes Fenser!«

»Das is inner Tent' Street! Da!«

»O'Toole!«

Die Straße füllte sich mit rennenden Männern, die Gesichter holzschnittartig und gespenstisch in dem grellen Licht. Sie schrien heiser. Die Trambahn kroch vorwärts. Oben wurde ein Fenster aufgerissen.

»Herrgott, das is jan Junge!«

»Ja!«

»Faßn nich an!«

»Wer hatn Stock!«

»n Stock!«

»An Stock, um Gottes willen!«

»Mike! Die Schaufel! Wos die verfluchte Schauf–«

»Bei Call–«

»Oi, is an Kind –«

»Hol Petes Krücke! He, Pete!«

»Aaa! Wer hatn dein Buckl angerührt, du lahmes Ar–«

»Tu doch was! Miista! Miista!«

»Du mieser Hund, hab ich dich doch da schleichn –« Der Bucklige wirbelte herum, schwang sich auf seinen Krücken weg. »Weg da!«

»Oi! Oi wai! Oi wai! Oi wai!«

»Holn Cop!«

»An Ambulanz – los, ruf – oi!«

»Rühr ihn nich an!«

»Bambino! Madre mia!«

»Mary. Is bloßn Kind!«

»Helfts! Helfts! Helfts Jiddn! Ratewet!«

Eine immer dichter werdende Menge hatte sich gebildet, verwirrt, gelähmt, stammelnd. Sie kniffen die Augen zu vor dem Licht, vor der hingestreckten Gestalt im Herzen des Lichts, stießen sich mit den Armen, zeigten, griffen sich an die Wangen, schubsten, schrien, stöhnten –

»He! He da untn! He!« Eine Stimme dröhnte von oben herab. »Paßt auf da untn! Paßt auf!«

Die Menge zog sich von dem Lagerhaus zurück.

K-k-krach!

»Das isn–!«

»Nimm dun!«

»Packn!«

»Gib mirn Scheißbesn!«

»Paß bloß uff, O'Toole!«

»Oi, an guter Mann! Gott müßt –«

»Oooo! Der arm Kleine, Mimi!«

»Er schaffts!«

»Paß uff!«

»Nich anfassn!«

Der Mann in dem schwarzen Hemd ging vorsichtig auf Zehenspitzen zu den Schienen. Die Augen vor dem furchtbaren Licht fest zugekniffen, blinzelte er über die hochgezogene Schulter.

»Schiebn weg!«

»Sachte!«

»Paß uffda!«

»So is guud!«

»Oi Gotteniuu!«

Das abgewetzte, geschwärzte Reisig des Besen schob sich zwischen die Schulter des Kindes und die Pflastersteine. Eine Drehung am Stiel. Das Kind rollte aufs Gesicht.

»Schubs nochma!«

»Genauso! Holn da weg!«

»Schnell! Schnell!«

Ein weiteres Mal stieß das Reisig des Besens gegen den hingestreckten Körper. Er rutschte über die Pflastersteine, weg vom Gleis. Jemand auf der anderen Seite packte ihn am

Arm, trug ihn zum Bordstein. Die Menge wirbelte in einem dichten, engen Strudel herum.

»Oi! Gwald!«

»Gibm Luft!«

»Isser verbrann?« -

»Bennii bleib hier!«

»Ob er verbrann is? Sieh doch sein Schuh!«

»Oi, de arm Mama! De arm Mama!«

»Wers das Kind?«

»Weiß nich, Mack!«

»Wer drängel da?«

»Gott! Bringtn zu an Drugstore.«

»Naa, das machn wir gleich hier. Ich hab ma innem Krafwerk gearbeit!«

»Tut doch was! Tut doch was!«

Die zuckende Schöpfkelle war nun nahezu verzehrt. Die geisterhaften, weißlippigen starrenden Gesichter der wogenden Menge schillerten vor dem flackernden Licht von kalkig zu rußig und wieder von rußig zu kalkig – wie Flammenmasken, die, verkohlt, wieder angefacht wurden; und all die rasenden, knorrigen Leiber warfen einen riesigen umherwandernden sich spreizenden Schatten auf Schutthalde, Lagerhaus, Fluß und Straße –

Klong! Die Trambahn hielt an.

»Oiieee! Ers tojt! Ers to-j-t! Oiie-e-e!« kreischte eine Frau, verstummte, fiel in Ohnmacht.

»He! Fangse uff!«

»Schleps awek!«

»Warum hatsen das gemach, verdamm –«

»Wassa!«

Man zog sie auf scharrenden Absätzen zur Seite.

»Schitt!« Der Tramfahrer war vom Wagen herabgesprungen und hatte den Besen gepackt –

»Fächl se an Kopp!«

»Geh von meim Fuß runner, du!«

»Genau! Lehn dich auf den, O'Toole! Drück en runner! Genau! Genau! Ich hab ma innem Krafwerk gearbeit –«

Und mit dem Reisig des Besens schnippte der Tramfahrer

das entstellte Metall von den Schienen. Ein Beben! Als spränge Leviathan nach dem Haken und prallte um sich schlagend zurück. Und Finsternis.

Finsternis!

Sie ächzte, die Menge, alle standen sie plötzlich einen Augenblick lang stumm da, einen Augenblick schweigsam, getroffen, aneinandergedrängt, zerschmettert von dem Überfall zehnfacher Nacht. Und eine Stimme sprach, angestrengt, eingefallen, tastend –

»He, Manne! Sie sa nocha weißa – alsa wie de immer ausseh mita de Löschakalke! Weiße?«

Jemand kreischte auf. Die ohnmächtige Frau stöhnte. Die Menge murmelte, wisperte, wogte beklommen im Dunkel, begrüßte die lauten Neuankömmlinge, welche den dichten Ring durchstießen –

»Beiseite! Beiseite!« Knarrend vor Autorität, drängte sich der steinern-grimmige Uniformierte durch. »Beiseite!«

»De Cops!«

»Tret nich aufen drauf!«

»Zrück, ihr! Zrück! Has gehört, Moses? Zrück! Weg da! Los!« Sie wichen vor dem gefährlichen Bogen des Knüppels zurück. »Los, bevor ich euch fächel! Zrück! Mal sehn, was hier los is! Weitergehn! Weitergehn, sag ich!« Künstlicher Zorn trieb Spucke auf seine Lippen. »He, George!« brüllte er einem Stämmigen zu. »Faß ma mit an, ja!«

»Jau! Zurück, ihr! Pete! Nimm de annere Seit!«

Der Polizist drehte sich um, hockte sich neben den im schwarzen Hemd. »Sieht nich verbrann aus.«

»Bloß der Schuh.«

»Wie lang war er dran?«

»Gott! Weiß ich nich. Ich komm ausm Callahan, un das erste, was ich seh is, da fliegn Besn ausm Fensa, den nehm ich un schiebn von dem Scheißding da weg –«

»Ts! Muß das selber gemach ham – Naa! Nich soo! Laß mich ma.« Er stieß den anderen beiseite, drehte das Kind auf den Rücken. »Du gibs em erste Hilfe.« Seine klobigen Hände umfaßten nahezu die schmale Taille. »Wie ertrunkn, was?« Er preßte:

Kr-r-r-r-f! S-s-s-s.

»Ich hab was gehört!«

»Ja!«

»Der bringn zum Atmen!«

»Siehs, bring Luft innen rein.«

Kr-r-r-r-f! S-s-s-s.

»Sieht aber aus, als wär er hinüber. Wo bleibn de Ambulanz?«

»Schon gerufn, Officeh!«

»Arr!«

»Schlang Sen uff de Füß, Arficer, ich hab ma innem Kraf–«

Kr-r-r-r-f! S-s-s-s.

»Kenn einer den? Kenn einer von Ihn das Kind?«

Vom inneren Halbkreis und denen dahinter, die den Hals reckten, erhob sich leeres Gemurmel. Der Polizist legte das Ohr auf den Rücken des Kindes.

»Sieht aus, als wär er hinüber, aber man weiß ja nie –«

Kr-r-r-r-f! S-s-s-s.

»Er sag, ers tot, Mary.«

»Tot!«

»Oi! Tojt!«

»Gott sei Dank is des nit mein Elix–«

Kr-r-r-r-f! S-s-s-s.

»Sit im helfn wie a tojtin bankes.« Der gedrungene hemdsärmelige Jude, dessen enger Gürtel seinen runden Bauch zum Buchstaben B einschnitt, wandte sich an den kalkbekleckerten Itaker – kniff die Augen zusammen, sah, daß keine Verständigung zustande kam. »Das hilf dem wie Schröpfköpf anner Leich«, übersetzte er – und tippte sich mit einem Pik As auf die Brust.

Kr-r-r-r-f! S-s-s-s.

(Ie-e-e-e. Ie-e-e-e.
Ein Fünkchen befächelt … ermattend … ungewiß)

»Da s das verdammte Ding, dasser reingeschmissn hat, Cap.« Der Tramfahrer schüttelte die Menge ab, hielt das dünn gewordene, verdrehte Metall hoch.

»Ja, was is das?«
»Weiß der Teufl. Heiß! Gottnochma!«
Kr-r-r-r-f! S-s-s-s.

(Ie-e-e-e-e.
Wie die rote Pupille im Auge der Finsternis weitete sich das Fünkchen, drehte sich wie ein Feuerrad, wurde größer, größer, bis im innersten Kern ein weißer Fleck das scharlachrote Gewebe zerriß und sich ausbreitete, den Rand überflutete wie Farbe –)

»Fünfhunnertunfuffzich Volt. Ein Mordsschlach!«
»Meinst, ders hin?«
»Ja. Mann! Wasn sons!«
»Arnn!« Der Polizist ächzte nun vor Anstrengung.
Kr-r-r-r-f! S-s-s.
»He, Mista, villeich isser draufgefalln
– Aufs Eisn –
»Genau, has recht!«
»Das s de Schuld vonner Gesellschaf!«
»Du Esel, wie hätt ern da drauffalln könn, um der Liebe Gottes!«
Der Tramfahrer drehte sich giftig nach ihnen um.
»Das hätter! Leicht!«
»Das ist rausgestank – gesteck – gestandn!«
»Der klag, kein Sorg!«
»Zrück, ihr!«
Kr-r-r-r-f! S-s-s-s.

(Iee-e-e-e
Und in dem weißen frostigen Licht ging in
der roten Iris eine kleine Gestalt quer
über eine trostlose Straße mit rissigem Pflaster,
tiefgefurchter Gosse, ging schräg vorbei,
und oben wimmerten die straffen, winterlichen
Drähte an ihren Kreuzen –
Ie-e-e-e-e.

Sie wimmerten, Erde und Himmel umspannend.
– Le-b-b-w! L-e-e-e-b! L-e-e-b! Lebwohl! …)

»Gibn Fall fürn Winkladvokatn. Da hört sich doch alles auf!«

»Ha-a-ha! Han!«

»Ich hab Verspätung. Da isses.« Der Tramfahrer warf die verbogene und geschwärzte Schöpfkelle neben den Bordstein.

»An irischer Chochem!«

»Ist doch a Affenschand –«

»Nu was denn!«

»Wasn passiert, Chef?«

»Da, siehs dir an!«

»Gehn wir da durch!«

»Uh!«

Kr-r-r-r-f! S-s-s-s.

(– Lebwo-o-hl. Mis-s-s-e-l. M-s-t-er. Ho-o-o-och.
Ho-o-o-lz.
Und ein Mann auf einem Schlepper, Haare in den
Achselhöhlen, hing an einer Stange inmitten der
Drähte, das weiße Unterhemd schimmerte.
Er grinste und pfiff, und bei jedem
Ton flogen gelbe Vögel aufs Dach.)

»Meinst, an Schluck irngdwas würd dem guttun?«

»Nee! Erstick dran, wenner leb!«

»Ja, wenner leb!«

»Woser verbrann?«

»s heißt, anne Füß un anne Hand und überall.«

»Uh!«

Kr-r-r-r-f! S-s-s-s.

(Wie-e-e-e-
Der Mann in den Drähten bewegte sich. Die
Drähte sirrten lustig. Die heitre
goldene Vogelwolke erfüllte den
Himmel.)

»Uh!«

(Klong!
Das Milchflaschengestell klirrte. In Sprüngen kam er
näher. Von Hausdach zu Hausdach,
über Straßen, über Durchgänge, über
Plätze und Flächen schwang sein Vater sich mit
federnder Leichtigkeit. Er setzte die Gestelle
ab, bückte sich, als suchte er etwas, hielt inne –)

»Uh!«

(Ein Hammer! Ein Hammer! Er knurrte,
schwang ihn, der knallte wie eine Peitsche.
Die Vögel verschwanden. Entsetzen verdichtete
die Luft.)

»Uh!«

»Er schaff schwer!«

»Oi! Soll im Gott helfin!«

»Er wacha nichta aufe.«

(Um ihn herum erstreckten sich nun die Pflastersteine.
Erstreckten sich in dem wirbelnden
Dunkel wie Gesichter in einer bestürzten
und erstarrten Menge)

»Uh!«

(Wie-e-e-e-p! Wiep! Über ihm
sirrte und pfiff der geschwungene Hammer.
Die Tür in einem Treppenhaus ging langsam auf.
Vom Dunkel getragen trieb ein Sarg
heraus, schwebte die Treppe hinab und, während
Konfetti darauf herabregnete, wölbte und
blähte sich –)

»Uh!«

Kr-r-r-r-f! S-s-s-s.

(– Zwang! Zwang! Zwang!
Der Mann in den Drähten wand sich und
stöhnte, seine schleimigen, violetten Hühner-
därme glitschten ihm durch die Finger.
David faßte sich an die Lippen. Der Ruß
an seiner Hand fiel ab. Unrein.
Schreiend wandte er sich zur Flucht, packte
ein Wagenrad, wollte darauf klettern. Es
hatte keine Speichen – nur Zähne wie ein
Uhrrädchen. Wieder schrie er, schlug
die gelbe Scheibe mit den Fäusten.)

»Uh!«
Kr-r-r-r-f! S-s-s-s.
»Has das gesehn?«
»Gesehn? Ganz drobn inner zwölf!«
»Ich habs sogar im Haus gesehn – innen Kaatn.«
»Ich? Ich bin stehn im Sutträn – Scheißding mach blind!«
»Fünfhunnertunfünfzich Volt.«

(Wie an Scharnieren erhoben sich leere,
riesige Spiegel, schwangen einander gegenüber
langsam hoch. In dem anderen zugewandten Glas
entfalteten sich endlos weite Felder,
hob sich ein stetes Blinzeln weißer Seiten, bis
ein endloser Korridor in die Nacht
taumelte.)

»Uh! Sieht mir nach Jud aus.«
»Ja, genau, kleiner Jiddnfratz.«
»Armer Kerl! Uh!«
»Habn ers gar nich gesehn!«
»Uh!«
Kr-r-r-r-f! S-s-s-s.

(»Du!« Über dem Wimmern des
wirbelnden Hammers donnerte die Stimme
seines Vaters. »Du!«
David weinte, näherte sich dem Spiegel,
schaute hinein. Nicht er war da,
nicht einmal im letzten und geringsten
der unendlichen Spiegel, sondern die Chejder-
wand, die Chejder-)

»Herrgoot!«
Kr-r-r-r-f! S-s-s-s.

(wand sonnenhell, weißgetüncht. »Chadgadje!«
stöhnte der Mann in den Drähten. »Ein
Knabe, ein einziger Knabe.« Und die Wand schwand
und war ein Pflasterviereck mit einem Fuß-
abdruck darauf – halb grün, halb schwarz,
»Auch ich bin hier geschritten.« Und
schrumpfte im Spiegel, und der
Eisbrocken schmolz auf dem Feld da-
hinter. »Ewige Jahre«, klagte die
Stimme, »Nicht einmal er.«)

»Uh!«
»Außer Atem? Soll ich mal?«
»Nuh!«
»Wie der schwitz!«
»Warum nich? Bei dem Mantel, wo der anhat!«
»Was is passier, Bruder?«
»Tschi! Das frag der noch!«
»Zurück, ihr!
»Uh!«
Kr-r-r-r-f! S-s-s-s.

(Und schwand, einen Schuhkarton voller
Kalenderblätter enthüllend: »Der rote Tag muß
kommen.«)

»Uh! Hat er sich bewegt oder so?«
»Nich gesehn.«

(Die in ein Holzkästchen mit Schiebedeckel gleich den Kreidekästchen in der Schule sanken, auf welchem eine feurige Gestalt rittlings auf einem Fisch saß. »G-e-e-e o-o-o t-e-e-e t-e-e-e!« buchstabierte die Stimme. Und schrumpfte und war ein Würfel Zucker, der zwischen der)

»Uh!«

Kr-r-r-r-f! S-s-s-s.

»Scha! Has gehör?«

»Wa?«

»Ja! Es wird!«

»Es wird!«

»Ich sehs!«

»Miester Politsman de –«

»Zurück, ihr!«

Ein schwaches Rasseln sickerte durch das Tosen der Menge.
»Uh!«

(sanft schimmernden Zange steckte. »So weit reichen wir, nicht weiter –« Doch als er darüber hinausblicken wollte, drehte sich plötzlich der Spiegel, und – »Hinab!« donnerte die Stimme seines Vaters, »Hinab!« Die Spiegel lagen nun unter ihm; was zuvor Grat war, stand nun als Treppe hervor, konzentrische Spitzbögen wurden bodenlose Stufen. »Hinab! Hinab!« Die unerbittliche Stimme schlug ihm auf den Rücken wie eine Hand. Er schrie, stieg hin-)

Rassel! Assel! Assel! Assel!

»Da! Se komm!«

»Obacht! Obacht da!«

»Orficer!«

Assel! Rass!

»Wird aber auch Zeit!«

Die Menge teilte sich wie Wasser vor einem Bug, strömte dahinter wieder zusammen, brandete um die Ambulanz, plappernd, schnatternd, schrei-

(ab. Hinab! Hinab in die Finsternis,
Finsternis, die durchbohrte das Herz der
Finsternis, Finsternis abgrundtief. Mit jedem
Schritt schrumpfte er, wurde kleiner
mit den unsichtbaren Feldern, der
Schraubstock sank allmählich herab, von Stufe
zu schwindender Stufe, schwand. Streifte
mit jedem Schritt die Hülsen des Seins ab
und verlor sich stetig abwärts
im Trichter der Nacht. Und nun
ein Span – ein Schritt – ein Bröckchen – ein Schritt –
ein Fitzel.
Ein Splitter. Ein Pünktchen. Und nun der Same
des Nichts und nebelhaftes Nichts und
Nichts. Und er war nicht ...)

end, das Dunkel mit Händen durchstechend. »Ppprrr!« Lippen bebten hörbar, als der Blaurock sich erhob. Mit einer Bewegung wischte Handfläche über Stirn, fuhr unter schweißfleckigen Kragen. Flink hüpfte der leicht kahlköpfige, barhäuptige, weißgekleidete Arzt vom Trittbrett der Ambulanz, die schwarze Tasche in der Hand schwingend, keilte sich weiß durch die wogende Menge. Muschelartig umringte, umschloß ihn der Mob, folgte ihm innerhalb des Kreises, nabelförmig –

»Lektroschock, Doc!«

»S Kranknhaus!«

»Hatn umgehaun!«

»Schock?«

»S er tot?«

»Ja, hat rumgespielt mit dem –«

»N Kurzn gemach, Doc!«

»Ja, verbrann!«

»Han mir gesehn, Doktah!«

»Zurück, ihr!« Der Beamte duckte sich, knurrte, sprang aber nicht. »Ich spuck euch gleich in de Visasch!«

»Mmm!« Der Arzt ergriff seine Hose an den Bügelfalten, zog sie hoch und knie-

»Den nehmse am besn gleich mit, Doc. Konnt mit dem nix anfang–«

»Der horch das Herz ab! Siehs?«

(Aber –)

te neben der schrägen Bordsteinkante, legte das Ohr auf die schmale Brust.

»Schuhs verbrann. Sehnse, Doc?«

(die Stimme peitschte noch immer das Nichts
das war, versagte ihm Vergessen. »Finde nun!
Finde nun! Finde nun!« Und das Nichts
wimmerte, von der Nacht vertrieben,
und hätte sich wieder versteckt. Doch erblühte
ein Fünkchen)

»Ziehn Sie ihn aus, ja, sehn wirs uns mal an.«

(aus der Finsternis, ein Fünkchen in einem Spie-)

»Klar!« Grobe, willige Finger rissen die

(gel, reglos schwimmend in der
Regung seines Lichts.)

Knöpfe auf,

»Der guck nach.«

(in einem Keller ist)

streiften die Schuhe ab,

(Kohle! In einem Keller ist)

zogen den Strumpf herab, ent-

(Kohle! Und sie war heller als das
Innerste des Blitzes und sanfter als Perlmutter.)

hüllten einen weißen angeschwollenen Ring um den Knöchel,

(Und machte die Finsternis finster, weil
die Finsternis ihren Glanz für jenes
Juwel erwählt hatte. Zwang!)

»Isser verbrann?«
»Sehs nich, du?«
auf den der Arzt blickte, während er ein
»Was meinse, Doc?«
kompaktes blaues Fläschen aus seiner Tasche nahm, eine Grimasse zog, es ent-

(Swank! Swank! Verschöntes Nichts
streckte die Hände aus. Nicht kalt
war das Fünkchen. Nicht sengend. Sondern als
wäre die Zärtlichkeit der ganzen Ewigkeit in einem Augenblick gebündelt und gewährt. Schweigen)

korkte, es vor den bewegungslosen Nasenlöchern

(schlug jene schreckliche Stimme auf dem
Berg, hielt den wirbelnden Hammer an.
Entsetzen und Nacht wichen. Erregt
hob er den Kopf und schrie
zu ihm in den Drähten – »Pfeifen,
Mister! Pfeifen!)

geschickt neigte. Die Menge verstummte, sah angespannt zu.

»Amonnja.«

»Riecht stark!«

»Stink wie inner Schul an Yom Kippur.«

(Mister! Pfeifen! Pfeifen! Pfeifen!
Pfeifen, Mister! Gelbe Vögel!)

Auf dem dunklen und geborstenen Gehsteig ächzte der schlaffe Körper, erbebte. Der Arzt hob ihn hoch, sagte scharf zu dem Polizisten: »Halten Sie seine Arme! Er wird um sich schlagen!«

»He, guck doch! He, guck!«

»Er tritt!«

(Pfeifen, Mister! PFEIFEN!«)

»Was sag er?«
»Da! Halten Sie ihn!«

(Ein stachliger Stern schmerzenden Bewußtseins barst in ihm.)

»Mimi! Er schaffts! Er schaffts!«

»Ja?«

»Ja!«

»Ganz ehrlich! Ganz ehrlich!«

»Ja!«

»Juh!«

»Ja!«

»Oi, Gott sei Dank!«

22

»Da bist du ja, Kleiner! Da bist du ja!« Das beruhigende Genuschel des Arztes drang durch einen Wirbel zerbrochener Bilder zu ihm hindurch. »Du bist nicht verletzt. Du brauchst vor nichts Angst zu haben.«

»Bestimmt!« sagte der Polizist neben ihm.

David schlug die Augen auf. Hinter ihnen, zwischen ihnen und um sie herum, gleich einer massiven Wand, die unablässig vordringenden Leiber, Stimmen, Gesichter auf jeder Höhe, Gesten auf jeder Höhe, alle waren sie auf ihn gerichtet, hälsereckend, spähend, auf ihn einredend, auf ihn zeigend, über ihn sprechend. Ein Alptraum! Erlösung lag im Nachdenken. Er schloß die Augen und versuchte sich zu erinnen, wie man aufwacht.

»Wie fühlt sich der Fuß an, Kleiner?« erkundigte sich die routinierte, besorgte Stimme. »Nicht schlimm, hm?«

Zum ersten Mal wurde er sich nun der kalten Luft an seinem nackten Bein bewußt und darunter eines leisen Pochens am Knöchel. Und da er sich dessen nun bewußt war, konnte er die Wirklichkeit dessen nicht abschütteln. Dann war es also kein Traum. Wo war er gewesen? Was hatte er getan? Das Licht. Kein Licht in dem Fenster oben ... Sein Vater. Seine Mutter. Der Streit. Die Peitsche. Tante Bertha, Nathan, der Rabbi, der Keller, Leo, die Perlen – alles stürzte auf ihn herein, rang um Vorherrschaft in seinem Kopf. Nein. Es war kein Traum. Wieder schlug er die Augen auf, hoffend, die Wirklichkeit würde sein Schuldbewußtsein widerlegen. Nein, es war kein Traum. Dieselben zwei Gesichter waren über ihn gebeugt, dieselbe Menschenhecke bündelte die Blicke auf sein Gesicht.

»Er ist wohl noch zu schwach«, sagte der Arzt.

»Nehm Sie ihn jetz mit?«

»Nein!« Nachdrücklich das Gesicht verziehend, schloß der Arzt seine schwarze Tasche. »Also, das dauert keine fünf Minuten mehr, dann kann er wieder gehen. Er muß nur erst zu Atem kommen. Wo wohnt er?«

»Weiß ich nich. Von denen da weiß es auch keiner – Sag ma, wo wohns du denn? Hm? Du wills doch nach Haus, oder?«

»N-nint Street«, sagte er zitternd. »S-iebn neunenvierzig.«

»Nint Street«, echote die Menge. »He, Uffissa.« Ein Mann ohne Mantel trat vor. »Das is anner Ecke Evenjuh D.«

»Ich weiß! Ich weiß!« Mit mürrischer Hand wedelte der Polizist ihn zurück. »Sagen Sie, Doc, könn Sie uns mitnehm?«

»Aber sicher. Heben Sie ihn nur auf.«

»Ja, hoppla! So geht's!« Kräftige Arme schoben sich ihm unter Knie und Rücken, hoben ihn mühelos hoch, trugen ihn durch die gaffende Menge zur Ambulanz. Von der Bewegung schwirrte ihm wieder der Kopf. Schlaff lag er auf einer langen Lederliege zwischen grünlichen Wänden, nahm Gesichter wahr, die hereinlugend an der offenen Tür vorbeihuschten. Die Klingel erscholl, und als der Wagen einen Satz nach vorn machte, bestieg der Polizist das niedere Trittbrett am Heck. Hinter der Ambulanz, die auf gummibereiften Rädern über das Kopfsteinpflaster rollte, konnte er die Stimmen hören, die den Weg schrien. »Nint Street! Nint Street!« Das Klopfen in seinem Knöchel drang tiefer, schmerzte dumpfer, stieg im Mark aufwärts wie eine peinigende Flut. Was hatte er getan? Was hatte er getan? Was würden sie sagen, wenn sie ihn nach oben brachten? Sein Vater, was –? Er stöhnte.

»Das tut dir doch nicht so sehr weh, oder?« fragte der Arzt ihn munter. »Morgen rennst du wieder herum.«

»Dir gehts besser, als ich gedach hab«, sagte der Polizist hinter ihm. »Mein Gott, Doc, ich hab wirklich geglaub, der is hinüber.«

»Nein. Der Schlag ist durch den unteren Teil gegangen. Das war seine Rettung. Aber ich verstehe nicht, warum er so lange bewußtlos war. Vermutlich schwach.«

Hinter schlagenden Hufen und bimmelnder Glocke spürte David, wie die Ambulanz an der Avenue D um die Ecke fuhr. Der Polizist sah sich nach ihm um und schielte seitlich auf Davids Fuß.

»Seine Schuh warn vorn verbrann. Und er hats obn am Knöchl abgekrieg.«

»Schmalste Stelle.«

»Aha. Das wird dir aber ne Lehre sein, Junge.« Er nahm eine Hand von der Wand der Ambulanz, um David ernst mit dem Finger zu drohen. »Das nächste Mal sperr ich dich ein. In welchem Stock wohnsn?«

»G-ganz oben.«

»Natürlich«, grummelte er säuerlich. »Das nächste Mal sperr ich dich ein – dafür, daß de mich arbeitn läß un den

Doc von nem schön Binokelspiel weghols. Auf was diese verfluchn Kinder nich alles komm. Mannmannmann!«

Die Ambulanz war um die zweite Ecke gefahren und kam nun zum Stillstand. Grinsend sprang der Arzt hinab. Der Polizist beugte sich ächzend nieder, hob David wieder hoch und trug ihn schnell durch die neue Menschenmenge, die um die Ecke geströmt kam. Auf der Haustreppe erkannten ihn mehrere Kinder und kreischten aufgeregt. »Das Davy! Das Davy!« Eine Frau in dem gaserleuchteten Gang schlug entsetzt die Hände auf die Wangen und wich zurück. Sie stiegen die Treppe hoch, der Arzt hinter ihnen und hinter ihm wiederum der Rest der Menge, Kinder aus dem Haus, die in vorsichtiger Entfernung begierig folgten, plapperten, ihm zuriefen: »Wasn los? Wasn los, Davy?« Türen gingen auf Absätzen auf. Vertraute Köpfe wurden herausgestreckt. Vertraute Stimmen riefen anderen schrill durchs Treppenhaus zu. »Der isses! Von oom. Wo der Streit wa!« Als sie sich dem obersten Stock näherten, schnaufte der Polizist schon kräftig, blies David dichten heißen Atem auf die Wange, ächzte, die Furchen seines finsteren, harten, roten Gesichts vor Anstrengung tief.

Das oberste Stockwerk. Davids Blick zuckte hoch zum Fenster über der Tür. Es war hell. Sie waren da. Was sie wohl sagen würden? Wieder stöhnte er angstvoll auf.

»Wo isses?« stieß das rote Gesicht über ihm hervor.

»Da – da drüben!« sagte er mit zitternder Stimme.

Die Tür. Der Arm unter seinen Knien rutschte nach vorn. Fleischige Knöchel klopften, suchten den Türknopf. Noch bevor eine Antwort kam, schwang die Tür, von seinen Schenkeln angestoßen, auf.

Vor ihm stand seine Mutter, sie wirkte angespannt und aufgeschreckt, die Hand lag auf der Schulter seines Vaters, und unten sitzend, sein Vater, Wange auf Faust, Augen erhoben, grimmig, beleidigt, mit gespanntem und peitschengleich fragendem Blick. Die anderen waren weg. David schien, als vergingen in dem Augenblick, als sie einander, in ihrer Haltung erstarrt, ansahen, ganze Ewigkeiten. Und dann, gerade als der Polizist etwas sagen wollte, fuhr seine Mutter sich mit der Hand an die Brust, ächzte vor Entsetzen, ihr Gesicht wurde qualvoll weiß, verzerrt, sie schrie auf. Sein Vater warf den Stuhl zurück, sprang auf. Seine Augen traten hervor, das Kinn fiel ihm herunter, er erbleichte.

Einen winzigen Moment lang spürte David, wie sich eine schrille, wilde Woge des Triumphs in ihm bäumte, des Triumphs darüber, daß sein Vater mit offenem Mund dastand, die Finger verkrampfend, vorgebeugt, und dann wurde das Zimmer plötzlich dunkel und drehte sich. Schwer sank er in den ihn wiegenden Armen wieder zusammen.

»David! David!« Die Schreie seiner Mutter durchstießen den wabernden Nebel. »David! David! Mein Liebster! Was ist denn? Was ist passiert?«

»Ganz ruhig, Missis! Ganz ruhig!« Er nahm wahr, wie der Polizist einen Ellbogen vorstreckte, um sie abzuwehren. »Lassn Se uns ers mal zu Wort komm! Ers nich verletz! Kein bißchn isser verletz! He, Doc!«

Der Arzt war zwischen sie getreten, und David, der schwach durch den unerträglichen Schleier vor seinen Augen starrte, sah, wie er sie resolut wegstieß. »He, he! Regen Sie ihn nur nicht auf, Sie! Das ist schlecht! Schlecht für ihn! Sie machen ihm angst! Verstehn Sie! *Nicht ver- Schlect! Verstehen Sie?*«

»David! Mein Kind!« Ohne ein Ohr für das alles jammerte sie weiter, rasend, hysterisch, eine Hand nach ihm ausstrekkend, während sie sich mit der anderen in die Haare griff. »Dein Fuß! Was hast du da, Kind! Was hast du da, mein Schatz?«

»Legen Sie ihn aufs Bett!« Der Arzt deutete ungeduldig zum Schlafzimmer hin. »Und Sie, Mister, könnten Sie ihr vielleicht sagen, sie soll aufhören zu kreischen? Es gibt keinen Grund zur Sorge! Das Kind ist nicht in Gefahr! Nur schwach!«

»Genya!« fuhr sein Vater sie wie gereizt an. »Genya!« Auf jiddisch rief er: »Hör auf! Hör auf damit! Er sagt, es ist alles in Ordnung. Hör auf!«

Von draußen vor der Tür waren die Kühneren aus der Menge der Nachbarn, die das Treppenhaus verstopften, in die Küche gequollen und reihten sich nun schweigend oder wortreich an den Wänden auf. Manche, die schwatzten, zeigten anklagend auf Davids Vater und wiegten bedeutungsvoll den

Kopf. Und als David ins Schlafzimmer getragen wurde, hörte er jemanden auf jiddisch flüstern: »Ein Streit! Die haben sich auf den Tod gestritten!« In dem äußerst willkommenen Halbdunkel des Schlafzimmers wurde er auf dem Bett ausgestreckt. Seine Mutter war, noch immer jammernd, gefolgt, und hinter ihr, eine beruhigende Hand auf ihrer Schulter, kam der Arzt. Hinter ihnen verstopften die aufgerichteten, sich reckenden Körper, die fahlen, verzerrten Gesichter der Nachbarn die Tür. Ein Wutschwall krampfte ihm die Hände zur Faust. Warum gingen die nicht weg? Allesamt! Warum hörten die nicht auf, auf ihn zu zeigen?

»Gerade eben wollte ich hinunter!« Seine Mutter rang die Hände und weinte: »Gerade eben wollte ich hinunter und dich suchen! Was ist denn, mein Liebling? Tut es weh? Sag mir –«

»Ah, Missis!« Der Polizist wedelte voller Abscheu mit den Händen. »Dem gehts gut. Sein Se doch vernünftig, ja! Bloßn bißchn verbrann, weiter nix. Bloßn bißchn verbrann. Se sehn doch, dem fehl nix!«

Verständnislos starrte sie ihn an.

»Schreckts ach nischt! Schreckts ach nischt!« Der Chor der Frauen in der Tür übersetzte roh. »S is im gar nischt geschen! S gor nischt geferlich!«

»Genau! Sag ihrs ihr!« Der Polizist drängte sich zur Tür hinaus.

Der Assistenzarzt hatte David ausgezogen, das Deckbett herabgezogen und ihn darin eingemummt. Das weiche Laken war kühl auf seinem pochenden Fuß.

»Also!« Er richtete sich auf und wandte sich entschieden an Davids Mutter. »Mit Weinen helfen Sie ihm nicht, gute Frau. Wenn Sie ihm helfen wollen, dann machen Sie ihm jetzt Tee. Und zwar viel.«

»*Kein Gefahr?*« fragte sie dumpf, ungläubig.

»Ja! Ja! Genau!« antwortete er ungeduldig. »*Kein Gefahr!* Und nun machen Sie ihm Tee.«

»Tej, Mrs. Schearl«, meldete sich eine Frau in der Tür. »Gejt macht em tej!«

»Tej?«

»Ja! Tej!« wiederholte der Arzt. »Schnell! *Schnell!* Ja?«

Betäubt drehte sie sich um. Die Frau bot ihr Hilfe an. Sie gingen hinaus.

»Na, was macht unser Kleiner?« Der Arzt grinste zu ihm hinab. »Geht's dir gut?«

»J-ja.«

»Braver Junge! Bald geht's dir wieder richtig gut.«

Er wandte sich zum Gehen. Eine rundliche Frau mit bloßen Armen stand neben ihm. David erkannte sie. Sie wohnte auf demselben Stock.

»Docktah!« flüsterte sie hastig. »Se hättn sehn solln, wie die sich hier habn gstrittn!« Sie krümmte sich zusammen, wiegte sich. »Oi-woi! Joi-joi-joi! Der da, der Mann da, sein Vadder, der hatn geschlagn! Schrecklich! An schrecklicher Mann! Un dann sind auch noch dagewesn sein Kusins – oder ihr Kusins – ich weiß nicht! Un die habn sich gestrittn. Oi-joi-joi! Mit Geschrei! Mit Gebrill! Puuujoi! Un dann se habn den Bub ganz naus ausm Haus gejagn. Un dann se habn de annern beidn Leut ausm Haus gejagn! Un mir habn mitgehert, un der Mann da hat geschrien. Ich bin varrickt! Ich bin varrickt! Ich weiß nischt, was soll ich tun! Ich weiß nischt, was hab ich gesagt! Sagt er. Ich bin varrickt! Un er hat geweint! Oi!«

»Ach ja?« sagte der Arzt gleichgültig.

»Es ist gewesen schrecklich! Schrecklich! Un Docktah –« Sie tätschelte ihm den Arm. »Vielleicht Sie kenn mir sagn, warum mein kleiner Elix nischt essn tut? Ich geb ihm Eier mid Milch mid challah gdiles. Un er will nischt essn. Was soll ich tun?«

»Ich weiß nicht.« Er schob sich an ihr vorbei. »Gehn Sie mal zum Arzt.«

»Oi bist du a Chochem!« spuckte sie ihm auf jiddisch hinterher. »Kost dich der Atem aus deinem Mund etwas?«

Seine Mutter kam zurück. Ihr Haar war zerwühlt. Tränen benetzten noch ihre Wangen, obwohl sie zu weinen aufgehört hatte. »Gleich ist der Tee fertig, mein Schatz.« Ein bebender letzter Schluchzer erschütterte sie. »Tut dir der Fuß sehr weh?«

»N-nein«, log er.

»Die haben gesagt, du bist an den Tramschienen gewesen.« Sie erschauerte. »Wie bist du denn dahin gekommen? Du hättest ja – Oh! Gott bewahre! Warum bist du denn dahin? Warum hast du das gemacht?«

»Ich – ich weiß nicht«, antwortete er. Und die Antwort war die Wahrheit. Er konnte jetzt nicht mehr sagen, warum er dahin gegangen war, nur daß etwas ihn getrieben hatte, etwas, was da noch klargewesen war und unausweichlich, was aber durch jede verstreichende Minute unverständlicher wurde. »Ich weiß nicht, Mama.«

Sie stöhnte leise, setzte sich aufs Bett. Die dicke Frau mit den bloßen Armen faßte sie an den Schultern und beugte sich über sie.

»Arme Mrs. Schearl!« sagte sie mit verletzendem, provozierendem Mitgefühl. »Arme Mrs. Schearl! Warum ihn fragen? Wissen Sie es denn nicht? Sie martern unser blutendes, treues Mutterherz, ohne sich etwas dabei zu denken. Nichts! Weh Ihnen! Weh mir! Bevor wir sie erwachsen sehen, wie viele Tränen haben wir da schon vergossen! Oi-joi-joi! Unermeßlich viele. Und so bringen unsere Kinder uns Leid. Und unsre Männer. Ach ja, unser bittres Los! No?« Ihr bewegtes Seufzen stieg stürmisch an, fiel hörbar wieder ab. Sie faltete die Hände über ihrem üppigen, wabbeligen Bauch und wiegte sich trauervoll.

Seine Mutter gab keine Antwort, sondern starrte ihm unverwandt in die Augen.

Er hörte, wie der Polizist in der Küche seinen Vater befragte, und sein Vater antwortete mit benommener, unsicherer Stimme. Das Triumphgefühl, das David empfunden hatte, als er hereingetragen worden war, schwoll wieder in ihm an, als er nun mitbekam, wie dieser stockte, und dadurch wußte, daß er erschüttert war.

»Ja. Ja«, sagte er gerade. »Mein Sonn. Meiner. Ja. Alter ach. Ach un – un ein Monat. Er ist worn geborn in –«

»Moment ma!« Die Stimme des Polizisten unterbrach ihn. »Sang Sie, Doc, bevor wir gehn, bestätign Se mir doch, daß ich das gut gemach hab. Sie wissn ja – das mit der Erste-Hilfe-Geschichte. Was sang Sen! Falls es da ne Belobigung gib oder sowas.«

»Sicher! Gern! Hätt's selber nicht besser gekonnt.«

»Danke, Doc. Un dann noch, Sie gem mir den medizinischen Bericht, ja? Schlag? Rumgefuhrwerk mitn Gleisn mit – Hi! Hi! – mutwilligem Vorsatz.«

»Oh – äh – sagen Sie einfach – Schlag ... verursacht durch – Kurzschluß der – Tramstrom – wie nennen Sie das – schiene.«

»Ja.«

»Dann – elektrische Verbrennungen – am Knöchel ... rechter Fuß ... zweiten Grades. Haben Sie's?«

»Zweitn Grades, ja.«

»Angewandte künstliche Beat–«

»Ah, Doc, ham Sie Mitleid, ja!«

»Sie wollen doch eine Belobigung, oder?« lachte der Arzt. »Na, was Sie wollen – Erste Hilfe. Kind wiederbelebt – Ich hab' Ihnen einen Zettel hingelegt, Mister. Auf dem Tisch. Brandliniment. Schmieren Sie ihm das heute nacht und morgen auf den Knöchel. In ein bis zwei Tagen müßte die Stelle wieder gut sein.«

»Ja.«

»Und wenn es ihm morgen noch nicht gutgeht, dann gehen Sie mit ihm ins Holy Name Hospital – steht auf dem Zettel. Aber der Junge wird schon wieder. Also, Lieutenant, bis dann mal.«

»Ja. Wiedersehn, Doc.«

Die Frau, die mit Davids Mutter hinausgegangen war, kam, eine Tasse Tee balancierend, wieder herein. Stumm setzte seine Mutter ihn mit Hilfe der Kissen auf und begann, ihm mit einem Löffel den heißen, gesüßten Tee einzuflößen. Die Flüssigkeit belebte sein Blut. Er seufzte, spürte, wie seine Lebensgeister wiederkehrten, doch nur soweit, daß er merkte, wie matt sein Körper war. Unter der Decke gab es keine kühlen Stellen mehr für seinen pochenden Fuß. Die Frauen in der Tür hatten ihm den Rücken zugedreht und hörten nun dem Polizisten zu, der in der Küche Reden schwang.

»Un na«, dröhnte seine beruhigende Stimme. »Ich hab an dem gearbeit, un das is kein Witz! Ihr hab gehör, was der Doc gesag hat, ja! Wenn ich nich gewesn wär, dann wär der Kleine jetz nich hier. Jawoll! Hier inner Gegend schätz man die Cops nich. Aber wenns Ärger gib – Na, ich hab Verbrannte gesehn, Mister! Das kann ich euch sagn. Ich habn Weichensteller gesehn, der war so verbrann – na! Der muß aufs Gleis gefalln sein. Un keiner hat was davon gewuß. Draußn im Tramschuppn anner Hunnertfümmenfünzigstn Ecke Eight Avenuh. Muß da schon Stunn gelegn ham. Uns erste, was de siehs, seine Knochn warn vonner Hochbahn durch un durch schwarz wie der Herd da, Mister! Den ham se innem Tuch aufsammeln müssn. Jawoll! Aber ihr Kind da ist gut weggekomm. Aber trotzdem, wär ich nich gewesn – Sangse, solln eingtlich die ganzn Leute hier drin sein?«

»Ich – ich –« Sein Vater klang fassungslos. »Ich – ich – Sie –«

»Klar. Kommt, Mädels. Der Kleine brauch jetz was Ruh. Alles klar? So, bitte, die Herrschafn.«

»Mir kenn die«, wendeten Stimmen ein. »Mir wohn hieja.«

»Aber nich hier«, nachsichtig. »Nich ihr alle. Los. Komm später wieder – un nich alle auf eima –«

Allgemeines Füßescharren, gemurmelte Proteste.

»Er fonfet schejn far a bissel gelt«, höhnte die Frau mit den bloßen Armen beim Hinausgehen. »Gitzen a krenk!«

»Ich hab Schuh un Strümpf vom Davy«, piepste eine Jungenstimme. »Der geh mit mir in Chejder.«

»Braver Junge. Lasse einfach da liegn. Los, ihr annern. Das gil auch für dich, Solomon.«

Füße gingen durch die Tür, Stimmen verklangen. Die Tür fiel zu.

»Na, da hab ich Ruh reingebrach«, sagte der Polizist. »Komisch, was die Klein da uns alles für Ärger machn, hm? Sie sagen es. Mann, ich bin n Cop, un nich ma ich hab mein anner Kandarre, der bringt mir Zeugnisse nach Haus, da wern Ihn de Haar grau. Also, ich mach mein Runne hier inner Gegend, falls mal was is. Walsh heiß ich.« Er stand breit in der Tür. »Na, wie gehts dir nu, Kleiner? Wird schon wern. Der hat schon n Teufel im Leib. Ich fächl dir was mitn Knüppl, wenn ich dich nochma bein Schien erwisch. Klar? Nacht.« Er winkte mit der offenen Hand, drehte sich um und ging hinaus.

Er hatte seinen Tee ausgetrunken. Die plötzliche, aufsteigende Hitzewelle, die die Höhlungen seines müden Körpers füllte, trieb ihm Schweißtropfen auf Stirn und Lippen. Sein

Unterzeug klebte, kniff im Schritt. Die Mulde des Bettzeugs, in dem er lag, war feuchtwarm und unangenehm geworden. Er rutschte näher an den kühleren Rand des Bettes, wo seine Mutter saß, und legte sich schlaff zurück.

»Mehr?« fragte sie, während sie die Tasse auf dem Fensterbrett abstellte.

»Nein, Mama.«

»Du hast seit heute morgen nichts gegessen, mein Schatz. Du hast doch Hunger, oder?«

Er schüttelte den Kopf. Und um das Pochen in seinem rechten Fuß zu lindern, schob er ihn verstohlen hinter ihrem Rücken unter der Decke hervor, um ihn zu kühlen.

Sein Vater stand in der Tür, die Züge im Dunkel verschwommen. Deutlich sichtbar war nur das Schimmern in seinen Augen, die auf den geblähten grauen Knöchel gerichtet waren. Auf seinen Schritt hin drehte sich seine Mutter um, erblickte nun ebenfalls den geschwollenen Fuß. Ihr eingezogener Atem zischte zwischen schmerzverzogenen Lippen.

»Mein armer Schatz! Mein armes Kind!«

Die Hand seines Vaters fiel schwer gegen den Türrahmen. »Der hat den Namen einer Medizin aufgeschrieben, die wir holen sollen«, sagte er unvermittelt. »Die sollen wir ihm auf den Fuß schmieren.«

»Ja?« Sie erhob sich halb. »Ich hole sie.«

»Bleib sitzen!« Seinem gebieterischen Ton fehlte der Nachdruck, als spräche er aus Gewohnheit so und nicht aus Überzeugung. »Es geht schneller, wenn ich sie hole. *Mich* werden deine Nachbarn draußen nicht mit ihren Zungen aufhalten.« Doch statt zu gehen, blieb er stehen, wo er war. »Er hat gesagt, in ein bis zwei Tagen geht's ihm besser.«

Sie schwieg.

»Ich habe gesagt, in ein bis zwei Tagen geht's ihm besser«, wiederholte er.

»Ja. Natürlich.«

»Und?«

»Nichts.«

Eine Pause entstand. Sein Vater räusperte sich. Als er sprach, war seine Stimme eigentümlich rauh geworden, als holte er zu einem Hieb aus und wappnete sich gleichzeitig dagegen.

»Das – das ist meine Schuld, würdest du sagen. Ist es das?«

Müde schüttelte sie den Kopf. »Welchen Sinn hat es, über Schuld zu reden, Albert? Das hat keiner vorausgesehen. Und keiner hat das allein verursacht. Und wenn wir schon über Schuld reden müssen, dann ist es genauso auch meine. Ich hab's dir nie gesagt. Vor vielen Monaten hab ich ihn einmal zuhören lassen. Ich hab' ihn sogar nach unten geschickt, um – um –«

»Um ihn zu schützen – vor mir?«

»Ja.«

Er klackte mit den Zähnen. Seine Brust hob sich. Beim Ausstoßen des Atems schien er leicht zu erbeben. »Ich hole es.« Schwerfällig ging er aus der Tür.

David horchte auf die dumpfen, schweren Schritte seines Vaters auf dem Küchenboden. Die Tür ging auf und wieder zu. Ein vages, fernes Mitleid regte sich in seiner Brust wie kräuselnder, ausfasernder Rauch, der in seinem Innern fein zerstob, eine Art stumpfer Kummer, den er zuweilen im Winter gespürt hatte, wenn er mitten in der Nacht aufgewacht war und gehört hatte, wie jene dumpfen Schritte die Treppe hinabgingen.

»Vielleicht hast du ja ein bißchen später Hunger«, versuchte seine Mutter ihn zu überreden. »Wenn du dich ein wenig ausgeruht hast und wir dir die Medizin auf den Fuß getan haben. Und dann Milch und ein gekochtes Ei. Möchtest du das?« Ihre Frage war so sehr als Feststellung gefärbt, daß sie keiner Antwort bedurfte. »Und dann schläfst du und vergißt das alles.« Sie machte eine Pause. Ihre dunklen Augen suchten unverwandt die seinen. »Müde, Liebster?«

»Ja, Mama.«

Ebensogut konnte er es Schlaf nennen. Erst mit dem Einschlafen vermochte jedes Blinzeln der Lider einen Funken aus dem trüben Zunder des Dunkels zu schlagen, aus schattigen Winkeln des Schlafzimmers solche Myriaden leuchtender Bilderströme zu entfachen – vom Schimmern gereckter Bärte, vom unruhigen Glitzern auf Rollschuhen, vom trockenen

Licht auf grauen Steinstufen, vom spitz zulaufenden Funkeln von Schienen, vom Ölfilm auf den nachtglatten Flüssen, vom Glanz auf dünnem blondem Haar, roten Gesichtern, vom Glanz auf Legionen um Legionen von ausgestreckten, offenen Händen, die auf ihn zurasten. Ebensogut konnte er es Schlaf nennen. Erst mit dem Einschlafen hatten Ohren die Kraft, den schrillen Schrei, die heisere Stimme, das Angstgebrüll, die Glocken, das schwere Atmen, das Toben von Massen und alle Geräusche, die in den Fässern der Stille und der Vergangenheit gärten, wieder zu sondern und zusammenzusetzen. Erst mit dem Einschlafen wußte man, daß man noch immer auf den Pflastersteinen lag, spürte die Pflastersteine unter und über sich und unablässig auf sich zujagend wie schwarzer Schaum, das fortwährende Gewirbel beschuhter, rennender Füße, die abgetretenen Schuhe, neuen Schuhe, bulligen, spitzen, verdreckten, geputzten, schwieligen, schiefgelaufenen, klobigen Schuhe unter Röcken, unter Hosen, über sich und durch sich hindurch, und spürte sie alle und spürte nicht Schmerz, nicht Entsetzen, sondern seltsamsten Triumph, seltsamste Ergebung. Ebensogut konnte man es Schlaf nennen. Er schloß die Augen.